«Die bewegende Geschichte einer wahren Frauenfreundschaft, weise, intelligent und unterhaltsam. Liz Ryan verdient es, gelesen zu werden.»
Sunday Independent Herald

Liz Ryan ist in ihrer irischen Heimat eine bekannte Autorin von Unterhaltungsromanen. Ihre Karriere begann sie als Kolumnistin und Radiojournalistin. Sie hat bisher sechs Romane geschrieben, die in Irland alle zu Bestsellern wurden. Die Autorin lebt abwechselnd in Irland und Südfrankreich.

Liz Ryan

Das Haus im Zikadenhain

Roman

Deutsch von Barbara Ostrop und Ulrike Thiesmeyer

Rowohlt Taschenbuch Verlag

Die Originalausgabe erschien 2003 unter dem Titel
«One More Chance» bei Hodder & Stoughton, London
Redaktion Karolina Fell

Deutsche Erstausgabe
Veröffentlicht im Rowohlt Taschenbuch Verlag
Reinbek bei Hamburg, April 2005

Umschlaggestaltung any.way,
Barbara Hanke, Cordula Schmidt
(Foto Premium/Nägele)
Satz Janson PostScript bei
Pinkuin Satz und Datenverarbeitung, Berlin
Druck und Bindung Clausen & Bosse, Leck
Printed in Germany
ISBN 3 499 23778 4

Danksagung

Ganz besonderer Dank an Mary Davin-Power, mit der aus ungetrübtem Spaß in der Sonne nie ein Duell in der Sonne wurde! *Mille mercis* an Rita Degrave für all den Barry's Tee und Gin Tonic, an Sheila Desamais für die erholsamen freien Tage, an Sharon Plunkett für die liebenswerte Stimme der Vernunft und an Philip Nolan, der mich nicht umgebracht hat, als er dazu Gelegenheit hatte.

Vous êtes formidables mes braves et je vous embrasse très fort.

Kapitel eins

Wir kennen sie alle, die Tage im Leben, die wir am liebsten ungeschehen machen würden. Tage, die schicksalhaft alles verändern, so radikal, dass wir um den Bestand all dessen fürchten, was uns lieb und teuer ist und uns zu dem macht, was wir sind.

Für Shona Fitzpatrick war dieser Tag Freitag, der 16. November 2001. Nach einer ausgedehnten Mittagspause kam ihr Chef ins Fremdenverkehrsbüro zurück, blieb eine halbe Stunde unsichtbar und schlenderte dann zu ihr hinüber, um sie gut gelaunt zu ein paar Überstunden aufzufordern.

Am Montag sollte ihr Leben in Trümmern liegen, wie ein Haufen Bauklötze, den ein Kind achtlos umgestoßen hat. Aber das wusste sie noch nicht. Allerdings hätte sie in jedem Fall so gehandelt, wie sie es dann tat.

Beflissen, schließlich besaß Terry O'Hagan einige Macht, nickte sie ihm am Schreibtisch sitzend zu, während er seine Hand väterlich auf ihrer Schulter ruhen ließ – oder vielmehr seine Pranke? Terry O'Hagan war ein Brocken von Kerl, baumlang, bärtig und grobknochig, mit blondem Zottelhaar und eigenartig spitzen Zähnen; wenn sie an ihn dachte, sah sie immer einen vergilbten alten Eisbären mit Brille vor sich.

«Gern», sagte sie, «worum geht's denn?»

«Hotelsubventionen», sagte er, «die Besprechung am Montag dreht sich um Kriterien zur Klassifizierung, da wird natürlich auch das Budget zur Sprache kommen. Sie haben doch heute Abend noch nichts vor oder so?»

Selbstverständlich nicht, unterstellte sein Tonfall, eine sechsunddreißigjährige Arbeitsbiene wie du dürfte doch nichts Wichtigeres im Kopf haben als ihre Karriere. Und du willst doch befördert werden, oder etwa nicht? Machen wir uns nichts vor, Shona, du hast es auf meinen Posten abgesehen, das ist mir klar. Tja dann, bemüh dich drum. Aber richtig. Ich sitze am längeren Hebel, schließlich bin ich es, der dich dafür vorschlägt. Oder auch nicht.

«Eigentlich», sagte sie lächelnd, ohne sich von ihm aus der Ruhe bringen zu lassen, «bin ich heute mit Brendan zum Abendessen verabredet. Aber ich rufe ihn an und sage ihm, dass Sie mich noch brauchen, bis – tja? – sagen wir acht?»

«Sagen wir neun», konterte er, ganz wie erwartet. Deshalb hatte sie auch nicht selbst neun gesagt, denn in dem Fall wäre zehn draus geworden. «Es macht Ihnen doch nichts aus, oder?»

Mir? Aber nein, warum sollte mir das was ausmachen? Wieder eine Verabredung verschoben, wieder ein Abend im Eimer, unser Tisch futsch, Brendan, der mir wieder Vorhaltungen macht – warum sollte mir das was ausmachen?

Ich hasse dich, Terry O'Hagan. Jeder in diesem Büro verabscheut dich aus tiefster Seele, und ich persönlich würde dich am liebsten mit einer prähistorischen Keule besinnungslos prügeln, du schwankender, sexistischer alter Dinosaurier.

«Ach, für Sie tue ich doch alles, Terry. Ich weiß, der Subventions-Bericht ist nicht auf dem neuesten Stand.»

Worauf er sie kurz, aber streng fixierte, denn die Andeutung war klar: *Sie* haben den Bericht verschlampt, nicht wahr? Mit Unschuldsmiene lächelte sie ihn erneut an. Er hatte es gern, wenn die weiblichen Angestellten ihn anlächelten, je frivoler, desto besser. Seine Ehe, das wussten alle im Büro, war ein Scherbenhaufen.

«Schön, dann machen Sie erst mal Ihre anstehende Arbeit zu Ende, wir sehen uns dann später.»

Er nahm sein Tweedsakko vom Haken und warf es sich über die Schulter, und sie warf einen Blick auf ihre Uhr: halb fünf. Terry O'Hagan ging jeden Freitag um halb fünf in den Pub, wo er sich sechs oder sieben Pint Bier hinter die Binde kippte, um dann gegen sieben ins Büro zurückzukommen und seine Aktentasche zu holen, die ihm garantiert gestohlen würde, wenn er sie mit in den lärmigen, überfüllten Pub nähme. Wie er jetzt noch Bier trinken konnte, nach einem Mittagessen, zu dem bestimmt Rotwein und wahrscheinlich auch Brandy gehört hatten, war ihr unbegreiflich, aber das war schließlich nicht ihr Problem.

Ihre Hauptsorge bestand momentan darin, diese Beurteilung abzuschließen und sicherzustellen, dass Mrs. O'Briens Frühstückspension draußen in Connemara in den Führer *Reizende Landhäuser* für nächstes Jahr aufgenommen würde.

Die arme, tapfere alte Emily O'Brien! Seit über dreißig Jahren führte sie eine Pension in ihrem georgianischen Herrenhaus und machte sogar unbeirrt weiter, nachdem ihr Ehemann, als er Efeu kappen wollte, das die Regenrinnen überwuchert hatte, von der Leiter gefallen war. Er stürzte hinab und, in ihren Worten, «ging einfach hops». Sieben Monate war es nun her, dass Séan hopsgegangen war, und Shona war entschlossen, Emilys weitläufigem altem Herrenhaus bis Januar den begehrten Eintrag in der neuen Auflage von *Reizende Landhäuser* zu verschaffen. Vor allem amerikanische Touristen vertrauten dieser Broschüre wie einer Bibel und zitierten andächtig «offene Kamine», «hausgemachter Porridge» oder «Rosengärten». Emilys Haus konnte mit all dem aufwarten, viel wichtiger aber war Emily selbst, ein sechzigjähriger Ausbund an echtem Galway-Charme.

Besser aber erst Brendan anrufen. Shona griff nach ihrem Handy, strich sich das Haar hinters Ohr und wählte seine Nummer. Es läutete zweimal. «Bren? Hi, ich bin's, Shona –»

«Lass mich raten.» Sogar jetzt, wo sein australischer Akzent nicht ganz so munter klang wie sonst – Warum bloß? –, verfehlte er nicht die gewohnte Wirkung auf sie, prickelnd, sinnlich. Sie konnte förmlich sehen, wie er sich das rotbraune Haar zurückstrich und einen Blick auf die Uhr warf. «Hat der alte Lustmolch dir mal wieder Überstunden aufgebrummt? Ruf das Restaurant an, sieh zu, ob sie unsere Tischreservierung –?»

Sie stieß die Luft aus. «Ach, Bren, es tut mir Leid. Wirklich.»

«Ja. Ich weiß. Es tut dir immer Leid.» Seine Stimme klang ungewohnt tonlos.

«Ist doch nur eine Stunde ... Ich komme direkt vom Büro aus und bin um Viertel nach neun da.»

«Klar. Oder halb zehn. Spätestens um zehn.» Schwang da etwa ein bitterer Unterton mit?

«Nein! Wenn ich Viertel nach neun sage, bleibt es dabei! Bitte, red mir kein schlechtes Gewissen ein. Ich muss nett zu Terry sein, bis ich in die Hotelsparte befördert werde, du weißt doch, Pensionen betreue ich jetzt schon seit neun Jahren, und langsam habe ich mich an warmem irischem Frühstück echt sattgegessen.»

Erleichtert hörte sie, wie er unwillkürlich lachen musste. «Na ... okay. Ich werde sehen, ob sie uns den Tisch länger reservieren. Aber im Ernst, Shona, langsam habe ich die Nase voll davon. Wirklich. Und wenn du deine verflixte Beförderung dann bekommst, stehen Abendessen an, stimmt's? Kneipenbummel mit Abordnungen aus Italien, Bankette auf Bunratty Castle mit Herrn Wichtig aus Hamburg, Champagner mit François aus Frankreich, dieses und jenes, nur um ihre Touristen in deine Hotels zu bekommen … wann kriege ich dich dann mal zu sehen? Hm?»

Gute Frage, Bren. Gute Frage, und ich kann sie dir wirklich nicht übel nehmen.

«Heute Abend! Später! Versprochen!» Dabei legte sie ein mädchenhaftes Lachen in ihre Stimme. Mädchenhaft und, wie sie hoffte, verlockend. Brendan war ein lieber Kerl, und sie wollte ihn immer weniger missen … außerdem hielt die Sache mit ihm nun schon länger als mit allen anderen davor. Fast ein Jahr inzwischen. Langsam hatte sie das Gefühl, aus ihnen könnte wirklich etwas werden, sie kam sich vor wie ein Angler am Flussufer, der einen golden schimmernden Lachs im Auge hat. Nur ein wenig Geduld noch, dann könnte sie ihn an Land ziehen, gar keine Frage.

«Na schön. Bis später dann – Viertel nach neun, keine Minute später.»

«Jawohl, Sir.» Dankbar für seine Nachsicht – das war schon das dritte Mal in fünf Wochen – beendete sie das Telefonat und kehrte zu ihrem Papierkram zurück. Jetzt könnte sie nicht mehr nach Hause fahren und das rote Kleid anziehen, das er so besonders gern mochte, aber das würde ihm schon nichts ausmachen. Gott segne Brendan Wright; zur Hölle, zum Teufel mit Terry O'Hagan.

Alle waren längst nach Hause gegangen, es war stockfinster und Shona saß allein im Büro, als Terry um kurz nach sieben aus dem Pub zurückkam. Sie hörte seine schlurfenden Schritte in der Eingangshalle, aber täuschen ließ sie sich nicht; er war nicht umsonst Leiter der Hotelabteilung, seine gemütliche Art konnte jederzeit in klirrende Schärfe umschlagen. Ihre Freundin Crys hatte es mehr als einmal gesagt, er war ein Kerl, vor dem man auf der Hut sein musste, mochte er auch ein väterlicher Typ über fünfzig sein.

Himmel! Gelegentlich rätselte Shona schon, wie sie es schaffte, in dieser Branche ständig zu lächeln. Lächeln ohne Pause, sogar an verregneten Winterabenden wie diesem, sogar nach einem schlauchenden Elf-Stunden-Tag mit lauter Anrufen von Kimberley aus Kansas, die gern gewusst hätte, ob in Mrs. Murphys Pension *tatsächlich* James Joyce einmal abgestiegen war – *oh, wow!* –, mit Dokumenten aus Dublin, in denen schon wieder Budgetkürzungen angekündigt wurden, mit Anfragen von Journalisten, ob an dem Gerücht über Lebensmittelvergiftung etwas dran sei … aber so war das nun mal im Fremdenverkehrsgewerbe. Auch wenn ihr alles zu viel wurde, liebte sie es: Wie hätte sie auch anders können, bei so vielen kuriosen, wundervollen Menschen, die sich in der Branche tummelten?

Aber harte Arbeit war es allemal. Obwohl sie nur für das Wohlergehen, die Werbung und die Betreuung von zweihundert Pensionen in einem kleinen westlichen Teil des kleinen westlichen Irland zuständig war, fühlte Shona sich bisweilen für das ganze Land, den ganzen Planeten, die ganze Galaxie verantwortlich. «Hallo, Sie dürften wohl die Außerirdischen sein, willkommen am Shannon Airport, dort steht Ihr Bus, unterwegs machen wir Halt bei *Durty Nelly's* auf einen Irish Coffee … hier sind Ihre Pressemappen … oh, Jims Gepäck ist verschwunden, oje, lassen Sie mich rasch überlegen, wie ich das *regeln* kann …» Und lächeln, lächeln, lächeln. Und jetzt auch noch den alten Lustmolch anlächeln, weil sie das Hotelmarketing übernehmen und die arme alte Emily O'Brien für mehr Geld, höheren Status und mehr Extras im Stich lassen wollte?

Aber ich bin sechsunddreißig, ermahnte sie sich sofort. Ich kann die alten Schätzchen in ihren Landhäuschen nicht für immer betütteln. Wenn ich nicht befördert werde, und zwar bald, ende ich noch selbst als altes Schätzchen, schüttele meine Kissen auf und lasse mich auf den Hintern plumpsen, der sich nie richtig in Gang gesetzt hat. In den höchsten Gang: Shona Fitzpatrick, Leiterin Abteilung Hotels, sehen Sie, es steht auf meiner Geschäftskarte, hier haben Sie eine! So gern ich meine reizenden Damen habe, Fremdenverkehr ist wie Showgeschäft, früher oder später will man ganz groß rauskommen. Mir jedenfalls geht es so. Einen Dienstwagen und ein Spesenkonto, ein Eigenheim mit großem Grundstück, drei Auslandsreisen im Jahr, bei denen jemand anderes *mich* anlächeln muss. Okay, Terry, alles klar? Ich will meine Beförderung, und zwar dringend, deshalb werde ich süß und nett zu dir sein, so liebend gern ich dir auch mit einer Axt den Schädel spalten würde.

Sie schwang mit ihrem Stuhl herum und strahlte ihn an. Seine Fahne drang bis zu ihr hinüber. «Hi. Wie war die Bewirtung, hoffentlich gut?»

So nannten sie seine Abstecher in den Pub immer: «Bewirtung», als hätte er ein paar wichtige «Kunden» oder «Kontakte» eingeladen, die ihm siebzig Trillionen Touristen zuschanzen könnten, wenn er sie nur gründlich genug mit Guinness abfüllte. Er nickte knapp, sagte aber nichts, während er sein Sakko auszog und sich die Krawatte lockerte. Shona beobachtete ihn und erriet schnell den Grund für sein Schweigen: Nach einem halben Dutzend Pints Bier, zusätzlich zu den Getränken beim Mittagessen, war er buchstäblich zu blau zum Reden.

Gut. Zum Arbeiten wäre er da kaum in der Lage, sie könnte sich also vor den Hotelbudgets drücken und Brendan doch noch früher treffen. Immer noch lächelnd, schlug sie einen forschen, eifrigen Tonfall an.

«Also schön, wollen wir dann anfangen? Ich habe die Datei schon aufgerufen.»

Sie deutete auf den Computerbildschirm, und er sah sie stirnrunzelnd an, als versuchte er sich zu erinnern, wer sie war und warum sie beide an einem verregneten Novemberabend um diese Uhrzeit noch hier waren. Und dann, ganz plötzlich, schlurfte er ohne Vorwarnung oder Grund zur Tür zurück, klinkte sie zu und ließ den Riegel am Schloss nach unten schnappen.

Ping! Bei dem leisen Geräusch war sie sofort auf den Beinen, jeder Nerv in ihrem Körper, jede kleine graue Zelle in ihrem Kopf registrierte blitzschnell die Vorahnung, die Intuition, die absolute Gewissheit, dass Terry O'Hagan etwas Widerliches, Gefährliches oder sogar Tödliches im Schilde führte. Träge erhob sich die Stimme ihrer Freundin Crys von dem Sofa, wo sie es damals, sorgsam ihre Nägel lackierend, das erste Mal gesagt hatte: «Bei dem Kerl muss man auf der Hut sein, Shona. Immer schön auf der Hut sein, ich sag's dir.»

Lieber Gott, nicht jetzt, wo das Gebäude menschenleer und Dave, der Wachmann, nach Hause gegangen war! Sie ballte ihre, wie sie flüchtig merkte, schweißnassen Fäuste und zwang sich, den volltrunkenen, gefährlich streitlustig wirkenden Hünen mit dem regenfeuchten Bart zur Rede zu stellen.

«Terry? Was ist los? Warum verriegeln Sie die Tür?»

«Ehr...», nuschelte er. «Ehr... ehrgeiziges kleines Miststück bist du, was, Shona Fitzpatrick?»

Nur konnte er nicht mehr deutlich sprechen; sie hörte etwas wie «ehrgeisch klains Mischtügg bischu, was, Shona Fischparrick?» Sie gab sich unerschrocken und ließ sich nicht einschüchtern.

«Was soll das heißen?»

Mit zu Schlitzen verengten Augen kam er immer näher auf sie zu, bis er sie gegen ihren Schreibtisch drängte. «Du weiß' wassich mein, Frollein, du willss mein' Job, nich wah? Tscha, einss Tages isses vielleich so weit, aber erss mussu dafür bezaahln. Allesch hat sein' Preis, weissu.»

Drohend stierte er sie an, dann schoss unvermittelt seine Hand vor, packte sie vorne an der Hemdbluse und zerrte sie in seinen alkoholgeschwängerten Dunstkreis, Auge in Auge, direkt an seinen mächtigen, kräftigen Körper.

Sie dachte nicht einmal nach. Dazu war keine Zeit. Stattdessen riss sie den Arm zurück, holte aus und ließ ihn vorschnellen, verpasste ihm einen solchen Schwinger quer übers Gesicht, dass er aufjaulend zurücktaumelte und gegen die Wand krachte. In Zeitlupe glitt er daran hinunter, wie ein dagegen geklatschtes Eis, das zu einer traurigen Pfütze am Boden schmilzt.

Hastig schnappte sie Mantel und Aktentasche, riegelte die Tür auf und rannte los. Kurz musste sie der Versuchung widerstehen, ihm noch einen saftigen Tritt in die Rippen zu verpassen.

Nach gut einer Meile Fahrt klopfte ihr Puls allmählich langsamer, beruhigte sich ihr rasender Atem. Schließlich war ja nichts *passiert*, Terry war nicht dazu gekommen, welches Vorhaben auch immer in die Tat umzusetzen. Es war nicht sein erster Annäherungsversuch auf «Kennenlern»-Reisen ins Ausland war er ihr zweimal durch Hotelflure zu ihrem Zimmer gefolgt, das sie hastig abschließen musste –, und sosehr ihr der Schreck noch in den Gliedern saß, war sie doch körperlich unversehrt.

Mit Grausen schwante ihr, dass den Schaden keineswegs sie erlitten hatte, sondern *er*. Morgen früh würde er im kalten Licht der Nüchternheit ein paar schöne Beulen an seinem Kingsize-Ego entdecken. Und er war dafür berüchtigt, nachtragend zu sein. Er würde sie für seinen Übergriffsversuch büßen lassen und es so hinstellen, als wäre sie auf ihn losgegangen.

Na ja, sie hatte ihm ja wirklich eine gescheuert. Aber was blieb einem denn übrig, bei einem sturzbetrunkenen, geilen Bock von fast zwei Metern? Sämtliche Frauen im Büro hatten aus Erfahrung gelernt, wie sinnlos es war, vernünftig mit ihm reden zu wollen; man konnte nur zusehen, seine Haut zu retten und schleunigst vor ihm das Weite suchen. Brendan als Einziger war da anderer Ansicht. Als er von der Jagd durch den Hotelflur in Edinburgh erfuhr, musste er davon abgehalten werden, sich Terry vorzuknöpfen, «und zwar so, dass er sich für alle Zeit daran erinnert». Eben aus diesem Grund reifte in Shona der Entschluss, Bren nichts von dem Vorfall heute Abend zu erzählen. Diesmal, ahnte sie, würde er sich nicht umstimmen lassen; gleich Montag früh würde er ins Büro stiefeln, sich Terry schnappen und ihn auf die Bretter schicken. Womit ihre Hoffnungen auf Beförderung endgültig zunichte wären, falls die nicht ohnehin schon gestorben waren.

Und falls ja? Konnte es tatsächlich sein, dass sie durch diesen alten Schluckspecht dazu verdammt war, für den Rest ihres Lebens ihre Pensions-Damen zu bemuttern, nie auch nur einen Millimeter weiter voranzukommen? Bis sie vierzig war, fünfzig, für immer und ewig, Amen? Verflixt nochmal! Zornig und frustriert, dazu noch ein wenig zittrig vor Schreck, bog sie halsbrecherisch in eine Parkbucht vor dem Restaurant ein, in dem sie sich mit Bren treffen sollte, worauf ihr einfiel, dass er noch gar nicht da sein würde. Statt sich zu verspäten, war sie nun eine Stunde zu früh dran. Sie stellte den Motor ab, zog ihr Handy aus der Tasche und rief ihn noch einmal an.

«Bren?» Sie hörte, dass sie immer noch außer Atem war. «Ich – es ist was passiert – nein, es hat sich was geändert – ich konnte doch früher los, ich stehe hier vor Kyver's, und ich – ich kann's gar nicht erwarten, dich zu sehen …»

Das war die reine Wahrheit. Ohne ihm den Grund zu nennen, wollte sie ihn jetzt und hier bei sich haben, damit er sie fest in die Arme nahm, alles mit seiner fröhlichen, tröstlichen Art wieder gutmachte, ihr grinsend mit dem Zeigefinger gegen die Nase stupste und ihr sagte, was für eine «Klassebraut» sie war.

Doch als sie nach kurzer Stille seine Stimme hörte, klang sie kein bisschen fröhlich. Sondern gereizt und genervt. «Du bist bei Kyver's? Jetzt? Aber du hast Viertel nach neun gesagt, deshalb bin ich auf einen Sprung bei Dad vorbeigegangen, wir trinken gerade Kaffee und quatschen – Mensch, Shona, ich bin eben erst hergekommen, ich kann jetzt nicht einfach so abhauen!»

Oh. Nein. Natürlich nicht. Sie atmete tief durch und versuchte, sich in ihn hineinzuversetzen. Sein Vater war Witwer und liebte seinen Sohn, den einzigen, der nicht in Australien war, über alles, und er hatte jedes Recht dazu, Brens Besuch ungestört zu genießen. Und für Bren galt umgekehrt dasselbe. Sie durfte nicht von ihm erwarten, seine Pläne stündlich auf Zuruf umzuwerfen, um ihren launischen Bedürfnissen gerecht zu werden.

«Oh. Entschuldige. Das wusste ich nicht. Macht nichts. Ich gehe rein und warte in der Bar auf dich, lese ein bisschen Zeitung. Lass dir Zeit und grüß deinen Dad schön von mir.»

«Klar.» Er klang ruhiger, aber sie spürte, dass ihr ein taktischer Fehler unterlaufen war. Jetzt würde er den Besuch bei seinem armen Vater abkürzen, sich früher als geplant von ihm verabschieden und außer Atem und gereizt hier auftauchen. Hätte sie ihn doch bloß nicht angerufen.

«Bis später dann.»

Nach dem Telefonat saß sie da wie betäubt. Der Abend nahm eine schlechte Wendung, das spürte sie; rein gar nichts, Tonfall, Stimmung, ließ auf ein unbeschwertes Rendezvous mit ihrem wunderbaren, reizenden Liebsten hoffen.

Shona hatte den Nachrichtenteil komplett durch und war beim Feuilleton, als sie mitbekam, wie Brendans Auto draußen vor dem Restaurant parkte. Lächelnd sah sie auf die Uhr: Viertel nach neun. Weder zu spät, um ihr einen Denkzettel zu verpassen, noch ihr zuliebe zu früh, ganz im Einklang also mit seinem unnachahmlichen Rugbyspieler-Naturell: fair. «Immer fair bleiben, Kumpel», das war sein Motto, und auch deshalb fühlte sie sich zu ihm hingezogen. In einer viel zu oft unfairen Welt war er zuverlässig wie ein Fels, einer von vielen Gründen, aus denen sie langsam, aber sicher dabei war, sich in ihn ernsthaft zu verlieben. *Verknallt* hatte sie sich gleich bei ihrer allerersten Begegnung, letztes Ostern, am porzellangedeckten Teetisch bei Emily O'Brien ausgerechnet, als sein Eintreten dafür sorgte, dass ihre Tasse auf dem Unterteller hörbar ins Klirren geriet. Emily hatte ihn mit strahlendem Lächeln vorgestellt.

«Mein Berater für künstliche Besamung», hatte sie vergnügt kundgetan, und Shona hatte die grienende kleine Dame von sechzig ungläubig angestarrt. «Ihr *was*?!?»

Doch wie sich herausstellte, war Brendan genau dies. Nach einer Ausbildung in Australien zu einer Art Fachmann für die Kreuzung von Rindviehrassen (auf die technischen Details konnte sie gut verzichten) war er vor fünf Jahren mit seinem verwitweten Vater nach Irland übergesiedelt, «ins Land unserer Vorfahren», wie er grinsend erklärte, und arbeitete jetzt für das Landwirtschaftsministerium. An jenem

Tag hatte er dem preisgekrönten Bullen eine Visite abgestattet, mit dem Emily ihr Einkommen aufstockte, und war danach zu einer Tasse Tee gebeten worden, zusammen mit Shona, die nervös ihr Clipboard an sich drückte (sie war auf jährlicher Inspektionsreise durch die Pensionen). Nach einer Dreiviertelstunde bei Tee und Mr. Kiplings «außerordentlich gutem Gebäck» hatte er sie, gut hörbar für die entzückte Emily, um eine Verabredung gebeten. Hin und wieder überlegte Shona später, ob Emily die Sache am Ende eingefädelt hatte, aber dankbar war sie ihr in jedem Fall. Nach acht Monaten mit Bren erschien es ihr manchmal immer noch unglaublich, in ihrem Alter einen heiratsfähigen Mann gefunden zu haben – nicht nur heiratsfähig, sondern lustig, redegewandt, interessant und rundum schnuckelig noch dazu. Obwohl sie noch nicht zusammenlebten, denn in dieser Hinsicht war Brendan seltsam altmodisch, hatte sie immer mehr das Gefühl, dass ihre Beziehung allmählich in eine entscheidende Phase trat. Eine Entwicklung, die ihr zunehmend schlaflose Nächte bereitete.

Bin ich, grübelte sie jetzt, als sie ihn auf sich zukommen sah, bereit für diesen Mann? Wirklich bereit, in jeder Hinsicht? Könnte ich mich an ihn binden, wenn er mich darum bäte? Wenn er eine dauerhafte Bindung wollte und Kinder, ein Haus und alles, was dazugehört? Könnte ich mein Leben auf ihn zuschneiden, kürzer treten, bei der Arbeit, meinen Reisen, meiner Zeit mit Crys und den Mädels, mein Leben so einrichten, dass er den Vorrang bekommt, den er beanspruchen dürfte?

Könnte ich das, wenn es hart auf hart käme? Bin ich bereit?

Mit sechsunddreißig sollte ich das allemal sein. Aber was wird dann aus meiner Beförderung? Die Gehaltserhöhung, der Dienstwagen, die drei Urlaubsreisen im Jahr … wäre das vereinbar mit Ehe, Kindern, Haushalt? In der Ehe, hört man immer, geht es vor allem um Kompromisse, und mir sagen alle nach, mit Kompromissen hätte ich es nicht so ... doch manchmal ist mir, als würde ich für Brendan Wright einfach alles tun. Wirklich alles, weil ich ihn liebe und jetzt im Moment unheimlich froh bin, ihn zu sehen. Er ist all das, was Rüpel wie Terry O'Hagan und seinesgleichen nie waren und nie sein werden. Eine Rarität nämlich: ein guter Mann.

«Hi, Süße.» Er kam auf sie zugefedert, und sie hob ihm die Wange zum Kuss entgegen. Mit der gewohnten Offenheit musterten sie seine strahlend grünen Augen. «Sind wir ein bisschen gestresst?»

«Oh ...» Sie hatte geglaubt, eben in der Toilette mit Lippenstift und Bürste gute Arbeit geleistet zu haben. Offenbar doch nicht. Oder sein Gespür für sie war noch besser als vermutet. «Mir fehlt nichts. Unser Tisch ist noch frei ... hast du Hunger?»

Den hatte er immer, weil er so viel Zeit draußen auf Bauernhöfen verbrachte, den Körperbau eines Rugbyspielers hatte und von seinem Vater Fred mit, wie er es ausdrückte, «deftiger australischer Kost» großgezogen worden war. Seine Mutter, Amy, war gestorben, als er zwölf war, und Fred hatte die drei kleinen Söhne, von denen Brendan der Älteste war, allein aufziehen müssen. Genau das, mutmaßte Shona, hatte wohl Brens entschiedene Ansichten über den «Wert des Familienlebens», wie er es nannte, geprägt. Dabei hatte sie gar nichts gegen «Familienleben» als solches, ihr wurde bloß nicht klar, wie man so ein Projekt bewerkstelligte, wo doch noch so viel anderes zu erledigen war. Sie liebte ihre Karriere, hatte viel dafür investiert, und entsprechend wichtig war sie ihr. Ebenso wichtig wie einem Mann. Wie *sollte* man nur alles unter einen Hut bringen, heutzutage?

«Ja. Etwas.» Er lächelte, wie ihr schien, ein wenig bedauernd, als sie ihm eine Speisekarte reichte, die er aber nur kurz überfliegen konnte, denn da kam auch schon ein Kellner, um sie an ihren Tisch zu führen. Es war ein netter runder Ecktisch, mit weißem Tischtuch und einer Vase mit hellgelben Blumen, nahe bei Lee, dem Mann am Klavier, der gerade etwas von Carly Simon spielte. Sonst zwinkerte Bren Lee immer zu, wenn sie ankamen, worauf Lee sofort eins von Shonas Lieblingsliedern spielte, «Blue Bayou» oder «Summer Breeze» oder «Smoke Gets in Your Eyes»; heute Abend aber schien er irgendwie abwesend. Shona bemerkte, dass Lee das nicht entging, und lächelte ein wenig betreten.

Ein Kellner mit Block und Bleistift kam an ihren Tisch. Shona bestellte Garnelenmousse und Glattbutt, Bren entschied sich für eine pikante Tomatenvorspeise und ein kurz gebratenes Steak, und als Kompromiss zwischen ihren unterschiedlichen Vorlieben empfahl der Kellner einen leichten Beaujolais.

Kompromiss. Siehst du, sagte Shona sich, ist doch gar nicht so schwer. Ein Chablis wäre mir lieber, aber Bren zuliebe trinke ich auch mit Freuden einen Beaujolais.

Sie merkte, dass er sie, das Kinn auf die Knöchel gestützt, mit nachdenklicher Miene anschaute. Ach, wie sie diese Sommersprossen liebte, das widerspenstige Haar, das nie ganz verfliegende Lächeln! Terry O'Hagan verblasste zusehends, ihr wurde warm ums Herz, als sie ihn über den Tisch hinweg ansah.

«Wie geht's deinem Dad? Wie war dein Tag?»

Während der Vorspeisen erzählte er ihr von Fred, der Feuer und Flamme war, seit er kürzlich entdeckt hatte, dass man im Internet auch Schach spielen konnte, und von seinem Tag, der überwiegend aus Laborarbeit bestanden hatte.

Shona lächelte; Bren war die Arbeit vor Ort lieber, aber er musste beides vereinbaren.

«Na ja, es hat den ganzen Tag geschüttet, da warst du doch drinnen besser aufgehoben!»

«Hm. Kann sein. Wie war dein Tag? Mir war nicht ganz klar, was eigentlich los war.»

Sie zögerte. «Das war mir selbst nicht klar. Terry wollte, dass ich Überstunden mache. Aber dann hat er – hatten wir – eine kleine – Meinungsverschiedenheit. Ich glaube, ich – ich habe meine Beförderungschancen ganz schön verdorben.»

Finster sah er auf seinen leeren Teller. «Siehst du deshalb so gestresst aus? Hat Terry dich wieder mal durch den Flur gejagt? Falls ja, Shona, dann reicht's mir. Ich werde ihn mir vorknöpfen. Höchste Zeit, dass das endlich aufhört.»

Wie wohl seine Worte ihr taten. Aber dass er etwas unternahm, wollte sie um keinen Preis. Sie konnte sich schon selbst zur Wehr setzen … und außerdem hatte Terry O'Hagan doch schon eine tüchtige Ohrfeige abbekommen. Das Letzte, was sie brauchte, war ihr Liebster, der wie ein altmodisch-erboster Vater hereinmarschiert kam, um sich Terry «vorzuknöpfen».

«Nein – es war nur eine Meinungsverschiedenheit über etwas.»

«Worüber?»

O Gott. «Über meine Zukunft. Er versucht seine Macht als Waffe gegen mich einzusetzen, weiß, dass ich seinen Job, wenn er nach Dublin geht, nur kriege, wenn er mich dafür vorschlägt. Deshalb hat er mir auch die Überstunden aufgebrummt, einfach, weil es in seiner Macht steht. Ich – ich hasse ihn, Bren! Er macht mir das Leben zur Hölle!»

Hoppla. Da hatte sie sich wohl etwas verplappert. Zu ihrer Verwunderung aber antwortete er nicht sofort. Stattdessen nahm er die Serviette von seinem Schoß und zwirbelte sie nervös in wunderliche Formen, den Blick abwechselnd auf sie und das Kaminfeuer gerichtet, das in der Wand links von ihm brannte.

«Verstehe.»

Wie bitte? Shona war so perplex, dass ihr zunächst die Worte fehlten. Normalerweise hatte Brendan ein feines Gespür, aber heute Abend schien eine Befangenheit in der Luft zu liegen, irgendetwas passte nicht. Hatte er etwa eigene Probleme, von denen er ihr nichts sagte? Sie war erleichtert, als er schließlich nach ihrer Hand griff, sie ausgiebig in Augenschein nahm und dann, ganz sanft, ihre Fingerspitzen küsste.

«Shona ... weißt du ... ich habe dich über die letzten paar Monate sehr lieb gewonnen.» Wie zur Bestätigung betrachtete er sie anerkennend, ihr Gesicht, das seinem nicht ganz unähnlich war, frisch und sommersprossig, nur dass ihre Augen blau wie Heidekraut und ihre glatten, fast schulterlangen Haare leuchtend kupferrot waren. Sie beugte sich vor, umfasste seine Hand und flüsterte über die Kerze zwischen ihnen.

«Und ich dich, Bren. Ich fühle mich ...» Was fühlte sie? Sie überlegte kurz, um den genau richtigen Ausdruck zu finden: glücklich mit dir? Sicher? Geliebt? Ja. Alles zusammen. Aber bevor sie es noch aussprechen konnte, legte er ihr einen Finger an die Lippen.

«Scht. Sag jetzt nichts, Shona. Hör mir bitte zu.»

Was war los? Leicht blinzelnd lehnte sie sich zurück und rätselte, was er sagen wollte, weshalb er plötzlich so ernst wirkte. Ihr fiel auf, dass er aussah wie ein Mann, der irgendeine Entscheidung getroffen hatte, und ihr Magen schlug Purzelbäume – nein – unmöglich – er wollte ihr doch keinen *Heiratsantrag* machen, oder? Jetzt und hier, aus heiterem

Himmel an diesem nasskalten Winterabend … konnte das sein … war es so weit? Alarm, Shona!

«Ich höre zu, Bren.» Ihre Stimme hing in der Luft wie ein Wölkchen, ihr Körper spannte sich in einer Mischung aus Furcht, Vorahnung und rapide aufsteigender Euphorie. Dies war einer jener Momente, an den sich jede Frau ihr Leben lang erinnert, und sie kostete ihn jetzt schon aus, versiegelte die Blumen und das Feuer und die Kerze in ihr Gedächtnis, fing Lees Blick quer über das Klavier auf und versuchte, sein schelmisches Zwinkern zu übersehen, gab sich bemüht spröde, wo sie doch am liebsten –

«Nun ja … ich weiß nicht recht, wie ich es sagen soll … aber ich habe nachgedacht … über uns …»

«Ja», murmelte sie, «ich auch. Mehr und mehr …»

Er knetete ihre Hand in seiner und schien sie gar nicht zu hören, während er auf seinem Stuhl herumrutschte und ihr auf seine aufrichtige Art in die Augen sah, fast umstrahlt von einer Aura der Fairness.

«Und ich bin zu dem Schluss gelangt, dass …»

Ja! Etwas in ihr traf die Entscheidung für sie, ihr Herz gewann die Oberhand über ihren Verstand, jeden Gedanken an den Job, der in diesem Moment ebenso gut auf dem Mars hätte sein können. Er würde sie bitten, ihn zu heiraten, und sie würde ja sagen. Ja, Brendan, ich liebe dich, ich bin mir dessen ganz sicher, ich will deine Frau werden und deine Kinder bekommen, und das ist jetzt alles, was für mich zählt. Ich werde Kompromisse eingehen, falls nötig, was absehbar ist, ich werde dir absoluten Vorrang einräumen und mein restliches Leben ganz auf dich –

«Dass wir eigentlich … nicht … zusammenpassen, Shona.»

Von irgendwo über dem Raum, oder von draußen vor dem Restaurant, oder möglicherweise aus hundert Meilen

Entfernung hörte sie, wie Lee es zu spielen begann, ohne Zweifel veranlasst von der sichtlichen Intimität zwischen ihnen: «Smoke Gets in Your Eyes». Nie wieder, so viel stand fest, würde sie es hören, ohne sich an den Tag zu erinnern, an dem ihr Leben in Trümmer stürzte. Den Tag, an dem ihr alles um die Ohren flog, ihre Karriere, ihre tot geborene Ehe, ihr wunderbarer, wunderbarer Bren. Ihre gesamte Zukunft, ihre gesamte Existenz.

Sie merkte, wie ihr die Farbe aus dem Gesicht wich, ohne jedoch zu ahnen, *wie* blass sie wurde. Sie nahm nur die plötzliche Sorge in seinem Gesicht wahr, die langsamer werdende, unsicher schwankende Musik, die schließlich in ein anderes Stück überging. Er sah sie erschrocken an und schenkte ihr ein Glas Wasser ein.

«O Gott, Shona – tut mir Leid. Es tut mir so Leid. So hatte ich es nicht sagen wollen, so schroff, was bin ich für ein Ochse … komm, gehen wir vor die Tür, damit du frische Luft schnappen kannst.» Dabei sprang er auf, kam um den Tisch herum und half ihr, die Arme um ihre Schultern gelegt, auf die Beine. Als sie von ihm gestützt aus dem Lokal wankte, hörte sie ihn noch dem Kellner etwas von «fühlt sich nicht wohl» zumurmeln. Eine bemerkenswerte Untertreibung.

Draußen ließ sie sich auf ein niedriges Mäuerchen sacken, und er setzte sich neben sie und rieb ihr hilflos die Hand, bis sie ihm endlich das Gesicht zuwandte, tief innerlich fröstelnd, kaum fähig zu sprechen.

«Wirst du mir einen Grund nennen?»

«Ja. Natürlich.» Seufzend ließ er den Blick über den Parkplatz schweifen. «Es … es ist dein *Elan*, Shona.»

«Mein was?»

«Dein Job. Dein berufliches Engagement. Du hasst deinen Chef, aber du liebst deine Arbeit, du bist schon mit ihr verheiratet, und ich habe selbstsüchtigerweise Angst, dass ich da immer nur an der jämmerlichen zweiten Stelle kommen würde. Genauso wie die Kinder, die wir vielleicht mal hätten.»

Kinder. Nach denen hatte sie sich nie sonderlich gesehnt, aber jetzt fiel ihr siedend heiß ein, dass sie sechsunddreißig Jahre alt war. Kinder waren keine Option, die ihr noch sehr lange offen stand. Brendan nahm ihr mehr als seine Liebe; er nahm ihr Leben, ihre gemeinsame Familie, ihre Kinder und Enkelkinder und ... sie hatte das untrügliche Gefühl, dass sie gleich selbst wie ein Kind losheulen, sich auf den Boden werfen und die Seele aus dem Leib brüllen würde.

«Verstehe. Tja, in dem Fall ist es wohl sinnlos, das noch – das weiterzuführen, nicht wahr?»

Schwankend erhob sie sich, ortete ihr Auto und machte sich unter Aufbietung all ihrer verbliebenen Würde auf den Weg. Brendan blieb hinter ihr auf dem Mäuerchen sitzen und unternahm nichts, um sie umzustimmen. Beim Einsteigen war ihr klar, dass sie sich immer den Kopf darüber zerbrechen würde, was wohl gewesen wäre, wenn sie versucht hätte, *ihn* umzustimmen, ihm gut zuzureden, zu versichern, dass er mit Abstand der wichtigste Bestandteil ihres Lebens war.

Aber es ging nicht, sie ließ es bleiben. Er sah nicht aus wie ein Mann, der wild darauf war, ein «Bestandteil» in wessen Leben auch immer zu sein.

Aileen Hegarty persönlich gab der *Irish Times* die Schuld an allem. Bis dieses Blatt anfing, alles zu analysieren, war das Abgangszeugnis bloß eine Prüfung, die jeder mit achtzehn zu absolvieren hatte. Entweder bestand man oder fiel durch, oder, falls man Grips hatte und einen weiten Bogen um den Pub machte, erhielt man Auszeichnungen und konnte studieren. Aber dann hatte die *Times* mit ihrer hartnäckigen Analyse daraus weit mehr als nur eine Prüfung gemacht; nach und nach war das Zeugnis für alle Teenager zu einem Pass fürs Leben mutiert, zum lebensnotwendigen Dokument, ohne das ihnen jede Tür vor der Nase zugeschlagen würde und sie über Nacht zu sozial Ausgestoßenen herabsänken. Die Schule ohne ein Abgangszeugnis voller Einsen zu verlassen, das war heutzutage in etwa so, als liefe man splitternackt auf der Straße herum.

Ihr Sohn Finn war inzwischen fast zwanzig. Und er war durch den Abschluss gerasselt. Nicht nur einmal, zweimal. Zweimal war definitiv, bei zweimal war offiziell Schluss. Weder sie noch sein Vater Joe wussten, was sie als Nächstes mit ihm anfangen sollten, und schlimmer noch, er wusste es selbst nicht. Beim ersten Mal war er, zugegeben, selbst schuld, damals hatte er nur Mädchen im Kopf, beim zweiten Mal aber hatte er sich schon auf den Hosenboden gesetzt. Und fiel trotzdem durch. Finn reagierte, als trüge er das Wort «Versager» auf die Stirn tätowiert, und führte anschließend das ihm vermeintlich von der Gesellschaft vorgezeichnete Leben, hing in Pubs ab, spielte den ganzen Tag Billard, lief in schwarzer Ledermontur mit spitzen Nieten durch die Straßen von Ennis und Lahinch, einen lila Irokesenkamm auf dem kahl geschorenen Schädel, mit dem er allerdings nicht cool aussah, wie er glaubte, sondern eher armselig. Aileen bedauerte ihn von ganzem Herzen, zugleich wollte sie ihn an den Ohren schütteln: Warum versuchte er es nicht mit irgendeiner Lehre in den Sparten, die ihm noch offen standen – als Klempner, Menschenskind, oder Tischler oder mit sonst einem Handwerk? Klempner, Schreiner, Elektriker und solche Leute machten schließlich heutzutage ein Vermögen, konnten sich vor Aufträgen kaum retten.

Finn schaltete auf stur. Da würde er doch auch nur versagen, oder? Er war blöd, er war ein hoffnungsloser Fall, und damit hatte es sich. Reden wir nicht weiter drüber, Ma, das Ganze kotzt mich an.

Aileen kam er zutiefst deprimiert vor. Irgendein Job müsste her, dachte sie, um ihn aus seinem offenkundigen Stimmungstief zu holen.

«Wie wär's denn mit McDonald's? Du kannst doch nicht dein ganzes Leben auf der Straße rumhängen, Finn.»

«Wollen wir wetten?» Mehr hatte er dazu nicht zu sagen, und sie war mit ihrem Latein am Ende.

Die *Irish Times* hatte aber nicht nur die Sache mit dem Abgangszeugnis auf dem Kerbholz. Ihr anderes Vergehen war fast noch schlimmer. Vor einem oder zwei Jahren hatte sie einen fraglos genialen Gag für ihren Immobilienteil ausgebrütet, eine Donnerstagskolumne namens «Take Five». Der Grundgedanke – in Irland ließ ein Immobilienboom gerade die Hauspreise in astronomische Höhen schnellen – war, fünf zum Verkauf stehende Häuser vorzustellen, eins in Irland, die anderen vier im Ausland, gewöhnlich in Spanien, Frankreich, Amerika, Italien oder Griechenland. Die Nation war im Handumdrehen wie im Wahn, konnte kaum fassen, was für bildschöne Villen in Mallorca oder Florida zum Preis eines Reihenhäuschens in Raheen oder Ringsend zu haben waren. Und schrecklicherweise war sie, Aileen, davon hypnotisiert wie ein Karnickel von der Schlange; wenn sie eins dieser herrlichen Häuser im Ausland betrachtete, malte sie sich jedes Mal aus, wie sie auf dem Balkon oder der Terrasse saß, mit einem Cocktail in der Sonne lag und zum Pool schlenderte, um sich abzukühlen. Sie hatte sich ihre *Irish Times* im Zeitungsladen extra zurücklegen lassen müssen, denn donnerstags ab zehn Uhr morgens war sie immer komplett ausverkauft. Bis zehn schaffte sie es nie, um diese Zeit saßen ihre Pensionsgäste noch beim Frühstück, über ihre Karten gebeugt, während sie erklärte, wie man nach Galway, Westport oder zu den Cliffs of Moher kam. Manchmal, wenn sie von oben noch Finns Schnarchen hörte, wäre sie am liebsten von den Cliffs of Moher gesprungen.

Unterdessen verschlimmerte sich ihre Sucht, sie brauchte immer höhere Dosen ihrer Droge und erschloss sich neue Bezugsquellen. Etwa eine Zeitschrift namens *Häuser International*, die sie wiederum veranlasste, sich von Finn den Umgang mit seinem Computer beibringen zu lassen, weil es im Internet Adressen gab, durch die sie stundenlang surfte. Mit sehnsüchtigem Blick bewunderte sie Schweizer Chalets, Strandvillen, Landsitze, römische Stadthäuser, Apartments in Miami und Blockhäuser in Kanada. Und dann – o Freude, o Wonne! – hatte Channel 4 eine Sendereihe namens *Ein Platz an der Sonne* gestartet. Jede noch so krumme Tour war ihr recht, um sich pünktlich um fünf Uhr nachmittags vor den Kasten zu setzen und mit Spannung zu verfolgen, ob die vorgestellten Interessenten für die umgebaute Wassermühle in der Toskana bieten würden, für das alte Pfarrhaus in der Provence oder das Loft in Madrid … kein Zweifel. Sie war süchtig, sie war eine Abhängige, und Häuser im Ausland waren ihre Droge.

Manchmal grübelte sie, ob man dafür Hilfe in Anspruch nehmen konnte. Konnte man einen Therapeuten aufsuchen und sagen, «Äh, Entschuldigung, aber ich habe da anscheinend ein kleines Problem, mein Sohn ist eine Katastrophe, und ich flüchte mich rund um die Uhr in Tagträume über Häuser im Ausland. Ich brate Schinken mit Eiern und möchte viel lieber meine frisch geschnittenen, taufeuchten Rosen in meinem holzgetäfelten Wohnzimmer mit Panoramafenster auf den Gardasee arrangieren»? Vermutlich schon. Heutzutage behandelten Therapeuten jeden wegen wirklich allem, es ließen sich wahre Reichtümer scheffeln mit der wachsenden Flut von Spinnern in Irland, sämtlich geeint in der Überzeugung, an der verschrobensten Neurose der Welt zu leiden.

Wenn ich doch nur, dachte sie, während sie an diesem tristen Winterabend die Geschirrspülmaschine belud, mit Joe darüber reden könnte. Dann müsste ich mir nichts von Therapeuten zusammenphantasieren. Aber Joe … Joe ist nicht die Lösung, oder? Joe ist Teil des Problems.

Dabei ist an ihm im Grunde gar nichts auszusetzen. Es gibt wesentlich schlechtere Ehemänner. Er ist kein Spieler oder Schürzenjäger, nicht gewalttätig, gemein oder faul. Bloß … so … so verdammt *langweilig*. Zuverlässig und beständig und all die anderen Eigenschaften, die mir mal als Tugenden erschienen, und so voraussagbar, dass ich ihm manchmal am liebsten Feuer unterm Hintern machen möchte. Jeden Morgen um acht geht er zur Arbeit, ist um sechs wieder zu Hause, vier Abende die Woche von neun bis elf im Pub, Abend für Abend für Abend dieselben Gespräche mit denselben Leuten in demselben Pub … und er wundert sich, warum ich nicht mehr mitgehe. Ich komme nicht mit, Joe, weil es mich *anödet*! Das habe ich dir auch erklärt, aber ebenso gut hätte ich gegen die Wand reden können, weil es dir weiter Spaß gemacht hat und immer noch macht. Na gut, im Pub hocken ist kein Verbrechen, aber besonders anregend ist es auch nicht, oder? Nicht romantisch, nicht sehr schmeichelhaft, dass du lieber mit Dave *Dödel* Doherty zum neunhundertsten Mal über eure Fußballhelden von Man U quatschst als – genau! – mit deiner Frau essen zu gehen oder ins Kino oder auch nur auf einen Spaziergang nach der Arbeit. Schließlich arbeite ich auch, weißt du, ich führe diese Pension, jahraus, jahrein, seit inzwischen fünfzehn Jahren. Ich trage meinen Teil zu dieser Ehe bei, und ich gebe mir alle Mühe, auch als Frau attraktiv zu bleiben. Schön, ein Pfund oder zwei könnten vielleicht runter, aber für zweiundvierzig bin ich nicht schlecht in Schuss, außerdem hellwach im Kopf; von Verblödung keine Spur. Die *Irish Times* jedenfalls lese ich jeden Donnerstag, das steht mal fest! Was also ist so toll an Laffy's Pub, was ist so berauschend an der Arbeit im Eisenwarenladen, dass du praktisch nur noch über Nieten und Sandpapierschleifmaschinen und nicht tropfende Emulsionen reden kannst, hm? Sandpapierschleifmaschinen hängen mir zum Hals heraus, und falls es dir noch nicht aufgefallen ist, du bist *nicht* mit einer Büchse nicht tropfender Emulsion verheiratet. Ich bin eine gesunde, muntere Frau, und ich bin deine Ehefrau!

Langsam schnappe ich über. Ist doch so, oder? Übergeschnappt mit zweiundvierzig, Unsinn brabbelnd mit fünfzig, weggesperrt mit sechzig ... mein armer Trottel von Sohn, der mich besuchen kommt und mir mein Möhrenbreichen füttert. So werde ich enden, in einem hinten zugebundenen Papiernachthemd, von einer Zwei-Zimmer-Maisonettewohnung in Gibraltar faselnd. Und wenn das Geschäft nicht bald wieder anzieht, könnte das Ende näher sein, als wir denken.

Nun, dafür kann ich der *Irish Times* nicht die Schuld geben. Ich gebe Osama bin Laden die Schuld. All diese Absagen seit September, die Amerikaner, die scharenweise wegbleiben ... und der Wirtschaftsaufschwung derzeit schadet auch eher, Touristen können sich die Reise hierher nicht mehr so einfach leisten wie früher. Und die Iren selbst – tja, nach *dem* letzten Sommer, wer kann es ihnen verübeln, dass sie im Urlaub lieber in die Sonne fliegen? Zumal wenn es billiger ist, nach Griechenland oder Spanien zu reisen als zu Hause zu bleiben. Wenn die Politiker mal wieder von unserem grandiosen Aufschwung schwafeln, können sie nicht *mich* meinen, oder alle anderen Pensionsinhaber. Ich werde wohl anfangen müssen, überall zu inserieren, aber bald, falls ich dieses Jahr überhaupt noch ein paar Buchungen will.

Will ich denn? Nein. Momentan, genau jetzt, will ich keine. Nach fünfzehn Jahren habe ich die Nase voll davon, immer dasselbe zu tun, mit einem Mann zusammenzuleben, der immer dasselbe sagt und tut, in diesem immer gleichen Haus, aus dem ich längst herausgewachsen bin. Komisch, als wir es damals gekauft haben, schien es so perfekt! Aber wir hatten wenig Geld und waren junge Leute, die es nicht interessierte, wie ihr Dach über dem Kopf aussah. Ich hatte noch keine einzige Folge von *Ein Platz an der Sonne* gesehen, ich ahnte nicht, dass es noch andere Häuser gab als Doppelhausschuhschachteln in geraden Reihen mit Netzgardinen und dreiteiligen Sitzgruppen. 16, Glen Heath schien mir damals, als wir es kauften, das absolut höchste der Gefühle.

Heute ist es wie wir: abgenutzt, nicht mehr ganz taufrisch, dringend renovierungsbedürftig. Aber eine Renovierung werden wir uns nicht leisten können, stimmt's, wenn das Geschäft diesen Sommer mau läuft? Ich muss mit Träumen aufhören, mir «Take Five» abgewöhnen und mir etwas einfallen lassen, um Kundschaft anzulocken ... Waren das Zeiten, als Shona Fitzpatrick mir scharenweise Gäste brachte, manchmal mehr als ich unterbringen konnte, oft mussten wir noch Leute zu Noreen Foley rüberschicken! Aber dann wurde Shona ja befördert, vom Kundenschalter im Fremdenverkehrsbüro in den Innendienst ... so ein nettes Mädel war das, Shona, und jetzt sehe ich sie kaum noch. Was sie wohl heute so macht, wie es ihr wohl geht?

Crys Sheehan hatte ihre Freundin Shona Fitzpatrick noch nie weinen sehen. Natürlich hatte sie auch mal einen

Träge wie eine schlanke, langbeinige Katze lackierte Crys sich den nächsten Nagel und bewunderte ihn ausgiebig. Aber Shona ließ sich nicht täuschen. Crys erwartete eine vernünftige Begründung, wohl abgewogene Argumente.

«Weil ich – ich weiß nicht, warum, deswegen!»

Crys zog eine Augenbraue hoch. «Verstehe. Dann lass mich auf meinen Punkt von eben zurückkommen, nämlich dass du nicht bereit bist und dich möglicherweise nicht eignest für den heiligen Stand der Ehe. Du willst Bren, aber auch deine Karriere … du willst Marmelade auf beiden Seiten deiner Brotscheibe, Madame.»

«Ist das ein Verbrechen?»

«Habe ich das behauptet?»

«Nein, aber … ach, ist doch sinnlos, darüber zu diskutieren, jetzt hat sich doch beides in Luft aufgelöst.» Vom Unglück überwältigt, schluchzte Shona von neuem los. Crys stand auf und kochte nachdenklich neuen Tee.

«Hm. Also, das muss ich dir offen sagen, Shona, es war nicht sehr klug von dir, deinen Chef zu ohrfeigen.»

«Nein, schon klar, aber was sollte ich sonst tun? Er war b-blau und wenn du mich fragst, g-g-gefährlich.»

«M-hm. Und hat jetzt vermutlich vor, dich wegen tätlichem Angriff zu verklagen. Das Wochenende über wird er wohl deine Karriere-Puppe mit Nadeln spicken. Du kannst von Glück sagen, wenn du nicht gefeuert wirst.»

Shona schnappte nach Luft. «Was? Aber – aber er war schuld, nicht ich! Er müsste erst mal erklären, warum ich ihn geohrfeigt habe –»

«Du hast ihn geohrfeigt, weil er so unverschämt war, Überstunden von dir zu verlangen. Das wird er sagen. Zeugen gibt's keine, oder?»

O nein. Shona musste Crys Recht geben; genau das würde Terry O'Hagan sagen. Außerdem würde er vermutlich in der bekanntermaßen tratschsüchtigen Fremdenverkehrsbranche Lügen über sie in Umlauf bringen, sodass sie nach der Entlassung wegen tätlichen Angriffs nirgendwo sonst Arbeit finden könnte. Eben noch kurz vor der Beförderung, war sie nun ein Fall fürs Arbeitsamt … eine Katastrophe. Die Vorstellung war derart albtraumhaft, dass sie darüber fast den anderen Albtraum vergaß, die Aussicht auf ein Leben ohne Brendan, gerade jetzt, wo sie zu dem Schluss gekommen war, dass sie ihn über alles liebte und bereit war, alle seine süßen Babys zu kriegen.

«Dazu war ich bereit, Crys. Wirklich. Ich hatte genau in dem Moment entschieden, mich dauerhaft an ihn zu binden und seine Kinder zu bekommen.»

Crys goss mit schiefem Grinsen den Tee ein. «Wessen, Terry O'Hagans?»

«Brendans natürlich! Wirklich, mach dich nicht auch noch über mich lustig.»

Mit der ihr eigenen Anmut stellte Crys die Teekanne ab und setzte sich wieder an den Küchentisch, der wie üblich mit Papierkram von Save the Children, Amnesty, dem irischen Büro für Entwicklungshilfe APSO und anderen Hilfsorganisationen übersät war. Ein wenig beschämt musste Shona sich eingestehen, dass viele Menschen schlimmer dran waren als sie momentan. Wesentlich schlimmer, so schwach dieser Trost auch war.

«Aber Shona, *chérie*, Ehe und Mutterschaft sind keine Frage der Entscheidung. Sondern eine Frage des *Wollens*.»

«Ich wollte sie doch.»

«Wirklich? Bist du sicher? Aus welchem Grund?»

«Also, aus den normalen Gründen natürlich, Crys!»

«Es gibt viele ‹normale› Gründe für diesen Schritt, Shona. Manche haben mit Berufung zu tun. Andere mehr mit Angst … Angst vor der Einsamkeit, dem Alter, der sozialen

Unsicherheit. Deine Liebe zu Brendan in allen Ehren, von der nicht weniger leidenschaftlichen Liebe zu all seinen Vorgängern ganz zu schweigen, aber willst du mir ernsthaft weismachen, du wärest *liebend* gern Mutter? Dass du liebend gern Kinder hättest, auch wenn sie dir Erdbeermarmelade auf dein Paul-Costelloe-Kostüm schmieren?»

Iih. Shona wich automatisch zurück, und Crys lächelte. «Wenn du mich fragst, Shona – und das tust du ja offenbar –, bist du nicht gerade die mütterlichste Frau der Welt. Das ist nicht allen gegeben, weißt du, ist ja kein Erlass von oben oder so. Dumm wäre allerdings, es zu erzwingen oder so zu tun als ob. Das wäre auch den Kindern gegenüber nicht fair und würde vermutlich Reibungen mit ihrem Vater verursachen.»

Widerstrebend musste Shona ihr Recht geben, wenn auch nur insgeheim. Brendan war in der Tat der Typ Mann, der von der Mutter seiner Kinder erwarten würde, sie mit Liebe zu überschütten, zu hätscheln und zu tätscheln und zum absoluten Mittelpunkt ihres Lebens zu machen. Genau darauf liefen seine Vorstellungen von «Familie» hinaus, und – und hatte etwa ein leiser Anflug von Panik ihre Entscheidung diktiert, ihm entgegenzukommen? Er war ein klasse Typ, und sie wurde schließlich nicht jünger.

«Also, ich … ach, verdammt, Crys, wieso hast du immer so einen verflixten Durchblick! Na schön, ich geb's zu, vielleicht wünsche ich mir Kinder nicht ganz so heftig wie du, aber –»

«Aber dann, Shona, hat der liebe Gott dich vor einem schrecklichen Schicksal bewahrt. Und den armen Bren auch. Ihr hättet euch letzten Endes todunglücklich gemacht. Weißt du, du musst nicht heiraten, nur weil alle anderen das tun. Es sind weder die Masern, noch ist es ein Muss.»

«Hm. Du hast leicht reden, mit Gavin Sheehan sicher am Haken.»

Crys lachte schallend. «*Am Haken?* Ich muss schon sagen, Shona, du findest echt reizvolle Bilder. Gavin wäre entzückt zu erfahren, dass er an meinem, äh, Haken hängt.»

Hin- und hergerissen zwischen Gram und aufsteigendem Lachreiz sah Shona stirnrunzelnd in ihren Teebecher. «Du weißt doch, was ich meine. Du hast einen lieben Ehemann, und ich habe das Recht, mir auch einen zu wünschen. Ich bin sechsunddreißig, und ich will nicht für immer Single bleiben.»

«Wieso nicht? Manche Leute sind als Single glücklich und zufrieden. Weil es sie befreit.»

«Also, mich befreit das nicht. Langsam – wird mir das zur Last. Ich will mein Leben mit jemand anderem teilen, so wie alle anderen.»

«Ja. Natürlich. Du bist ein großzügiger, warmherziger Mensch. Aber vielleicht solltest du einen Witwer in Betracht ziehen oder einen Geschiedenen, jemanden, der schon eine Familie hat und keine neue will.»

«Aber Männer kann man sich doch nicht backen, Crys! Ich hatte solches Glück mit Bren, und jetzt … jetzt habe ich ihn verloren, und du hast nicht mal Mitleid mit mir.»

«Hätte ich, wenn ich der Ansicht wäre, dass ihr beide zueinander passt, ich mochte ihn nämlich gern. Aber mach dir nichts vor, Shona … du wolltest ihn, glaube ich, zu deinen Bedingungen. Ein Kind höchstens, wenn überhaupt.»

«Das stimmt nicht. Ganz falsch. Ich habe ihn geliebt – liebe ihn immer noch –, und ich bin komplett am Boden zerstört, weil er mich scheinbar nicht mehr will. Mein *Herz* ist gebrochen, hörst du.»

«M-hm. Und dein Herz war auch damals gebrochen, wenn ich mich recht entsinne, bei Trevor und Colm und

Aidan … entschuldige, Sho, aber deine Bilanz fällt nicht gerade toll aus, oder? Einen Pluspunkt hat sie, es läuft immer gleich ab. Du himmelst deine Männer immer an, sie geben dir immer den Laufpass, und du bist immer am Boden zerstört. Immer dasselbe Schema. Ich glaube, es lässt sich mit ihrem Verdacht erklären, dass du sie in deinem hektischen Leben nie auf den Sockel heben wirst, auf dem sie gern ständen. Männer spielen nun mal ungern die zweite Geige, ihnen behagt der Gedanke nicht, einer Frau könnte ihre Karriere ebenso viel bedeuten wie sie – womöglich sogar, Gott behüte, mehr! Das kratzt ihren bekanntermaßen empfindlichen Stolz an.»

«Aber viele verheiratete Frauen haben auch eine steile Karriere!»

«Dann such dir einen Mann, der gewillt ist, deine mitzutragen. Einen Witwer, wie gesagt, einen Geschiedenen, oder einen Hausmann. Das heißt, falls du nach Montag noch eine Karriere hast. Wahrscheinlich kriegst du einfach deine Entlassungspapiere, und dann Lebwohl.»

Shona begriff nicht, wie sie, halb verrückt vor Sorge über diese Aussicht, tief und aufrichtig geknickt wegen Brendan, über so eine Bemerkung lachen konnte. Aber genau das tat sie, bis sie sich an ihrem Tee verschluckte und ihr die Tränen kamen. Crys war eine stoische Realistin, die nicht duldete, dass man sich lange selbst bedauerte, denn, wie sie aufreizend zu bemerken pflegte, «es gibt immer jemanden, der schlimmer dran ist, Süße». Beim Reden lackierte sie sich ungerührt den letzten Nagel, die langen Beine in der hautengen Jeans auf den Tisch gelegt, und beäugte die Keksdose, als würden Krisen und Essen sich nicht gänzlich ausschließen. Shona schüttelte den Kopf, als Crys ihr die Dose hinschob.

«Crys, bleib bitte ernst.»

«Es ist mir leider bitterernst, Sho. Dieser O'Hagan hat es auf dich abgesehen, aber hallo.»

«Wahrscheinlich. Was schlägst du mir also vor?»

«Ah. Gute Frage. Angriff oder Verteidigung? Das bedarf sorgfältiger Überlegung ... wie wär's, bleibst du zum Mittagessen? Du weißt ja, nur eine satte Armee kann richtig kämpfen – Mensch, wo steckt Napoleon nur, wenn wir mal einen Strategen brauchen?»

Dabei schaute sie sich um, als wäre Napoleon eine Katze auf Abwegen, die jeden Moment hereinspaziert kommen könnte, und zum zweiten Mal musste Shona allem zum Trotz lachen. Trotz Terry O'Hagan, von dessen Zorn in der Tat Schlimmes zu befürchten war, und trotz Brendan Wright, der ihr bereits fehlte wie ein amputierter Arm. Kinder hin oder her, verrückt war sie doch schließlich nach *ihm*.

Joe Hegarty war ein prima Kerl, das fand er selbst und alle, die ihn kannten. Ein netter, anständiger, fleißiger Ehemann, der nicht einsah, warum Gott ihn mit so einem nutzlosen Penner von Sohn und einer zunehmend unruhigen Frau geschlagen hatte, die den äußerst sonderbaren Hang entwickelte, Immobilienseiten, Immobiliensendungen und Immobilien-Websites zu verschlingen, als wären sie Kaviar. Als er den Schlüssel ins Schloss steckte und die Haustür öffnete, fragte er sich, was er wohl diesen Abend vorfinden würde. Samstags war im Eisenwarenladen immer am meisten Betrieb, da durfte er wohl mit Recht auf ein köstliches, warmes Essen hoffen, auf Aileen, die ihn mit einem Lächeln empfing, und auf Finn, der vielleicht sogar zu Hause war und ausnahmsweise mal etwas Nützliches tat ...

Finn war nicht da. Das merkte Joe sofort, denn wenn Finn da war, dröhnte das Haus von Musik. Jetzt war es still bis auf das Rascheln von Zeitungspapier in der Küche, aus der ein verbrannter Geruch drang.

«Aileen? Brutzelt da etwas im Backofen –?»

Mit einem Aufschrei schnellte seine Frau hoch, stürzte zum Herd und holte ein eingeäschertes Etwas heraus. «Oje! Entschuldige, Joe, ich wollte dir zum Abendessen ein schönes Hähnchen braten, aber ich habe wohl vergessen, die Zeituhr einzustellen … ich war abgelenkt …»

Verdrossen musterte Joe das kokelnde Hähnchen. Kam Aileen etwa schon in die Wechseljahre, war es das? Sie war erst zweiundvierzig, genau wie er, äußerlich immer noch seine süße, hübsche Frau, aber es musste doch einen Grund haben, warum sie immer öfter Essen anbrennen ließ, es völlig vergaß, oder beides.

Er war nicht der Typ Mann, dem Wörter wie «Wechseljahre» über die Lippen kamen – eher hätte er den Arm in den Fleischwolf gesteckt –, aber an diesem Abend Ende November wurde ihm schlagartig klar, dass er etwas sagen, vielleicht sogar unternehmen musste. Wenn das so weiterging, wäre Aileen bald eine Gefahr für den Haushalt.

«Abgelenkt wodurch?»

Hilflos wedelte sie mit der Hand in Richtung Tisch, auf dem ein dicker Stapel Zeitungen und Zeitschriften lag. Joe brauchte kaum hinzuschauen, er wusste gleich, was es war – der neueste Schund, von dem sie nicht genug bekommen konnte, Schund, der seine liebe Frau völlig durcheinander brachte und in eine Bedrohung verwandelte. Und doch … so schuldbewusst und verzweifelt sie ihn auch ansah, etwas an ihr traf ihn mitten ins Herz. Selbst wenn sie ihm in letzter Zeit Rätsel aufgab, ihre braunen Augen waren immer noch so groß und seelenvoll, die Wimpern immer noch so lang und dicht, ihre zarten Wangen erröteten immer noch genau so wie an dem Tag, als er sie bat, seine Frau zu werden.

Mensch, war das lange her! Zweiundzwanzig Jahre … sie waren fast noch Kinder, ihre Eltern waren entsetzt, alle waren sich einig, das würde nie halten. Aber es hatte gehalten. Buchstäblich durch dick und dünn, Höhen und Tiefen und selbst durch ihren Schmerz über den Verlust von Finns Schwesterchen als Kleinkind, und als sich danach kein weiterer Nachwuchs einstellen wollte. Das hatte ihre Ehe auf eine schwere Zerreißprobe gestellt … irgendwie aber hatten sie sich immer wieder zusammengerauft und es überstanden. Beim Blick auf das verkohlte Hähnchen und die Immobilienbeilagen allerdings fragte Joe sich, ob seine geliebte Frau nicht langsam ein kleines bisschen überschnappte.

«Menschenskind nochmal!», brach es in jähem Zorn, hinter dem er seine Ohnmacht fühlte, aus ihm heraus. «Das geht jetzt zu weit! Du spinnst doch, Aileen! Den ganzen Tag lang, tagaus, tagein träumst du von Luftschlössern! Was in Gottes Namen ist *los* mit dir?»

Er war beunruhigt, als sie nicht umgehend abwiegelte, sondern sich auf einen Stuhl sinken ließ und ihn lange und irgendwie abschätzend ins Auge fasste. Ihr Schweigen machte ihn nervös.

«Und? Willst du es mir jetzt verraten oder nicht? Was muss ein Mann denn heutzutage tun, um zu Hause ein anständiges Abendessen und einen herzlichen Empfang zu kriegen – auf den Tisch springen und einen Tanz aufführen? Sich ausziehen und am Kronleuchter schwingen?»

Verträumt sah sie ihn nur weiter an, worauf er unwillkürlich den Bauch einzog … lag es vielleicht an ihm, war es das? Zugegeben, sein früher so dichtes Haar lichtete sich, er hatte einen ziemlichen Wanst – und ja, sein Schnarchen war ein Problem. Schon klar, aber was zum Henker sollte er dagegen tun? Außerdem schnarchten andere Männer auch. Sozusagen alle. Da konnte sie lange suchen nach einem, der nicht schnarchte … Ach du liebe Güte! Sie hatte doch nicht etwa einen gefunden? Einen anderen Kerl, einen Liebhaber, einen Geliebten, einen Gespielen, wie immer man das heute nannte. Ach was, bestimmt nicht. Unmöglich. Nicht seine Aileen. Wen denn auch? Und wann? Und warum? Plötzlich war ihm, als hätte ihm jemand einen Eispickel ins Rückgrat getrieben.

Als er seine Stimme wiederfand, klang sie krächzend. «Aileen? Hörst du mir zu? Ich habe dich etwas gefragt.»

«Ja, Joe. Das weiß ich.»

Ihr Blick war so abwesend, dass er es mit der Angst bekam. «Dann antworte! Sag mir, warum du so komisch bist, dass ich dich kaum wiedererkenne! Sag mir, warum zum Henker du nicht aufhören kannst, diesen ganzen Immobilien-Mist zu verschlingen! Das wird so langsam ungesund, weißt du, das ist unnormal, es wächst sich zu einer Obsession aus.»

Langsam, den Blick immer noch wie aus weiter Ferne auf ihn gerichtet, lächelte sie. Es war das sonderbarste, rätselhafteste Lächeln, das er je auf ihrem Gesicht zu sehen bekommen hatte.

«Joe. Ich habe nachgedacht. Ist dir überhaupt klar, wie viel dieses Haus wert ist?»

Er erstarrte. Sie war nicht mehr bei Trost. Sie hatte vor, ihr Haus zu verkaufen. Ihr absolut anständiges, gemütliches, fast abbezahltes Zuhause, für das er sich den *Arsch* abgearbeitet hatte! Ein Riesenschock fuhr ihm in die Glieder, durch den ganzen stämmigen, müden Körper.

Es war eine harte Arbeitswoche gewesen – und nun das. Wenn er sich jetzt nicht zusammennahm, so viel stand fest, würde er ausklinken, durchdrehen.

«Ja, Schatz. Ich weiß genau, was es wert ist.»

Überrascht, fast eifrig blinzelte sie ihn an. «Ja?»

«Ja. Jeden Arm, jedes Bein und alle übrigen Körperteile, die ich mir in den letzten fünfzehn Jahren wie ein Blöder abgerackert habe, um es abzuzahlen, ist es wert. Blut, Schweiß und Tränen ist es wert. Nicht nur meine Arbeit, auch deine hat uns dieses Dach über dem Kopf gesichert, unserem Sohn ein Zuhause geboten, eine Zuflucht vor allen Krisen, einen Treffpunkt für Freunde und Familie ... was es finanziell wert ist, weiß ich nicht und das ist mir auch egal, aber ich werde dir sagen, was es mir wert ist: ein bisschen Respekt.»

Er sprach betont ruhig, als hätte er es mit einem überspannten Kind zu tun. Anfangs schien das zu wirken. Aileen nickte eifrig, das honigblonde Haar wippte ihr ums Gesicht.

«Ja. Vermutlich hast du Recht. Aber Joe – es ist auch – meiner Schätzung nach – mindestens vierhunderttausend Euro wert.»

Da traf es ihn wie ein Hammerschlag: Unsere Ehe ist in Schwierigkeiten. Wir, Aileen und ich, Mr. und Mrs. Joseph Hegarty, stecken in irgendwelchen fürchterlichen Schwierigkeiten. Genau die Sorte Schwierigkeiten, mit denen Frauen einen einfach so überfallen, wenn man keinen blassen Schimmer hat, warum oder wieso.

«Ach ja? Hast du es schätzen lassen, während ich bei der Arbeit war?» Er klammerte sich an einer Stuhllehne fest. Ruhig, dachte er, ganz ruhig, nur keine Panik.

«Nein. Ich weiß es einfach. Das ist der gängige Tarif hier in der Gegend. Das ist der Preis, zu dem diese Häuser gehandelt werden, nahe Galway, reichlich Parkplätze, solide Bauweise, großer Garten, kurze Wege zum Shannon Airport, zur Uni, zum Krankenhaus, Einkaufszentrum, Kinos, Restaurants ...»

Schock hin, Schock her, das überraschte ihn nun doch. Vierhunderttausend? Im Gegensatz zu ihr las er nie die Immobilienseiten, konnte sich nicht vorstellen, dass eine Reihenhaushälfte, für die sie gerade fünfunddreißigtausend Pfund bezahlt hatten, eine so ungeheure, lachhaft hohe Summe wert sein könnte. Das musste sie sich einbilden. Er ließ sich auf den Stuhl neben sie sinken, nahm zaghaft ihre Hand und blickte ihr forschend ins Gesicht.

«Aileen. Sag mal … sind es – äh – hm – sind es – na – Frauenbeschwerden? Ist es das?»

Seine Stimme war sanft, seine Miene verständnisvoll. Sie reagierte verständnislos.

«Was?»

«Du weißt schon …» Gott, war das kompliziert! Wusste sie denn nicht, wie schwer er sich mit diesen heiklen Frauenthemen tat? Sie waren ihm ein Rätsel, ein Minenfeld, und doch schnitt er nun eines an, gab sich alle Mühe, konnte sie es ihm nicht ein wenig leichter machen? Ihm ein wenig *entgegen*kommen, bevor er erstickte? Anscheinend nicht; sie wirkte nur verdutzt. Vielleicht drückte er sich nicht klar genug aus. Er wagte einen weiteren Anlauf.

«Na ja … du bist über vierzig … vielleicht bist du jetzt an einem Punkt in deinem Leben … wo …?»

Seine Stimme klang flehend, und sie fing unvermittelt an zu lachen. «Ja! Bin ich! Genau das ist es, Joe, du hast den Nagel auf den Kopf getroffen!»

Puh. Mächtig erleichtert, das Schlimmste hinter sich zu haben, strahlte er sie an. Und dann richtete sie den Gartenschlauch auf ihn, volle Pulle, gespeist aus einem eiskalten Wasserfall.

«Ich bin jetzt in der Mitte meines Lebens angelangt, Joe, und ich langweile mich zu Tode! Ich habe es satt, Finn so trübsinnig rumhängen zu sehen, ich habe es satt, dass du vier Abende die Woche in den Pub ziehst, ich habe den ganzen Trott satt, immer und immer und immer dasselbe! Ich will etwas Neues, Frisches – ich will dieses Haus verkaufen und umziehen!»

Umziehen? Umziehen, hat sie gesagt, *umziehen*? Aber – «Aber warum? Wieso? Wohin?» Seine Verwirrung hätte nicht größer sein können, wenn sie Serbokroatisch gesprochen hätte.

«Keine Ahnung, wohin, Joe. Ich bin mir nicht mal ganz sicher, warum. Ich weiß nur, dass ich eine Veränderung brauche – die brauchen wir alle –, und ich möchte gern, dass du dich mit der Möglichkeit anfreundest, dieses Haus zu verkaufen, weil wir damit einen Riesenreibach machen können.»

Ihm war zum Weinen zumute. Vermutlich würde er sogar weinen, nachdem er sie erdrosselt hatte. Umzüge, das war bekannt, waren mit das Stressigste, was es überhaupt gab. Stress, den sie nicht brauchten, unnötiger Stress, wozu, wollte ihm nicht einleuchten. Er ließ ihre Hand los und wich vor ihr zurück.

«Aber der Gewinn würde doch von dem nächsten Haus verschlungen, das wir kaufen müssten. Ich meine, Aileen, wir müssen doch irgendwo wohnen –»

Sie nickte triumphierend. «Ja. Genau. Aber nicht unbedingt hier.»

«Was stört dich hier?»

«Nun, das Wetter ist grässlich, die Buchungen sind im Keller, und –»

«Aileen, das Wetter ist überall in Irland grässlich, die Buchungen sind überall im Keller, von Kerry bis Donegal! Was ändert sich, wenn wir in ein Haus zehn Meilen die Straße runterziehen –?»

Nachdenklich lehnte sie sich zurück und musterte kurz das verkohlte Hähnchen, ehe sie das Wort ergriff. «Nichts, wenn wir nur zehn Meilen weiterziehen. Aber ich habe mir überlegt … tausend Meilen könnten vielleicht was bringen. Vielleicht wäre das weit genug, um etwas zu ändern.»

Tausend Meilen. Joe spürte, wie ihm der Schweiß auf die Stirn trat. Tausend *Meilen*, sagt sie … von seinem Eisenwarenladen, von seinem Pub, seinen Kumpels, seinem Garten, in dem er gern herumwühlte und Gemüse zog … und was war mit Finn? Wo blieb ihr Sohn in diesem Irrsinn?

«Aileen – ich – ich muss schon sagen, ich glaube, das ist ein bisschen eine Schnapsidee. Wir können doch nicht einfach so alle Zelte abbrechen und tausend Meilen weit wegziehen! Wir sprechen keine Fremdsprachen – bis auf das Chinesisch, das du gerade verzapfst –, ich habe meinen Job, und du führst deine Pension, wir haben einen Sohn –»

Ihre Augen blitzten. «Ja! Einen Sohn, der dringend einen Tritt in den Hintern braucht! Entweder zieht Finn mit uns um, macht sich nützlich und hilft uns im Ausland, oder er muss sich hier um einen Job und eine eigene Bleibe kümmern, er kann schließlich nicht bis ans Ende unserer Tage bei uns Trübsal blasen. Das bringt ihm nichts, und mich macht es wahnsinnig. Er verdirbt die Stimmung im Haus, und er zieht mit einem Haufen Vollidioten durch die Gegend.» Sie war jetzt richtig in Fahrt, schnappte nach Luft und redete weiter. «Und was meine Pension betrifft, die könnte ich überall führen – vielleicht sind manche Orte nicht ganz so auf amerikanische Touristen angewiesen wie Irland. Und du – du bist über vierzig, da gibt es doch bestimmt eine Möglichkeit, mit einer Abfindung auszuscheiden, der Laden könnte für die Hälfte deines Gehalts jemanden anstellen, der halb so alt ist wie du – vielleicht sogar Finn! Ach, Joe … denkst du drüber nach? Bitte, sag schon, wenigstens das?»

Ihr Blick war flehentlich. Er wirkte dagegen mehr wie jemand, den ein Bus gestreift hat. Er hatte diese Immobiliensache für ein Hobby gehalten, einen merkwürdigen, aber harmlosen Zeitvertreib – offenbar hatte er sich da gewaltig geirrt. Sein Schock wandelte sich in Groll, verlangte Widerstand. Trotzig schweigend dachte er nach. Hatte sie das alles seit Wochen, Monaten ausgeheckt? Oder war es eher eine spontane Eingebung? So oder so, es war ein starkes Stück für einen Mann, der einfach bloß zum Abendessen nach Hause kommen wollte, stattdessen mitzukriegen, dass gerade über seinen Kopf hinweg sein Haus verkauft wurde. Bei Frauen wusste man eben einfach nie, woran man war, die ganze Spezies war undurchschaubar.

Und schlimmer noch, eine unzufriedene Frau war eine gefährliche Frau, davor hatte ihn jedenfalls sein Kumpel Dave Doherty gewarnt. Aileen hatte bislang nie unzufrieden gewirkt, aber jetzt war sie es offenbar – womit eigentlich genau? Mit ihrem Leben allgemein oder mit ihrer … ihrer Ehe? Ihrer beider Ehe? Irgendwie schien hinter der ganzen Sache noch mehr zu stecken. Dem musste er sorgfältig auf den Grund gehen und durfte bloß keine vorschnellen Schlüsse ziehen.

Abrupt stand er auf. «Ich fahre runter zum Imbiss», verkündete er, «und hole uns Hähnchen mit Pommes zum Abendessen. Oder hättest du vielleicht lieber Paella oder Froschschenkel?»

Aileen lächelte, aber sie lachte nicht, woraus Joe Hegarty schloss, dass er richtig vermutet hatte. Seine Ehe steckte plötzlich in Schwierigkeiten, aus einem ihm völlig unerfindlichen Grund. Und es konnte noch schlimmer werden, wenn er nicht herausfand, was genau Sache war und wie er darauf reagieren sollte. Mal sehen, auf dem Weg zum Imbiss konnte er ja im Pub vorbeigehen, schauen, ob Dave Doherty da war, und mit ihm ein Wörtchen über diese außerordentliche familiäre Entwicklung reden.

Mit Ehekrisen musste Dave Doherty sich schließlich auskennen. Seine Frau hatte ihn vor Jahren verlassen, und deshalb würde er aller Voraussicht nach auch im Pub sein, nur zu gern bereit, ihm mit Rat und Tat zur Seite zu stehen. Als er sich die Jacke wieder überzog und mit einem Brummen aufbrach, war Joe, als würden die wild funkelnden Augen seiner Frau ihn den Flur hinab und hinaus zum Auto verfolgen und danach den ganzen Weg bis zu dem Barhocker, auf den er sich endlich, endlich sacken lassen wollte.

Kapitel zwei

Das Wochenende war einfach grauenhaft. Zehnmal – zwanzig-, dreißigmal? – griff Shona zum Telefon, im Geist die Gründe durchgehend, warum sie Brendan anrief, während sie alles stur verdrängte, was Crys gesagt hatte, nämlich, dass er vielleicht doch nicht der Richtige für sie war.

Natürlich war er das! Na schön, zugegeben, ihr waren schon Fehlgriffe unterlaufen, aber Brendan war anders. Er war ehrlich, anständig und fair, hübsch, gut bei Kasse und entzückend. Er war nicht schwul, nicht verheiratet, nicht geschieden oder verwitwet und hatte keinen Schwarm Kinder, die dringend eine Mutter brauchten. Er war ohne Ballast, ungebunden bis auf seinen reizenden Vater, er war ein heiratsfähiger Junggeselle wie aus dem Bilderbuch! Er war *perfekt*!

Perfekt, bis auf diesen einen unbegreiflichen Haken: Er hatte ihr den Laufpass gegeben. Sie dachte, sie wären das ideale Paar, er aber nicht. Offenbar hielt er sie für eine Arbeitssüchtige, die ihm nie die Aufmerksamkeit schenken würde, die er verdiente.

Na gut. Dann hatte sie eben neben ihm noch andere Interessen. War das ein Verbrechen? Auf das Verbannung als Strafe stand? Hätte sie *keine* andere Beschäftigung, wäre er vermutlich erst gar nicht an ihr interessiert gewesen, denn dann wäre sie der Typ klammernde Klette, bei dem Männer Platzangst kriegen. Es war absolut unfair, und wenn sie nicht gerade Weinkrämpfe hatte, trat sie gegen die Türen, schlug mit den Fäusten gegen die Wand und verdrückte eine ganze Tüte Käse-Zwiebel-Chips. Als die Chipstüte leer war, fand sie eine Schachtel Pralinen, die er ihr geschenkt hatte, und machte sich darüber her, schlang eine nach der anderen hinunter, bis die Schachtel leer war. Leer wie ihr Leben insgesamt, lag sie vorwurfsvoll vor ihr auf dem Boden ... sollte sie losgehen und sich noch eine besorgen?

Ha! Wenn das so leicht wäre, einfach noch eine besorgen! Würde es doch nicht regnen, wäre ihr doch nicht so übel, könnte sie doch ihren Stolz herunterschlucken statt Schokolade und ihn anrufen. Aber das Telefon rebellierte hartnäckig; jedes Mal, wenn sie danach griff, legte es sich selbst wieder auf, verwehrte ihr, das Gespräch mit ihm zu suchen, zu argumentieren, zu flehen, alles zu tun, um ihn irgendwie zurückzubekommen. In der Zwischenzeit hallten ihr Crys' Worte durch den Kopf wie die verwünschten Glocken einer Kathedrale: «Vielleicht eignest du dich einfach nicht für die Ehe ... du bist nicht mütterlich ... man entscheidet nicht, jemanden zu lieben, die Liebe entscheidet für einen ...»

Was sollte das denn heißen? Immer wieder ging sie die Szene im Restaurant im Kopf durch, wurde aber immer noch nicht daraus schlau, begriff nicht, warum sie statt einem Heiratsantrag eine jähe Abfuhr erhalten hatte, die so unerwartet gekommen war wie ein Zug, den sie nicht durch den Tunnel hatte heranrasen sehen. Von der öffentlichen Demütigung ganz zu schweigen, die Szene würde sie nie vergessen, Kyver's Restaurant nie wieder betreten. Brendan hätte wenigstens so taktvoll sein können, sie abseits der Öffentlichkeit aus seinem Leben zu katapultieren, hier in ihrer Wohnung zum Beispiel.

Seufzend ließ sie sich auf ein Sofa sinken, drückte ein Kissen an sich und sah sich um. Die Wohnung wenigstens war, im Gegensatz zu ihm, eine gute Investition gewesen.

Sogar phänomenal gut, denn wer hätte je gedacht, dass eine Zweizimmerwohnung in Galway für fünfundfünfzigtausend Pfund neun Jahre später viermal so viel wert wäre? Nicht, dass ihr Wert eine Rolle spielte, sie hatte ja nicht vor, sie zu verkaufen – jedenfalls nicht, bis sie sich das wunderhübsche, frei stehende Haus im Grünen leisten konnte, das ja außerdem komplett mit Ehemann ausgestattet sein sollte. Dem Ehemann, der … o Gott, dachte sie in jäher Panik, ich bin *sechs*unddreißig, das ist ein Albtraum. Bald werden die Leute aufhören, mich als Single zu bezeichnen, sie werden sagen: «Ach, nein, sie hat nie geheiratet …» Dann bin ich abgeschrieben.

Und übrigens, was ist mit meinem Job? Auf keinen Fall kann ich morgen früh ins Büro gehen und bei Terry O'Hagan einfach so tun, als wäre nichts gewesen. In dem Fall hat Crys Recht, allemal. Ich werde zum Personalchef gehen und Beschwerde gegen ihn einreichen müssen, weil er bestimmt eine gegen mich einreicht. Am Ende landet die Sache sogar vor Gericht, er wird wegen sexueller Belästigung belangt, ich wegen tätlichen Angriffs. Schlimmstenfalls zieht das Ermittlungen und Verhandlungen nach sich, die sich monatelang, jahrelang hinziehen … o nein, bitte lass es nicht so weit kommen. Terry O'Hagan ist ein verkommener Säufer, ein Sexist, eine Gefahr, aber ich hätte ihn nicht ohrfeigen dürfen. Dabei hatte ich gar keine andere Wahl. Aber es war ein taktischer Fehler. Nun hat er etwas gegen mich in der Hand.

Mist, Mist, Mist!

Shona stand auf, fuhr sich zerstreut mit den Händen durchs Haar, erhaschte einen Blick in den Spiegel und beschloss, ein Bad zu nehmen. Ein ausgiebiges, warmes, duftendes Bad, nach dem sie ihre Mutter anrufen würde. Susie war eine tolle Mutter, die Sorte, die einen erst tröstete und dann fragte, «Und was hast du jetzt vor?», und der Antwort interessiert zuhörte – falls es, in diesem Fall, eine gab. Susie würde ihr nicht mit Vorwürfen oder pedantischem Genörgel in den Ohren liegen, bei dem Töchter sich klein und dumm fühlen. Wenn sie hier wäre, würde sie sie in den Arm nehmen und ihr aufmunternd zulächeln, aber leider lebte Susie in Athlone, wo sie eine Boutique hatte und ihr Mann Tom einen Rennbootverleih auf dem Shannon betrieb. Mum und Dad waren klasse Eltern, aber sie hatten viel um die Ohren, und Shona wusste, mit sechsunddreißig war sie ein wenig zu alt, um sich an ihren Schultern auszuweinen. In dem Alter sollte sie selbst Kinder haben, diejenige sein, die tröstete und vernünftige Ratschläge gab!

Brendan hin oder her – gleich morgen früh würde sie im Büro ganz vernünftig Kevin Cassidy aufsuchen, den Personalchef, um Terry O'Hagan offiziell zu verpfeifen.

Pah, dachte Shona zornig, dabei würde ich ihn am liebsten bei lebendigem Leib rösten! Seit Jahren macht er mir schon das Leben schwer, jetzt lasse ich mir das nicht mehr bieten. In dem Büro ist nicht genug Platz für uns beide, einer von uns wird gehen müssen.

Wollen wir doch mal sehen, wer.

«So sieht es leider aus, Miss Fitzpatrick. Sie werfen Mr. O'Hagan sexuelle Belästigung vor. Mr. O'Hagan wirft Ihnen tätlichen Angriff vor. Anscheinend befinden wir uns hier in einem kleinen Dilemma.»

Kevin Cassidy lehnte sich in seinem Bürostuhl zurück, mit der distanzierten Miene eines Mannes, der keinerlei Partei ergreifen würde. Shona ließ sich ebenfalls in ihren Stuhl zurücksinken, in dem Bewusstsein, dass er irgendetwas würde unternehmen müssen.

«Ja. Allerdings. Was schlagen Sie also vor, Mr. Cassidy?

Zwei Streitparteien können doch wohl unter diesen Bedingungen kaum weiter zusammenarbeiten. Wie ich Ihnen bereits erklärt habe, gibt es schon seit einiger Zeit ein Problem. Mr. O'Hagan betrinkt sich häufig, ist mir auf Reisen im Ausland durch Hotelflure nachgestiegen, gafft alle Frauen im Büro lüstern an –»

«Ja. Das sagten Sie. Es handelt sich um ernsthafte Vorwürfe, die untersucht werden müssen.»

«Das will ich doch hoffen. Und in der Zwischenzeit?»

Kevin spielte seufzend mit seinem Kuli. Insgeheim sehnte er sich manchmal nach den guten alten Zeiten zurück, als Frauen in der Arbeitswelt nichts zu suchen hatten, denn seitdem war alles ziemlich verwickelt. Shona Fitzpatrick war allerdings eine vorbildliche Mitarbeiterin, beliebt und dynamisch. Dass sie sich Probleme einbildete, wo es keine gab, hatte er bei ihr noch nie erlebt. Im Übrigen waren ihm über Terry O'Hagan schon öfters Gerüchte zu Ohren gekommen; neu war nur, dass heute auch formell Beschwerde eingereicht wurde. Jetzt blieb ihm nichts übrig, als die ganze Verfahrensmaschinerie in Gang zu setzen.

«In der Zwischenzeit werde ich Sie beide freistellen müssen.»

Shona hatte mit einigem gerechnet, aber das war ein Schock. «Uns beide – freistellen – wie bitte?! Aber *er* hat doch Schuld –»

«Das sagen *Sie*. Er sagt, Sie hätten Schuld – hören Sie, mir gefällt das selbst nicht. Das wird ein ziemliches Loch in unser Budget reißen, da Sie beide weiter volles Gehalt beziehen, dazu kommt die unangenehme Tatsache, dass jemand anderes Ihre wie auch seine Arbeit mit übernehmen muss. Aber mir bleibt keine Wahl. In solchen Situationen gelten feste Verfahrensregeln, und das sind eben die Regeln für diesen Fall. Ich werde die Sache schriftlich niederlegen und eine Kopie an Ihren Gewerkschaftsvertreter weiterleiten, der an allen weiteren Sitzungen zu der Angelegenheit teilnehmen wird. Am Ende landen wir vermutlich beim Arbeitsgericht in Dublin, falls und wenn wir einen Termin bekommen. In der Regel gibt es eine Warteliste von drei Monaten.»

Drei Monate? Shona war geschockt. Die nächsten drei Monate – ehe das Verfahren überhaupt in Gang kam – würde sie effektiv arbeitslos sein? Bezahlt fürs Nichtstun zu Hause herumgammeln, ohne Brendan, um sie aufzumuntern, ohne eine Hochzeit, um sie abzulenken ... sie würde doch durchdrehen! Und was würde nach all dem aus ihrer Beförderung? Selbst wenn sie Recht bekäme, wenn Terry O'Hagan gefeuert würde und weg wäre, würde sie eventuell als «Querulantin» abgestempelt, als Mitarbeiterin, die nur Scherereien machte.

Auf ein mögliches Gerichtsverfahren hatte sie sich eingestellt. Aber nur als letzten Ausweg, ohne zu ahnen, dass schon ein Termin so schwer zu ergattern war. Eine Freistellung war ihr nie in den Sinn gekommen. Viel wahrscheinlicher schien doch, dass Kevin Cassidy einfach beide Parteien in sein Büro bestellen würde, um die Sache zu klären, bei dem Streit den Schiedsrichter spielen und dann eine Entscheidung treffen würde. Etwa die, Terry zu degradieren oder ihn aus dem Verkehr zu ziehen.

«Aber – aber ist es denn nicht möglich, das intern zu regeln? Fragen Sie meine Kolleginnen, die werden Ihnen alle bestätigen, was hier abläuft.»

Kevin runzelte die Stirn. Vermutlich hatte sie Recht, aber ihm waren die Hände gebunden. Probleme wurden nicht mehr «intern» geregelt, sondern «weitergeleitet» in «zuständige» bürokratische Kanäle. Seine Kompetenzen waren auf die Rolle eines Vermittlers beschränkt. Alles ging seinen

Gang mit Anwälten und Gerichten und Verfahren, verschlang Berge von Geld und Unmengen Zeit. Sinnlos, Miss Fitzpatrick seine persönliche Einschätzung mitzuteilen, nämlich dass es vermutlich Monate dauern würde, selbst nach Verfahrenseröffnung in Dublin, bis diese äußerst unschöne Sache ausgestanden war. Und auch ein Sieg über den notorisch durchtriebenen Terry O'Hagan würde sie teuer zu stehen kommen. Seiner Erfahrung nach hatte keine finanzielle Entschädigung oder persönliche Genugtuung je den Kummer, die Anspannung, den Papierkrieg, die enorme Belastung und Bitterkeit angemessen wettgemacht, die Gerichtsverfahren mit sich brachten. Sie waren psychisch zermürbend.

«Miss Fitzpatrick, tut mir Leid, aber Sie haben das initiiert und werden es nun durchstehen müssen. Mr. O'Hagan ebenfalls. Ich kann Ihnen beiden nur auf dem Weg zu, wie ich hoffe, schlussendlicher Gerechtigkeit beistehen. So, wegen des Papierkrams sollten Sie sich nun besser an die Sekretärin wenden.» Er lächelte ein klein wenig bedauernd. «Ehrlich gesagt, ich hätte selbst nichts gegen einen kleinen Urlaub bei vollem Gehalt. Warum genießen Sie die Zeit nicht und machen das Beste draus?»

Shona reagierte getroffen. «Weil ich meine Arbeit liebe! Weil sie mir nicht von einem notgeilen Widerling vermurkst werden sollte, der nie in eine Machtposition hätte gelangen dürfen, die er dann missbraucht! Ich bin jetzt seit neun Jahren im Sektor Pensionen, ich möchte ins Hotelmarketing aufsteigen, nicht meine Zeit mit Nichtstun verplempern!»

Kevin erhob sich. «Ich weiß. Ich weiß. Aber so sieht es nun mal aus. Wenn Ihnen die Zeit lang wird, warum versuchen Sie es nicht mit freier Mitarbeit, wenden sich an ein oder zwei Hotels, auf befristeter Projektbasis? Sie haben

Talent fürs Marketing, und» – er zwinkerte ihr unvermutet zu – «wenn Sie mir nichts davon erzählen, weiß ich auch nichts darüber, nicht wahr? Ich werde einfach die Hauptverwaltung veranlassen, Ihnen weiter Ihr Gehalt zu zahlen, bis Ihr Problem sich geregelt hat.»

Shona war einigermaßen verwirrt. Was wollte er ihr sagen? Tun Sie sich um, knüpfen Sie neue Kontakte – die könnten Sie brauchen, falls Sie Ihren Job verlieren? Verdienen Sie sich was dazu, ich bin auf Ihrer Seite? So jedenfalls hörte es sich an – da sollte sie wohl besser einen dankbaren Eindruck machen. Und auch so klingen. Sie erhob sich ebenfalls und reichte ihm über den Schreibtisch weg die Hand.

«Tja, Mr. Cassidy, tut mir Leid, dass Sie das nicht persönlich regeln können. Aber wenn ich die nächsten paar Monate schon freigestellt bin, werde ich mich bemühen, die Zeit konstruktiv zu nutzen. Vielen Dank für Ihre – Ihre – Bemühungen.»

Hilflos schauten sie sich an, geeint in dem stummen Einverständnis, wie absurd und ungerecht die Situation war. Es war ärgerlich, aber so lief es eben; die guten alten Zeiten, als man sich im Morgengrauen duellierte, waren längst vorbei.

Anders als Bob Geldof liebte Aileen Montage. Dann hatte sie immer frei, traf sich mittags mit ihrer Mutter und Schwester zum Essen in Galway City, danach ging es noch ins Kino oder zum Einkaufsbummel oder was sich sonst Interessantes ergab. Heute hatte sie sich vorgenommen, Tessie und Dympna mit zur Auslandsimmobilien-Schau in einem Hotel in Salthill zu schleppen. Natürlich hielten beide sie für übergeschnappt, hatten das auch, seit Beginn ihrer «Take Five»-Manie, schon mehrfach durchblicken lassen, aber sie war entschlossen, sie an den Gedanken zu gewöhnen, dass sie schon bald ins Ausland ziehen würde.

Ganz bestimmt ins Ausland ziehen würde, ob es Joe Hegarty nun gefiel oder nicht, ob Finn Hegarty mitkam oder nicht. Das ganze Wochenende hatte sie mit Joe darüber geredet, sogar spätabends im Bett, wo sie früher einmal das Liebesleben aufgefrischt hätten, für das sie dieser Tage kaum noch Zeit oder Energie zu haben schienen. Woher sollte sie die Zeit nehmen, wo sie ständig putzen und waschen musste und ihre vier Gäste in aller Herrgottsfrühe Frühstück wollten? Woher sollte er die Energie nehmen, wenn er um Mitternacht beduselt von sechs Pint Bier aus dem Pub heimkam und nach zwanzigminütigem Gespräch laut und vernehmlich schnarchte? «Unfug» nannte er es; sie redete «totalen Unfug», über den sich nicht weiter zu diskutieren lohnte, weil sie irgendwann von allein wieder zur Vernunft käme. Das hatte Dave Doherty ihm versichert. Ehefrauen setzten sich manchmal etwas in den Kopf, sagte Dave, aber das musste man nicht ernst nehmen, das waren nur harmlose Hirngespinste.

Hirngespinste. Ah ja, dachte Aileen zornig, als sie ihren kleinen Ka in der Nähe von Haydon's Restaurant parkte, wo sie mit Tessie und Dymps verabredet war. Der wird sich wundern. Hirngespinste! Und Dave Doherty, ist ja kein Wunder, dass den seine Frau verlassen hat, der Kerl hat doch von nichts eine Ahnung. Was Joe an diesem blöden Schluckspecht findet, ist mir schleierhaft … Gott sei Dank gehe ich wenigstens nicht mehr mit in den Pub und muss mir den Blödsinn nicht anhören, den die beiden verzapfen!

Tessie und Dymps saßen schon am Tisch, als sie ins Restaurant kam, in die Speisekarte vertieft, als würden sie nicht wie jedes Mal Hackbraten essen. Beide sahen gut aus, fand sie: Dymps, eine rosige, glückliche Hausfrau Mitte dreißig, wirkte heute in einem neuen kirschroten Kostüm besonders hübsch; Tessie, die verwitwete, aber lebenslustige Matrone, die sie immer schon gewesen war, das graue Haar blondiert, trug ein schickes blaues Kostüm, in dem sie gut und gern zehn Jahre jünger erschien als vierundsechzig. Ihre Schwerhörigkeit machte das Gespräch mitunter ein bisschen mühsam, aber sie hatte ein Herz aus Gold. Aileen freute sich aufrichtig, Mutter und Schwester zu sehen, mit denen sie sich jeden Montag glänzend amüsierte.

«Hey, Schwester!» Dymps grinste ihr zur Begrüßung zu. «Wie geht's?» Aileen grinste zurück und neigte sich hinab, um sie beide zu küssen, als auch schon eine Kellnerin mit der Flasche Weißwein an den Tisch kam, die sie sich immer genehmigten, und Aileen zuvorkommend den Mantel abnahm, als sie sich setzte.

Wie es ging? Nicht toll, um ehrlich zu sein, wo das Geschäft so schlecht lief, Finn so chronisch arbeitslos war und Joe so – so *unzugänglich*! Über all das aber würde sie jetzt nicht reden, sie war hier, um das alles zu verdrängen, und deshalb strahlte sie Dymps fröhlich an.

«Es geht! Wie geht's dir, was machen die Kinder?»

«Frech wie Rotz sind die.» Das war faustdick gelogen; Dymps hatte zwei reizende, aufgeweckte Kinder, die ebenso viel Liebe gaben wie sie bekamen, nicht nur gut in der Schule waren, sondern sogar gern hingingen und beliebt bei ihren Mitschülern waren. Sie machten ihrer Mutter so viel Ehre, dass ihr gar nichts übrig blieb, als so zu tun, als wären sie Landplagen. Mit seinen Kindern anzugeben, das gehörte sich nicht – und schon gar nicht bei ihrer Tante, die als Mutter bekanntermaßen weniger Glück hatte. Dymps zwinkerte verschwörerisch. «Da kommt ihr nie drauf.»

Aileen grinste; Dymps hatte immer tollen Klatsch auf Lager, immer neue Geschichten über Nachbarn oder Klüngel in der Gemeinde oder Enthüllungen, bei denen «einem die Haare zu Berge stehen». Gierig beugten sie und Tessie sich vor, um das Neueste zu hören – über Vater McDonaghs Geliebte, wie sich herausstellte –, während ihr Essen eintraf und das Restaurant sich langsam füllte. Aileen machte sich über ihren Teller Lasagne her und spürte, wie sich eine Verspannung in ihrem Nacken löste, als würde sie irgendwie massiert, durchgeknetet. Himmel, tat das gut, einmal allem zu entfliehen, sich einmal die Woche dieses Treffen unter Mädels zu gönnen!

Dymps plapperte munter weiter. Vater McDonagh war bald durchgehechelt, ein kleinkarierter Stadtrat wurde förmlich in der Luft zerrissen, und schließlich, als ihre Teller leer waren und sich die verlockende Aussicht auf Apfelkuchen oder Tiramsu bot, waren sie beim Thema Stretchlimousinen angelangt. Stretchlimousinen waren derzeit für Teenagerpartys schwer in Mode, und Dymps hatte neulich eine im tiefsten Connemara, wo sie jedes Wochenende wandern ging, zu ihrem grenzenlosen Erstaunen den abgelegenen Weg hinaufrollen sehen.

«Ich meine, Connemara, um Himmels willen, ich bin in meinen Gummistiefeln mitten im Wilden Westen unterwegs, am absoluten Arsch der Welt, meilenweit nichts zu sehen außer Heidekraut und Seen und Bergen, und da taucht plötzlich dieses weiße *Ungetüm* mit rosa *Lichtern* neben mir auf, sechs Meter lang, Chauffeur mit spitzer *Mütze*, und heraus dröhnt Musik, die Tote hätte aufwecken können. Ich finde, Irland ist inzwischen übergeschnappt. Total übergeschnappt, wenn ihr mich fragt.»

Tessie schien verblüfft, sie lachte. «Also, zu meiner Zeit gab's keine Stretchlimousinen, wir mussten überall zu Fuß hin oder fuhren per Anhalter auf Lastern hinten mit. Heute verklärt ja alle Welt die ‹gute alte Zeit›, aber wir waren blau gefroren damals, meinen rechten Arm hätte ich hergegeben für eine Fahrt in einer Stretchlimousine … wo bekommt man denn überhaupt so eine Stretchlimousine her? Sind die teuer?»

Aileen und Dymps hörten beide die leise Sehnsucht in der Stimme ihrer Mutter und hatten denselben Gedanken: Das machen wir zu ihrem fünfundsechzigsten Geburtstag nächsten August. Eine große Familienfeier in einem netten Lokal, zu der sie in einer weißen Stretchlimousine kutschiert wird. Ist zwar total geschmacklos, aber sie würde begeistert sein. Tessie war in drückender Armut aufgewachsen, da hatte sie solche Extratouren heute mehr als verdient.

Nur, fiel Aileen ein, bin ich dann vielleicht nicht hier. Mit etwas Glück bin ich in Italien oder Portugal oder … oder wo auch immer. Aber zu Mams Geburtstag komme ich nach Hause. Kein Ort in Europa ist mehr als ein paar Flugstunden entfernt, ich lege etwas Geld beiseite und sorge dafür, dass ich auf jeden Fall zurückkann, woher auch immer. Da fällt mir ein, wir sollten besser los, wenn wir noch zu dieser Immobilien-Schau wollen. ‹Schon wieder!›, werden sie meutern. Aber sie werden mir den Gefallen tun und mitkommen. Also her mit der Rechnung, und dann los.

Um die Kellnerin ausfindig zu machen – beim Bezahlen wechselten sie sich immer ab, heute war sie an der Reihe –, spähte sie suchend im Raum umher, und plötzlich blieb ihr Blick an einem Rücken hängen, der ihr bekannt vorkam. Sonst erkannte sie Leute natürlich nicht von hinten, aber Shona Fitzpatrick bildete eine Ausnahme, was an ihrer unverkennbaren Frisur lag, schulterlang und in einer V-Form geschnitten, die ebenso hübsch wie ungewöhnlich war. Erfreut über das Wiedersehen – das erste Mal seit Monaten –, machte sie Tessie und Dymps auf sie aufmerksam.

«Schaut mal, da drüben, das ist Shona Fitzpatrick, wisst

ihr noch, das Mädchen vom Fremdenverkehrsbüro, das mir immer so viele Gäste geschickt hat, bis sie in den Innendienst versetzt wurde? Sie ist ein Schatz, ich muss nur kurz zu ihr rüber und hallo sagen.»

Aileen beglich die Rechnung und überließ es Dymps, ihre Mutter zum WC zu begleiten, wohin sie nie allein ging. Sie holte ihren Mantel von der Garderobe und lief hinüber zu Shona, die mit einer schlanken, lebhaft wirkenden jungen Farbigen an einem Ecktisch saß und gerade ihr Essen beendete. Als sie sich dem Tisch näherte, hob die jüngere Frau den Blick und lächelte ihr freundlich zu, worauf Shona sich neugierig umdrehte.

Aber – du lieber Himmel! – was war denn mit Shona los? Aileen hatte sie nur als stets frisch und munter in Erinnerung; heute sah sie aus, als hätte sie einen Schlag mit dem Hurlingstock abbekommen, ihre schönen blauen Augen waren verquollen, als hätte sie geweint. Unsicher blieb Aileen stehen; aber dann lächelte Shona und sprang auf.

«Aileen! Aileen Hegarty, wie geht's Ihnen? Kommen Sie her, sagen Sie Crys hallo – das ist meine Freundin Crys Sheehan – Crys, das ist Aileen, eine meiner liebsten Pensionsdamen, sie wohnt draußen bei Oranmore. Wir haben immer unter einer Decke gesteckt, früher mal, sie macht das beste irische Frühstück in der Branche, ich habe ihr immer haufenweise Touristen geschickt –»

«Ja», warf Aileen bedauernd ein, «damals, als es noch haufenweise Touristen gab!»

Sie reichte der groß gewachsenen, aparten Crys die Hand, und Shona nickte. «Da sagen Sie was. Inzwischen nur noch ein Rinnsal … aber einige gibt es noch, und wer weiß, vielleicht werden es bald wieder mehr, wenn die Amerikaner ihren Schock überwunden haben.»

«Und wenn die Preise sinken! Aber wie geht es Ihnen

denn so, Shona, was treiben Sie eigentlich in dem Büro, in das man Sie weggesperrt hat?»

Sie war auf einen munteren Bericht über die Vorgänge im Fremdenverkehrsbüro gefasst. Umso mehr wunderte es sie, dass sich Shona, statt wie gewohnt unbeschwert drauflos zu sprudeln, auf die Lippen biss und ein Gesicht zog, das unmissverständlich zeigte, dass sie heute aus irgendeinem Grund nicht über Berufliches reden wollte.

«Ach, dies und das – momentan kommt das Büro ohne mich klar, während ich mit Crys hier ausgiebig zu Mittag esse.»

In der Tat schienen die beiden eben angeregt ins Gespräch vertieft. Aber jetzt sah Crys auf die Uhr, schockte Aileen mit grell orangen Fingernägeln und griff nach der Jacke auf dem Stuhl hinter ihr.

«Oje, wo ist bloß die Zeit geblieben, jetzt komme ich noch zu spät! Entschuldige, Sho, muss los – nett, Sie kennen zu lernen, Aileen, setzen Sie sich her und springen Sie für mich ein.» Über Shonas Schulter zwinkerte sie ihr zu, von Frau zu Frau, um anzudeuten, dass Shona nicht in Bestform war heute und etwas Aufmunterung nötig hatte. Dann umarmte sie Shona, bepackt mit Tüten und Schals, und weg war sie, einen leicht atemlosen Wirbel hinterlassend. Aileen blickte Shona ins ungewöhnlich blasse, verhuscht wirkende Gesicht.

«Shona? Ich – ich will nicht aufdringlich sein oder so, aber – geht es Ihnen – gut?»

Sie zauderte ein wenig bei der Frage, denn bei aller Sympathie hatte sie Shona nie näher kennen gelernt, und war überrascht, als Shona den Kopf schüttelte, wie um zu sagen, nein, es ging ihr eigentlich nicht gut.

«Mir – mir fehlt nichts. Bloß etwas viel um die Ohren zurzeit. Aber wie geht es *Ihnen*?»

Sie riss sich sichtlich zusammen und setzte ihr Willkommen-in-Galway-Lächeln auf. Aileen bewunderte ihre Tapferkeit. «Prima, danke, könnte kaum besser sein. Ich bin mit meiner Mutter und Schwester hier, wir wollen zu der Auslandsimmobilien-Schau draußen in Salthill.» Mit der Hand deutete sie auf Tessie und Dymps, die gerade quer durchs Lokal Richtung Garderobe strebten. Neugierig zog Shona eine Augenbraue hoch.

«Ach? Wollen Sie ein Château oder ein Parador kaufen? Neue Schuhe tun es wohl nicht mehr?»

Sie grinste schelmisch, und Aileen kam der Gedanke, dass Shona als Begleiterin für eine Immobilien-Schau wie gerufen käme, weil sie ein untrügliches Auge dafür hatte, was aus einem Anwesen alles zu machen war. Vermutlich aber musste Shona ja zur Arbeit zurück.

«Nein, keine Schuhe, ein Haus! Ich habe große Dinge vor! Ich spiele mit dem Gedanken, ins Ausland zu ziehen. Jammerschade, dass Sie wieder zur Arbeit müssen, sonst würde ich Sie einladen mitzukommen –»

«Ins Ausland ziehen? Aileen, Sie machen wohl Witze!» Sie wirkte ehrlich erstaunt, und Aileen merkte, wie sich ihr Rücken straffte. «Nein, das denken alle, aber das ist kein Witz. Es ist mir bitterernst.»

«Aber – na, ich muss schon sagen, das klingt alles ein wenig geheimnisvoll, aber falls Sie es ernst meinen, würde ich gerne mitkommen. Wie es sich trifft, muss ich heute überhaupt nicht mehr ins Büro zurück.»

«Nein? Tatsächlich? Warum denn nicht? Sie waren immer das fleißigste Bienchen, das mir je begegnet ist!»

Shona war schon dabei, ihre Jacke anzuziehen. «Tja, momentan nicht. Lange Geschichte. Aber wollen Sie mich nicht erst mit Ihrer Mutter und Schwester bekannt machen? Wir könnten zu Fuß zu der Schau gehen, wenn Sie mögen, Salthill ist doch ganz in der Nähe.»

«Gute Idee, ein bisschen Bewegung kann uns allen nach dem Essen nicht schaden! Dann also los, gehen wir, freut mich sehr, dass Sie Zeit haben.»

Zu viert brachen sie auf, in feierlicher Prozession, und machten sich unterwegs miteinander bekannt. Aileen nahm sich vor: Ich muss nachher mit Shona noch etwas trinken gehen und herausfinden, was bei ihr los ist. Warum hat sie an einem Montagnachmittag nichts zu tun? Das sieht ihr gar nicht ähnlich, sie macht den Eindruck, als wäre ihr plötzlich irgendein Teppich unter den Füßen weggezogen worden.

Bei der Immobilien-Schau herrschte riesiges Gedränge, es wimmelte von Immobilienmaklern und Leuten, die aus dem Regen hereinkamen, nasse Mäntel abstreiften und Schirme zusammenfalteten, man fühlte sich wie unter Verschwörern. Während Tessie grandiose italienische Palazzi bestaunte – «Aber da kommt man doch nie mit Staubwischen nach» – und Dymps türkisfarbene Swimming-Pools bewunderte – «So was hätten die Kinder für ihr Leben gern» –, nahm Shona Aileen mit leiser Stimme ins Kreuzverhör, während sie von Stand zu Stand schlenderten.

«Ist das wirklich Ihr Ernst? Eine Pension in einem Land, in dem Sie vielleicht nie im Leben waren, dessen Sprache Sie nicht sprechen – aber warum, Aileen? Was ist in Sie gefahren?»

Aileen, die mit Stift und Block bewaffnet war und sich Notizen über Häuser machte, die ihr auffielen, blieb zwischen der Algarve und Marbella stehen. «Es juckt mich in den Fingern, das ist in mich gefahren, Shona. Ein rastloses Kribbeln unter der Haut, das mich schier wahnsinnig macht. Ein eintöniges Leben, ein langweiliges kleines Haus und, falls Sie die Wahrheit interessiert, ein langweiliger kleiner Ehemann. Oh, er ist kein schlechter Mann, aber er – er ist – so – so voraussagbar! Arbeiten, trinken und im Garten herumwühlen, mehr macht Joe nicht. Das ist seine Vorstellung vom *Leben.* Und ich hocke zu Hause mit unserem Sohn Finn, der zum zweiten Mal durch den Schulabschluss gerasselt ist und jetzt im Haus herumhängt wie Tapete, die sich von der Wand löst, schlaff und fleddrig und mit einer Ausstrahlung von – von völliger Verzweiflung. Er sieht aus wie der letzte Mohikaner, jammert in einem fort, treibt sich auf der Straße herum und versäuft sein Arbeitslosengeld, bald hat er seinen Vater in der Hinsicht überflügelt, dann schüttet es auch noch an einem Stück, ich habe kaum ein Dutzend Buchungen in der Woche … Entschuldigung. Ich will mich nicht in Rage reden, aber Sie hatten ja gefragt.»

«Ja, richtig. Und es tut mir ehrlich Leid, das alles zu hören. Sie waren immer eine meiner liebsten Pensions-Damen, stets fröhlich und gut aufgelegt.»

«Ja. Nun. Fröhlich müssen wir doch alle wirken, nicht wahr, im Fremdenverkehrsgewerbe? Vielleicht war ich sogar glücklich, oder zufrieden wenigstens, bis vor einem Jahr oder zwei. Bis ich langsam dahinter kam, was es da draußen noch für eine große, weite Welt gibt, ganz zu schweigen davon, wie wertvoll unser Haus momentan – schauen Sie sich zum Beispiel die Hacienda da an, nur zweihunderttausend Euro! Mein unscheinbares Allerweltshaus würde mir doppelt so viel einbringen, mindestens – und sobald ich was Passendes in der Sonne gefunden habe, verkaufe ich es.»

«Aber was ist mit Joe, und Finn?» Shona war verwirrt; Aileen wirkte so wild entschlossen.

«Joe wird es akzeptieren und mitkommen müssen, wenn er weiter mit seiner Frau verheiratet sein will. Finn kann entweder hier bleiben, sich einen Job suchen und endlich Boden unter die Füße kriegen, oder er kommt mit und macht sich nützlich. Hilfe werde ich dringend nötig haben – oh, schauen Sie!»

Aileen packte sie am Arm, und Shona folgte ihrem hingerissenen Blick: An eine Filztafel am französischen Stand war das Bild eines großen, sahnefarbenen Hauses mit Türmchen links und rechts gepinnt – nein, kein Haus, mehr ein Château, ein wahrer Palast. Aileen stierte es mit dem gierigen Blick einer Schokolade-Abhängigen an, die vor dem Schaufenster eines Süßwarenladens steht, tief einatmend, wie um seine innerste Essenz aufzunehmen.

«Ist das nicht wundervoll? Ist das nicht einfach himmlisch? Kommen Sie, das müssen wir uns genauer ansehen.»

«Aber Aileen, das ist kein Haus. Das ist ein Disney-Schloss.»

Der Makler, der sie gehört hatte, legte mit öliger Stimme los. «Nein, kein Schloss. Ein *manoir*. Siebzehntes Jahrhundert, acht Schlafzimmer, fünf Hektar Land, plus Pool, versteht sich. Zwei Nebengebäude, ein Weinkeller, ein vierzig-Meter-Salon und …»

Und ihr beiden werdet es ganz bestimmt nicht kaufen!, sagte sein Grinsen, das noch breiter wurde, als Tessie und Dymps von hinten auftauchten und ihrerseits das Bild betrachteten.

«Oh», hauchte Tessie hingerissen, «ist das schön. Ich hätte nichts dagegen, dort meinen Sommerurlaub zu verbringen, Aileen, Schätzchen, ich würde dir ein wenig bei der Wäsche zur Hand gehen und so, wenn ich da draußen in dem Rosengarten sitzen dürfte!»

Seltsam gerührt drehte Aileen sich zu ihr um. «Im Ernst, Mum? Würdest du?»

«Ja», beharrte Tessie loyal, «würde ich. Wenn du – wenn du es wirklich kaufen wolltest. Aber – es ist ja riesig!»

«M-hm.» Aileen trat schweigend vor, um das Bild näher

zu betrachten. Das *manoir*, wie der Kerl es nannte, war allerdings riesig. Und alt, was den Fachblättern zufolge vermutlich Hausschwamm bedeutete oder Termiten oder lebensgefährliche Stromleitungen oder alles zusammen. Fünf Hektar, das waren über zehn Morgen, also Arbeit ohne Ende. Joe war zwar ein passionierter Gärtner, aber das wäre selbst ihm zu viel. Und würde ihn vom Pub fern halten, falls es dort einen Pub gab …

«Sagen Sie», sie musterte es eingehend, «wo genau befindet es sich?»

Der Mann lächelte noch breiter. Die Dame schien ja wirklich nicht ganz bei Trost. Man suchte kein Haus aus und fand dann heraus, wo es stand; man entschied sich nach ausgiebiger Prüfung für eine Gegend und fand dann dort ein passendes Objekt. Aber bitte, so waren die Iren nun mal, völlig plemplem. Dem Himmel sei Dank, morgen zog die Schau weiter nach Manchester, und er mit.

«Es steht im Languedoc, gnädige Frau. In Frankreich.» Sie machte nicht den Eindruck, als könnte sie den Languedoc von Las Palmas unterscheiden.

«M-hm.» Wieder fasste Aileen es blinzelnd ins Auge, und Shona, Tessie und Dymps hinter ihr ebenfalls. Bisher hatten Tessie und Dymps ihr kleines Steckenpferd gutmütig toleriert, aber nun überlief Mutter und Schwester eine Art Schauer, wie im Vorgefühl einer bevorstehenden umwälzenden Entscheidung. Aber das war doch ein Witz, das Haus war ein *Schloss*, mit Türmchen, wie aus einem Märchen! Jetzt hieß es, auf Aileen Acht geben, in diesem heiklen Moment, ehe sie etwas Unbesonnenes sagte oder tat. Vielleicht war es für sie die falsche Zeit im Monat, Immobilien-Schauen zu besuchen, denn im vernünftigen Normalzustand hätte sie den lachhaften Kasten keines ernsthaften Blickes gewürdigt.

Nach langem, bedeutungsschwerem Schweigen wandte Aileen sich an den Makler. «Haben Sie eine Landkarte?»

Aber ja. Hatte er. Müde suchte er die Karte hervor und entfaltete sie mit einer Miene, als bedaure er jetzt schon die Zeitverschwendung. Mit kaum verhohlener Ungeduld tippte er mit dem Finger darauf. «Das ist das Languedoc, gnädige Frau.»

«Ja. Kenne ich. Languedoc-Roussillon. Mich würde interessieren, in welchem Teil genau sich dieses Haus befindet.»

Er legte einen gepflegten Finger östlich neben Toulouse. *Languedoc-Roussillon*? Am Ende war sie doch nicht so unbeleckt, wie er gedacht hatte. Konnte man heutzutage nie wissen.

«Genau hier, gnädige Frau, in der Nähe des Dorfes Mézalas.»

«Wie nah?»

Aha. Nun war alles klar. Sie gehörte zu denen, die *Ein Platz an der Sonne* schauten und daher die richtigen Fragen kannten. Die wichtigste Frage hatte sie natürlich noch nicht gestellt: Wie viel kostet es?

«Ganz nah. Schätzungsweise einen Kilometer. Toulouse ist zwei Stunden Fahrt entfernt –»

«Zwei Stunden? Aber hier auf der Karte sind es doch kaum zwei Zentimeter!»

Er nickte nachsichtig. Irland war winzig, das durfte man nicht vergessen. «Ja, nun, Frankreich ist sehr groß … jedenfalls, Mézalas ist ein reizendes Dörfchen, mit einem Lebensmittelladen, Bäckerei, Tankstelle, Apotheke, zwei Restaurants und einer Kirche.» Dem Vernehmen nach hatten die Leute hier, genau wie Franzosen, etwas für Kirchen übrig.

«Verstehe. Und Pubs? Gibt es auch einen Pub oder eine Bar?»

Oje. Diese unverbesserlichen Iren. «Es gibt zwei kleine Cafés, die – äh – abends um acht schließen, im Winter auch mal früher.»

Aileen strahlte. «Perfekt. Also. Erzählen Sie mehr. In welchem Zustand sich das Haus befindet, warum die Besitzer es verkaufen wollen, wie die Region geprägt ist, ob es da viele Touristen gibt?»

Fast ehrfürchtig standen Shona, Tessie und Dymps hinter ihr, hielten einhellig den Atem an und konnten es nicht fassen: Aileen konnte doch nicht an so einem Besitz interessiert sein, oder drehte sie nun wirklich durch? Der Makler, sichtlich in die Enge getrieben, räusperte sich.

«Die Besitzer verkaufen aus Altersgründen, das Haus ist ihnen zu groß. Haupterwerbszweig in der Gegend ist der Weinbau, mit Abstand, obwohl es auch Tourismus gibt …»

Provence für Arme. So hieß das Languedoc in der Branche, was er aber tunlich verschwieg; dort zog es alle hin, die sich Nizza oder Antibes oder das noble St. Tropez nicht leisten konnten. Manche Optimisten schwärmten vom Languedoc zwar schon als der nächsten Provence, aber zu denen gehörte er nicht, nicht mit all den sich befehdenden Weinbauern und verschlafenen Dörfern, die sich hartnäckig dem einundzwanzigsten Jahrhundert verschlossen, mit diesen furchtbaren Blitzhochwassern, die ganze Berghänge in ihren tosenden Strudeln mitrissen, diesen gewundenen, schmalen Gassen, auf denen man zwischen jemandes Küche und einem Weintraubenlaster eingeklemmt wurde und sich den schicken BMW eindellte. Keine zehn Pferde hätten ihn dazu gebracht, im Languedoc zu leben.

Offenbar aber gab es jede Menge Masochisten, die gar nichts schreckte. Er zog eine Visitenkarte aus der Tasche und reichte sie Aileen. «Bitte rufen Sie mich jederzeit an, gnädige Frau, falls Sie das Anwesen zu besichtigen wünschen.»

So. Nun war sie dran. Und Tatsache, sie steckte die Karte bloß ein, bedankte sich bei ihm und zog weiter an den nächsten Stand, wo ein Bauernhäuschen aus Stein in der Bretagne ihr Interesse erregte. Die Frau hatte eindeutig keine Ahnung, was sie wollte. Seufzend hielt der Makler Ausschau nach anderen, vielversprechenderen Besuchern.

Als sie ihren Rundgang durch die Schau beendeten, war es schon dunkel. Shona und Aileen wollten unbedingt noch auf ein Gläschen und einen Plausch irgendwohin. Dymps verteilte Küsschen und trat eilig den Heimweg an, um ihren Kindern Abendessen zu kochen, aber Tessie zögerte. Sie sah ihre Tochter besorgt an.

«Was hält Joe von all dem, Schatz?»

Aileen grinste fröhlich. «Er meint, ich bin nicht mehr ganz dicht.»

Tessie runzelte die Stirn. «Er meint, du bist ein kleines Licht?»

«Nein! Er meint, ich bin nicht mehr *ganz dicht*!»

«Oh. Also, ehrlich gesagt, Liebes, das glaube ich auch. Das muss ich zugeben. Dieser Rosengarten war ja wirklich hübsch, aber um den in Schuss zu halten, bräuchtest du einen ganzen Trupp Gärtner.»

Aileen umarmte sie, während sie nach ihrem Autoschlüssel kramte. «Keine Sorge, Mam. Das wird sich alles finden, wart's ab.»

Tessie blickte zweifelnd drein. Endlich hatte sie den Schlüssel gefunden und nickte. «Nun, wenn du das sagst. Ich hoffe nur, du tust nichts Überstürztes, mehr nicht.»

Genau das, dachte Aileen, habe ich als Nächstes vor. Zum ersten Mal in meinem Leben werde ich alle Vernunft in den Wind schlagen, etwas absolut Wildes und Wundervolles tun. Wun-der-voll!

«Nein, Mam. Natürlich nicht.»

Tessie schien nicht beruhigt und sah sie flehend an. Dann machte sie sich auf den Weg zu ihrem Wagen. Sobald sie außer Sichtweite war, wandte Aileen sich zu Shona.

«Auf ein Glas ins Cavanagh's?»

Der Pub lag kaum zwei Minuten entfernt, ein Kaminfeuer brannte, die Atmosphäre war winterlich-behaglich. Shona bestellte warmen Portwein für sie beide und musterte Aileen mit unverhohlenem Interesse.

«Also – raus damit! Meinen Sie das ernst, wollen Sie wirklich ins Ausland ziehen?»

«Ja. Absolut. Keiner glaubt mir, aber so ist es. Mein Leben lang war ich brav, solide und zuverlässig, und was hat es mir gebracht? Ich stecke im Trott, das hat es mir gebracht. Mein Sohn und mein Mann stecken genauso im Trott – damit werde ich jetzt Schluss machen. In Deckung, Jungs, Mum ist verrückt geworden!»

Shona lachte. «Tja, dann viel Glück! Wollen Sie Ihr Haus verkaufen oder weiter vermieten, oder was?»

Aileen überlegte. «Verkaufen ... falls ich Joe dazu überreden kann. Es ist inzwischen ein Vermögen wert, wir würden genug dafür bekommen, um ein Haus im Ausland kaufen und ein oder zwei Jahre vom Erlös leben zu können, während ich eine neue Pension aufziehe, in Spanien oder Italien oder ... mal ehrlich, wie fanden Sie dieses französische Schloss?»

«Einfach wunderschön – und irrsinnig! Das ist keine Pension, Aileen. Das ist ein Hotel. Ein Fünf-Sterne-Haus. Enorme Unkosten. Muten Sie sich um Himmels willen nicht mehr zu, als Sie bewältigen können.»

«M-hm ... da könnten Sie Recht haben. Trotzdem, ich würde es mir gerne mal anschauen, wenn ich nur Joe dazu bekäme, mit mir hinzufahren – aber lassen wir das jetzt. Verraten Sie mir, warum Sie montags durch die Gegend schwirren, statt bei der Arbeit zu sein.»

Shona zögerte kurz, blickte hinab in ihr warmes Glas. Und dann brach es wie ein Sturzbach aus ihr heraus.

«Ich bin von der Arbeit freigestellt worden. Ich bin in einen Fall von sexueller Belästigung verwickelt, der vors Arbeitsgericht kommt. Bis dahin beziehe ich volles Gehalt, aber dafür bin ich nun arbeitslos – Sie brauchen bis auf weiteres nicht ins Büro zu kommen, Miss Fitzpatrick. Außerdem hat mein Freund mir letzten Freitagabend den Laufpass gegeben.»

Aileen riss die Augen auf. «Was? Dieser Nette – Brendan? – aber ich dachte –»

Shona senkte den Kopf und ließ sich das Haar ins Gesicht fallen. «Ja. Dachte ich auch. Ich dachte sogar, er wollte mir einen Heiratsantrag machen. Wie man sich irren kann, was?»

Sie hob den Kopf und rang sich ein Lächeln ab, in ihren lavendelblauen Augen schimmerten Tränen. Aileen sah sie bestürzt an. Aber – Shona Fitzpatrick konnte doch so etwas nicht passieren! Der reizenden, klugen Shona, bei der alles im Leben glatt zu laufen, die immer alles im Griff zu haben schien. Wie konnte ein Mann diese tolle Frau verschmähen, erfolgreich, begabt, tüchtig – oh. *Oh.*

Lag es daran? Zu begabt, zu tüchtig, zu anstrengend, wenn man nur ein liebes Frauchen wollte, das zu Hause blieb, Essen kochte und Kinder bekam? Aileen hatte schon von dem Syndrom gehört, von unsicheren Männern, die sich von dynamischen Frauen bedroht fühlten. Sie hätte nicht gedacht, dass Shona sich mit so jemandem einlassen würde, aber andererseits … Galway wimmelte auch nicht unbedingt von heiratsfähigen Junggesellen.

Vor zweiundzwanzig Jahren hatte sie sich selbst für den

soliden, beständigen Joe entschieden, weil sie ihn ganz gern hatte, aber auch aus Bequemlichkeit. Die Liebe, hatte ihre Mutter ihr versichert, würde mit den Jahren wachsen. Und auf ihre Weise war sie gewachsen. Sie und Joe bildeten ein Team, kamen gut miteinander aus, achteten und vertrauten einander, konnten sogar zusammen lachen. Was vielleicht das Äußerste war, was man erwarten durfte als ganz normaler Mensch. Wenn man nicht bildhübsch, studiert, weltgewandt und glanzvoll war wie Shona Fitzpatrick.

Neugierig musterte sie Shona, die ein wenig wie eine wunderhübsche Kristallfigur wirkte, durch deren Mitte ein Sprung verlief.

«Himmel, Shona, wie Leid mir das tut. Haben Sie … haben Sie ihn sehr geliebt?»

Shona, glaubte sie, war die Sorte Frau, die sich nie mit weniger als Liebe zufrieden gäbe, der dramatischen, großen, leidenschaftlichen Liebe, auf die Menschen wie sie Anspruch erheben durften. Und richtig, unerwartet lebhaft richtete Shona sich auf und nickte heftig. «Natürlich, und wie! Seit fast einem Jahr! So lange habe ich noch nie jemanden geliebt!»

Holla. Was war denn los? Warum schien sie plötzlich so aus der Fassung, warum klang sie so – so aufgebracht? Aileen wich erschrocken zurück. Da sie Brendan nie kennen gelernt und die beiden auch nie zusammen gesehen hatte, wusste sie nichts über ihre Beziehung. Sie wusste nur, dass Shona über die Jahre einige Männer verschlissen hatte. Zeitweilig nahm das sogar komische Züge an, ihre Kolleginnen im Fremdenverkehrsbüro flachsten schon, sie würde Männer verschleißen wie Tempotaschentücher.

Hatte Shona etwa zum ersten Mal selbst den Laufpass bekommen? War es das? Verletzter Stolz, ein angeknackstes Ego? Oh, là, là … Aber um das zu erörtern, waren sie nicht eng genug befreundet, also wechselte Aileen lieber das Thema.

«Und – äh – diese Belästigungssache? Was hat es damit auf sich?»

Shona fasste sich wieder und erzählte ihr rasch alles. «Und deshalb habe ich an einem Montagnachmittag nichts Besseres zu tun, als mit Crys essen zu gehen und mit Ihnen französische Schlösser zu besichtigen. Danke für die Einladung, Aileen. Ihr Projekt hat mich für ein paar Stündchen von meinen Problemen abgelenkt.»

Nachdenklich lehnte Aileen sich zurück und trank ihren Portwein aus. Wie empörend unfair, dass jemandem wie Shona von ihrem Freund und ihrem Chef so viel Kummer bereitet wurde! Sie kam doch so prima mit Menschen klar, war so tüchtig bei der Arbeit, hätte nicht nur längst verheiratet sein, sondern auch befördert werden sollen … und da hatte Aileen eine Eingebung. Genau das konnte sie tun, um Shona aufzumuntern, sie abzulenken und wieder mit ihr zusammenzuarbeiten, genauso produktiv wie früher einmal!

Zurückgelehnt sann sie kurz über ihren Einfall nach, grübelte, was wäre, wenn Joe nein sagte.

Falls Joe nein sagte, würde sie nicht darauf hören. Sie würde es trotzdem tun. Unverzagt ging sie in die Offensive.

«Sagen Sie, Shona … heißt das, Sie haben … Sie haben im Moment ein wenig Zeit zur Verfügung?»

Hohles Gelächter. «Ja, so könnte man es ausdrücken! Was ich die nächsten drei Monate lang tun soll – vom Rest meines Lebens ganz zu schweigen –, ist mir schleierhaft.»

Aileen neigte sich vor und legte Shona die abgearbeitete Hand auf den schmalen, eleganten Arm. Ein Arm, der sich zerbrechlich anfühlte wie der Flügel eines Vogels. «Ich mache Ihnen einen Vorschlag. Sie reisen mit mir nach Frankreich und schauen sich dieses Schloss an. Vielleicht mehrere

Schlösser. Dutzende. Und Ferienhäuser und Villen und Bauernhäuser und Wassermühlen und, und, und … Sie können doch Französisch, nicht wahr?»

Ja. Shona war als Teenager Au-pair-Mädchen bei einer französischen Familie gewesen und hatte später einen Kurs beim Institut Français absolviert, weil der Westen Irlands so viele angelverrückte französische Touristen anlockte, die im Sommer ihr Büro stürmten.

«*Oui*. Tue ich. Aber –»

«Und Sie sind auch schon mal auf dem Kontinent Auto gefahren, auf der falschen Straßenseite?»

Shona lächelte trübe. «Ja, bin ich. Auf der falschen Straßenseite.»

«Dann also abgemacht. Ich erzähle es Joe heute Abend, und morgen buchen wir Plätze auf der Fähre.»

«Bitte? Also Aileen – mal sachte! Was wird aus Ihrer Pension, mit Ihrem Sohn?»

«Shona, wir haben November. Zwei Monate nach dem 11. September. Das Geschäft läuft nicht gerade glänzend. Und mein Sohn – wenn er will, kann er mitkommen. Mein Mann auch, wir passen gut zu viert ins Auto. Alternativ kann Finn auch seinen Vater und sich bekochen, für sie beide die Wäsche erledigen, und falls sich in meiner Abwesenheit Touristen hierher verirren, denen die Laken waschen und Eier braten. Es sind beides erwachsene Männer; falls sie nicht mitwollen, müssen sie ohne mich klarkommen.»

Ihre Stimme war plötzlich fest, und Shona merkte, wie sich Aileens sichtlich wachsende Entschlossenheit auf sie übertrug. Obwohl sie keine Freundinnen im engeren Sinn waren, so wie sie und Crys, hatte sie Aileen immer gern gehabt. Sie hatte etwas übrig für Menschen, die mutige Entschlüsse fassten und dann auch in die Tat umsetzten.

Außerdem … außerdem würde Brendan Wright dann sehen, dass sie nicht rumhockte und ihm nachtrauerte, nicht wahr? Sie könnte ihn, über gemeinsame Freunde, wissen lassen, dass sie nach Frankreich gereist war, wozu, konnte er sich selbst ausdenken. Schon beim Wort «Frankreich» dachten die meisten doch an Champagner und Romantik und …

«Aileen, wissen Sie was: Ich würde gern mit Ihnen nach Frankreich fahren. Liebend gern! Sie besorgen eine Liste der Häuser aus dem Internet, ich fahre und dolmetsche und berate Sie aus professioneller Sicht, an welchem Ort es sich lohnen könnte, eine Pension zu eröffnen – wir brennen zusammen durch, wie Thelma und Louise!»

Im Nu, binnen einer Minute, lachten sie ausgelassen über ihre Pläne und besiegelten alles per Handschlag. Dann stand Aileen mit einer Art grimmigem Grinsen auf.

«Geben Sie mir Ihre private Nummer, dann rufe ich Sie morgen an. Jetzt will ich schnell nach Hause, um es Joe beizubringen – der wird sich freuen, kann's bestimmt kaum erwarten, dass es losgeht.»

Shona zog eine Augenbraue hoch. «Glauben Sie echt?»

«Im Leben nicht. Aber wie heißt so was nochmal auf Französisch? Ein *fait accompli*? Sie und ich fahren, Shona, und damit hat es sich. Komplizen, Deserteure, wie auch immer Leute genannt werden, die zusammen ausreißen.»

«Ich glaube», bemerkte Shona, als sie sich die Jacke überzog, «es gibt noch jede Menge andere unschmeichelhafte Bezeichnungen, verbunden mit der Aufforderung, gefälligst zurückzukommen, und zwar *pronto*.»

Auf der Heimfahrt legte sich Aileen sorgsam zurecht, was sie sagen wollte. Sie betrat das Haus mit dem Gefühl, eine scharfe Handgranate im Gepäck zu haben, und marschierte schnurstracks zu Joe. Er saß in seinem Lieblingssessel und schmökerte im Sportteil seiner Lieblingszeitung. Als sie hereinkam, ließ er das Blatt langsam sinken, ein wenig wie den Vorhang über einem verwirrenden Theaterstück, bei dem man nicht weiß, ob es vorbei ist oder nicht.

«Na, wie geht's Mutter? Und Schwester? Nettes Mittagessen?» Er ließ einen viel sagenden Blick zur leise tickenden Wanduhr schweifen, wie um anzudeuten, dass es jedenfalls lang gedauert hatte. Aileen schälte sich aus ihrem Mantel und setzte sich auf das Sofa ihm gegenüber.

«Ja, wunderbares Mittagessen, danke, mit Mam und Dymps. Ich habe Shona vom Fremdenverkehrsbüro im Restaurant getroffen, und dann sind wir alle zusammen zur Auslandsimmobilienschau gegangen ... Joe, ich muss mit dir reden.»

Sofort schoss er kerzengerade im Sessel hoch, als hätte sie den Ring der Handgranate gezogen und zielte nun damit auf ihn. «Ach? Worüber?»

«Über Frankreich. Ich habe ein herrliches Schloss gesehen und haufenweise andere tolle Häuser ... ich möchte hinfahren, um sie mir mal anzusehen.»

Ah. Sie meinte es also ernst. War tatsächlich dabei, den Knopf zu drücken, der ihr gesamtes Leben in die Luft jagen würde. Hektisch gingen ihm Ärzte, Psychiater, Therapeuten durch den Kopf, und als er endlich antwortete, schlug er den heiteren Tonfall an, der bei gefährlich labilen Personen ratsam war.

«Ich – äh – verstehe. Frankreich, ja? Wo der ganze Wein und Käse gemacht wird?»

«Ja. Es wirkt wunderhübsch. Und wir waren noch nie dort. Ich möchte gern, dass wir alle hinfahren – du, ich und Finn. Shona sagt, sie kommt mit, fährt den Wagen und dolmetscht.»

«Shona? Die uns immer die vielen Touristen geschickt hat?» Verzweifelt versuchte er, Zeit zu schinden.

«Genau. Sie – sie nimmt gerade eine kleine berufliche Auszeit. Und der Zeitpunkt jetzt ist ideal, Joe – Winter, Nachsaison, du könntest leicht etwas Urlaub nehmen, und Finn hat weiß Gott nichts Besseres zu tun. Wenn wir jetzt fahren, finden wir vielleicht schon ein Haus und könnten rechtzeitig bis nächsten Sommer im Geschäft sein.»

Seine Zeitung glitt zu Boden, und er sah seine Frau an; seine bisher so wundervolle Frau, die er von Herzen liebte, wenn er das auch manchmal nicht so ausdrücken konnte. Wie die unaufhaltsam zurückweichende Ebbe glitt sie von ihm fort, völlig grundlos, wie ihm schien. Sie hatten doch keinen Krach gehabt, oder? Er war doch nicht gemein zu ihr, oder? Sie wurde nicht misshandelt, litt keinen Hunger, musste nichts entbehren, oder? Soweit er es beurteilen konnte jedenfalls. Abgesehen vom Dauerproblem Finn und dem inzwischen fernen Verlust ihrer kleinen Tochter waren sie ein relativ zufriedenes, normales, oft glückliches Paar.

Und doch wollte sie ihn nun Hals über Kopf aus seinem Zuhause reißen und nach Frankreich schaffen, ein Land, über das er nichts wusste und das ihm auch egal war. Seit über zwanzig Jahren lebten sie zusammen, hatten an einem Strang gezogen und ein Leben aufgebaut, das ihm völlig zufrieden stellend erschien; jetzt warf sie es ihm einfach so vor die Füße. Irgendwo tief in ihm, wie sehr er auch dagegen anging, begann der Groll zu schwelen, und er suchte hektisch nach einem Ausweg aus diesem zermürbenden, brandgefährlichen Terrain.

Was hatte Dave Doherty noch gesagt? «Wenn es hart auf hart kommt, muss man ihnen zeigen, wer die Hosen anhat, Kumpel.» Im Rückblick wirkte das ein wenig wirr, aber die Kernaussage leuchtete ihm ein. Von Zeit zu Zeit musste ein Mann Rückgrat zeigen und seine Autorität behaupten.

Wenn er sich auf den unsinnigen Plan einließe, mit dem

sie ihn zu überrumpeln versuchte, hätte sie bis Ende der Woche ihr Haus verkauft und sie alle nach Frankreich verpflanzt. Mannhaft wappnete er sich.

«Aileen. Schatz. Hör mir mal zu.»

Sie nickte freundlich. «Ich höre zu.»

«Weißt du überhaupt, wie viele Schlagbohrer wir in den sechs Wochen vor Weihnachten verkaufen? Wie viele Bäume und Lichterketten und als Geschenk verpackte Kisten Werkzeug? Auf gar keinen Fall kann ich um diese Zeit des Jahres Urlaub nehmen. Warum lässt du die Sache nicht erst mal auf sich beruhen, und falls du dann immer noch nach Frankreich willst, könnten wir ja vielleicht im Februar einen Kurztrip machen, wenn der Schlussverkauf im Januar vorbei ist … bis dahin könntest du dich noch ein wenig einlesen …»

Es funktionierte nicht. Würde nie funktionieren. Das sah er an ihrem Gesicht, in dem kalt entschlossenen Blick, mit dem sie ihn anschaute.

«Joe, ich will jetzt fahren. Shona hat jetzt Zeit. Sie wäre eine Riesenhilfe. Wenn du nicht kannst, fahre ich trotzdem. Finn nehme ich mit, weil er sowieso nichts zu tun hat, und wenn wir was Passendes finden, kannst du im Februar rüberkommen, um es dir anzusehen – Joe, ich warne dich vor, die Sache ist mir *ernst*. Der Tourismus in Irland schlittert auf die Rezession zu, steckt sogar schon mitten drin, und ich will, dass wir woanders was aufziehen, ehe es zu spät ist.»

Eiszapfen bohrten sich in seine Haut. «Aber Aileen – was soll ich denn in einem Land wie Frankreich? Was soll Finn da machen? Überleg doch mal –»

«Joe, Finn kann sich nur verbessern, hier macht er gar nichts. Und du – du bist handwerklich so geschickt, Klempnern, Holzarbeiten, was nicht alles, du würdest im Handumdrehen Arbeit finden. Vielleicht keine feste Stelle in einem Laden, aber *Arbeit*, ganz sicher, Handwerker sind überall gefragt. Du könntest freiwillig ausscheiden, wir könnten dieses Haus verkaufen und hätten genug Geld zum Leben, bis wir was Neues aufgebaut haben! Bitte, Joe, denk doch nicht so negativ – ich kann die Sache für uns regeln, das verspreche ich dir, wenn du nur mit am selben Strang ziehst.»

O Gott, wie er diesen flehenden Blick an ihr hasste, bei dem er sich vorkam wie ein Mistkerl, wo er doch nur Vernunft walten lassen wollte! Kein Mann, der bei Trost war, würde sich auf diese Verrücktheit einlassen, kopfüber in ein Fass voller Froschschenkel springen, ein bekannt weibisches Land, dessen Sprache er nicht konnte, wo es nicht mal Pubs gab, nach dem, was man hörte … Wahrhaftig. Keine Pubs. In so einem Land würde man doch den Verstand verlieren.

Zeit, Joe. Spiel auf Zeit. Das ist deine einzige Hoffnung.

«Na schön. Hör zu. Ich kann jetzt nicht mitkommen, aber fahr du ruhig. Nimm Finn mit. Ich halte hier die Stellung. Schau, was sich ergibt, und dann reden wir nach deiner Rückkehr darüber.»

Einen Augenblick lang blieb es still zwischen ihnen, es war die beredte Stille des Kompromisses. Dann, schließlich hatte sie die Schlacht zur Hälfte gewonnen, lächelte sie ihn gelassen an. «Okay. Machen wir es so. Wo steckt Finn überhaupt?»

«Oben in seinem Zimmer, am Computer.» Fast sofort wünschte er sich, er hätte den Computer nicht erwähnt. Sie beide hatten Finn im Verdacht, regelmäßig einige äußerst fragwürdige Websites zu besuchen. Anscheinend war es möglich, den Computer irgendwie zu blockieren, aber sie wussten beide nicht, wie, und außerdem konnte man bei einem jungen Mann von fast zwanzig wohl kaum eine Kindersicherung am Computer anbringen.

Aileen stand auf und legte ihm zu seiner Überraschung

kurz, aber liebevoll die Hand auf die Schulter, eine Geste der Beruhigung, die ihm nach zwanzig gemeinsamen Jahren unmittelbar verständlich war. «Keine Panik», teilte ihm ihre Berührung mit, «vertrau mir, das klappt schon.» Tatsächlich sagte sie dann: «Gut. Dann will ich mal raufgehen und mit Finn reden.»

Sie war schon halb die Treppe hoch, als Joe auffiel, dass sie kein Wort übers Abendessen verloren hatte, um fast sieben Uhr, mit zwei ausgehungerten Männern im Haus. Wenn sie nicht bald etwas kochte, müsste er schon wieder zum Imbiss fahren, der allerdings den Vorteil hatte, sich nah beim Pub zu befinden.

Seit fast einem Jahr wehte Aileen immer eine unerklärliche, aber spürbare Furcht an, wenn sie zu dem Zimmer hinaufstieg, in das sich ihr Sohn, wenn er nicht gerade durch die Gegend streunte, stundenlang einschloss. Es war immer dunkel dort, immer wummerte Musik, wenn nicht gerade eine flirrende Stille herrschte, ein Zeichen, dass Finn an seinem Computer etwas – was genau? – «recherchierte». Jetzt war es still, und sie klopfte laut an, höflich, wie Eltern es heutzutage zu sein hatten.

«Finn? Finn, ich will mit dir reden.»

Keine Antwort. Sie versuchte es gleich noch einmal. «Finn! Bitte lass mich rein! Es ist dringend!»

Sie hörte, wie er seufzend den Computer abschaltete, aufstand und mit schweren, widerwilligen Schritten zur Tür gestapft kam. Was hatte er denn getrieben, dass er den Computer nicht anlassen konnte? Ihm damals seinen eigenen Telefonanschluss zu erlauben, war ein schlimmer Fehler. Er bezahlte ihn von seinem Arbeitslosengeld, aber so konnten sie die Rechnung nicht prüfen und sehen, was für Websites er so frequentierte.

Die Tür ging auf, zum Vorschein kam ihr schlaksiger, hoch aufgeschossener, blasser Sohn, immer noch geplagt von pubertärer Akne, in schwarzem T-Shirt mit dem Aufdruck FCUK, das Haupt in der Mitte gekrönt von einem lila Haarkamm. Trotz seiner Jugend lag ein müder Ausdruck in seinen haselnussbraunen Augen, und Resignation sprach aus seiner krummen Haltung.

«Hi, Mam. Was ist? Gibt's bald Abendessen?»

Sie ging an ihm vorbei ins düstere Zimmer und knipste das Licht an. «Finn, wenn du Hunger hast, musst du nicht warten, bis ich dir was koche. Essen ist im Kühlschrank. Wir haben Kochbücher. Du kannst lesen. Es geht nicht um die dritte Offenbarung von Fatima.»

Er grinste schief. «Ja, aber bei dir schmeckt es besser!»

Sie räumte einen Stapel Zeitschriften vom Bett und setzte sich dann. «Mit Schmeichelei erreichst du gar nichts. Aber ich wollte was anderes mit dir bereden. Dich wohin einladen.»

Argwöhnisch zog er eine gepiercte Augenbraue ein wenig hoch. «Ach ja? Wohin denn? Doch hoffentlich nicht wieder ins Weiterbildungs-Zentrum?»

«Nein. Ich habe die Hoffnung aufgegeben, dich je zu einem Weiterbildungskurs überreden zu können. Dich je wieder lernen oder arbeiten zu sehen. Ich bin zu dem Schluss gekommen, da du ja frei wie ein Vogel bist, dass du genauso gut mit mir nach Frankreich kommen kannst.»

Diesmal schossen beide Augenbrauen hoch, er stieß eine Art verdutzten Pfiff aus. «Frankreich?! Du willst dir doch nicht wirklich diese Häuser auf dem Kontinent ansehen? Dad sagt, du wärst komplett ... aber dass du dich schon wieder abregst, wenn wir einfach abwarten, bis es sich legt.»

Sein gönnerhafter Tonfall schmerzte noch mehr als die Worte selbst, aber sie ließ sich nichts anmerken. «Tja, da täuscht Dad sich. Ich werde mir Häuser in Frankreich ansehen, mit der Absicht, dieses hier zu verkaufen, also biete ich dir an, mitzukommen und dir dein neues Zuhause anzusehen, ehe ich es kaufe. Oder hast du etwa dringendere Pläne?»

Das saß. Er lachte freudlos. «Ma, wach auf. Wir leben hier. In Galway, Irland. Du weißt einen Scheiß über Frankreich.»

Sie nickte ungerührt. «Stimmt. Viel weiß ich nicht. Deshalb will ich es mir ansehen. Und deswegen möchte ich gern, dass du mitkommst. Wenn du dir nicht bald einen Job und eine eigene Bleibe suchst, kann es nämlich sein, dass du nächstes Jahr um diese Zeit dort lebst. Wenn nicht schon eher.»

«Ha! Glaubst du doch selber nicht! Warum willst du mich überhaupt dabeihaben? Ich kann die Sprache nicht –»

«Nein. Aber du könntest zwischendurch fahren. Shona Fitzpatrick begleitet mich – weißt du noch, Shona, vom Fremdenverkehrsbüro?»

Er kratzte sich am Kopf. «Ja. Verschwommen. Was hat die jetzt damit zu tun?»

«Habe ich dir gerade gesagt. Sie kommt mit. Zur moralischen Unterstützung. Deine hätte ich auch gern.»

«Ma, du spinnst ja! Keine Chance, dass ich mir so eine Mädchentour nach Frankreich antue! Schnatter, schnatter, schnatter, oh, schau mal, den Hut nehmen wir – Mann, nur über meine Leiche!»

Sie kannte den Tonfall. Denselben Ton schlug er an, wenn es hieß, «Nein, ich finde keinen Job», «Nein, ich mach keinen Kurs», «Nein, keine Ahnung, wie Kochen geht» und «Nein, das war keine Porno-Website». Wäre er nicht ihr Sohn, hätte sie ihn nicht persönlich zur Welt gebracht und dieses Monstrum, das sie erschaffen hatte, entsprechend geliebt, hätte Aileen größte Lust gehabt, Finn mit einem Eisenhammer den Schädel einzuschlagen.

«Verstehe. Na ja, sag nicht, du wärst nicht vor die Wahl gestellt worden. Da du lieber hier bleiben willst, kannst du Kochen üben, während ich weg bin, und dich mit der Waschmaschine vertraut machen. Dein Vater wird Essen wollen, wenn er nach der Arbeit heimkommt, und für den unwahrscheinlichen Fall, dass Gäste eintreffen –»

«O nein!» Aufgebracht hob er die Hand. «Niemals! Für Dad und mich koche ich, wenn es sein muss, aber wenn hier Gäste aufkreuzen, schick ich sie rüber zu Mrs. Foley.»

Sie seufzte müde. Mit Finn sprechen – oder den Versuch zu unternehmen – war, als würde man gegen eine Wand reden. «Ich wollte eigentlich sagen, falls Gäste hier auftauchen und du dich in meiner Abwesenheit um sie kümmerst, könntest du das Geld behalten.» Sie warf einen viel sagenden Blick zum Computer. «Deine Telefonrechnungen müssen doch gigantisch sein.»

«Nicht so gigantisch, dass ich es mir auf die harte Tour verdienen müsste.»

Was? *Was* sagte er da? Während bei ihr alle Alarmglocken schrillten, sah sie seiner Miene an, dass es ihm ebenso ging, dass ihm etwas herausgerutscht war, das er nun am liebsten zurückgenommen hätte. Es gelang ihr gerade noch, die Fassung zu bewahren und einen ruhigen Ton anzuschlagen.

«Kann man Geld auch auf die leichte Tour verdienen, Finn? Falls ja, wüsste ich gern von dir, wie das geht.»

Aber sein plötzlich ausdrucksloses Gesicht gab nichts preis. «Nö. Nicht, dass ich wüsste – außer, man ist Politiker, ha!»

Wieder lachte er ohne Vergnügen, während sie entsetzt nach möglichen Gründen suchte, warum er nicht mit nach

Frankreich wollte. Gleichgültigkeit? Heimliche Angst? Oder etwas ganz anderes? Letzteres besiegelte ihren Entschluss, ihre jähe, unbedingte Entschlossenheit, alles in ihrer Macht Stehende zu tun, um ihn aus diesem Zimmer, diesem Haus, dieser Lethargie und der rätselhaften Unterwelt, die er bewohnte, herauszuholen. Als sie sich steif vom Bett erhob, fühlte ihre Wirbelsäule sich an, als wäre sie aus frisch gehärtetem, rasch abkühlendem Stahl.

«Schön. Du kümmerst dich um das Haus, während ich weg bin, Finn, und sei es nur für dich und deinen Vater. Sonst schmeiße ich dich raus, wenn ich zurückkomme. Kapiert?»

Seine Verblüffung mündete in ein sorgloses Lächeln. Ihre Drohungen waren zahlreich und harmlos. «Ah, klar, wo sollte ich denn hin, Ma?»

«Weiß ich nicht, interessiert mich nicht. Jetzt gehe ich runter und koche uns was zum Abendessen, und du kommst mit und schälst die Kartoffeln.»

Seine hastige Einwilligung bestätigte ihre dunklen Vermutungen. «Klar. Mach ich doch glatt!»

Grinsend, mit spöttischer Ritterlichkeit, riss er die Tür für sie auf, und auf ihrem gemeinsamen Weg die Treppe hinunter wusste sie mit Bestimmtheit, dass sie ihrer Familie bei der Rückkehr aus Frankreich die Schlüssel zu einem neuen Leben mitbringen würde. Ein neues Leben, in das Mann und Sohn sie begleiten müssten, weil ihr altes sonst zerbröckeln und sich auflösen würde.

Aber auflösen würde es sich so oder so, und wenn sie es eigenhändig Stück für Stück zerlegen müsste.

Kapitel drei

«Wir nehmen meinen Wagen», verkündete Shona, «und die Fähre nach Cherbourg. Von dort fahren wir Richtung Süden bis in den Languedoc.»

Aileen, die die Karte zwischen ihnen studierte, war entgeistert. «Aber warum nicht einfach nach Toulouse fliegen und dort einen Wagen mieten? Von Cherbourg aus sieht es furchtbar weit aus –»

«Es ist auch furchtbar weit. Genau das ist der Hintergedanke. Da Sie noch nie in Frankreich waren, müssen Sie so viel wie möglich davon zu sehen bekommen. Diese Route führt uns direkt durch die Normandie, das Loire-Tal, Charente-Maritime, das Dordogne-Tal, die Midi-Pyrénées und schließlich in Ihr Schlossgebiet um Carcassonne herum. Zwei Tage von Cherbourg aus, wenn wir fünfhundert Kilometer am Tag veranschlagen. Drei, wenn ich realistisch bin.»

«Was?! Und noch die Zeit auf der Fähre? Aber Shona, wir kommen doch nie so schnell so weit, wir brauchen bestimmt bis Weihnachten … das ist doch *ewig* weit!»

«Ja. Frankreich ist riesig, Aileen. Da passt Irland locker mehrmals rein! Die Fahrt wird Ihnen helfen, sich zurechtzufinden, sich an die Sprache, das Klima und das Fahren auf der, wie Sie es so spaßig nennen, falschen Straßenseite zu gewöhnen. Wenn Sie sich erst dran gewöhnt haben, können Sie ja auch selbst mal ans Steuer.»

Aileen sank der Mut. Erst jetzt, nach dem ersten Taumel der Begeisterung, gewann sie langsam einen Einblick in die praktischen Erfordernisse ihres Projekts und geriet nervös ins Grübeln, ob sie sich nicht doch ein wenig viel vorgenommen hatte. Wenn sie nun unterwegs eine Reifenpanne hatten! Sie wusste nicht mal, wie man ein Rad wechselte. Oder bei einem Unfall, wie hieß dann «rufen Sie einen Krankenwagen» auf Französisch? Oder, oder ... wenn doch Joe nur mitkäme, wenn er wenigstens ein bisschen Interesse und Unterstützung bekundete!

Joe aber, von der strikten Weigerung abgesehen, mit der Sache etwas zu tun zu haben, war entschlossener denn je, zu Hause zu bleiben, seit Aileen ihm ihre Sorgen wegen Finns undurchsichtiger Aktivitäten anvertraut hatte. Sie konnte es zwar nicht genau benennen, aber ... aber ... es kostete sie einige Überwindung, ihre Befürchtung in Worte zu fassen.

«Drogen», flüsterte sie schließlich, und Joe nickte, als sei er gar nicht sonderlich überrascht.

«Hm. Nun, ich wollte dich nicht beunruhigen, ohne handfeste Beweise zu haben, aber hin und wieder habe ich mich das auch schon gefragt. Wenn er welche nimmt, schlage ich ihn windelweich. Wenn er damit dealt, werde ich ihn kreuzigen. Aber um ihn zu erwischen, Aileen, muss ich ein Auge auf ihn haben. Ihn ständig überwachen, um Beweise zu finden.»

Aileen nickte kläglich. Sie hatte ein schlechtes Gewissen dabei, Mann und Sohn in einer so heiklen Zeit zu verlassen. Aber schließlich tat sie es nur zu ihrem Besten ... Joe hätte es zwar nie zugegeben, aber Alkohol war auch eine Droge. Das stritt er rundheraus ab, und Finn, zur Rede gestellt, würde vermutlich auch alles abstreiten. Wie der Vater, so der Sohn? Je eher sie die beiden hier herausholte, desto besser.

Erst aber musste ein Ort her, wo sie hinkonnten. «Na gut», beschied sie Shona forsch, «dann wollen wir mal. Ich werde diesen Makler anrufen, damit er für uns ein paar Besichtigungen arrangiert. Und noch möglichst viele andere

Makler in der Gegend – welche, die Englisch können; wie ich höre, sind das die meisten.»

Shona lächelte und nahm sich fest vor, ein Wörterbuch einzupacken. Aileen wirkte wie jemand, der immer nur im Nichtschwimmerbecken geplantscht hatte und sich jetzt mit Feuereifer in den Atlantik stürzt.

Tessie war «bei der ganzen Sache mulmig zumute, Schatz».

«Nun, versuch dich an den Gedanken zu gewöhnen, Mam. Ich habe die feste Absicht, mit einem Haus aus Frankreich zurückzukommen.»

«Einer Maus?»

«Einem *Haus*! Einem hübschen Haus, in dem du wunderbar Ferien machen kannst, unten im Süden, wo immer die Sonne scheint, Dymps kann auch kommen, wir werden nächsten Sommer alle zusammen eine tolle Zeit haben, wart's nur ab.»

«Ich begreife nicht, was plötzlich in dich gefahren ist.»

Offenbar begriff niemand, was in Aileen Hegarty gefahren war. Die meisten ihrer Freundinnen lachten nur, als sie von ihrer geplanten Abreise am Samstag erfuhren, während bei Dymps Belustigung in jähe Panik umschlug.

«Aber Aileen, du willst doch nicht ernsthaft – ernsthaft auswandern!»

So hatte sie das noch nie betrachtet. Und würde damit erst gar nicht anfangen. Frankreich war doch nicht Australien, also wirklich. «Dymps, mit dem Flugzeug bist du schneller in Frankreich als mit dem Auto in Dublin. Nun mach doch nicht so ein Drama daraus.»

«Aber – aber was wird aus unseren Mittagessen bei Heyden's? Was ist mit Mam? Die kriegt Anfälle, weißt du, wenn du wegziehst – die kriegen wir alle! Du wirst uns *fehlen*!»

Aileen versetzte es einen kleinen Stich. Aber für Sentimentalitäten war jetzt keine Zeit. «So weit wird es gar nicht kommen, weil ihr so oft zu Besuch kommt, und ich komme euch auch besuchen, außerdem gibt es doch Telefon, weißt du, und die Post und E-Mail … im Übrigen will ich mich doch nur mal umschauen. Unser Haus steht ja noch gar nicht zum Verkauf.»

«Tja … dann viel Spaß, wenn du dich nur umschaust … vielleicht gefällt's dir gar nicht, und du überlegst es dir anders.»

«Kann sein.»

Was, wie Aileen sich insgeheim eingestand, durchaus möglich war. Vielleicht fand sie Frankreich auf den ersten Blick scheußlich, und damit wäre der Fall erledigt. Vielleicht fände sie stattdessen ein Haus in Spanien oder Portugal, vielleicht würde das alles Jahre dauern … doch je näher der Samstag rückte, desto mehr hob sich ihre Stimmung, festigte sich ihre Entschlossenheit, wurde sie von Begeisterung gepackt. Endlich würde sie sein wie all diese Leute, die sie im Fernsehen gesehen hatte, würde Villen besichtigen, Swimming-Pools in Erwägung ziehen, Gästezimmer in herrlich sonnigen Farben einrichten! Na ja, in ihrer Phantasie zumindest, bis Joe sich mit der Idee anfreundete, das Haus ansehen kam, das sie ausgesucht hatte, und sich sofort verliebte.

Er würde es doch lieben, oder? Müsste er doch, denn bei all seinen Fehlern liebte er sie ja, oder? Er war zwar nicht romantisch, aber voraussagbar … oder?

Ja. Natürlich war er das. Das war eine der Tugenden, wegen der sie ihn geheiratet hatte. Lass das Grübeln, Aileen, fang an zu packen.

Crys kochte exotisch und einfallsreich, und Shona freute sich schon auf das «letzte Abendmahl», zu dem sie heute eingeladen war. «Gavin wird auch da sein», versprach Crys, «um dich mit Wein abzufüllen. Französischem Wein natürlich, um dich auf deine Odyssee einzustimmen.»

«Wir bleiben doch nur zwei Wochen!»

«Auch wurscht. Bis gegen sieben dann.»

Nun war es also Viertel nach sieben, der stämmige, fröhliche Gavin goss ihr Chablis ins Glas, Crys reichte eine große Schüssel Tortillachips und ein Schälchen mit scharfer Salsa-Sauce herum. Was Shona an Crys mit am meisten mochte, war ihre Fähigkeit, die Dinge immer positiv zu sehen, wie auch jetzt wieder.

«Frankreich! Genau das Richtige. Wird dich von Brendan Wright und Terry O'Hagan ablenken. Du wirst Riesenspaß haben – am liebsten würde ich mitkommen.»

«Ausgezeichnete Idee! Warum eigentlich nicht?» Shona lächelte strahlend, als sie plötzlich eine flüchtige Schwingung, eine Art Knistern zwischen den beiden wahrnahm. Sie wechselten einen Blick und schienen ganz kurz zu zögern, bis Crys endlich antwortete.

«Wegen unserer Jobs, einerseits. Und weil … das kommt hinzu … wir … äh … uns um ein Baby bemühen. Wir bemühen uns wie verrückt um ein Baby, Sho. Jetzt ist nicht die richtige Zeit für uns, auch nur eine Nacht getrennt zu verbringen, geschweige denn zwei Wochen.»

Oh. Oje. Sie hatte nicht neugierig sein wollen, doch jetzt schoss allen dreien das Blut ins Gesicht. Shona wusste natürlich längst von ihrem Empfängnisproblem, aber nun war es zum ersten Mal offen angesprochen worden. Gavin trollte sich verlegen aus dem Zimmer, murmelte etwas von der Kasserolle, nach der er sehen wollte, und Crys drehte versonnen den Stiel ihres Weinglases zwischen leuchtend blauen Fingernägeln.

«Es ist – äh – ein bisschen schwierig momentan, Sho. Ich

meine, wir sind jetzt fünf Jahre verheiratet, langsam machen wir uns ein wenig … ein wenig … Sorgen.» Sie biss sich auf die Unterlippe, und Shona sah bestürzt, dass es in ihren Augen verräterisch schimmerte. Bislang hatte Crys ihren sehnlichen Kinderwunsch immer auf die leichte Schulter genommen, geflachst, es gäbe «schließlich genug Kinder auf der Welt», sich in ihr freiwilliges Engagement gestürzt, «um die Welt für sie ein bisschen besser zu machen – und für meine, wenn sie kommen». Erst jetzt kam Shona der Gedanke, dass Crys womöglich deshalb ihre jetzige Stelle angenommen hatte, als Schulbusfahrerin … um Kinder um sich zu haben.

Mit einem Gefühl von Ohnmacht beugte sie sich über den Couchtisch zu ihrer Freundin und berührte sie an der Hand. «Es klappt schon, Crys. Wart's ab. Eines Morgens wachst du auf, und – Bingo! Drillinge! Es hat doch keine medizinischen Gründe, oder?»

«Nein. Dem Arzt zufolge nicht. Gavin und ich sind beide fruchtbar wie die Karnickel. Theoretisch zumindest.» Sie seufzte, was selten genug vorkam, und Shona lächelte aufmunternd, in dem Entschluss, die Sache positiv zu sehen, wie Crys sonst immer.

«Wenigstens habt ihr euch!»

Crys erwiderte ihr Lächeln, aber nicht so fröhlich wie sonst. «Ja. Stimmt. Möge es noch lange halten.»

«Bitte?»

«Ach, nichts. Ich bin heute bloß unausstehlich. Legen wir ein bisschen Musik auf.» Sie sprang auf, und gleich darauf tönte Bonnie Tylers Reibeisenstimme durchs Zimmer und röhrte «Lost in France». Crys lockte sie mit gebogenem Zeigefinger. «Komm hoch, tanzen!»

Sie hob die Arme über den Kopf und begann sich geschmeidig zu wiegen, und Shona stand lachend auf: Sie würde sich, wenn Aileen Hegarty navigierte, wahrscheinlich auch bald in Frankreich verirren. «Und», schrie sie gegen die Musik an, «ihr seid jung! Habt alle Zeit der Welt!»

Das hatte sie schon oft gesagt, und ihr fiel auf, dass sie vielleicht mal aufhören sollte damit, es klang immer fadenscheiniger. In dem Moment kam Gavin ins Zimmer zurück, und sie schauten ihn beide an; er war fünf Jahre älter als Crys, vierunddreißig. Auch nicht mehr blutjung, um eine Familie zu gründen ... Shona erschrak, ihm war anzusehen, dass er sie gehört hatte. Aber Crys schnappte sich seine Hand und zog ihn an sich. «Komm her, weißer Mann, tanz mit mir!»

Er ließ sich nicht lange bitten, die Stimmung löste sich, und die Spannung verflog. Crys tanzte einfach wundervoll, biegsam wie Lakritze, und Gavin war einer von den seltenen irischen Männern, die gern tanzten. Er glitt mit lässigem Schwung durchs Zimmer, Hand in Hand mit seiner Frau. Obwohl sie kaum unterschiedlicher hätten sein können – er war sommersprossig und aschblond, sie schwarz wie die Nacht –, herrschte zwischen ihnen solche Harmonie, dass Shona zu dem Schluss kam, sich das nur eingebildet zu haben, dass Crys unmöglich diese gequälte Bemerkung gemacht haben konnte, von wegen «Möge es noch lange halten». Sie wirkten ganz wie ein Paar, das bis in alle Ewigkeit und darüber hinaus zusammenblieb. Menschen, die einander nicht nur liebten, sondern auch verstanden, fast körperlich aufeinander eingestimmt waren. Es war in ihren Augen zu sehen, ihren Körpern, selbst ihren Schritten, während sie miteinander umherwirbelten, wortlos kommunizierten.

Mensch, dachte Shona, die haben ein Glück. Sie sind ein tolles Paar, das ist so ein Riesen-, Riesenglück. Ich hoffe nur, sie wissen das auch.

Die Musik endete, und kurze Zeit später saßen sie um

den Tisch herum. Crys trug ihren mit Limonensaft und Kokoscreme verfeinerten Meeresfrüchte-Topf auf. «So, jetzt erzähl mal was von Aileen, Sho.»

«Hm …» Shona dachte kurz nach. Eigentlich, wenn sie recht überlegte, gab es viel, was sie *nicht* über Aileen wusste. Nette Dame, nette Pension, auf seine untersetzte, brummige Art netter Mann … schwieriger Sohn, freundliche Schwester, leicht tüddelige, verwitwete Mutter.

«Weißt du was, so viel weiß ich gar nicht über sie. Ich kenne sie zwar, aber nicht so richtig, als Mensch, meine ich. Wir scheinen uns einfach aus irgendeinem Grund zu mögen, sind immer gut klargekommen, wenn wir beruflich miteinander zu tun hatten … sie betreibt immer noch ihre Pension, aber ich habe den Eindruck, das hat sie satt. Ich bin mir nicht ganz sicher, warum sie ins Ausland will – vielleicht weiß sie das selbst nicht so genau –, aber ich habe das Gefühl, sie ist an so einer Art Wende im Leben angekommen und will sich irgendwie auf die Probe stellen. Vielleicht testet sie dabei auch gleich ihre ganze Familie mit.»

«Aber garantiert», warf Gavin ein, «wenn sie vorhat, alle zu entwurzeln – wie viele Kinder, sagtest du noch, hat sie?»

«Nur eins. Einen Jungen von fast zwanzig. Ist zweimal durch den Schulabschluss gerasselt. Arbeitslos. Sie macht sich Sorgen um ihn.»

«Würde doch jeder», meinte Crys, «bei einem jungen, gesunden Typen, der keine Beschäftigung findet. Wenn er Zeit hat, wir können bei APSO oder beim Roten Kreuz immer Freiwillige gebrauchen.»

«Crys», sagte Shona wegwerfend, «der gute Junge wäre euch, glaube ich, keine allzu große Hilfe.»

«Und warum hat sie sich gerade für Südfrankreich entschieden?» Gavin wirkte gespannt, und Shona grinste. «Ich glaube, es war umgekehrt! Bei der Immobilienschau hat sie so ein verrücktes Schloss gesehen, und das hat es ihr angetan – meine Mission wird es sein, sie schön von Schlössern fern zu halten und ihr zu helfen, etwas Überschaubareres zu finden. Sechs bis acht Gäste, mehr kann man solo nicht betreuen, meiner langjährigen Erfahrung im Pensionsgewerbe nach.»

«Aber der Sohn ist doch arbeitslos, sagst du ... könnte der nicht einspringen und helfen? Sich seinen Unterhalt verdienen?»

«Gavin, der Sohn ist ein Punk mit Piercings in jeder Körperöffnung und lila Irokesenfrisur. Irgendwie kann ich mir bei dem so was nicht vorstellen.»

«Hm. Also dann würde ich ihn vor die Tür setzen. Wenn sie ihn mit zwanzig noch zu Hause wohnen lässt, tut sie ihm keinen Gefallen. Gammler.» Gavin schenkte allen Wein nach und wechselte dann abrupt das Thema. «Südfrankreich, sagst du?»

«Ja. Aber nicht die noble Ecke. Wir fahren in den Languedoc.»

«Ist Lourdes da irgendwo in der Ecke?»

Verwundert versuchte Shona, Lourdes vor ihrem geistigen Auge auf der Karte zu orten. «Ewig weit ist es nicht – warum?»

«Deshalb: Falls deine Aileen eine Pension irgendwo in der Nähe von Lourdes aufmacht, kommen Crys und ich runter und werden ihre allerersten Gäste. Falls du es noch nicht mitgekriegt hast, wir bräuchten dringend ein Wunder.»

Die Wörter klirrten zwischen sie wie Murmeln, rollten in eine gläserne Stille, und Shona kam sich auf einmal sehr, sehr *de trop* vor. So gern sie ihre Freunde hatte, heute war eindeutig nicht der beste Abend, um bei ihnen zu sein. Die Atmosphäre glich der in einem drückend schwülen Treibhaus, das hektisch ein Baby hervorzubringen versuchte und in dem kein Platz war für eine allein stehende Frau, die Kindern gegenüber insgeheim schon immer eher zwiespältige Gefühle hegte. Oh, sicher, sie hätte welche bekommen, wenn sie darum gebeten worden wäre ... aber das war nie geschehen, oder? Die Geschöpfe blieben ihr ein Rätsel, und Crys' Begeisterung für das Thema hatte sie nie recht verstanden. Außerdem, ein Blick auf Finn Hegarty genügte doch, um sich von den Risiken des Unternehmens zu überzeugen! Sie jedenfalls hätte ihr Geld eher auf einen dreibeinigen Windhund gesetzt.

«Okay, los geht's!»

Shona saß in ihrem himmelblauen Citroën Picasso und ließ den Motor aufheulen. Aileen warf hastig ihre Reisetasche in den Kofferraum, pfefferte die erbetene Mappe CDs auf den Beifahrersitz und lief zurück, um Joe einen letzten Kuss zu geben, Finn ein letztes Mal an sich zu drücken.

«Seid brav, ihr zwei, benehmt euch, solange ich weg bin! Im Eisfach liegen Steaks und Hühnchen und diverse Currys, jede Menge saubere Anziehsachen sind im –»

Finn, der lässig an der Hauswand lehnte, winkte müde ab. «Ja, Ma. Hast du uns schon gesagt. Im Kohlenkeller.»

Aileen lachte. Joe fand unvermutet schroffe Töne für seinen Sohn. «Halt die Klappe», raunzte er. Und nach diesem fröhlichen Schlussakkord setzte Shona rückwärts aus der Auffahrt, während Aileen es sich, aufgeregt winkend, noch neben ihr bequem machte.

«Sorgen Sie für Musik. Ich habe Dire Straits, Andrea Bocelli, Queen, U2, Elton John, die Stones, Nirvana und Charlotte Church mitgebracht ... und was haben Sie dabei?»

Shona erwartete halb, dass Aileen sich noch einmal für einen letzten Blick auf ihre Familie umdrehen würde, aber zu ihrer Überraschung tat sie das nicht. Stattdessen nahm sie ihre CD-Mappe und blätterte sie durch. «Dean Martin, Robbie Williams, Joe Dolan, die Corrs …»

«Uuuuh! Nicht die Corrs!»

«Doch. Entschuldigung. Und die Chieftains. Falls wir Heimweh bekommen. Und Daniel O'Donnell.»

«Daniel O'Donnell?! Den schmeißen Sie schön aus dem Fenster. Jetzt sofort.»

«Aber ich mag ihn!»

«Aileen, den können Sie nicht mögen. Der ist doch was für siebenundneunzigjährige Nonnen oder vierjährige Ministranten.»

«Wie?» Sie blinzelte, aber Shona lachte, während sie dahinfuhren. «Wir lernen uns also schon kennen! Falls Sie es wagen, Daniel O'Donnell oder die Corrs in diese Anlage zu schieben, schicke ich Sie in einem Marmeladenglas nach Hause zurück.»

«Also, eigentlich bin ich auch nicht allzu wild auf Ihren Andrea Dingsbums oder diese Church … Sie schnarchen doch nicht etwa, oder?»

«Verzeihung? Was für eine komische Frage.»

«Na ja, sehen Sie, Joe schnarcht nämlich. Dass die Wände wackeln. Das treibt mich jetzt seit Jahren in den Wahnsinn, und ich kann Ihnen gar nicht sagen, wie sehr ich mich darauf freue, endlich mal ungestört durchzuschlafen. Vierzehnmal sogar. Darauf freue ich mich fast mehr als auf alles andere.»

«Ach? Wirklich? Also, das kann ich nachvollziehen. Ich habe einmal mit einem Freund Schluss gemacht, weil er schnarchte. So laut, dass ich Lust bekam, ihm ein Kissen aufs Gesicht zu drücken, bis der Lärm endlich aufhörte. Am Ende musste ich mich zwischen ihm und dem Knast entscheiden. Ich hätte aber auf nicht zurechnungsfähig plädiert.»

Aileen nickte, einigermaßen dankbar. «Es kann einen in den Wahnsinn treiben, nicht? Um das zu ertragen, muss man jemanden wirklich lieben.»

«Tja, dann habe ich Aidan Bolton wohl nicht geliebt! Während Sie Joe Hegarty lieben müssten – na, natürlich lieben Sie ihn. Er ist Ihr Mann.»

«Ja. Wobei ich finde, dass in diesen Ehevorbereitungskursen, die man besuchen muss, auch das Schnarchen angesprochen werden sollte. Joe und ich haben deswegen öfters Krach gehabt als wegen allem anderen.»

«Aber er kann doch nichts dagegen machen, oder?»

Aileens Gesicht verfinsterte sich unvermutet. «Er könnte es versuchen. Er könnte aufhören, an vier Abenden die Woche sechs Pint Bier zu trinken. Der Alkohol macht es noch schlimmer – er glaubt mir nicht, aber eines Tages nehme ich mal eine Kassette auf und spiele sie ihm vor.»

Oh? Shona hatte nicht geahnt, dass Joe trank. Aber das taten doch alle, nicht wahr? Die Hälfte der irischen Männer verbrachte mindestens ebenso viel Zeit in ihrem Pub, wenn nicht sogar mehr; im irischen Vergleich war Joes Konsum kaum weltbewegend. Vierundzwanzig Pints in der Woche? – Pah, Kinderkram!

«Nun, keine Bange, ich schnarche nicht. Sie bekommen Ihren Schönheitsschlaf.»

«Na, Gott sei Dank. Dann können wir uns unterwegs ja Zimmer teilen … steigen wir in Hotels ab oder Pensionen oder wie?»

«Kommt drauf an, wo wir sind und was geboten wird. Ich würde gern alles mal durchprobieren – bis auf Zelten, das sollte für jeden über zehn Jahre verboten werden.»

«Warum? Ist das so schlimm? Habe ich noch nie gemacht.»

«Ich schon. Mit einem Haufen Freunde an griechischen

Stränden, in dem Sommer, als ich zwanzig war. Ich kann Ihnen gar nicht sagen, wie froh ich war, als die Polizei uns verscheucht und in Jugendherbergen geschickt hat.»

«Griechenland? Da war ich noch nie. Bin eigentlich überhaupt nicht viel rumgekommen ... ich habe in dem Sommer, als ich zwanzig war, geheiratet. Natürlich waren Joe und ich seither in Urlaub, aber nur auf Pauschalreisen nach Mallorca und auf die Kanarischen Inseln, sobald Finn groß genug war, um an sonnige Orte zu reisen. Als er klein war, sind wir immer nach Kerry oder Cork gefahren – Joes Eltern leben in Cork, und damals waren wir abgebrannt. Und mit einem Kleinkind kann man nirgends hinfahren, wo es zu heiß ist.»

Neiin ... Shona konnte sich nicht vorstellen, nicht in heiße Regionen zu reisen, sie lebte für die Sonne und war seit Teenagertagen mit Begeisterung gereist. Sie konnte sich auch nicht vorstellen, abgebrannt zu sein, und fand das kein bisschen romantisch. Wenn ein Mann nicht mindestens so viel verdiente wie sie, wozu war er dann *gut*?

Wozu waren schnarchende Ehemänner gut oder gammelnde Söhne, die aussahen wie Wilde? Man musste schon im wörtlichen Sinn wahnsinnig verliebt sein, um sich mit all dem abzufinden, womit Aileen sich anscheinend abfand.

Und doch war Aileen die Verheiratete, abgesichert und gesetzt, wurde von der Gesellschaft respektvoll mit «Mrs.» tituliert, während sie, Shona Fitzpatrick, das Problem war. Sie war diejenige, die überhaupt noch nie jemanden geheiratet hatte, ob gut, schlecht oder so lala. Die erst letzte Woche einen Tritt bekommen und sich seither jede Nacht in den Schlaf geweint hatte. Wo war da die Logik? Mit gerunzelter Stirn versuchte sie, der Logik auf die Spur zu kommen, bis Aileens Stimme sie aus ihrer Träumerei riss.

«Shona – fahren Sie immer so schnell?»

Sie sah hinab auf den Tacho, der achtzig Meilen die Stunde anzeigte. «Nur auf guten Straßen! Die hier nach Rosslare ist nicht übel.»

Die Straße war in Ordnung, aber Aileen wirkte dennoch ein wenig ängstlich, klammerte sich verstohlen am Sitz fest und musste sichtlich an sich halten, während sie dahinrasten. Woraus Shona schloss, dass sie eher eine gemächliche Vierzig-Meilen-die-Stunde-Fahrerin war, mit der die Fahrt nach Südfrankreich Jahre dauern würde. Also werde ich sie nicht ans Steuer lassen, dachte sie, bis wir da sind.

Rosslare erreichten sie viel früher als gedacht. So konnten sie dort noch zu Mittag essen, bevor sie auf die Fähre rollten, den Wagen in ihrem Bauch parkten und ihr Gepäck hinauf in ihre äußerst gemütliche Kabine trugen. Aileen sah sich um und war erleichtert: Wenn Shona auf so engem Raum schnarchte, würde ich sie bestimmt erwürgen! Gott sei Dank ist Joe nicht hier!

Ohne lange auszupacken, warf Shona ihr Gepäck auf die obere Koje, steckte sich das Haar hoch und legte sich einen Pulli um die Schultern. «Kommen Sie, gehen wir hoch an Deck und vertreten uns ein wenig die Beine.»

Aileen registrierte etwas Wesentliches, während sie ihr folgte: Shona schien auf dieser Reise irgendwie der Boss zu sein, sie übernahm wie selbstverständlich die Regie. Dagegen hatte Aileen nicht das Geringste einzuwenden – im Gegenteil, es war eine Wohltat, ausnahmsweise mal nicht an alles denken und alles organisieren zu müssen. Doch sie war die Ältere, ihr Haus wollten sie ausfindig machen … wieso strahlte Shona dann solche Autorität aus?

Weil sie schon viel gereist war, vermutlich; weil sie Frankreich kannte und dort keine Überraschungen mehr auf sie warteten. Weil sie von Natur aus forsch und patent war, eine Reisegefährtin, die von nichts aus der Ruhe gebracht würde. Guter Dinge auch; bisher hatte sie ihren Liebeskummer noch nicht erwähnt, obwohl ihre Augen, als sie kurz die Sonnenbrille abnahm, verquollen waren. Als sie sie wieder aufsetzte, sah sie bezaubernd aus, viel jünger als sechsunddreißig, in Jeans, weißem Leinenhemd und weißen Turnschuhen, mit hochgestecktem Haar und kaum geschminkt. Im Fremdenverkehrsbüro hatte sie immer eine jadegrüne Uniform, Strumpfhosen, Lippenstift und hochhackige Schuhe getragen, was zwar angemessen, aber auch förmlich war. Jetzt wirkte sie frisch und entspannt.

Oben auf Deck herrschte ein für November milder Nachmittag. Sie standen an der Reling und blickten hinab in die ruhige, smaragdgrüne irische See, während die Vorkehrungen zum Ablegen der Fähre getroffen wurden.

«Mein Gott», murmelte Aileen, halb zu sich, «nicht zu fassen, dass ich das tue. Ich bin unterwegs, um mir endlich mein Haus in der Sonne zu kaufen.»

Zu ihrer Verblüffung legte Shona ihr den Arm um die Schulter und drückte sie. «Ja, sind Sie! Erwarten Sie nicht zu viel, Aileen, möglicherweise finden wir in nur zwei Wochen nicht das Richtige – aber Spaß werden wir so oder so haben, mindestens schöne Ferien. Und ich habe ein Handy, falls Sie Joe anrufen und ihm erzählen wollen, was wir so treiben … hier, wollen Sie ihn nicht jetzt mal anbimmeln, ihm sagen, dass das Schiff gerade ablegt?»

Sie kramte es aus der Tasche und hielt es Aileen hin, die aber den Kopf schüttelte. Später würde sie natürlich mit Joe reden, und auch mit Finn; jetzt wollte sie diesen Moment für sich auskosten.

Das ist *mein* Moment, dachte sie. Er gehört mir, mir allein. Ich möchte ihn mit niemandem teilen. Das ist ein perfekter Moment, voll Hoffnung und Verheißung. Wie viele solcher Momente schenkt einem das Leben schon?

Auf der Überfahrt erfuhren Shona und Aileen viel Neues über einander. Beim Abendessen, zu dem Shona es sich nicht nehmen ließ, eine Flasche Wein zu spendieren, unterhielten sie sich über ihre Kindheit, die Schule, ihre Freunde und Familien und über ihre Interessen, die in Shonas Fall «Schwimmen, Reisen, Tennis und Fußball» umfassten.

«Fußball? Sie gehen zu Fußballspielen?»

«Ja – und ich spiele auch selber! Mit Begeisterung. Ich bin Torwart einer Damenmannschaft.»

Wirklich? Wie ungewöhnlich. Aileen kannte sonst keine Frau, die Fußball spielte. Im Vergleich dazu kam sie sich ein bisschen faul vor; wie Joe gern spottete, lief ihre Vorstellung von Bewegung darauf hinaus, den Kühlschrank zu plündern. Na ja, sie ging ein bisschen spazieren – aus schlechtem Gewissen, wenn sie ihn geplündert hatte –, aber sportlich konnte man das kaum nennen. Kein Wunder, dass Shona so schlank war. Was sie etwas neidvoll anmerkte.

«Ach, das kommt nicht nur vom Fußball! Ich gehe auch ins Fitnessstudio und halte eisern Diät.»

Aileen machte große Augen. Momentan jedenfalls schien sie fünfe gerade sein zu lassen, sie verputzte nämlich gerade ein Bœuf Stroganoff. «Ach ja?»

«Ja. Im Fremdenverkehrsgewerbe muss man gut aussehen – zumal, wenn man befördert werden will –, und außerdem steht mein Typ Mann auf durchtrainierte Frauen.»

«Wirklich? Und was ist Ihr Typ Mann, Shona?», fragte Aileen ein wenig zaghaft, um bloß keinen neuerlichen Tränenstrom wegen Brendan Wright auszulösen.

«Mein Typ Mann – hmm, ist das *lecker* – mein Typ Mann ist ebenfalls gut durchtrainiert, geistig und körperlich. Fit, erfolgreich, gut aussehend, redegewandt. Der Typ, mit dem ich unbesorgt überall hinkann, weil ich weiß, dass er nie was Falsches sagt oder mich sonst wie blamieren würde.»

«Verstehe.» Flüchtig musste Aileen an Joe denken. Einmal hatte er denkwürdigerweise einer Frau in einem Kaufhaus erklärt, das Outfit, das sie gerade anprobierte, sei «kriminell, Gnädigste, kriminell scheußlich, an Ihnen oder wem auch immer». Seine unverblümte Offenheit kam einigermaßen überraschend, denn darauf, was sie trug, achtete er nie. Hätte er das, hätte er mal ein neues Kleidungsstück, eine neue Frisur oder ihre sonstigen Bemühungen gewürdigt, hätte sie den Kühlschrank vielleicht nicht ganz so oft geplündert.

«Aber – aber was ist mit seinem Charakter? Ich meine, legen Sie keinen Wert darauf, dass einer lieb und nett und fürsorglich ist? Dass einer Sie, na ja – äh – liebt? Ich hätte Sie eher für den romantischen Typ gehalten, Shona.»

«Oh – nehmen wir noch Nachtisch – bin ich ja. Das heißt, war ich, früher mal. Vor Jahren. Aber dann bin ich vernünftig geworden. Romantik ist was für junges Gemüse. Wenn man erst dreißig ist, wird man vernünftig. Bei mir war es jedenfalls so.»

Aileens Interesse war geweckt. «Ja? Wie denn? Warum?»

«Ich wurde erwachsen. Ich habe gemerkt, dass ich mir die meisten Dinge, für die Männer in – äh – manchen Ehen sorgen, selbst leisten konnte. Schöne Wohnung, Klamotten, Auto, Urlaub, so was alles. Natürlich sind Sex und Freundschaft auch wichtig, aber dazu muss man ja nicht heiraten. Das Einzige, was die Ehe wirklich zu bieten hat, ist gemeinsame Elternschaft für Kinder und sozialer Status für Erwachsene. Dieser Ring am Finger ist ja so wichtig – meinen Sie, der Schokokuchen schmeckt so gut, wie er aussieht?»

Verwirrt drehte Aileen sich zum Dessertwagen um. Was wurde denn aus Shonas angeblich so eiserner Diät?

«Wollen wir uns nicht ein Stück teilen? Falls Ihre Diät das erlaubt?»

«Oh, im Moment schon – die werde ich mal schleifen lassen, während wir in Frankreich sind! Wir sind zwar erst auf dem Weg dahin, aber was soll's.» Sie stand auf, um einen Teller mit Kuchen und zwei Löffel zu holen, während Aileen nachdenklich zurückblieb und den Rest Wein trank, der ihr den Mut verlieh, die nächste Frage zu stellen.

«Und – und was ist mit Kindern? Was ist mit – äh – Brendan?»

Shona nahm ihren Löffel, hielt ihn kurz in die Höhe und stieß ihn dann in den Kuchen. «Ja. Brendan wollte Kinder.»

Aileen wartete gespannt. Aber mehr kam nicht. Als der Kuchen verdrückt war, lehnte Shona sich zurück. Sie wirkte merkwürdig zufrieden und glich kein bisschen dem Häuflein Elend vor kaum einer Woche im Heyden's in Galway. Selbst ihre verquollenen Augen schienen sich zu beruhigen, klarer zu werden. «Und was ist mit Ihnen, Aileen?»

«Mit mir? Was soll mit mir sein?»

«Sie und Joe und Finn! Sie sind Ehefrau und Mutter … können Sie das als Karriereoption empfehlen?»

Aileen prustete vor Lachen. Sie hatte Joe doch nicht als «Karriereoption» geheiratet! Sie hatte ihn geheiratet, weil … na ja, weil man das einfach machte, oder, wenn ein Mann einem seine Liebe gestand und nett fragte und nicht vorbestraft war. Falls man ihn gern hatte und er wie ein Mann wirkte, der einem den Arzt rief, wenn man krank war, der das Haus strich, wenn ein Anstrich nötig war, und der jeden Mittwochabend den Müll raustrug, ohne sich erst lange bitten zu lassen.

Joe, der Gute, ertrug sogar klaglos Tessies Besuche, zog sie auf, seit sie langsam schwerhörig wurde: «Ist das Geld dir aus der Handtasche gefallen, Tess, oder mir?» Er war vielleicht nicht das große Los, aber auch keine Last – bis auf das Schnarchen –, ihre Ehe war jedenfalls kein Fehler oder so. Der Fehler, wenn überhaupt, hatte sich später eingeschlichen. Zwei Jahre, genauer gesagt, nach der Hochzeit. Sein Name war Finn.

«So funktioniert das nicht, Shona. Man kann einer Ehe keine Noten geben, so wie ein Lehrer eine Prüfung benotet. Ich kann nur sagen, dass meine, insgesamt gesehen, ganz gut ist. Joe mag nicht supergebildet oder schön oder besonders erfolgreich sein, aber ich hätte es schlechter treffen können.»

Es war nur ein leichter Tadel, und Shona nahm ihn mit gequältem Lächeln an. «Entschuldigung, so habe ich das doch nicht gemeint! Sie sind also glücklich, ja?»

«Ja. Natürlich. Warum sollte ich das nicht sein?» Allerdings, warum? Aileen sehnte sich plötzlich nach einer Tasse Tee und danach, dass diese ziemlich persönliche Unterhaltung ein Ende fand.

«Nur so! Mich interessiert bloß einfach immer, ob die Ehe so toll ist, wie ständig behauptet wird, mehr nicht. Weil alle finden, ich sollte selbst langsam heiraten.»

Aileen spähte über die Schulter in Richtung eines Teeautomaten. In diesem Selbstbedienungsrestaurant musste man aufstehen und sich alles selbst holen. «Meinen Sie das auch?»

«Tja … wenn ich noch Kinder möchte, dann ja.»

«Und, wollen Sie?»

Shona stützte nachdenklich das Kinn auf die Hand. «Das ist die Frage. Die eine Frage, die ich nie ehrlich beantworten kann. Kinder beanspruchen so viel Zeit und Aufmerksamkeit und … ich liebe meine Arbeit … und … ich war mir einfach noch nie hundert Prozent sicher.»

Aileen stand auf, um ein Kännchen Tee zu besorgen. «In dem Fall», bemerkte sie beiläufig im Gehen, «würde ich Ihnen dringend davon abraten.»

Verdattert sah Shona ihr nach. Was hatte diese freimütige und doch rätselhafte Bemerkung zu bedeuten? Aileen Hegarty war die erste Frau, die ihr unterkam, die nicht sofort und automatisch sagte, «o ja, Mutter sein ist das Wundervollste auf der Welt, die beste Entscheidung, die ich je getroffen habe».

Aileen ließ sich nichts mehr entlocken, während sie ihre Mahlzeit beendeten, wechselte das Thema und regte dann einen Besuch im Bordkino an. Enttäuscht, weil es ihr Spaß gemacht hatte, sie näher kennen zu lernen, gab Shona nach; schließlich hatten sie noch viele gemeinsame Abende vor sich. Eines sprach jedenfalls schon mal eindeutig für Aileen: Sie war nicht aufdringlich und versuchte einen nicht über Dinge auszuhorchen, die sie – noch – nichts angingen. Als teilte sie Shonas Auffassung, dass Freundschaft sich nach und nach entwickelte, nicht im Instantverfahren aufgebrüht werden konnte wie eine Tasse Löskaffee. Nach dem Kino zogen sie sich in ihre Kabine zurück und schliefen sofort ein. Neun Stunden später wurden sie wach und stellten fest, dass die französische Küste schon in Sichtweite war.

Shona winkte ausgelassen hinüber: Seit zwei oder drei Jahren hatte sie Frankreich nicht gesehen und merkte auf einmal, wie es ihr gefehlt hatte. Das letzte Mal war sie auf einem Fremdenverkehrskongress in Lyon gewesen, wo sie sich absolut köstlich amüsiert hatte. Diese Art sorglosen Spaß konnte man sich bestimmt abschminken, wenn man in ständiger Unruhe lebte, ob der Ehemann den Kleinen auch Frühstück gemacht hatte und ob alle ein sauberes Hemd für die Arbeit oder Schule fanden.

Ob Aileen sich gerade solche Sorgen machte? Gut möglich, denn sie war sehr still, während sie sich ankleideten und hinauf an Deck gingen, wirkte nicht fröhlich, sondern versonnen, während sie geistesabwesend an einer honigblonden Haarsträhne herumzupfte, die der Wind gelöst hatte.

«An was denken Sie so?»

«Oh … oh, ich lasse nur alles auf mich wirken! Meinen ersten Blick auf Frankreich … Stellen Sie sich mal vor, Shona, das könnte eines Tages meine neue Heimat sein. Vielleicht schon an Weihnachten.»

«Nein, Aileen, tut mir Leid! Bis dahin ganz bestimmt nicht, Weihnachten ist doch schon in sechs Wochen, aber ein Hauskauf dauert Monate, selbst wenn man eins gefunden hat.»

«Ach, Sie sind so – so nüchtern! So geschäftsmäßig! Lassen Sie mich doch träumen, nur eine Minute lang … ist denn alles gleich richtig exotisch, wenn wir losfahren? Sofort durch und durch französisch?»

«Durch und durch. Praktisch das Erste, was Sie sehen, wird ein prächtiges historisches Wahrzeichen mit großen goldgelben Bögen sein. Die Franzosen nennen es McDo, kurz für McDonald's.»

«O nein!? Bei *Ein Platz an der Sonne* oder in den Zeitschriften war nie ein McDonald's zu sehen.»

«Das glaube ich gern. Und alle Häuser mit Strohdach und Fachwerk, oder aus Schiefer und Stein? Mit Weinlaub umrankt, ringsum Lavendel, und davor ein weißer Esstisch, richtig? Inmitten von kniehohem Gras und Schmetterlingen, das Tischtuch weht sacht im Wind, Baguette, selbst gemachte Aprikosenmarmelade? Schwarzes Fahrrad, Weidenkorb, rosa Rosen, Terrakotta-Pötte?»

«Ja! Genau!» Aileen blickte so selig und empört zugleich drein, dass Shona einfach zerknirscht lächeln musste; vielleicht war dieser Traum zu zart, zu zerbrechlich, um sich darüber lustig zu machen. Auch wenn man nach einiger Zeit im Fremdenverkehrsgewerbe zwangsläufig einen besonderen Sinn für Humor entwickelte.

«Na schön! Dann werden wir für Sie das letzte liebevoll restaurierte alte Haus mit authentischem Charme in Frankreich finden … Kopf hoch, das war doch nur ein Witz!»

Aileen lächelte, aber Shona sah, dass sie richtig getippt hatte: Dieses Projekt war ihr wichtig. Sehr wichtig, aus Gründen, die im Lauf der Reise bestimmt noch ans Licht kämen. Sie gingen zum Autodeck, wo sie eine Karte aus dem Picasso hervorkramte. Die reichte sie Aileen, bevor sie den Motor startete. «*Voilà, chérie*. Hier beginnt Ihre Zukunft. Fangen Sie an, den Weg zu bestimmen.»

Cherbourg war nicht gerade die schönste Stadt Frankreichs, aber Aileen nickte mitfühlend, während Shona ihr den Grund dafür erläuterte: Die gesamte Küste der Normandie war im Krieg praktisch in Schutt und Asche gelegt und danach eilig wieder aufgebaut worden. Vordringlichstes Anliegen war die Schaffung von Wohnraum, wobei auf architektonische Feinheiten weniger geachtet wurde.

«Wie traurig. An die Millionen Menschen, die umgekommen sind, habe ich oft gedacht, aber dass auch die ganzen wunderbaren alten Häuser verloren gingen, ist mir nie in den Sinn gekommen.»

«Zum Glück sind im Landesinneren noch viele übrig. Je weiter wir nach Süden kommen, desto mehr werden Sie sehen.»

Aileen, die sich die Karte auf die Knie gelegt hatte, wurde von ihrer Aufgabe als Lotse sofort abgelenkt, als die ersten übrig gebliebenen alten Häuser in Sicht kamen – alte Fachwerkhäuser mit strohgedeckten Dächern, wie sie sie aus dem Fernsehen kannte.

«Das da sieht ja aus wie von der Hänsel & Gretel GmbH gebaut!»

Shona, die sich gerade wieder an das Fahren auf der rechten Straßenseite gewöhnte, lächelte, sagte aber nichts. Ausspannen konnte sie später, wenn sie erst aus dieser von Verkehr wimmelnden Stadt herausgefunden hatte, die wie auf dem Reißbrett der Chaos GmbH entworfen wirkte.

Aileen schnupperte prüfend. «Irgendetwas riecht anders … was rieche ich hier?»

Shona wusste es nicht. Frankreich roch längst nicht mehr, wie ehedem, nach Knoblauch und Gitanes. «Keine Ahnung – was denn?»

«Brot! Frisch gebackenes Brot, das ist es! Liebe Güte, sehen Sie doch, die Leute stehen danach an!»

Tatsächlich, Menschen standen plaudernd in Grüppchen vor einer Bäckerei nach der anderen, und Shona lächelte. «Sonntagmorgen ist in Frankreich der Gourmetmorgen. Und gesellig ist er auch. Alle gehen Brot und Kuchen einkaufen, dann zum Blumenhändler, um Blumen für die Person zu besorgen, die das Mittagessen kocht … Schlangestehen stört sie nicht, weil sie dann Tratsch austauschen können, dass es nur so raucht.»

«Tratschen sie viel?»

«Ha! Tun das die Leute nicht überall?»

«Vermutlich. Oje, Shona, ich werde zusehen müssen, dass ich ein bisschen Französisch lerne, ich verstehe ja nicht mal die Namen oder Schilder.»

Shona überlegte. «Ich bringe Ihnen ein bisschen bei, wenn Sie mögen, auf der Fahrt.»

Entzückt strahlte Aileen sie an. «Würden Sie das tun? Wirklich?»

«Klar. Mein Französisch ist zwar ein wenig eingerostet, aber nach ein oder zwei Tagen kommt es immer zurück.»

«Wo haben Sie es gelernt – an der Uni?»

«Nein, ich habe ein kaufmännisches Diplom. Ich war im Sommer nach meinem Schulabschluss als Au-pair-Mädchen hier, da habe ich Französisch gelernt. Ich wohnte bei einer Familie in der Dordogne und hätte um ein Haar ihr Kind umgebracht.»

Aileen erstarrte vor Schreck. *«Was?»*

«M-hm. Nicht absichtlich, aber viel hat nicht dran gefehlt. Sie war noch kein Jahr alt. Ihre Mutter erklärte mir, sie sei allergisch gegen Eier und dürfe auf keinen Fall welche essen. Was ich verstand, war, dass sie mittags ein Ei bekommen sollte. Also habe ich eins gekocht, mit Milch zu Brei verrührt und sie dann damit gefüttert. Eine Stunde später war sie im Krankenhaus und musste künstlich beatmet werden.»

Schweigen. Tiefes Schweigen, während Aileen, die so erschüttert wirkte, als wäre sie die Mutter der Kleinen gewesen, das verdaute. Shona seufzte versonnen. «Klein-Sandrine hat überlebt, sie trug zum Glück keine bleibenden Schäden davon, aber das war vielleicht ein Schreck. Danach beschloss ich, richtig Französisch zu lernen. Habe ich dann auch.»

Keine Antwort. Shona wandte den Kopf ein wenig zur Seite und sah sie an. «Aileen? Was ist? Sie wirken ja so entsetzt – aber das ist achtzehn Jahre her! Klein-Sandrine ist heute bestimmt gesund und munter und bricht vermutlich gerade ihrer Mutter das Herz wie alle Teenager.»

Immer noch Schweigen. Ein langes, langes Schweigen, das Shona Gelegenheit bot, ihre Redseligkeit zu bereuen, denn Aileen schien tief betroffen von der Geschichte, so betroffen, wie wohl, vermutete sie, nur Mütter reagieren konnten, wenn sie Horrorstorys über Babys hörten. Damals hatte die Mutter der armen Kleinen eine Woche gebraucht, um sich zu erholen, eine Woche, die Shona immer noch als schauderhafteste, peinlichste Woche ihres Lebens in Erinnerung war.

Sie hatten Cherbourg schon einige Meilen hinter sich gelassen und fuhren durch ländliches Gebiet, als Aileens Gesicht wieder Farbe annahm und sie endlich etwas sagte, leise und gepresst. «Ich bin froh, dass das Kind überlebt hat, Shona. Sehr froh. Ihr Leben wäre ruiniert gewesen, wissen Sie, das hätten Sie sich nie verziehen, auch wenn es nicht Ihre Schuld war.»

«Wem sagen Sie das! Mir ist noch monatelang danach der kalte Schweiß ausgebrochen. Passiert mir immer noch, wenn ich dran denke ... hey, wäre es nicht lustig, mal zu sehen, ob ich die Familie finde, während wir hier sind? Wir könnten sie aus dem Telefonbuch raussuchen, vielleicht sogar bei ihnen vorbeifahren, die Dordogne liegt ja fast auf unserem Weg. Sandrine würde ich zu gern mal wieder sehen, und ihr unartiges Brüderchen, der war erst zwei damals, aber inzwischen dürfte er wohl ein knackiger Jüngling sein.»

Aileen klammerte sich an der Karte fest, die sich auf ihren Knien bauschte. «Lieber – lieber nicht. Wir wollen uns doch Häuser ansehen, wir haben ja nur zwei Wochen.»

«Stimmt. Na ja. Vielleicht ein andermal. Keine Panik, Aileen, war nur so ein Einfall! Sie müssen nicht von einer Klippe springen oder so.»

«Entschuldigung. Es ist alles nur ein wenig ungewohnt für mich. Außerdem kann ich kein Französisch, ich könnte gar nicht mit ihnen reden. Legen wir etwas Musik auf.» Sie zog aufs Geratewohl eine CD aus der Mappe, die Shona mitgebracht hatte, und schob sie, ohne überhaupt einen Blick darauf zu werfen, in die Anlage. Charlotte Churchs Sopran erklang: die «Stimme eines Engels».

«Aber ich dachte, Sie mögen Charlotte Church nicht?»

Umgehend riss Aileen die CD wieder heraus und legte Queen auf. «Nein. Tu ich auch nicht. Ich – Shona, meinen Sie, wir könnten bald mal irgendwo anhalten? Ich würde mir wirklich gern mal Wasser ins Gesicht spritzen und einen Kaffee trinken.»

Shona nickte verdutzt. Aileen wirkte blass und nervös, als würde sie irgendetwas an Frankreich oder an der Musik oder der Fahrt oder sonst was aus der Fassung bringen. «Klar. Beim nächsten Dorf machen wir Halt – alles okay bei Ihnen?»

Schwer atmend beugte Aileen sich vor und ließ den Kopf zwischen die Knie sinken. «Ja. Mir fehlt nichts. Bloß etwas schwindelig – bisschen reisekrank oder so. Ich brauche nur ein Glas Wasser und etwas frische Luft.»

Also legten sie eine Rast ein, und eine Viertelstunde später war Aileen völlig wiederhergestellt. Danach überlebte sie sogar den Besuch einer altmodischen französischen Toilette, die sie «das schlimmste Grauen» nannte, das ihr je begegnet sei. Shona lachte, pflichtete ihr aber bei.

«Das würde ich zu meiner ersten Amtshandlung machen, wenn ich für den Fremdenverkehr in einem wohlhabenden, modernen Land wie Frankreich zuständig wäre. Die scheußlichen sanitären Anlagen alle in die Luft sprengen. Manche sind echt der reinste Horror – so schlimm wie der öffentliche Nahverkehr in Irland!»

«Oder der Gesundheitsdienst» – Aileen fröstelte mit Hingabe –, «die lassen einen glatt tagelang auf einer Pritsche im Krankenhausflur liegen.»

Shona wirkte versonnen, als sie wieder ins Auto einstiegen. «Ich muss Sie warnen, mit der Hygiene hat man es nicht so in Frankreich. Aber dafür gibt es so viel anderes Schönes ... das ist kein Land, das einen kalt lässt, Aileen. Entweder man liebt es, oder man hasst es.»

«Verstehe. Also, momentan habe ich mich, ehrlich gesagt, noch nicht ganz entschieden.»

Auf ihrer Fahrt kamen sie in immer ländlichere Regionen, und Aileen sah schweigend aus dem Fenster, während sie Shonas nicht abreißendem Strom von Informationen lauschte.

«Colleville-sur-Mer – da gibt es einen amerikanischen Soldatenfriedhof, zu dem jährlich genauso viele Touristen pilgern wie nach Irland.»

«Sie wollen mich auf den Arm nehmen.»

«Ich schwöre. Millionen. Dieses Jahr vielleicht nicht ganz so viele, nach dem 11. September … die Straße da führt nach Villedieu-les-Poêles, das bedeutet Gottes Stadt der Bratpfannen. Die Franzosen denken wirklich ständig ans Essen. Die Normandie erzeugt hauptsächlich Cidre, Sahne, Käse, Kartoffeln, Rote Bete und Schalentiere. Ist eben landwirtschaftlich geprägt.»

«Ach ja? Und was erzeugt das Languedoc so?»

«Wein! Da unten ist es ganz anders, genauso hübsch anzusehen, aber auf völlig andere Art. Da trinken alle Pastis und spielen Boule und halten lange Mittagsschlaf … nachmittags findet man nicht mal eine offene Telefonzelle. Zu heiß zum Arbeiten.»

«Sogar im November?»

«Kommt vor. Schalten wir das Radio an und hören mal den Wetterbericht.»

Shona stellte das Radio an, und nach einem Weilchen wurde die stündliche Wettervorhersage verlesen. Aileen staunte, dass Shona sie sogar verstand.

«Ja, da unten ist es sonnig, fünfundzwanzig Grad, an der Küste weht leichter Mistral.»

«Na. Denk mal an. Der Kerl hätte genauso gut melden

können, dass der Mars eben explodiert ist, nach dem, was ich verstanden habe.»

Shona fuhr gelassen weiter und lieferte häppchenweise Informationen. «Die Normandie hat ungefähr genauso viele Einwohner wie Irland, dreieinhalb Millionen, der Mont-St. Michel ist nach Versailles die populärste Sehenswürdigkeit Frankreichs ...» Sie war das reinste Lexikon, und Aileen fand, sie hatte Riesenglück, jemanden dabeizuhaben, der so – so nützlich war! Nicht nur gesprächig und vergnügt, sondern mit der Sprache vertraut und erfahren. Shona könnte mit Immobilienmaklern und allen möglichen Leuten verhandeln, an die sie bisher noch gar nicht gedacht hatte ... Anwälten, Bauunternehmern, Gas- und Telefongesellschaft, Wasser- und Stromunternehmen, Handwerkern, Lieferanten, all diesen unangenehmen Menschen, die immer sagten, nein, vor Donnerstag in zwei Wochen könnten sie nicht kommen, und wenn sie dann kamen, kostete es fünf Trillionen Euro. Bei näherer Überlegung würden ziemlich viele Leute in den Ankauf, die Ausstattung und Einrichtung eines Hauses verwickelt sein. Dutzende. Tatsächlich eine beängstigende Aussicht. Was wäre, wenn Shona die Sache nicht bis zum Schluss begleiten könnte? Wenn es Monate dauerte, sie ihren Prozess gewann und wieder zur Arbeit zurückmusste? Aileen wurde schlagartig bewusst, dass sie ohne Shona aufgeschmissen wäre. Aber sie konnte sie doch unmöglich bitten, ihr bei dem Projekt, das doch bestimmt nicht vor Ostern abgeschlossen wäre, allerfrühestens, bis zum Ende beizustehen.

O Gott. Ach, na ja. Sie müsste eben das Beste hoffen und Shonas Fähigkeiten nach Kräften nutzen, solange sie zur Verfügung standen. Zurückgelehnt bewunderte sie noch ein wenig die Landschaft und überlegte dann, wie sie Shona dazu bringen könnte, so lange wie möglich zu bleiben.

«Okay. Genug gefahren. Suchen wir uns eine Unterkunft.»

Aileen nickte zustimmend, insgeheim erleichtert. Shona fuhr sehr schnell, sie hatten eine lange Strecke hinter sich, und – wahrhaftig, in Frankreich gab es schrecklich hohe Brücken, Berge und dramatisch gelegene Dörfer, die sich gerade noch so am Rand des Abgrundes festkrallten. Bei der Fahrt über eine besonders Furcht einflößende Brücke, von der aus der Blick Meilen tiefer auf einen wirbelnden Fluss fiel, wäre sie fast ohnmächtig geworden und musste die Augen schließen, bis der Schwindelanfall nachließ. Dass sie unter Höhenangst litt, war ihr völlig neu, aber ... brrr. Bitte nicht noch mehr so hohe Stellen wie heute. Ab jetzt bitte nur noch sanfte Hügellandschaft, wie Galway.

Sie fuhren durch die Vororte einer Stadt, wo einige Werbetafeln auf Hotels hinwiesen, die, wie sie erfreut feststellte, mit sehr vernünftigen Preisen aufwarteten.

«Formule ... Campanile ... Ibis ... Kyriad ...?»

Shona schüttelte den Kopf. «Bloß nicht. Kleine Gefängniszellen. Voll automatisiert, kein Personal, man checkt per Kreditkarte ein und wieder aus. Holen Sie den Reiseführer raus, sehen wir doch mal, ob es auch was gibt, das von Menschen geführt wird.»

In der Hoffnung, Menschen wären nicht gleichbedeutend mit teuer, kramte Aileen den Führer hervor, und Shona fuhr rechts ran. Sie glitt mit dem Finger die Seite hinab und suchte im Nu ein viel versprechend klingendes Gasthaus aus. «L'Auberge de l'Etang. Vierzig Euro, ist das in Ordnung?»

Aileen war entsetzt. «Pro Person?»

«Nein, für ein Doppelzimmer. Mit Bad und Möglichkeit, *en famille* zu speisen.»

«Mit der Familie speisen? Aber – aber wie soll ich denn mit denen *reden*?»

Shona lachte laut los. «Aileen, wenn Sie vorhaben, in

Frankreich zu leben, werden Sie sich durchwursteln müssen! Also los, suchen wir den Laden.»

Es war leicht zu finden, und sie waren bald dort; ein putziges kleines Gasthaus, überwuchert von herbstrotem Blattwerk, mit winzigem Ententeich und einem freundlichen Inhaber, der sagte, ja, gewiss könne er den Damen ein Zimmer anbieten. Heute Abend werde Madame ihre berühmte *marmite* kochen, falls sie im Hause zu speisen geruhten?

Was Shona entschieden bejahte. Eine Stunde später, nach einem Nickerchen auf wunderbar weichen, flauschigen Betten und einer heißen Dusche, gingen sie nach unten zur Familie. Diese bestand aus Papa, der ein Kaminfeuer schürte, Maman, Küchen- und Familienchef», einer erwachsenen Tochter und einem gut genährten, gurgelnden Baby. Während Shona fröhlich mit ihnen zu plauschen begann, saß Aileen stumm dabei. Nicht einen einzigen Satz konnte sie verstehen, rein gar nichts, was über «bonsoir» hinausging.

Darauf war ich nicht gefasst, dachte sie ein klein wenig aufsässig. Diese Sprachbarriere Französisch, die man überwinden muss. Mir war auch gar nicht klar, wie gut Shona es beherrscht.

Umso besser. Hat sie wenigstens heute Abend keine Ausrede für den Versuch, das Baby zu vergiften.

Himmlisch. Einfach himmlisch, so schlief es sich die ganze Nacht ohne Joe Hegartys Schnarchen. Vollkommen ausgeruht erwachte Aileen am frühen Morgen, stand auf, badete und ging nach unten, um vor Shona zu frühstücken, wo sie jedoch zu ihrem Erstaunen nur zwei Schalen, ein Baguette und einen Tiegel Marmelade auf dem Tisch vorfand. Trotz der «marmite» vom Vorabend, die sich als duftender Fischeintopf entpuppte, hatte sie jetzt wieder Hunger. Als Madame geschäftig hereinkam, um sich nach ihren Wünschen zu erkundigen – Tee, Kaffee, heiße Schokolade? –, grübelte sie, wie man wohl sagte, «gebratene Würstchen und Speck, braunen Toast, Erdbeerjoghurt und etwas Obst, bitte»?

«Überhaupt nicht», wie Shona sie aufklärte, als sie endlich auftauchte. «Solches Frühstück gibt es in Frankreich nicht.»

«Ach nein?» Irritiert dachte sie darüber nach. In ihrer Pension verließ kein Gast je ohne ein gutes, warmes Frühstück im Magen das Haus; darauf war man stolz, darum wurde förmlich konkurriert. Shonas Liebling Emily O'Brien war in ihrer Gegend die unumstrittene Meisterin, berühmt für hausgemachtes Porridge, Würstchen, Brot, frischen Saft und jeden Morgen frische Blumen. Wohingegen diese Familie, die zwar sehr freundlich war, rein gar nichts von Frühstück zu verstehen schien! Wozu sollten denn diese blauen Schalen gut sein, waren die für Cornflakes?

Nein. Zum Trinken, erklärte Shona, goss sich heiße Schokolade in ihre Schale und stippte ein Stück Baguette hinein; nicht einmal Butter gab es oder Teller! Unbeeindruckt traf Aileen einen Entschluss: Wenn sie ihre Pension in Frankreich eröffnete, würde sie richtiges Frühstück anbieten. Mit richtigen Tassen. Und Tellern. Und allem. Ätsch.

Es war schon nach zehn, als sie weiterfuhren, durch eine sich rasch verändernde Landschaft: Die grünen Weiden des Nordens wurden abgelöst von Ackerland, das dann in Felder voller raureifüberzogener Sonnenblumen überging. Immerhin war schönes Wetter, die Sonne schien; weniger schön waren die Brücken, Schluchten und Abgründe auf ihrem Weg. Aileen fröstelte unbehaglich, sagte aber nichts.

«Wir kommen jetzt ins Land der Katharer», verkündete Shona. «Tempelritter, Simon de Montfort und das alles.»

Oh. Aileen war ein wenig ratlos – wer war denn Simon de Montfort? – und schluckte schwer, als sie eine Festung hoch oben auf einem Berg entdeckte. «Wir – äh – wir fahren doch nicht da rauf, oder?»

Doch. Offenbar war das ihr Ziel. Die Straße wand sich immer höher, wurde dann fürchterlich schmal und tückisch, bis sie schließlich nur noch ein steiler Pfad in den Himmel war. Mit geballten Fäusten und Schweißausbrüchen saß Aileen stumm da, während sie sich, ständig haarscharf am Abgrund manövrierend, unter zermürbendem Knirschen der Gänge bis zum Gipfel emporschraubten. Oben links war die Festung; unten rechts drohte ein Sturz ins Nichts, in die Unendlichkeit. Diese Fahrt hätte ich nie geschafft, dachte sie, nie im Leben. Schließlich hielt Shona nonchalant an, sprang aus dem Wagen und stieß angesichts der trutzig wirkenden Festung einen bewundernden Pfiff aus.

«Wow! Coole Burg, was?»

«Ja – äh – Shona, meinen Sie, ich könnte kurz mal Ihr Handy haben?»

«Klar.» Sie hielt es ihr hin, und Aileen griff zitternd danach. Urplötzlich sehnte sie sich dringend danach, mit Joe zu reden und seine vertraute Stimme zu hören. Sie wählte die Nummer und wartete, während das Telefon in Galway klingelte. Wie seltsam, ging es ihr durch den Kopf, von diesem abgelegenen, atemberaubenden Außenposten aus anzurufen.

Aber Joe war arbeiten, und Aileen spürte eine jähe Verärgerung in sich aufsteigen: Wach auf, Finn, hoch mit dir, geh ans Telefon! Wenn mein Mann schon nicht da ist, will ich wenigstens meinen Sohn, ich will mit meiner Familie reden!

Keine Reaktion. Sie gab es auf und reichte Shona das Handy zurück. «Verflucht nochmal, ich weiß, dass er da ist. Schläft wie ein Stein, der faule Hund.»

Shona grinste. «Ihr lieber kleiner Junge, meinen Sie den?»

«Ja. Aber er ist weder klein noch lieb. Er ist … ach, ich weiß nicht, was er ist. Arbeitslos, das ist er. Ein Quälgeist.»

Hm. Shona dachte kurz darüber nach. Aileen wirkte ebenso verärgert wie besorgt. Aber das war doch ein Jammer, an diesem herrlichen Ort, bei dem herrlichen Wetter! Sie selbst war bester Stimmung, genoss die Reise, die Sonne, das Abenteuer, die Luftveränderung.

«Ach, machen Sie sich keine Gedanken. Sie können doch später nochmal anrufen. Schauen Sie – da unten, sehen Sie?»

Aileen schaute und wäre fast ohnmächtig geworden. «Da unten» war die andere Seite des steilen Bergs, den sie gerade erklommen hatten, eine weit sich hinziehende, mit Dörfchen und Kirchen gesprenkelte rötliche Landschaft und eine schmale, gewundene, tückische Straße, die abwärts führte. Sie schien kaum breit genug für ein Skateboard, geschweige denn für ein Auto.

«Äh – Shona, ich komme, glaube ich, nicht besonders gut mit Höhen klar. Oder mit diesen Serpentinenstraßen. Mir wird übel davon.»

Oh? Oje. Da sie wusste, was ihnen bevorstand, zog Shona es vor, den Mund zu halten. Wenn sie im Languedoc ankamen, ginge es ständig rauf und runter und – o weh. Sie lächelte munter. «Dann machen Sie die Augen zu, bis wir unten im Flachland sind, und dann nehmen wir die Autobahn nach Albi.»

Autobahn. Gott sei Dank. Dankbar lächelte Aileen zurück. So eine schöne, breite, gemütliche Straße mit vielen Spuren konnte doch kaum in die Wolken hochführen, oder? Vertrauensvoll wie ein Kind stieg sie wieder ins Auto, und sie fuhren los. Wieso hatte niemand bei *Ein Platz an der Son-*

ne je erwähnt, dass Frankreich aus lauter schroffen Bergen und himmelhohen Brücken bestand, unter denen in unendlicher Tiefe reißende Flüsse tosten? Wieso hatte niemand je erwähnt, dass die Sprache völlig undurchdringlich war oder dass es kein anständiges Frühstück gab? Was aber momentan keine Rolle spielte, weil sie es ohnehin wieder von sich gegeben hätte, auf dieser letzten Biegung, als Vögel weit *unter* ihrem Gesichtsfeld dahingeglitten waren. Ein Wust immer böserer Vorahnungen sammelte sich dräuend, ballte sich genau über Aileen zusammen, der sich alles im Kopf drehte: Offenbar hatte dieses Projekt Aspekte, vor denen einen niemand warnte. Es bedeutete viel mehr, als bloß ein neues Haus auszusuchen und dort hübsche Geranien zu pflanzen. Ohne Shona neben sich wäre sie vermutlich zum nächsten Flughafen gewankt und heimgereist.

Albi war eine schöne, reizende alte Stadt, und nach ewig langer Fahrt kamen sie noch rechtzeitig dort an, um die Kathedrale zu besichtigen und sich die Beine in den gewundenen mittelalterlichen Gässchen zu vertreten. Als es dunkel wurde, entschieden sie sich für ein Hotel, in dem eine komische Einlage folgte: Das Licht im Flur ging alle zwanzig Sekunden aus. Zweimal wurde es pechfinster um sie herum, und als sie endlich bei ihrem Zimmer ankamen, konnten sie das Schlüsselloch nicht finden, um die Tür aufzuschließen.

«Wir sollten wohl besser am Empfang Bescheid sagen, dass mit dem Licht etwas nicht stimmt», regte Aileen an, aber Shona schüttelte den Kopf. «Nein, damit stimmt schon alles. Das ist bloß einer dieser verflixten Timer, mit denen französische Hotels Strom sparen. Laufen Sie rasch den Flur runter und drücken Sie das Knöpfchen, dann geht das Licht wieder an.»

Also ehrlich! Aileen tastete sich vor bis zu dem matt schimmernden Schalter, fassungslos, wie eine Hoteldirektion aus Knausrigkeit Gästen das Risiko zumuten konnte, sich den Hals zu brechen. Was, wenn man alt war oder behindert oder in dieser elenden Finsternis über seinen Koffer stolperte? Als sie das Licht anschaltete, traf sie den nächsten Entschluss: Ihre Pension würde hell sein, ganz wie in Galway. Hell und freundlich, ohne jede Spur von Pfennigfuchserei, das verärgerte die Leute doch nur und schreckte sie dauerhaft ab. So angenehm das Hotel sonst auch war, es missfiel ihr jetzt schon; Amerikaner hätten wahrscheinlich von einer «fragwürdigen Grundeinstellung» gesprochen.

«Dann melden Sie es», schlug Shona vor. «Die Direktion wird nichts unternehmen, wenn sie nichts davon erfährt.»

Ja, klar. Richtig. «Aber ich kann doch kein Französisch.»

«Okay, dann mache ich das. Später, wenn wir essen gehen.»

Und sie hielt Wort, nonchalant, aber bestimmt, eine Stunde später am Empfang. Beeindruckt sah und hörte Aileen zu, begriff, dass es eine professionelle Form der Beschwerde gab, eine Technik, mit der man sein Anliegen ohne Streit vorbringen konnte. Shona erhob nie die Stimme, lächelte sogar charmant, worauf die Frau am Tresen ihrerseits lächelte, sich Notizen machte und zum Abschluss noch versöhnliche Worte fand.

«Na bitte», sagte Shona leichthin, als sie das Hotel verließen, «sie wird dem Geschäftsführer ausrichten, dass wir das Hotel wunderbar finden, aber die Beleuchtung für gefährlich halten. Alles Übrige liegt bei ihm.»

Gut. Aileen empfand echte Genugtuung; es war doch viel besser, etwas zu sagen, als den Ärger runterzuschlucken. Außerdem nur fair: Die Direktion konnte kaum Missstände beheben, die nie jemand ansprach. In ihrem eigenen bescheidenen Etablissement war sie letztes Jahr von einem Schweizer Touristen verblüfft und genervt worden, der sich am Ende seines viertägigen Aufenthalts lautstark beschwerte, dass er wegen der defekten Nachttischlampe nicht hatte lesen können: Lediglich die Birne war hinüber, die hätte sie sofort ausgewechselt, hätte er nur etwas gesagt.

Als sie vom Hotel aus in die Innenstadt spazierten, leuchtete Albi im Dämmerlicht, ein heiteres Städtchen, das ihnen auf Anhieb gefiel, während sie umherstreiften und Speisekarten studierten. Wie herrlich, dachte Aileen, an einem Novemberabend nur in leichter Wolljacke ausgehen zu können, umherzubummeln und kein bisschen zu frieren. Shona allerdings wirkt ein wenig müde, aber das ist ja kein Wunder. Ich bin ihr wirklich keine Hilfe, was das Fahren betrifft.

Beim Abendessen aber bestritt Shona die Unterhaltung fast allein, lebhaft und angeregt, bis sie beim Kaffee waren und sie schließlich abbaute. Mit schlechtem Gewissen überlegte Aileen, ob sie wohl gern einen Likör hätte. Nach *dem* Tag hatte sie sich eine kleine Belohnung redlich verdient. Shona lächelte – wie hübsch sie war, mit diesem vollen Mund und den mauvefarbenen Augen! «Mmm, vielleicht einen Benedictine? Der kommt aus der Normandie, wo wir gestern durchgefahren sind. Aber nur, wenn Sie auch einen nehmen – na los, probieren Sie mal.»

Gehorsam probierte Aileen den Likör, er schmeckte gut, und ein Weilchen blieb es still, während sie nachdenklich in ihre Gläser schauten. Langsam sackte die Erkenntnis, dass sie heute einen beträchtlichen Teil ihrer Reise bewältigt hatten und morgen ihr Ziel erreichen würden. Carcassonne, endlich, und das Schloss besichtigen! Außerdem drei weitere vom Makler ausgewählte Häuser, vorausgesetzt, sie kamen wie geplant mittags an. Nachdenklich schaute Aileen Shona an, die in sentimentale Träume versunken schien.

«Danke für die ganze Fahrerei, Shona. Das weiß ich wirklich zu schätzen. Ich werde mich auch bald beteiligen, versprochen – erst mal nur kurze Strecken, aber doch so, dass Sie mal Pause machen können.»

«M-hm ... es ist wirklich leicht, wissen Sie. Sie haben sich im Nu dran gewöhnt.»

Aber sie schien leicht abwesend, ihr Glas neigte sich in ihrer Hand, die auf dem Tisch ruhte, ihr Blick folgte den Leuten auf der Straße, wo die Albigenser sich langsam auf den Heimweg ins Bett machten. Aileen lächelte mitfühlend. «Sie sind müde, nicht wahr? Sie sagen zwar nichts, aber das sehe ich Ihnen an.»

Shona dachte nach. «Nein. Das ist es nicht. Ich bin nur ein bisschen – in Gedanken.»

«Ach? Woran denken Sie – an dieses hübsche Städtchen?»

«Nein. An Brendan Wright. Ich frage mich, wo er im Moment ist, was er macht und mit wem er zusammen ist.»

Ihre Augen weiteten sich beim Überlegen, und Aileen entdeckte in ihnen verborgene Gefühle; eine Art Schmerz, eine Art Leid. Schnell wechselte Shona das Thema.

«Und mein Job. Das beschäftigt mich auch. Ich kann es nicht fassen, dass ich wirklich freigestellt wurde und jetzt vor Gericht muss ... ich war wohl unter Schock oder so, weil mir erst jetzt langsam klar wird, so richtig, wie unsicher meine Zukunft aussieht.»

«Nun, zwei solche Schocks, direkt nacheinander, das würde jeden aus der Bahn werfen. Aber Shona, ich wüsste niemanden, dessen Zukunft weniger unsicher aussieht – Sie sind doch so qualifiziert und tüchtig, Sie werden sich nie über Arbeitsmangel beklagen müssen. Und so lieb, hübsch, lebhaft und humorvoll wie Sie sind, kann der nächste Mann von Glück reden, der Sie kennen lernt.»

«Hm … und der nächste und der nächste. Bis ich vierzig bin und alle plötzlich auf Teeniepüppchen fliegen und ich abgemeldet bin. Ich weiß nicht, warum oder wieso, Aileen, aber Männer scheinen mir einfach immer – zu entgleiten, irgendwie! Ich weiß nicht, was ich getan habe, um Brendan in die Flucht zu schlagen, aber ich wüsste es gern … ich wüsste auch gern, wie dieses Gerichtsverfahren ausgeht. Wenn ich nun verliere und meinen Job loswerde?»

«Aber wie denn? Mir kommt das ganz eindeutig vor. Er hat Sie belästigt, hat Ihnen schon ewig nachgestellt.»

«Ja. Und ich habe ihn geschlagen. Das ist wiederum tätlicher Angriff. Der Gewerkschaftsvertreter meint, er kann nicht garantieren, dass alles in meinem Sinn läuft … selbst wenn ich meinen Job nicht verliere, die Beförderung kann ich mir vermutlich abschminken. Dann stecke ich in der Sackgasse. Womöglich beschließt man sogar, mich in irgendein Kaff abzuschieben. Irgendein Provinznest, wo ich komplett versaure. Menschenskind, warum habe ich Terry O'Hagan bloß geohrfeigt?»

«Weil er es provoziert und verdient hat. Los, Shona, Kopf hoch. Sie sind bestimmt nur übermüdet. Morgen sieht die Welt schon wieder viel besser aus.»

Aileen tätschelte ihr tröstend die Hand. Shona trank ihr Glas aus und nickte, wirkte aber nicht überzeugt. Viel eher, dachte Aileen bei ihrem Aufbruch aus dem Restaurant, wirkt sie, als müsste sie mal fest gedrückt werden, sie macht sich wirklich Sorgen um ihren Job und ist völlig durcheinander wegen dieses Freundes. Und dann komme ich auch noch und schleppe sie durch ganz Frankreich wegen dieser – dieser Torheit!

Denn genau das ist es doch im Grunde, oder? Das sehe

ich jetzt ein, wo wir hier sind. Joe hatte Recht. Ich weiß nichts über dieses oder andere Länder, Frankreich fühlt sich so – so wahnsinnig fremd an! Ich kann die Sprache nicht, kenne mich mit gar nichts aus, und die Vorstellung, morgen nach Carcassonne zu kommen und dieses Schloss zu besichtigen, flößt mir langsam eher Angst als Vorfreude ein.

Ich bin völlig verunsichert. Hätte ich nicht Shona zu dieser weiten Reise angestiftet, würde sie sich nicht solche Umstände machen, um mir zu helfen – und das bei all ihren eigenen Problemen zurzeit –, würde ich kneifen. Ich würde jetzt sofort bei Joe anrufen und es zugeben – ja, du hattest Recht. Ja, Schatz, ich bin nicht mehr ganz dicht. Ja, ich nehme den nächsten Flug, und der Normalbetrieb wird bald wieder aufgenommen.

Zurück im Hotel, rief sie Joe, hin- und hergerissen, tatsächlich an. Aber vergeblich. «Der ist mit Dave Doherty im Pub», brummte Finn knapp, in einem Tonfall, dem sie entnahm, dass er es überhaupt nicht schätzte, mitten in seinen Computerstudien unterbrochen zu werden.

Kapitel vier

«Uuu», keuchte Aileen verzweifelt, «uuuh – uuuhh – uuuh-uuuhh.»

«Nein», verbesserte Shona, «öh. Öh – öh – öh.»

Aileen lachte übermütig. «Shona, ich kann nicht! Ich höre mich ja an wie eine Eule bei der Paarung!»

Seufzend bog Shona in einen Kreisverkehr ein. «Na schön. Lassen wir's für heute gut sein mit Französisch. Wenigstens können Sie bis zwölf zählen. Das Alphabet kommt morgen dran.» Worauf sie unvermutet ein Lied anstimmte, einen alten Schulkanon, an den sogar Aileen sich noch erinnerte, «Sur le pont d'Avignon». Froh, nicht aus dem Auto geworfen zu werden, denn Shona hatte gewiss die Nase voll von einer so unbegabten Schülerin, summte Aileen mit, und plötzlich mussten sie beide lachen, vor Freude über ihr absurdes Abenteuer, während das Languedoc-Roussillon sich, in der Morgensonne schimmernd, vor ihnen dehnte. Oben auf einem Hügel, in dunstiger Ferne, kam eine eindrucksvolle Festungsanlage in Sicht.

«Ach du liebes bisschen, was ist denn das?»

«Das ist Carcassonne Cité. Berühmte Sehenswürdigkeit. Vor Jahrhunderten für die Ewigkeit errichtet. Wenn wir uns beeilen, können wir dort vor unserem Termin beim Makler noch zu Mittag essen.»

Also fuhren sie hinauf zu der imposanten Festung, von der Aileen sehr beeindruckt war. «Dagegen ist der Rock of Cashel ja die reinste Sandburg!» Hinter den Mauern befand sich eine komplette, befestigte Stadt, wo sie hastig, in einem

Straßencafé unter einer Platane, einen Bissen zu sich nahmen. Ehrfürchtig sah Aileen sich um, fühlte eine Art inneres Strahlen, als wäre sie an einem Wendepunkt angelangt. «Wie schön das ist ... und so hell, so warm ... die Sonne fühlt sich an wie eine Schönheitsbehandlung, wie eine Massage!»

«Ja, nun legen Sie einen Gang zu, wir müssen zum Maklerbüro, ich vermute, es ist in der Unterstadt.» Hastig trank Shona ihren Kaffee aus und sammelte ihre Sachen ein. Aileen trödelte hinterher, es widerstrebte ihr, diese zauberhafte Umgebung zu verlassen.

Aber wenn ich ein Haus finde, kann ich doch wieder herkommen, oder nicht? Und mir dieses Märchen ausgiebig ansehen? Wenn ich ein Haus finde, lebe ich hier. Wir alle leben dann hier, Joe und Finn und ich.

Wenn. Wenn, wenn ... was für eine Vorstellung.

Wieder im Auto, suchte Shona die Telefonnummer des Maklerbüros heraus, rief an, um sich den Weg erklären zu lassen, und bog kaum zehn Minuten später auf einen Parkplatz im Geschäftsviertel von Carcassonne ein. «Tja, da wären wir!»

Strahlend beugte Aileen sich hinüber, um sie spontan zu umarmen. «Danke! Oh, vielen, vielen Dank, Shona, allein hätte ich das nie geschafft – Sie waren phantastisch. Einfach phantastisch.»

Shona zuckte errötend die Achseln. «Nicht der Rede wert. Und sagen oder tun Sie heute Nachmittag *nichts* Vorschnelles. Verstanden? Falls der Makler uns irgendeine Immobilie zeigt, die Sie interessiert, machen Sie bloß keine Luftsprünge oder fangen an, davon zu schwärmen, wie toll und perfekt alles ist ... immer schön cool bleiben, ja? Wir sehen uns jedes Objekt an, das er für uns ausgesucht hat, und später unterhalten wir uns dann darüber. Sie müssen auf jeden Fall so tun, als wären Sie bloß ganz allgemein interessiert, als stünde Ihr Kaufentschluss noch nicht fest, als käme es auf viele Faktoren an. Sie können schlecht handeln, wenn er merkt, dass Sie Feuer und Flamme sind.»

Nein. Das sah Aileen ein. Dabei *war* sie heute Feuer und Flamme! Plötzlich ergab alles einen Sinn, ihr Plan nahm Gestalt an, und sie konnte es kaum noch erwarten, das Château ihrer Träume zu sehen oder *manoir* oder was auch immer … ach, war das herrlich hier! Dieser blaue Himmel, diese rosa Blumen, diese silbrigen Bäume, diese niedlichen Läden, diese Leute, die unter dem Sonnenschirm da etwas Pinkfarbenes tranken …

Shona schüttelte sie am Arm. «Na los, genug gegafft.» Zügig ging sie mit ihr die Straße hinab zum Maklerbüro. Aileen fand schon den Namen bezaubernd: Les Volets Verts. Auf einem Bild im Fenster war ein altes, verwittertes Haus mit verblichenen pistaziengrünen Fensterläden zu sehen.

Innen war alles schneeweiß, viel Chrom und Glas. Eine elegante blonde Sekretärin blickte ihnen über eine rote Brille entgegen. *«Bonjour, mesdames.»*

«Bonjour», entgegnete Shona, mit gewohnter Entschlossenheit, «ich bin Mme. Fitzpatrick, und dies ist Mme. Hegarty. Wir haben einen Termin mit Ihrem M. Delatre für zwei Uhr.»

Ehe die Sekretärin etwas sagen konnte, ließ sich aus einem Büro im Hintergrund Rumoren vernehmen, und heraus kam, mit ausgestreckter Hand und strahlendem Lächeln, ein Mann um die vierzig. «Ah, ja, die Damen aus Irland! Nehmen Sie Platz, nehmen Sie Platz.»

Sie nahmen Platz, während er eifrig in einem Schrank kramte und triumphierend wie ein Zauberer eine Akte zum Vorschein brachte. «Das Manoir du Vent» – rascher Blick zur Uhr – «um halb drei, ja? Und dann Les Oliviers um vier,

Les Rosiers um fünf, Mme. Tesserons Haus um sechs. Wir haben einen langen Nachmittag vor uns – hoffentlich sind Sie nach Ihrer Reise nicht zu müde?»

Er sprach zwar vorzüglich Englisch, aber trotzdem gab Shona die Antwort. «O nein, kein bisschen, wir sind ganz gemächlich von Cherbourg hergegondelt.»

Gemächlich! Aileen staunte nicht schlecht. Sie fühlte sich, als wäre sie durch eine Wäscheschleuder gewirbelt worden. Außerdem kam sie sich unsichtbar vor, als wäre Shona diejenige, die ein Haus kaufen wollte. Dabei bin ich es, dachte sie ungläubig; in Wahrheit bin ich es, wissen Sie, auch wenn Shona viel mehr danach aussieht.

M. Delatre warf sich sein Sakko über, packte seine Dokumente in einen Aktenkoffer und holte seinen Autoschlüssel heraus. «So, dann wollen wir mal. Wir nehmen meinen Wagen, unterhalten können wir uns unterwegs.» Im Eilschritt ging es hinaus zu einem weißen Citroën, in den er sie einsteigen ließ: Irgendwie landete Aileen auf der Rückbank, während Shona auf dem Beifahrersitz Platz nahm. Sie fuhren los, und er fragte sie neugierig aus.

«Sie wollen also eine Pension kaufen? Und wieso haben Sie sich gerade für diesen Teil Frankreichs entschieden?»

Eine völlig vernünftige Frage, auf die Aileen keine Antwort wusste. Weil ich verrückt bin, dachte sie. Sagt jedenfalls mein Mann. Mein Mann trinkt, wissen Sie. Er ist ein lieber Kerl, aber er trinkt. Und was mein Sohn so tut, will ich mir lieber gar nicht ausmalen.

«Weil es hier schön ist», entgegnete Shona, «weil die Gegend touristisch günstig ist, nicht weit von der Küste, es gibt einen Flughafen, und das Klima ist wundervoll.»

M. Delatre nickte. Gut genährt, mit kastanienbraunen Augen, schien er entzückt, bei ihrem Projekt mitzuwirken, in tragender Rolle. «Ja, allerdings. Der TGV fährt auch her

– Sie wissen schon, der Hochgeschwindigkeitszug –, aus Paris. Und von Spanien aus ist es nicht weit, die Grenze ist kaum eine Stunde entfernt. Tourismus ist einer unserer wichtigsten Erwerbszweige, gute Unterkünfte werden stark nachgefragt. Neben Spaniern kommen viele Deutsche her, Holländer … und natürlich Briten wie Sie.»

Briten? Seit wann ist Irland in Großbritannien?, rätselte Aileen. Vertut er sich, weil wir Englisch sprechen? Na ja – jetzt ist kaum der rechte Moment, über Politik oder Geographie zu streiten. Zumal ich kaum weiß, wo ich selbst bin.

Sie fuhren dahin, hinaus in eine goldene Landschaft voll kleiner, kahler, krumm gewachsener Bäumchen. Zwergbäume, kaum einen Meter hoch. M. Delatre wedelte begeistert mit der Hand. «Weinreben. Jetzt natürlich kahl, nach den *vendanges* … die Weinqualität in dieser Region hat sich enorm verbessert … sagen Sie, werden Sie in Ihrer Pension auch warme Küche anbieten?»

«Nur Frühstück», piepste Aileen, worauf er sich kurz zu ihr umdrehte. «Wirklich? Nun, wenn Sie das Manoir du Vent sehen, überlegen Sie es sich vielleicht anders! Es hat ein prächtiges Speisezimmer.»

«Ach ja? Wie weit ist es noch?» Allmählich wurde sie ungeduldig, mit jeder Minute nahm das Schloss in ihrem Kopf deutlicher Gestalt an, sie konnte es kaum erwarten, das Foto in natura zu erleben, das sie an dem verregneten Tag in Galway gesehen hatte – Mensch, war das wirklich erst letzte Woche? Ihr schien es Jahre her zu sein. Jahre, als wäre sie über die Schwelle in ein anderes Leben, eine andere Welt getreten.

«Oh, nicht mehr weit – eine Viertelstunde? Für unseren Besuch habe ich eine ganze Stunde veranschlagt, weil es ein ziemlich großes Anwesen ist. Es muss ein wenig dran getan werden, die Besitzer sind schon älter, es wird ihnen langsam zu viel … aber es ist ein schönes Schloss, wie Sie bald sehen werden.»

O Gott! Schmetterlinge begannen in Aileens Bauch zu tanzen, Walzer und Jive und Tango und – was tue ich hier?!? Bin ich dazu imstande, könnte Aileen Hegarty ernstlich ein Haus in Frankreich kaufen und etwas daraus machen, es in ein florierendes Geschäft verwandeln?

Ja! Natürlich könnte ich das! Das habe ich doch schon mal hinbekommen, oder, in Galway? Wo ist der Unterschied? Ich habe meine Pension dort fünfzehn Jahre geführt, und der einzige Unterschied ist, dass der Laden hier größer sein dürfte – und weniger abhängig von amerikanischen Touristen. Der Mann sagt, hier kämen vorwiegend Europäer her, was durchaus ein Vorteil sein könnte. Amerikaner sind so launisch, sagen ihren Urlaub beim kleinsten Anlass ab. Nicht, dass der 11. September unbedingt ein kleiner Anlass war … trotzdem. Es ist immer besser, nicht alles auf eine Karte zu setzen. Ach, ich kann's gar nicht erwarten, dieses Haus zu sehen!

Während Shona mit M. Delatre plauderte, angeregt und heiter, lehnte Aileen sich zurück und schwelgte in dem Regenbogen, der sich plötzlich vor ihren Augen wölbte, schillernd vor Farben, Licht, Hoffnung und allen möglichen verlockenden Verheißungen. Es ist ein Riesenschritt, räumte sie ein, aber ich kann ihn tun, ich kann das. Ich kann bis über diesen Regenbogen greifen, wenn ich bloß die Nerven behalte. Mehr brauche ich nicht: Nerven aus Stahl. Und Shona Fitzpatrick. Mit ihrer Hilfe schaffe ich das, das weiß ich.

Unvermittelt bogen sie von der Hauptstraße ab auf eine Sandpiste, die mitten in ein ausgedörrtes, staubiges Nichts zu führen schien. Während der Wagen ins Holpern geriet und M. Delatre immer fröhlicher strahlte, verspürte Aileen einen absurden Anflug von Panik: Sie waren weit draußen auf dem Lande, nirgends waren Menschen oder Häuser zu sehen. Wenn er nun gar nicht der nette Mann war, der er zu sein schien, sondern ein Serienaxtmörder, der vorhatte, sie mit Bechamelsauce als Abendessen zu verspeisen?

Also wirklich. Jetzt musste sie mal einen Punkt machen. Ihre Phantasie lief Amok. Schließlich war sie eben erst in seinem Büro, hatte seine Sekretärin kennen gelernt, es war ein völlig seriöser Laden, aber – aber trotzdem. Die Gegend hier schien ziemlich einsam. Sehr hübsch, aber sehr abgelegen. Bis auf Olivenbäume war nichts Lebendiges zu sehen. Unvorstellbar, hier mal eben den Bus zu nehmen oder eine Tüte Milch zu besorgen. Tessie würde schreien, wenn sie das sehen könnte, geradezu ohnmächtig werden vor Furcht.

Mit leicht hysterischem Kichern malte sie sich aus, wie Tessie die Hand vor den Mund schlagen würde: «Was? Aber – was für eine Närrin von einer Tochter habe ich denn großgezogen? Aileen, Liebes, du willst doch nicht im Ernst hier draußen in dieser – dieser Wildnis leben!»

Mit quietschenden Bremsen schoss M. Delatres Auto um eine Biegung in der Piste, und da, aus dem Nichts, tauchte das Manoir du Vent auf, erhob sich majestätisch aus der roten Erde. Umgeben von, wie es schien, meilenlangen Zäunen, von Bäumen umstanden, war es ein unvorstellbar eindrucksvolles Haus aus hellgelbem Stein mit Türmchen an beiden Enden und Reihen von Bogenfenstern dazwischen; absolut imposant auf eine hochmütige, Leg-dich-nicht-mit-mir-an-Art. Aileen konnte sich auf Anhieb vorstellen, wie Gespenster durch seine prunkvollen Säle spukten, Gespenster in Smokings, mit Zigarren, in Ballkleidern, die formvollendetes Französisch parlierten, während sie …

«Et voilà!» M. Delatre deutete mit großer Geste nach vorn, stieg aus und lief um das Auto herum, um erst Shona,

dann Aileen die Tür zu öffnen und sie aussteigen zu lassen, obwohl das Haus ganz am Ende der Auffahrt stand, die gut eine halbe Meile lang zu sein schien.

«Ich dachte mir, Sie würden gern zu Fuß hingehen, sich einen Gesamteindruck verschaffen ... es stammt aus dem achtzehnten Jahrhundert ... geschichtlich interessant ... Tennisplatz ... Swimming-Pool ... neun Schlafzimmer ...»

Sie standen da und betrachteten es gemeinsam; es war so groß, dass das einige Zeit in Anspruch nahm. Und dann, wie um dem Eindruck von Ernst zu trotzen, bekam Shona einen Lachanfall.

«Himmel! Es – es ist *lächerlich*!»

«*Ah bon*? Nun, ehrlich gesagt, diesen Ausdruck hätte ich eher nicht gewählt. Es ist ein schönes Haus, ein wirklich prächtiges *manoir* – nicht?»

M. Delatre wirkte nicht allzu belustigt, aber Aileen grinste ebenfalls. Dieses Haus war einige Nummern zu groß für sie. Für jeden eigentlich, der nicht gerade ein Flüchtlingslager oder ein Sanatorium für geistig Verwirrte einrichten wollte.

Unverdrossen marschierte M. Delatre los, über die kiesbestreute Auffahrt, die runde Steintreppe hinauf, und betätigte einen schweren eisernen Türklopfer. Drinnen tippelten winzige Schrittchen, ein Riegel wurde knirschend zurückgeschoben, die Tür ging auf, und zum Vorschein kam blinzelnd ein zwergenhaftes Hutzelgreislein in grüner Strickjacke.

«*Bonjour*, Monsieur Dhalluin, ich bin's, Jérôme Delatre von Les Volets Verts, mit zwei irischen Damen, Sie erwarten uns schon, *oui*?»

Mit einer Miene, als sei er auf den Engel des Todes gefasst, trat M. Dhalluin zurück, nickte stumm und ließ sie ein. Die Eingangshalle war so groß wie ein Rugbyfeld.

«Und wie geht es Madame Dhalluin … ach, ihre Knie? … oje … verstehe …» Dem anschließenden rasanten Wortwechsel konnte auch Shona nicht folgen, es wurde viel genickt und gemurmelt, dann kam die Gattin des Zwergs herbeigegeistert, ein winziges Gespenst mit weißem Dutt, die eine Hand an den schwarz gepolsterten, echt antiken Busen gedrückt. Man gab sich die Hand, darauf folgte ein langer, detaillierter Bericht über Madames Gesundheitszustand. Verstohlen spähte Shona auf ihre Uhr: Wie lange würde es dauern, sich das alles anzuschauen und anzuhören? Den ganzen Nachmittag würden sie mit diesem verrückten Kasten verplempern und nicht mehr dazu kommen, etwas Passendes zu sehen. Sollte sie es wagen, M. Delatre ganz sacht in die Rippen zu stoßen?

Allerdings schien ihm das Problem bewusst. «Leider haben die Damen nicht allzu viel Zeit … Sie brauchen uns nicht zu begleiten, ich übernehme den Rundgang für Sie … fangen wir im Salon an.» Während Madame weiter wortreich die Nutzlosigkeit ihrer Arznei, die Taubheit ihres Arztes und die Verrücktheit des Lebens allgemein bejammerte, schritt er los und öffnete schwungvoll die Flügeltüren des *grand salon*.

Engelchen. Das war alles, was Aileen sah, als sie mit offenem Mund ihren Blick erst zur girlandengeschmückten Decke hob, über die Wände mit den stuckverzierten Simsen gleiten ließ und dann hinab zum glänzenden Marmorboden senkte; Engelchen schienen wirklich jede Oberfläche zu bedecken, es war geradezu eine Versammlung von Engelchen, sogar über den Kamin huschten Engelchen. Als sie etwas sagen wollte, brachte sie nur ein Piepsen zustande.

«Ich – ich –» Ich glaube, M. Delatre, wir hören gleich auf! Wir vergeuden unsere Zeit!

Aber M. Delatre war nicht zu bremsen, erzählte die Geschichte der Familie, während er Fenster aufriss, die idyllische Ausblicke boten, pochte gegen den Kamin, um dessen Solidität zu demonstrieren, fuhr mit dem Finger an der Wandleiste aus Mahagoni entlang. «Und jetzt das Speisezimmer …»

Der Mahagonitisch dort hätte stilistisch gut in den Orientexpress gepasst. Die Einrichtung wirkte, als sei sie von Ludwig XIV. in Zusammenarbeit mit Doris Day gestaltet worden. Die Küche – kaum zwei oder drei Meilen entfernt – hätte ganz Frankreich versorgen können, vielleicht noch Belgien dazu. Das Winter-Wohnzimmer wäre der ideale Tagungsraum für eine internationale Abrüstungskonferenz gewesen. Shona konnte sich das Grinsen nicht verkneifen, während M. Delatre herumflitzte; Aileen hätte am liebsten geschrien. War der Kerl nicht mehr bei Trost, was fiel dem denn bloß ein? Endlich blieb sie wie angewurzelt stehen.

«Nein. Nein, vielen Dank, aber es hat wirklich keinen Sinn weiterzugehen. Das ist viel zu groß.»

Er blinzelte. «Finden Sie?»

«Ja. Auf jeden Fall. Ich will nur eine Pension führen, kein Hilton.»

«Aber ich beschwöre Sie – werfen Sie nur einen Blick in eines der Schlafzimmer –»

Unerbittlich fegte er die gewundene Treppe hinauf, sodass ihnen nichts übrig blieb, als ihm zu folgen. Wie lange wohl das betagte Paar brauchte, um den Aufstieg zu bewältigen? Wenn sie zu Bett wollten, müssten sie das Wochen im Voraus in Angriff nehmen.

Oben verlief ein ewig langer Flur, das Haus in seiner gesamten Breite durchmessend, und M. Delatre öffnete die Tür des ersten der vielen Schlafzimmer dort. Shona und Aileen spähten gemeinsam über seine Schulter hinein. Es war eine regelrechte Präsidentensuite, mit Wandbehängen, Girlanden, Baldachin, ausreichend für mehrere Präsidenten, egal wie größenwahnsinnig.

«Nein. Das genügt. Vielen Dank, aber dieses Haus kommt nicht infrage.»

M. Delatre wirkte verzagt, bestürzt, ein wenig, als wäre Frankreich grundlos beleidigt worden, als er wieder mit ihnen nach unten ging, nicht mehr beschwingt, sondern mit schleppenden Schritten, um sich quälend lang von den bedauernswerten Schlossbesitzern zu verabschieden. Es würde eindeutig Jahre dauern, falls sie noch so lange durchhielten, ehe sie diesen Kasten loswurden.

Erneutes Händeschütteln, dann waren sie endlich draußen. «Da drüben», unternahm er einen letzten, trotzigen Versuch und schwenkte den Arm, «haben wir den Tennisplatz.»

Einmütig drehten sie sich um. Das schlaffe Netz war voller Löcher, der Platz knöchelhoch mit, wie es schien, Cornflakes bedeckt. Offenbar konnten die unglückseligen Besitzer sich keinen Gärtner mehr leisten.

Als sie wieder ins Auto einstiegen, ging Aileen durch den Kopf, dass nicht alles Gold war, was glänzte.

Das nächste Anwesen, Les Oliviers, war wesentlich besser. Zwar ebenfalls abgelegen, ebenfalls groß, aber mit sechs Schlafzimmern eher zu handhaben. Ihr Besuch lief glänzend, bis Aileen stehen blieb und aus dem Fenster sah. «Und diese Felder ... all die Olivenbäume da drüben ... wem gehören die?»

M. Delatre sprudelte munter: «Na, Ihnen, wenn Sie diese Immobilie erwerben! Das gehört alles dazu.»

«Bitte? Unmöglich. Das ist doch endlos viel Land!»

M. Delatre schaute in seine Dokumente. «Ja. Zehn

Hektar. Zweiundzwanzig Morgen, glaube ich, in Ihrer Maßeinheit. Die Besitzer ernten Oliven bester Güte, die vor Ort zu vorzüglichem Öl verarbeitet werden. Sie werden mit den Oliven ebenso viel Gewinn erwirtschaften wie mit Ihrer Pension.»

Aileen sah flüchtig Joe vor ihrem geistigen Auge, wie er auf einer Leiter Oliven pflückte, sie per Lieferwagen zur örtlichen Landwirtschaftskooperative brachte und auf Französisch um den Preis feilschte.

«Äh … also auf ganz so viel Land bin ich nicht aus.»

M. Delatre ließ sich nicht beirren. «Sie könnten es verpachten. Hier gibt es genug Olivenbauern, die mit Freuden Bewirtschaftung und Ernte übernehmen würden.»

Shona hüstelte. Aileen verstand sofort: nein. Komplikationen. Streitigkeiten über die Pacht. Vendettas. Schusswaffen. «Nun, ich überlege es mir. Jetzt sollten wir aber lieber weiter, wir wollen uns doch noch zwei Häuser ansehen!»

Während der Fahrt zu Les Rosiers sann sie verblüfft über die unerhörten Schnäppchen nach, die in Frankreich zu haben waren. Ein Riesenschloss war zu einem Spottpreis zu haben, wenn man sich den Unterhalt leisten konnte – und etwas für Engelchen übrig hatte –, man konnte eine Pension mit sechs Zimmern kaufen, wenn man nichts dagegen hatte, noch zweiundzwanzig Morgen Olivenbäume dazuzunehmen.

Was Finn wohl davon hielte, Olivenbauer zu werden? Schließlich war er ja nicht gerade mit dem Erklimmen irgendeiner Karriereleiter beschäftigt.

Das nächste Haus, Les Rosiers, war wunderschön. Wie der Name andeutete, war es von Rosen überwuchert, großen gelben Rosen, selbst um diese Jahreszeit, und zu Aileens Erleichterung war das Grundstück nur etwa einen Morgen groß. Trotz der Dame, die herauseilte und sie mit ihrer Litanei gesundheitlicher Beschwerden überfiel – war das ein französisches Hobby? –, schöpfte Aileen Hoffnung. Warum die Besitzer dieser Häuser nicht nachmittags ausgehen konnten, wie es in Irland bei Hausverkäufen üblich war, wusste sie nicht; aber sie war bereit, Madame zu erdulden, um dieses wunderschöne Haus zu sehen. Was für ein Garten! Was für eine Terrasse! Was für zauberhafte Eckchen! Sie konnte ihre Begeisterung kaum zügeln, als sie durch den Garten streifte, Shona hinter sich, die ihr eindeutige Signale sandte: Sagen Sie bloß nichts! Kein Sterbenswörtchen! Nur mit Mühe konnte sie es sich verkneifen, gleich auf der Stelle ein Gebot zu machen, noch bevor sie das Hausinnere gesehen hatte.

Als sie endlich ins Haus gingen, traf sie fast der Schlag. Mindestens ein Dutzend Katzen streifte durch Diele, Wohnzimmer, Küche und über jede verfügbare Oberfläche; es roch durchdringend nach Katze. Sie blieb wie angewurzelt stehen und musste sich beherrschen, um nicht die Hand vor den Mund zu schlagen. Und dann sah sie auch alles Übrige: sich lösende Tapeten, Schimmel im Mauerwerk, Risse in der Decke, frei herabhängende Stromleitungen. Shona hinter ihr erstarrte.

M. Delatre versuchte, die Katzen wegzuscheuchen. Madame schien schockiert. Shona und Aileen wechselten verzweifelte Blicke. Es herrschte Verwirrung. Und dann fand Shona die Sprache wieder, murmelte eine hastige, aber entschiedene Bemerkung und flüchtete nach draußen. M. Delatre lief ihr hektisch nach.

«Bitte, Madame, urteilen Sie nicht vorschnell …»

«Darum geht es nicht. Ich habe eine Katzenallergie. Und das Haus wimmelt ja von Katzen. Wie ein Zoo. Dazu ist es feucht und bräuchte für mindestens zweitausend Euro neue Stromleitungen. Falls meine Freundin es kaufen möchte, ist das ihr Problem. Ich warte hier draußen an der frischen Luft auf sie.»

Damit trat sie in Streik und saß zehn Minuten grimmig, mit verschränkten Armen, auf einer Bank, während Aileen rasch die Besichtigung hinter sich brachte. Als sie aus dem Haus kam, war sie blass.

«Gut. Habe alles gesehen. Fahren wir.»

Auf der Weiterfahrt war die Stimmung im Auto nicht mehr ganz so herzlich. Es wurde schon dunkel, als sie wieder Richtung Carcassonne fuhren, wo eine Madame Tesseron sie erwartete, ihre Krankenakte vermutlich bereits gezückt.

Aber nein. Mme. Tesseron erwähnte ihre Gesundheit mit keinem Wort. Stattdessen bestand sie darauf, sie alle in ihr viel zu kleines Esszimmer in einem schmalen Stadthaus am Stadtrand zu bitten, wo sie ihnen Orangensaft kredenzte und ihr Problem schilderte. Es war ihre Tochter. Ihre arme Tochter war kürzlich geschieden worden. Ihre arme Tochter lebte in Toulouse. Ihre arme Tochter war jetzt ganz auf sich gestellt, mit zwei armen, halb vaterlosen Kindern. *Alors* musste sie, Madame, nun nach Toulouse umziehen, um ihr in der Stunde der Not beizustehen. Sie wollte ihr Stadthaus gar nicht verkaufen – *ah non*, bestimmt nicht! –, aber was blieb einer Mutter übrig, wenn …?

Eine Mutter, dachte Aileen, könnte endlich mal *den Mund halten*! Wir sind keine Sozialarbeiter, wir wollen nur ein Haus kaufen, und dieses Puppenhaus kommt eher nicht infrage. Also hören Sie bitte, bitte auf, wir kennen Ihre Tochter nicht und könnten auch anderenfalls nichts an ihrer Lage ändern. «Verstehen Sie, meine arme Myriam, sie muss die Kinder jeden Morgen vor der Arbeit zur Schule fahren, sie muss arbeiten, weil ihr nichtsnutziger Ex-Mann so unregelmäßig Alimente zahlt … Myriam, habe ich gesagt, du musst hart bleiben …!»

Ihr Redeschwall wollte gar nicht mehr aufhören, bis selbst M. Delatre langsam ungehalten wirkte, Shona glasige Augen hatte und Aileen, die kein Wort verstand, sich zu fragen begann, wie in Frankreich ein Verbrechen aus Leidenschaft genau definiert wurde. Denn genau das wäre es doch, oder, wenn sie diese gusseiserne Pfanne da vom Haken riss und Madame damit zu Brei schlug?

Schließlich hob M. Delatre matt die Hand. «*Oui* … es ist furchtbar … aber wenn wir uns jetzt vielleicht das Haus ansehen könnten …?» Madame gab widerwillig ihre Erlaubnis, und sie brauchten genau fünf Minuten. Kaum ein Zehntel der Zeit, die ihr Monolog verschlungen hatte.

Benommen wankten sie auf die Straße hinaus. «Ich glaube», erklärte Shona höflich, aber eisig, «das reicht wohl für einen Tag.» Ja, pflichtete M. Delatre ihr bei, ganz richtig, er bedauere aufrichtig, dass – äh –, aber wenn die Damen etwas Geduld hätten, würde er vielleicht noch etwas für sie finden. Es war nicht zu spät, die Hoffnung nicht aufgeben … hatten sie eine Telefonnummer? Von Madame Tesseron erschöpft, auf einmal hundemüde, gab Shona ihm auf der Rückfahrt zum Büro ihre Handynummer. Es war ein langer, langer Tag gewesen.

«Und wir haben rein gar nichts erreicht», jammerte Aileen, als sie ihm zum Abschied zuwinkten und sich auf den Weg zu ihrem Wagen machten. «Auf den Fotos sahen diese Häuser alle so hübsch aus, ich war mir sicher, dass mindestens eins geeignet wäre.»

«Ich habe so das Gefühl», bemerkte Shona, «das wird nicht ganz so leicht wie erhofft. Sie werden viele Frösche küssen müssen, Aileen, ehe Sie Ihren Prinzen finden.»

Ihr einziger Trost an diesem traurigen Abend war die entzückende *gîte*, die Shona dank ihrer Kontakte beim französischen Fremdenverkehrsbüro für sie als Unterkunft aufgetrieben hatte. Es war eine umgebaute Scheune neben dem Bauernhaus des Besitzers, geräumig, mit Holzbalken, warm und behaglich. Eine ideale Basis für die kommenden zehn Tage, noch dazu preisgünstig für den hohen Standard, da sie außerhalb der Saison reisten. Aileen setzte ihren Koffer auf dem gefliesten Boden ab und wäre vor Freude fast in Tränen ausgebrochen.

«O wie schön! Shona, das ist toll, Sie sind ein Schatz!»

«Ist ganz nett, oder? Wenn das doch nur zum Verkauf stünde. Ich weiß nicht, wie viele Madame Tesserons ich noch ertrage.»

«Geht mir genauso. Eigentlich wollte ich Sie ja heute Abend in ein nettes Restaurant in Carcassonne einladen, aber wir sind vermutlich alle beide zu müde ... ist es zu spät, um noch in einen Laden zu springen und ein paar Sachen zu besorgen, damit ich hier kochen kann?»

«Keine Ahnung. Fragen wir im Bauernhaus nach, die können es uns bestimmt sagen.»

Also fragten sie dort und erhielten die Auskunft, dass es leider schon zu spät war. Aber wenn sie mochten, würde ihre hilfsbereite Gastgeberin ihnen gerne mit einem Huhn, etwas Gemüse, Käse und Wein aushelfen.

Großartig. Sie nahmen das Angebot sofort an, bekamen auch noch Milch und Eier, dazu Obst, Kaffee und Joghurt zum Frühstück. Während Shona ein paar Anrufe nach Irland tätigte, machte Aileen sich ans Kochen, froh, eine eigene Küche zur Verfügung zu haben. Auf so einer langen Reise brauchte man eine Basis, an der man sich ausruhen konnte. Morgen früh könnten sie sich in einem Supermarkt erst mal gründlich mit Proviant eindecken.

Als Shona alle Telefonate erledigt hatte, war das Essen fast fertig. Sie schenkten sich Wein ein und ließen sich am

Tisch nieder. «Mit wem haben Sie denn telefoniert?», fragte Aileen. Sie kannte niemanden von Shonas Familie oder Freunden.

«Mit meinen Eltern. Und meinem Freund Lintan in Limerick. Und meiner Freundin Crys, die wie eine Blöde versucht, ein Baby hinzukriegen! Sie und ihr Mann Gavin probieren es jetzt seit fünf Jahren, aber ohne Erfolg. Langsam werden sie panisch.»

Aileen erinnerte sich an Crys, von dem Treffen neulich im Heyden's. «Die Armen. Aber wer weiß, es könnte ja noch klappen.»

«M-hm ... ich will's hoffen, denn allmählich ist das eine ganz schöne Belastung für ihre Ehe, glaube ich.»

Und so entspann sich ein gemütlicher Abend mit «Frauengesprächen», während sie sich das Essen schmecken ließen, von dem Shona sichtlich beeindruckt war. «Wie gut Sie kochen können. Ich kann nur Fertiggerichte.»

«Ach, es macht mir Spaß ... aber meine Mutter kocht viel besser. Nichts Exotisches, aber leckere traditionelle Gerichte, Eintopf und Colcannon und so. Mensch, wenn die die Häuser sehen könnte, die wir heute gesehen haben! Ich glaube, sie befürchtet, dass sich das Ganze am Ende zu einem Riesenfehler entwickelt.»

Shona sah stirnrunzelnd in ihr Glas. «Tja, könnte sein, wenn Sie es falsch angehen. Morgen müssen wir die Gegend erkunden, uns zurechtfinden, mehr Makler aufsuchen und unsere Auswahlkriterien festlegen. Ich glaube, M. Delatre hat uns einfach wahllos alles vorgeführt, was er hatte. Stellen wir heute Abend eine Liste auf mit allem, was Sie wollen – die zehn Hauptprioritäten –, dann können wir manche Häuser von vornherein ausschließen. Die Zeit ist auch knapp genug, wenn wir sie nicht verschwenden.»

Gute Idee. Also setzten sie sich nach dem Essen an den

Tisch und legten eine Reihe Qualitätskriterien fest, etwa Zustand der Immobilie, Anzahl der Badezimmer, Größe des Gartens, Entfernung von Flughafen, Stadt, Küste und andere Merkmale … was unvermutet zwei Stunden in Anspruch nahm. Heraus aber kam ein Meisterwerk, und als Aileen ins Bett plumpste, fragte sie sich, warum sie darauf noch nicht früher gekommen war. Shona Schlaumeier schlägt wieder zu – fast möchte man sie erdrosseln, wäre sie ihr Gewicht nicht in Gold wert! Oh, keine schlechte Idee. Ein Schmuckstück aus Gold, als Dankeschön für all ihre Hilfe – und lebenslang Gratis-Logis in der Pension, falls sie danach je wieder Lust hat, einen Fuß nach Frankreich zu setzen.

«Na ja», seufzte Shona fünf Tage später, «Gott liebt alle, die sich bemühen.»

Und sie bemühten sich redlich. Sie suchten jedes Maklerbüro in jeder Stadt, jedem Dorf auf, das sie finden konnten, und grasten immer entlegenere Gegenden ab. Aileen hatte einige kurze Fahrten bewältigt, darunter eine denkwürdige, albtraumhafte Episode in einem Kreisverkehr, und dazu außerordentliche Fortschritte im Französischen gemacht. Ihr Wortschatz umfasste nun grundlegende Begriffe wie «Klärbehälter, amtliche Landvermessung, Hausschwamm, Eigentumsübertragung, Stützwand, freier Grundbesitz, Kakerlake …», wenn sie auch immer noch nicht selber Kaffee bestellen konnte. Shona hatte allen Maklern ein Ultimatum gestellt: «Besitzer wollen wir nicht dabeihaben. Werfen Sie sie raus.»

«Raus?», hieß es blinzelnd. «Aber Madame, das ist nicht üblich –»

«Raus mit denen. Außer Sicht-, und vor allem außer Hörweite. Sie sollen die Schlüssel Ihnen aushändigen, bei Nachbarn oder wem auch immer hinterlegen, solange wir nur nichts von ihrem Hexenschuss, ihren Knien, Scheidungen oder gleich ganzen Lebensgeschichten hören müssen. Falls Haustiere vorhanden sind, sperren Sie sie weg. Die Haustiere, meine ich.»

«Nun ... das wird nicht leicht.»

«Wenn die nicht gehen, kommen wir nicht. Verstanden?»

Ja. Die meisten begriffen es am Schluss, wodurch sie viel Zeit sparten und fast doppelt so viele Häuser am Tag besichtigen konnten. Aber keines war das Richtige. Immer noch zu groß, zu klein, zu nah, zu weit weg, zu alt, zu neu ... ein Haus war perfekt, bis auf die in Eigenbau gezimmerte Wendeltreppe, die Shona für «lebensgefährlich» erklärte. Ein anderes hatte nur das Manko, dass der Garten separat gelegen war, ein Stück die Straße hinunter. Ein weiteres wäre ideal gewesen, wenn man nur nicht ein Schlafzimmer hätte durchqueren müssen, um ins nächste zu gelangen. Und so weiter. Am sechsten Tag fing Aileen langsam an, sich aufzuregen. Abends telefonierte sie meist mit Joe, aus dessen mitfühlenden Worten sie Schadenfreude herauszuhören glaubte: na ja, dann bist du wohl bald wieder da, was, am heimischen Herd?

Ja. Allmählich hatte es den Anschein, als könnte es so kommen. Was ein Jammer war, denn je mehr sie vom Languedoc sah, desto besser gefiel es ihr hier, mit den verwinkelten alten Dörfern, dem Geläut der Kirchenglocken, den schattigen Platanen und Männern mit Baskenmützen, die auf sandigen Plätzen Boule spielten ... in Irland würde es regnen, und sie säßen alle im Pub. Auch das Essen war vorzüglich, die Luft warm und das Licht wirklich außergewöhnlich, klarer, als sie es je irgendwo gesehen hatte, mit einer Ausnahme: einmal im Sommer in Donegal, eines Juniabends auf Malin Head. Sie und Joe waren gerade in Flitterwochen.

Am sechsten Tag, nach rekordverdächtiger Besichtigung von neun Häusern, bekamen sie und Shona Streit. Ein dummer Streit, der fast in Handgreiflichkeiten ausgeartet wäre, und das nur, weil Aileen sich an Shonas Handykosten beteiligen wollte. Shona lehnte ab; Aileen platzte der Kragen.

«Aber ich benutze es genauso viel wie Sie! Seien Sie doch nicht albern!»

«*Sie* sind albern. Es ist mein Handy.»

«Dann telefoniere ich von jetzt an nur noch in Telefonzellen.»

«Oh, verflixt nochmal!»

Nach ein paar finsteren Stunden klärte sich alles wieder. Aber Aileen fühlte sich danach verletzlich, bekam Gewissensbisse und machte sich Sorgen. Die Zeit verflog, ihr Geduldsfaden wurde immer dünner. Shona wirkte zusehends, als hätte sie es bald satt. War es so? Dann sollten sie vielleicht besser eine Pause einlegen, am Sonntag, wenn die Makler ohnehin nicht arbeiteten, und etwas anderes unternehmen. Etwas Buntes, mit Lokalkolorit … «Ich weiß was!», rief sie Samstag, als ihr Blick auf ein Wandplakat fiel. «Schauen wir uns einen Stierkampf an!»

Shona hätte nicht entsetzter dreinblicken können, wenn sie vorgeschlagen hätte, einer Operation am offenen Herzen beizuwohnen. «Sind Sie wahnsinnig? Stierkämpfe sind grausam, fürchterlich, arme, wehrlose Tiere, die zum Spaß gereizt und gequält werden … puh.»

«Manche sehen das anders. Ein Spanier, der mal bei mir zu Gast war, meinte, Stierkämpfe wären poetisch, wie Ballett.»

«Unfug.»

«Dann gehe ich eben allein hin. Nehmen Sie sich den Tag frei und spannen Sie aus.»

«Gut. In Marseillan gibt es einen Flohmarkt, den ich mir gern ansehen würde … wo ist Ihr Stierkampf?»

«Äh – auf dem Plakat stand, glaube ich, in Biz – Boz –?»

«Béziers? Okay. Das liegt beides östlich von hier. Sie können bis Béziers fahren, ich fahre dann weiter nach Marseillan und sammele Sie auf dem Rückweg wieder ein.»

Gesagt, getan. Shona war insgeheim froh, einmal einen Nachmittag für sich zu haben, Aileen dagegen wurde leicht mulmig zumute, als sie in das Gewühl von Menschen geriet, die zum Stierkampf strömten. Zunächst war alles unterhaltsam, farbig und zeigte prachtvollen Aufwand, aber je länger der Kampf dauerte, umso mehr ließ ihre Begeisterung nach. Der Ausgang war abzusehen, der Stier hatte keine Chance, und als die Toreros anfingen, der armen Kreatur ihre Spieße ins Genick zu schleudern, hatte sie genug. Leicht benommen verließ sie die Arena, so schnell es ging. Wie lange es wohl dauern mochte, bis Shona sie abholen kam? Sie fühlte sich fast wie ein Kind, das am Schultor ausharrt, als sie sich auf ein Mäuerchen setzte und wartete … wartete und wartete, volle zwei Stunden wurden schließlich daraus. Als sie endlich den hellblauen Picasso erspähte, der sich dem vereinbarten Treffpunkt näherte, war sie mehr als froh, Shona zu sehen, die so wirkte, als hätte sie sich wesentlich besser amüsiert. Erleichtert stieg sie ins Auto ein.

«Sie hatten Recht! Es war schrecklich. Wie war der Flohmarkt?»

«Wundervoll. Schauen Sie auf den Rücksitz.»

Aileen drehte sich um und erblickte staunend eine komplette Garnitur Gartenmöbel: einen runden Tisch aus weiß lackiertem Schmiedeeisen mit vier passenden Stühlen, genau die Sorte, die immer in Zeitschriftenartikeln über das französische Landleben zu sehen war. Dazu noch zwei große Terrakotta-Übertöpfe sowie eine lange weiße Holzkiste mit einem Fensterchen, das ein blau karierter Ginghamvorhang zierte.

«Mensch! Sie waren ja aktiv … haben Sie in Ihrer Wohnung denn Platz für all das Zeug? Und was ist das für eine Kiste?»

Shona lächelte zufrieden, mit der Befriedigung einer Frau, die ausgiebig eingekauft hat. «Die ist für Baguettes. Französische Version eines Brotkastens – hübsch, oder? Was den übrigen Kram betrifft, nein, dafür ist in meiner Wohnung kein Platz … das ist für Sie.»

«Was?!?»

«Für Ihr neues Haus, wenn Sie es dann haben. Ich konnte einfach nicht widerstehen. Einweihungsgeschenk, nur ein wenig verfrüht! Vielleicht bringen die Sachen ja Glück. Wenn wir schon ein paar Möbel haben, müssen wir ja einen Ort finden, um sie unterzubringen, hm?»

«O Shona … die Sachen können Sie doch unmöglich für mich gekauft haben.»

«Warum nicht?»

«Weil – sind Sie wahnsinnig? Wenn ich kein Haus finde, müssen wir das alles mit zurück nach Galway nehmen, dann ist kein Platz mehr für die Kisten mit Wein, die Sie kaufen wollten.»

«Stimmt. Stimmt haargenau. Deshalb sollten wir besser bald ein Haus finden! Wir haben nur noch drei Tage Zeit.»

Ja. Bei aller Rührung über Shonas Großzügigkeit – von ihrem Optimismus ganz zu schweigen – überlief Aileen ein Schauer bei der schrecklichen Vorstellung, womöglich mit leeren Händen aus dem zauberhaften Languedoc heimkehren zu müssen.

Ich habe mir so gewünscht, dass es klappt, dachte sie. Ich liebe diese Gegend, ich will hier leben, und zwar mit meiner Familie. Es ist so hübsch, so friedlich, so sonnig und … und beschaulich. So beschaulich; ein ganz anderer Lebensrhythmus, eine andere Lebensqualität. Das würde uns allen so gut tun, in so vieler Hinsicht.

Warum also, warum nur, finde ich einfach kein Haus?

In wachsender Verzweiflung klapperten sie die nächsten drei Tage über sage und schreibe zwanzig Häuser ab, und Aileen wäre zweimal fast so weit gewesen, ein Gebot für ein Anwesen zu machen, das nicht ganz passend war. Was Shona aber nicht zuließ.

«Es ist fast das Richtige», flehte sie, «nur die Mauer da muss eingerissen werden … die Küche könnte vergrößert werden …»

«Nein», sagte Shona fest. «Tun Sie's nicht, Aileen. Es passt nicht zu Ihren Bedürfnissen, und Sie werden es nur bereuen, jahrelang, für alle Zeiten … vertrauen Sie mir.»

Und Aileen vertraute ihr tatsächlich. Über die letzte Zeit hatte sie Shona immer stärker lieb gewonnen, spürte, wie sich freundschaftliches Vertrauen entwickelte – allerdings eine etwas einseitige Freundschaft, einfach weil Shona in Frankreich erheblich mehr *tun* konnte als sie. Hier war es schlicht unmöglich, einen vernünftigen Ausgleich von Geben und Nehmen zu finden, aber das würde sich nach ihrer Heimkehr ändern, wenn Shonas Gerichtsverfahren anstand und sie es war, die Unterstützung und Beistand nötig hatte.

Unterdessen steuerten sie auf eine Sackgasse zu. Eigentlich saßen sie bereits mittendrin, denn es ließ sich nicht länger leugnen: Ihre Mission war ein Fehlschlag. Aileen wollte am liebsten weinen, als sie sich an ihrem letzten Abend in ein Café in Carcassonne setzte, und konnte dem Kellner kaum antworten, der sich nach ihren Wünschen erkundigte.

«Ich will hier bleiben!», hätte sie am liebsten geschrien. Nicht einmal Shona konnte es überspielen; sie waren zutiefst enttäuscht. Schweigend stierten sie lange Zeit in ihre Getränke, drehten verdrossen an ihren Cocktailstäbchen herum. Endlich hob Shona den Kopf.

«Wir müssen nicht abreisen. Wir könnten noch ein wenig bleiben. Vielleicht noch eine Woche …»

«Nein. So gern ich würde, Sho, das ist einfach nicht drin. Ich habe fast mein gesamtes gespartes Geld ausgegeben. Und ich kann Joe und Finn nicht länger sich selbst überlassen. So lieb Ihr Angebot ist, aber – nun, ich kann nur sagen, Sie waren toll. Und hoffentlich hatten Sie auch Spaß. Es war lustig, oder?»

«Ja», räumte Shona wehmütig ein, «aber noch lustiger wäre es gewesen, wenn Sie Ihr Haus gefunden hätten. Was soll ich jetzt mit dem ganzen Zeug anfangen, das ich dafür gekauft habe?»

«Ich stelle es in unseren Gartenschuppen. Es wird mir Hoffnung schenken. Und dann fange ich mit der Suche wieder von vorne an, in Zeitschriften, im Internet, und spare Geld, bis ich mir die nächste Erkundungsreise leisten kann – vielleicht bin ich ja doch nicht für Frankreich bestimmt! Vielleicht findet sich am Ende etwas in Italien oder Spanien … würden Sie mich nächstes Jahr nochmal begleiten, wenn ich es dann etwas besser vorbereite?»

Aileen bereute die Frage schon im selben Moment; Shona hatte wahrlich Besseres zu tun, als sie auf solchen Himmelfahrtskommandos zu begleiten. Nächstes Jahr um diese Zeit wäre sie längst wieder bei der Arbeit, in chronischer Zeitnot, und vermutlich würde auch ein neuer Mann ihre Aufmerksamkeit beanspruchen. Vielleicht – wenn die Dinge wirklich gut liefen – hätte Finn bis dahin einen Job gefunden, das Geschäft liefe wieder besser, und Joe könnte … na ja … ihre Ehe hätte womöglich diese unruhige Phase überstanden.

«Ich würde mitkommen», erwiderte Shona liebenswürdig, aber realistisch, «wenn ich dann Zeit hätte. Ich habe nur keine Ahnung momentan, wie es mit meinem Leben weitergeht. Deshalb war ich auch so froh, als Sie mich baten, Sie zu begleiten, so bekam ich etwas Nützliches zu tun, eine Art Ziel … wenn wir doch bloß nicht morgen wieder zurückmüssten. Besonders ohne vorzeigbares Ergebnis. Sie haben sich das wirklich gewünscht, nicht wahr?»

«Ja», gestand Aileen vorbehaltlos und gab sich Mühe, ihre Niedergeschlagenheit zu überspielen, «habe ich. Doch es hat nicht sollen sein. Wie beim Lotto. Jetzt möchte ich Sie in ein hübsches Restaurant zu einem guten Essen einladen, und wenn wir auch keinen Grund zum Feiern haben, Champagner trinken wir trotzdem. Es ist unser letzter Abend im Languedoc, den genießen wir, und wenn es uns umbringt.»

Sie genossen den Abend, und es hätte sie fast umgebracht. Am nächsten Morgen, als sie den Picasso beluden, hatten sie beide einen gewaltigen Kater. Shona sah besonders blass aus, und Aileen überlegte, ob ihr wohl vor der tausend Kilometer weiten Rückfahrt nach Cherbourg graute. Mutig unternahm sie einen Versuch, sie aufzumuntern.

«Ich fahre. Ein Haus habe ich zwar nicht gefunden, aber das wenigstens habe ich gelernt. Steigen Sie auf der anderen Seite ein.»

Shona leistete widerstandslos Folge, und als Aileen den Motor startete, erblickte sie im Rückspiegel gerührt den Bauern und seine Frau, die vom Haupthaus hinter der *gîte* zum Abschied winkten. Bekümmert hob sie die Hand und winkte zurück.

«Gut, haben wir alles? Dann wollen wir mal.»

Die Sonne schien weiter, wie die gesamten zehn Tage, die

sie im Languedoc verbracht hatten, aber es war nicht mehr so warm, und nach einer oder zwei Stunden stellte Aileen die Heizung an, die den Wagen in einen behaglichen Kokon verwandelte, während Shona neben ihr eindöste. Wenn Shona schlief, hatte sie zwar keine Kopilotin, aber das störte Aileen nicht, denn ihr war nicht nach Reden zumute. Sie würde sich einfach an den Schildern orientieren und so weit wie möglich fahren, ehe es dunkel wurde.

Zuvor aber geschah etwas anderes: Unvermutet tropfte eine dicke Träne auf ihren Schoß. Ungeduldig fuhr sie sich mit der Hand über die Augen, stemmte sich hartnäckig gegen die aufsteigende Enttäuschung. Schließlich konnte einem weitaus Schlimmeres widerfahren: Sich einen Traum nicht zu erfüllen war nichts im Vergleich zu, etwa, einem furchtbaren Unfall, einer Verletzung, einem Bankrott, einer Scheidung oder dem Verlust eines geliebten Menschen.

Sie hatte einmal so einen Verlust erlitten. Sie hatte ihre zweijährige Tochter Hazel verloren. Damals hatte sie gelernt, die Dinge relativ zu sehen, hatte gleich gewusst, dass kaum etwas je wieder ins Gewicht fallen würde. Wenn Hazel noch lebte, wäre sie siebzehn heute, könnte sogar hier neben ihr sitzen. Hazel Hegarty anstelle von Shona Fitzpatrick, die ihrer Mum bei der Suche nach einem Haus in Frankreich half ... nur wären Häuser in Frankreich dann womöglich nicht nötig. Familie Hegarty wäre vermutlich glücklich und zufrieden, hätte sich ganz anders entwickelt als dann nach ihrem Tod: Zuweilen waren sie ohnehin kaum noch eine Familie, nur eine Ansammlung von Bruchstücken.

Nur Bruchstücke. Plötzlich dachte Aileen an Finn und wollte unbedingt schnellstens zu ihm nach Hause. Armer Finn ... und armer Joe, der damals sein Bestes gegeben hatte und das bis heute tat. Seit Hazels Tod hatten sie immer und immer wieder versucht, sich neu zu fangen, irgendwie weiter zu funktionieren. Manchmal klappte es fast; doch gelegentlich schien es fast hoffnungslos.

Früher war ihre Familie perfekt ausbalanciert, sie bestand aus vier Menschen, bis es plötzlich, ohne Vorwarnung, eines Tages nur noch drei waren. Ihr Gleichgewicht war dahin, sie trugen Narben davon, und es würde niemals wieder so sein, wie es mal war.

Niemals. Aus diesem Grund versuchte sie die Familie zu verpflanzen, umzukrempeln, in etwas anderes zu verwandeln. Nicht in eine neue Familie, das war unmöglich; aber in eine andere Familie, die vielleicht endlich lernte, ohne Hazel zu leben.

Wenigstens, dachte sie, habe ich noch meinen Traum. Ich kann immer noch hoffen. Wogegen ich Hazel nie wiederbekomme, dafür hat nie die geringste Hoffnung bestanden.

Abends stiegen sie in einem Hotel in Nontron ab, gingen früh zu Bett und fuhren am nächsten Morgen kurz nach acht weiter. Aileen übernahm wieder das Steuer. Es entbehrte nicht einer gewissen Ironie, wie gut sie mit dem Fahren in Frankreich jetzt klarkam. Shona neben ihr war putzmunter heute, viel frischer. Auf den langen Autobahnstrecken hörten sie ab und zu Musik, zwischendurch aber trat immer wieder nachdenkliche Stille ein.

In einem dieser Momente wandte Shona sich zu Aileen und sah sie forschend an.

«Warum? Das habe ich immer noch nicht ganz begriffen, Aileen … warum wollen Sie unbedingt hierher? Warum wollen Sie Ihre Familie entwurzeln und … schon klar, in letzter Zeit läuft das Geschäft in Irland nicht besonders, und Finn hat noch keinen Job, aber … reicht das? Reicht das, um so einen gewaltigen Schritt zu unternehmen? Ist dieses Vorhaben bloß eine Folge der Umstände, oder hat es tiefere Ursachen – in Ihrem Kopf, Ihrem Herzen?»

Aileen dachte ein Weilchen nach. Mittlerweile empfand sie Shona gegenüber kaum noch Befangenheit. Sie konnte mit ihr fast so offen und ehrlich reden wie mit ihrer Schwester Dymps.

«Na ja … nein. Um die Wahrheit zu sagen, Sho, liegt es nicht nur an Finn oder am schlechten Geschäft. Es gibt alle möglichen anderen Gründe … manche davon, wie Sie es nennen, in meinem Kopf. Oder in meinem Herzen.»

«Ach?» Shona sah sie an, gespannt, sogar mitfühlend irgendwie, aber nicht aufdringlich. Sie war, das wusste Aileen, bloß interessiert, wollte sie näher kennen lernen, wie es bei aufkeimenden Freundschaften unter Frauen so geht.

«Ein Grund ist vermutlich meine wenig abenteuerliche Jugend. Ich habe so jung geheiratet, mir ist so viel entgangen … dabei war Joe kein Fehler oder so, er ist ein guter Mann, und ich liebe ihn bis heute. Aber ich habe nie etwas *getan*, ich war bloß Tochter, Ehefrau und Mutter und habe eine kleine Pension geführt. Ich bin nie ein Risiko eingegangen, habe nie meinen Horizont erweitert, irgendwas gesehen oder mal eine richtige Reise unternommen. Da haben wir also einen ersten Faktor – nennen Sie es Neugier, wenn Sie mögen. Ich will was Neues sehen, mich auf die Probe stellen, herausfinden, wie weit ich gehen kann und was ich so draufhabe.

Außerdem bin ich zweiundvierzig! In dem Alter geschieht, glaube ich, etwas bei einem im Kopf – in meinem jedenfalls. Plötzlich wird einem klar, dass man nicht ewig lebt. Was man jetzt nicht tut, tut man nie, außer man gibt sich einen richtigen Ruck. Man ist zufrieden, läuft leer, und es wird immer schwieriger, sich aus dem alten Sessel hochzuwuchten. Vorteil ist, mit zweiundvierzig hat man Selbstvertrauen. Man kann sich sagen, hey, ich hab's bis hierher geschafft, ohne größere Ausfälle, die Chancen stehen nicht schlecht, dass es auch weiter ganz gut läuft. Und selbst wenn es nicht laufen sollte, hat man nicht viel zu verlieren, schließlich hat man ja die Hälfte seiner Lebenszeit schon aufgebraucht. Schlimmstenfalls kann man nur den Weg bergab vermasseln!

Und dann, *last but not least*, ist da noch das ... ach, keine Ahnung ... das irgendwie spirituelle Element. Die Stimme im Herzen, die einen einfach dahin führt, wo man hingehört, scheinbar grundlos. Ich bin nicht besonders gläubig, aber ich frage mich oft, welche Abenteuer in unseren Seelen schlummern ... im Grunde sind wir doch alle Pilger, oder nicht? Wir gehen unseren Weg, wachsen, suchen, lernen ... meine Träume, meine Instinkte wollte ich nicht in mir verkümmern lassen, bis ich sterbe. Sondern sie ausleben, um – um Spaß zu haben!»

Shona lachte. «Oje. In der Midlife-Crisis, was?»

«Ja. Vermutlich. Und warum nicht? Ich habe ein Recht auf ein wenig Verrücktheit, solange ich niemandem schade.»

«M-hm. Aber was ist mit Joe oder Finn, wie werden die damit klarkommen, aus ihrem Zuhause gerissen zu werden? Teilen die Ihren Ehrgeiz, wollen die auch umziehen?»

«Nein. Gar nicht. Aber ob sie wollen oder nicht, das haben sie nötig. Joe steckt in jeder Hinsicht in der Tretmühle, während Finn ...» Unsicher verlor sich ihre Stimme, und Shona sah sie fragend, abwartend an.

«Während Finn ... Shona, wenn ich Ihnen etwas verrate, etwas sehr Privates und Geheimes, versprechen Sie mir, es nie jemandem weiterzusagen? Das würden Sie nie absichtlich tun, ich weiß, aber das ist etwas, was nicht in Galway oder sonst wo die Runde machen soll. Etwas, das Sie ganz vertraulich für sich behalten.»

Shona schwieg kurz, während sie das abwog. «Ja. Ich hab's begriffen. Das kann ich, falls Sie sich sicher sind, dass Sie es mir erzählen wollen.»

«Ganz sicher. Die Einzigen, die je eingeweiht wurden, sind meine Mutter und Schwester und Joes Familie. Es gab keinen Grund und keine Notwendigkeit, noch anderen davon zu erzählen … aber es fällt mir immer schwerer, es für mich zu behalten. Manchmal ist mir, als müsste ich platzen, so sehr belastet mich dieses Geheimnis.»

Shona wartete geduldig. Aileen hatte sichtliche Probleme damit, weiterzureden, worüber auch immer – Mensch, Finn hatte doch wohl nichts angestellt, einen Diebstahl verübt oder jemanden überfallen, oder Einbruch, oder mit Drogen gedealt?

Nach einem Weilchen atmete Aileen tief durch und redete weiter. «Als – als Finn noch klein war, erst vier, hatte er eine kleine Schwester. Er war erst zwei, als sie geboren wurde, und jetzt war sie zwei Jahre alt. Sie hieß Hazel. Wir hatten sie nach der schönen Frau benannt, die früher auf den alten Pfundnoten war, Lady Hazel Lawery. Sie war dunkelhaarig und hatte die gleichen großen Augen. Sie – sie war das süßeste kleine Ding, das man sich nur vorstellen kann.»

Shona wagte vor Schreck kaum zu atmen. Sie hatte nie gewusst oder auch nur vermutet, dass Aileen außer Finn noch ein Kind gehabt hatte.

«Wir liebten sie über alles. Sie machte unsere Familie komplett, sie war ein echter Sonnenschein. Und dann … eines Tages, als ich mit den Kindern zu Hause war, klopfte es an der Tür. Es waren zwei junge, adrette, wild entschlossene Mormonen. Ich wurde sie einfach nicht los. Um die Kinder machte ich mir keine Sorgen, die waren im Wohnzimmer gleich nebenan, lagen auf dem Teppich und spielten mit einem Puzzle. Ein Kleinkinderpuzzle aus großen Klötzen, die unmöglich zu verschlucken waren, aus abgerundetem Holz, mit dem sie sich nicht schneiden oder sonst wie verletzen konnten. Ich war also mindestens zehn Minuten an der Tür, bis ich … bis ich wieder zu ihnen ging.»

Aileen schluckte. Shona wartete schweigend, ihr war, als kröche ihr etwas den Rücken hoch.

«Als ich ins Zimmer kam, lag Hazel auf dem Rücken da. Ihre Augen waren aufgerissen, sie war blau angelaufen. Ich wusste sofort Bescheid – riss sie hoch, drehte sie auf den Kopf, klopfte ihr auf den Rücken, immer wieder, immer fester … schüttelte sie, schrie sie an. Es hätte ihr wehgetan, wenn sie den Schmerz hätte spüren können … aber das tat sie nicht. Sie – sie hatte ein Bonbon verschluckt. Ein großes, hartes Bonbon, das … das Finn ihr gegeben hatte. Er … er liebte sein Schwesterchen, er wollte nur lieb zu ihr sein. Aber er – es – hat sie umgebracht.»

Als Shona den Atem ausstieß, hatte sie das Gefühl, ihre Haut löse sich auf, eisiges Entsetzen breitete sich in ihr aus.

«Ich wusste nicht, dass er Bonbons hatte. Im Zimmer waren keine. Als wir ihn später ausfragten, sagte er, er hätte es in der Tasche gehabt. Jemand hatte es ihm geschenkt, und er hatte daran herumgelutscht, aber es war ihm zu viel, also hatte er es in die Tasche gesteckt und vergessen. Und dann fand er es, während – während ich draußen war und diese Mormonen abzuwimmeln versuchte. Er dachte, er würde mir helfen, wenn er es Hazel gab, er dachte, es würde ihr schmecken und sie würde Ruhe geben. Es rutschte ihr in den Hals und sie – sie ist erstickt.»

Shona sagte nichts.

«Natürlich brachte ich sie so schnell wie möglich ins Krankenhaus, die Ärzte versuchten alles. Aber es war längst zu spät. Das wusste ich schon, bevor wir ankamen. Finn sagte unterwegs kein Wort, im Krankenhaus nicht und vier volle Tage lang nicht. Vier Tage sind für einen kleinen Jungen sehr lang. Wir fürchteten schon, er würde nie wieder sprechen.»

Shona kam abrupt Joe in den Sinn. O du lieber Gott. Wie um alles in der Welt hatte Aileen es Joe beigebracht? Wie um alles auf der Welt sagte man seinem Mann, dass die Tochter … wie ließ sich so etwas vermitteln? Wie erklärte man so etwas, wie lebte man damit? Tag für Tag, das ganze restliche Leben, die restliche Ehe über?

Manche Ehen würden das nicht überstehen. Könnten das nicht. Joes und Aileens Ehe musste stark wie Stahl gewesen sein, Hölle und Feuer überstanden haben, um sie bis heute zu tragen, wie es auch um sie bestellt sein mochte. Musste viel, viel tiefer gewesen sein als ihre Sache mit Brendan, denn sie beide hätten sich, ganz bestimmt, binnen Monaten nach so einer Tragödie getrennt. Er, dem Kinderkriegen so wichtig war; sie, die das anders sah. Ihre Beziehung, das erkannte sie nun verspätet, war romantisch und amüsant gewesen und hatte all ihren Ansprüchen genügt … aber an Tiefe hatte es gefehlt. Einer solchen Belastung wäre sie nie gewachsen gewesen.

Eine Frage wagte sie kaum zu stellen. Nicht zu Joes Reaktion, das war zu schmerzlich, daran mochte sie kaum denken. Sondern zu Finn.

«Hat – hat Finn es verstanden? Ist es ihm lange im Gedächtnis geblieben, hat es – hat es sich auf ihn ausgewirkt?»

«Ja. O ja. Zutiefst. Meiner Meinung nach ist er das bis heute nicht losgeworden. Wir unternahmen wirklich alles, um ihn zu beruhigen, ihm zu versichern, dass es nicht seine Schuld war und niemand ihm Vorwürfe machte. Was auch stimmte, denn natürlich machte ich mir Vorwürfe.»

«Aber –»

Aileen hob die Hand, ohne Shona anzusehen. «Habe ich eben, okay? Vertiefen wir das nicht weiter, denn so war es einfach. Viel wichtiger war Finn … als er endlich wieder zu sprechen anfing, sagten wir einfach, Hazel sei zum Spielen zu Gott gegangen, dass sie glücklich sei … ich weiß noch, wie er uns ansah, als wir das erzählten, so ernst, weil er es zu verstehen versuchte. Und dann nickte er nur, hob ein Spielzeug auf und beschäftigte sich damit. Er erwähnte Hazel nie wieder. Kein einziges Mal, nie mehr, bis heute. Das ganze Thema Hazel Hegarty, schon ihr Name, wurde in unserem Haus tabu. Besonders in Finns Gegenwart. Schon wenn er nur im Haus ist.»

«Meinen – meinen Sie, er erinnert sich noch?» Shona hatte das Gefühl, barfuß über Glasscherben zu balancieren.

«Ja. Da bin ich mir sicher. Das weiß ich. Vielleicht nicht deutlich, vielleicht nicht einmal bewusst. Er war erst vier. Aber es – es ist *in* ihm. Ein Teil von ihm. Es hat sein Leben geformt und ihn zu dem gemacht, was er heute ist – ein reizbarer, patziger junger Mensch ohne Selbstvertrauen, ohne Selbstwertgefühl. Ein Mensch, der sich und sein Leben mit neunzehn für wertlos hält – was er im Grunde seines Herzens denkt, weiß Gott allein. Ich würde so gern mit ihm darüber reden, aber ich habe Angst … falls ich mich irre, falls er es wirklich vergessen hat, könnte ich furchtbaren Schaden anrichten. Die Lage ist zu heikel, um mit dem Skalpell zu hantieren.»

«Und Joe … wie sieht Joe …?» Shona konnte nicht weiterreden.

«Joe meint, Finn hat es längst vergessen. Ich habe den Eindruck, das *will* Joe glauben, warum auch immer. Er meint, Finn erinnert sich womöglich dunkel an den Tag, als seine Schwester starb, aber nicht an Einzelheiten. Damit mag er sogar Recht haben. Daran möchte ich auch zu gern glauben. Das ist einer der Gründe, warum ich Joe liebe … weil er Finn nie die Schuld gegeben hat, und auch mir nicht. Er war außer sich, es hätte ihn fast umgebracht, aber irgendwie fand er in sich eine ungeheure Stärke, die uns durch die nächsten Tage, Wochen, Monate brachte … und das jetzt seit fünfzehn Jahren.»

Nun war Shona alles klar. Die Antwort auf die nächste Frage wusste sie fast, ehe sie sie stellte, sorgsam ihre Worte wählend. «Und – und hat Joe sich erholt, was meinen Sie? Soweit er dazu imstande war?»

«Ja. Soweit ein Vater dazu imstande ist, glaube ich schon. Ich glaube, der Prozess der Erholung war vor fünf Jahren abgeschlossen – so weit, nicht weiter, konnte er gehen. Damals begann er zu trinken … nicht übermäßig, an manchen gemessen, aber stetig. Als der Druck, uns alle durchzubringen, endlich von ihm abgefallen war, als er Zeit hatte, über seinen eigenen Schmerz nachzudenken. Das war ihm erst möglich, als er den Eindruck hatte, Finn und ich wären relativ sicher, dass ich die Erinnerung langsam hinter mir ließ und Finn alles … vergessen hatte.»

Shona hatte das Gefühl, ein Eiswürfel stecke in ihrem Hals, während sie um ihre Stimme rang, mit ihrem Schock, ihren vielen Fragen, die zu riskant, zu intim, zu quälend waren, um gestellt zu werden. Viele Frauen, das wusste sie, hätten in Aileens Lage einfach durchgedreht: Tabletten, Krankenhäuser, Nervenzusammenbrüche, ein Leben, eine Psyche, die komplett ruiniert wären. Anders Aileen. Aileen Hegarty konnte diese Geschichte erzählen, während sie dabei sogar noch Auto fuhr, ohne Tränen, ohne die Fassung zu verlieren. Während sie, Shona Fitzpatrick, sich die Augen ausheulen wollte und beschämt merkte, dass sie bereits weinte. Tränen liefen ihr übers Gesicht, sie kam nicht dagegen an, während Aileen, unfassbar, ein feines Lächeln zustande brachte und ihr die Hand tätschelte, als wäre Shona es, die Trost nötig hatte.

«Nicht, Sho. Das ist ansteckend, und dann sind Sie schuld, wenn ich auf diesen Laster da auffahre.»

Unendlich mühsam griff Shona nach einem Kleenex, tupfte sich die Tränen ab und richtete sich schwer atmend auf, den Blick starr auf den Laster gerichtet, bis sie sich etwas gefangen hatte. Was sollte sie bloß sagen, um Himmels willen?

«So», sagte Aileen endlich, «da haben Sie die Antworten auf Ihre Fragen. Da haben Sie die vielen Gründe, warum ich meine Familie nach Frankreich oder wohin auch immer schaffen will ... damals sind wir umgezogen, klar, ein paar Monate später. Ein anderes Haus, dachten wir, könnte Finn helfen, das Ganze zu vergessen. Also ließen wir uns bei Oranmore nieder, und ich machte meine Pension auf ... Joe meinte, irgendeine Beschäftigung würde mir gut tun. Damit ich vor lauter Arbeit nicht zum Nachdenken käme. Und bis zu einem gewissen Grad hatte er Recht. Es hat wirklich geholfen.»

«Aber jetzt ... jetzt meinen Sie, dass Joe womöglich Hilfe nötig hat?»

«Ja. Falls er sich das je eingesteht. Ich glaube, er erkennt nicht, dass inzwischen er der Schwächere von uns beiden ist.»

«Haben Sie es je – mit einer Therapie versucht? Jeder einzeln oder Sie beide zusammen?»

«Nein. Ich fand, mit meinen Gefühlen müsste ich auf meine Art klarkommen, ich wollte nicht hören, wie andere Leute mit so einer Lage umgehen, wie die ‹normalen› Reaktionen aussehen. Ich wollte es allein schaffen, und ich wusste, dass ich das konnte, wenn man mich ließ, mir Zeit und Raum dafür zugestand. Die Einzigen, mit denen ich redete, waren Dymps und Tess, meine Schwester und Mutter – die genügten mir. Sie waren wunderbar.

Und Joe – er ist ein bodenständiger, altmodischer Ire, Shona. Der würde nie etwas mit diesem ‹Ami-Palaver›, so nennt er Therapie, zu tun haben wollen. Außerdem besitzt er große innere Stärke … auch wenn er davon schon schrecklich viel aufgebraucht hat. Ich würde es ihm von Herzen gönnen, in dieser Phase seines Lebens in die Sonne zu ziehen und etwas – etwas Erfüllenderes zu machen als Eisenwaren zu verkaufen. Sein Job gefällt ihm, aber das macht er jetzt schon seit Jahren, da fehlt es ihm an Perspektive – und sein Arbeitgeber bietet derzeit die Möglichkeit an, freiwillig auszuscheiden. Wenn ich ihn dazu überreden könnte, stünden ihm für jedes seiner zwanzig Arbeitsjahre drei Wochen Lohn als Abfindung zu. Das würde reichen, uns irgendwo anders über Wasser zu halten, zumal noch mit dem Gewinn, den wir mit dem Hausverkauf erzielen würden.»

Ja. Ganz bestimmt. Aber über all das konnte Shona jetzt nicht nachdenken; ihr ging nur ständig die kleine Hazel durch den Kopf und wie unglaublich stark Aileen gewesen war und wie viel es ihr bedeutet hätte, ein neues Haus zu finden, hier in Frankreich, um daraus ein Zuhause zu machen. Es hätte ihr mehr bedeutet, als sie sich je hätte vorstellen können.

Das alles ging ihr fortwährend durch den Kopf, und sie spürte, dass Aileen das Schweigen, das sich zwischen sie gesenkt hatte, nichts ausmachte. Wortlos waren sie sich einig, später darüber zu reden, ausführlicher, wenn sie nicht mehr ganz so aufgewühlt waren, wenn der rechte Moment gekommen war.

«Ich glaube», sagte Aileen unvermittelt, «wenn ich tüchtig aufs Gas trete, schaffen wir es bis heute Abend nach

Cherbourg, rechtzeitig zur nächsten Fähre. Vertrauen Sie mir, kann ich einen Zahn zulegen?»

«Ja», erwiderte Shona einfach. «Ich vertraue Ihnen, Aileen.»

Der restliche Tag flog nur so vorbei, es herrschte eine Art Ruhe nach dem Sturm. Shona war tief betroffen über Aileens Geschichte, erschüttert, schockiert. Alles, was sie hätte sagen können, schien überflüssig, hätte womöglich gar Schmerz verursacht, sie musste das erst einmal gründlich verdauen. So fuhren sie über die eintönige Autobahn, begleitet von leiser Klassikmusik aus dem Radio, das einlullende Mozartklänge spielte. Im Auto war es warm und ruhig, seltsam friedlich, während sie einen Meilenstein nach dem anderen passierten: Poitiers, Angers, Laval. Dann Avranches, bis bei Einbruch der Dunkelheit endlich die ersten Schilder mit der Aufschrift Cherbourg auftauchten.

Als Shonas Handy plötzlich losschrillte, fuhren sie beide vor Schreck zusammen. Es klemmte in der Halterung, auf Freisprechen eingestellt, und Shonas Finger zitterten, als sie den Knopf drückte. Sie hatte kaum Zeit, sich zu melden, weil sofort eine französische Männerstimme durchs Auto schallte.

«Mme. Fitzpatrick, *bonsoir*! Ich bin's, Jérôme Delatre!»

Beiden wollte nicht auf Anhieb einfallen, wer Jérôme Delatre sein mochte, aber die Stimme war unüberhörbar von der Annahme durchdrungen, dass sie im Bilde waren, und plärrte fast vor aufdringlicher guter Laune, die so ganz und gar nicht in ihre nachdenkliche Stimmung passte.

«Ich habe es gefunden! Vor mir liegen die Unterlagen, heute Abend frisch eingetroffen, von Ihrem Traumhaus! Ist Mme. Hegarty in der Nähe – sagen Sie es ihr bitte – Sie müssen sofort kommen – wo sind Sie gerade?»

O Gott. O nein, nein, *nein*. Entgeistert wechselten sie einen Blick, und Aileen setzte den Blinker und fuhr rechts ran. Vor lauter Entsetzen über das, was sie da hörte, konnte sie plötzlich keinen Meter weiterfahren.

«M. Delatre», stöhnte Shona, «wir sind in der Normandie. Ungefähr dreißig Kilometer vor Cherbourg, von wo wir mit der nächsten Fähre heimreisen wollen.»

«Bitte?» Kurzes, verdattertes Schweigen. «Aber – oh, das kann nicht sein! Ich ging davon aus, dass Sie immer noch hier im Languedoc sind, immer noch auf Haussuche … haben Sie etwas gefunden, fahren Sie deshalb zurück?»

«Nein. Wir fahren zurück, weil – weil wir nur zwei Wochen Zeit hatten, in Irland familiäre Verpflichtungen warten und aus finanziellen Gründen … tut mir Leid, aber Sie kommen zu spät. Wir sind jetzt seit zwei Tagen unterwegs, wir sind unendlich weit weg, die Fähre legt heute Abend ab, und wir müssen sie erwischen.»

Wieder Schweigen. Weniger perplex, eher nachdenklich. «Verstehe … Mme. Fitzpatrick, eine Frage, ist Ihr Handy Internettauglich?»

«Äh – ja, ist es, aber –»

«Dann habe ich nur eine kleine Bitte an Sie. Halten Sie eine Minute lang an. Warten Sie, wo Sie auch gerade sind, nur eine Minute, bis ich Ihnen die Fotos von diesem Haus gemailt habe. Ich versichere Ihnen, ich würde nach der letzten – hm – etwas peinlichen Episode nicht Ihre Zeit vergeuden, wenn ich nicht überzeugt wäre, dass dieses Haus absolut perfekt für Sie ist. Für Mme. Hegarty, meine ich.»

Im schwindenden Dämmerlicht starrten Aileen und Shona einander an.

«Mme. Fitzpatrick? Sind Sie noch dran?»

«Ja – ja, ich bin dran, wir sind beide dran. Aber M. Delatre, das ist unmöglich! Wir sind zu weit weg! Wir können nicht –»

«Rundum perfekt. In der Nähe von Mézalas. Keine Katzen, keine Engelchen, kein riesiges Anwesen, keine Instandsetzung, nicht eins der früheren Probleme. Sechs Schlafzimmer, vier Badezimmer, ein Hektar – dazu eine kleine *gîte*, separat, auf demselben Grundstück. Ganz entzückend, das garantiere ich Ihnen, und es wird sich im Handumdrehen verkaufen. Aber ich wollte Sie vor all meinen übrigen Interessenten kontaktieren, als Wiedergutmachung dafür, dass ich Ihre Zeit mit den anderen Angeboten so vergeudet habe. Bitte gestatten Sie mir wenigstens, Ihnen diese Bilder zu senden.»

Shona sah Aileen an. Ihr Gesicht wirkte starr.

«Na gut. Schicken Sie sie.»

Er legte sofort auf, und Aileen klammerte sich am Lenkrad fest. «Nein. Das hätten Sie nicht sagen sollen, Shona. Ich will sie nicht sehen. Wir sind zu weit weg, wir sind auf dem Heimweg, es ist zu spät, damit hat es sich.»

«Aileen, vorhin erst haben Sie mich gebeten, Ihnen zu vertrauen. Das tat ich. Jetzt bitte ich Sie, mir zu vertrauen. Nur eine Minute lang, bis diese Bilder ankommen. Okay?»

«Okay.» Ihre Stimme klang tonlos. Sie lehnte sich mit verschränkten Armen im Sitz zurück, wie auch Shona, die mit angehaltenem Atem wartete. Falls M. Delatre auch nur ein einziges falsches Versprechen gemacht hatte, würde sie ihn umbringen. Falls er Recht hatte, ebenfalls. Das Languedoc schien im Moment weiter entfernt zu sein als der Mars.

Piep. Piep piep piep. Ein Foto nach dem anderen kam durch den Cyberspace geschwirrt. Aileen schloss die Augen. «Ich weigere mich. Ich schaue nicht hin.»

«Dann mache ich das eben.» Shona schnappte sich das Handy und sah auf das Display, und da war es: das entzückendste Haus, das sie je gesehen hatte. Lang, breit, blaugrau getüncht, flankiert von hohen Zypressen, von rosa Rosen überrankt, Tür und Fensterläden matt lavendelfarben, das ganze Gebäude überflutet von warmer südlicher Sonne. Im Inneren befanden sich eine lange Diele mit Holzbalken, eine hochmoderne Küche, geräumige, getäfelte Schlafzimmer und gefflieste, makellose Badezimmer. Jedes Detail zeugte von einem Haus, das von seinem Besitzer liebevoll gehegt und gepflegt worden war. Shona verliebte sich auf der Stelle. Unsterblich, Hals über Kopf, atemlos.

«Aileen.»

«Was?» Aileen stierte mit trotzig verschränkten Armen geradeaus.

«Schauen Sie.»

«Nein.»

«Aileen.» Sie flüsterte andächtig. «Das müssen Sie nehmen.»

«Warum? Wohnen dort die Engelchen meiner Träume?» Ihr Tonfall war ätzend vor Widerstand.

«Aileen, es – es ist das Engelchen Ihrer Träume! Es ist entzückend! Wunderschön, exquisit, perfekt … bitte, bitte schauen Sie.»

Aileens Kopf schwang folgsam herum, und sie schaute hin. Eins-zwei-drei-vier, da, sind-Sie-nun-zufrieden? Und dann, beim fünften Foto, hielt sie inne. Einen endlosen Moment lang. Vorübergehend schien sie wie abwesend; und brach dann in Tränen aus.

«O nein! Lieber Herrgott im Himmel! Wie kann er mir das nur antun – es – es ist so schön – so ein Mistkerl! Dieser Mann ist der letzte Mistkerl, und das werde ich ihm nie verzeihen!»

Krampfhafte Schluchzer entrangen sich ihr, hicksend und qualvoll. Shona erschrak: Die schlimme Geschichte von ihrer Tochter konnte sie ohne Tränen erzählen, doch jetzt war sie am Boden zerstört? Aber –?

Und dann, mit einem Schlag, sah sie klar. Sah alles, was Aileen umtrieb, und sah, was zu tun war. Jetzt, auf der Stelle.

«Raus. Steigen Sie aus.»

Aileen hob ihr tränenüberströmtes Gesicht und starrte sie an. «Was?»

«Raus. Sie sind genug gefahren. Die Rückfahrt übernehme ich. Tauschen wir die Plätze, aber fix.»

«Shona! Genug! Hören Sie auf, das ertrage ich nicht! Sie wissen, dass ich zu meiner Familie zurückmuss und kein Geld mehr habe, das sind wieder tausend Kilometer zurück, ich kann mir weder Benzin noch Unterkunft leisten, geschweige denn das – das Vermögen, das es kosten würde!»

«Aileen. Sie können es sich nicht leisten, *nicht* umzukehren. Joe und Finn sind erwachsen, die kommen schon noch ein paar Tage ohne Sie klar. Hier, rufen Sie sie an und erklären Sie ihnen, jetzt sofort, was los ist. Was das Geld betrifft, das können Sie mir aus Ihren Einkünften im ersten Jahr zurückzahlen.»

«Nein! Shona, im ersten Geschäftsjahr macht niemand nur einen Penny Gewinn! Ich kann doch nicht –»

«Aileen. Hören Sie zu. Sie – wir – müssen das tun. Wenn Sie all das wollen, was ich vermute, nicht nur für sich selbst, sondern auch für Ihren Mann und Ihren Sohn, dann drehen wir jetzt hier auf der Stelle um und fahren zurück in den Scheiß-Languedoc. Drücke ich mich klar aus?»

Reglos, mit wildem Blick starrte Aileen sie an, wie um abzuschätzen, wie verrückt sie tatsächlich war. Shona schnappte sich das Handy und wählte energisch eine Nummer.

«Monsieur Delatre? Hier Shona Fitzpatrick. Ja. Unternehmen Sie nichts. Wir sind unterwegs. Gleich Montag früh kommen wir zu Ihnen ins Büro. Wenn Sie dieses Haus in der Zwischenzeit jemand anderem verkaufen, wenn Sie auch nur einer Menschenseele davon erzählen, wenn es nicht in jeder Einzelheit Ihren Worten entspricht, werde ich Sie Montagabend persönlich zum Abendessen servieren, auf einem Silbertablett angerichtet, mit einem Apfel im Mund. Haben wir uns verstanden?»

Ohne seine Antwort abzuwarten, legte sie auf, gurtete sich los, beugte sich über Aileen und öffnete ihre Tür.

«Gut. Raus mit Ihnen. Beeilung. Falls Sie sich nicht auf den Beifahrersitz bequemt haben, sobald ich am Lenkrad sitze, fahre ich ohne Sie los.»

Kapitel fünf

Aileen bekam kaum Luft. Merkte, wie ihr die Knie weich wurden. Zaghaft, wie aus Furcht, sie könnte sich unter ihr in Luft auflösen, ließ sie sich auf eine Gartenbank sinken, um schweigend Le Mas des Cigales anzustarren.

Regungslos blieb sie dort sitzen, als bewunderte sie ein jüngst wieder aufgetauchtes Meisterwerk von Monet.

Auch Shona war verzaubert. In Bann geschlagen. ‹Le Mas des Cigales›, das hieß ‹Das Haus der Zikaden›, und Zikaden zirpten überall. Le Mas des Cigales war absolut traumhaft und hinreißend, übertraf ihre kühnsten Hoffnungen, wirkte sogar besser als auf den Fotos, denn es war nicht nur schön, sondern … sondern … weshalb genau war sie auf Anhieb so verliebt? Lag es an seiner Stimmung, dieser friedvollen Aura, dem lichtdurchfluteten Garten, der Musik der Zikaden, den Zimmern voller Bücher … seinem Alter, seiner Ruhe, seiner Würde?

Sie hatten größere Häuser gesehen, noblere, günstigere. Sie hatten fast hundert Häuser gesehen, aber keines davon konnte diesem hier Konkurrenz machen, diesem geduckten, zweistöckigen, von Zypressen umstandenen Haus mit den lavendelfarbenen Lamellenfensterläden, den dicken, verblassten Mauern und dem abschüssigen Garten, lieblich gelegen auf einem Hügel, von dem aus das Dorf eine halbe Meile weiter unten zu überblicken war. Wenn ich hier wohnen würde, dachte Shona, würde ich jeden Morgen einen Spaziergang da runter machen, Kaffee auf dem Platz trinken, über den Markt bummeln und einen Weidenkorb mit

Obst und Blumen und Gemüse füllen, und dann würde ich wieder zurückgehen und dabei den Sonnenschein mit jeder Pore in mich aufnehmen. Das ist einfach himmlisch.

Wir müssen es nehmen. Gar keine Frage.

Das heißt, Aileen natürlich. Warum zögert sie denn so lange? Sicher, ich habe ihr eingeschärft, nicht unbesonnen daherzureden, aber jetzt muss sie doch nur ja sagen. Ja, packen Sie es bitte ein, ich nehme es. Sie kann doch nicht den ganzen Vormittag da hocken … wir sind schon seit zwei Stunden hier, es ist fast Mittag. Aber etwas essen werden wir wohl kaum können. Das ist zu aufregend – so aufregend, dass ich am liebsten laut jubeln und Rad schlagen würde, wenn wir uns nicht kühl und zurückhaltend geben müssten. Für dieses Haus würde ich in den *Knast* wandern. Nicht nur für das Haus, das ideal für sie geeignet ist, sondern auch für diese entzückende kleine *gîte*, die einem Puppenhaus ähnelt. Unfassbar, dass die im Preis inbegriffen ist. Na gut, hat nur ein Zimmer, aber dazu noch Diele, Küche und Bad, groß genug, um drin zu wohnen. Wenn man nicht gerade im Hauptgebäude lebt, für das ich sonst was geben würde, mit diesen Holzbalken und antiken Fliesen, der Riesenküche und dem sonnigen Wohnzimmer, diesen großen Badezimmern voll weißem Porzellan … o Gott. Das ist einfach zu toll, ich halt's nicht aus. Worauf zum Henker wartet sie denn?

Ruhe. Genau das strahlt dieses Haus aus. Als ob es sich seiner Sache sicher ist und nicht das Geringste beweisen muss. Es ist nicht rüschig oder überladen, nicht karg oder minimalistisch, es ist einfach ein Zuhause: warm, behaglich, mit unheimlich positiver Ausstrahlung. Schade, dass die Besitzer nicht da sind, die hätte ich ausnahmsweise zu gern kennen gelernt. Wer diesen Garten bepflanzt und gepflegt hat, wer diese alten Schlitten auf irgendeinem Markt aufgetan hat, wer diese grün karierten Kissen mit den blau gestreiften kombiniert hat … wer den Fußboden mit diesem ledrigen Mattglanz versiegelt hat, in die Vase da so viele gelbe Rosen gestellt, den Korb dort so prall mit Tomaten und Courgettes gefüllt hat … der muss für sein Leben gern hier gewohnt haben, wer immer das war. Und ich bedaure die Leute aufrichtig, denn es muss ihnen das Herz brechen, Le Mas des Cigales zu verlassen. Es wird mir meins brechen, falls wir ohne Schlüssel und Urkunden hier wegfahren. Aileen, würdest du *bitte* mal in die Gänge kommen!

Aileen aber saß verträumt da, das Kinn in die Hand gestützt, die Ellenbogen auf den Knien, nach vorn gelehnt, den Blick so hungrig auf Le Mas gerichtet, dass es schien, als würde sie es verschlingen und könnte nicht genug davon bekommen. M. Delatre, ermutigt, aber auch leicht verwirrt, spazierte geduldig im Hintergrund auf und ab, köpfte müßig Rosen in den Rabatten, wartete ab, damit sie nachdenken und sich beratschlagen, in Ruhe eine Entscheidung treffen konnten. Shona war froh, dass er sie nicht unter Druck setzte, aber vor Spannung hielt sie es allmählich selbst kaum noch aus.

Schließlich riss ihr der Geduldsfaden. Sie ging zu Aileen hinüber, setzte sich neben sie auf die weiß lackierte Holzbank und sah sie von der Seite an.

«Und? Gibt es einen Grund, dieses Haus nicht zu kaufen?»

Keine Antwort.

«Was ist? Hat jemand die Zahnpastatube offen gelassen?»

Ein kleines Lächeln, aber immer noch keine Antwort. Shona war verblüfft, ließ aber nicht locker und nahm beiläufig das feine Netz von Fältchen wahr, das die Sonne in Aileens Gesicht nachzeichnete. Ein Gesicht voller Erfahrung, das jetzt innerlich erstrahlte. Ein müdes Gesicht, das heute von Träumen leuchtete.

«Du kaufst es, oder? Es ist perfekt, oder? Es hat alles, was du für ein behagliches Leben brauchst, um deine Pension mit Erfolg zu führen. Viel Licht, viel Platz, viel Garten, Nachbarn in Rufweite, und es ist trotzdem schön für sich gelegen, mitsamt einer herrlichen Aussicht übers Tal und aufs Dorf. Der einzige Nachteil, soweit ich sehe, besteht darin, dass es ein Einzelstück ist und ich mir nicht auch so eins zulegen kann.»

Aileen wandte den Kopf um, blinzelte über den Rasen zur *gîte* hinüber und brach endlich ihr Schweigen.

«Was soll ich mit dem kleinen Puppenhaus anstellen? Soll ich Finn da reinstecken, damit er sein eigenes –?»

«Bist du wahnsinnig? Vermieten natürlich! Jeder würde sonst was hergeben, um da drin wohnen zu dürfen!»

«Aber es ist winzig. Gerade groß genug für zwei auf einmal.»

«Na ja, zugegeben, aber …» Shonas Stimme erstarb nach und nach, während sie ihrerseits die *gîte* musterte. Sie war klein. Kaum so groß wie ihre Wohnung daheim. Klein und traulich und …

«Aileen, unterschreib schnell irgendetwas, ehe die Besitzer es sich anders überlegen. Es sei denn, du willst es nicht. Falls nicht, nachdem wir diesen ganzen Weg ein zweites Mal hergefahren sind, wirst du nie was anderes finden. Nicht nur, weil es nichts gibt, was hiermit zu vergleichen wäre, sondern weil ich dann die Mistgabel aus dem Schuppen da holen und dich damit aufspießen werde.»

Lachend richtete Aileen sich auf, als wäre ein Bann gebrochen, als würde sie in die Wirklichkeit zurückkehren. «Ja! Ich will es haben, Shona! Ich liebe es, ich finde es durch und durch wundervoll! Ich bin im siebenten Häuserhimmel!»

«Dann wollen wir M. Delatre die frohe Kunde bringen. Bestimmt hat er in seinem Aktenkoffer da jedes einzelne der neuntausendsiebenhundertfünfundachtzig Dokumente, die du wirst unterschreiben müssen. In dreifacher Ausführung. Du kennst doch die französische Passion für Papierkram, oder?»

«Ja. Ich habe gehört, das kann ein wenig –»

«Man wird wissen wollen, wo der Wellensittich der Cousine deiner Oma geboren wurde, was er am siebzehnten August 1936 um vier Uhr früh gemacht hat, seine Blutgruppe, Sozialversicherungsnummer und das Kennzeichen des Autos, das er an dem Tag gefahren hat, an dem Madame nebenan ihre frisch geerntete Rote Bete eingemacht hat. Legen wir los, Aileen! Es gibt viel zu tun!»

«Aber –»

«Was, aber?» Shona blinzelte ungeduldig, sie war bereits aufgestanden.

«Das – das geht doch nicht! Ich kann doch nicht einfach ein neues Haus kaufen, zack, als wäre es ein Paar Schuhe! Ich muss erst Joe anrufen!»

Oh. Ja. Klar. Natürlich. Den hatte Shona ganz vergessen. «Okay. Ruf ihn an. Erzähl's ihm. Hurra, wunderschönes neues Haus! Freu dich, Joe, freu dich, Finn, das ist ein Glückstag, Jungs!»

«Und – und dann noch die Geldfrage. Ich müsste eine Anzahlung leisten. Zehn Prozent, sagt M. Delatre.»

«Ja. Klar musst du das. Das ist normal … aber wir werden natürlich feilschen müssen, um den Preis vielleicht noch um ein paar Tausend zu drücken.»

«Vielleicht … aber es ist immer noch viel Geld. So viel habe ich nicht gerade in der Handtasche dabei.»

Oh. «Nun ja, nein, natürlich nicht. Du wirst es überweisen müssen … Aileen, du hast doch Rücklagen, oder? Genug für eine Anzahlung? Ich meine, du hast das doch geplant, du dürftest doch was gespart haben?»

Aileen nickte. «Ja. Ein wenig.»

«Ein wenig? Was soll das heißen, ein *wenig*?»

Fast schuldbewusst zuckte Aileen zurück. «Das heißt, dass – dass Joe und ich zusammen seit Jahren sparen, für – für Finns Studium. Wir dachten, es würden alle möglichen Ausgaben auf uns zukommen, wir dachten, er – er würde studieren. Als es nicht so kam – na ja, da haben wir das Geld einfach auf der Bank gelassen, für Notfälle … und da liegt es immer noch. Für die Anzahlung dürfte es reichen. Das muss ich mit Joe besprechen.»

Shona überlegte kurz. «Verstehe. Das heißt, du kommst nur mit seinem Einverständnis an das Geld?»

«Ja. Es ist ein gemeinsames Konto. Und dann muss er auch in den Verkauf unseres Hauses in Irland einwilligen, um den Rest zu bezahlen, wenn der Kauf abgeschlossen wird.»

Shona schürzte die Lippen, hielt ihr das Handy hin. «Hier. Dann redest du besser sofort mit ihm. Ich werde währenddessen mit M. Delatre feilschen und sehen, ob ich den Angebotspreis noch ein wenig drücken kann.»

Aileen nahm das Handy von Shona in Empfang, die sofort davoneilte. Verzagt schaute sie es an. Sie kam sich vor wie eine Schülerin, die sich wappnet, dem Lehrer zu beichten, dass sie es war, die das Chemielabor in Brand gesteckt hat.

«O Joe … o bitte! Bitte, bitte, bitte! Es ist hinreißend, das verspreche ich dir! Du wirst absolut begeistert sein – nimm dir ein paar Tage frei und komm mit dem nächsten Flug her. Du musst dir dieses Haus ansehen. Warne schon mal die Bank vor, sag ihnen, sie sollen das Geld bereithalten – wenn du dich beeilst, können wir dich heute Abend am Flughafen von Carcassonne abholen.»

Joe Hegarty stand im Büro des Geschäftsführers, dem einzigen Ort, wo man private Anrufe entgegennehmen konnte, und starrte durch die Glaswand, oben auf einer Empore, von der aus der gesamte Eisenwarenladen zu überblicken war. Unten wimmelte es von vorweihnachtlichen Kunden. In seinem braunen Overall mit dem roten Logo auf dem Rücken war ihm auf einmal sehr warm. Er empfand das Bedürfnis, nach dem, was Aileen ihm gerade aus tausend Meilen Entfernung ins Ohr geplärrt hatte, nach draußen an die frische Luft zu gehen. Seine Frau – es ließ sich nicht länger bestreiten – hatte Probleme mit ihrem Geisteszustand. Gerade, als ihr verrücktes Projekt sich in Wohlgefallen aufzulösen schien, als sie schon unverrichteter Dinge zurückkommen wollte – das.

«Kommt gar nicht infrage. Wir haben hier alle Hände voll zu tun, ich könnte mir nicht mal eine Stunde, geschweige denn ein ‹paar Tage› freinehmen, selbst wenn ich wollte. Und ich will nicht.»

«Aber es ist *wunderschön*, Joe! Es ist perfekt!»

«Aileen. Es ist in Frankreich. Wir leben hier. In Irland.»

«Das ist das Nächste. Schnapp dir die Gelben Seiten und such ein paar Immobilienmakler raus, ruf sie an, lass unser Haus auf den Markt bringen.»

«Aileen. Bitte.» Er seufzte, aufgebracht und entnervt. «Hör mal zu –»

«Joe, wenn wir nicht schnell machen, entgeht es uns! Dieses Haus verkauft sich im Handumdrehen! Du solltest es sehen – du wirst es sehen, wenn –»

Unten im Verkaufsraum sah Joe seinen Kollegen Larry, der ihm ungeduldig zuwinkte und auf die Uhr tippte. Die Lieferung schnurloser Bohrmaschinen war noch nicht eingetroffen, jemand müsste dringend beim Lieferanten anrufen und der Sache auf den Grund gehen.

«Aileen, ich muss Schluss machen. Also fasse ich mich kurz. Ich fliege nicht nach Frankreich. Ich verkaufe unser Haus nicht. Ich hebe nicht unser Erspartes von der Bank ab oder schicke es sonst wohin. Kapiert?»

«Aber Joe – o Gott, du verstehst mich nicht –»

«Nein, ich verstehe dich nicht. Überhaupt nicht. Aber ich hoffe, du verstehst mich. Nein. N-E-I-N.»

«*Joe* –»

«Nein! Wiedersehen!»

Niedergeschmettert, mit einem Gefühl, als hätte Joe ihr eine Ohrfeige verpasst, beendete Aileen das Telefonat und stand kurz unschlüssig da. Dann zog sie sich ihre Jacke über und stapfte langsam quer durch den Garten, um es Shona zu berichten, die dort lebhaft gestikulierend auf M. Delatre einredete. Die beiden erweckten – ihrem Tonfall, ihren Gesten nach – ganz den Eindruck, als wäre der Kauf bereits perfekt, als ginge es nur noch um Detailfragen. Aileen blieb kurz stehen und schaute sie an, während sie sich fragte, wie Shona diese Hiobsbotschaft wohl aufnehmen würde. Sie hatte sich so für die Sache engagiert, solche Mühen auf sich genommen, dass sie jetzt beinahe schon ein Teil davon war.

Wobei, dachte sie, keiner mehr am Boden zerstört sein könnte als ich. Ich dachte wirklich … ich war mir so sicher … vielleicht lenkt Joe ja doch noch ein, wenn ich ihn mir zu Hause richtig vorknöpfe, aber bis dahin wird Le Mas des Cigales fast sicher verkauft sein. Nach allem, was wir durchgemacht haben, kann ich es nicht ertragen, es jetzt zu verlieren. Ich kann es einfach nicht ertragen.

Aber ich kenne Joe. Ich kenne diese Stimme, diesen Tonfall, bei dem jede Widerrede zwecklos ist. Er sagt selten nein, aber wenn er es sagt, meint er es ernst. Er schaltet auf stur, ebenso gut könnte man versuchen, ein Maultier durch gutes Zureden umzustimmen.

Wenn ich doch nur an das Geld herankäme, dann würde ich es ohne Rücksicht auf Verluste tun. Ich würde die Anzahlung leisten und mir um die Folgen später Gedanken machen. Ich würde ihn hierher schleifen, damit er sich selbst ein Bild macht, damit er versteht ... und am Ende einwilligt. Aber das Geld gehört ihm genauso wie mir, ohne ihn bekomme ich es nicht in die Finger. Himmel, ich könnte heulen! Ich könnte losbrüllen, mich hier auf den Rasen werfen und weinen. Nur würde das nichts bringen, rein gar nichts ändern, oder? Ich stecke fest. Gerade jetzt, wo ich in allerletzter Minute gefunden habe, was ich mir so lange gewünscht habe, wird mir ein Strich durch die Rechnung gemacht, alles vereitelt, sabotiert.

M. Delatre wandte ihr fragend den Blick zu, als sie langsam auf ihn zukam, Shona ebenfalls. Ihnen bot sich ein Bild des Jammers: Aileen hatte die Hände in den Taschen vergraben und ließ den Kopf hängen. Worte erübrigten sich, ihr Misserfolg war nicht zu übersehen.

Shona ergriff als Erste das Wort, beinahe wie um die schlechte Nachricht aufzuschieben. «Tolle Neuigkeiten. M. Delatre glaubt, die Besitzer könnten noch mit sich reden lassen – nicht allzu sehr, aber fünftausend gehen sie beim Preis vielleicht noch runter. Natürlich habe ich ihn darauf hingewiesen, dass wir erst nach dem Gutachten eines Sachverständigen ins Geschäft kommen. Man wäre schön blöd, in diesem Teil der Welt ein zweihundert Jahre altes Haus zu kaufen, ohne es erst auf Feuchtigkeit, Hausschwamm und Termiten prüfen zu lassen.»

Aileen brachte kaum ein Flüstern zustande. «Shona. Könnte ich – könnten wir kurz ein Wörtchen allein wechseln?»

M. Delatre begab sich höflich nickend außer Hörweite, um taktvoll die Fensterrahmen zu inspizieren. Aileen holte tief Luft. «Shona, Joe – Joe will nicht. Will nichts davon hören. Ich habe ihn in einem wirklich ungünstigen Moment erwischt, er hatte gerade viel zu tun, und er – er hat sich rundheraus geweigert. Ich – ich komme nicht an das Geld heran.»

«Du lieber Himmel.» Shona stieß hörbar getroffen die Luft aus.

«Tut mir Leid. Tut mir wirklich Leid. Ich war mir so sicher … so sicher, dass er hierher kommen und es sich wenigstens ansehen würde, mit einem Bankwechsel in der Tasche, nur für den Fall, dass ich Recht hätte und es ihm tatsächlich gefiele. Aber er will nicht mal herkommen, um es sich anzuschauen. Nachdem ich dich diesen ganzen Weg hergeschleift habe … nicht nur einmal, *zwei*mal … kann ich dir gar nicht sagen, wie schrecklich ich mich fühle.»

«Ja.» Shona musterte sie, sah, dass das Leuchten in ihren Augen erloschen war, und konnte sich genau in Aileen hineinversetzen. Joes Weigerung war mehr als nur frustrierend; sie war ein Symbol. Mit der Bedeutung: «Nein, hier sind wir nicht einer Meinung. Nein, ich will nichts zu tun haben mit deinem Vorhaben, unsere Familie zu verpflanzen, sie zu verändern, ihr zu helfen.» Es war ein trauriger und ernster Moment in der Ehe der Hegartys. Während Shona ihn in seiner ganzen Tragweite zu erfassen suchte, stand sie ein Weilchen schweigend da und stocherte mit der Schuhspitze im Rasen herum.

Schließlich verzog Aileen das Gesicht und fand mühsam ihre Stimme. «Also kann ich … nach dem ganzen weiten Weg … nicht weiter. Ich kann Le Mas des Cigales nicht kaufen. Gehen wir besser gleich zu M. Delatre und sagen es ihm, bringen wir es hinter uns.»

«Nein.» Shona hob die Hand auf ihre typische Art, wie um Verkehr zu stoppen. «Noch nicht. Etwas Geduld, Aileen, nur ein paar Minuten ... ich überlege gerade wie verrückt.»

Aileen wollte nicht einleuchten, was es da noch zu überlegen gab. Außer nach Irland zu fliegen, Joe mit Gewalt zu verschleppen und hierher zu bringen, gab es keine Möglichkeit, ihm Le Mas vor Augen zu führen, damit er Vernunft annahm. Sie war eine verheiratete Frau. Im Gegensatz zu Shona konnte sie nicht einfach tun, was sie wollte, ihre eigenen unabhängigen Entscheidungen treffen. Andere Menschen hatten auch ein Recht, hatten Ansprüche auf ihr Leben, ihre Zeit, ihr Geld. Sie konnte nicht eigenmächtig handeln.

Das federleichte Gefühl, das sie noch vor kurzem beflügelt hatte, war einer bleiernen Schwere gewichen, und sie ließ sich wieder auf die Gartenbank sinken, während Shona im Kreis herumschritt, zum Haus hinaufsah, ein Stück zurücktrat, es dann einmal ganz umrundete, leise murmelnd wieder zurückkam und schließlich auf halbem Weg zwischen der *gîte* und dem Haus stehen blieb, den Blick hinaus ins Tal gerichtet, hinab auf das Dorf mit seinem Kirchturm. Sie schwiegen beide. Und dann fuhr Shona herum.

«Weißt du was? Ich werde die *gîte* kaufen.»

Sie strahlte vor Eifer, während Aileen vollkommen verständnislos dreinblickte. Als hätte sie nichts gehört, als wären Shonas Worte über sie hinweggesegelt. Shona kam ungeduldig einen Schritt auf sie zu. «Hast du gehört? Hörst du zu? Ich habe gesagt, ich werde die *gîte* kaufen. Falls du einverstanden bist.»

Aileens Mund ging auf. Nichts kam heraus. Shona wurde energisch. «Aileen! Willst du, dass ich das mache, oder nicht? Aufwachen, denk nach, wir haben nicht den ganzen Tag Zeit.»

«Du … du willst die *gîte* kaufen?» Benommen starrte Aileen sie an, fast wie gelähmt, wie es Shona schien.

«Ja! Es ist eine süße kleine *gîte*, ich finde sie allerliebst und könnte drin wohnen! Im Urlaub herkommen, ohne bei dir ein Zimmer zu belegen. Das ist ein grandioser Plan, ich bin ein Genie! Also sag ja!»

«Aber – aber Shona – wann immer du herkommen wolltest, würdest du doch sowieso kostenlos bei mir wohnen – ich kann doch nie wieder gutmachen, was du alles getan hast –»

«Aileen, du kannst dir gar nicht erlauben, mir ein Zimmer im Haupthaus zu überlassen. Das ist deine Pension, die muss sich rentieren, für Freunde bleibt da kein Platz. Also werde ich dir dieses separate Apartment für zehn Prozent vom Gesamtpreis abkaufen. Zweiundzwanzigtausend. So viel habe ich auf dem Sparbuch, ich kann meine Bank jetzt gleich anrufen. Sind zehn Prozent fair, was meinst du?»

«Aber –»

«Wenn ich es nicht nutze, kann ich es vermieten. In der Nachsaison können deine Mutter oder Schwester es umsonst nutzen. Dann können die dich auch besuchen, ohne dir im Weg zu sein, ohne Platz zu beanspruchen, den du für zahlende Gäste benötigst.»

«Aber –»

«Aileen, wenn du das noch einmal sagst, sehe ich mich gezwungen, dir eine Ohrfeige zu verpassen. Erst mal gehe ich ein Ründchen spazieren. Runter ins Dorf und wieder zurück. Eine halbe Stunde. Wenn ich wiederkomme, teilst du mir deine Entscheidung mit. In Ordnung?»

Sprach's und spazierte davon durchs Gras, hinüber zu M. Delatre, dem sie, scheinbar bester Dinge, zuträllerte: «M. Delatre, gehen wir einen Kaffee trinken!»

Aileen saß gedankenverloren auf ihrer Bank, in stillem Zwiegespräch mit dem Haus, das, sie spürte es, eine Seele hatte. Es sprach zu ihr. Es erklärte ihr, dass Gott ihr seinen persönlichen Sendboten geschickt hatte, in Gestalt Shona Fitzpatricks, um sie zu retten, wofür sie sehr, sehr dankbar sein sollte. Sie sollte zur Vernunft kommen, Shona nachrennen und «Ja!» schreien, ehe sie beide es sich noch anders überlegten. Sie sollte vor Dankbarkeit einen Kniefall machen.

Den machte sie auch, im übertragenen Sinn, wenn sie sich Shonas «grandiosen Plan» durch den Kopf gehen ließ, bei dem ihr vor Freude ganz schwindelig wurde. Wäre es allein ihre Entscheidung, würde sie jetzt sofort unter Gejubel den Hügel hinabjagen, zugreifen, unterschreiben und es auf der Stelle besiegeln.

Aber ... Joe. Liebe Güte. Was würde Joe wohl sagen, wenn sie nach dieser Schandtat heimkehrte, nachdem Shona die Anzahlung geleistet hätte und fortan Mitbesitzerin des Anwesens wäre? Würde er einlenken, würde er sich umstimmen lassen, oder – oder würde er kurzerhand die Scheidung einreichen? Sie könnte es ihm kein bisschen verübeln. Es war absolut ungeheuerlich, über Shonas Vorschlag ohne seine Zustimmung auch nur nachzudenken, geschweige denn ihn in die Tat umzusetzen. Bei ihrer Heimkehr nach Galway würde es deswegen, wie Dymps zu sagen pflegte, «ans Eingemachte» gehen, ihre Ehe stünde auf dem Spiel.

Und wenn er nicht einlenkte, was zum Henker sollte sie dann tun? Mit einem Haus, das Shona Fitzpatrick angezahlt hätte? Sie könnte den Kauf nicht abschließen und auch die zweiundzwanzigtausend nicht rückerstatten; sie müssten die Sache komplett sausen lassen, und Shona sähe ihr Geld nie wieder. Geld, das sie, Aileen, dann für den Rest ihres Lebens abzustottern versuchen würde. Während sie in Galway mit einem Mann zusammenlebte, gegen den sie einen ewigen Groll hätte – oder auch ganz ohne Mann, wenn Joe auf und davon wäre.

Das ist das Risiko, dachte sie. Ich riskiere nicht nur, Shonas Geld zu verlieren, sondern auch meinen Mann. Darauf läuft es hinaus: lauter ruinierte Leben. Ich kann Shona für ihr Angebot gar nicht genug danken, aber die Antwort lautet nein. Das kann ich nicht annehmen, ich darf nicht einmal weiter darüber nachdenken. Himmel, wenn sie nun vor Gericht unterliegt, ohne Job dasteht und dann kein Geld hat, wenn sie es dringend braucht! Ist mir unbegreiflich, was in sie gefahren ist. Würde sie ihren Urlaub wirklich gern hier verbringen? Oder denkt sie nur geschäftsmäßig, hält sie die *gîte* für eine lohnende kleine Investition?

Aber Joe würde toben wie ein Irrer. Schäumen, mich verlassen! Was absolut nicht Sinn der Sache ist. Na schön, in unserer Beziehung herrscht derzeit nicht gerade eitel Sonnenschein, aber das ist eben eine schwierige Phase, die wir gemeinsam durchstehen müssen. Eigentlich ist er doch ein guter Mann, wir sind seit über zwanzig Jahren zusammen, und – und ich liebe ihn. Er ist Hazels Vater, und Finns. Das kann ich ihm nicht antun.

Ach, nein. Es zerreißt mir das Herz, es bringt mich fast um, auf Le Mas des Cigales zu verzichten, aber die Antwort, wie Joe selbst sagte, lautet nein. N-E-I-N.

Shona war nicht nach einer halben Stunde zurück. Mehr als eine Stunde verging, Aileen saß weiter auf der Gartenbank und betrachtete mit Tränen in den Augen das Haus. «Le mas des cigales» murmelte sie langsam und ließ sich die Worte auf der Zunge zergehen wie den Geschmack einer unbekannten Frucht. Was für ein schöner, passender Name.

Zikaden bevölkerten tatsächlich den gesamten, kräuterduftenden Hügel. Mit ihrem regelmäßigen, flirrenden Zirpen ließen sie die warme Luft vibrieren und hüllten Aileen mit ihrem hypnotischen Gesang in eine Atmosphäre aus Gleichmaß und Frieden. Es war ihr, als könne sie der Gegenwart mit all ihren ungelösten Problemen einfach davonschweben. M. Delatre hatte das Haus noch nicht wieder zugeschlossen, sie hätte also noch einmal hineingehen, noch einmal seine Zimmer durchstreifen können, ganz allein, sich ein letztes Mal an ihnen erfreuen, den Duft der gelben Rosen einatmen können, die sie ihr Leben lang an diesen bittersüßen Tag erinnern würden. Den Tag, an dem sie ihrem Traum Adieu sagen musste, aber eine Freundin fürs Leben gewann. Als sie mit Shona Fitzpatrick diese Reise antrat, hätte sie ihr alles, was sie seither getan hatte, nie zugetraut. Taten, die ihr das Herz wärmten und ihre Freundschaft besiegelten. Auch die förmliche Anrede hatte übergangslos dem vertrauten Du Platz gemacht, das viel besser zu ihrer mittlerweile so herzlichen Beziehung passte.

Das zumindest, dachte sie, nehme ich also von dieser ersten – und einzigen? – Reise nach Frankreich mit. Ich habe eine wahre Freundin gewonnen. Vielleicht sollte es ja so kommen, letzten Endes. Allein deswegen bin ich froh, hergekommen zu sein. Ich bin sehr froh, dass wir das gemacht haben.

Aber wo steckt sie denn? Was treibt sie? Schaut sich im Dorf um, vermutlich, isst vielleicht mit M. Delatre zu Mittag, lässt mich aus Taktgefühl ein Weilchen allein, damit ich mich zusammenreiße. Tja, dann sollte ich das mal besser tun. Sie hat keinen Bedarf daran, dass ich ihr den ganzen Weg nach Cherbourg die Ohren volljammere – oje, *wieder* den weiten Weg nach Cherbourg!

Aileen graute schon bei dem Gedanken. Sie stand auf,

durchstreifte einmal komplett den weitläufigen Garten und fotografierte Bäume und Blumen, Dorf und Tal, Haus und *gîte* mit der Einwegkamera, die sie gekauft hatte. Die Fotos pinne ich an die Küchenwand, dachte sie, und Joe wird sie sich jeden Tag anschauen müssen, bis … nein. Mach dir nichts vor, Aileen. Das wird nicht passieren.

Schließlich, nach fast zwei Stunden, hörte sie Schritte. Es war Shona, die allein und fröhlich winkend den Hügel hinaufkam. «Hi, bin wieder da!»

«Wo ist M. Delatre? Ihr wart so lange fort, ich dachte schon, du wärst mit ihm durchgebrannt.»

«Ha! Hätte er wohl gern. Wir haben bloß geplaudert, ein paar Kaffee getrunken, dann musste er schnell los, weil er um zwei einen Termin hatte. Aber um drei kommt er wieder her und holt uns ab. Und – hast du über meinen Vorschlag nachgedacht?»

Aileen nickte, tapfer bemüht, ihre trübe Stimmung zu überspielen und Shona die gefasste Miene zu zeigen, die sie zu Recht erwarten durfte. «Ja. Habe ich. Es war eine wunderbare Idee, und ich hätte dich mit Vergnügen beim Wort genommen … aber es geht nicht. Mal davon abgesehen, dass ich nicht recht weiß, warum du das tun wolltest, Sho, kann ich das nicht riskieren. Wenn Joe nicht einlenkt, was tun wir dann? Du hättest ein Haus angezahlt, das ich dann nicht kaufen könnte. Das Ganze würde in einem furchtbaren Schlamassel enden.»

Unvermutet nickte Shona ganz heiter. «Ja. Stimmt. Ich habe noch ein wenig darüber nachgedacht, es mit M. Delatre durchgesprochen … und jetzt habe ich einen anderen Plan. Viel besser.»

Aileen erstarrte. «Nein. Shona, was es auch sein mag, ich will es nicht mal hören. Lassen wir das, vergessen wir die ganze Sache.»

Shona ließ grinsend den Blick umherschweifen. «Tut mir Leid. Du sitzt hier mit mir fest. Du wirst es dir anhören müssen. Wappnen Sie sich, Gnädigste!»

Aileen hielt sich die Ohren zu, aber Shona pflückte ihre Hände ab und drückte sie wieder hinunter auf die Bank. «Okay. Hör zu und unterbrich mich gefälligst nicht. Ich habe mir Folgendes überlegt. Ich werde Le Mas des Cigales kaufen. Nicht nur die *gîte*, sondern das ganze Anwesen.»

Aileen schlug die Hand vor den Mund. Shona redete weiter. «Es ist eine tolle Investition, Aileen. Ich habe mir alles genau überlegt. Für die Anzahlung habe ich schon genug, den Rest borge ich mir von der Bank, nehme eine Hypothek auf oder besorge mir Risikokapital. Das ich dann abzahle, indem ich das Haus als Pension führe, ganz wie geplant. Und jetzt kommst du ins Spiel. Ich lasse dir die Wahl. Entweder willst du mit der ganzen Idee nichts zu tun haben, dann werde ich jemand anderen dafür engagieren, oder du führst die Pension für mich. Wenn Joe das Haus in Irland nicht verkaufen oder seinen Job nicht aufgeben will, überrede ihn zu einem Kompromiss. Vermietet euer Haus ein Jahr lang, er soll sich beurlauben lassen, und dann kommt hierher. Führt meine Pension für mich, seht zu, wie es so läuft, und entscheidet dann, ob ihr – beide – weiter bleiben wollt. Was sagst du dazu?»

Aileen hatte das Gefühl, ihr Hals stünde in Flammen. «Shona», krächzte sie, «ausgeschlossen. Du kannst nicht Le Mas des Cigales kaufen, bloß weil Aileen Hegarty es gern hätte.»

«Ich kaufe es nicht, weil du es gern hättest. Ich kaufe es, weil es mir prächtig gefällt und weil es eine aussichtsreiche Gelegenheit ist, Geld zu machen. Wenn es gut geführt wird – und ich weiß ja, wie gut du deine Pension in Irland führst –, müsste es schon im ersten Jahr wenigstens die

Kosten eingebracht haben. Ich erwarte nicht sofort Gewinn. Bloß genug zur Abzahlung der Hypothek und Deckung der Kosten. Dich eingeschlossen.»

«M – mich?»

«Ja. Dich und Joe. Ihr müsst doch von irgendwas leben! Falls ihr damit so viel hereinholt, bin ich schon sehr glücklich. Dann, nach einem Jahr, kannst du mir sagen, ob du weitermachen willst. Falls ja, gebe ich euch die Möglichkeit, mich auszuzahlen, unter der Bedingung, dass ich die *gîte* behalte – die Dymps und Tess jederzeit nutzen können. Falls nicht, hole ich jemand anderen, um die Pension von da an weiterzuführen ... vielleicht jemanden aus Irland, der hier gern ein Weilchen leben würde. Hört sich das fair an?»

Aileen war sprachlos. Shona sah sie forschend an und blickte dann zum Haus. Zusammen, das stand fest, könnten sie es schaffen. Aileen bekäme ihre Chance, während sie, Shona, eine Immobilie besäße, die sich hervorragend wieder abstoßen ließe, sollte das je erforderlich sein. Im Moment aber lag ihr nichts ferner, denn auch sie hatte sich in Le Mas des Cigales verliebt. Falls es nur seine Kosten deckte, seinen Wert hielt und ihr ermöglichte, diese hinreißende kleine *gîte* zu behalten ... tja. Wow! Wie ihre Mutter nicht müde wurde zu betonen, Immobilien waren eine vorzügliche Investition. Und Touristen, wie M. Delatre vor kaum einer Stunde gesagt hatte, entdeckten das Languedoc peu à peu. Als erschwinglichere, weniger überlaufene Alternative zur Provence erfreute er sich wachsender Beliebtheit. Aileen dürfte also mühelos Gäste für die vier Doppelzimmer von Le Mas finden.

Vorausgesetzt natürlich, sie erlitt nicht den Herzinfarkt, nach dem sie momentan aussah.

«Aileen? Du darfst jetzt reden, ich bin fertig mit meiner Ansprache ... ist das nun genial oder nicht?»

Ersticktes Nicken. Kramen in der Tasche nach einem Taschentuch. Dumpfes Murmeln.

«Ist das ein Ja?»

Tränenfluten. Aileen war machtlos dagegen; sie war überwältigt. Ihr war genauso zumute wie damals, als ein Arzt ihr eröffnet hatte, eine Zyste sei gutartig: als bekäme sie ihr Leben zurück, nagelneu, um damit ganz nach Belieben fortzufahren.

Und Joe ... Joe, das sagte ihr eine jähe Eingebung, würde mitmachen. Dazu wäre er bereit, ihr zuliebe. Er würde sich weigern, ihr Haus zu verkaufen, aber nicht, es zu vermieten. Er würde sich weigern, seinem Job Lebewohl zu sagen, aber auf eine einjährige Auszeit würde er sich einlassen. Genau darauf lief eine Ehe hinaus: Kompromisse eingehen, in Shonas Worten.

Sie hüllte sich in vorsichtiges Schweigen. Ein paar Minuten lang, während sie im Geist hektisch nach möglichen Problemen suchte. Aber nur harmlose Kleinigkeiten fielen ihr ein – Möbel? Ein Auto? Steuern, Betriebskosten? Den Kram müssten sie gemeinsam klären, alles von vornherein genau festlegen. Aber Shona, das wusste sie, würde so fair und ehrlich sein, wie sie selbst es wäre.

Schließlich tupfte sie sich die Augen ab und hob den Kopf. «Bist du – bist du sicher, Shona? Kannst du mir auf einen Stapel Bibeln schwören, dass du dieses Haus wirklich um seiner selbst willen liebst? Dass du es ehrlich für eine gute Investition hältst, bei der du alles in allem nicht einen Cent verlierst?»

«Ja.» Nachdenklich ließ Shona sich neben ihr auf der Bank nieder, ihr Blick schweifte an den verblichenen, nur noch blassblauen Mauern des alten Hauses vorbei.

«Weißt du was, Aileen ... schau mal die Bäume da unten am Hügel ... sind zwar kahl jetzt, aber ich bin mir fast sicher, es sind Zitrusbäume. Apfelsinen. Du wirst deinen Gästen im Sommer frisch gepressten Saft servieren können.»

Am nächsten Tag stand Aileen mit angehaltenem Atem reglos im Maklerbüro dabei, während Shona die vorläufigen Kaufbriefe für Le Mas des Cigales unterschrieb. Insgesamt drei Monate würde der Abschluss des Handels in Anspruch nehmen, und jetzt schon presste Shonas Bank in Irland sie aus, berechnete ein Vermögen für die Überweisung der Anzahlung nach Frankreich. Gauner, dachte Aileen zornig, Drecksgauner! Und dann: Hoffentlich klappt alles. Für uns alle, reibungslos … das geht plötzlich so schnell, man bekommt es richtig mit der Angst zu tun.

Shona erhob sich ruhig, schüttelte M. Delatre die Hand und ließ sich erklären, wie es weitergehen würde: Im Februar stünde eine letzte, förmliche Unterzeichnung von ungefähr zehn Milliarden Dokumenten an, im Beisein der Besitzer und diverser Anwälte. «Und dann», gluckste sie schelmisch, «lassen wir die Sektkorken knallen? Feiern wie die Wilden?»

M. Delatre, der weniger der wilde Typ zu sein schien, lächelte vorsichtig. Bei einem so ernsten Anlass machten Klienten normalerweise keine Witze. Insgeheim fragte er sich, ob die Iren vielleicht ein wenig verschroben waren, und nannte Shona einen Anwalt, den er ihr empfehlen würde. «Toll», sprudelte sie, «dann habe ich Ihr Wort darauf, dass auf den Burschen Verlass ist?»

M. Delatre schien entgeistert. «Oh, aber selbstverständlich, Madame, ich versichere Ihnen … hoch angesehen … langjährige Erfahrung …»

Shona lachte. «Ja. Klar. Zeigen Sie mir einen Anwalt, der nicht aufs schnelle Geld aus ist, Jérôme, und ich führe Sie ins Gelobte Land.»

Jérôme? Sie nannte ihn beim Vornamen? Und es kam noch schlimmer.

«Sie wüssten nicht zufällig eine Möglichkeit, wo wir ein paar Gartenmöbel abstellen können? Einen Tisch, vier Stühle und zwei Übertöpfe?» Sie zeigte ihr bezauberndstes Lächeln, das M. Delatre so überrumpelte, dass er über das Problem nachsann.

«Hmm … nun ja, das ist äußerst ungewöhnlich …»

«Die haben wir gekauft, Jérôme. Für unseren Wohnsitz in Frankreich. Ein alter Schuppen reicht vollkommen, eine Garage, eine Scheune, ganz egal.»

«Ich … äh … na schön. Stellen Sie sie bei mir ab, hinten im Hof, dann werde ich … hm … zusehen, was ich machen kann.» Er wirkte ein wenig strapaziert, als er mit ihnen hinausging, ganz so, als müsse er sich gleich erst einmal kurz hinlegen. Aileen folgte Shona eilig zum Auto, lud die Sachen mit ihr aus und schleppte sie ums Haus herum in den Hof, wo M. Delatre die Möbel leicht ungläubig wirkend in eine Ecke räumte.

«Tausend Dank, Jérôme. Sehr lieb von Ihnen. Im Februar holen wir alles wieder ab.»

Aileen staunte über Shonas Unverfrorenheit und musste einen Lachkrampf unterdrücken. Sie packte sie am Ärmel und zerrte sie die Straße hinab, wo sie, sobald sie außer Sichtweite waren, in prustendes Gelächter ausbrachen. «Ach, war das spaßig!», japste Shona. «Die Franzosen sind so steif und förmlich, wie ich das liebe, sie aufzuziehen! Jetzt wollen wir uns das Dorf mal näher ansehen – ist ja schließlich nun unser Zuhause.»

Ja. Mit dem Interesse von Neubürgern kehrten sie nach Mézalas zurück und unternahmen einen Streifzug durch seine kopfsteingepflasterten Sträßchen: eine hohe alte Kirche aus Stein, ein winziger Lebensmittelladen, verlockende

Bäckereien, eine blitzsaubere Metzgerei. Außerdem zwei Restaurants, drei Arztpraxen, ein Friedhof, ein Eisenwarenladen, ein Rathaus, eine Schule und zwei Cafés, alles behaglich dösend im milden Sonnenschein. Auf dem großen Platz, wo ein Springbrunnen plätscherte, spendeten zahlreiche Platanen einem sandigen Streifen Schatten, wo ein Grüppchen Männer gemächlich und mit Hingabe Boule spielte. Aileen lächelte.

«Ich muss Joe wohl eine blaue Baskenmütze besorgen.»

«Ganz bestimmt. Er wird sich pudelwohl fühlen hier … wenn du es ihm erzählst.»

Nach langem, mühseligem Hin und Her hatte Aileen sich entschieden, Joe erst bei ihrer Heimkehr einzuweihen. So etwas ging einfach nicht übers Telefon; sie musste sich mit Joe hinsetzen und ihm die Neuigkeit beibringen, wenn er weder gehetzt noch müde war. Eifrig fotografierte sie alles, was ihr vor die Linse kam. Zum Glück schien die Sonne: Das Dörfchen Mézalas sah äußerst einladend aus.

Genau wie das Café gegenüber, denn ihr Blut schien irgendwie in Aufruhr, ihr war ein wenig schwindelig.

«Shona, trinken wir einen – wie heißt das nochmal? Milchkaffee?»

«*Un café crème*. Bis wir zu Hause sind, wirst du das perfekt draufhaben, und noch haufenweise andere Wörter.»

Zu Hause. Bei dem Gedanken wurde Aileen unvermutet warm ums Herz, sie freute sich fast schon, die weite Heimreise anzutreten. So faszinierend und ereignisreich Frankreich auch gewesen war, plötzlich sehnte sie sich danach, ihre Familie wiederzusehen, in ihrem eigenen Bett zu schlafen, in ihrer eigenen Küche zu essen, es sich am Kamin bequem zu machen und Joe die ganze, außerordentliche Geschichte zu erzählen. Und Tessie auch, und Dymps … die würden staunen, wenn sie erfuhren, dass Shona Fitzpatrick ein Haus kaufte, und erleichtert sein, dass Aileen Hegarty das nicht tat. Noch nicht jedenfalls, vorläufig nicht. Was ihnen wie eine aufgeschobene Hinrichtung vorkommen würde.

Shona ließ sie den Kaffee bestellen. Sie scheiterte grandios und war selbst entsetzt, wie schlimm sie den einfachen Satz vermasselte.

«Aber ich lerne es», beteuerte sie, «versprochen ... ich werde alles lernen, was ich zum Leben hier brauche.»

Shona trank ein Schlückchen und lächelte. «Ja – auf die harte Tour vermutlich! In meinem Sommer als Au-pair-Mädchen kam ich mir vor wie auf einem anderen Stern. Alles schien so anders, so steif ... die Franzosen sind herzensgute Leute, wenn man sie näher kennen lernt, aber das dauert ewig, weil sie nicht unbedingt aufgeschlossen sind. Glaub nicht, dass die Nachbarn dir mit Kuchen und Blumen die Türe einrennen, du wirst auf sie zugehen müssen, ein paar Vereinen beitreten oder so, wenn du Leute kennen lernen willst. Die ersten zehn Jahre sind wahrscheinlich die schwersten! Abends, außer im Sommer, heißt es, Licht aus und früh zu Bett.»

Früh zu Bett ... das wäre allerdings mal etwas Neues für Joe. Tatsächlich wäre das auch für die Ehe der Hegartys mal etwas Neues, und zwar nicht unbedingt etwas Abträgliches, dachte Aileen – allerdings würde sie sich hüten, Joe auf diesen Aspekt des Lebens in Frankreich hinzuweisen. Sollte er erst mal herkommen und vergeblich seinen Pub und seine Tresenkumpels suchen. Wenn die nirgends zu finden wären, nun, dann hätte er doch ein reizendes neues Zuhause, wo er hinkönnte, und seine reizende, ein wenig vernachlässigte Frau. Selbst wenn das Projekt scheiterte, wenn sie nach einem Jahr nach Irland zurückkehrten, wenigstens hätten Mr. und Mrs. Hegarty bis dahin ein wenig Matratzengymnastik absolviert. Joe bliebe keine Wahl, als sich ihr zuzuwenden, in Ermangelung Dave Dohertys – der, entschied sie, als Gast auf gar keinen Fall willkommen wäre. Dave Doherty war, wie ihre Mutter es nannte, ein schlechter Einfluss.

Sie tranken aus und machten sich auf den Weg zum Auto, um endlich die Rückfahrt nach Irland anzutreten. Beim Einsteigen drehte Aileen sich um und musterte noch einmal dieses Dorf, das bald ihre Heimat wäre, und Shona startete den Motor. «Fahren wir noch einmal zu Le Mas, für einen allerletzten Blick … Menschenskind, unfassbar, dass ich es gekauft habe, es kaufe! Habe ich wirklich diese Dokumente unterschrieben?»

«Ja», sagte Aileen fest, «hast du. Du bist plemplem, und ich – ich bin überglücklich!»

Auf der Heimfahrt nach Irland unterhielten sie sich ohne Punkt und Komma über alles, was sie getan hatten, taten und tun würden. Während Shona fuhr, stellte Aileen auf Zetteln Berechnungen an, wer was bezahlen und beitragen würde. Wenn sie ihr Haus vermieteten, schätzte sie, hätten sie und Joe beinahe genug zum Leben. Sie bräuchten nur einen kleinen Teil der Pensionseinkünfte abzuzweigen und könnten mit dem Rest Shonas Hypothek auf Le Mas abbezahlen.

«Das heißt, vorausgesetzt, ich habe von Anfang Mai bis Ende Oktober ein volles Haus und in den anderen Monaten wenigstens die Hälfte der Zimmer belegt.»

«Keine Frage. Da setze ich volles Vertrauen in dich. Schließlich habe ich nicht umsonst jahrelang Pensionen inspiziert – deshalb habe ich dir immer so viele Touristen geschickt. Du hast dir hohe Ansprüche gestellt und die auch erfüllt. Das brauchst du hier nur beizubehalten.»

«Bei dir hört sich das so einfach an!»

«Weil es so einfach ist. Vertrau mir.»

«Ich vertraue dir ja. Ich habe viel über dich gelernt, Sho, seit wir zusammen aufgebrochen sind, und ich muss schon sagen, du bist in meiner Achtung gestiegen wie eine Rakete! Dabei hatte ich natürlich schon vorher viel für dich übrig! Und nicht bloß, weil du das Haus kaufst und mir diese wunderbare Chance bietest. Sondern weil – weil ich gar nicht wusste, wie spontan du sein kannst, wie optimistisch – obwohl ich immer noch nicht so genau weiß, warum du es tust.»

Shona schaltete einen Gang herunter und lächelte ein wenig gequält. «Aus vielen Gründen, Aileen. Manche sind rein finanzieller, praktischer Natur. Manche haben mit diesem schönen Land zu tun, das mich, seit ich vor achtzehn Jahren das erste Mal hier war, immer wieder verzaubert. Von jetzt an gehört mir ein kleines Stück davon, mit dem ich machen kann, was ich will. Der vielleicht allerwichtigste Grund aber ist – ist Brendan.»

Brendan? Aileen stutzte verwundert, den Stift in der Hand, und musterte Shona eingehend. «Aber – was hat der denn damit zu tun? Du hast doch scheinbar kaum an ihn gedacht, ihn schon seit Tagen nicht erwähnt –»

«Nein.» Langsam, gelassen schaltete Shona wieder einen Gang höher, ohne den Blick von der Straße zu nehmen. «Stimmt genau. Das ist der Punkt, Aileen. Ich habe seit Tagen kaum an ihn gedacht. Er hat Konkurrenz bekommen. Ich habe mich in Le Mas verliebt, es ist mein absolutes Traumhaus, und mehr. Wenn auch mein Traummann nicht mit inbegriffen ist, tja … besser ein halbes Brot als gar keins. Ich bin sogar ins Grübeln geraten, ob Brendan überhaupt – hm – der Richtige war. Weil ich letzte Nacht nicht von ihm geträumt habe. Sondern von meinem wunderbaren, wunderbaren Mas.»

Kapitel sechs

«Nur über meine Leiche.»

Joe wuchtete verbissen Holzscheite ins Feuer, wie um Aileen damit anzudeuten, dass ihrem Plan dasselbe blühen würde. Er wirkte müde, fand sie, nachdem er Finn drei Wochen lang überwacht hatte, ergebnislos, ohne Hinweise dafür zu finden, dass ihr Sohn irgendetwas mit Drogen zu tun hatte. Aber der Verdacht bestand trotzdem weiter und forderte sichtbar seinen Tribut. Obwohl sie gar nicht so lange fort gewesen war, kam es ihr so vor, als hätte Joes Haar sich weiter gelichtet, als wäre sein Hals ein Stück tiefer in die Schultern gesackt.

Und jetzt versuchte seine Frau, ihn zu entwurzeln, aus seinem Heim zu reißen, einem Heim, das gerade jetzt so warm, behaglich und einladend war. Ihr war klar, dass sie nicht schnell oder leicht gewinnen würde, aber davon, dass sie schließlich gewinnen würde, war sie einfach überzeugt. Erst aber würde er sich ausgiebig in die Brust werfen und sein Gesicht wahren wollen, denn wie alle Männer hatte Joe Hegarty seinen Stolz. Der Versuch heute Abend war ihr dritter.

«Ein Jahr. Es ist nicht lang genug, Joe, aber zu mehr konnte ich Shona nicht überreden. Wenn wir länger bleiben wollten, könntest du sie vielleicht herumkriegen … sie mag dich, weißt du.»

«Ach ja, wirklich?» Er richtete sich auf und klopfte sich die Hände sauber. Er kannte Shona doch kaum – nur als die attraktive Brünette vom Fremdenverkehrsbüro, die mit seiner vorübergehend übergeschnappten Frau nach Frankreich gefahren war. Und ihr dann dieses Haus vor der Nase weggeschnappt hatte. Was schon ziemlich ärgerlich war, auch wenn er gar nicht gewollt hatte, dass Aileen es kaufte.

«Hmm! Sie meint, leicht gebräunt könntest du richtig gut aussehen … jedenfalls, wie gesagt, es ist nur für ein Jahr. Gerade lang genug, um etwas Sonne zu tanken, Spaß zu haben und Finn von seinen – seinen Freunden loszueisen, wer sie auch sein mögen.»

Seine Kontakte. Das meinte sie in Wahrheit. Egal, ob er Drogen dealte oder nahm – falls überhaupt –, derlei Umtriebe würden Finn in einer neuen Umgebung wesentlich schwerer fallen, zumal er nicht einmal die Sprache konnte. Was der nächste Punkt war.

«Aileen, Herrgott nochmal, ich spreche kein Wort Französisch. Du übrigens auch nicht.»

«Nein. Aber das ändert sich bis Februar. Dann können wir genug, um uns durchzuschlagen.»

«Pf. Genug, um ein Brot zu kaufen, vielleicht, aber nicht, um uns mit Leuten zu unterhalten. Wir würden keine Menschenseele kennen. Nicht mal fernsehen wäre drin.»

«Wir können uns Kabel besorgen. *Sky Sports.* Habe ich in einem Café im Fernsehen laufen sehen, das dürftest du also auch bekommen.»

Verflixt. Wieder ein Argument abgeschmettert. Aber er hatte noch mehr Pfeile im Köcher. «Ich wäre ein Verkehrsrisiko, wenn ich rechts fahren müsste.»

«Also, wenn ich das hinkriege, Schatz, kannst du das allemal.»

Mist. Wie sollte er da kontern? «Das Essen soll doch so eigenartig sein – Frösche, Schnecken, igitt! Wir würden verhungern.»

«Wir nehmen deine Leibgerichte einfach mit. Speckschnitten und Würstchen, für die Tiefkühltruhe … Tee oder Bohnen oder sogar Guinness müssen wir aber nicht einpacken, das gibt es alles in den Supermärkten. Habe ich selbst gesehen. Es gibt sogar bittere Orangenmarmelade.»

Teufel nochmal. «Und der ganze Papierkram? Die lassen uns doch vermutlich nicht mal einreisen.»

«Man füllt einfach ein Formular aus und meldet sich dann beim Einwohnermeldeamt. Wenn man aus einem EU-Land kommt, ist das nur eine Formsache, sagt Shona.»

Joe ließ sich in einen Sessel sinken und spürte, dass sich die Niederlage abzeichnete. Langsam ging ihm die Munition aus.

«Du würdest durchdrehen. Deine Mutter und Dymps würden dir fehlen, die Nachbarn, deine Freundinnen.»

«Die werden wohl eher alle so oft zu Besuch kommen, dass wir mehr von ihnen sehen als hier, bis wir sie am Ende satt haben! Shona sagt, sie können in der *gîte* wohnen, wenn sie sie nicht nutzt.»

«Ach ja? Na, hoffentlich gilt ihre Großzügigkeit auch für meine Freunde, denn ich würde Dave Doherty einladen wollen.»

Aileen nickte liebenswürdig. Dem Thema «Dave» würde sie sich später zuwenden. Wenn sie so weit waren. «Ach, das wäre bestimmt kein Problem.»

Verzweifelt kramte Joe nach weiterer Munition. «Ich weiß nicht, was die bei der Arbeit dazu sagen würden. Ein Jahr ist ganz schön viel Urlaub auf einmal.»

«Tja, darauf müssen wir es ankommen lassen! Die werden wahrscheinlich froh sein, einen Gehaltsempfänger weniger zu haben, und eine billigere Aushilfe einstellen.»

«Ja. Oder jemanden in meine Position befördern und mich dann dazu degradieren, seine Arbeit zu machen, wenn ich wieder da bin.»

«Ach, Joe … du bist so eine Spitzenkraft, die werden froh sein, dich wiederzuhaben. Trotzdem, lass dir alles im Voraus schriftlich geben. Dann weißt du genau, woran du bist.»

Joe starrte trübsinnig ins Feuer. Er begriff immer noch nicht, was das alles sollte. Sinnvoll schien allein die Sache mit Finn. Falls der sich auf einen Ortswechsel einließ.

«Ich weiß nicht, Aileen … was ist, wenn Finn nicht mitwill? Sich rundheraus weigert?»

Ja. Das war auch ihre große Angst. Dass Finn hier bliebe, zu einem seiner mysteriösen, unsichtbaren Freunde in Galway oder Limerick zöge. Freunde, die sie nie kennen gelernt hatte, denn er redete zwar über sie, brachte sie aber nie mit nach Hause.

«Wenn er nicht mitkommt, sitzt er ganz schön in der Tinte. Kein behagliches Zuhause mehr, niemand, der ihn bekocht oder seine Wäsche macht, kein Telefon, keine Möglichkeit, seinen Computer anzuschließen, kein Auto zum Ausleihen, keinen Pfennig Taschengeld mehr, das du ihm, wie ich sehr wohl weiß, zusteckst … Joe, sprich du mit ihm. Male ihm das Leben in der Sonne in den schönsten Farben aus und bring ihn dazu mitzukommen. Ich – ich will ihn hier rausholen, weg von den ganzen Einflüssen. Wenn du ihn nicht zu einem ganzen Jahr überreden kannst, dann sag ihm, wir brauchen zumindest seine Hilfe beim Umzug, bezahlen ihn fürs Möbelschleppen und kleinere Arbeiten im – im ersten Monat jedenfalls. Wenn er erst mal dort ist, fällt uns schon irgendwas ein, mit dem wir ihn zum Bleiben bewegen.»

Hm. Joe sah seine Frau an und versuchte auszuloten, wie stark ihr Bedürfnis, wie glühend ihr Wunsch war, das alles durchzuziehen. Finn spielte eindeutig eine entscheidende Rolle in diesem irrsinnigen Plan … und Finn war ihr einziges Kind. Das einzige, seit Hazels Tod. Manchmal konnte er noch den Schmerz in ihren Augen sehen, die Trauer in ihrem Gesicht. Sie hatte an jenem grauenhaften Tag so viel verloren. Das haben wir alle, dachte er, wir alle. Fünfzehn Jahre ist das her, und noch immer tut es so weh. Was sie natürlich nie zugeben würde, weil sie weiß, dass sie es inzwischen verwunden haben sollte. Aber sie hat es nicht verwunden. Ich habe es nicht verwunden. Und was Finn angeht …

Schweigend saß er da, in Gedanken versunken, und Aileen leistete ihm geduldig und still Gesellschaft, überließ ihn seinen Grübeleien, welcher Art auch immer. Offensichtlich tobte eine Schlacht in ihm, sie konnte den Widerstreit in seinem Gesicht sehen – was ja unter den Umständen nur natürlich war. Sie verlangte viel von ihm, das war ihr klar.

Schließlich löste sich seine Starre, er streckte mit einer Art Grummeln die Hand aus. «Zeig mir nochmal diese Bilder.»

Blitzschnell hatte sie sie zur Hand, die zu ihrer Verwunderung zitterte. «Hier – schau – ach Joe, ist es nicht wunderschön?»

Sie reichte ihm ein Foto nach dem anderen, und bei der Betrachtung schmolz sein Widerstand dahin. Zögernd musste er einräumen, dass dieses Haus in der Tat schön aussah. Nicht so schön wie sie allerdings, wenn sie so strahlend und voller Hoffnung lächelte. Dieses Lächeln hatte er seit Monaten nicht zu Gesicht bekommen, nicht, seit dieser Irre in Afghanistan die Zwillingstürme in Schutt und Asche gelegt hatte und ihr Geschäft über Nacht zusammengebrochen war. Das Geschäft, das sie mit so viel Mühe aufgebaut hatte.

«Na schön. Wenn wir nicht das Geld für Finns Studium antasten müssen, wenn Shona das verflixte Ding kauft … machen wir es. Wir gehen hin.» Sein Widerstand hatte sich restlos verflüchtigt, und er lehnte sich im Sessel zurück, mit einem Seufzer, der besagte: «Was soll man machen, Frauen setzen sich eben immer durch, jedenfalls bin *ich* nicht schuld, wenn es total schief geht.» Mit einem Satz war sie bei ihm und umarmte ihn mit einem strahlenden Lächeln, das ihn für alles entschädigte.

«Ja! Ich wusste doch, dass du ja sagst! O Joe, vielen Dank.» Sie gab ihm ein Küsschen auf die Stirn und drückte ihn nochmal an sich. «Und – und redest du auch mit Finn?»

Ja. Allerdings, das würde er tun. Jetzt sofort würde er mit Finn reden, während das Gesicht seiner Mutter vor Freude leuchtete. Er stand auf, ging zur Tür, machte sie auf und rief die Treppe hoch. «Finn! Finn, komm mal runter, hörst du mich?»

Stille. Dann ein Scharren, ein Grummeln. «Ja, ja, ich hör dich, was ist denn?»

«Komm hier runter. Jetzt sofort. Deine Mutter und ich wollen mit dir reden.»

Aileen war angenehm überrascht von seinem resoluten Tonfall. Über die Jahre hatten sie und Joe sich irgendwie angewöhnt … na ja … sanft mit Finn umzugehen. Sie verhätschelten ihn nicht gerade, waren aber geduldig mit ihm und ließen ihm eine Menge durchgehen. Beide wussten sie nicht, wie viel er noch von Hazel in Erinnerung hatte; eine überaus heikle Frage. Unmerklich hatte sich nach und nach eine Art schützender Kokon um ihn gebildet, wie bei einem traumatisierten Opfer, das Pflege und Obhut brauchte. Bei aller zur Schau getragenen Aggressivität spürte Aileen, wie empfindlich er tatsächlich war. Aber waren sie, möglicherweise, zu behutsam gewesen? Zu nachgiebig ihm gegenüber? Wenn sie etwas mehr Druck ausgeübt hätten, hätte er womöglich seinen Abschluss, hätte heute einen Job, würde nicht mit … mit wem auch immer herumhängen.

Schritte donnerten die Treppe hinunter, und er kam ins

Zimmer. In Aileens Abwesenheit hatte er sich zwei neue Piercings zugelegt, eins in jeder Augenbraue, und heute Abend trug er ein weißes T-Shirt mit blutroter Aufschrift: *Gott ist Schrott*. Bleich und schlaksig wie er war, schien es, als wären seine Knochen zu groß für seinen Körper, der eckig und unbeholfen wirkte. Am meisten jedoch traf sie der Ausdruck seiner Augen, derselbe wie bei ihrer Rückkehr aus Frankreich: völlige Leere. Alles in seinem mit Metall gespickten Gesicht, in seiner schlaffen Haltung drückte Gleichgültigkeit aus. Den Bruchteil einer Sekunde lang empfand sie Furcht. Hatte Joe das mitbekommen? Durchaus möglich, denn als sie gerade leise fröstelte, warf er ihr einen kurzen Blick zu, bevor er losredete. Und dann redete er los.

«Finn, setz dich.»

Finn gehorchte widerstandslos. Er war bei ihnen noch nie auf Streit oder Konfrontation aus gewesen. Er ließ sie einfach ausreden und machte dann doch, was er wollte. Aufs Sofa gelümmelt, wartete er ab, was Joe zu sagen hatte.

«Wir fahren nach Frankreich. Im Februar. Wir alle. Die ganze Familie.»

Worauf eine Reaktion erfolgte, die übliche Reaktion. Finn kratzte sich am Arm, kratzte sich im Nacken und stieß laut die Luft aus. «Mannomann.»

«Wir bleiben ein Jahr. In diesem Haus.» Joe reichte ihm, unerschütterlich in seinem Sessel sitzend, die Fotos. «Deine Mutter wird dort ihre Pension weiterführen, und du und ich begleiten sie, um ihr zu helfen. Beim Umzug wird viel Kram geschleppt werden müssen, am Haus fällt Arbeit an, und so weiter. Also stell dich darauf ein.»

Schweigend blätterte Finn die ersten zwei oder drei Fotos durch. Dann, als hätte er das Interesse verloren, legte er sie hin und stierte ins Leere, durch seine Eltern hindurch.

Mitten hindurch, als gelte sein Blick etwas oder jemandem in weiter Ferne.

«Ja. Kapiert. Okay.»

Sein Tonfall war aufreizend gleichgültig, und Joe wurde laut. «Willst du nicht mal wissen, wo in Frankreich, oder sonstige Einzelheiten?»

Finn dachte nach. Dann schüttelte er den Kopf. «Ich weiß, was ich wissen muss. Dass ich keine Wahl habe.»

O nein. Das wollte Aileen nicht auf sich sitzen lassen. «Doch, Finn. Du hast eine Wahl. Wir hätten dich gern dabei, aber du musst nicht mitkommen. Wenn es sein muss, kannst du hier bleiben. Bis Februar hast du womöglich einen Job, eine Wohnung, vielleicht sogar eine Freundin, die dir Gesellschaft leistet, während wir weg sind –»

Träge grinste er sie an, ein fast gespenstisches Grinsen. «Ich? Scheiße, wer würde mich denn haben wollen? Mach die Augen auf, Ma. Müsste schon eine Geisteskranke sein, die einen wie mich nimmt.»

Schon war er aufgesprungen und hinaus, ehe einer von ihnen aussprechen konnte, was ihnen beiden am Herzen lag: wie sehr sie trotz allem ihren verirrten, traurigen Sohn liebten. Und wie wenig jetzt im Moment daran fehlte, dass diese Liebe in Hass umschlug.

Shonas Hochstimmung verflüchtigte sich wie eine geplatzte Seifenblase, fast unmittelbar bei ihrer Rückkehr nach Irland. Es war Winter, feucht und grau, und Weihnachten rückte näher, was nicht nur schrankenlosen Kommerzterror und nervtötendes Weihnachtsliedergedudel mit sich brachte, sondern auch Partys. Einladungen zu Massen von Partys; als hätte sich die Neuigkeit herumgesprochen und alle Welt bemitleidete sie – die arme Shona, von der Arbeit freigestellt, von Brendan geschasst.

Letztes Jahr um diese Zeit hatte sie ihn gerade erst kennen gelernt. Lebhaft erinnerte sie sich an das Gefühl, förmlich zu schweben, als sie aus Emily O'Briens Haus kam, an ihre Euphorie, ihre verzückte Freude. Er war so nett gewesen, so freundlich, gut aussehend, in jeder Hinsicht ideal. Jetzt müsste sie Emily beichten, dass ihre Kuppelei zu nichts geführt hatte, dass ihr dieser wunderbare Mann auf unerklärliche Weise abhanden gekommen war. Allein in ihrer Wohnung, nicht nur gelangweilt, sondern auch einsam, kam sie sich vor wie eine Versagerin. Die sie im Grunde ja auch war. Viele Frauen gab es bestimmt nicht, die eine Kristalltrophäe ausgehändigt bekamen und sie sofort zu Boden krachen ließen. Jeden Tag beschloss sie, Emily zu besuchen, und jeden Tag schob sie es auf, sodass sich zu all ihren übrigen Unzulänglichkeiten auch noch ein schlechtes Gewissen gesellte.

Selbst Crys ... klammheimlich war sie ganz erleichtert gewesen, als Crys zweimal ihre Verabredungen verschob, bei denen sie über Shonas neues Haus und die «Lage an der Babyfront», wie sie es nannte, sprechen wollten. Crys würde sie aushorchen, mit wem sie zu all den Partys ging, sie drängen, doch Fintan aus Limerick zu sich einzuladen oder sonstige Männer aus ihrem Freundeskreis ... aber dazu hatte sie keine Lust. Wenn sie nicht Brendan an ihrer Seite haben konnte, was sollte sie da mit jemand anderem? Es wäre doch nur Tarnung, dürftiger Behelfsschmuck an einem ansonsten kahlen Weihnachtsbaum.

Ihre Eltern, die auf die Nachricht ihres bevorstehenden Neuerwerbs entzückt reagiert hatten, riefen immer häufiger besorgt an, je näher Weihnachten rückte. Viel schien sie ja nicht vor die Tür zu kommen? Sie dürfe nicht zu Hause versauern, wie wäre es denn, einem Schach- oder Tennisclub beizutreten? Was sie aufgebracht als Wink mit dem Zaunpfahl deutete, es mal mit einer Partnerschaftsvermittlung zu versuchen, worauf ihre Mutter unverblümt entgegnete, ja, das wäre vielleicht gar keine so schlechte Idee. Das Gespräch endete mit einem gereizten Unterton, wodurch alles nur noch schlimmer wurde, denn sonst kamen sie und ihre Eltern immer blendend miteinander aus.

Jeder Tag schleppte sich langsamer dahin als der vorangegangene. Wie sie es hasste, nicht zu arbeiten. Ihre Kolleginnen fehlten ihr, ihre Pensionsdamen, die fröhliche Bürofrotzelei. Eines besonders trüben Morgens, so grau verhangen, dass sie am liebsten ein Loch in die Wolken geboxt hätte, beschloss sie beim Aufwachen, heute endlich etwas Konstruktives zu tun, egal was. Beim Frühstück stellte sie eine Liste auf und setzte sich dann mit dem Telefon hin. Das französische Fremdenverkehrsbüro in Dublin; die Niederlassung in Paris; die Filiale im Languedoc, in unmittelbarer Nähe von Le Mas, in Carcassonne, oder wo auch immer sie ansässig sein mochte … überall dort würde sie anrufen, Recherchen für Aileens neue Pension anstellen, von A bis Z alles über die Region in Erfahrung bringen. Wenigstens hatte Aileens Mann eingewilligt mitzukommen – ihr Sohn anscheinend auch –, was immerhin *ein* Grund zur Freude war. Entschlossen, den Stift gezückt, klemmte sie sich ans Telefon.

Na gut. Vielleicht lag Brendan gar nicht so falsch. Vielleicht bin ich ja süchtig nach Arbeit. Aber er fehlt mir trotzdem. Hier in Irland noch viel mehr als in Frankreich … wird er mich denn nie anrufen, es sich nie anders überlegen?

Endlich hatte Crys Zeit. Eines Abends trudelte sie zum Essen bei Shona ein, in sichtlich gedrückter Stimmung. Als sie ihr die mitgebrachte Flasche Wein reichte, wirkte sie irgendwie entblößt. Shona traute ihren Augen nicht. Zum ersten Mal seit Menschengedenken waren Crys' Fingernägel nicht lackiert. Kein Dunkelrot, kein Smaragdgrün, kein Silber – nichts, nur nackte, blank polierte Nägel. Was so beunruhigend war, als wäre die Königin von England ohne Handtasche in der Öffentlichkeit erschienen.

«Also», folgerte Shona in freundschaftlichem Steno, «immer noch nichts?»

Crys setzte sich, faltete die Hände im Schoß und zog ein gequältes Gesicht. «Nein. Immer noch nichts … Sho, langsam denke ich an Selbstmord.»

Shona, die gerade Crys' Jacke aufhängte, erschrak. Crys Sheehan war normalerweise der fröhlichste Mensch, den sie kannte. Crys liebte ihren Mann, liebte ihre Arbeit, die bezahlte und die freiwillige, liebte – liebte das Leben! Wenn sie kein Kind bekam, ginge denn davon die Welt unter? Sie könnten doch eins adoptieren, oder?

Die volle Tragik des Problems wollte ihr zwar nicht einleuchten, aber aus Taktgefühl sagte sie nichts. Crys war eindeutig am Ende. Shona ging einen Korkenzieher holen.

«Crys, kommt gar nicht infrage. Solchen Unsinn will ich nicht hören. Du – du siehst bloß den Wald vor lauter Bäumen nicht. Diese ganze Sache wird langsam zur Obsession.»

Crys nahm das Glas Wein in Empfang, trank aber noch nicht. «Ja. Allerdings. Wem sagst du das. Es überschattet unser gesamtes Leben, es beherrscht mittlerweile alles. Tabellen, Temperaturen, Thermometer, Mondphasen … als Nächstes kommen Wunderheiler, Kliniken, eine Hormonbehandlung und dann wahrscheinlich Sechslinge.»

Shona lachte. Crys blieb ernst. «Es betrifft nicht nur mich, Sho. Sondern auch Gavin. Er ist fast noch schlimmer als ich, rechnet, tüftelt stundenlang herum … es – es macht unsere Ehe völlig kaputt.»

«Könnt ihr es nicht einfach hin und wieder mal vergessen? Mal ausgehen, ins Kino, zu einem Konzert oder so? Irgendwas, um euch davon abzulenken?»

«Nein! Alles muss auf den Tag, die Stunde, fast die Minute hin abgepasst werden. Unser Liebesleben ist die reinste Farce. Liebe spielt fast keine Rolle mehr dabei, es geht nur noch um Planung, Timing … um alles, nur keine Leidenschaft. Langsam komme ich mir vor wie ein Roboter. Und noch schlimmer, allmählich verliere ich die Lust am Sex. Es ist erbärmlich, wenn er so mit Bedeutung aufgeladen ist, wenn man ständig auf Ergebnisse lauert, die nie kommen. Man verliert für alles andere das Gefühl. Zärtlichkeit, Begierde, Vergnügen – es wird alles so todernst. Ehrlich, ich weiß nicht, wie lange ich das noch aushalte.»

Crys sah todunglücklich aus, und Shona fühlte von Herzen mit ihr. Und dann dachte sie an Aileen, die ein kleines Mädchen zur Welt gebracht und es nur zwei Jahre später verloren hatte. War das in mancher Hinsicht nicht viel schlimmer? Doch Aileen hatte sich durchgebissen, biss sich bis heute durch. Crys müsste sich auch durchbeißen, hatte nur ein wenig aufmunternden Zuspruch nötig … und plötzlich stand Shona ihr Ziel klar vor Augen. Sie empfand wieder etwas von dem missionarischen Schwung, der sie bei der Abreise mit Aileen nach Frankreich beseelt hatte, als sei es ihre Aufgabe, sich um all diese geplagten Freundinnen zu kümmern.

Außerdem, dachte sie, gibt es schließlich sonst niemanden, um den ich mich kümmern müsste, oder? Nicht einmal meine Pensionsdamen momentan. Ein wenig Anteilnahme werde ich doch für Crys Sheehan, meine engste Freundin, erübrigen können, wenn sie die nötig hat. Und genau danach sieht es gerade aus.

«Entschuldige», sagte Crys, «ich will nicht jammern.

Aber wenn ich mir das nicht von der Seele rede, *platze* ich noch, Shona!»

«Nein. Platzen wirst du erst, wenn du eine zweite Portion von der Lasagne intus hast, die ich für dich gekocht habe und die du bis zum letzten Happen aufessen wirst.»

Crys zuckte die Achseln und lächelte kleinlaut. «Ja, Mami. Oder vielmehr, *oui, maman*? Erzähl mir von diesem Haus in Frankreich, das du gekauft hast, oder fast zumindest.»

Als sie sich zum Essen an den Tisch setzten, holte Shona die Abzüge der Fotos heraus, die Aileen ihr gegeben hatte, und erzählte Crys alles. «Verrückt, natürlich. Frag nicht, was in mich gefahren ist. Fest steht nur, bei mir war es Liebe auf den ersten Blick. Und dann konnte Aileen es nicht nehmen, weil ihr Mann in letzter Minute nicht mitspielen wollte. Es war, als wäre – als wäre es einfach für mich bestimmt. Ehe wir uns versahen, habe ich auch schon im Maklerbüro die Dokumente unterschrieben. Und so wird Aileen es nun ein Jahr lang als Pension führen – im Februar nehmen wir es in Besitz. Und» – der Gedanke kam ihr ganz plötzlich – «dann kommst du mit. In der *gîte* ist noch Platz für dich, falls du nichts gegen ein Bettsofa hast.»

Crys musterte ihre Lasagne. «Sho, das geht nicht. Ich kann nirgendwohin. Ich muss Gavin jederzeit – zur Verfügung stehen. Rund um die verflixte Uhr. Außerdem muss ich arbeiten, wie du weißt.»

Shona sann kurz nach. «Sind im Februar nicht gerade Ferien?»

«Ja … eine Woche ist kein Unterricht, aber –»

«Dann ist ja alles klar. Gib mir die genauen Daten, dann rufe ich M. Delatre an, und wir fahren in der Woche hin. Du sagst Gavin, dass du eine – eine Pause brauchst! Und die brauchst du auch – Crys, du schnappst noch völlig über, wenn du nicht mal von diesem endlosen Babyproblem wegkommst! Du kriegst einen Nervenzusammenbruch, und das hilft ja wohl auch nicht, oder? Also bitte, mach das. Lenk dich ab, nur eine Woche, tank etwas Sonne und bemüh dich um – um etwas Abstand. Das wird Gavin schon verstehen, wenn du es ihm richtig erklärst, wenn er auch nur halb so anständig ist, wie er wirkt.»

Crys nahm ihre Gabel, drehte sie unschlüssig herum, legte sie wieder hin und schnappte sich stattdessen ein Haarzöpfchen, an dem sie aufgebracht herumzupfte. «Das – das ist er, weißt du. Er ist ein toller Ehemann, und ich – ich –»

Plötzlich brach sie in Tränen aus, vergrub das Gesicht in den Händen und schluchzte so herzzerreißend, dass Shona aufsprang, um den Tisch herumjagte und sie an den bebenden Schultern packte. «Lieber Himmel … Crys, ist es wirklich so schlimm?»

«J – ja! Ja, ist es! Ich liebe ihn und weiß, dass er mich liebt, und ich – wir – wir – können einfach nicht verstehen, was zwischen uns schief läuft! Warum wir kaum noch miteinander reden, warum immer öfter dieses Schweigen herrscht, wie eine Berliner Mauer, die sich zwischen uns schiebt! Es – es ist *grauenhaft*! Wenn das so weitergeht, hassen wir uns am Ende noch!»

Shona hatte Crys noch nie in einem solchen Zustand erlebt, so niedergeschlagen, fast verzweifelt, in Tränen aufgelöst. Ging es Gavin, der sonst auch immer so fröhlich wirkte, etwa genauso? Bestand tatsächlich die Gefahr, dass diese beiden engen, lieben Freunde … sich entfremdeten, trennten, scheiden ließen? Von ihrem Standpunkt aus, die Hände an Crys' krampfhaft zuckende Schultern gelegt, kam Shona diese Möglichkeit unendlich viel schlimmer vor, als kein Baby zu bekommen. Die Ehe, erkannte sie jäh, verdrängte langsam die Babyfrage, mutierte zum eigentlichen Problem.

«Crys, hör zu. Du bist erschöpft. Seelisch komplett ausgelaugt. Du kommst im Februar eine Woche mit, ob du willst oder nicht. Wenn du es Gavin nicht erklären willst, übernehme ich das.»

Sie war auf Widerspruch gefasst, deshalb war sie verblüfft, als Crys nach einem Weilchen den Kopf hob und sie mit von Tränen glänzenden Augen ansah. «Wirklich, Sho? Würdest du das für mich tun? Weil er nämlich ausrastet, wenn ich ihm sage, dass ich wegfahren will. Er wird sagen, ich wäre selbstsüchtig, dass ich mich drücken will.»

Was? Dazu wäre Gavin imstande? Shona staunte nicht schlecht. Ehrlich, man wusste doch nie, was bei einer nach außen noch so glücklich wirkenden Partnerschaft hinter verschlossenen Türen tatsächlich los war.

«Ja, Crys. Aber natürlich tue ich das. Ich werde ihm unmissverständlich klar machen, dass du mit mir im Februar eine Woche Ferien in Frankreich machst und dass das, was seiner Frau gut tut, letzten Endes auch ihm gut tun wird.»

Französischkurs. Möbel – mitnehmen oder dort kaufen? Ein Auto – dito? Papierkram? Während der Winter seinem Tiefpunkt zustrebte, geriet Aileen in eine Art hektische Betriebsamkeit, um alles für Frankreich zu organisieren. Sobald die äußeren Bedingungen erst einmal festgelegt waren, überlegte sie, würde es auch tatsächlich geschehen, niemand könnte mehr einen Rückzieher machen – außerdem lief das Geschäft miserabel, und sie hatte reichlich Zeit, Zeit, die sie nicht mit Grübeln vertun wollte. Dabei stand sie beileibe nicht allein da; sämtliche Zweige des Fremdenverkehrssektors waren betroffen, mit Folgen für die Gesamtwirtschaft, die ein mageres Weihnachtsfest für alle bedeuteten. Keine Konsumorgien dieses Jahr, keine Hightech-Spielzeuge, funkelnde Neuwagen, teure Kleidung oder Kurztrips in die

Sonne. Was Aileen nichts ausmachte – was man nie gehabt hatte, konnte einem schließlich nicht fehlen –, aber dass die Lebensführung so vieler Menschen durch den Willen eines Fanatikers fünftausend Meilen weit weg beeinträchtigt werden konnte, fand sie empörend. Trotzdem, so mager das Weihnachtsfest in Irland ausfallen mochte, wie viel schlimmer musste es für die Tausende von Familien sein, die am 11. September geliebte Menschen verloren hatten. Ihnen galt Aileens ganze Anteilnahme.

Doch einerlei, ob das Jahr gut oder schlecht gewesen war, an Weihnachten hatten die Hegartys stets ein volles Haus. In wechselndem Jahresrhythmus luden Aileen und Joe entweder seine oder ihre Familie ein, mit ihnen zu feiern. Dieses Jahr war sie an der Reihe, lud also Mutter, Schwester, Schwager, Nichte und Neffen ein, sich mit ihr, Joe und Finn um die Festtafel zu versammeln. Je mehr Gäste sie hatte, desto weniger Gelegenheit hätte sie, an Hazel zu denken, das einzige Familienmitglied, das nie mit ihnen am Weihnachtstag zusammengesessen hatte. Süße kleine Hazel, nie dem hohen Babystuhl entwachsen, auf dem sie mit drallen Ärmchen herumruderte und ihren Vater mit ihrem Löffelchen mit Essen bekleckerte. Und auch Finn. Finn, der seit der Neuigkeit von Le Mas mehr Zeit denn je an seinem Computer verbrachte, abgetaucht in seine ureigene Unterwelt. Ganz wie Joe, wenn auch anders: Nach nur zwei Stunden hatte er den Französischkurs, für den Aileen sie beide angemeldet hatte, abgebrochen, mit der Begründung, es sei einfach zu schwierig, und sich wieder den simpleren Freuden mit Dave Doherty zugewandt, der ihm seinen Platz im Pub warm hielt.

«Was ist mit deiner Auszeit?», beharrte Aileen, damit er Frankreich nicht aus den Augen verlor. «Hast du schon mit deinem Chef geredet?»

«Nein», brummte er knapp, «hat sich noch keine Gelegenheit ergeben. Ich werde nach Weihnachten versuchen, ihn mal in einer ruhigen Minute anzusprechen.»

Machte er etwa Ausflüchte? Trotz seiner Einwilligung mitzukommen? Aileen hegte genau diesen Verdacht, sogar, dass er insgeheim hoffte, es würde noch etwas schief gehen. Dann würde der Plan scheitern, und er bekäme einen Aufschub. Stillschweigend unternahm sie alles, um die Weichen so zu stellen, dass wirklich gar nichts schief gehen konnte. Wenn sie Joe anschaute, konnte sie es in seinem Kopf förmlich arbeiten sehen, ein wahrer Krieg schien darin zu toben.

Am Weihnachtstag versammelten sie sich alle um den ovalen Esstisch, sie und Joe, Dymps nebst Mann und Kindern, die festlich herausgeputzte Tessie und Finn, der sich ausschwieg, wenn er nicht gerade direkt angesprochen wurde.

Und Shona. Shona war auch dabei, weil ihre Eltern das Fest bei Freunden in Donegal verlebten und sie keine Lust hatte, wie sie sagte, dort «Anstandswauwau zu spielen». Aileen grübelte verunsichert, ob Geld etwa auch ein Grund sein mochte, nachdem Shona in Frankreich so viel höhere Ausgaben gehabt hatte als erwartet. Ihre aufgeschobene Heimreise und die viele Fahrerei hatten ihnen beiden ein Loch ins Budget gerissen. Unbeirrt lächelnd reichte sie Joe das Tranchierbesteck und ließ sich am Kopf der Tafel beim Truthahn nieder.

«Und deine Freunde, Sho?», fragte sie aufrichtig interessiert. Schließlich gehörte Shona in gewisser Weise langsam fast mit zur Familie. «Was machen Crys und Gavin heute so?»

Shona lächelte. «Die sind unten im St. Vincent de Paul-Zentrum und beköstigen Menschen, die kein Geld oder kein Zuhause haben. Sie sind Atheisten, glauben gar nicht an Weihnachten in dem Sinne, aber ich kenne niemanden, der sich sozial so sehr engagiert wie sie. Helfen liegt ihnen einfach im Blut! Crys' Vater hat als Arzt unentgeltlich in Lesotho gearbeitet, weißt du, da hat er ihre Mutter kennen gelernt … es liegt in der Familie.»

«Vanille mag ich auch gern», warf Tessie ein, «als Eis, meine ich.»

Aileen verkniff sich ein Lächeln. Tessies Gehör war zunehmend ein Kapitel für sich. «Und, Mam», sagte sie extra deutlich, während sie Kartoffeln servierte, «kommst du mit Dymps an Ostern nach Frankreich, wo wir doch jetzt – äh – ein Haus gefunden haben?»

Tessie sah sie ratlos an. «Ihr habt Küchenschaben?»

«Ein *Haus gefunden*, Mam, in Frankreich!»

«Ach ja, Frankreich … ehrlich gesagt, Aileen, ich bin froh, dass ihr nur ein Jahr bleibt. Das Haus sieht ja wirklich reizend aus, aber es ist so weit weg.»

«Kaum zwei Stunden per Flugzeug.»

«Diese Moden kommen und gehen, weißt du. Die Leute bilden sich sonst was ein. Joe, ein Flügel, das reicht mir vollkommen … habt ihr denn schon Mieter für euer Haus gefunden, während ihr weg seid?»

«Eine Mieteragentur sucht gerade welche für uns. Die müssen Referenzen prüfen und so weiter. Aber sie meinen, das würde sich alles rechtzeitig regeln.»

«Also, ich freue mich schon», strahlte Dymps, «mich kannst du für Ostern fest einplanen. Wenn Shona ihre *gîte* nicht gerade selbst braucht?»

Und da traf es Shona mit voller Wucht: *Was mache ich, wenn ich vor Gericht verliere? Wenn ich tatsächlich verliere und meinen Job los bin?*

«O nein», sagte sie beiläufig, «da muss ich längst wieder

arbeiten. Nach Februar kann ich wohl erst wieder so im September nach Le Mas kommen.»

«Also», sagte Tessie, «ich finde es sehr mutig von Ihnen, es zu kaufen. Und ich finde, Joe und Finn sind sehr mutig, dort ein ganzes Jahr leben zu wollen. Ich würde mir das nicht zutrauen, am Ende schnappe ich da über, ohne meinen Kleingartenverein und meine Freundinnen … freust du dich schon, Joe?»

Aller Blicke wandten sich Joe zu, der sich, nach dem Tranchieren des Truthahns, gerade hinsetzte. Aileens Blick aber ruhte besonders schwer auf ihm. «Ja», platzte er heraus, «ich – das – das wird mal was – was anderes.»

Er hörte sich an, als sei ein unsichtbarer Zahnarzt im Begriff, ihm alle Zähne zu ziehen, und ein lastendes, abwägendes Schweigen senkte sich über den Tisch. Tessie aber bekam davon nichts mit und wandte sich unerbittlich ihrem Enkel zu. «Und du, Finn?»

Finn antwortete nicht sofort. Das Besteck wie ein Kind haltend, die Ellenbogen auf den Tisch gelegt, fasste er nachdenklich seinen Teller ins Auge, als fiele er ihm jetzt erst auf. Joe stieß ihn ungeduldig an. «Finn, deine Großmutter hat dich etwas gefragt.»

Sein Kopf fuhr hoch. Unvermittelt, übellaunig, mit unverhohlenem Groll im Gesicht. Und als er endlich etwas sagte, schwang ein zart ironischer, ätzender Unterton in seiner Stimme mit.

«Ja. Ja, klar freu ich mich. Ich freue mich ungefähr so sehr auf Frankreich, wie Frankreich sich schon auf mich freut. Wir werden super zusammenpassen. Stimmt's, Ma?»

Sein Blick, seine Stimme, seine Haltung waren ein einziger Vorwurf an sie, weil sie sein Leben ruinierte, das Leben, das er im Grunde gar nicht hatte.

O Gott, dachte sie, ich weiß nicht, wie lange ich das noch

aushalte. Wie lange ich diese – diese *Erscheinung* in unserem Haus, unserem Dasein noch ertrage! Diesen – diesen Menschen, lauernd, brütend, vor sich hinbrodelnd, der uns jeden einzelnen Tag vermiest! Am liebsten würde ich aufspringen, diesen Tisch umwerfen und laut herausschreien, damit es alle Welt hört: Jawohl, Finn, du hast Hazel umgebracht! Nicht absichtlich, aber du warst es! Das ist die Wahrheit, falls du sie hören willst! *Was* willst du? Was sollen wir tun, wir drei? Offen darüber reden, es aussprechen, sollen wir bis auf den Grund dieses Kübels voller Bitterkeit tauchen, die unsere Familie zersetzt, sich in unsere Herzen, unsere Köpfe und unsere Seelen frisst?

Ich bin bereit, darüber zu reden. Genau jetzt bereit, dir die Wahrheit zu sagen, ungeachtet der möglichen Folgen für dich. Weil nichts schlimmer sein kann als dieses – dieses Theaterspielen, diese unaufhörliche Spannung. Du hast es nicht gewollt, wir machen es dir nicht zum Vorwurf, aber ja, *du* warst es! Und nein, ich war nicht dabei, nein, ich habe dich nicht davon abgehalten!

Mit eisiger Ruhe griff sie nach einer Glasschüssel und reichte sie den Tisch hinab. «Probiert mal diesen Brokkoli, Shona, Dymps ... habe ich in Weißwein gekocht, der müsste köstlich sein.»

Dymps' Mann nahm das Gemüse von ihr entgegen, als wäre es eine tickende Zeitbombe, und alle lächelten sie einmütig zaghaft an. Als würde der Tisch sich in ein Minenfeld verwandeln, als gäbe sie, nicht Finn, an diesem Tag weihnachtlicher Freude Anlass zur Besorgnis.

Zwei Tage darauf, in der ruhigen Zeit zwischen Weihnachten und Neujahr, rief Shona Gavin Sheehan an und verabredete sich mit ihm bei Moran's of the Weir, einem verschwiegenen Lokal etwas außerhalb. Traf eine allein stehende Frau sich in der Stadt auf ein Glas mit einem verheirateten Mann, war bis zum Abend das Gerücht in aller Munde, sie hätte etwas mit ihm. Auf der Fahrt zu Moran's überlegte Shona: War es in Frankreich genauso? Zählten die Leute dort auch zwei und zwei zusammen und kamen auf fünf? Oder waren sie unter der herrlichen Sonne so zufrieden, dass ihnen so etwas egal war? Wirkte die Sonne einschläfernd, oder trieb sie die Leute eher dazu, sich selbst in stürmische Affären zu stürzen?

Der Nachmittag hier in Irland war nasskalt und trüb. Ein Nachmittag, den man lieber daheim am Kamin verbringen würde, an den Ehemann gekuschelt, falls vorhanden … oje, dachte sie, was mache ich denn bloß an Silvester? Ich kann nicht allein zu Hause hocken, und ich kann auch nicht allein auf eine Party gehen, denn wenn alle «Auld Lang Syne» anstimmen, würde mir Brendan so sehr fehlen, dass ich mir die Pulsadern aufschlitzen müsste.

Gavin war schon da, als sie beim Pub ankam, blickte ihr unverhohlen neugierig entgegen, als sie hereinkam, ihren Mantel ablegte und einen Grog bestellte. «Hi», sagte er freundlich lächelnd und zog einen Stuhl für sie heraus.

Sie neigte sich hinab und küsste ihn auf die Wange. «Hi, Gav. Danke, dass du gekommen bist.»

«Tja, musste ich doch, um zu erfahren, worum es geht!» Grinsend wartete er, bis sie es sich bequem gemacht hatte. Er trug einen kuschelig-kleidsamen roten Pulli, den ihm gewiss irgendeine liebende Tante zu Weihnachten gestrickt hatte.

«Es geht um Crys.»

Er wollte eben nach seinem Bierglas greifen, stutzte aber nun und blinzelte sie an. «Crys? Du hast mich hierher in die Einöde bestellt, um über meine Frau zu reden?»

«Ja.» Sie bekam ihren Grog, nahm ihn dankbar in Empfang und legte die Hände um das warme Glas. «Sie ... hm ... sie möchte dich um einen Gefallen bitten. Nur einen kleinen. Weil sie aber Angst hat, du könntest ausflippen, habe ich gesagt, ich übernehme das für sie.»

Er sah verwundert drein. «Ausflippen? Wieso, was will sie denn – eine diamantengeschmückte Suite im Hilton auf Bali?»

Shona grinste. Er schien völlig ausgeglichen. Crys mit ihrem Hang zur Dramatik übertrieb bestimmt maßlos, bildete sich die Spannung zwischen ihnen vielleicht nur ein. «Nein, das wird gar nichts kosten! Sie möchte bloß ein bisschen Urlaub machen ... eine Pause ... sie will mit mir ins Languedoc fahren und mein neues Haus ansehen, wenn ich es im Februar bekomme.»

Er antwortete nicht sofort. Stattdessen stellte er sein Glas ab, lehnte sich zurück und schien nachzudenken. «Dein Haus? Im Languedoc? Im Februar?»

«Ja. Nur eine Woche. Sie will mit, weil sie sich in letzter Zeit ein bisschen – müde – fühlt, und ich hätte sie gern dabei, weil – na ja – so etwas mit einer Freundin mehr Spaß macht. Aileen Hegarty ist natürlich auch da, aber die hat Mann und Sohn dabei, während ich – also, es wäre toll, wenn Crys mitkommen könnte. Für uns beide.»

«Verstehe.»

Befangenes Schweigen senkte sich herab. Ein wenig unsicher fuhr Shona fort, in der Annahme, er hätte es gern etwas genauer. «Du weißt schon, Gav! Mädchenkram, Bettwäsche und Handtücher einkaufen, entscheiden, in welcher Farbe die Küche gestrichen werden soll, über Märkte bummeln, so was alles. Ich habe dem Makler schon Bescheid gegeben, dass ich die Dokumente am 25. Februar unterschreiben möchte, weil Crys dann wegen der Ferien frei hat.»

Er saß weiter ruhig da, ohne sein Glas anzurühren, und

sah sie an. «Hat sie dir das gesagt? Dass sie dann Zeit hat?»

«Ja – vorausgesetzt, du bist einverstanden. Ich weiß, ihr bemüht euch sehr um ein Baby, und du willst sie immer in der Nähe haben, aber sie ist, glaube ich, ein wenig angeschlagen. Eine Woche in Frankreich würde ihr wirklich gut tun.»

«Eine Woche ohne mich, meinst du?»

Sein Tonfall war plötzlich beinahe so dunkel wie sein Guinness, was sie völlig aus dem Tritt brachte. «Nein, gar nicht, so wie du es sagst! Die *gîte* ist nur sehr klein, kaum groß genug für zwei, und im Hauptgebäude kann Aileen dich auch nicht unterbringen, weil es noch gar nicht ausgestattet ist. Außerdem kannst du dir doch im Februar gar keine Woche freinehmen, oder?»

«Nein», räumte er ein, «geht nicht. Crys aber hat frei. Ich habe mich schon darauf gefreut, sie in der Woche zu Hause zu haben, sie ein bisschen zu verwöhnen, dass sie mal lange ausschläft und … es ruhig angehen lässt.»

Irgendwie schlich sich ein harter Unterton in seine Stimme, auch sein Gesicht wirkte plötzlich hart, und Shona lernte staunend zum ersten Mal einen anderen Gavin kennen. Immer noch ein attraktiver Ehemann, aber einer, der andere Pläne mit seiner Frau hatte, nämlich im Bett zu bleiben und sich um Nachwuchs zu bemühen. Er schien wenig erfreut zu hören, dass diese Pläne durchkreuzt wurden. Oder auch nur infrage gestellt.

«Aber Gavin … meinst du nicht, eine Luftveränderung wäre besser für sie? Sie ist mit den Nerven fertig, das wird ihr alles zu viel – nun komm, sei nicht so! Ist doch nur eine Woche!»

Er schnaubte lautstark, nahm sein Glas und leerte es abrupt in einem Zug. «Shona. Crys ist erwachsen. Sie kann machen, was sie will. Und ich bezweifle nicht, dass sie das tun wird.»

Sie beäugte ihn unsicher. «Heißt das ja oder nein? Sie macht es nur, wenn –»

Sichtlich verärgert stand er auf und griff nach seiner Jacke. «O nein, sie macht es so oder so. Sie wird machen, wonach ihr der Sinn steht, und mich überrascht nur, dass sie dich in die Sache hineingezogen hat, während sie es nicht für nötig hielt, mich selbst darüber in Kenntnis zu setzen. Aber wie heißt es so schön, der Ehemann erfährt es immer als Letzter.»

Er wickelte sich seinen Schal um den Hals, und sie war erstaunt, wie zornig seine Stimme klang und darüber, dass er offenbar gehen wollte.

«Gavin – jetzt hör doch mal zu –»

Mit bitter ironischem Lächeln hob er die Hand zum Abschied. «Amüsiert euch gut in Frankreich, Shona. Macht richtig einen drauf, nur ihr Mädels unter euch.»

Nach Gavins überstürztem Aufbruch saß Shona bedrückt da und dachte nach. Das hatte sie ja schön vermasselt. Bestimmt fuhr er jetzt nach Hause, um mit Crys Streit anzufangen, und vielleicht hatte er sogar Recht, vielleicht hätte Crys es ihm selbst sagen sollen. Aber das hatte sie nicht gekonnt, weil er genauso unter Strom stand wie sie, weil sie beide völlig emotional waren. Verflixt! Am Ende überlegte Crys es sich jetzt anders und käme gar nicht mit – was in vieler Hinsicht ein Jammer wäre.

Ein wenig ratlos und verloren nippte Shona an ihrem Grog und beschloss dann, Emily O'Brien zu besuchen, in ihrem Landhaus draußen in der Einöde. Emily hatte immer so eine beruhigende Art, und außerdem war es höchste Zeit, ihr reinen Wein einzuschenken und zu beichten, dass sie sich nun doch keinen Hut für die Hochzeit Wright-Fitzpatrick zu besorgen brauchte. Shona rief Emily vorsichtshalber über das Handy an. Emily war zu Hause und freute sich darauf, sie zu sehen und das Neueste zu hören.

Von Moran's aus war es noch weit bis zu Emilys Haus in Connemara, durch Felder und dunstige Moore, während das schiefergraue Tageslicht allmählich in smaragdenes Dunkel überging, in dem sich umrisshaft die Berggruppe der Twelve Bens abzeichnete. Um diese Jahreszeit fiel es leicht, sich vorzustellen, wie Armeen aus grauer Vorzeit sich in ihren Klüften verbargen, Pläne schmiedeten, durchs Dämmerlicht schlichen. Hier und da schimmerte ein kleiner See und war gleich wieder fort, das Fenster eines Bauernhäuschens blinkte auf und verschwand, der Ruf eines Brachvogels drang durch die Nebelschwaden. Shona drehte Heizung und Radio an und spähte nach vorn auf die schmale Straße, während ihr durch den Kopf ging, dass dies wahrlich keine Gegend war, in der man allein leben sollte. Wie hielt Emily das bloß aus, seit Séans Tod?

Doch als Shona einbog in die säuberlich geharkte, kiesbestreute Auffahrt, ging ein warmer Glanz von Emilys Haus aus, Weihnachtskerzen leuchteten in jedem Erdgeschossfenster, und ein Holunderkranz mit roten Beeren zierte die blank polierte Eingangstür. Seitlich vom Haus, schwungvoll auf dem Rasen geparkt, stand frisch gewaschen der uralte Mercedes der O'Briens, mit einem fröhlichen Schleifchen im Schottenmuster an der Antenne. Für eine Witwe von sechzig, das war nicht zu leugnen, hatte Emily noch ganz schön viel Pfiff.

«Hallo!» Shona drückte auf die Klingel und stellte fest, dass die Tür wie üblich nicht abgeschlossen war; Emily war der sorglos-unvernünftigen Ansicht, niemand würde den weiten Weg hierher auf sich nehmen, um bei «Leuten wie mir» einzubrechen oder sonstigen Ärger zu machen. Allen flehentlichen Appellen zum Trotz wollte sie nicht einmal eine Alarmanlage einbauen lassen.

«Shona! Kommen Sie rein, ich mache gerade Glühwein, mögen Sie ihn gewürzt?»

«Hmm, ja, gerne!» Nach einer herzlichen Umarmung schauten sie einander lachend an, Shona in einem violetten Wollkostüm mit passendem Lippenstift, dick in Schals gemummelt, mit eleganten Schuhen; Emily klein, zierlich, weißhaarig, gehüllt in eine voluminöse Angorastrickjacke, in der sie, fand Shona, einem mütterlichen Karnickel ähnelte.

Der Glühwein wurde in einer Bowleschüssel ins Wohnzimmer getragen und zum Warmhalten neben den Kamin gestellt, dann ließen sie sich, beide entzückt über das Wiedersehen, in weiche Sessel sinken. Als ihr Blick auf ein Foto von Séan auf der Anrichte fiel, zauderte Shona kurz.

«Wie war Ihr Weihnachten, Emily?»

Emily nickte unvermutet, lächelte sogar mit einem Anflug von Genugtuung. «Viel besser, als es hätte sein können. Die Gäste waren ein echter Erfolg, es war eine glänzende Idee, diese Moorhuhn-Jagdgesellschaft ins Haus zu nehmen, die haben für fröhliche Stimmung gesorgt, und Gewinn habe ich auch gemacht. Über Neujahr kommt schon die nächste Gruppe.»

«Wo finden Sie denn diese Leute bloß? Das dürften derzeit die einzigen Touristen im ganzen Land sein!»

«Ach, ein paar gibt es immer, und ich habe meine Kontakte. Aber offen gesagt, ich würde ja zu gern in diesen Landhaus-Führer aufgenommen – wissen Sie schon, ob ich drin bin?»

«Nein – aber ich kann es in Erfahrung bringen. Ich rufe im Büro an und lasse jemanden nachsehen.»

Emily wirkte verwundert. «Im Büro anrufen? Aber können Sie denn nicht selbst nachsehen?»

Shona verzog das Gesicht. «Nein. Geht leider nicht. Ich bin von der Arbeit freigestellt worden.»

Emily sah sie entgeistert an. «Bitte?! Aber – Sie – Shona, ich verstehe nicht recht.»

«Ist eine lange Geschichte.» Seufzend schilderte sie die Lage und atmete dann tief durch. «Wenn wir schon bei schlechten Nachrichten sind, sollen Sie auch die andere hören. Ich habe nämlich mit Brendan Schluss gemacht – oder vielmehr, er hat mit mir Schluss gemacht.»

Kurz blieb es still. Emily aber regte sich zum Glück nicht auf und schaffte es sogar, sich die Enttäuschung nicht anmerken zu lassen, die sie, wie Shona vermutete, wohl empfand. «Ja. Ich weiß. Er war vor ungefähr einer Woche hier, wegen des Bullen. Da hat er es mir erzählt.»

Shonas Neugier war sofort geweckt. «Ach ja? Hat er das?»

«Ja. Ich kann nicht so tun, als täte mir das nicht sehr Leid, Shona. Aber … na ja, vielleicht hat es einfach nicht sollen sein. Vielleicht war er letzten Endes doch nicht der Richtige für Sie.»

Bitte? Aber Emily hatte sie doch zusammengeführt, wie konnte sie jetzt hier sitzen und so – so abgeklärt daherreden? Getroffen lehnte Shona sich vor, beide Hände um ihr Glas gelegt. «Aber er *war* der Richtige für mich! Das macht die Sache ja so schlimm! Er war der einzige ledige, solvente, intelligente, heiratsfähige Mann von hier bis Tasmanien!»

Emily lachte. «Ja, wie knapp die sind, habe ich auch schon gehört. Aber deswegen ist er immer noch nicht unbedingt der Richtige für Sie.»

Also wirklich. Emily hörte sich langsam ja schon an wie Crys, würde jetzt wahrscheinlich gleich anfangen, vernünftige Gründe für die Trennung zu finden und Brendans Standpunkt darlegen. Den er ihr doch bestimmt erklärt hatte. Shona kam fast um vor Neugier. «Was hat er denn gesagt?»

«Er sagte, Sie seien eine wunderbare Frau, dass Sie beide ein wundervolles Jahr zusammen verbracht hätten und es ihm sehr Leid täte, dass es mit Ihnen beiden doch nicht geklappt hat.»

«Hat er Ihnen auch verraten, warum nicht?»

Emily lehnte sich, ihr Glas in den Händen, zurück und dachte nach. «Er hatte anscheinend das Gefühl, da gab es einen – wie nannte er es noch? Einen Interessenskonflikt?»

«Ein Interessenskonflikt? Ha! Hat er das wirklich so genannt? Emily, hören Sie zu, er hat genau an dem Tag mit mir Schluss gemacht, als ich von der Arbeit freigestellt wurde. Hätte er nur gewartet, dann hätte ich außer ihm *keine* wichtigeren Interessen mehr gehabt.»

Emily lächelte fein. «Da ist mir anderes zu Ohren gekommen.»

«Wie bitte?»

«Ich habe letzte Woche Aileen Hegarty auf dem Markt in Galway getroffen. Sie hat mir erzählt, sie würde nach Frankreich ziehen und dort eine Pension führen, die Sie gerade kaufen.»

Oh. Klatsch und Tratsch. Hätte ich mir denken können, dachte Shona, hier kann man doch wirklich nichts machen, ohne dass sofort alle – aber wenigstens hatte Emily es von Aileen erfahren. «Na ja, stimmt. Das tue ich.»

«Erzählen Sie mir mehr.»

Shona griff sofort nach ihrer Handtasche. «O Emily, warten Sie, bis Sie es gesehen haben! Ich habe die Fotos dabei, es ist himmlisch, ein bisschen die französische Version von Ihrem Haus, Sie werden begeistert sein!» Sie kramte atemlos herum, fand die Bilder und reichte sie, ein wenig ängstlich, hinüber; irgendwie lag ihr daran, dass Emily Le Mas gefiel, dass sie ihr ihren Segen gab.

Und der ließ nicht auf sich warten. Während sie die Bilder ansah, breitete sich ein seliges Lächeln über Emilys Gesicht aus. «O ja. Oh, Shona, das ist zauberhaft … wenn ich zwanzig Jahre jünger wäre, würde ich am liebsten selbst übersiedeln und den Laden für Sie führen!»

«Nun, ich hoffe doch, Sie kommen auf Besuch. Bald, ehe zu viel Betrieb ist!»

Emily hob den Blick und sah sie neugierig an. «Meinen Sie wirklich? Schon in der ersten Saison?»

Shona nickte entschieden. «O ja. Es steht in einer phantastischen Gegend, landschaftlich reizvoll, reichlich einheimische Nachfrage, billiger als die Provence. Ich habe jeden Aspekt gründlich studiert. Und Aileen hat so viel Erfahrung, da wird sie das Haus erstklassig führen. Ich habe schon alles mit der Bank geregelt, das Darlehen bekommen, das Gutachten ist ebenfalls positiv – wir können es kaum erwarten loszulegen!»

«Verstehe.» Emily schob nachdenklich die Fotos wieder zusammen und reichte ihr den Stapel zurück. «Dann wünsche ich Ihnen ganz viel Glück, Shona. Wer hätte gedacht, dass unsere Pensions-Inspekteurin einst selbst in das Gewerbe einsteigen würde?»

«Wie? O nein, Emily, ich doch nicht! Aileen wird die Chefin! Ich kaufe Le Mas nur als Investition, sehr oft werde ich nicht mal da sein. So verliebt ich in das Haus auch bin, meine Karriere bindet mich an Irland. Wenn ich mein Verfahren gewinne – was mal besser der Fall ist –, will ich in den Hotelsektor aufsteigen.»

Ah ja, dachte Emily im Stillen. Wollen Sie das also, Miss Fitzpatrick? Und wollen Sie das ebenso sehr, wie Sie Brendan Wright wollten – über den Sie noch nicht allzu viel gesagt haben? Jede andere Frau, wenn ich deren Ex gesehen hätte, würde mich mit Fragen über ihn löchern. Aber der Grund für das Leuchten in Ihrem Gesicht ist dieses Haus, das gerade Ihr Herz erobert. Ganz wie es anscheinend auch Aileen Hegartys Herz erobert hat. Hoffentlich ist euch beiden klar, worauf ihr euch einlasst. An nichts scheitern Freundschaften leichter als an Geschäftspartnerschaften.

«Sagen Sie mal, Shona, was machen Sie an Silvester?»

«Ich bleibe mit der Bettdecke über dem Kopf zu Hause und verfluche Brendan Wright, der sich an dem Abend hoffentlich noch mieser fühlt als ich.»

O nein! Shona bereute ihr leichtfertiges Gerede auf der Stelle; aber zu spät. Ihr war ganz entfallen, dass Emily ihren Séan erst letzten April verloren hatte, der ihr, nach fünfunddreißig Jahren Ehe, gewiss wesentlich mehr fehlen würde als Brendan ihr. Eine in jeder Hinsicht überaus glückliche Ehe. Kleinlaut setzte sie zu einer Entschuldigung an. «Emily, bitte entschuldigen Sie – ich bin ja so ein Trampel –»

«Keine Sorge, Shona. Meine Jagdgesellschaft wird mich so auf Trab halten, da komme ich gar nicht dazu, Trübsal zu blasen.»

«Hoffentlich. Großartige Idee, die in der Zeit aufzunehmen, Emily. Großartig, wie Sie ohne Séan so mutig weitermachen.»

«Das wäre sein Wunsch. Er wäre sogar böse, wenn ich nicht weitermachte. Und ich wäre mir selbst böse, wenn ich alles vor die Hunde gehen ließe. So sehr er mir fehlt, er war nicht das Ein und Alles in meinem Leben.»

Shona musterte sie überrascht. «Wirklich? Aber ich dachte …»

«Was? Dass wir rundum glücklich waren? Ja, das waren

wir. Aus genau diesem Grund. Er war mein Partner, meine andere Hälfte – aber nicht mein ganzes Ich. Er hatte noch andere Interessen, ganz wie ich, und das hat die Sache in Schwung gehalten.»

Andere Interessen? Was hatte das genau zu bedeuten? Doch nicht … nein. Auf gar keinen Fall. Nicht die zarte Emily O'Brien, die wirkte, als könne sie kein Wässerchen trüben. Trotzdem … Shona war neugierig geworden. «Bleibt denn in einer Ehe noch – äh – Raum für andere Interessen?»

«Allemal, wenn man dieselbe Sprache spricht und beide auf einer Wellenlänge sind.» Das ließ Emily erst einmal zwischen ihnen im Raum stehen. Und dann, während Shona sich den Satz noch durch den Kopf gehen ließ, stand sie auf. «Noch etwas Glühwein, solange er noch warm ist?»

Shona stand ebenfalls auf und winkte ab. «Nein danke, ich muss noch fahren. Ich will mal besser los, bevor es stockfinster ist. Ich wollte nur sehen, wie es Ihnen geht und – und sagen, wie Leid es mir tut, dass ich die Sache mit Brendan vermasselt habe. Ich weiß doch, dass Sie unser Treffen damals eingefädelt haben.»

«Ach ja, man kann nicht immer gewinnen! Mir tut es auch Leid, aber Sie kommen schon darüber weg.»

Shona schüttelte finster den Kopf. «Nein. Diesmal nicht. Ich habe mit Männern schon zu oft Schiffbruch erlitten, und dieser war am schlimmsten.» Worauf sie Emily umarmte und zu ihrem Auto hinausging, wo sie noch einmal stehen blieb, um zu winken. «Frohes neues Jahr, Emily. Und es soll besser werden als das letzte.»

Ja, dachte Emily, während sie zurückwinkte, es wird besser. Vielleicht nicht für mich, aber für Sie. Was würde ich darum geben, nochmal in Ihrem Alter zu sein, so viel Zeit vor mir zu haben, Zeit zum Suchen und Wachsen, um herauszufinden, wer man wirklich ist und was man wirklich will.

Was immer das sein mag, Brendan Wright jedenfalls ist es nicht, so viel steht fest. Seine Gesellschaft mag Ihnen fehlen, weil Sie nun keinen attraktiven Begleiter mehr haben, um in Gesellschaft glänzen zu können, weil Sie jetzt keiner mehr anhimmelt und Ihnen schmeichelt, weil Sie nicht mehr Teil eines Pärchens sind – aber ich sehe jetzt, dass Sie ihn nicht wirklich geliebt haben. Nicht leidenschaftlich, nicht rettungslos, nicht so tief, wie man einen Mann lieben muss, um sein ganzes Leben mit ihm zu verbringen. Ich habe Séan auf diese Weise geliebt, und jeden Morgen beim Blick in den Spiegel sehe ich echte Verzweiflung – aber die sehe ich nicht bei Ihnen, Shona Fitzpatrick.

Glauben Sie mir. Sie haben ja keine Ahnung, was die Liebe mit einer Frau passieren lässt, oder erst der Verlust der Liebe.

Kapitel sieben

Das neue Jahr rauschte nur so an Aileen vorbei, während sie noch allerhand zu erledigen hatte, ehe es endlich auf nach Frankreich ging. Mieter für das Haus in Irland wurden gefunden und Habseligkeiten ausgelagert, Tessie wurde beruhigt, alles würde wunderbar laufen, und Mitte Februar war die Verwirklichung ihres Traumes, der Umzug in das reizende Haus auf dem Hügel, in greifbare Nähe gerückt. Der Gedanke daran beunruhigte sie zuweilen noch; ihr wurde flau vor Furcht, in die sich wilde Freude mischte, Neugier und reines Entzücken. Dass sie es nun tatsächlich wahr machte, wie die Leute im Fernsehen, die sich ihren Platz an der Sonne aussuchten! Auf die Sendung aber hatte sie auf einmal keine Lust mehr – da wurde ja schließlich nie gezeigt, wie es weiterging. Die Kameras kehrten nie ein Jahr später zurück, um zu sehen, wie es den Menschen in ihren neuen Häusern im Ausland ging. Waren sie überglücklich? Oder einsam, ernüchtert, krank vor Heimweh? Bis über beide Ohren verschuldet oder selig mit ihren selbst gezogenen Tomaten? Waren von diesen herrlichen Villen auch welche von Erdrutschen verschluckt, waren Leute von skrupellosen Baufirmen ausgenommen worden, hatten womöglich einige, vom Leben in der Fremde überfordert, das Handtuch geworfen und die Heimreise angetreten? Oder bestand ihr Dasein tatsächlich nur aus Picknicks im Grünen und murmelnden Flüsschen, ganz so wie auf den verheißungsvollen Bildern in all den Hochglanzmagazinen?

Unterdessen blieb ein entscheidendes Problem weiter bestehen: Joe.

Sie wusste, er spielte auf Zeit, schob seinen Antrag auf Beurlaubung hinaus, während er auf einen rettenden Engel hoffte, der ihre Pläne doch noch durchkreuzte. Aber dieser Engel blieb aus, und schließlich musste sie Joe zur Rede stellen. Hatte er nun seine einjährige Auszeit oder nicht?

«Öh», druckste er und wich ihrem Blick aus, «ja. Und nein.»

Sie erschrak heftig. «Bitte?»

Er kratzte sich am Kopf, vermied es weiter, sie anzusehen, und setzte sich auf einen der wenigen Stühle, die noch in der längst nicht mehr heimelig wirkenden Küche standen. «Nun ... ich hielt es für besser, es dir noch nicht zu sagen ... falls sich noch etwas geändert hätte ...»

Sie zwang sich, nicht in Panik zu geraten, ruhig zu bleiben. «Joe. Erzähl's mir einfach. Jetzt. Alles.»

«Okay. Ich kriege die Beurlaubung. Ein ganzes Jahr lang. Alles bewilligt und genehmigt.»

Oh, Gott sei Dank.

«Aber ... das Problem ist nur ... ich bekomme sie noch nicht sofort. Der Kerl, der mich ersetzen wird, ist noch bei einem Lehrgang und kommt nicht zurück vor – äh –»

Was?! Nein! «Wann kommt er zurück?»

«Im April», brummte er schuldbewusst. «Ende April. Ich kann dich nicht begleiten, Aileen – nicht sofort. Du und Finn, ihr werdet ohne mich rüberfahren und die ersten zwei Monate allein zurechtkommen müssen.»

Was? Aber – das war doch ein Familienunternehmen! Das war doch der Sinn der Sache! Wenn Joe allein in Galway bliebe, würde er jede freie Minute mit Dave Doherty im Pub hocken – und außerdem, was war mit den Mietern, die lange vor April einziehen sollten?

«Aber Joe – mal davon abgesehen, dass ich dich brauche, weil ich das nicht alles allein schaffe! –, wo willst du denn wohnen? Das Haus ist –»

«Ich weiß, ich weiß. Aber was soll ich machen? Ich werde bei meiner Mutter oder deiner oder sonst wem wohnen müssen. Es sind nur ein paar Wochen, Aileen. Wir müssen eben das Beste daraus machen.»

Es war ein Schock. Die Luft blieb ihr weg, als hätte sie einen Schlag in die Magengrube bekommen. Warum hatte er ihr etwas so Entscheidendes nicht früher gesagt? Erwartete er etwa, dass sie das ungerührt hinnahm, ohne die bleischwere Enttäuschung, die sie jetzt empfand? Sie hatte den starken Verdacht, dass er Zeit schinden wollte. Doch wie sollte sie ihm das beweisen? Sie konnte wohl kaum bei seinem Arbeitgeber anrufen, andeuten, dass ihr Mann sie belog, und um Bestätigung seiner Geschichte bitten. Und falls die nicht stimmte, wie sollte sie ihm dann erklären, dass sie ihm auf die Schliche gekommen war? Er würde aus der Haut fahren, ihr Misstrauen vorwerfen, dass sie ihm nachschnüffelte ... wozu sie bisher noch nie Anlass hatte, denn er war ein ehrlicher Kerl. Für Joe Hegarty galt: ein Mann, ein Wort. Wahrscheinlich sagte er schon die Wahrheit – hatte nur, als er um die Beurlaubung ersuchte, darauf hinzuweisen versäumt, wie dringend es war. Für ihn war die Sache eben alles andere als dringend.

Hatte er wirklich so große Vorbehalte gegen dieses Unternehmen, dass er ihr zwei Monate allein zumuten würde? Allein, bis auf Finn – doch Finn würde ihr kaum eine große Hilfe sein, geschweige denn ein Trost. Joe war ihr Mann und Partner, ihn wollte sie dabeihaben. Bei dem gesamten Projekt, von Anfang an, nicht nur körperlich, sondern auch moralisch. Es kam ihr vor, als würden sie Arm drücken, als würde Joe sich irgendwie gegen den ganzen Plan sträuben.

Er wollte, dass Finn fuhr, würde sie gehen lassen, wollte aber selbst nicht mit. Sosehr sie sich bemühte, sie bekam kein Wort heraus.

Das angespannte Schweigen kam ihr beinahe wie eine weitere Provokation vor. Enttäuschung machte sich in ihr breit. Alle waren jetzt auf den Februartermin eingestellt, daran war, wie er sehr wohl wusste, nicht mehr zu rütteln. Nur unter erheblichem Aufwand – der wiederum endlosen Aufschub nach sich zöge. Schwankend ballte sie die Fäuste, wahrte mühsam die Fassung, damit er nicht sah, wie sehr sie das mitnahm.

«Verstehe. Bist du sicher? Kannst du absolut nichts dran ändern?»

«Gar nichts. Ich habe die Situation erklärt, aber man – äh – man sagte mir, ich hätte früher Bescheid geben sollen, längere Zeit im Voraus.»

«Und warum hast du das nicht getan, Joe?»

«Habe ich dir doch schon erklärt, Aileen! Weil so viel Betrieb war, der Zeitpunkt war ungünstig.»

«Nein, aber du hast anscheinend auch nicht gerade den günstigsten Zeitpunkt gewählt, oder?»

Schuldbewusstes Achselzucken. Innerlich schreiend stellte sie ihn direkt zur Rede. «Warum willst du es nicht tun, Joe? Warum willst du nicht mit mir mitkommen?»

Er lief rot an. «Will ich doch! Natürlich will ich, und ich komme auch! Das ist nur … vorübergehend. Ich nehme das erste Flugzeug, sobald ich kann.»

«Joe», sagte sie tonlos, «das tust du auch besser. Inzwischen solltest du dir allerdings merken, dass ich über die Sache sehr, sehr verärgert bin. Ich bin wütend und – und erwartest du etwa wirklich, dass ich die Umzieherei, das Auspacken, die Unsicherheit der ersten paar Wochen ganz allein bewältige? Von Finn abgesehen, der – na ja. Wir ziehen nicht für immer hin, es ist nicht der Umbruch, den du befürchtet hast, wo also genau *liegt* dein Problem? Wo?»

Er fummelte am Teekessel herum, den Blick über ihren Kopf hinweg aus dem Küchenfenster gerichtet. «Nirgends», murmelte er. «Ich habe kein Problem.»

Aber sicher, dachte sie. *Du* hast kein Problem mit Frankreich. Und mit dem Trinken hast du auch kein Problem, stimmt's?

Ich kuriere dich schon, Joe Hegarty. Ob du willst oder nicht, du kommst mit, und damit basta. Wir ziehen alle nach Le Mas, und zusammen werden wir, irgendwie, das wahre Problem in den Griff bekommen: Wir werden endlich den Geist Hazel Hegartys austreiben.

Shona nahm die Nachricht ganz gefasst auf, aber insgeheim war sie beunruhigt. Aileens Mann versuchte jetzt schon, sich vor den ersten paar Monaten zu drücken …? Wenn er demnächst noch weitere Tricks ausspielte, am Ende überhaupt nicht kam? Auf sie machte es den Eindruck, als würden die Hegartys getrennte Wege einschlagen, worüber sie unwillkürlich nachgrübeln musste. Stand alles zum Besten zwischen den beiden? Es ging sie zwar nichts an, aber – nun, von den Schwierigkeiten abgesehen, die Aileen beim Umzug ohne Joe entstünden, sie war ihr so ans Herz gewachsen. Sie waren inzwischen gut befreundet, zogen an einem Strang, und es war ihr ehrlicher Wunsch, dass aus Le Mas ein Erfolg wurde, es sollte allen Freude machen, keinen Ärger bringen. Es war ein so heiteres Haus, so voll sonniger Stimmung, der auch Joe sich nicht verschließen können würde. Oder etwa doch?

«Na ja», tröstete sie Aileen, «keine Bange. Crys und ich sind doch dabei. Crys kann nur eine Woche bleiben, aber ich bleibe zwei. Und dann hast du doch Finn. Wird schon alles gut gehen.»

«Ja», erwiderte Aileen, «sicher.» Gaukeln wir Joe Hegarty erst gar nicht vor, er sei unersetzlich! Aber mal was anderes, hatte Shona schon die französischen Stromleute kontaktiert, den Anschluss umgemeldet? Hatten alle gültige Reisepässe, waren alle geschniegelt und gestriegelt, bereit zum Abflug? Sie und Finn würden den Wagen nehmen, wollte Shona irgendetwas ins Auto packen, hatte sie ihren Flug schon gebucht, wollte sie vom Flughafen abgeholt werden?

«Das wäre toll», sagte Shona, den Blick auf die Liste geheftet, die Aileen vor ihr herumschwenkte wie ein Schild. Eine Liste, die absolut alles enthielt, was die Hegartys in Frankreich benötigen würden – bis auf einen Eheberater vielleicht.

Nun, sollte dies der traurige Fall sein, könnten sie viel Geld sparen, indem sie sich einen mit Crys und Gavin Sheehan teilten. Insgeheim fröstelnd verabschiedete Shona sich von Aileen, nachdem sie sich am Flughafen Carcassonne verabredet hatten, und fuhr nach Hause. Unterwegs überlegte sie, dass manchmal doch einiges dafür sprach, Single zu sein und jederzeit überall hinzukönnen, ohne auf die gnädige Erlaubnis von sonst wem angewiesen zu sein.

Eines Morgens, zehn Tage vor der Abreise nach Frankreich, wurde Aileen von der *Gerry Ryan Show* im Radio geradezu in Bann geschlagen: Stocksteif, wie vom Donner gerührt, stand sie da, die Hand am Bügeleisen wie festgeklebt. Das Thema des Tages – Sex, ausnahmsweise – war kaum weltbewegend. Irland bekam heutzutage Sex zum Frühstück, Mittag- und Abendessen, im Radio, im Fernsehen, in den Zeitungen. Aber es war auch nicht das Thema, das sie zum totalen Stillstand brachte. Es war die schreckliche Klarheit des Augenblicks, die Erkenntnis, wie gern sie Gerry hatte, den sie fast jeden Tag hörte, der ihr seit langen Jahren ihres Lebens ein steter, körperloser Freund gewesen war. Mal lachten sie zusammen, mal zankten sie, mal raunzte sie ihn an, «reiß dich zusammen, Mensch», als wäre er mit im Zimmer und führte ein richtiges Gespräch mit ihr. Er gehörte einfach zu ihrem Leben, zu Irland … ein Leben, das nun bald, aus einer unbekümmerten Laune heraus, gegen ein neues eingetauscht würde. Mindestens ein Jahr lang wäre nichts mehr vertraut oder tröstlich oder auch nur wieder erkennbar. Frankreich würde fern und fremdartig sein, und Gerry könnte sie dort nicht aufmuntern, Dymps würde nicht auf einen Plausch zum Tee vorbeischneien, mit den Verabredungen mit Mam bei Heyden's wäre es vorbei … nicht mal einen Nachbarn hätten sie, an den sie sich im Notfall wenden könnten. Keinen irischen Nachbarn zumindest, der dieselbe Sprache sprach, einen auf einen Tee hereinbat, mitfühlend zuhörte, Späßchen machte und plauderte.

O Gott, dachte sie, was richte ich an? Was um alles in der Welt tue ich? Hat Joe Recht, habe ich den Verstand verloren?

Wie auf ein Stichwort klingelte es an der Tür, sie ging öffnen und sah Marion O'Shea vor sich stehen, übers ganze Gesicht strahlend. Marion, ihre Nachbarin von nebenan, war ein immer lächelndes, geschäftiges, atemloses Pummelchen. «Aileen! Wie geht's? Kann nicht reinkommen, hab's eilig, ich wollte nur fragen, ob du morgen Abend Zeit hättest – auf ein paar Gläschen, bevor du auf große Fahrt gehst?»

Gerührt, und zwar fast zu Tränen, versicherte Aileen ihr, ja, natürlich hätte sie Zeit, worauf Marion erfreut grinste. «Super. Ich und er werden da sein … und ein paar von den anderen. Bei mir, neun Uhr, einverstanden?»

Eine Party. Das wollte Marion damit andeuten: Sie und die anderen Nachbarn gaben eine Abschiedsparty für sie. Praktisch die ganze Straße würde hinkommen, da sollte sie sich besser schick machen und dafür sorgen, dass auch Joe sich in Schale warf, denn es würde mehr werden als nur ein gemütlicher Abend bei Bier und Chips. All die Menschen würden dort sein, die eine Art zweite Haut um sie bildeten, seit fünfzehn Jahren ihr soziales Umfeld waren, und sie wusste jetzt schon, alle würden sich aufführen, als wollte sie nach Australien auswandern. Tränen würden literweise fließen, ein ergreifender, schmerzlicher, denkwürdig bittersüßer Abend war garantiert.

Ich bin ja verrückt, dachte sie. Joe hat Recht. Ich habe sie langsam nicht mehr alle. Nur eine Geisteskranke würde ihr ganz behagliches Leben hier aufgeben, unter netten Leuten in einem fröhlichen Land, um in ein fremdes Kaff zu ziehen, wo sie Gott weiß was erwartete. Wenn es nicht schon zu spät wäre, würde ich – vielleicht genau jetzt einen Rückzieher machen. Es mir anders überlegen und einfach so tun, als wäre nichts gewesen. Wenn Shona nicht wäre, würde ich …

Aber es ist zu spät. Ich habe mich verpflichtet. Das ist nur eine Panikattacke. Ich beruhige mich und bügele weiter, dann geht es mir gleich wieder blendend.

Eisern entschlossen kochte sie sich einen Tee, fragte sich flüchtig, ob wohl in Frankreich selbst der Tee anders schmecken würde, und bügelte dann tatsächlich weiter, volle zehn Minuten mindestens, bis es wieder an der Tür schellte.

Diesmal stand ein kleiner Mann vor ihr, fast völlig hinter einem riesigen Blumenstrauß verschwunden. «Morgen, Ma'am», drang seine Stimme hinter einer Wolke von Schleierkraut hervor, «habe ich das Vergnügen mit Mrs. Hegarty?»

Ja, bestätigte sie überrumpelt, ganz richtig – wer konnte ihr denn bloß Blumen schicken?

«Ihr heimlicher Verehrer», grinste er und reichte ihr den Strauß mit einem Zwinkern, «Karte liegt bei. Dann also noch einen schönen Valentinstag.»

Ach – so. Heute war ja der 14. Februar. Aber – konnte Joe –? Nein. Bestimmt nicht. Zu Beginn ihrer Ehe hatte er an manchem Valentinstag Pralinen mit nach Hause gebracht, verstohlen fast, knallrot vor Verlegenheit, die letzten Jahre aber hatte er den Tag meist vergessen. So etwas wie diesen riesigen, prachtvollen Strauß hatte sie jedenfalls noch nie bekommen. Aileen trug ihn, zutiefst verwundert, in die Küche hinüber.

Er kam von Dymps. «Alles Liebe», stand auf der Karte, «ich umarme dich fest und wünsche dir für dein neues Leben in Frankreich alles Gute.»

Aileen kramte nach einer Vase und musste die Tränen zurückhalten, weil plötzlich eine Sturzflut von Gefühlen in ihr losbrach. Alles verschwamm ihr vor den Augen, ihre Hände zitterten, und fast eine halbe Stunde verstrich, ehe sie fähig war, zum Telefon zu greifen und ihre Schwester anzurufen.

Zum ersten Mal im Leben klang auch Dymps ganz so, als fiele ihr das Reden schwer. «Du solltest die Blumen etwas früher bekommen», stammelte sie, «damit du eine Woche lang Freude an ihnen hast, ehe du fährst.»

«Aber – aber Dymps, sehe ich dich denn bis dahin nicht nochmal –?»

Gequältes Schweigen. Und dann: «Nein. Nein, wirst du nicht ... ich kann Abschiede nicht leiden. Wenn ich zu dir käme, würde ich doch nur heulen ... das würde uns beide zu sehr aufwühlen ... freu dich einfach an deinen Blumen und ruf mich an, sobald du in Frankreich ankommst, okay?»

Sie legte abrupt auf. Am Boden zerstört, legte Aileen ihrerseits auf und brach in Tränen aus.

Und endlich war der große Tag gekommen, klirrend kalt und gleißend hell. Zumindest hatte Joe sich den Vormittag freigenommen. Zumindest so viel Anstand hatte er und auch, sich unaufhörlich zu entschuldigen, dass er nicht mitkam, während er Frau und Sohn beim Beladen des Autos half und sie dann, mit hochrotem Kopf, unbeholfen umarmte, ehe sie einstiegen. Tessie war auch dabei, wanderte hin und her mit Sandwiches für die Fahrt, warmen Wollsachen und einem Zeitungsartikel über Paris – das war doch nicht weit von ihrem Ziel, oder? Bewegt versicherte Aileen ihr, es sei ganz in der Nähe, und als das Auto endlich bepackt war, stand Tessie da und zupfte an ihrem Taschentuch herum, wild entschlossen, es nicht zu benutzen. Aber ihr Gesicht war knittrig vor Sorge, als sie ihre Tochter fest umarmte und ihr noch etwas ins Ohr raunte.

«Ich komme auf Besuch, sobald bei euch alles läuft. Bis dahin, Schatz, pass auf dich auf. Und auf Finn. Lebt euch ein und habt viel Spaß.»

Aileen war tief gerührt, sie nickte heftig. «Kriegen wir, Mam, den kriegen wir!»

«Wie? Ihr fliegt? Aber fahrt ihr denn nicht mit –?»

«Natürlich! *Du* wirst fliegen, mit Joe zusammen, in ein paar Wochen. Und jetzt rein mit dir, koch ihm was Feines zu Mittag.»

Tessie nickte. Sie verstand, dass sich ein Ehemann und seine Frau womöglich gern allein verabschieden würden, und schlurfte traurig ins Haus. Joe hielt Aileens Hand fast verzweifelt umklammert. Ein schreckliches Weilchen lang sagte keiner von ihnen ein Wort; und dann ließ er sie los und drückte ihr ungestüm einen Kuss auf die Wange.

Das war seine Art, ihr einzuschärfen, vorsichtig zu sein, auf sich und ihren Sohn aufzupassen und ihn anzurufen, falls er doch gebraucht wurde. Sie war tief bewegt und fragte sich plötzlich, was genau er die nächsten acht Wochen über tun, wie er seine freie Zeit, wenn Dave Doherty ihn nicht in Beschlag nahm, verbringen würde. Morgen zog er bei Tessie ein, sie würde sich um ihn kümmern, aber …? Sie war nicht sein Babysitter, und er war kein Kind mehr.

«Ich – ich rufe an, sobald wir da sind, und erzähle dir, wie wir so klarkommen.»

«Gut. Prima. Na denn. Ab mit euch – Finn, pass schön auf deine Mutter auf, hörst du?»

Finn verdrehte die Augen gen Himmel, als wollten er und seine Mutter nur mal eben die Straße hinunter, und nickte unwirsch. Beim Beladen des Wagens hatte er zwar einiges Geschick bewiesen, aber praktisch kein Wort gesagt. Ohne auf die mit Karten, Geschenken und guten Wünschen herbeiströmenden Nachbarn zu achten, beschäftigte er sich mit – vergrub sich förmlich in – den Unmengen von Taschen und Kisten. Aileen graute schon vor den tausend Kilometern Schweigen, die zwischen ihm, ihr und Le Mas lagen. Oder, viel wahrscheinlicher, den tausend Kilometern Heavy Metal. Das eine oder andere Zugeständnis musste sie wohl machen, um ihn auch mal ans Steuer zu bekommen.

Mensch, dachte sie plötzlich, wenn Shona doch hier wäre. Wenn sie doch heute Morgen nur nicht diesen Termin bei ihrem Anwalt hätte. Wie gut mir das täte, von ihr zu hören, dass ich das Richtige tue, dass ich nicht dabei bin, den größten, furchtbarsten Fehler meines Lebens zu machen.

Mache ich doch nicht, oder?

Tessie stand lächelnd an der Haustür und winkte tapfer

ein letztes Mal. Aileen wusste, sobald der Wagen verschwunden wäre, würde sie Joe die Ohren voll schluchzen. Würde Joe mitschluchzen? Oder wenigstens ein paar Tränen verdrücken, mannhaft getarnt als kleine Erkältung?

Finn sah sie gähnend an und räkelte sich. «Na los, Ma. Lass uns abdüsen.»

Mit einem Gefühl, als würde ihr ein lebenswichtiger Körperteil amputiert, stieg sie ins Auto ein.

Grauenhaft. So blieb Aileen die endlos lange Fahrt hinab in den tiefsten Süden Frankreichs im Gedächtnis, völlig anders als die erste Reise mit Shona, die sie ja zweimal unternommen hatten. Sie und Shona hatten sich die ganze Zeit über unterhalten, sich kennen gelernt, gelacht, die Gegend erkundet, Spaß gehabt. Während Finn einen ganz anderen Ansatz wählte: Offenbar war es ihm am wichtigsten, Frankreichs Straßen so schnell wie möglich zu erobern und nichts, aber auch gar nichts zu seiner Mutter zu sagen. Während der zwei Tage, die sie, in irrwitzigem Tempo über Autobahnen rasend, miteinander allein waren, rang er sich gerade zwei Äußerungen ab: Toll, dass es hier so viele Hamburgerrestaurants gab, und: Diese alte Kiste war ein Haufen Schrott. Während Aileen beklommen auf die bis zum Anschlag zitternde Tachonadel schaute, rätselte sie, ob Finn womöglich seine Berufung gefunden hatte: als Pilot.

Aber es schien sinnlos, etwas zu sagen, denn seine Antworten waren ebenso lapidar wie einsilbig, und in den langen Gesprächspausen dröhnte Musik, die einzig und allein einem Zweck zu dienen schien: so laut zu sein, dass sie auch mit Schreien nicht zu übertönen war. Den Blick stur geradeaus gerichtet, nahm er von der Landschaft, durch die sie fuhren, offenbar überhaupt nichts wahr, erst recht nicht ihre Reize; Schlösser, Flüsse, Blumen, Wälder, Berge sausten blitzschnell vorüber, verschwammen Aileen vor den Augen, bis ihr so schlecht war, dass sie heimlich ein Aspirin nehmen musste. Die kleinste Bemerkung, das ahnte sie, könnte ihn veranlassen, eine Vollbremsung hinzulegen, aus dem Wagen zu springen und sie vielleicht allein weiterfahren zu lassen, während er heimtrampte, vom rechtschaffenen Zorn eines Mannes von zwanzig erfüllt. Sein Geburtstag lag ein paar Wochen zurück, er war kein Teenager mehr. *Was* genau war er? Darüber dachte Aileen nach, während sie ihn aus dem Augenwinkel ansah, und bedauerte ihn auf unbestimmte Weise. Sein halsbrecherischer Fahrstil hatte eindeutig nichts mit dem Wunsch zu tun, anzukommen und ein neues Leben im Languedoc zu beginnen.

Und doch ... bei allem Bedauern für ihn empfand sie noch etwas anderes. Fast so etwas wie Gereiztheit, wenn sie sich so ein Gefühl gestattet hätte. Mit jedem Tag wurde es schwieriger, Achtung für einen Zwanzigjährigen aufzubringen, der nicht arbeitete, so früh so vollständig aufgegeben zu haben schien, der nichts sagte oder tat, um seine eigene Mutter auf diesem, letzten Endes, gewaltigen Abenteuer zu ermutigen. Das ja noch dazu teils ihm zuliebe gewagt wurde! Hier saß sie, in einem Taumel von Hoffnung, Zweifel, Vorfreude, Furcht, Euphorie und Neugier; dort er, der so schnell fuhr, wie man es einem gemieteten Fahrer zutrauen könnte, gleichgültig gegen alles um sich herum, ob sichtbar oder unsichtbar.

«Aber Mütter sind nicht sichtbar», hatte ihre Nachbarin Marion einst behauptet, «sie sind bloß Glieder in der Nahrungskette. Und in der Wäschekette. Meine Jungs bekämen nicht mal mit, wenn ich tot umfiele – die würden höchstens feststellen, dass der Tisch noch nicht für sie gedeckt ist.»

Marion hatte doch bestimmt nur Witze gemacht, so was konnte sie doch nie im Leben ernst meinen, oder? Schließlich war Dymps' Sohn Damien, der zwar erst zehn war, kein bisschen so. Im Gegenteil, er war herzlich und aufgeschlossen und liebte seine Eltern sichtlich. Finn war bloß … bloß ein wenig reserviert, mehr nicht. Ein Spätzünder, immer noch im Trauma des Heranwachsens befangen. Eines Tages – bald, hoffentlich – würde aus der Puppe schon noch ein richtiger Schmetterling werden.

Ich mache mir doch nichts vor, wenn ich daran glaube, oder? Dass mein Sohn im Grunde ein lieber Kerl ist, dessen Entwicklung von Ereignissen gehemmt wurde, an die er sich kaum noch erinnert?

Ich täusche mich nicht. Daran darf ich keine Minute lang glauben – denn was würde sonst aus ihm und aus mir? Was wird aus uns allen, falls Finn diesen Kokon allumfassender Apathie niemals verlässt?

«Mensch», sagte Finn, so unvermittelt, dass Aileen richtig erschrak, «ist das plötzlich hell.» Und dann, als wäre ihm das gar nicht recht, klappte er die Sonnenblende herab und sah blinzelnd auf die Straße, die in der Sonne zu flirren begann.

Die Sonne! Ganz in Gedanken versunken, hatte Aileen gar nicht mitbekommen, wie sie sich aus dunstigen Feldern erhoben hatte, über turmbewehrte Burgen und Dörfer auf Berggipfeln emporstieg und nach und nach ihren Zenit am tiefblauen Himmel erreichte, der selbst ein Herz aus Stein erwärmt hätte. Der Tag war zwar nicht heiß, aber so wunderbar sonnig, dass Aileen ihre winterlichen Gedanken vergaß. Schlagartig verflog jede Erinnerung ans trübe Irland; es war unmöglich, sich dem Reiz, der schieren Heiterkeit dieses strahlend schönen Tages zu entziehen.

«Schau doch, Finn», hauchte sie, «ist es nicht märchenhaft?»

Flüchtig spähte er zu einem Feld mit Weinreben, das sich halb einen Hügel hinaufzog, auf dem sich malerisch ein cremeweißes Schloss erhob, umhüllt von Nebelschwaden. Aileen fand, der Anblick hatte etwas von einem Märchen.

«Ja», seufzte er, «ist okay.»

Hätte er ihr mitten ins Gesicht geschlagen, ihre Ernüchterung hätte nicht größer sein können. Es *war* traumhaft, Herrgott nochmal, ob es ihm nun gefiel oder nicht! Auch neu war es, frisch wie der junge Morgen, noch nie hatte er so ein förmlich zum Leben erwachtes Märchen zu Gesicht bekommen oder würde dergleichen je woanders sehen. Musste er so sein? Musste er ihren Traum so jäh zum Zerplatzen bringen, bevor sie Le Mas des Cigales überhaupt erreichten?

Warum? Warum, warum?

Als würde er ihren schwelenden Groll spüren, schlug er versöhnlichere Töne an. «Also – fast da, was? Wo fahren wir erst hin, zum Haus oder zum Flughafen?»

Sie konnten nicht direkt zum Haus – erst heute Abend, wenn alle Dokumente unterschrieben waren und es Shona offiziell gehörte –, worüber Aileen aber insgeheim froh war. Sie wollte so rasch wie möglich zum Flughafen, Shona von ihrem Flug abholen und ihre wachsende Begeisterung teilen, mit jemandem – jemandem, der begeisterungsfähig war, positiv eingestellt! Wenn Shona erst bei ihr war, würde sie endlich dieses übermächtige Verlangen los, Finn zu schütteln – ihn, offen gesagt, mit einer Schaufel niederzuschlagen, denn er zerrte an ihren Nerven wie Kreide, die über eine Tafel quietscht.

«Der Flughafen heißt Salvaza», erklärte sie sachlich, «er müsste bald ausgeschildert sein. Sollten wir zu früh dran sein, trinken wir einfach einen Kaffee und warten.»

Salvaza entpuppte sich bei ihrer Ankunft als süßer kleiner

Miniaturflughafen, und Aileen war entzückt. So klein, so praktisch, keine Hektik oder Menschenmassen; nur eine Hand voll gelassener Passagiere mit der lässigen Aura von Menschen, die vielleicht Häuser in der Gegend hatten und regelmäßig pendelten. Ein Café bot Gelegenheit, sich an einen Tisch mit Blick auf die Landebahn zu setzen und nach Shonas Flugzeug Ausschau zu halten, was Aileen auch eifrig tat. Im Stillen betete sie, dass es bald landen würde. Beherzt nutzte sie ihre Französischkenntnisse und bestellte zwei Kaffee. Als die Bestellung eintraf, sahen sie und Finn winzige Tässchen vor sich, die der Größe des Flughafens zu entsprechen schienen.

«Du hast es vergeigt, Ma», sagte Finn endlich, «das ist Espresso.»

«Ach, na ja. Ist das schlimm?»

«Richtiger wär mir lieber gewesen. Mit Milch.»

Etwas in ihr setzte aus. Wie ein dünnes Fädchen, das plötzlich riss. «Na schön», sagte sie, «ruf die Kellnerin und erkläre ihr, was du willst.»

«Aber – du weißt doch, das kann ich nicht!»

«Dann trink deinen Espresso.»

Ein aufsässiger Ausdruck huschte ihm übers Gesicht. Aber er sagte nichts. Stattdessen steckte er sich die Walkmanstöpsel in die Ohren, verbarrikadierte sich hinter seiner Musik und rührte den Espresso nicht an.

Shona, dachte Aileen. Shona Shona Shona.

Schweigend trank sie ihren Kaffee aus, stand auf, schlenderte im Flughafen umher, ging nach draußen an die frische Luft und hörte dann – wuusch! – das Dröhnen eines Flugzeugs bei der Landung. Sie drehte sich um, bekam noch mit, wie es die Landebahn hinabschoss, und der Anblick der irischen Flagge am Heck löste unvermutete Empfindungen in ihr aus; eine alberne, völlig irrationale Rührung.

Das Flugzeug wurde langsamer, wendete und rollte gemächlich zu ihrem Standort zurück, wo einige Treppen aufs Rollfeld geschoben wurden, um es in Empfang zu nehmen – Laufgänge gab es offenbar nicht –, und sie verrenkte sich den Hals, als es praktisch unter ihrer Nase jenseits eines Drahtzauns anhielt. Türen öffneten sich, ein Steward in blauer Uniform winkte dem Bodenpersonal munter zu, Passagiere stiegen nach und nach aus und – ja! Da war Shona! Aileen flitzte in den Ankunftsbereich, um sie dort abzuholen, ihre Laune hob sich sofort, als Shona sie erspähte, winkte und strahlend lächelte, ein Lächeln, das besagte: Juhu, wir sind da! Ist das nicht toll? Wenig später hatte sie die Passkontrolle passiert, und sie lagen sich in den Armen, ganz sprachlos vor Freude.

«Und das ist Crys», sprudelte Shona und schob die reizende, anmutige junge Frau nach vorn, der Aileen vor ein paar Monaten bei Heyden's begegnet war, die heute aber irgendwie … anders …? aussah. Aileen wusste nicht recht, worin der Unterschied bestand, nahm ihn jedoch deutlich wahr. Crys lächelte, wirkte aber viel weniger fröhlich als an dem Tag damals.

«*Bonjour*, Crys! Seit einer Stunde bin ich hier, ich spreche jetzt schon praktisch fließend Französisch!»

Sie lachten alle, rollten Gepäck hinter sich her und waren fast schon am Ausgang, als Shona anhielt und sich verwundert umsah. «Wo ist denn Finn?»

«Oh – den hätte ich ja fast vergessen! Er sitzt oben im Café, wartet kurz, ich laufe hoch und hole ihn.»

Gesagt, getan. Gemeinsam machten sie sich auf den Weg zum Auto. «Es wird ein wenig eng, aber – ach, Shona, wie schön, dich zu sehen! Ist das nicht ein herrlicher Tag, ist das nicht toll, endlich haben wir bald unser Haus – wann ist unser Termin bei M. Delatre?»

«Um drei. Nur noch eine Stunde, Aileen, dann gehört uns Le Mas!»

«Ja! Also, mir ja eigentlich nicht, dir –»

«Uns. Es wird uns gehören. Juhu!» Mit strahlenden Augen stieß sie eine Faust empor, und Aileen vermerkte, wie gut sie heute aussah, mit vorfreudig geröteten Wangen, fit und frisch in Jeans und rustikalem weißem Pulli. Die Uniform hat nie so recht zu Shona gepasst, dachte sie; in ihren eigenen Sachen sieht sie viel besser aus, jünger und weitaus lässiger.

In dem überladenen kleinen Ka wurde es tatsächlich eng, doch sie zwängten sich hinein und fuhren los nach Carcassonne, mit Finn am Steuer, während Aileen und Shona das Reden besorgten. «Meine Eltern wollten mitkommen», sagte Shona, «aber ich habe nein gesagt, wartet, bis alles fertig ist – aus dem Alter, in dem man am Boden campiert, sind sie ein wenig hinaus. Morgen müssen wir gleich als Erstes einkaufen gehen, Mädels! Betten, Bettdecken, Kissen, Töpfe, Besteck – yippie!»

Tiefer Seufzer von Finn. Aileen beachtete ihn nicht. «Ich habe so viel Zeug wie möglich dabei, und Joe bringt auch noch einige Sachen mit, wenn er kommt – aber das reicht nicht annähernd, um ein Haus von der Größe von Le Mas einzurichten. Warte nur, bis du es siehst, Crys – es ist ganz außergewöhnlich, nicht wahr, Sho?»

Ja, schwärmte Shona, auf jeden Fall. Crys und Finn würden sprachlos sein. Crys und Finn lächelten beide ein wenig gezwungen und sagten nichts. Jetzt, wo Shona dabei war, konnte Aileen mit Finns Wortkargheit leben … aber warum war Crys denn so still? Was hatte sie? «Alles okay, Crys?»

Crys rückte im Sitz herum. «Mir fehlt nichts. Nur etwas müde. Wir mussten um sechs aufstehen, um zum Flughafen zu fahren.»

«Ein Tässchen Tee», entschied Aileen, «das könnten wir alle gebrauchen.»

«Hättest du wohl gern», konterte Shona. «Sobald wir aus M. Delatres Büro kommen und der Kauf unter Dach und Fach ist, gibt's erst mal irgendwo Champagner!»

Die Kaufprozedur dauerte ewig. Wollte überhaupt kein Ende nehmen. Alle saßen feierlich um M. Delatres Schreibtisch herum und bestaunten die Berge von Dokumenten, die Shona im Akkord unterschrieb. *«Une petite signature»*, säuselte M. Delatre in einem fort, «hier und hier und hier …» Doch Shona verging das Lächeln nicht, im Gegensatz zu den Besitzern, die Le Mas veräußerten. Es war ein reizendes Paar aus Italien um die sechzig, sehr freundliche Leute, die aber den Anschein erweckten, als wollten sie gleich losweinen, sie rangen sogar die Hände und klammerten sich aneinander fest, als könnten sie es kaum ertragen. Sie beteten Le Mas an, beteuerten sie, und verkauften es nur, weil die Mama der Signora in Genua allmählich in die Jahre kam und sie in ihrer Nähe brauchte. Mama dürfte mindestens neunzig sein, dachte Aileen und tröstete sie nach Kräften, während Shona weiter unterschrieb, so ausdauernd, dass es bald so routiniert wirkte, als sei es ihre Vollzeitbeschäftigung. Ein französischer Notar wachte über die Prozedur, regelte den reibungslosen Verkauf für beide Parteien und bekam eine ziemliche Stange Geld, fand Aileen, für ziemlich wenig Arbeit. Oder hatte er etwa irgendein grässliches Problem an dem Haus entdeckt, sagte aber, im Bunde mit M. Delatre, nichts? Herrje. In einem fremden Land mit fremder Sprache war es so schwierig, wirklich den Überblick zu behalten.

Lass alles gut gehen, betete Aileen im Stillen, lass alles gut gehen. Lass keine Probleme auftauchen. Lass dies das

Beste sein, was ich je getan habe und was Shona je getan hat. Lass dieses Haus zu einem strahlenden Wendepunkt in unserem Leben werden.

Und dann, Shona hätte langsam einen Krampf bekommen müssen, war es vorbei. Le Mas des Cigales gehörte ihr. «Herzlichen Glückwunsch», flötete M. Delatre und küsste sie zur Überraschung aller höflich erst auf die eine, dann auf die andere Wange. Einen gebannten Moment lang fragte Aileen sich, ob der Notar sie wohl auch küssen würde. Oder gar alle? Der aber sammelte nur seine Unterlagen ein, gab allen die Hand und huschte davon. Und dann schnellte Shona zu Aileen herum.

«Wir haben es geschafft», juchzte sie und umarmte sie stürmisch, «wir haben es, Aileen, wir sind im Geschäft! Als Partner!»

Bis sie in der Brasserie nebenan eine Flasche Champagner geleert hatten, ging der Nachmittag schon in den Abend über, ein strahlendes Mauve erglühte am klaren blauen Himmel, die befestigte *cité* zeichnete sich nur mehr als schwarze Silhouette am Horizont ab. Auf der Straße empfing sie eine frische, klare Kälte. Sie gingen rasch in ein nahe gelegenes Bettwäschegeschäft und kamen schwer beladen mit Bettdecken wieder hinaus. Das Languedoc abends im Februar war frostiger, als Aileen gedacht hatte.

«Und jetzt», versprach Shona der augenscheinlich abbauenden Crys, «bekommst du das Haus zu sehen. Finn auch – bist du schon bedient, Finn, nachdem du uns den ganzen Tag herumkutschiert hast?»

«Nein», sagte er knapp, «noch nicht.»

«Toll. Dann halten wir unterwegs noch bei einem Supermarkt. Da kaufen wir alles Nötige ein und – und gehen heute Abend essen! Ich lade euch ein!»

Aileen sah, wie Shona vor Euphorie sprühte, als hätte sie größte Lust, über die ganze Straße zu schreien, dass sie die neue Besitzerin von Le Mas des Cigales war. Mit roten Wangen und sichtlich aufgeregt, tänzelte sie förmlich im Walzerschritt zum Auto zurück, wo sie die Entdeckung machten, dass das Bettzeug nicht hineinpasste.

«Halb so wild», flötete sie, «ihr zwei fahrt vor, Crys und ich kommen im Taxi nach!»

Gesagt, getan, und so kam Aileen einige Minuten vor Shona bei Le Mas an. Sie stieg aus dem Wagen, schritt aufs Haus zu, blieb im Kies stehen und sah zu ihm hoch, atmete seine heitere Ruhe ein, sog den erdigen Winterduft des Gartens ein. Diese kurze Zeitspanne über, während Finn geschäftig das Auto auslud, gehörte das Haus ihr, nur ihr allein; nur diese paar duftenden Minuten lang.

Wie wundervoll! Es ist ja sogar noch schöner, als ich es in Erinnerung hatte … ich liebe es, dachte sie, liebe es wie verrückt. Wenn es doch nur mir gehörte. Aber nächstes Jahr, wenn alles gut läuft, wenn wir hier alle glücklich sind, wird es mir ja vielleicht gehören. Nicht nur ein Haus, sondern ein Zuhause, das eine Familie beherbergt, die es liebt und auch einander liebt.

Autoreifen knirschten über den Kies. Shonas Taxi bog schwungvoll in die Auffahrt, die Tür schwang auf, bevor es richtig angehalten hatte, und Shona sprang heraus, stand ganz kurz mit leuchtenden Augen da und rannte dann mit ausgestreckten Armen zum Haus hinauf, aus voller Kehle schreiend: «O ja! Komm zu Mama, Kleines, komm zu Mama!»

Wer? Ich? Einen verdatterten Moment lang dachte Aileen, Shona meinte sie damit, merkte aber dann, dass sie mit dem Haus redete wie mit einem Lebewesen – und mehr noch, sie warf sich ihm förmlich entgegen, riss die Arme hoch, legte sie an seine dicke Mauer, strahlte wie beim Wiedersehen mit einem lieben alten Freund. Crys kämpfte sich, mit Bettzeug bepackt, hinter ihr aus dem Taxi, zog die eine Augenbraue hoch, die noch zu sehen war, erhaschte Aileens Blick, und dann brachen sie beide in Gelächter aus.

«Reiß dich zusammen, Sho! Es ist nur ein Haus, kein Geliebter!»

Shona wirbelte zu ihnen herum, strahlend, mit roten Wangen und leuchtenden Augen. «Aber es ist so schön! Ich bin ganz verliebt! Ich kann's kaum erwarten – schau, Crys, habe ich's dir nicht erzählt, es ist himmlisch! Komm her, leg das Zeug irgendwohin und schau es dir richtig an, sag mir, wie du's findest!»

Crys reichte die Packen an Aileen weiter, bezahlte den Taxifahrer und trat ein paar Schritte zurück, langsam, nachdenklich, um den Anblick auf sich wirken zu lassen. Im letzten violetten Abglanz der Dämmerung, die Silbersichel des Neumonds leuchtete am Himmel, sah Le Mas des Cigales allerdings überirdisch schön aus, oben auf seinem ruhigen Hügel, mit den gewölbten, lavendelfarbenen Fensterläden, die behaglich die Kälte aussperrten ... und auch Shona sah schön aus. Strahlend, dachte Crys, einfach strahlend. Was sollte das Gerede, sie hätte das Haus nur als Investition gekauft? Shona war doch eindeutig ganz verrückt danach ... und Aileen Hegarty auch, die wie verzaubert dastand, ein ehrfürchtiges Staunen im Gesicht.

Hm. Crys nickte unparteiisch. «Nicht schlecht. Für heute Nacht wird's wohl reichen.»

«Nicht *schlecht*! Hast du sie noch alle, es ist sensationell, es ist –» Dann merkte Shona, dass Crys sie auf den Arm nehmen wollte, lachte, entriss Aileen ein Kissen und schlug damit auf Crys ein. «Dieses Haus ist *märchenhaft*! Mein Mas ist *großartig*! Sag es, oder ich schlage dich zu Brei!»

Crys sprang lachend beiseite, wehrte das Kissen mit den Armen ab. «Na schön, na schön! Ist es, ist es – von außen zumindest, wann lässt du uns denn endlich rein?»

«Jetzt sofort.» Shona zog den massiven Eisenschlüssel aus der Tasche, schritt auf die Haustür zu, schob ihn ins Schloss, atmete tief durch und ließ die Flügeltüren in die Diele aufschwingen, eine kleine Fanfare trällernd.

«Ta-*ta*! Da wären wir, rein mit euch – na komm, Finn, kommt schon, alle! Schaut euch nur diese luftige Diele an, diese antiken Fliesen, *tomettes* heißen die –»

Von der Treppe hinter ihr aus lugten alle hinein. Es war stockfinster. Und eiskalt, ein frostiger Hauch kam hinausgeweht, als hätte sie eine Kühlschranktür geöffnet. «Ich finde», bemerkte Crys, «die architektonischen Feinheiten sollten wir uns schenken, bis wir etwas Licht haben und ein Kaminfeuer brennt.»

Lachend tastete Shona über die Wände, bis sie einen Lichtschalter fand und betätigte. Licht flutete durch die Diele … und was für eine Diele das war, mit Kuppeldecke, dicken Mauern und rostroten, achteckigen alten Fliesen. Crys dachte spontan, wenn das ihr gehörte, würde sie den Raum kaum möblieren; so leer, wie er war, war er absolut hinreißend. Dann kam ihr der Gedanke, man könnte gleich hier eine Party feiern, ohne die anderen Räume überhaupt zu betreten.

«Wow», hauchte sie. «Wow … zugegeben, Geschmack hast du ja, Fitzpatrick.»

Hoppla. Aus Aileens Miene schloss Crys sofort, dass sie etwas Falsches gesagt hatte, sie in das Kompliment mit hätte einbeziehen sollen – schließlich war die Suche nach dem Haus ja ursprünglich Aileens Idee gewesen. Das könnte ja eine heitere Woche werden, was? Sie hauchte sich, vor Kälte bibbernd, gegen die Finger und wechselte das Thema.

«Wo ist die Heizung? Wo ist der Kamin? Liegt hier irgendwo Holz? Ich weigere mich, auch nur einen Schritt weiter in dieses Haus zu tun, ehe jemand für etwas Wärme sorgt ... ich hätte nie gedacht, dass es so verflixt kalt sein würde!»

«Sogar in Südfrankreich», dozierte Shona, als lebte sie schon jahrelang hier, «wird es im Winter nachts ganz schön kalt. Die *gîte* sollten wir uns, glaube ich, bis morgen schenken, heute Nacht sollten wir alle hier schlafen –»

«Wo drauf denn?» Finn meldete sich so unvermittelt zu Wort, dass alle sich zu ihm umwandten. «Gibt's hier Betten?»

Und Crys kam der nächste Gedanke: Finn hatte zu seiner Mutter noch nicht ein Wort über das Haus gesagt. Hatte ihr nicht dazu gratuliert oder es bewundert oder ihr viel Glück damit gewünscht ... nichts, gar nichts.

«Nicht direkt, aber irgendwo müssten Luftmatratzen liegen, die sollten angeliefert werden ... Finn, sei doch so lieb, könntest du um Himmels willen mal schauen, ob du den Boiler irgendwo findest?»

Shona sah ihn flehentlich an, und er trollte sich in den hinteren Teil des Hauses, während sie die Türen zum Wohnzimmer aufstieß – wo neben dem Kamin Holzscheite aufgestapelt waren, nebst Anzündern und Streichhölzern.

«Oh, genial! Das haben bestimmt die Italiener für uns dagelassen, sind die nicht süß!»

Im Handumdrehen hatte Shona ein Feuer entzündet, und während sie davor langsam auftauten, ertönte ein Rumpeln in den Leitungen, als untrügliches Zeichen, dass Finn auch die Heizung in Gang bekommen hatte: Gott sei Dank, dachte Crys, kann der junge Sauertopf ja doch etwas. «Nun will ich aber den Rest sehen, Sho – und Aileen!»

Sie brachen auf zu einem Rundgang durchs Haus – Shona voll Besitzerstolz voraus –, und es war unbestreitbar ein schönes Haus, alt, geräumig, behaglich, das sich langsam gastfreundlich aufwärmte. In der Küche hatten die «süßen» Italiener vorausschauend eine Kiste Nahrungsmittel für den ersten Abend hinterlassen, und in einem der Schlafzimmer lag ein Haufen Wolldecken und Bezüge, mit der Notiz «Nur für den Notfall!». Auf dem Rundgang durch Le Mas wurde Shonas Lächeln immer breiter, und Crys war beeindruckt: Es war in der Tat ein wunderbares Haus, eine, wie Shona sich ausdrückte, tolle «Investition».

«Also», sagte sie endlich, «euch beiden kann man nur gratulieren. Das wird eine bildschöne Pension abgeben. Wenn wir Wein hätten, würde ich darauf mein Glas erheben, und auf euch beide.»

«Wir haben Wein», grinste Shona, «nur keine Gläser! Auch kein Geschirr oder Besteck, wir müssen also essen gehen, ob wir wollen oder nicht – wir können zu Fuß ins Dorf gehen, sind nur zehn Minuten.»

Was sie dann schließlich auch taten. Sie zogen hinab in das am Fuße des Hügels blinkende Dörfchen Mézalas, setzten sich in das kleine Bistro, wo ihnen Shona die auf einer Tafel aufgeführten Speisen übersetzte, aus denen sonst niemand schlau wurde. Crys staunte, wie gut und mühelos Shona sich offenbar in Frankreich zurechtfand, und erhob bewundernd das Glas auf sie.

«Gut gemacht, Sho. Und Aileen. Ihr habt hier einen Schatz aufgetan, und ich hoffe, eurer Partnerschaft ist viel Glück beschieden.»

Shona warf Aileen strahlend den Arm um die Schultern. «Worauf du dein letztes Geld verwetten kannst. Wir werden es in Mézalas einfach zauberhaft haben – nicht wahr, Mme. 'Egarty?»

Lachend schauten sie sich an und hoben ihre Gläser. Ja, das würden sie. Sie würden sich riesig amüsieren und aus

Le Mas eine wahre Goldgrube machen, und darauf musste sogar Finn schließlich mit anstoßen.

Die folgenden Tage über war Shona rastlos im Einsatz, übernahm die Leitung ihrer «Mannschaft», teilte Aileen, Finn und Crys Aufgaben zu. Aileen sollte Möbel besorgen, Dekorationen aussuchen, Küche, Schlafzimmer und Bäder herrichten; Finn kümmerte sich um die Klempnerarbeiten und alles, was mit Strom, Heizung oder Armaturen zu tun hatte, Crys hielt den Teenachschub aufrecht, kaufte ein, kochte und sollte sie ansonsten anfeuern.

«Spielst wohl gerne Chefin, was?», begehrte sie auf, doch Shona grinste nur gelassen.

«Na ja, ich muss mich doch um den ganzen Papierkram kümmern, ich kann als Einzige mit der *mairie* verhandeln, der Telefongesellschaft, dem Wasser- und Stromversorger, der Müllabfuhr, Aileen und Finn ordnungsgemäß anmelden, dann muss das Fremdenverkehrsbüro kontaktiert werden, Le Mas muss als Pension registriert werden, wenn wir Kundschaft wollen … Sicherheitsvorschriften müssen studiert werden … wir sind nicht zum Spaß hier, hörst du!»

Crys lächelte bedauernd. «Scheint so. Du hast mich belogen, Shona Fitzpatrick. Hast mich unter falschen Vorwänden hergelockt, um mich als Sklavin auszubeuten.»

«Ja. Jetzt ab mit dir, wir brauchen was Nahrhaftes zu essen, um dieses Pensum zu bewältigen.»

Fügsam trollte Crys sich wieder an ihren Posten in der alten, holzgetäfelten Küche, und Shona blickte ihr nachdenklich nach. Crys war hilfsbereit und fröhlich und die tolle Freundin, die sie immer war, aber … nun ja? Shona wusste nicht recht, was genau fehlte – vom grellen Nagellack abgesehen –, nur, dass Crys nicht ganz sie selbst zu sein schien. Sie beteiligte sich zwar an jedem Gespräch, tat ihre

Meinung zu jeder Entscheidung kund, lachte über jeden Witz, schien aber irgendwie merkwürdig verhalten, als sei sie mit ihren Gedanken nicht ganz in Frankreich. Schon möglich – vielleicht war ein Teil von ihr noch bei Gavin in Irland und beobachtete sehnsüchtig Eltern, die Babys im Kinderwagen herumschoben. Grübelte, wie es weiterging, wenn sie nie selbst Eltern würden.

Irgendetwas hat sie auf dem Herzen, entschied Shona, und sobald ich etwas Zeit habe, nehme ich sie mal beiseite und gehe der Sache auf den Grund. Wenigstens ist Crys von Natur aus mitteilsam, wohingegen dieser Finn Hegarty … nun, okay, er tut alles, was von ihm verlangt wird, aber wird er auch mal was *sagen*? Wie Aileen damit klarkommt, ist mir schleierhaft. Das Einzige, was für ihn spricht, ist, dass er handwerklich begabt ist, schon das eine oder andere reparieren kann. Aber ich würde um keinen Preis mit ihm im Aufzug stecken bleiben wollen.

«Shona!», flötete Aileens Stimme die Treppe hinunter. «Der Möbelwagen mit den Sofas und Stühlen kommt gerade die Auffahrt hoch, ich kann ihn durchs Fenster sehen – geh schnell raus und sag ihnen, wo alles hinsoll!»

«Das übernimmst du! Du musst dein Französisch üben, Aileen!»

Aileen kam aufgeregt die Treppe hinunter, glücklich und besorgt zugleich wirkend. «Kann ich nicht, Sachen erklären, so weit bin ich noch nicht –»

«Wie willst du dann zurechtkommen, wenn ich wieder in Irland bin?»

«Weiß der Himmel», räumte Aileen ein, «mir graut schon vor dem Tag deiner Abreise. Wo steckt Finn? Er kann ihnen beim Reintragen helfen – was meinst du, war es richtig, gelbe Sofas zu nehmen, oder sollten wir –»

«Aileen, jetzt mal ganz ruhig. Für Gelb haben wir uns

entschieden, und Gelb wird wunderbar sein. Deine Pension wird wunderhübsch sein. Das Leben wird wunderbar sein, wenn du dich beruhigst und es zulässt.»

«Ja, also – entschuldige. Bin ich etwas panisch?»

«Allerdings. Ohne Grund. *Bonjour, messieurs.*» Shona wirbelte munter zu den Möbelpackern herum, gab ihnen die Hand, wie es in Frankreich offenbar üblich war, und Aileen erstarrte: Würden jetzt gleich auch Küsschen ausgetauscht? Gestern hatte schon M. Delatre Shona geküsst, als er, von ihr dazu breitgeschlagen, die ausgelagerten Gartenmöbel vorbeibrachte, und Leute küssten sich auch in Cafés, in Läden, auf der Straße … sie würde ohnmächtig und Finn wohl gleich ganz seinen Geist aufgeben, falls das jemand mit ihr oder ihm machte.

Was hielt wohl Finn von Frankreich? Bisher hatte er sich nicht geäußert, was aber angesichts der erdrückenden Überzahl von drei plappernden Frauen kein Wunder war. Vielleicht verbrachte er deswegen so viel Zeit oben auf der Leiter, strich Decken, überprüfte Regenrinnen und Dachziegel. Später, wenn Crys und Shona fort waren, müsste sie ihm mal auf den Zahn fühlen … erst aber sollte er etwas mehr zu sehen bekommen. Wenn Le Mas in ein oder zwei Wochen soweit fertig war, hätten sie Gelegenheit, die Gegend zu erkunden, zu schauen, was für junge Leute wie ihn so geboten wurde. Wenigstens lag er ihr nicht damit in den Ohren, abends ausgehen zu wollen – weil die viele ungewohnte Arbeit ihn sichtlich auslaugte. Wenn er einen Tag lang Möbel gerückt, Wände gestrichen, Fliesen verfugt, undichte Stellen ausgebessert und Holz für den Kamin gehackt hatte, ging es ihm nicht anders als allen anderen: Er freute sich auf ein warmes Essen, ein Glas Wein und darauf, früh schlafen zu gehen. So aufregend das alles war, die viele Arbeit jetzt am Anfang war anstrengend.

«Hundemüde», erzählte Aileen Joe, sobald das Telefon funktionierte, «wir kommen bestens klar, aber wir sind hundemüde, es ist so viel zu tun … Shona ist die reinste Sklaventreiberin. Sie will, dass die Pension bis Ostern eröffnet ist. Und wie geht's dir?»

Prima, sagte Joe; ihm gehe es prima, es freue ihn zu hören, dass der Umzug glatt lief, Tessie sei hier direkt neben ihm, ob Aileen mal mit ihr reden wollte? Und gleich darauf hatte sie ihre Mutter am Apparat. Tessie erkundigte sich besorgt, ob sie auch alle immer warm frühstückten.

«Ja», log Aileen geduldig, «jeden Morgen Porridge, Mam. Warte, bis du herkommst, das Essen ist wunderbar, und die Bäckereien sind großartig –»

«Und zieht Wollsachen an», fuhr Tessie fort, «wie ich höre, ist es drüben bei euch gerade sehr kalt.»

«Ja, aber die Sonne scheint, es ist klar und frisch.»

«Chips? Ich soll Chips mitbringen? Käse und Zwiebel, oder mit Salz und Essig?»

Gütiger Gott. «Käse und Zwiebel, Mam! Ich ruf morgen wieder an – tschüs!»

Verflixt, dachte Aileen beim Auflegen. Ist ja nicht ihre Schuld, die Gute, aber viel werde ich über Joe nicht aus ihr herausbekommen. Offenbar auch nicht aus ihm selbst. Was macht er so? Wie geht's ihm so? Fehle ich ihm, und Finn auch? Wäre er gern hier bei uns, oder –

«Aileen! Komm mal her und sag mir deine Meinung – steht der Tisch hier gut oder besser drüben am Fenster?»

«Komme, Sho. Mal sehen – ich würde ihn, glaube ich, da drüben hinstellen, vor den Kamin.»

«Gut.» Shona nickte zustimmend, und zehn Minuten darauf stand der Tisch dann doch am Fenster.

Die Woche verging wie im Flug, und am Schluss sah Le Mas, unfassbar, allmählich ganz behaglich aus, einladend und sogar, wie Crys es nannte, «verführerisch».

«Würdest du hierher kommen wollen», fragte Aileen, «im Urlaub?»

Crys nickte eifrig. «Ja, gern – wenn ich mal Urlaub hätte!»

Shona klopfte ihr zerknirscht auf die Schulter. «Tut mir echt Leid, Crys. War nicht meine Absicht, dich so viel arbeiten zu lassen, und nun reist du morgen schon ab, ohne irgendwo gewesen zu sein, irgendetwas gesehen zu haben – weißt du was? Dein Flug geht doch erst ganz spät. Wie wär's, wir nehmen uns alle morgen frei und fahren nach Carcassonne, schauen uns die *cité* an, besuchen die Sehenswürdigkeiten …?»

Aileen hörte schweigend zu. Dann machte sie taktvoll einen anderen Vorschlag. «Besser noch, warum fahrt ihr zwei nicht allein hin, nur ihr Mädels? Ihr könnt mein Auto nehmen, ich habe hier reichlich zu tun – und Finn auch, stimmt's, Finn?»

Was Finn eilig bejahte. Mit zwei Hühnern in irgend so einer ollen Stadt rumlatschen entsprach nicht ganz seinen Vorstellungen – außerdem kam doch die große Lieferung Kaminholz, um das zu hacken, bräuchte er den ganzen Tag.

«Tja, wenn ihr sicher seid …?» Shona war erleichtert über ihre nochmalige Bestätigung. Ein paar letzte Stunden allein mit Crys wären schon toll.

Und so brachen sie und Crys am nächsten Morgen in Aileens kleinem Ka auf, fuhren meilenweit durch goldene Felder und knorrige schwarze Reben, dösende Dörfchen und über staubige Straßen. Die Gegend machte insgesamt den Eindruck, als würde sie nur gelegentlich wach, einmal im Jahrhundert ungefähr.

«Ziemlich entspannt, oder, dieses Languedoc?»

«Ja – gefällt es dir, Crys? Was meinst du?»

Crys wandte den Kopf zu Shona, musterte sie kurz und antwortete dann. «Es kommt mir vor wie eine ganz andere Welt, die astrein zu dir passt. Ich habe dich noch nie so ausgeruht erlebt.»

Shona nahm kurz den Blick von der Straße und sah sie an. «Wirklich?»

«Ja, wirklich. Du bist glücklich und beschäftigt und energiegeladen, scheuchst Leute herum, organisierst alles Mögliche, triffst Entscheidungen … das liegt dir einfach perfekt. Ist mir unvorstellbar, wie du wieder zur Arbeit in deinem Büro zurückkehren willst.»

«Ja – mir auch! Vorausgesetzt, ich kann in dieses Büro überhaupt zurück. Von hier aus wirkt das alles so weit weg. Aber der Gerichtstermin steht bald an, ich bekomme schon Magenkrämpfe, wenn ich nur dran denke. Statt mich auf eine Auseinandersetzung mit diesem Mistkerl Terry O'Hagan vorzubereiten, sollte ich jetzt mit Hotelmarketing beschäftigt sein. Selbst wenn ich gewinne, keine Ahnung, was nach all den Scherereien aus meiner Beförderung werden soll – verdammt, Crys, das ist alles nicht fair!»

«Stimmt. Der alte Sexist hätte schon vor Jahren gefeuert werden sollen.»

«Ja, er – nein! Ich werde nicht über ihn reden, mir von ihm den letzten Tag mit dir nicht verderben lassen. Ich will nicht über ihn reden, ich will über dich reden.»

«Über mich?» Crys sah sie kurz aus dem Augenwinkel an, doch da erreichten sie die Vororte von Carcassonne, fuhren über eine schmale Straße, vorbei an, wie es schien, einer Art Auktion, die sich ganz daran entlangzog.

«Ja. Über dich. Ich weiß nicht genau, was es ist, aber du scheinst momentan nicht ganz du selbst. Nicht so richtig.»

«Oh, mir fehlt nichts. Ich bin bloß etwas müde.»

«Müde? Daran bin ich wohl schuld. Tut mir Leid. War nicht meine Absicht, dass du die Woche so viel arbeiten musstest.»

«Ach, das war doch keine Arbeit! Hat Spaß gemacht. Tut mir nur Leid, dass wir an der *gîte* noch nichts machen konnten.»

«Na, zum Glück nicht. Du hast mehr als genug getan. Heute Morgen machen wir erst mal einen Bummel über den Markt, und dann gönnen wir uns in einem netten Lokal ein langes, faules Mittagessen.»

Crys erhob Protest; Shona aber blieb unbeirrbar. Sie stellten den Wagen ab und spazierten ins Stadtinnere, wo sie ein riesiger Markt unter Markisen empfing, intensiv nach Würsten und Knoblauch und großen Pfannen voll Paella duftend. Crys schnupperte, probierte, drängte sich durch die Menge und suchte mit großem Vergnügen Leckereien aus, die für Gavin daheim bestimmt waren, und erst nach zwei Stunden kehrten sie zum Auto zurück, um hinauf in die imposante, von trutzigen Festungsmauern umgebene *cité* zu fahren, die sich als Schmuckstück entpuppte.

«Oh – Läden! Restaurants! Boutiquen! Ich dachte, hier gäbe es nur Museen mit Rüstungen und so was!» Crys stand lachend da, und Shona stimmte ein. «Dachte ich auch, als ich das erste Mal herkam. Aber es ist ganz anders ... na los, erkunden wir mal alles.»

Ihr Rundgang dauerte ziemlich lange, und Shona hatte das Gefühl, dass Crys endlich einen ersten Eindruck von Frankreich bekam. Die *cité* wimmelte zwar von Touristen, war aber kein bisschen verkitscht, die verlockenden Schaufenster voller Seifen, Parfüms, Puppen, Gebäck, Wein und Käse minderten nicht das Gefühl, durch Stein gewordene Historie zu streifen. Auf Schritt und Tritt zeugten Brustwehre und Zugbrücken, Türmchen und Schießscharten von dem Preis, den Frankreich jahrhundertelang für den friedlichen Wohlstand von heute entrichtet hatte. *La Cité* war ein Denkmal, aber ein lebendiges, geschäftig und vital, und sie genossen jede Minute in dieser bestrickenden, fesselnden Umgebung.

«Ich muss mich mal hinsetzen», bat Crys schließlich. «Das überfordert einen ganz schön!»

«Ja. Gehen wir essen. Halten wir es draußen aus, wenn wir da drüben hingehen, auf die beheizte Terrasse?»

«Ja. Ich komme um vor Hunger – meinst du, um fast drei Uhr bekommen wir da noch was?»

«Wüsste keinen Grund dagegen. Die Tische sind doch alle besetzt, oder? Wir dürften nicht die Einzigen sein, die sich nicht an feste Essenszeiten halten.»

Doch der Kellner war «untröstlich», als er an ihren Tisch kam; die Küche war geschlossen. Warme Gerichte gab es nicht mehr, nur noch Sandwiches, falls das recht wäre? Shona verzog ärgerlich das Gesicht. «So ein Mist! Ich wollte dich zu einem köstlichen Mahl einladen! Wenn ich hier für den Fremdenverkehr zuständig wäre, gäbe es immer was Warmes zu essen!»

«Tja, bist du aber nicht. Meinst du, ein Sandwich mit Käse *und* Schinken wäre zu viel verlangt? Ich werde ohnmächtig, wenn ich nicht bald etwas zu beißen bekomme.»

Shona, die schon woandershin wollte, bemerkte auf einmal, dass Crys in der Tat etwas angeschlagen wirkte, als wollte sie nicht mehr aufstehen, jetzt, wo sie endlich saß. Was Crys gar nicht ähnlich sah, die sonst wie eine Gazelle aufgesprungen und empört davongeeilt wäre.

«Na schön. Wenn wir lieb bitte, bitte sagen, toastet er es uns ja vielleicht sogar.»

Was Shona dann zum Kellner sagte, verstand Crys zwar

nicht, aber bittend klang es ganz und gar nicht; eher wie klare, präzise Anweisungen, resolut vorgetragen. Im Nu wurden ihre Getränke gebracht; nur Minuten später trafen zwei dampfend heiße Sandwiches ein, dick belegt mit Käse, Schinken, Zwiebeln und Tomate. Crys griff eifrig zu.

«Oh, Gott sei Dank. Du machst keine Gefangenen, was?»

«Ich bin einfach der Ansicht, ein gut besuchtes Touristenlokal sollte jederzeit warme Speisen servieren können. Damit würden sie genug einnehmen, um noch einen Koch einstellen zu können. Einerlei, jetzt haben wir ja etwas, *bon appetit* also … und danke für alles, Crys. Du hast so viel geholfen, du warst einfach wunderbar.»

Crys biss in ihr Sandwich. «Wunderbar, von wegen. Ich bin – na ja, wie du es nennst, nicht ganz ich selbst. Ein bisschen angeschlagen. Tut mir Leid, falls ich euch auf den Wecker gefallen bin.»

«Was? Crys, so ein Unsinn! Ich finde es toll, dass du mitkommen konntest, um dir das Haus anzusehen und uns so lecker zu bekochen, und was du nicht noch alles getan hast, es tut mir nur Leid, dass es dir offenbar nicht so viel Spaß gemacht hat, wie ich mir gewünscht hätte … was ist los? Hätte ich mehr mit dir unternehmen sollen, dir mehr Sehenswürdigkeiten zeigen, bist du enttäuscht?»

Crys schlang die Hände um ihren Becher mit heißem Tee und schüttelte den Kopf. «Nein. Überhaupt nicht. Im Gegenteil, ich war sehr froh, mit dir zusammen zu sein, mal wegzukommen.»

«Von Gavin, meinst du? Macht er dir immer noch das Leben schwer, Crys? Setzt euch diese Babysache immer noch so schlimm zu?»

«Ja … und nein. Das heißt, klar. Aber vielleicht ist es damit ja bald vorbei.»

Was? Was sollte das heißen? Shona sah sie besorgt an. «Warum? Willst du aufgeben? Einfach der Natur ihren Lauf lassen, ob es ihm nun …?»

Crys wich unvermutet zurück und ließ den Blick an Shona vorbei ins Geäst einer Platane schweifen. «Nein. Genau das Gegenteil sogar. Ich glaube, die Natur könnte schon ihren Lauf genommen haben. Ich – ich glaube, ich bin schwanger.»

Shona saß mit dem Sandwich in der Hand da und sah sie an wie vom Donner gerührt. «O Crys! Himmel, warum hast du mir das nicht eher gesagt? Ich hätte nicht zugelassen, dass du nur einen Finger krumm machst, du hättest dich hinlegen und Pfefferminztee schlürfen sollen … o *Crys*!» Schon beim Reden spürte Shona, wie ein Beschützerinstinkt in ihr aufwallte – während Crys merkwürdig teilnahmslos wirkte.

«Ich hab's dir nicht gesagt, weil ich mir nicht ganz sicher war – und immer noch nicht bin. Ich sollte einfach einen Test machen, wenn ich nach Hause komme, weil ich – so ein *Gefühl* habe.»

«Wie meinst du das? Was hast du für ein Gefühl?»

«Ich fühle mich schlapp und komisch und – irgendwie entrückt oder so. Ich kann es nicht beschreiben.»

«Na, dann sollten wir dich besser ins Flugzeug zurück zu Gavin setzen – der wird sich freuen, falls es stimmt! Und du auch – nach so langer Zeit haben eure Sorgen endlich ein Ende!»

Crys spähte immer noch versonnen in die Baumkrone. «M hm. Kann schon sein. Oder sie fangen womöglich erst so richtig an.»

«Bitte?» Shona wurde aus ihren Worten nicht recht schlau.

«Shona …» Crys legte unvermittelt ihr Sandwich aus

der zitternden Hand, in ihren Augen glänzte es. «Shona … kann ich dir etwas anvertrauen? Ich muss es einfach loswerden …»

Shona griff nach ihrer Hand und drückte sie. «Ja, sicher – Crys, was ist? Was hast du?»

Schweigen senkte sich herab; ein Schweigen, das sich wie eine hohe Mauer zwischen sie stellte. Und dann, wie nach einem festen Schlag auf den Rücken, brach es aus Crys heraus. «Ich – ich *will* gar nicht schwanger sein. Glaube nicht mal, dass ich überhaupt ein Kind will.»

Sie *wollte* kein Kind? Aber – nach einer ewig langen Pause hörte Shona sich stammeln: «Aber – was – Crys, ich verstehe nicht. Das ist zu hoch für mich … ich dachte, du sehnst dich wie verrückt nach einem Kind!»

«Nein, ich nicht. Gavin schon, aber ich … ich frage mich, ob ich deswegen nie schwanger wurde. Noch nie, fünf Jahre lang … weil ich es, unbewusst, nicht wollte. Zuerst war mir das nicht klar – ich habe es jahrelang nicht begriffen –, aber jetzt, wo ich das Gefühl habe, eventuell schwanger zu sein, merke ich plötzlich, dass ich das möglicherweise gar nicht will.»

«Aber – was –?» Shona, die weiter ihre Hand hielt, war sprachlos, fand einfach keine Worte.

«Was ich dann will? Ich will *anderer Leute* Kinder, Sho! Ich fahre für mein Leben gern diese lustigen kleinen Wichte zur Schule, liebe meine freiwillige Arbeit, sammle gern Spenden für die Kinder in Afrika – Kinder, die arm und krank sind und hungern, weil sie das Pech hatten, in Afrika geboren zu sein, während ich, selber schwarz, das Glück hatte, in Irland zur Welt zu kommen. Ich habe so viel, und sie haben nichts, und sie – sie sind alle meine Kinder! Für ein eigenes habe ich gar keine Zeit, ich will mich nicht von einem ablenken lassen, ich – ich will nicht schwanger sein! Aber Gavin wünscht sich das von mir – er – ich weiß einfach nicht mehr ein noch aus, es zerreißt mich förmlich!»

Crys war lauter geworden, klang so verzweifelt, dass Shona tief erschüttert war und minutenlang stumm dasaß, während sie langsam diesen Schock verdaute.

O Mann. Was sollte man darauf sagen?

Bestürzt dachte sie nach, sah, wie Crys die Tränen kamen, bedauerte sie unendlich und war zugleich beklommen. Wie sich das auf die Ehe von Crys und Gavin auswirken mochte, wollte sie sich gar nicht vorstellen.

«Crys … nicht weinen … bitte … vielleicht bist du ja gar nicht schwanger.»

«O doch. Das weiß ich. Gavin wird sich freuen wie verrückt, und ich – ich komme mir vor, als hielte mir jemand eine Pistole an den Kopf und zwänge mich auf einen Weg, den ich nicht einschlagen will. Wenn ich ihm das sage, ist es aus mit uns, Sho. Ich liebe Gavin, ich dachte immer, für ihn würde ich alles auf der Welt tun, aber … aber das will ich nicht. Ich will kein Kind, kein eigenes. Dachte ich zwar, aber … Gavin war immer die treibende Kraft.»

Shona lehnte sich langsam zurück und überlegte. «Bist du sicher, Crys? Vielleicht ist das nur eine Panikattacke. Vielleicht bist du einfach schwanger und stehst unter Schock.»

Crys schüttelte heftig den Kopf. «Nein. Es ist eher ein … ein Gefühl, das mich langsam beschlichen hat. Ich habe versucht, es zu ignorieren, so zu tun, als würde es schon vorbeigehen, aber es ist nicht vorbei, und jetzt habe ich einen Punkt erreicht, an dem ich mich diesem Gefühl stellen und seine Existenz eingestehen muss. Mir selbst – und jetzt auch dir –, aber niemandem sonst, denn wie fasst man so etwas in Worte, Sho? Wie soll eine Frau erklären, und dann erst ihrem Mann, dass sie keine Kinder möchte? Es klingt so – unnatürlich!»

«Für mich nicht, Crys. Ich verstehe das. Ich war auch nie sonderlich wild auf Kinder. Ist mir ein Rätsel, warum manche Leute so einen Kult ums Mutterwerden treiben – sieh dir doch bloß an, was Aileen für einen Sohn hat! Bestimmt kann es auch Freude machen, wenn man sich wirklich berufen fühlt dazu, aber sollte das denn von jeder Frau erwartet werden? Wenn du lieber mit einen LKW voller Hilfsgüter nach Sambia fahren würdest oder sonst was, dann solltest du das auch machen.»

«Genau das möchte ich auch. In letzter Zeit habe ich mich sogar gefragt, wie Gavin wohl reagieren würde, wenn ich ihm das sage … wäre damit unsere Ehe zerstört? Oder liebt er mich genug, um mich gehen und mich das tun zu lassen? Um *seinen* Traum von Kindern aufzugeben? Um mich sogar nach Sambia oder wohin auch immer zu begleiten, wo die nächste Hungersnot ausbricht?»

Shona schloss die Augen und malte sich die Szene aus: wie Gavin erfuhr, dass es mit der kuscheligen Kleinfamilie in Irland nichts würde und er stattdessen in einem Zelt in Afrika Milchpulver an die hungernden Massen verteilen sollte. Eingedenk seiner Miene damals bei ihrem Treffen bei Moran's sah sie förmlich, wie er diesen merkwürdig harten Blick bekam.

«Vielleicht solltest du ihm vorläufig gar nichts sagen, Crys. Erst wenn –»

«Wenn ich sicher weiß, dass ich schwanger bin, alles stehen und liegen lasse, um sein Kind zu kriegen? Wenn ich ihm sagen kann, er bekommt, was er will, ohne mit einer Silbe zu erwähnen, dass das meinen Wünschen zuwiderläuft? O Gott, warum habe ich darüber noch nicht früher nachgedacht! Warum habe ich mir nicht eingestanden, dass ich nicht der mütterliche Typ bin, nicht im konventionellen Sinn zumindest, warum habe ich es ihm nicht einfach gesagt –?»

«Weil du ihn liebst, Crys! Weil du eine gute Ehefrau sein, ihn glücklich machen wolltest … und falls du schwanger bist, wird er glücklich sein. Überglücklich. Wenigstens den Trost hast du. Später, wenn das Kind größer ist, vielleicht –»

Crys schien in sich zusammenzusacken, als würde ihr langsam die Luft herausgelassen. «Wenn es Schule und Uni hinter sich hat, meinst du, wenn es zweiundzwanzig ist und ich über fünfzig, dann kann ich nach Afrika? Vorausgesetzt natürlich, Gavin möchte für das Erste nicht noch ein Brüderchen oder Schwesterchen, was bedeuten würde, ich wäre fast sechzig, bevor ich frei bin? Ach, Shona, was soll ich nur machen?»

Shona seufzte bekümmert. «Keine Ahnung, Crys. Darüber muss ich erst gründlich nachdenken, bevor mir eine Antwort einfällt, die eine Hilfe sein könnte. Aber hör mal, es wird spät, du musst zum Flughafen. Mach um Himmels willen einen Schwangerschaftstest, wenn du heimkommst, und ruf mich direkt an, wenn du das Ergebnis hast, okay?»

Crys zog sich im Aufstehen die Jacke über und wirkte alles andere als begeistert, nun zum Flughafen zu müssen. Oder beim Gedanken an den Test. «Ja. Okay. Mache ich. Morgen.»

Shona klopfte ihr aufmunternd auf die Schulter, als sie aufbrachen. Schweigend gingen sie nebeneinander her und dachten über diese Neuigkeit nach, die unter anderen Umständen so großartig gewesen wäre. Und vielleicht würde sie das ja noch, wenn es Gavin irgendwie gelänge, Crys mit seiner Begeisterung anzustecken – warum nicht?

Sie konnte nur darum beten. Und verstand doch auch,

wie Crys sich fühlte, wie zerrissen, wie zwiespältig. Für viele Frauen gab es nichts Aufregenderes auf Erden, als Mutter zu werden, aber wenn sie ganz ehrlich war – wie es auch Crys vielleicht hätte sein sollen –, sie reizte das nicht. Lockte sie nicht mit unwiderstehlichem Sirenensang, zog sie nicht in seinen Bann; das war einfach etwas, was andere Leute, mit Vergnügen meist, in ihrem Leben taten. Doch was für die richtig war, musste nicht unbedingt für sie selbst richtig sein, oder für Crys. Crys, die Einzige, die nie geglaubt hatte, dass sie mit Brendan Wright glücklich würde …

Als sie beim Wagen am Fuß des Hügels ankamen, ließ Crys ihren Blick hinauf zur Festung schweifen und betrachtete sie wehmütig, wie um sie sich gut einzuprägen. Shona lächelte aufmunternd. «Es sind nur zwei Stunden Flug, Crys. Keine Reise zum Mars, weißt du.»

«Nein, aber … ach, Shona, weißt du überhaupt, was du für ein Glück hast, hier zu bleiben, in dieser herrlichen Gegend, zu tun und zu lassen, was du willst, ohne jemandem Rechenschaft ablegen zu müssen? Mit niemandem, der für dich Entscheidungen trifft, dich hierhin oder dorthin schubst? Niemandem, der dich zu etwas zu zwingen versucht, was du nicht willst?»

Pling! Genau in dem Moment fiel bei Shona der Groschen, laut und klar wie die Hochzeitsglocken, die womöglich hätten läuten können: Crys hatte Recht, und Brendan auch. Er und ich passten nicht zusammen. Er wollte eine Familie, und ich wäre schließlich durchgedreht. Ich war verrückt nach ihm, aber ich wäre daran erstickt, und im Lauf der Zeit hätte ich Aggressionen gegen ihn entwickelt … und das wusste er. Er hat mich nicht in die Wüste geschickt, er hat mich gerettet. Vor mir selbst. Vor einem letzten Endes womöglich doch nicht so dringenden Bedürfnis zu heiraten.

Jedenfalls keinen Mann, der mein Leben so einengen würde, wie Gavin es mit Crys tut. Das hat sie mir letzten November vor Augen zu führen versucht, aber damals war ich blind dafür, ich *wollte* es nicht sehen.

«Ja, ich … ich glaube, das weiß ich, Crys. Verliebt sein ist wunderschön, und ich war in Brendan verliebt … aber inzwischen frage ich mich langsam, ob diese Liebe von Dauer gewesen wäre, so stark, dass ich meine Lebensvorstellungen für ihn zurückgestellt hätte.»

«Leicht ist es nicht, Sho. Ich bin nicht sicher, ob ich in der Lage bin, das für Gavin zu tun … hoffentlich. Ich hoffe es sehr, weil ich ihn wirklich liebe. Aber die Liebe hat auch ihren Preis.»

«Ja … wie alles andere. Dafür genieße ich momentan meine Freiheit … und vielleicht zahle ich später mal den Preis dafür, wenn ich eine alte Jungfer und ganz allein bin.»

«Du – ha! So weit wird es nie kommen. Du wirst doch mich haben! Und all die anderen Menschen, die dich mögen auf ganz unterschiedliche Art. Vielleicht lernst du ja auch noch einen Mann kennen, der dir Raum zur Entfaltung lässt und dein Leben teilt, ohne es regieren zu wollen.»

Ja. Vielleicht. Und dieser Mann wäre Brendan Wright nie gewesen. Jetzt, hier, weit weg von ihm, durchschaute Shona das mit völliger Klarheit. Auf der kurzen Fahrt zum Flughafen war sie wortkarg, zu sehr beschäftigte sie sich in Gedanken mit ihm und mit Crys' Dilemma. Crys saß ähnlich schweigsam neben ihr, aber sie verstanden sich auch so, wie nur echte Freundinnen es können, ohne viele Worte.

Am Flughafen umarmten sie sich fest, und Shona gab Crys einen zarten Stups unters Kinn. «Ruf mich an, gleich, sofort – und keine Angst, Crys. Ob schwanger oder nicht, du stehst an einer Wende in deinem Leben, du wirst einige schwere Entscheidungen treffen müssen … aber ich lasse dich nicht im Stich. Ich werde dir zuhören und nachdenken und ehrlich zu dir sein – und ich werde dir helfen, egal, was du am Ende willst.»

Crys brachte vor Rührung kein Wort heraus, umarmte sie nur ganz fest, fuhr sich mit dem Ärmel über die Augen und rannte los zu ihrem Flugzeug. Reglos blickte Shona ihr nach, voll Mitgefühl, erschreckt von dem Gedanken, der ihr spontan durch den Kopf ging: Das hätte leicht auch mir passieren können.

Kapitel acht

Finn war draußen und hackte mit großer Begeisterung Holz. Aileen verdrängte den Verdacht, dass dieser Eifer ebenso gut unterdrückte Wut sein könnte, die sich in jedem Axthieb Bahn brach. Es war eine Übergangszeit für sie beide, und sie konnte ihn nicht zur Rede stellen, solange sie sich nicht über ihre eigenen Gefühle im Klaren war.

Die waren allerdings, an diesem frischen, sonnigen Tag, durch und durch zuversichtlich. Da Crys und Shona nicht da waren, schienen die Sonnenstrahlen eine Art milde Ruhe ins Haus zu tragen, fast schon einen Hauch von Frühling. Erst Februar; doch Le Mas des Cigales schien sich langsam, unmerklich mit Wärme zu füllen. Und, dachte sie, mit einer Tasse Tee auf dem Weg ins Wohnzimmer, auch ich werde mittlerweile mit allem hier warm. Sogar für dieses Haus empfinde ich Wärme.

Wer könnte sich dem Reiz eines so wunderbaren Hauses verschließen? Wir sind erst eine Woche hier, und bisher war es eine elende Plackerei, aber heute Morgen habe ich Zeit, innezuhalten und mich umzusehen, Bilanz zu ziehen, wie ich mich hier fühle. Und – mal abgesehen von Joe, der mir fehlt – ich fühle mich hier sehr gut. Wir haben so viel geleistet, dass ich mich jetzt mal hinsetzen und in Ruhe diesen Tee trinken, diese Aussicht genießen kann. Shonas Idee, den Tisch ans Fenster zu stellen, war goldrichtig … wie sie ja so oft Recht hat. Langsam frage ich mich fast, warum sie als Angestellte arbeitet – jemand wie sie, so motiviert und dynamisch, sollte selbständig sein. In führender, leitender

Stellung; sie hat von Natur aus solche Führungsqualitäten, ohne ihre «Mannschaft», wie sie uns nennt, zu verprellen. Ich beneide sie nicht um dieses Organisationstalent, im Gegenteil, ich bin dankbar dafür. Ohne sie wäre diese erste Woche ein Albtraum gewesen.

Aber in einer Woche wird sie nach Irland zurückfahren, und dann muss ich anfangen, allein klarzukommen. Deswegen wäre es vielleicht sinnvoll, mir heute mal freizunehmen, um nachzudenken und mich etwas umzuschauen. Wenn ich den Tee ausgetrunken habe, könnte ich runter ins Dorf, mal sehen, ob ich mich zurechtfinde und ein paar Einkäufe erledigen kann, ohne einen internationalen Zwischenfall zu provozieren. Wenn ich das Wörterbuch mitnehme, kann nicht viel schief gehen … obwohl ich zugeben muss, zwischen einem Schnellkurs in Galway und echtem, gesprochenem Französisch besteht ein himmelweiter Unterschied. Wird wohl doch etwas länger dauern, bis ich es fließend beherrsche.

Ach, na ja. Rom wurde auch nicht an einem Tag erbaut. Shona hat ganz Recht, ich habe die Wahl: Entweder bemühe ich mich wie verrückt, es zu lernen, oder ich wurstele mich bei den Einheimischen einfach so durch und finde andere englischsprachige Ausländer, mit denen ich mich anfreunde. «Exilanten» suchen ja angeblich gern die Nähe von Landsleuten, manche lernen nie richtig Französisch, selbst nach Jahren nicht. Momentan weiß ich nicht, was mir besser erscheint. Offen gesagt, Marion und die anderen Nachbarn fehlen mir … aber das würde Shona als «negatives Denken» abtun. Und das kann ich mir nicht erlauben, denn diese Suppe habe ich mir selbst eingebrockt und muss sie nun auch auslöffeln. Und zwar mit Genuss.

Wenigstens haben wir Betten! Und all die anderen Sachen. Le Mas ähnelt allmählich schon ein bisschen den herrlichen Häusern, die ich immer im Fernsehen und in Zeitschriften gesehen habe … wie ein Traum, unwirklich fast. Aber es ist sehr real. Ganz wie all diese Ausgaben zu Beginn. Ich muss Joe doch noch dazu bewegen, etwas von Finns Studiengeld herauszurücken, denn diese Möbel, so wunderschön sie sind, haben wahrhaftig ihren Preis. Gut, dass Shona sich die Kosten mit mir teilt, aber trotzdem – und dann dieser ganze Papierkram! Unfassbar, dass man uns schon auf den Fersen ist, um irgend so eine verflixte Anwohnersteuer einzutreiben, können diese elenden Bürokraten einem nicht wenigstens eine kleine Atempause gönnen?

Ach, zum Teufel mit denen. Den Tag heute habe ich ganz für mich, den werde ich genießen. Es tut schon gut, hier zu sitzen und etwas auszuspannen. Selbst die einfachsten Dinge sehen hübsch aus, selbst der kleine Blumenkrug da oder die große Obstschale hier auf dem Tisch. Shonas Idee, klar, aber ich werde sie immer gut füllen, wenn die ersten Gäste kommen, die Farben wirken so warm und lebendig zusammen. Limonen mit Tomaten zu kombinieren, da wäre ich nie drauf gekommen, aber es wirkt großartig. Die Deko ist auch gelungen, dieses Buttergelb passt ideal zu dem alten roten Fußboden – Finn, das muss ich zugeben, hat die Wände hervorragend gestrichen, viel sauberer und schneller, als ich erwartet hätte. Und das, obwohl französische Farbe, wie er sich ausdrückt, «Scheiße» ist. Gibt es wohl einen Ausbildungskurs, den er machen könnte, wenn er Lust hätte, Maler zu werden? Himmel, wäre ich froh, wenn er sich das überlegen würde – aber vermutlich sagt er nur, dass er ja kein Französisch kann und deswegen auch der Kurs flachfällt.

Trotzdem. Ich spreche das mal an. Damit er sich hier bloß nicht arbeitslos meldet, wo wir doch erst so kurz hier sind, als wäre Frankreich ihm schon etwas schuldig. Na ja – wo ist meine Jacke? Soll er weiter Holz hacken, ich gehe runter nach Mézalas – am besten nehme ich gleich auch einen großen Korb mit, wie eine richtige kleine französische Hausfrau!

In Mézalas herrschte Hochbetrieb, als Aileen ankam, und auf dem Streifzug über den Markt war sie überrascht, wie viele Menschen dort Amerikanisch und Englisch sprachen, dazu etwas, das Kanadisch oder Australisch hätte sein können. Mehr als einmal war sie versucht, Leute einfach am Ärmel zu zupfen und zu sagen, «Hallo, ich bin Irin, erst seit kurzem hier, können Sie mir sagen, was Sie hier machen und wie Sie so zurechtkommen? Sagt Ihnen das Leben hier zu, sind die Leute freundlich, steigen die Kosten Ihnen über den Kopf, oder kommen Sie gut über die Runden?» Und noch zahllose weitere Fragen. Waren es vielleicht nur Urlauber? Nein ... wohl kaum, im Februar, in diesem winzigen Dörfchen, gekonnt um Eier und Fisch feilschend. Diese speziellen Ausländer wirkten irgendwie, als lebten sie hier, und sie musste sich eingestehen, sie zu sehen und zu hören war schon sehr tröstlich. Gab es möglicherweise eine Art Club, dem sie beitreten könnte?

Ein verlockender Gedanke. Und es gab noch viel mehr Verlockendes – mächtige Blecheimer voller zauberhafter Blumen, frische Meeresfrüchte, appetitlich angerichtet auf bläulichem Eis, vor sich hinköchelnde Brühe mit köstlichem Duft namens *langue de boeuf*. Vermutlich also irgendwas vom Rind. Dazu massenhaft Kleidung – allerdings nicht ganz so günstig wie in den Dunne's Stores, haha –, Schuhe und Wäsche aller Art, Haushaltswaren und Kosmetika. – Was ihr aber am meisten auffiel, gab es nicht auf dem Markt, sondern in den Auslagen der Bäckereien längs der

Straße, und sie dachte spontan, Tessie müsste in eine Zwangsjacke gesteckt werden, wenn sie das erst sah. Das waren keine ordinären Bäckereien, sondern Kunstgalerien, voll der winzigsten, hübschesten, verlockendsten Küchlein, die sie je gesehen hatte. «Sündhaft», würde Tessie juchzen und sich dann mit Genuss darüber hermachen. Aileen war stark versucht, ebendies zu tun. Ob dieses Gebäck wohl wirklich so gut schmeckte, wie es aussah?

Nur eins, entschied sie. Machen zwar stark den Eindruck, als könnte man danach süchtig werden, aber ich muss der Sache auf den Grund gehen ... Schokolade, Marzipan, Himbeere, oder das kleine da mit den hübschen Orangen und Beeren? O Gott. Das ist einfach zu verlockend, wenn ich eins probiere, werde ich am Ende lebenslang davon abhängig und wiege schließlich hundertdreißig Kilo. Aber – eins. Nur eins, und dann lasse ich die Finger davon, ich schwöre.

«*Bonjour, madame.*» Die Verkäuferin machte einen ebenso freundlichen wie hilfsbereiten Eindruck. Unsicher schwebte Aileens Finger in der Luft, einer Kompassnadel gleich, die zitternd umherschwang. Schließlich deutete sie auf eine himmlische Kreation aus dunkler Schokolade mit Pistaziencreme, besetzt mit winzigen Veilchen, wie Sterne in der Dämmerung; verzückt beobachtete sie, wie es auf ein winziges Tablett gesetzt, liebevoll eingepackt, versiegelt, mit Bändchen umwickelt und ihr ausgehändigt wurde. So viel Aufregung um ein einziges Küchlein?

Doch gleich darauf folgte eine Aufregung ganz anderer Art, als sie nämlich vergeblich den Preis zu verstehen suchte, bis die Verkäuferin ihn ihr aufschrieb und sie einen Schock erlitt: waaah! Wenn Joe das wüsste, würde er sie für komplett übergeschnappt halten. Einen flüchtigen Moment lang war sie heilfroh, dass er diesen absolut skandalösen

Vorgang nicht miterlebte. Paralysiert *merci* murmelnd, nahm sie das Minipäckchen und ging aus dem Laden, so behutsam, als trüge sie eine Bombe in der Hand, was ja in gewisser Weise zutraf. «Jedes Pfündchen geht durchs Mündchen», wie Frauenzeitschriften jedenfalls unermüdlich warnten.

In dem Fall aber konnte sie es auch gleich genießen, oder? Unter «kulturelle Studien» verbuchen, ein Café suchen und – dürfte man es mit hineinnehmen, dort verspeisen, obwohl es anderswo gekauft worden war? Nun, das müsste sie wohl ausprobieren. Also steuerte sie ein Café an, voll und laut, wo sie nicht weiter auffallen würde, und setzte sich betont nonchalant an ein Tischchen. Mit etwas Mühe gelang es ihr sogar, sich einen Milchkaffee zu bestellen, und als er eintraf, packte sie verstohlen ihr Gebäck aus – worauf die Serviererin lächelnd zu ihr zurückgeeilt kam, mit einem Teller nebst Gäbelchen, wie um sie noch in ihrem Tun zu bestärken.

Oh, dieses Gebäck. Oh, dieser *café au lait* … beides würde ihr ewig im Gedächtnis bleiben, dachte sie, während sie sich wie im siebten Geschmackshimmel fühlte. Deshalb also schwärmten die Leute so von französischem Essen! Na, kein Wunder! Als Teller und Tasse leer waren, war ihr zum Weinen zumute. Und fast hätte sie auch geweint, bei der Erkenntnis, dass sie diese Erfahrung nie wiederholen durfte. Höchstens, wenn sie im Rahmen einer staatlichen Gesundheitskampagne eine neue Karriere starten wollte, und zwar als verfettetes Beispiel dafür, was Menschen blühte, die dem Lockruf französischer Bäckereien nicht widerstehen konnten. Wie grausam, nach all diesen so mühselig erworbenen Erfahrungen nun auf derlei Wonnen sofort verzichten zu müssen!

Na ja. Wenigstens hatte sie es getan. Nur dies eine Mal.

Jetzt musste sie nur das Café verlassen und wieder auf die Straße hinaus, mit den Ständen voller … Litschis? Waren diese stachligen rosa Dinger wirklich Litschis? Und waren das dort Walnüsse, wie die Natur sie hervorbrachte, ehe sie in Plastik verpackt wurden? «Du musst alles mal probieren», hatte Shona ihr doch geraten, oder? Eben. Also, probieren wir sie mal. Und – ach, was soll's – nehmen wir auch etwas von dieser *langue de bœuf*, schließlich brauchen wir ja etwas zum Abendessen. Und vielleicht etwas von dem Käse da, pyramidenförmig und exotisch mit Asche bestäubt? Her damit.

Ehe sie sich's versah, quoll ihr Korb über von Essen, sie hatte ein Vermögen ausgegeben und musste nun den Weg zurück den Hügel hoch in Angriff nehmen, der wesentlich länger und steiler wirkte als auf dem Hinweg. Das mache ich nie wieder, gelobte sie sich, künftig gehe ich in den Supermarkt – Aldi oder Lidl oder was sonst am billigsten ist –, und wir leben von ganz normalem Essen, Essen, das erschwinglich ist. Joe erzähle ich besser nichts von diesem Kaufrausch.

Trotzdem … ist das herrlich! Und diese Tulpen, in den Zeitschriften waren doch immer so schöne Glasschalen voller Tulpen abgebildet … rosa, cremeweiß oder gelb, was würde in meinem nagelneuen Wohnzimmer wohl am besten aussehen? Blassgelb natürlich, das Zimmer ist so groß, da werde ich einige Dutzend brauchen, um Wirkung zu erzielen – oh, dort, Birnengeist, und Kirsche! So etwas habe ich noch nie getrunken, ob ich wohl … nur ein Fläschchen vielleicht? So schöne, schlanke Flaschen, handbeschriftet. Ja. Versuchen wir den Birnengeist. Nur ist jetzt in meinem Korb kein Platz mehr, ich muss wohl noch einen besorgen. An dem Stand da drüben ist die Auswahl riesig, ein großer mit stabilem Haltegriff aus Leder wäre toll, schließlich werde ich ihn doch ständig benutzen – Weide natur, oder soll ich mal mutig sein und den in Fuchsiarot nehmen?

Reiß dich zusammen, Aileen. In deinem Alter kommt nur Weide natur in Frage. Aber der andere ist so hübsch … ach, macht das Spaß, an der frischen Luft einzukaufen, ich kann die Sonne zwischen den Schulterblättern spüren. Und all die Einkäufe scheinen ständig schwerer zu werden. Am Ende muss ich für den Heimweg ein Taxi nehmen.

Nein. Ich gehe zu Fuß. Zur Strafe für den ungehemmten Kaufrausch. Wird zwar mühsam, aber zumindest den Kuchen werde ich so wieder los. Außerdem weiß ich ja nicht, wo es Taxis geben könnte. Da ist jedenfalls der Schönheitssalon, dort die Apotheke, wie bekommen die das nur hin, so schöne Schaufenster? Und die Dessous in dem Fenster dort – also wirklich, das ist ja eher Zahnseide! Schon die Straße selbst ist so romantisch, das ganze Dorf, jetzt, wo ich es mir mal richtig ansehe. Wie gut mir die großen, schattigen Bäume gefallen, der Springbrunnen, die schmiedeeisernen Tore mit den kleinen Höfen dahinter. Alles hat so viel Flair, man fühlt sich wie in einem Film – oh, Mist!

Tja, das ist nun weniger romantisch, was? Mein Schuh ist ruiniert. In Frankreich liegt zwar weniger Abfall herum als in Irland, aber so viele Hundehäufchen sind mir noch nirgendwo untergekommen. Und so viele Hunde, all die wuscheligen kleinen Geschöpfe, die wie Miniatur-Wischmopps aussehen, aber solche Sauereien hinterlassen. Da denkt man gerade, wie schön alles ist – igitt. Jetzt muss ich in die Apotheke da und mir ein Päckchen feuchte Tücher kaufen, wenn ich noch genug Geld habe. Danach aber schnurstracks nach Hause, bevor noch mehr passiert.

Aber wenn ich schon mal hier bin, soll ich mir nicht erst noch rasch die Haare waschen und schneiden lassen? Ist höchste Zeit, das wäre jetzt auch in Irland fällig. In Ordnung. Probieren wir den Salon dort, der sieht nicht gar so vornehm aus. Wie erklärt man jetzt seine Wünsche, was heißt nochmal «Haare» auf Französisch?

Sie nahm all ihren Mut zusammen, probte im Geist ein paar Sätze und trat in den Salon, wo sie höflich begrüßt wurde; womit könne man dienen? Ja, stammelte sie, könnte man ihr bitte die *chevaux* waschen und schneiden?

Die Angestellte war nicht mehr zu halten. Klammerte sich buchstäblich am Tresen fest, brach in schallendes Gelächter aus, wiederholte den Satz für ihre Kolleginnen, bis die gesamte Belegschaft sich vor Lachen krümmte. In höchster Verwirrung lief Aileen knallrot an, raffte panisch ihre Taschen zusammen und flüchtete. Was sie gesagt haben mochte, war ihr unbegreiflich, aber eines war klar: Ihren ersten Verständigungsversuch hatte sie komplett vermurkst und sollte jetzt besser schleunigst den Rückzug antreten.

So machte sie sich auf den Heimweg den Hügel hinauf. In ihrer Winterjacke geriet sie im erstaunlich warmen Sonnenschein ganz schön ins Schwitzen und rastete nach ein paar Minuten kurz, um sich die Lungen mit der Luft zu füllen, die rein und kühl wirkte wie Mineralwasser. Rings um sie, selbst von dieser kaum zweihundert Meter hohen Erhebung aus, bot sich ein atemberaubender Ausblick über Weinberge voll dunkler, knorriger Reben hin auf andere Hügelchen, ein jedes gekrönt von einer uralten Kirche, die nun, als sie sich auf einer Mauer niederließ, eine nach der anderen das Mittagsgeläut anstimmten, manche feierlich, andere fröhlich, fast wie ein abgestimmtes Konzert. Wow. Der optische Eindruck war überwältigend, keine Frage; Frankreich glich einem Gemälde, während sie dasaß und es betrachtete, seine Ruhe auf sich wirken ließ, seine tiefe Aura reiner Heiterkeit.

Ganz betört blieb sie lange an ihrem Platz sitzen, fünfzehn oder zwanzig Minuten vielleicht, zwischendurch rätselnd, was Joe wohl gerade tun mochte – zeigte er einem Kunden, wo die Schrotmunition lag, lauschte er einer Reklamation wegen des Unkrautvernichtungsmittels?

Was auch immer, mit ihrem Genuss dieses ländlichen Tableaus konnte es sich gewiss nicht messen. So peinlich ihr Besuch im Dorf auch geendet hatte, diese Aussicht machte ihre Blamage reichlich wett und würde bestimmt auch ihn begeistern, wenn er sie zu sehen bekam. Was ja nun bald geschehen würde; nur noch sieben Wochen, bis er mit Tessie herkam.

Tessie. Und Dymps. Aus heiterem Himmel spürte Aileen einen Stich. So durchdringend, dass ihr der Atem stockte, wie heftiges Seitenstechen. Was ja durchaus denkbar war, bei der schweren Last, die sie den Hügel hochgeschleppt hatte. An diesem wunderschönen Tag, in dieser herrlichen Umgebung, mit Körben voll wundervoller Sachen, konnte sie doch wohl nicht plötzlich Heimweh bekommen? Und sei es nur einen flüchtigen Moment lang, bevor sie zur Vernunft kam, aufstand und endlich weiterging, zum prachtvollen Le Mas?

Nein. Nach gerade einer Woche, in der sie mit Mutter und Schwester telefoniert hatte, war das doch geradezu lachhaft. Lächerlich, für eine Frau, die hier mitten in ihrem Traum stand, umgeben von solcher Wärme, so viel üppiger Schönheit. Zu Hause goss es wahrscheinlich in Strömen und war eiskalt, am Eyre Square dürfte der Verkehr dampfend und qualmend zum Erliegen gekommen sein. Joe und Tessie gingen sich vermutlich gegenseitig auf die Nerven, während Dymps gewiss eingespannt war wie üblich: Erst das eine Kind zur Musikstunde kutschieren, dann das andere zum Fußball, dann rasch heim, um Mittagessen zu kochen, dann wieder los, um die Kleinen abzuholen, da käme sie kaum dazu, auch nur einen Gedanken an ihre dumme Schwester hier draußen in der Einöde zu verschwenden. Ihre Schwester, die schließlich kein naiver Teenager und kein hohles Dummchen war, sondern eine erwachsene Frau über vierzig, verflixt nochmal, die eine Entscheidung getroffen und umgesetzt hatte und nun zum Glück ganz hervorragend damit zurechtkam.

Aileen Hegarty, du hast *kein* Heimweh. Du folgst genau deinem Vorsatz von heute Morgen: Du genießt diesen Tag. Es wäre absurd, undankbar, erbärmlich, auch nur eine Sekunde lang etwas anderes zu tun, und nun will ich keinen Piep mehr von dir hören. Jetzt hoch mit dir auf diesen Hügel, aber ein bisschen flott.

Arbeit. Gute, harte Arbeit, das war die Lösung, das würde ihr helfen, die Gewissensbisse über ihren Kaufrausch, die Blamage beim Friseur und alle unsinnigen, wehmütigen Gedanken an daheim zu vergessen. *Hier* ist jetzt daheim, schärfte Aileen sich ein, mein Sohn ist bei mir, Shona wird abends wiederkommen, und die will mir bestimmt keine Gesellschaft beim Trübsalblasen leisten oder dabei, wie ich an rekordverdächtigen Telefonkosten arbeite. Ab jetzt rufe ich Joe, Tessie und Dymps nur noch einmal die Woche an, und zwar ganz kurz. Kein Getratsche mehr darüber, wer im Fernsehen war, sich verlobt oder einen Tausender im Lotto gewonnen hat. Zumal ich ja selbst gar keinen Klatsch beisteuern kann. So, wo steckt der Staubsauger? Haben wir überhaupt einen gekauft? Ja. Wie konnte mir das entfallen, bei dem Preis? Nun aber voran, meine Teuerste.

Drei Stunden oder länger brachte sie das Haus auf Hochglanz, nahm sich in jedem Raum Zeit, die Fortschritte dort zu bewundern. Zwei der Gästezimmer waren noch im Rohzustand, aber zwei andere nahmen schon Gestalt an, das eine in Apricot gestrichen mit karierten Accessoires in Lavendel; das andere in Altrosa mit gestreiften, frisch blauen Accessoires. Ein paar letzte Kleinigkeiten fehlten zwar noch, aber sie wirkten jetzt schon so behaglich und hübsch, fand sie, dass sie sich am liebsten dort aufs Ohr gelegt und ein Ründchen die Augen … nein. Ausgeschlossen, Madame 'Egarty, Sie sind zum Arbeiten hier, Sie haben eine Pension zu führen.

Von draußen hörte sie Finn immer noch ryhthmisch Holz hacken, als hätte er mittlerweile den Bogen heraus, und war froh. Er hatte sich sogar mittags selbst verpflegt, Krümel und leere Verpackungen in der Küche bezeugten es, aber immerhin, er hatte nicht gewartet, bis Mama ihm etwas vorsetzte. Ein eindeutiges Zeichen dafür, dachte sie grinsend, dass der Hunger ihn wohl fast in den Wahnsinn getrieben hatte. Bis auf das ferne Klopfen seiner Axt war es totenstill, und bei der Arbeit kam ihr jählings ein Gedanke: Wo waren denn alle? Von den Fenstern im oberen Stock konnte sie die Nachbarhäuser sehen, drei oder vier, etwa einen Kilometer weit weg, alle von hohen Zypressen umgeben, ganz wie ihres, aber sie hörte keine Stimme, kein Auto, keinen Schritt. Le Mas war unendlich viel stiller, als ihr Haus in Galway es je gewesen war, wo immer Leben auf der Straße herrschte, und beim Gedanken an ihre Nachbarn dort überfiel sie die nächste Frage: Gab es hier überhaupt Nachbarn, oder standen diese Häuser dort leer, waren es Ferienhäuser? In Irland war es freundliche Sitte, neue Nachbarn zu besuchen, mit einer Pflanze, einem Kuchen oder sonst einem kleinen Willkommensgeschenk, aber nach einer Woche hier war ihr noch niemand unter die Augen gekommen. Ein- oder zweimal hatte sie Leute bei der Arbeit draußen auf dem Feld gesehen, aber die hatten kaum den Blick gehoben, erst recht nicht gewunken oder einen

Gruß herübergerufen. Das freundliche Frankreich aus den Filmen, in denen sich gesellige Menschen bei Wein oder Pastis versammelten, um angeregt über die Ernte und das Wetter zu schwatzen, schien nur eine Legende zu sein. Wenn es hier nicht bald ein wenig lebendiger wurde, müsste sie am Ende noch in die Messe gehen, um zu sehen, ob überhaupt jemand in dieser ländlichen Einöde lebte.

Tja, dachte sie, es ist anders. Ich wollte es gern anders, und nun habe ich es auch eindeutig anders.

Auf der Rückfahrt vom Flughafen schaltete Shona, aus einem unerklärlichen Bedürfnis nach lauter Musik, den lokalen Radiosender an und vernahm dort erstaunt Freddie Mercurys unverkennbar schmetterndes Organ. «I Want to Break Freeee …», ja, das passte ganz genau, das würde sie vielleicht von den trüben Gedanken an die arme Crys ablenken, die beim Abschied so unglücklich gewirkt hatte. Jetzt, im Rückblick, verstand sie nur zu gut, was Crys ihr letzten November zu sagen versucht hatte, als sie davon sprach, dass nicht alle Frauen für Ehe und Mutterschaft geschaffen waren. Im Grunde hatte sie Shona gewarnt: Tu nichts, was dir nicht entspricht, ob die Welt das nun für richtig hält oder nicht. Und – sie hatte völlig Recht. Während Crys nun möglicherweise eine Schwangerschaft bevorstand, von der sie alles andere als begeistert schien, fuhr ihre Freundin Shona durch diese heiter leuchtende Landschaft, frei wie ein Vogel, sonniger Stimmung, im Einklang mit dem Wetter. Wie Crys schon sagte, niemand machte ihr Vorschriften, versuchte ihr Leben zu bestimmen, ein ziemlich befreiender Gedanke eigentlich. Von der Sorge um Crys mal abgesehen, auf der Heimfahrt zu Le Mas ging es ihr einfach gut, nach einem wunderbaren Tag auf dem geschäftigen Markt, in der faszinierenden *cité*, wo sie so viel

Neues gesehen … und noch dazu ihr Leben aus einem völlig neuen Blickwinkel wahrgenommen hatte. Hier, wo kein soziales Umfeld sie unter Druck setzte und keine Kollegen sie zur Konkurrenz zwangen, schien es völlig unwichtig, was sie tat; niemand kannte sie, niemand konnte über sie tratschen oder sie bekritteln oder sich darüber wundern, warum sie mit sechsunddreißig immer noch nicht unter der Haube war.

Das war nötig, dachte sie. Mir war gar nicht klar, dass ich mal aus allem rausmusste, aus dem Trott, aus dem Winter, aus der ewigen Hektik …, ich habe das wirklich gebraucht. Le Mas habe ich nur als Investition gekauft, aber es – es tut mir gut. Ich fühle mich wach, frisch, voll gesunder Energie, als hätte ich eine schwere Last abgeworfen. Natürlich ist Le Mas ein Riesenprojekt, aber ich habe Spaß daran. Es macht mir wirklich Freude, alles zu organisieren, die Sache an den Start zu bringen, und mit Aileen fällt die Arbeit so leicht, dass es einem gar nicht wie Arbeit vorkommt. Die Herausforderung dabei ist genau richtig, anregend, aber nicht zu anstrengend, und was wird das erst für ein Hochgefühl sein, wenn die ersten Gäste eintrudeln! Wenn die *gîte* hergerichtet ist und ich mein eigenes Apartment habe! Das wird klappen, ich weiß es einfach. Dafür werde ich schon sorgen.

Und Aileen wird ebenfalls dafür sorgen, kein Zweifel, sie ist so zuverlässig, so flexibel, scheint ganz und gar zufrieden. Wirklich? Doch, schon, sie arbeitet fleißig vor sich hin, erledigt alles Nötige, keine Klagen, kein Streit über gar nichts. Mit Deko hat sie es nicht so – na ja, Le Mas ist auch viel größer als ihr altes Haus –, aber sie hat eine rasche Auffassungsgabe, begreift im Nu, worauf es ankommt. Wir sprechen dieselbe Sprache, und wenn nur ihr grässlicher Sohn mal in die Gänge käme, hätten wir ein tolles Team. Hoffentlich gibt ihr Mann, wenn er kommt, nicht den

Spielverderber und mäkelt nicht rum über das viele Geld, das wir ausgegeben haben oder so – wer nicht wagt, der nicht gewinnt, Joe! Vertrauen Sie mir, dann klappt schon alles!

Mal sehen. Noch eine Woche, bis ich nach Irland zurückmuss, die sollten wir gut nutzen. Es gibt noch schrecklich viel zu tun. Über diese bevorstehende Verhandlung oder die möglichen Folgen, falls ich unterliege, will ich gar nicht nachdenken – über Irland zerbreche ich mir den Kopf, wenn ich dort bin, und hier denke ich nur an Frankreich. Hätte nichts dagegen, im Sommer herzukommen, o ja, da ist es hier bestimmt himmlisch. Aber im Sommer ist immer so viel los, Stoßzeit im Büro, all die aufgeregten Touristen, die untergebracht werden müssen … wie es wohl Emily so geht? Wäre schön, wenn sie bald herkäme und sich Le Mas ansieht, bevor es mit zahlenden Gästen belegt ist. Denn so wird es sein. Ich werde das Mädel im hiesigen Fremdenverkehrsbüro auf meine Seite ziehen – am besten durch Bestechung, das dürfte in Frankreich genauso leicht sein wie überall sonst –, und dann schickt sie uns mehr Leute, als wir unterbringen können. So unwohl mir bei der Vorstellung ist, jemanden zu bestechen, statt allein durch Qualität zu überzeugen – das ist einfach nicht zu machen, so sieht es aus, jedenfalls nicht in der ersten Saison. Wir werden auf Wohlwollen in der Gegend um Mézalas angewiesen sein, ich sollte also bald anfangen, gut Wetter bei den örtlichen Honoratioren zu machen, so widerlich das ist. Der Bürgermeister und der halbe Stadtrat werden wohl kistenweise Champagner dafür erwarten, Hinweisschilder aufzustellen und uns im Prospekt aufzulisten … Leute schmieren, widerlich! Aber wenn es sein muss, kann ich das – aber bitte nicht jeden Morgen Schinken, Eier und Würstchen für sechs brutzeln. Kochen und Putzen, das sind die Seiten des Pensionsbetriebs, die mir zuwider wären; das Geschäftliche liegt mir viel eher.

Crys dürfte jetzt fast zu Hause sein. Hoffentlich ist sie etwas besserer Stimmung. Hoffentlich regelt sich für sie noch alles … vielleicht, falls sie wirklich schwanger ist, freundet sie sich ja damit an, überlegt es sich, ist doch noch glücklich darüber. Hoffentlich … warum hat sie sich nicht schon viel früher eingestanden, dass sie lieber in Afrika arbeiten würde, und es Gavin erklärt?

Weil sie Angst hatte, nehme ich an. Angst, ihren Mann zu verlieren. Aber – ich habe meinen auch verloren, und ich habe es überlebt, mich wieder aufgerappelt und bin nicht annähernd so verzweifelt wie noch vor kaum drei Monaten. Zu der Zeit dachte ich, es würde mich umbringen. Jetzt frage ich mich langsam, ob er überhaupt der Richtige für mich war, so wie Crys langsam daran zweifelt, ob eine Schwangerschaft für sie das Richtige ist. Wenn wirklich ein Kind unterwegs ist und sie die Ehe mit Gavin fortsetzen will, wird sie sich ganz schön umstellen müssen. In vieler Hinsicht.

Kann sie das überhaupt schaffen? Ein Kind zu bekommen, ohne es zu wollen, wäre furchtbar, armes Würmchen, abgelehnt, ohne etwas dafür zu können … vielleicht macht sie auch eine völlige Kehrtwendung, wird eine dieser fanatischen Mütter, die ausführlich jeden Pups und jeden Pieps ihres Babys kommentieren. Aber das kann ich mir bei ihr kaum vorstellen. Crys Sheehan war, seit ich sie kenne, schon so manches, aber niemals langweilig.

Lackier dir die Nägel, Crys! Na los, mach sie smaragdgrün mit Magentastreifen! Falls ein Baby kommt, klemm es dir unter den Arm und leb weiter dein Leben! Es wird schon nicht ruiniert werden, wenn du aufpasst … und auch meins wird, wenn ich es mir recht überlege, nicht durch diese Verhandlung ruiniert werden, egal, wie sie ausgeht. Das werde ich nicht zulassen.

Die Entscheidung darüber liegt bei mir. Bei Crys ist es ebenso. Die Schlachten kann man sich vielleicht nicht aussuchen, aber die Taktik allemal und die Haltung.

«Hi, jemand da, ich bin's, bin zurück!» Mit diesem Ruf trat Shona in die Diele von Le Mas, händereibend, da es mit dem Abend empfindlich kühl wurde, und vernahm erstaunt eine Männerstimme.

«Ja, hi, ich bin in der Küche. Ma ist oben, kommt gleich runter.»

Verdutzt starrte sie Finns Rücken an, gut sichtbar hinten in der Küche, wo er sich anscheinend gerade ein Sandwich machte; war es Einbildung, oder hatte er wirklich gesprochen? Einen ganzen Satz geäußert? Ungläubig ging sie langsam durch die Diele auf ihn zu.

«Äh … hi, Finn. Wie war dein Tag, alles gut gelaufen?»

Er nickte knapp und biss in sein Sandwich. «Ja. Bin mit Holzhacken fast fertig. Hab vielleicht Hunger. Was soll's, zurück an die Arbeit. Bis denno.»

Mit dem Sandwich in der Hand spazierte er hinaus, gleich darauf schnappte hinterm Haus ein Licht an, in dem klar und deutlich sichtbar wurde, wie er eine Axt aufhob und sich über einen Berg Holz bückte, der offenbar schon zu drei Viertel in handliche Scheite zerkleinert worden war. Holla, dachte sie. Holla, holla.

Offenbar war er *krank*! Anders ließ sich das nicht erklären. Geschwätzig konnte man ihn nicht eben schimpfen, aber er hörte sich annähernd wie ein Mensch an. Ich habe mich so an sein Schweigen gewöhnt, das ist jetzt so, als hätte ein Baum etwas gesagt. Als hätte ein Baum sich ein Sandwich gemacht.

«Hi!» Etwas schmutzig, mit Schürze, aber fröhlich schleppte Aileen einen Staubsauger und einen Hammer die Treppe hinunter. «Wie war's in Carcassonne, hattet ihr Mädels einen netten Tag? Hat Crys ihr Flugzeug erwischt?»

«Ja …» Shona beschloss spontan, Crys' mögliche Schwangerschaft noch unerwähnt zu lassen. Wenn sie sich bestätigte, würde sie es Aileen erzählen. «Inzwischen müsste sie gut zu Hause angekommen sein. Was habt ihr so getrieben?»

«Tja, Finn hat den ganzen Tag Holz gehackt. Und zwar unaufgefordert, ohne sich lange scheuchen zu lassen. Hatte wohl sonst nichts zu tun, nehme ich an! Ich habe viel im Haus gemacht, nachmittags, aber den Vormittag habe ich mir freigenommen und war unten in Mézalas, um … äh … ein wenig einzukaufen.»

Shona zog ihre Jacke aus und setzte sich hin, während ihr durch den Kopf ging, wie hübsch das Haus aussah, wie gern man hierher zurückkam, mit den behaglichen Lampen und dem Kaminfeuer. «Ah ja, und was hast du gekauft? Diese Blumen?»

«Ja – und viel zu viel anderen Kram! Ich konnte mich einfach nicht beherrschen!»

«Ha! Verführt von *la belle France*, was?»

«Ja. Alles sah so unwiderstehlich aus. Und dann war ich noch beim Friseur.»

Shona sah Aileen kurz an und war ratlos: Falls sie nicht gerade auf den Grunge-Zug aufgesprungen war, wirkte Aileens Frisur nicht eben durchgestylt. Sie sah genauso aus wie morgens, nur zerzauster, wie nach viel Arbeit im Haushalt.

«Ach?» Shona hütete sich, ihre Verwunderung deutlicher zu äußern.

«Und da ist etwas Komisches passiert. Ich bat um einen

Haarschnitt, und alle lachten sich schief. Weshalb, ist mir immer noch ein Rätsel.»

«Was hast du denn genau gesagt?»

«Ob man mir bitte meine *chevaux laver* und *couper* könnte, mehr nicht.»

Aileen blickte verdattert drein, Shona aber lachte gackernd. «Oh, Aileen – du hast darum gebeten, dir deine Pferde waschen und schneiden zu lassen!»

«O nein! Wirklich?»

«Ja. Heute Abend müssen wir beim Essen ein bisschen Französisch üben. Ich bring dir bei, was du nächstes Mal sagst. Was gibt's denn heute Feines, soll ich irgendetwas waschen oder klein schneiden?»

«Nein, danke. Hab was Fertiges gekauft. Eintopf mit Rindfleisch. Hat köstlich gerochen auf dem Markt. Den müssen wir nur mit etwas Reis aufwärmen. Aber erst brauche ich ein Bad.»

«Super. Mach das, ich decke inzwischen den Tisch. Du und Finn, ihr wart so fleißig, gönnen wir uns ein kleines Festmahl mit Wein, Kerzen und allem Drum und Dran.» Shona zog die Besteckschublade auf, während Aileen hinausging, legte das Besteck heraus und ging in die Küche, um schon mal einen Wein aufzumachen, damit er atmen konnte. Dort stand auf der Arbeitsfläche der Kunststoffbehälter mit dem Eintopf, den Aileen besorgt hatte. Neugierig nahm sie ihn hoch, um zu sehen, was genau ... o Gott!

Ich sage nichts, nahm sie sich sofort vor. Ich esse ihn einfach und sag's ihr hinterher. Konnte sie ja nicht wissen, nicht wahr?

Finn kam herein, verschwitzt und im Halbdunkel fast leuchtend, und sie stellte rasch den Behälter fort. Was er wohl sagen würde, wenn – und was ihre künftigen Gäste wohl sagen würden, wenn sie seiner ansichtig wurden? Zu dem Image, das ihr für Le Mas vorschwebte, als elegante und doch freundliche Pension, passte er kein bisschen. Fehlte eigentlich nur, dass er mit seinen Ketten rasselte, wenn er hier wie ein Primat herumschlich … vielleicht tat er ja irgendwo eine Kneipe oder ein Internetcafé auf, um dort abzuhängen? Hatte irgendwann die Nase voll und kehrte nach Irland zurück? Suchte sich einen Job in Toulouse oder – oder sonst was, bitte, lieber Gott. Beam ihn einfach weg, schaff ihn mir vom Hals, ich kriege schon eine Gänsehaut, wenn ich die Vogelscheuche nur sehe.

Er kratzte sich ungeniert, schüttelte den Holzstaub von seinen Armen und sah sie hoffnungsfroh an. «Essen wir bald?»

«Ja, für eine kurze Dusche hast du gerade noch Zeit.»

Er verstand den Wink und zog ab. Als er zurückkam, war das Essen fertig. Großzügig versorgte Shona alle mit Wein – den würden sie brauchen – und setzte sich, während Aileen den Eintopf austeilte.

So schlimm war er im Grunde gar nicht. Er schmeckte leicht tomatig, es waren knackige Gewürzgurken drin, der Reis lenkte ein wenig ab von … Shona schloss nur kurz die Augen und schaffte es, fast alles hinunterzuwürgen, während Finn und Aileen, in seliger Ahnungslosigkeit, ihre Teller restlos leerten. Und dann wandte Finn sich an seine Mutter.

«Hat super geschmeckt, Ma – neues Rezept?»

«Nein. Das habe ich auf dem Markt gekauft.»

«Was war es genau?»

«Etwas mit Rindfleisch – *langue* – Shona, was ist denn *langue* eigentlich?»

O Gott. Ach, egal. «Das ist – äh – na – Zunge.»

«*Zunge?*» Finn suchte Halt an seinem leeren Teller, als hätte er einen Stromschlag bekommen. «Soll das heißen, ich habe gerade die Zunge von irgendeinem Tier gegessen?»

«Äh … ja … Kuhzunge …»

«Ist ja eklig!» Mit einem Satz war er aufgesprungen, ließ den Stuhl zurückpoltern und war wie der Blitz draußen. Aileen starrte entsetzt seinen leeren Platz an.

«Oh, Shona … ich hatte ja keine Ahnung … mein Französisch ist miserabel! Egal was, ich vermassle alles!»

Das konnte sie laut sagen. Shona musste einfach lächeln. «Macht doch nichts! Du wirst schon besser!»

Ganz verzweifelt schenkte Aileen ihnen Wein nach. «Aber besser schnell! Wenn Joe hier gewesen wäre, wenn ich dem Kuhzunge vorgesetzt hätte, der wäre ausgerastet! Ich muss Finn bitten, den Mund zu halten.»

Plötzlich musste Shona an Crys denken, auch sie so ängstlich bemüht, es ihrem Mann recht zu machen, ihn bei Laune zu halten, ganz wie Aileen offenbar bei ihren Männern. Waren diese Typen wirklich so viel Stress wert?

«Aileen, was soll's. War doch nur ein Versehen. Du – du hast zurzeit einfach viel um die Ohren, mehr nicht!»

Sie senkten gleichzeitig den Blick auf ihre Teller, und dann war es um sie geschehen, sie schrien vor Lachen, während Finns Stiefel über ihnen wütend über den Holzboden polterten. Wenige Minuten später tauchte er wieder bei ihnen auf, gestiefelt und gespornt.

«Ich geh auf ein Bier runter ins Dorf.»

Und weg war er. Aileen saß da und nagte verzagt an der Unterlippe. Einerseits hatte er sich wohl ein wenig Abwechslung verdient – es kam einem Wunder gleich, dass er sich bisher noch nicht nach einer Kneipe umgesehen hatte. Andererseits wollte sie nicht, dass er in irgendwelche … aber hier in Frankreich würde er schon nicht so leicht in Schwierigkeiten geraten, oder?

Shona lächelte aufmunternd, als hätte sie ihre Gedanken gelesen. «Sehr lange bleibt er bestimmt nicht weg. Kochen wir inzwischen einen Tee.»

Der Tee wurde gekocht und gemütlich in den neuen Sesseln am Kamin geschlürft; Aileen fand Shonas Gesellschaft anregend, Shona fühlte sich mit Aileen einfach wohl. Sie wusste, dass sie ihr Fragen stellen konnte, ohne Furcht, sie zu kränken.

«Gefällt es dir, verheiratet zu sein, Aileen, eine Familie zu haben? Macht dir das Dasein als Mutter Spaß?»

Aileen, die Teetasse in der Hand, lachte. «Momentan nicht! Finn war süß, solange er klein war. Aber jetzt wäre es mir lieber, er suchte sich Arbeit und eine Freundin und würde endlich selbständig. Sicher, ich bin froh, ihn jetzt hier dabeizuhaben. Aber ewig kann das nicht weitergehen, oder?»

«Nein … und was ist mit Joe? Fehlt er dir?»

Aileen überlegte gründlich. Tat er das? Ja. Und nein. Ab und an. Heute hatte er ihr gefehlt. «Na ja, sagen wir mal so: Wir sind schon lange verheiratet. Die kleine Trennung kommt mir ganz recht. Aber ewig soll sie auch nicht dauern, das nicht.»

«Und liebst du – hm – liebst du Joe immer noch so wie am Anfang? Oder lässt die Leidenschaft nach?»

Shona fragte zögerlich, wirkte aber ehrlich gespannt, und Aileen dachte nach. «Mm, Leidenschaft ist … ist das eine. Die nutzt sich vielleicht etwas ab … aber Liebe ist etwas anderes, Sho. Die wächst eher, glaube ich. Bei mir jedenfalls … ich liebe Joe heute mehr als damals, als wir uns kennen lernten. Er war so stark, als Hazel starb, so ein Fels … das hat uns einander näher gebracht. Zum Glück, denn sonst hätte es uns zerstört. Er ist ein guter, lieber Mann, und deshalb möchte ich ihn hier bei mir haben –

weit weg vom Pub und seinen Saufkumpanen. Er will nicht kommen – genau aus dem Grund! –, aber letztlich wird er müssen.»

«M-hm. Vermutlich. Hoffentlich! Aber wenn es ihm nun überhaupt nicht gefällt?»

Aileen runzelte die Stirn. «So wird es wahrscheinlich kommen, anfangs jedenfalls. Aber das Problem werde ich angehen, wenn es sich stellt.»

Shona behielt ihre Gedanken für sich. Dass sie sich nämlich beim besten Willen nicht vorstellen konnte, wie Joe Hegarty sich je hier einleben sollte. Er war Ire durch und durch und würde das Languedoc, ihrer Einschätzung nach, aus tiefster Seele verabscheuen. Sollte Aileen ihn vor der Leberzirrhose retten, lief sie zugleich Gefahr – nun ja. Ließen Leute wie die Hegartys sich jemals scheiden? Oder hassten sie einander am Ende nur, still und ausdauernd? Wenn Joe sich hier zu Tode langweilte, würde er seiner Frau womöglich nie verzeihen, ihn entwurzelt, sein Leben «kaputtgemacht» zu haben, wie er es wohl sehen würde.

«Also – hoffentlich ist dir klar, was für ein Risiko du eingehst! Du bist eine mutige Frau, Aileen. Und jetzt zu dir. Gefällt es dir bisher?»

Aileen nickte lebhaft. «O ja! Ganz hinreißend … na, die Sprache ist natürlich noch ein kleines Problem, und die Menschen sind scheinbar nicht ganz so nachbarschaftlich wie daheim, und … äh – man ist sehr schnell sehr viel Geld los! Aber es ist ein schönes Fleckchen, nicht wahr?»

«Bildschön. Und Finn? Gefällt es ihm schon, was meinst du?»

Aileen sah stirnrunzelnd in ihren Tee. Was Finn von allem hielt, war ihr bislang ein Rätsel. Während sie noch nachdachte, fiel die Haustür krachend ins Schloss – er war zurück, kam ins Zimmer gestürmt und riss sich wütend die

Jacke vom Leib. Einträchtig sahen sie fragend zu ihm hoch. «Schon zurück?»

«Ja – im ganzen Dorf gibt es gerade zwei Scheiß-Bars, und die hatten zu! Der ganze Ort war totenstill, nicht mal eine Katze unterwegs, um neun Uhr abends! Verdammter Mist, was für ein Kaff ist das denn?»

Tja, dachte Shona, das beantwortet meine Frage wohl. Sieht nicht so aus, als müssten wir uns mit Finn noch sehr lang rumschlagen.

Am nächsten Tag rief Crys bei Shona an, um zu bestätigen, dass sie tatsächlich schwanger war. Ja, Gavin war ganz aus dem Häuschen. Nein, von ihren Empfindungen hatte sie ihm nichts erzählt.

«Aber – Mensch, Crys, du kannst doch nicht mit so einer Lüge leben –»

«Shona, ich bin schwanger jetzt, okay? Mein Leben gehört nicht länger mir. Es gehört – meiner Familie. An den Gedanken muss ich mich einfach gewöhnen.»

Ja. Shona fand auch, das Crys keine andere Wahl blieb, und war froh, dass Crys das selbst einsah. Doch schon beim Auflegen, nachdem sie ihr gerade noch nach Kräften Mut gemacht hatte, dachte sie voller Zuneigung an ihre Freundin, und zugleich beschlich sie ein Gefühl von Verlust. Wie Crys schon sagte, von nun an würde sie ihrer Familie gehören … war damit vielleicht bald auch ihre Freundschaft nur noch zweitrangig?

Das könnte ich nicht, dachte sie. Mein Leben um ein Kind herum neu strukturieren. Ein Kind bekommen, nur um dem Vater einen Gefallen zu tun, das wäre das Letzte. Dafür Le Mas aufgeben zu müssen oder sonstige Vorhaben, so wie Crys nun Afrika wird aufgeben müssen, niemals. Wenn ich's mir recht überlege, ich würde jeden umbringen, der versuchte, mich in irgendetwas hineinzuziehen, was ich nicht will, oder mich an dem zu hindern, was ich will.

Bin ich deshalb eine grässlich selbstsüchtige Person? Völlig ungeeignet für die Ehe?

Kann schon sein. Vielleicht, um ganz ehrlich zu sein, eigne ich mich einfach nicht für die liebende, selbstlose Art von Beziehung, auf die es die meisten Frauen abgesehen haben. Vielleicht ist Ehrlichkeit *jetzt* besser als späte Reue ... Mensch, ich hoffe nur, Crys ist der Sache gewachsen und kann sich darauf einstellen. Und kommt klar als Mutter, als Frau eines Mannes, der – wenn auch gut aussehend, liebenswürdig und fleißig – hinter den Kulissen etwas von einem Tyrann zu haben scheint. Langsam dämmert mir, dass Sein und Schein bei Gavin Sheehan nicht dasselbe sind ... wie ja offenbar auch bei Joe Hegarty. Ich würde ihn nie zweimal anschauen, aber Aileen findet ihn toll. Liebt ihn offenbar wirklich, wie er ist, diesen Malochertypen.

Nun ja. Jedem das Seine. Was wohl «meins» sein mag?

Weiß der Himmel. Aber vielleicht erkenne ich jetzt wenigstens langsam, was *nicht* in Frage kommt.

Während der übrigen sechs Tage in Le Mas arbeitete Shona am Haus und an der *gîte*, um das winzige Domizil bewohnbar zu machen, denn bei ihrer Rückkehr würde das Hauptgebäude voller Gäste sein. Sein Gesamtzustand war bereits gut, nötig waren nur ein frischer Anstrich, ein Tisch mit Stühlen, eine Bettcouch und eine Grundausstattung für den Haushalt; Extras wie Gardinen, Schränke, Bücherregale und dergleichen konnten warten.

«Puppenhaus», spottete Finn, «da drin kriegt man ja Platzangst.»

Ganz Unrecht hatte er da nicht. Mit gerade einem Schlafzimmer, Küche, Bad und kleinem Wohnzimmer war die *gîte* ideal für eine Person, zwei «enge Freunde» maximal, was Shona jedoch nicht störte. Im Gegenteil. In dem Häuschen fühlte sie sich geborgen und unabhängig, dazu kam der Vorteil des billigen, unkomplizierten Unterhalts. Im Vergleich wirkte das Hauptgebäude geradezu riesig.

«Bist du sicher», fragte sie Aileen am letzten Abend, von jähen Zweifeln geplagt, «du kommst klar? Sechs Wochen ganz allein, bis Joe ankommt?»

«Ja», beteuerte Aileen, «kein Problem. Solange Finn nicht abhaut und mich im Stich lässt!»

Sie lachte ein wenig unsicher, und Shona beschloss, ihr nicht zu sagen, dass sie Finn genau dies zutraute – was auf lange Sicht zwar zu begrüßen wäre, aber noch nicht gleich. Le Mas war so groß und abgelegen, dass Aileen es unmöglich allein bewohnen konnte. Sie hatten immer noch keine Nachbarn kennen gelernt und keinen Kontakt geknüpft, der über ein knappes *bonjour* hinausging. Die Franzosen, das war die traurige Wahrheit, rannten ihnen nicht gerade die Tür ein, um sie willkommen zu heißen.

«Also – okay, wenn du sicher bist. Ruf mich an, falls es Probleme gibt. Das Mädchen vom Fremdenverkehrsbüro kommt übrigens bald vorbei, um mal hallo zu sagen –»

Aileen grinste. «Um mich auf Herz und Nieren zu prüfen, meinst du wohl, so wie du früher! Wie heißt sie?»

«Aude. Aude Villandry. Sei um Himmels willen nett zu ihr, wenn du Wert auf –»

«Shona. Beruhige dich. Ich bin doch nicht bescheuert. Ich habe ein bisschen Erfahrung, erinnerst du dich?»

«Ja. Schon klar. Ich mache mir grundlos Sorgen. Ich habe volles Vertrauen in dich, Aileen, wirklich!»

Sie lachten beide, dabei war ihnen wohl bewusst, wie wichtig dieser Moment war: Le Mas würde bald den Betrieb aufnehmen. Shona war die Besitzerin, Shona hatte bei der

Ausgestaltung geholfen, jetzt hing es von Aileen ab, ob ein Erfolg daraus würde. Aileen fasste Shona beruhigend an der Schulter, ohne ihr zu zeigen, wie sehr sie sich davor fürchtete, ab jetzt alles allein bewältigen zu müssen. «Ich werde mit Aude genauso gut auskommen wie mit dir immer. Sie wird dafür sorgen, dass wir im Fremdenverkehrsbüro geführt werden, und Finn stellt morgen unser Schild auf – man kann nie wissen, vielleicht verirrt sich eines Tages ja mal ein Auto in die Gegend!»

«Hm. Ein wenig abseits liegen wir hier schon, klar. Wir sind stark auf guten Willen und Mundpropaganda angewiesen.»

«Ja. Darum lass das meine Sorge sein. Du hast deine Gerichtsverhandlung, um die du dir Sorgen machen kannst.»

Ja. Darum machte Shona sich allerdings Sorgen. Doch jetzt war keine Zeit, um darüber zu sprechen. Sie lächelte leichthin und stand auf, um zu packen, mit einem Gefühl, als würde sie zur Guillotine geführt.

Am nächsten Morgen standen Shona und Aileen auf dem Rasen vorm Haus und bewunderten einträchtig Le Mas, wie es im wechselhaften Sonnenschein erstrahlte; das Wetter war zwar noch mild, allerdings zog ein wenig Bewölkung auf. Shona warf ihre Tasche in Aileens Auto und verzog das Gesicht. «Gott, bin ich gerne hier! Ich will nicht weg!»

«Pech. Zu Hause warten dein Leben und deine Karriere auf dich. Also, ich fahre – zumindest das habe ich in Frankreich inzwischen im Griff!»

Sie fuhren los und ließen Finn allein zurück, beide mit einem mulmigen Gefühl: Sollte etwas Unvorhergesehenes passieren, würde er wohl kaum mit besonderer Initiative darauf reagieren. Zum Glück war der Flughafen nur gut eine Stunde entfernt. Unterwegs besprachen sie die Marketingstrategie für Le Mas, ob es sich beispielsweise lohnen könnte, in ein paar irischen Illustrierten oder Zeitungen zu inserieren, und gingen die Frage der Ausgabenaufteilung durch. Zum Schluss kamen sie auf Joe, der am Vorabend am Telefon merkwürdig kurz angebunden war: Tessie, sagte er, mache ihm «das Leben schwer», er habe es satt, nicht in seinen eigenen vier Wänden zu wohnen. Tessies Verbrechen bestand offenbar darin, ihm mangelnde Unterstützung für seine Frau – ihre Tochter – vorgeworfen zu haben, was natürlich völlig aus der Luft gegriffen war.

«Dann müsste er sich doch freuen, herzukommen und wieder bei seiner Frau zu sein!»

«M-hm. Mam kommt auch mit, aber nur für eine Woche. Dymps auch, hoffentlich, mit Mann und Kindern. Ehrlich gesagt, ich freue mich schon sehr auf das Wiedersehen.»

Aileen lächelte wehmütig, und Shona war beunruhigt: Sie würde doch wohl kein Heimweh bekommen, oder? O nein, bitte nicht, nicht jetzt. Le Mas brauchte eine fröhliche, ewig lächelnde Gastgeberin, die ihre Gäste souverän und unbekümmert empfing. Sobald der Familienbesuch vorüber war, dürfte Aileen nicht einmal mehr an Irland *denken*.

Aber sie, Shona, musste auf dem Weg zum Flughafen permanent daran denken. Wie würde es vor Gericht laufen? Bei der Arbeit, danach? Vor lauter Hektik war sie hier kaum zum Nachdenken gekommen, jetzt aber kribbelte ihre Haut förmlich vor Beunruhigung. Wie Crys kehrte sie nun mit angehaltenem Atem nach Irland zurück, ohne zu wissen, was die Zukunft bringen oder wie sich alles entwickeln würde.

«Also … da wären wir», sagte sie endlich und stieg widerwillig aus, nachdem Aileen den Wagen geparkt hatte, plötzlich hatte sie das Gefühl, ein Damoklesschwert baumle über ihr. Aileen aber schwieg, beschirmte die Augen mit einer Hand und beobachtete das Flugzeug, das gerade landete. Bei ihrem wehmütigen Gesichtsausdruck kam Shona wieder ins Grübeln – war es nur Einbildung, oder sah Aileen wirklich heimwehkrank aus? Schon dieses winzige Stückchen Irland, das Flugzeug mit der Flagge darauf, die aussteigenden irischen Passagiere, schien sie in den Bann zu schlagen.

Also, sie ist doch erst seit zwei Wochen hier. Aber trotzdem – sie wird sich ein dickeres Fell zulegen müssen.

«Na los, was gibt's denn zu gaffen? Willst du mir nicht mit dem Gepäck helfen und mich verabschieden, mir Glück wünschen?»

Aileen kehrte in die Wirklichkeit zurück. «Ja, klar! Mach dir bloß keine Gedanken, Sho. Ich kümmere mich um Le Mas, und du gewinnst deine Verhandlung und bringst Terry O'Hagan eine Riesenschlappe bei.»

Im Flughafen gerieten sie bald zwischen die ankommenden Reisenden, und Aileen lächelte. «Mensch, haben die gute Laune! Ob von denen wohl noch welche eine Unterkunft suchen, ich sollte Visitenkarten von Le Mas verteilen – könnte sogar ein paar Gäste im Auto mit zurücknehmen!»

Shona sah, wie ernst sie das meinte. Genau das will sie, Gesellschaft, um mich zu ersetzen, Leute zum Plaudern und Lachen, Leute von daheim. Die nächsten paar Wochen werden ganz schön schwer für sie.

«Nein, Aileen, das geht noch nicht, das Haus ist noch nicht fertig!»

«Wie du meinst. Egal – so, jetzt ab mit dir, gewinn dein Verfahren und ruf mich regelmäßig an und – und komm bald wieder!» In einem plötzlichen Gefühlsausbruch warf Aileen die Arme um Shona und drückte sie lange und fest. Shona, die selbst gegen den Abschiedsschmerz kämpfte, drückte sie auch, spürte, wie sich das Band zwischen ihnen festigte. Und dann befreite sie sich aus Aileens Umarmung und eilte davon.

Aileen stand da, mit hilflos geballten Fäusten, und schaute Shona nach, bis sie nicht mehr zu sehen war, bis die ausgelassene Gruppe irischer Neuankömmlinge um sie herum sich langsam auflöste und unter Gelächter und Scherzen aufbrach, um ihre Mietwagen abzuholen. Einem Mann fiel beim Verlassen des Gebäudes eine Zeitung auf den Boden, und sie rannte sofort hin. Mit zugeschnürter Kehle hob sie das Blatt auf: der *Irish Independent* von heute. In Irland wäre ihr nie eingefallen, fremder Leute Zeitungen vom Boden aufzuheben, allein schon aus hygienischen Gründen. Doch hier, in Frankreich, klammerte sie sich daran wie an ein Gewinnlos aus der Lotterie, das ihr keine Macht der Welt jemals entreißen könnte.

Das ist meine Belohnung, dachte sie. Mir graut schon vor der Rückfahrt ganz allein nach Le Mas, besonders vor dem schrecklichen Straßenstück, das in eine Brücke mündet, ohne Shona, um mich aufzumuntern oder mir zu helfen, wenn etwas schief läuft. Wenn ich das also schaffe, wenn ich sicher nach Mézalas zurückkomme, werde ich mich mit diesem *Indo* und einer Tasse Barry's Tee hinsetzen und lesen, was in Irland so los ist ohne mich.

Die Fahrt schien gar kein Ende zu nehmen, nicht nur, weil Aileen sich verfuhr, jemanden nach dem Weg fragte und ihn missverstand, sondern auch wegen der Brücke. Auf der Strecke zum Flughafen hatte Shona sie durch Geplauder von ihren Ängsten abgelenkt, jetzt aber hatte sie reichlich Zeit, an den vor ihr liegenden Albtraum zu denken. Es war ein jahrhundertealter römischer Viadukt, der einen schäumenden Fluss überspannte. Durch gähnende Leere ging es – wie tief mochte es sein? – Hunderte Fuß hinab zum tosenden Wasser.

Schau nicht nach unten. Immer wieder murmelte sie dieses Mantra, als sie mit einem flauen Gefühl im Magen im Schneckentempo auf die Brücke fuhr, so weit vom Geländer entfernt wie möglich. Ein sehr niedriges Geländer, das den Blick nicht verstellte; ihr war mit Übelkeit die grässliche Höhe bewusst, von der aus sie auf beiden Seiten meilenweit in die Ferne sehen konnte. Ihr Gesicht und ihre Hände waren schweißnass, während sie ängstlich im zweiten Gang dahinzuckelte.

Am höchsten Punkt in der Mitte angelangt, kam hinter ihr ein Auto angerast, der Fahrer hupte und fuchtelte hektisch mit der Hand; im Rückspiegel sah sie, wie er den Mund bewegte, sie aufforderte, zur Seite zu fahren und ihn vorbeizulassen. Aber dann müsste sie näher an den Rand … er verstand doch bestimmt, dass jemand, der so langsam fuhr, Angst vor uralten, Schwindel erregend hohen Brücken hatte? Falls ja, kümmerte ihn das offenbar nicht, denn er hupte und winkte unausgesetzt weiter, setzte sie bewusst unter Druck, berührte mit seinem Wagen fast ihr Heck, so aggressiv, als lege er es darauf an, sie über den Rand zu drängen. Als sie die Brücke endlich überquert hatte, war sie den Tränen nah und musste rechts ranfahren.

Leck mich, dachte sie, während sie zitternd dasaß, leck mich doch, du Scheiß-Froschfresser. Schön, das mag jetzt irrational sein, ein irischer Fahrer wäre vielleicht nicht besser gewesen, aber jetzt im Moment hasse ich *den*. Ich fahre ein ausländisches Auto, er konnte mein irisches Nummernschild sehen, hätte es ihn umgebracht, etwas Rücksicht zu nehmen?

Mistkerl. Elender, saublöder Drecksrüpel. Und elende, grässliche, grauenhafte Drecksbrücke. Im Moment hasse ich Frankreich, hasse hasse hasse es ... ich rufe Joe heute Abend an. Rufe ihn an und führe ein langes Gespräch mit ihm – verdammter Mist, warum kann er nicht hier sein, wo ich ihn so dringend brauche? Warum, warum, warum?

Sie bog ein weiteres Mal falsch ab, geriet dabei öfter in Kreisverkehre und fand endlich völlig entnervt nach Mézalas zurück, wo der Anblick der Läden sie daran erinnerte, dass sie noch etwas zu essen besorgen sollte ... aber es war Mittagszeit, und alle Läden hatten geschlossen.

Zum Teufel! Was war denn das für ein Land, wo man mitten am Tag zwei Stunden lang nicht mal ein Brot kaufen konnte?! Mussten die wirklich alle gleichzeitig verschwinden, um sich den Bauch voll zu schlagen, konnten die keinen Dienstplan aufstellen wie irische Geschäfte, damit man durchgehend einkaufen konnte? Jetzt musste sie den ganzen Weg zum Einkaufszentrum rausfahren, ewig weit weg und groß wie ein Fußballstadion, um dort zwischen Rasenmähern, Fernsehgeräten, Kleidung, Fahrrädern und haufenweise anderem Zeug ein Brot und eine Tüte Milch ausfindig zu machen. Wenn das so weiterginge, käme sie nie nach Hause.

Ach, Quatsch. Essen wir eben Tomatensalat zu Mittag, machen wir eine Dose Suppe auf. Den ganzen Stress spare ich mir. Es sei denn natürlich, Finn hat ein tolles Essen gezaubert, um seine Mutter zu überraschen, ist zum Bäcker gegangen und hat frisches Baguette besorgt. Ha! Träum weiter, Aileen.

Entschieden übler Laune, fuhr sie hoch zum Haus, wo sie Finn im Wohnzimmer antraf, untätig herumsitzend. Völlig untätig, nicht mal in einer Zeitschrift blätterte er oder hörte Walkman: Er saß einfach da, stierte sie ausdruckslos an, als wäre sein Leben in ihrer Abwesenheit zum Erliegen gekommen. Gereizt funkelte sie ihn an.

«Gütiger Gott, Finn, hast du denn nichts zu tun?»

«Nee», grummelte er, «mir ist ein bisschen die Arbeit ausgegangen, und ... Ma, wann besorgen wir endlich einen Fernseher? Und einen Computer? Diese Friedhofsruhe hier ist voll ätzend.»

«Finn», brauste sie auf, «hier ist mehr als genug zu tun, du musst nur mal die Augen aufmachen! Was Fernseher und Computer angeht, weißt du überhaupt, was diese Luxusartikel kosten, weißt du überhaupt, wie viel Geld ich schon für das *Nötigste* ausgegeben habe?»

«Aber ein Fernseher ist doch nötig, und ein Computer auch.»

«Nicht für mich. Kabelanschluss können wir uns noch nicht leisten, und solange wir keine Programme in Englisch bekommen, brauchen wir keinen Fernseher. Was den Computer angeht – warum ziehst du nicht mal los und suchst dir ein Internetcafé? Hm? Krieg endlich mal den Hintern hoch und mach die Augen auf, Finn, benutz deinen Verstand!»

Sie schrie inzwischen. Er sah verletzt und verwundert drein, aber sie blieb ungerührt. Schön, Frankreich war für ihn vielleicht kein Paradies. Schön, er war einfach so aus seinem Zuhause gerissen worden. Aber stell dir vor, Finn, mir fällt das hier auch nicht leicht, für mich ist das auch alles neu! Und ich tue es für dich, für dich und deinen lieben Vater, ich versuche diese Familie aus ihrem schrecklichen Sumpf zu ziehen und wieder auf die Beine zu bekommen! Sei doch nicht so verbohrt und nimm mal die Realität zur Kenntnis. Du kannst schließlich nicht erwarten, dass alles sofort perfekt ist! Du bist zwanzig Jahre alt, und ich – ich – ach, verdammt!

Sie stürmte in die Küche, improvisierte wütend eine Mahlzeit und schlang sie voller Zorn hinunter, während er sie über den Tisch hinweg vorwurfsvoll anstarrte, in der Erwartung, sie würde sich abregen und einfach wieder normal werden. Die gute alte Ma, die bald weich werden und noch heute Nachmittag zum Einkaufszentrum fahren würde, um einen Fernseher zu kaufen, eine Satellitenschüssel und … nein. Nein, dachte sie, N-E-I-N. Fehlanzeige, Finn, so läuft das nicht. Wenn du was haben willst, dann such dir einen Job, verdien Geld und kauf's dir selbst.

Oder mach, wozu du sonst lustig bist, aber hör auf, mich so *anzuschauen*!

Shona landete bei stürmischem Regenwetter in Irland, der Frühling schien unendlich fern, und deshalb freute sie es umso mehr, Crys am Flughafen vorzufinden. Warum nur fühlte man sich in Flughäfen immer so besonders allein, wenn einen niemand abholen kam? Strahlend flog sie in Crys' Arme, unendlich froh über ihre Freundin, die heute lächelte und wieder mehr der gewohnten Crys ähnelte.

«Na komm», sagte Crys resolut, «gehen wir irgendwo was trinken, ein bisschen quatschen.»

Gesagt, getan. Shona fühlte sich gleich viel besser, die warme Atmosphäre des Pubs, für den sie sich entschieden hatten, tat ihr wohl. Zu sich nach Hause wollte sie nicht, denn die Wohnung wäre … na ja … leer. Und kalt, schließlich war niemand da, der die Heizung aufdrehte.

«Nun bring mich mal auf den neuesten Stand! Was habe ich alles verpasst?»

«Ach, das Übliche, neue Korruptionsskandale, ein Mord in Limerick, die Inflation hat drei Prozent angezogen …»

Wenn Crys diese Leier anstimmte, fragte Shona sich manchmal, ob an ihr womöglich eine Politikerin verloren gegangen war und sie sich eigentlich zur Wahl stellen sollte. Was aber jetzt nichts zur Sache tat. «Und du?» Sie hielt verstohlen nach ersten Anzeichen der Schwangerschaft Ausschau, aber Crys sah aus wie immer. «Wie geht's dir? Und Gavin?»

Crys betrachtete ihre Nägel, die, wie Shona auffiel, wieder lackiert waren. Nicht glänzend Gold oder strahlend Silber, sondern in gedecktem Rosa. «Prima geht's uns», sagte sie endlich, betont sachlich. «Ich habe mich zur Schwangerschaftsgymnastik angemeldet, und wir überlegen uns gerade Namen – wie fändest du Jeremy für einen Jungen und Rose für ein Mädchen?»

«Na ja, das sind sehr – nette – konventionelle Namen! Wäre Zarathustra oder Venus nicht mehr dein Stil – oder Nelson Mandela oder Che Guevara?»

«Oh», seufzte Crys, ziemlich verträumt, fand Shona, «das dürfen wir einem Kind nicht antun. Er oder sie würde doch in der Schule ständig gehänselt.»

Ich höre wohl nicht recht, dachte Shona. Crys sieht gut aus, aber derart spießige Ansichten habe ich von ihr ja noch nie gehört. Was zum Henker geht hier vor?

Gavin. Jede Wette, Gavin ist die treibende Kraft bei der Sache. Jetzt, wo er endlich Vater wird, entwickelt er sich zu einem Familienpatriarch ältester Schule. Er wird ihr eine Gehirnwäsche verpassen, und ehe sie sich's versieht, besteht ihr Leben nur noch aus Babys und Windeln und Hausarbeit und Namensschildchen und Fahrdienst für die Kleinen. Mit der Politik ist es aus, dann redet sie nur noch über Pampers-Preise. Meine liebe Freundin Crys Sheehan ist im Begriff, sich von dem reizenden Tyrannen, der ihr Ehemann ist, total umkrempeln zu lassen.

Werde ich das hinnehmen?

Ja. Wenn es das ist, was sie will. Wenn mir etwas an ihrer Freundschaft liegt. Wenn es mir gelingt, einen Funken von der alten Crys am Leben zu erhalten, mitten in dieser plötzlichen Spießeridylle. Ich lasse nicht zu, dass Gavin sie sich ganz unter den Nagel reißt.

«Na, Schule, das ist doch noch lange hin! Hast du schon einen voraussichtlichen Geburtstermin für das Baby?»

«Ja. Anfang Oktober. Da kann ich mich den ganzen Sommer darauf vorbereiten.»

Sie lächelte reizend. Shona lächelte zurück, ließ sich aber nicht täuschen. Sich *seelisch* vorbereiten, das meinte Crys. Sich davon überzeugen, dass sie das wirklich will, dass es am besten ist so, dass alles toll wird.

Und wieso auch nicht? Ich kann ja wohl kaum dagegenhalten, oder, unterwegs zum Arbeitsgericht, wo meine Zukunft womöglich in tausend Fetzen fliegt. Gott, ich fasse es nicht, dass der Fall tatsächlich ab Montag verhandelt wird. *Mon*tag! Waaahh!!

«Crys», sagte sie zaghaft, «hast du Montag schon was vor?»

Crys nickte. «Ja. Arbeiten, ganz normal, den Schulbus fahren – aber ich habe ja die Schicht getauscht, mit Jim, nicht wahr?» Sie grinste plötzlich und tätschelte Shona die Hand. «Weil ich dich doch ins Gericht begleite. Oder hast du etwa geglaubt, da würde ich dich allein hinlassen, Sho?»

Shona wusste nicht, was sie geglaubt hatte. Nur, dass es sie zutiefst rührte und tröstete zu wissen, dass Crys daran gedacht hatte, an sie, und diese schwere Prüfung mit ihr durchstehen würde.

Dafür gibt es Freundinnen, dachte sie, als sie ihr Glas austrank. Sie stehen einander bei Gerichtsverfahren bei, bei Schwangerschaften, bei der Trennung von Brendan Wright, bei der Ehe mit Gavin Sheehan. Sie geraten in alle möglichen Klemmen, und sie helfen einander heraus.

Tessie saß ruhig da und nähte Knöpfe an einen ganzen Stapel Hemden ihres Schwiegersohnes. Joe las auf der anderen Zimmerseite in einem Heimwerkerhandbuch. Es war mindestens zwanzig Minuten her, seit er das letzte Mal umgeblättert hatte, und Tessie wusste, dass er nicht recht bei der Sache war. Offensichtlich dachte er über seine Frau nach. Sie überließ ihn schweigend seinen Gedanken; er würde schon noch sagen, was er auf dem Herzen hatte.

Schließlich war es offenbar so weit. Er ließ das Buch auf den Schoß sinken, schaute sie durchs Zimmer an und seufzte.

«Hast du schon von diesem Gerücht gehört, das gerade die Runde macht?»

Sie nähte gelassen weiter. «Was für ein Gerücht, Joe?»

«Das über mich und Aileen. Dave Doherty sagt, im Pub und anderswo würde darüber geredet.»

«Ach, Pub-Gerede. Da würde ich nichts drauf geben.»

Aber – interessierte sie das denn nicht? Wollte sie denn nicht wissen, was die Leute über ihre eigene Tochter erzählten?

«Es wird gemunkelt, sie habe mich verlassen.»

Tessie biss ein Stück Faden ab und sah ihn an. «Die Leute sagen, meine Tochter hat ihren Ehemann verlassen?»

«Ja. Dass sie nach Frankreich abgerauscht ist, dass wir uns trennen.»

«Nun, du weißt, das ist Unfug, ich weiß es, und Aileen weiß es auch, warum sich also den Kopf zerbrechen?»

Warum sich den *Kopf* zerbrechen?! «Weil es unerhört ist, deswegen! Aileen würde mich nie verlassen, sie hat keinen Grund, an so etwas auch nur zu denken!»

«Nein. Aber die Leute reden eben, nehme ich an, wenn eine Frau ohne ihren Mann verschwindet. Ist nun mal so, immer zählen sie zwei und zwei zusammen und kommen auf fünf.»

Tessie fädelte einen neuen Faden ein, und Joe sah sie stumm an. Ein wenig mehr entrüstetes Mitgefühl hätte er schon von ihr erwartet – auch Aileen zuliebe. Solches Gerede ging ihm mächtig gegen den Strich, zumal es keinerlei Grundlage hatte. Es quälte ihn wie ein kratziges Büßerhemd, machte ihn unruhig und gereizt. Wie konnten die es wagen, so etwas zu behaupten! Er würde seiner Frau so bald es ging nachreisen, und in der Zwischenzeit – in der Zwischenzeit hielt er telefonisch Kontakt mit ihr, würde sie sogar jetzt sofort anrufen, weil er plötzlich das dringende Bedürfnis hatte, mit ihr zu reden.

Was ja noch dazukommt! Die vielen Anrufe wären für den Telecom-Chef Anlass genug, eine kleine Champagnersause für fünftausend enge Freunde zu geben und sie mit einer Flotte Privatjets nach Hawaii auszufliegen. Wäre billiger, Telecom gleich zu *kaufen*, bei den Rechnungen in letzter Zeit. So viel zu dem Quatsch, den sie mir immer aus diesen Heften vorgelesen hat, über Leute, die in der Sonne von ein paar Tomaten und trockenem Brot leben.

Lohnt sich das? Macht dieses verrückte Abenteuer sie glücklich? Wenn ich den Eindruck hätte … na ja. Ich bin vielleicht nicht der tollste Ehemann der Welt, der reichste oder glanzvollste, aber ich möchte, dass meine Frau glücklich ist. Dass sie wieder so aussieht wie … wie früher, vor der Sache mit Hazel. So lange das her ist, danach war sie nie wieder ganz dieselbe. Wenn Frankreich ihr etwas von dem Strahlen ins Gesicht zurückzaubert – mehr verlange ich nicht. Wirklich nicht.

Und eine Atempause von Tessie, ehe ich sie erdrossle. Kann sie sich nicht vorstellen, wie es ist, in den Pub zu gehen in dem Bewusstsein, dass alle hinter meinem Rücken über mich reden? Genau aus diesem Grund bin ich auch heute Abend nicht im Pub. Und was soll das eigentlich heißen, ich «unterstütze» Aileen nicht genug? Ich habe sie doch ziehen lassen, oder? Und Finn gleich mit. Fahre selbst hin, sobald ich kann. Was will sie denn noch mehr?

Frauen. Unmöglich. Haben immer das letzte Wort. Wo ist Aileens Nummer? Oje, die Augen sind auch nicht mehr, was sie mal waren, muss mir wohl bald eine Brille besorgen.

«Joe! Ach, bin ich froh, dass du anrufst!»

Na, ist doch schon was. Sie klingt erfreut, von mir zu hören. Was ja nichts besagen will, oder? Ich fehle ihr doch nicht etwa, sie ist doch nicht einsam oder so?

«Ja, na ja, abends ist es günstiger – wie läuft's so bei dir?»

«So weit, so gut. Bloß Shona ist heute Morgen abgereist, und dann hatte ich Krach mit Finn.»

«Was hat er ausgefressen?»

«Ach, nichts, das gibt sich wieder. Wir müssen uns – du weißt schon – erst eingewöhnen.»

«Macht er dir Kummer? Soll ich mal mit ihm reden?»

«Nein, nein – eigentlich führt er sich ganz gut auf, alles in allem. Vermutlich wird es für uns alle leichter, wenn wir erst Leute kennen und Tritt gefasst haben.»

«Habt ihr noch niemanden kennen gelernt?»

«Nein, bisher nicht. Aber wird schon noch.»

«Hm. Wie ist das Wetter?»

«Es trübt sich gerade ein bisschen ein.»

Das Wetter. Wieso frage ich sie immer und ewig nach dem Wetter? Warum fällt mir bei meiner eigenen Frau nichts Interessanteres ein? Wieso kann ich nicht einfach die Wahrheit sagen, verflixt? Zugeben, dass sie mir – fehlt?

«Tja, dann macht mal alle Schotten dicht, lasst euch nicht vom Sturm überraschen.»

«Nein. Natürlich nicht. Das Haus ist wirklich solide, Joe, keine undichten Stellen oder so.»

«Gut, gut. Dann reiche ich dich mal an deine Mutter weiter, auf ein Wort oder zwei.»

Joe gab Tessie innerlich fluchend den Hörer. Warum gebe ich sie an ihre Mutter weiter, obwohl ich selber noch mit ihr reden, den Klang ihrer Stimme hören will?

Warum kann ein erwachsener Mann von fünfundvierzig nicht mit der Frau reden, mit der er seit zwanzig Jahren verheiratet ist? Ihr einfach sagen, verflucht, dass er sie liebt, ob sie nun übergeschnappt ist oder nicht?

Keine Ahnung, warum. Ich weiß nur, mit Reden hatte ich es noch nie so, das wird auch so bleiben. Diese Art von Gesprächen macht mich fertig, das kriege ich nie hin.

Und jetzt ist auch noch Aileen unerreichbar. Ich will sie heute Abend hier bei mir haben, nicht tausend verflixte Meilen weit weg im verflixten Frankreich. Wo sie gar nicht sein müsste, wenn ich nur – Himmel nochmal! Wenn sie da nun so einen Franzmann kennen lernt? Wo Shona jetzt weg ist und sie ganz allein, da wird sie auf Hilfe aller Art angewiesen sein, wer weiß, an wen sie sich wendet?

Je eher ich da drüben hinkomme, desto besser. Ich will zwar gar nicht, aber dass sich so ein schmieriger Franzmann an meine Frau ranmacht, will ich noch weniger. Die Brüder sind schließlich notorische Frauenhelden – soll aber ja keiner von denen glauben, er dürfte ein Auge auf meine Frau werfen.

O nein. Finger weg, Jungs. Meine Frau mag, seit sie über vierzig ist, etwas komisch sein, und unsere Beziehung ist dieser Tage nicht die beste – aber sie gehört immer noch *uns*. Kapiert? Ist unser verkorkstes, festgefahrenes, perspektivloses Privateigentum. Deshalb Pfoten weg von Mrs. Hegarty, denn eins sage ich euch: Mr. Hegarty bietet keinen schönen Anblick, wenn er provoziert wird.

Und was dich betrifft, Dave Doherty, du kannst heute

Abend allein saufen und dir dein dummes Grinsen sonst wohin schieben. Bloß weil deine Frau dich verlassen hat, heißt das noch lange nicht, dass meine *mich* verlassen hat. Sie hat nichts dergleichen getan, und als *echter* Freund würdest du dieses Gerücht aufklären. Wenn ich das nämlich versuche, wird alles nur noch schlimmer, oder nicht?

Verdammt! Ein Bier wäre jetzt genau richtig. Aber ich werde mich hüten, runter in den Pub zu gehen und mich von denen auslachen – oder schlimmer noch, bemitleiden zu lassen. Ich will schließlich nicht den ganzen Abend damit verbringen, etwas abzustreiten, das von vorne bis hinten erstunken und erlogen ist.

Kapitel neun

Es passierte nicht über Nacht. Es dauerte eine Weile, bis der Sturm Kraft gesammelt hatte, bis er durch jede Ritze in Shonas Leben blies und alles entwertete, was er berührte. Doch sie spürte es kommen, jeden Tag stärker.

Ihr erster Besuch beim Arbeitsgericht, zu dem Crys, ihr Vater und ihr Gewerkschaftsvertreter sie begleiteten, war nicht weiter bemerkenswert. Abgesehen davon, dass sie Terry O'Hagans verhassten Anblick erdulden musste, der auf der anderen Seite des Saals grinsend zwischen seinen Kumpels hockte, blieb alles harmlos. Es ging darum, dem Gericht Hintergrundwissen zu verschaffen, also ihren bisherigen beruflichen Werdegang zu skizzieren und der Gegenpartei bei derselben Übung zuzuhören. Anschließend viel Papiergeraschel, und dann war's das auch schon: Die Verhandlung wurde auf Mittwoch vertagt.

Am Mittwoch konnte Crys sie nicht begleiten, und statt ihres Vaters kam ihre Mutter mit. Doch für eine weitere kurze Sitzung, die nach einer Stunde schon wieder abgebrochen wurde, war das Unterstützung genug, denn keine der beiden Parteien hatte Gelegenheit, die Boxhandschuhe anzuziehen. Der nächste Termin wurde für die kommende Woche angesetzt, und Shona stöhnte – dieses Schneckentempo konnte einen in den Wahnsinn treiben!

In der Woche darauf hatten weder ihr Vater noch ihre Mutter Zeit, doch zu ihrer Überraschung tauchte Emily O'Brien auf. Sie stand ohne irgendeine Vorankündigung plötzlich auf den Stufen zum Verhandlungssaal. «Ich weiß, wie so was sich hinziehen kann», erklärte sie, «und keiner hat so viel Zeit, dass er zu jeder Sitzung mitkommen kann, da dachte ich mir, ich geh mal zu der hier. Und vielleicht noch zu ein paar anderen, wenn du möchtest.»

Gerührt ergriff Shona ihre Hand. «Du bist wirklich die ganze Strecke von Connemara bis hierher gekommen? Ach, Emily! Das ist unglaublich lieb von dir, ich weiß gar nicht, wie ich dir danken soll.»

Emily zwinkerte ihr zu. «Im Gegenteil, ich muss dir danken. Ich stehe jetzt im *Charming Country Houses*-Führer.»

«Oh, toll! Das freut mich wirklich für dich!»

Doch das war der einzige erfreuliche Vorfall eines ansonsten entnervend zähen Sitzungstages. Terry O'Hagan verschaffte sich einen winzigen, unsichtbaren Vorteil, indem er seine hübsche, adrett gekleidete Tochter mitbrachte. Konnte der Vater einer so charmanten jungen Dame wirklich ein sexistischer Rüpel sein, der einen Übergriff heimtückisch plante? Das Mädchen saß mit weit geöffneten Augen neben ihm und berührte ihn von Zeit zu Zeit am Arm, um klar zu machen, dass sie gewiss keine einzige dieser Lügen über ihren lieben Daddy glaubte.

«Ich sollte mir also ein Kind mieten», schnaubte Shona. «Irgendeinen süßen Unschuldsengel, damit ich respektabel erscheine und nicht als die rücksichtslose Schlampe, als die O'Hagan mich hinstellt.»

«Na ja», gab Emily zögernd zu, «vor Gericht macht es sich immer besser, wenn man verheiratet ist, und am besten noch mit Kindern. Alleinstehende betrachtet man manchmal mit … ähm … Misstrauen.»

«Aber warum denn?! Das ist doch Unfug! Diskriminierung!»

«Schon, aber es ist nun mal so. Du brauchst im Grunde einen Mann, den du dem Gericht vorzeigen kannst, irgendeinen soliden, fleißigen Menschen – du hast nicht zufällig einen Bruder?»

«Nein – und ich zerre hier auch keinen meiner Freunde mit rein, nur damit sie mir ‹Achtung› verschaffen, danke vielmals.»

Empört ließ Shona Terrys Ausführungen über sich ergehen, sie habe immer schon ‹ein Auge für Männer gehabt … eine Reihe verunglückter Beziehungen … sich immer eingeredet, ihre Kollegen machten Annäherungsversuche, während das völlig an den Haaren herbeigezogen war›. Mehrmals wollte sie aufspringen und protestieren, wurde aber mit dem knappen Hinweis daran gehindert, dass sie später Gelegenheit zur Stellungnahme bekäme.

Als sie sich hinterher von Emily verabschiedete, hätte sie am liebsten geheult und vor hilflosem Zorn gegen die Wand getreten.

Doch kaum war sie daheim angekommen, läutete das Telefon, und beim Klang der Stimme aus dem Hörer zuckte sie zusammen, als hätte sie sich verbrannt.

«Shona? Hi, ich bin's, Brendan. Du hast doch hoffentlich nichts dagegen, dass ich dich anrufe?»

«N-nein», stotterte sie und versuchte verzweifelt, sich zusammenzureißen. Nach vier Monaten … Brendan … was um alles in der Welt …?

«Ich hatte nur … Na ja, ich habe mit Emily geredet. Sie hat mir von deinem Gerichtsverfahren erzählt, und ich … Also, das ist wirklich empörend. Darum dachte ich mir, ich ruf dich mal an, falls du irgendwelche … hm … moralische Unterstützung brauchst. Ich würde dich wirklich gerne zum nächsten Verhandlungstermin begleiten, wenn du meinst, dass das irgendwie helfen könnte.»

Sie war völlig verwirrt. Sprach da echte Sorge aus ihm? Oder hatte Emily irgendwie die Finger im Spiel, hatte sie ihn auf ihre unnachahmlich zwanglose Art zur Unterstützung requiriert, da sie nun einmal davon überzeugt war, dass ein Mann an Shonas Seite ‹gut aussehen› würde? Versuchte Emily vielleicht sogar, sie als Paar wieder zusammenzubringen? Tausend Gedanken schossen ihr durch den Kopf, und sie bemerkte, dass sie unüberhörbar unelegant keuchte, während sie versuchte, diese völlig überraschende Unterhaltung in den Griff zu bekommen. Einen einzigen flüchtigen Moment lang hätte sie am liebsten geschrien: ‹Ja! Komm so schnell wie möglich zu mir, Bren, diese ganze Sache ist ein Albtraum, ich brauche dich! Ich möchte den Kopf an deine Brust legen und mich so richtig ausheulen!› Sekundenlang schwankte sie, wie magnetisch von ihm und der angebotenen Hilfe angezogen. Wenn sie nur wollte, konnte sie all das haben.

Doch dann würde sie natürlich wie eine dümmliche Zimperliese dastehen. Eine Frau, die ohne ihn nicht durchs Leben kam. Außerdem würde sie sich der Wahrnehmung des Gerichts beugen, dass sie als eigenständiges Individuum nicht genügte. Okay – die Aussichten für ihren Fall würden dadurch besser. Brendans Anwesenheit würde ihr ‹Respekt› verleihen. Aber um welchen Preis?

Sie holte tief Luft. «Nein. Vielen Dank für deinen Anruf, Brendan, und für das Angebot, aber ich … ich komme gut allein zurecht, danke.»

«Bist du dir auch wirklich sicher?» Er klang besorgt. Echt besorgt. Schließlich waren sie nicht im Streit auseinander gegangen. Die Trennung hatte ihm Leid getan, er hatte bedauert, dass sie ihm nicht den zentralen Platz einräumen konnte, den er seinem Empfinden nach in einer ernsthaften Beziehung verdiente.

Eine solche Vorrangstellung billigte Crys inzwischen Gavin zu. Eine Umpolung, die sie in einen anderen

Menschen verwandelte und ihr Leben komplett umkrempelte.

«Ja. Ich bin mir sicher. Dein Angebot ist wirklich sehr nett, aber es ist unnötig. Ich komme zurecht.»

Das so zu sagen verschaffte ihr das Gefühl, dass es vielleicht sogar stimmte. Sie konnte mit eigener Kraft durch dieses verdammte Gerichtsverfahren kommen und gewinnen.

«Na schön – okay, wenn du dir sicher bist. Dann also viel Glück. Sho, ich hoffe, dass es schnell vorbeigeht, ich weiß, zu was für einer Qual so was werden kann. Jedenfalls hast du meine Telefonnummer, falls du es dir nochmal anders überlegst.»

Ohne in ihrem Entschluss zu wanken, bedankte sie sich noch einmal herzlich und legte auf, völlig aus dem Gleichgewicht. Zwar war sie dabei, die Trennung zu überwinden, und hatte inzwischen den Verdacht, dass sie zusammen nicht glücklich geworden wären, doch seine Stimme, seine Besorgtheit und seine Hilfsbereitschaft berührten sie immer noch stark. Schließlich war er nach wie vor ein sehr netter Mann, und rein körperlich fehlten ihr seine Umarmungen. Sie hätte im Moment fast alles dafür gegeben, ihm in die Arme zu fallen. Einfach nachgeben, ihm die Führung überlassen, tun, was auch immer nötig war, um diese schreckliche Quälerei durchzustehen.

Aber – nein! Nun war sie ohne ihn schon so weit gekommen und würde keinen Rückzieher machen, sobald die ersten Schwierigkeiten auftauchten. Sie würde keine emotionalen Schulden auflaufen lassen. Würde nicht zulassen, dass dieses Gerichtsverfahren sie erdrückte – schließlich war Terry O'Hagan ja tatsächlich zudringlich geworden, und nur deshalb hatte sie ihn geschlagen, sie war also im Recht!

Ich frage mich, ob das wohl reicht. Genügt es, im Recht

zu sein und die Wahrheit zu sagen, um vor Gericht zu gewinnen? Früher habe ich das immer gedacht. Aber jetzt frage ich mich allmählich, ob es nicht um etwas ganz anderes geht, um Image, Selbstdarstellung und Manipulation.

In diesem Fall hätte ich tatsächlich sagen müssen: «Ja, Brendan, bitte begleite mich und mach aus mir eine arme, kleine Frau, der Unrecht geschehen ist, nimm mich in deinen Schutz, verscheuche diesen widerlichen, grauenhaften Terry O'Hagan und zeige dem Richter, was ich für eine achtbare, schicklich eskortierte Dame bin.»

Anders gesagt, lebe eine Lüge. Ersticke. Ach Gott, ich wünschte, ich wäre wieder im Mas, könnte Wände streichen und Tomaten pflanzen, eine Million Meilen von hier weg.

Aileen konnte sich nicht länger auf ihren Abwasch konzentrieren – die teure Geschirrspülmaschine musste noch warten –, öffnete das Küchenfenster und beugte sich mit verschränkten Armen über die Fensterbank, die so breit war wie ein Tisch. In der Ferne wiesen Kirchtürme auf bröckelige, uralte Dörfer hin, und vor ihrem inneren Auge sah Aileen die funkelnden Brunnen und sonnigen Plätze, wo hohe Platanen und Lindenbäume Schatten spendeten. Jedes dieser von silbrig schimmernden Olivenwäldchen umschlossenen Dörfer beherbergte malerische kleine Läden, verschlungene Gassen und zauberhafte Höfe, umfangen von einer warmen, milden Luft unter einem Himmel, über den Federwölkchen zogen. Es ist genau so, wie die Zeitschriften es versprochen hatten, dachte sie, ich bin jetzt genau da, wo ich sein wollte, praktisch auf der Titelseite. Das Einzige, was jetzt noch fehlt, ist Joe. Wenn er erst einmal hier ist, wird er verstehen, warum mir das alles so wichtig war. Nur noch ein Monat, so lange kann ich ja wohl alleine durchhalten. Das heißt, nicht einmal allein, weil Finn ja da ist. Ich denke zwar jeden Tag, dass er gleich den Krempel hinschmeißt, brüllt, wie sehr er hier alles verabscheut, und nach Hause rennt, aber o Wunder, bisher hat er das noch nicht getan.

Natürlich gibt es auch kein ‹zu Hause› mehr, wohin er rennen könnte. ‹Zu Hause› ist vermietet, so dass diese Möglichkeit schon einmal flachfällt. Aber trotzdem … ob das vielleicht was mit Joe zu tun hat? Hat er Finn das Versprechen abgenommen, hier so lange auszuhalten, bis er selber kommt? Manchmal habe ich den Verdacht.

Aber falls das stimmt, freue ich mich sogar. So wunderbar es hier auch ist, ganz allein würde ich hier verrückt. Es ist frustrierend, wenn man mit niemandem reden kann! Wenn man die Mitteilungen nicht versteht, die mit der Post kommen, sich beim Einkaufen nicht verständlich machen kann und nicht einmal so fließend spricht wie die Dreijährigen auf der Straße. Ich muss wirklich noch ein paar andere ‹Exilanten› aufstöbern, wie Shona sie nennt, und herausfinden, wie die damit klarkommen.

Aber wenigstens ist das Haus inzwischen auf dem besten Wege. Allein fühle ich mich darin zwar ein bisschen verloren, aber wenn erst einmal Gäste kommen, wird alles bestimmt viel normaler, und das Leben macht wieder mehr Spaß. Das gilt auch für Finn. Wenn er nur noch eine Weile durchhält, fällt er vielleicht auf die Füße und findet ein paar Freunde und irgendeine Beschäftigung. Er muss sich allmählich mal nach Arbeit umsehen, denn hier kann er nicht mehr rumhängen, wenn Gäste da sind.

Trotzdem – wenigstens habe ich ihn von seinem Computer weggezerrt, von seinen windigen Freunden und diesen obskuren Machenschaften. War er in Drogengeschichten verwickelt? Mit Sicherheit weiß ich es immer noch nicht. Aber trotzdem bin ich froh, dass ich ihn hierher geschleppt habe. Egal wie sehr er hier auch alles hasst, wenigstens sind seine Verbindungen abgebrochen. Ob er wohl auch *mich* hasst, weil ich ihm das antue?

Ach, Finn. Ich wünschte, ich könnte mit dir reden. Ich wünschte, du würdest mit mir reden. Ich wünschte, Joe … Ich rede mir doch nur ein, durch fließendes Französisch ließe sich hier irgendwas lösen. Manchmal erscheinen mir die Kommunikationsprobleme der Hegartys einfach in jeder Sprache unlösbar.

Der warme, windige Nachmittag verwandelte sich in einen wilden, stürmischen Abend, und Aileen war überrascht, als die ersten Regenspritzer rasch in einen Wolkenbruch übergingen; irgendwie wirkte das Languedoc bei Regen auf eine düstere Art anders, unberechenbar und unbestimmt feindselig. Sie machte Feuer, ging durchs Haus, um alle Läden zu schließen, und wollte sich gerade mit einem Buch hinsetzen, als alle Lichter nach einem Aufflackern erloschen.

Uhhh! Das züngelnde Kaminfeuer warf unheimliche Schatten, und sie rief nach Finn, der mit einer Taschenlampe auftauchte. Zu zweit suchten sie Kerzen und zündeten mehrere an, doch als der Sturm draußen immer heftiger durch die Bäume fegte und der Regen aufs Dach trommelte, fühlte sich Aileen zunehmend unbehaglich – guter Gott, solche Regenfluten hatte sie noch nie erlebt. Waren solche Unwetter im Languedoc üblich? In diesem Fall mussten sie ein Notstromaggregat installieren, denn in einer Pension konnte man die Gäste nicht im Dunkeln herumtappen lassen. Plötzlich wurde ihr bewusst, wie groß die Entfernung zu den Nachbarhäusern war und dass es hier draußen auf dem Land keine Straßenlaternen gab. Die Nacht war absolut dunkel, pechschwarz.

«Tja», meinte sie seufzend zu Finn, der im Halbdunkeln stand. «Uns bleibt wohl nichts anderes übrig, als ins Bett zu gehen und zu hoffen, dass der Sturm morgen früh vorbei ist.»

«Ja. Dumm, dass wir nicht den Wetterbericht hören können oder jemand anrufen und fragen, wie so was normalerweise abläuft.»

Ja. Schon gut, Finn, Volltreffer. Jetzt lass uns schlafen gehen.

Doch von Schlaf konnte keine Rede sein. Aileen lag kaum ein paar Minuten im Bett, da wälzte sie sich schon unruhig hin und her, und obwohl sie sich ein Kissen auf die Ohren stopfte, konnte nichts das Heulen dämpfen, das Kreischen orkanartiger Böen, die inzwischen an einen Hurrikan erinnerten, und auch nicht das Peitschen des Regens, der wie die reinste Sintflut aus einem boshaften Himmel niederströmte, von Blitzen durchzuckt. Das erste, blendend helle Aufleuchten drang trotz der Fensterläden ins Zimmer, und Aileen schrie auf: Allmählich wurde ihr angst und bange. Sie stand auf, tastete nach ihrem Morgenmantel und stolperte auf den Treppenabsatz hinaus. Finn kam auch gerade aus seinem Zimmer, voll bekleidet, als hätte er sich gar nicht erst hingelegt.

«Mannomann», sagte er, «das ist ja der reinste Horrorfilm.»

Aileen lachte schwach. Es war wirklich horrormäßig, und seine Stimme trotz der Häme ein Trost. Niemals hatten sie in Irland einen Sturm von solcher Wildheit erlebt, weder er noch sie, niemals hatte … plötzlich war von unten ein Krachen zu hören, und beide fuhren zusammen, Aileen mit einem lauten Aufschrei.

«O Gott, Finn, was war das? Wo ist die Taschenlampe?»

«Nur keine Panik, Ma – hier, lass mich vorgehen, und Vorsicht auf der Treppe.» Zu ihrer Verblüffung klang er völlig ruhig, und Aileen staunte, wie wunderbar es plötzlich war, ihren kräftigen, zwanzigjährigen Sohn im Haus zu haben.

Treppenstufe um Treppenstufe tastete sie sich voran, schauderte, als ihre Füße den kalten Kachelboden in der Diele berührten, und folgte ihm in die Küche, wo der Lärm herkam. Die beiden Flügel des Fensterladens hatten sich losgerissen und krachten immer wieder gegen die Außenwand, vermutlich weil sie sie nicht ordentlich verriegelt hatte. Auf dem Boden lagen außerdem Glasscherben: Mehrere Fensterscheiben waren zerbrochen, der Sturm hatte vermutlich abgerissene Äste oder anderes dagegengeschleudert.

«Bleib stehen, Ma, hier sind überall Scherben.» Gebieterisch hob Finn die Hand und leuchtete mit der Taschenlampe auf die Bescherung. «Oh – da ist auch Wasser, das muss von irgendwo hier reinfließen.»

Aileen spähte an ihm vorbei, und tatsächlich sammelte sich dort Wasser. Woher es kam, ließ sich nicht erkennen, doch es bildete inzwischen schon eine riesige Pfütze auf dem Boden, die sich unter ihren Augen noch ausdehnte.

«Mein Gott, wir kriegen eine Überschwemmung – funktioniert das Telefon noch? Wen um Himmels willen ruft man denn in so einem Notfall an …?»

Noch bevor sie den Satz zu Ende gesprochen hatte, war Aileen die Sinnlosigkeit ihrer Idee klar; sie hatte keine Ahnung, welche Nummer zu wählen war oder was sie hätte sagen sollen. Sie konnte nur beten, dass es mit dem Wasser nicht schlimmer wurde.

«Lass uns noch ein paar Kerzen anzünden, Finn, und dann versuchen wir, die Fensterläden wieder zuzukriegen und die Sauerei hier aufzuwischen.»

«Ja. O Mann. Hier oben liegen wir ja hoch genug, da wird das Wasser wohl abfließen, aber im Dorf ist jetzt bestimmt die Hölle los. Wenn das so weitergeht, schwimmt da unten bald alles.» Er spähte durch das zerbrochene Fenster auf Mézalas hinunter, das in der pechschwarzen Dunkelheit nicht zu erkennen war.

Aileen machte sich keine großen Sorgen um das Dorf, wo man ja vermutlich wenigstens die Unwetterwarnung gehört und verstanden hatte – und an diese Art von Wetter vielleicht auch gewöhnt war? War es möglich, dass solche Stürme hier häufiger vorkamen? In den sonnensatten, blumengeschmückten Zeitschriftenartikeln war nie von Stürmen, Überflutungen oder Blitzschlägen die Rede gewesen. Am meisten beunruhigte sie der tosende Lärm. Sturm und Regen klangen mit vereinter Gewalt, als wollten sie das Haus in Einzelteile zerlegen. Im Dunkeln, und dann auch noch mit dieser Wasserlache auf dem Boden, wirkte das ganze Szenario einfach höllisch.

Finn wandte sich vom Fenster ab und schaute durch die Dunkelheit zu ihr hinüber. «Überlass das mal mir. Ich mach hier ein paar Kerzen an und räum die Scherben weg, und du gehst hoch und ziehst dich an – schlafen kann man bei diesem Krach sowieso nicht.»

Allerdings nicht. Sie tappte vorsichtig durch die Diele zurück und tastete gerade nach dem Treppengeländer, als ein donnernder Schlag sie mitten in der Bewegung erstarren ließ. Die Hand vor den Mund gelegt, blieb sie schreckenssteif stehen. Der Schlag kam ganz aus der Nähe und war so laut, dass ihr fast das Herz stehen blieb. Dann wurde ihr mit einem Aufkeuchen klar, was das war – irgendjemand donnerte zu dieser unchristlichen Stunde gegen die dicke, hölzerne Haustür.

Sie zitterte so, dass sie unmöglich aufmachen konnte, ihre Hände bebten, und der Schlüssel war nirgends zu sehen. «Finn», krächzte sie. «Finn, komm her, schnell.»

Keine Antwort. Er konnte sie unmöglich hören. Doch das Klopfen blieb hartnäckig, und das war wohl unüberhörbar, denn ohne Ankündigung stand er plötzlich neben ihr, die Taschenlampe in der einen Hand und die andere schon fast am Riegel. Entsetzt versuchte sie, ihn am Öffnen der Tür zu hindern.

«Nein! Finn, es ist mitten in der Nacht, wir wissen nicht, wer das ist …»

«Ma», meinte er lakonisch. «Reiß dich zusammen. Einbrecher klopfen normalerweise nicht an. Wahrscheinlich ist es einfach nur einer von unseren Nachbarn mit ’nem Problem oder so.»

Mit diesen Worten drehte er den Schlüssel im Schloss, entriegelte die Tür und öffnete sie weit. Davor stand ein etwa fünfzigjähriger Mann mit mächtigem Schnauzbart. Er war in Ölsachen gehüllt und hielt eine starke, professionell wirkende Taschenlampe in der Hand.

Einen Moment lang sahen sich alle verblüfft an. Dann ließ der Mann einen Schwall Französisch los, wobei er immer wieder auf Finn zeigte, dann auf sich selbst und schließlich zum Dorf hinunter. Aileen war völlig perplex. Trotzdem zog sie den Mann in die Diele, wo er tropfnass stehen blieb, weiter auf sie einredete und dabei auf Finn zeigte.

Na, dachte sie, was für eine reizende Art, seine Nachbarn kennen zu lernen. Da steh ich hier in stockfinsterer Nacht in meinem Morgenmantel oder wahrscheinlich gleich splitternackt, wenn der Sturm weiter so an meinen Sachen zerrt – guter Gott, wenn das so weitergeht, fliegt noch das Dach weg! Wenigstens Finn ist angezogen, aber was müssen wir beide für ein Bild abgeben! Und was versucht dieser Mann uns zu sagen?

«Ich denke», tippte Finn schließlich, «er will uns klar

machen, dass es im Dorf irgendein Problem gibt, und ich soll mit ihm da runtergehen und helfen.»

«Was? Ist der verrückt? Bei diesem Sturm? Finn, du bleibst hier an Ort und Stelle. Du setzt bei diesem Unwetter keinen Fuß hinaus.»

Einen Moment lang dachte er über ihr Verbot nach. Dann sah er sie kühl an. «Ma, du hast gesagt, du möchtest, dass wir uns hier einleben, stimmt doch, oder? Dass wir uns integrieren und die Leute kennen lernen. Also, das hier ist eine prima Gelegenheit, sie kennen zu lernen. Offensichtlich braucht jemand Hilfe.»

«Aber … Finn … nein …» Er entzog sich ihrem Griff, bevor sie ihn noch richtig packen konnte, nickte dem Mann zu, er solle warten, und verschwand auf der Suche nach Regenkleidung. Aileen, die nun allein mit dem tropfnassen Mann zurückblieb, verhaspelte sich hoffnungslos und wusste noch immer nicht einmal, wer er war.

«Là», meinte er plötzlich barsch, packte sie beim Arm und drehte sie zur Seite, bis der Groschen bei ihr fiel: Er musste aus dem Nachbarhaus weiter unten am Berg kommen, das alte Bruchsteinhaus, wo immer angepflockte Ziegen weideten. Dann machte er sich mit energischen Gesten verständlich, sie solle kommen, sie solle sich anziehen, bis sie endlich kapierte, dass er aus irgendeinem völlig unverständlichen Grund wollte, dass nicht nur Finn, sondern auch sie ihn begleitete – lieber Himmel, es würde doch kein Erdbeben geben, irgendeine grässliche Katastrophe, vor der jedermann in den Nachrichten gewarnt worden war? Sie versuchte, sich zusammenzureißen, nickte ihm zu und hastete zum Anziehen nach oben.

Sie musste sich ihre Kleider blind zusammensuchen und warf sich einfach über, was ihr in die Hände fiel. Als sie nach unten zurückhetzte, fand sie Finn in einem ähnlich bizarren

Aufzug vor, der aber wenigstens warm und wasserdicht wirkte. Der Schnauzbärtige brummte zufrieden, als sie hinter ihm her aus der Tür stapften.

«Wohin bringt er uns? Was läuft hier überhaupt ab? Finn, verstehst du irgend …?»

«Kein Wort», gab er zu. «Aber wir spielen am besten einfach mit und sehen, was dabei herauskommt.»

‹Ein Beinbruch, genau das wird dabei herauskommen›, dachte sie, als sie durch Matsch und Schlamm voranstolperte, Halt suchend an Finn geklammert, im Zickzackkurs durch die Felder und über eine Bruchsteinmauer hinweg, während der Regen sie wie mit Schrotkugeln bombardierte. Sie arbeiteten sich durch wild schlagendes Geäst, einer an den anderen geklammert, bis sie schließlich ein Gebäude vor sich hatten, offensichtlich das Haus des Mannes. Aus den Fenstern schimmerte Licht, was Aileens Verdacht bestätigte: ein Notstromaggregat. Dann waren die Häuser hier also oft ohne Strom? Na wunderbar.

Bei der Haustür angekommen, öffnete der Mann sie mit Schwung, und sie stolperten als durchweichtes, klatschnasses Menschenbündel hinein. In der Diele tauchte eine Frau mit dunklem Teint auf, vermutlich etwa so alt wie Aileen, obwohl sie in ihrem verblichenen Overall älter wirkte. Sie hatte das wirre Haar hochgesteckt und musterte sie mit einem prüfenden Blick aus dunklen Knopfaugen.

Sie nickte Aileen zu und winkte sie zu sich, während der Mann, offensichtlich ihr Ehemann, sich ganz auf Finn konzentrierte und mit einer unverständlichen Erklärung zum Dorf hinunterzeigte. Anscheinend ging es wirklich darum, dass Finn ihn dorthin begleiten sollte.

«Nein», warnte Aileen ihren Sohn, «das ist viel zu gefährlich, du weißt nicht, was er von dir will …»

«Ich mache keine Dummheiten», antwortete er in einem

Tonfall, den sie nie zuvor gehört hatte, «aber wenn ich recht verstehe, sollst du solange hier bei seiner Frau bleiben.»

Hier bleiben? Na ja, wenigstens war es hier warm, und das Licht funktionierte – hatten diese Leute gesehen, wie im Nachbarhaus die Lichter ausgingen, und beschlossen, ihren unbekannten Nachbarn eine Zufluchtsstätte anzubieten? Nein, überlegte Aileen, die Sache hat mehr mit Finn zu tun, ihn brauchen sie, mich hat man nur hierher gebracht, weil man mich bei einem solchen Sturm wohl kaum allein zurücklassen konnte. Verflixt, ich wünschte, Shona wäre hier und könnte uns erklären, was eigentlich los ist und warum dieser Mann will, dass Finn mit ihm rausgeht! Ich möchte nicht, dass er geht. Aber er sieht so aus, als würde er sich nicht darum scheren – was ist denn nur mit ihm, ist er verrückt geworden?

Ja. Während sie noch dastand und ihn flehend ansah, schubste er sie in die Richtung der wartenden Frau, bedeutete ihr mit einem beruhigenden Blick, dass sie sich keine Sorgen machen solle, drehte sich um und folgte dem Mann zurück in den Sturm. Aileen fasste sich an den Hals und kämpfte mit dem Impuls, ihren Sohn gewaltsam zurückzuzerren, doch dann blieb sie wie betäubt stehen, und die Tür schlug hinter ihm zu.

Die Frau winkte erneut und ging voraus in ein schlampiges Mehrzweckzimmer, wo auf dem Tisch noch Reste des Abendessens standen. Sie scheuchte einen dösenden Hund von einem abgenutzten Lehnsessel, bedeutete ihr mit einer Geste, dass sie sich setzen solle, und nickte befriedigt, als sie der Aufforderung nachkam. Und jetzt, fragte sich Aileen, wie sollen wir uns überhaupt verständigen? Na ja, sie macht bestimmt Tee, und dann werden wir uns schon irgendwie durchwurschteln. Vielleicht kann sie mir ja erklären, wohin ihr Mann mit meinem Sohn verschwunden ist, und warum.

Tatsächlich verschwand die Frau in den Tiefen des Hauses, und Aileen saß lange wartend da, bis ihr dämmerte, dass sie sich geirrt hatte. Kein Tee, keine wirre Unterhaltung in Kauderwelsch, die Frau war einfach wieder ins Bett gegangen, und Aileen sollte also im Lehnsessel einnicken, falls ihr das gelang.

Die ganze Nacht peitschte der Regen nieder, die ganze Nacht kreischte der Wind, und rings um den Bauernhof krachte wütender Donner. Dieses Unwetter, dachte Aileen ungläubig, hat eine geradezu epische Wucht. Biblisch. Ob Finn es wohl geschafft hat, vor unserem Aufbruch die Fensterläden zuzukriegen, oder finden wir Le Mas morgen völlig überschwemmt vor – oder einfach als Schutthaufen?

Nicht, dass das Haus neben meinem Sohn jetzt überhaupt noch eine Rolle spielte. Wie können diese Leute es wagen, ihn einfach so … so zu entführen! Ihn zu weiß der Himmel was zu zwingen? Wenn wir nur beide Handys hätten, dann wüsste ich inzwischen wenigstens, was los ist … Aber irgendwo in diesem Haus muss es doch ein Telefon geben, warum ruft uns denn keiner an und gibt uns Bescheid? Sind die Leitungen unterbrochen? Ich wüsste zu gern, was er jetzt macht, worum es überhaupt geht, ob ihm nichts passiert ist. Was hat ihn nur dazu gebracht, da mitzumachen? Noch nie habe ich diesen Blick an ihm gesehen – so entschlossen. Selbst seine Stimme klang entschlossen, als wäre die Entscheidung längst gefallen und Argumentieren vollkommen zwecklos. Was auch immer er sonst für Fehler haben mag, noch nie zuvor hat er mir offen widersprochen und sich einfach in etwas hineingestürzt.

Schlafen kann ich hier bestimmt nicht. Selbst wenn dieser Lehnsessel bequem wäre, was er definitiv nicht ist, mache ich mir viel zu große Sorgen. Wie konnte diese Frau nur einfach so ins Bett gehen und mich hier sitzen lassen? Macht die sich denn keine Sorgen um ihren Mann? Hat sie noch nie was von Gastfreundschaft gehört, oder warum hat sie mir noch nicht einmal etwas zu trinken angeboten? Noch nicht einmal das? Ein Wunder, dass sie wenigstens das Licht angelassen hat. Aber wie wäre es mit einem Handtuch, um mir die Haare abzutrocknen, Madame, oder einer Decke, damit ich nicht friere, oder sogar einem Bett für die Nacht – kommt alles nicht in Frage, hm?

Na, warte nur, bis du irgendwann mal zu mir nach Hause kommst, warte nur ab. Da kannst du aber lange auf ein herzliches Willkommen warten, Madame.

Ach, Finn! Sei vorsichtig! Vielleicht bist du nicht der vollkommenste aller Söhne, aber du bist der einzige, den ich habe!

Aileen hatte keine Ahnung, wie spät es war, als die Bauersfrau am nächsten Morgen neben ihr auftauchte und sie vorwurfsvoll ansah, als müsste sie eigentlich schon seit Stunden wach sein. Sie folgte ihrem Zeigefinger mit den Augen und entdeckte eine dampfende Kanne auf dem Tisch, außerdem Brot und Butter. Ein Frühstück wurde ihr offensichtlich zähneknirschend zugestanden. Oder zumindest die französische Version eines Frühstücks, also ohne brutzelnde Würstchen, knusprigen Speck, geschmorte Pilze oder irgendeine der anderen Köstlichkeiten, auf die sie plötzlich einen Heißhunger hatte.

Steif, klamm und sofort wieder in Gedanken bei Finn, legte sie die gewölbte Hand wie zum Telefonieren ans Ohr und übermittelte ihre Frage mit Gesten: Irgendwelche Nachrichten?

Zu ihrer Verblüffung nickte die Frau. Irgendwo im Verborgenen musste ein Telefon geläutet haben. *«C'est bon»*, sagte sie mit einem Achselzucken, das fast etwas Anerkennendes hatte. Einfach nur zwei Wörter: Aber Aileen bekam vor Erleichterung weiche Knie, murmelte lautlos ihren Dank an alle unbekannten Götter, die Finn beschützt haben mochten, und schaffte es sogar, Madame anzulächeln.

Nach einem heißen Kakao und ein paar Scheiben Butterbrot fühlte sie sich besser, sodass sie aufstand und ans Fenster trat, um einen Blick aufs Wetter zu werfen. Wenigstens hatte der Regen aufgehört, und der Wind hatte nachgelassen, doch der Himmel war noch immer wie Blei. Draußen im Gras sah sie überall die Spuren des Sturms, zu Boden geworfene Gartenmöbel, eine Gießkanne, die zwischen die Hühner geflogen war, rätselhafterweise auch einen Gummistiefel, der gerade von einer Ziege angeknabbert wurde, und mehrere Dachschindeln aus Schiefer, die es vom Schuppendach geweht hatte.

«Ich sollte nach Hause gehen», sagte sie zu der Frau und deutete zu ihrem Haus hinüber, doch die Frau schüttelte den Kopf und erwiderte etwas über die *‹électricité›*, was Aileen auf die Frage brachte, wie sie nur an einen Elektriker kommen sollte, falls sie einen brauchte. Selbst wenn es ihr gelänge, den Geheimcode zu knacken, den die Gelben Seiten für sie darstellten, wäre sie absolut außerstande, ein Telefongespräch zu führen. Na ja. Wenigstens war Finn nichts zugestoßen, alles andere zählte heute Morgen eigentlich nicht.

Aber wo war er nur? Eine Stunde oder länger blieb Aileen keine andere Wahl, als sich mit ihrer schweigsamen Gastgeberin im Haus zu schaffen zu machen, ihr beim Abwasch zu helfen, den Boden zu fegen, Suppengemüse zu putzen und alle sonstigen Morgenpflichten mit zu erledigen, die aber ohne einen kleinen Schwatz einfach langweilig waren. Sollte es noch andere Familienmitglieder geben, war zumindest nichts von ihnen zu sehen, vielleicht weil Monsieur und Madame alt genug für erwachsene Kinder waren, die das Haus schon verlassen haben mochten. Kinder in Finns Alter, die wahrscheinlich in Toulouse oder Montpellier irgendwas mit Software zu tun hatten und tief und fest in gemütlichen Betten schliefen, während Finn Hegarty von so einer Art regionaler Armee zwangsrekrutiert wurde.

Es war schon fast Mittag, als sie – endlich! – Männerstimmen hörte, aus dem Fenster schaute und ihn aus hundert Meter Entfernung den Berg heraufkommen sah, Seite an Seite mit Monsieur, beide in khakifarbenen Umhängen aus Ölzeug, die sie vorher nicht getragen hatten. Meine Güte, war denn niemand bereit, sie nach Hause zu fahren, nachdem sie sich die ganze Nacht um die Ohren geschlagen hatten? Doch das schien sie nicht zu stören, und sie wirkten nicht einmal müde: Unglaublich, aber sie klangen sogar fröhlich, Aileen hörte raues Gelächter, als wäre eine Art Gespräch im Gange.

Als die beiden ins Haus stapften, fiel Aileen beinahe in Ohnmacht angesichts von Finns Zustand: Über und über mit Schlamm verkrustet, unter dem linken Auge hatte er ein dickes Veilchen, und seine Kleider waren nur noch Lumpen. Hätte sie ihn nicht gekannt, wäre ihr angst und bange geworden: Er sah aus wie ein wildes Tier, das man gerade aus den Kiefern eines Rottweilers gerissen hat. Nicht, dass Monsieur in wesentlich besserer Verfassung war, aber wenigstens fehlte bei ihm das Veilchen. Sie stürzte sich auf ihren Sohn und umarmte ihn, ohne sich darum zu scheren, dass ihm das vielleicht schrecklich peinlich war.

Doch er zuckte nicht zurück. Vielmehr erwiderte er ihre Umarmung und fragte mit einem Grinsen: «Alles okay, Ma?», während die Bauersfrau schon mit Bergen von Handtüchern herbeisprang, womit sie klar machte, dass er – im Gegensatz zu seiner Mutter – herzlich eingeladen war, eine warme Dusche zu nehmen. Gleich, so bedeutete sie mit Gesten, würde es heiße Suppe geben, er solle sich wie zu Hause fühlen. Unterdessen kramte ihr zerlumpter Gatte, bevor er sich auch nur die rabenschwarzen Hände gewaschen hatte, in einem Schrank und holte eine Flasche und zwei winzige Gläschen hervor.

Aileen sah zu, wie die Gläser gefüllt und auf den Tisch geknallt wurden, wie die beiden sie nahmen, anstießen und tranken. Monsieur, der den ganzen Inhalt auf einmal kippte, schlug Finn auf den Rücken, schenkte ihm noch eins ein und strahlte Aileen an, wobei er etwas Unverständliches, aber eindeutig Anerkennendes sagte. Irgendwann in den letzten zwölf Stunden hatte Finn anscheinend einen Freund gefunden.

«Aber, Finn, wo wart ihr denn? Was habt ihr gemacht? Ich war krank vor Sorge – wo hast du nur dieses Veilchen her – erzähl mir doch, was los war!»

Einen Moment lang betrachtete er die trübe Flüssigkeit in seinem Glas. Dann kippte er sie wie sein älteres Gegenüber mit einem Schluck hinunter. Anschließend wandte er sich ihr zu.

«Ich habe», erklärte er, «bei der Feuerwehr mitgeholfen.»

«Feuerwehr?»

«Ja. Gestern Nacht wurde das Dorf überschwemmt – genauso wie noch ein paar andere. Es gab einfach nicht genug Helfer. Anscheinend hat dieser Berg hier früher immer wie eine Art Damm gewirkt, aber seit er abgeholzt wurde, fließt das ganze Wasser nach Mézalas runter, und das läuft voll wie ein Eimer. Raoul hier ist bei der freiwilligen Feuerwehr, und der Hauptmann rief an, um ihm zu sagen, dass er gebraucht wird, genau wie sein Sohn, der sonst auch immer mit dabei ist. Aber sein Sohn – er heißt Paul – geht jetzt in Toulouse zur Uni, und da dachte Raoul an mich. Er hat mich hier Holz hacken sehen und dachte, ich könnte ihm vielleicht ein bisschen helfen. Und das hab ich gemacht.»

«Was – was genau hast du denn gemacht?»

Madame unterbrach das Gespräch mit einer Suppenterrine, und daran, wie bereitwillig ihr Sohn seine dampfende Schale entgegennahm, erkannte Aileen, dass er am Verhungern war. Bevor er das nächste Mal etwas sagte, hatte er die Schale zur Hälfte geleert und ein halbes Baguette vernichtet.

«Am Anfang habe ich mit Raoul Sandsäcke aufgeschichtet. Aber es hat nicht viel gebracht, das Wasser stieg schneller, als wir arbeiten konnten, und irgendwann saßen die Leute in ihren Häusern fest, manche kletterten sogar durchs Fenster aufs Dach – also war unsere nächste Aufgabe, sie von dort zu bergen.»

«Wie denn?»

«Na ja, mit Leitern natürlich! Du weißt schon, diese ausfahrbaren Leitern, mit denen Löschwagen ausgerüstet sind.»

Aileen schloss die Augen. Diese riesigen Leitern, die bis in die Unendlichkeit hinaufreichten, ein Dutzend Meter oder mehr?

Finn grinste. «Nicht jeder hat Höhenangst, Ma! Mir machte das nichts aus, ich bin einfach mit den anderen Jungs hochgestiegen. Wir waren Dutzende von Helfern, und auf diese Art schafften wir am Ende die halbe Bewohnerschaft da raus. Sie sind alle unten im Gemeindezentrum, ihre Häuser sind kaputt, aber wenigstens sind sie am Leben, und jetzt wird im Rathaus Essen, Kleidung und das Nötigste organisiert.»

Lässig griff er nach seiner Schale und aß den Rest seiner Suppe, während Raoul mit einer Art väterlichem Stolz nähere Details zu erklären versuchte. So sehr Aileen sich auch bemühte, ihm zu folgen, entging ihr doch so ziemlich alles, aber immerhin verstand sie, dass ihr Sohn sich wacker gehalten hatte und Raoul von seinem jungen Nachbarn ziemlich beeindruckt war.

«Also», sagte sie, «Gott sei Dank bist du heil und gesund zurück. Jetzt lass uns heimgehen, du brauchst saubere Kleidung und ein bisschen Schlaf.»

«Ja. Einverstanden. Aber duschen will ich lieber hier, falls es zu Hause kein heißes Wasser gibt.»

Er stand auf, nahm sich ein paar Handtücher und marschierte davon, von Madam mit einem Arm voll Kleidung eskortiert, die vermutlich ihrem Sohn gehörte. Raoul kramte erneut im Schrank, holte ein drittes Glas heraus, füllte es aus einer Flasche, die kein Etikett trug, und schob es über den Tisch auf Aileen zu. Dann prostete er ihr zu und gab einen Trinkspruch aus – offensichtlich auf ihren Sohn. Ungläubig erhaschte sie die Worte *‹courageux›* und *‹exceptionnel›*.

Finn? Finn Hegarty? Sie traute ihren Ohren kaum. Als sie gehorsam ihr Glas hob, mit ihrem inzwischen so freundlichen Nachbarn anstieß und an dem trüben Inhalt nippte, kam ihr die ganze Szene vollkommen unwirklich vor.

Pfui Teufel! Raoul lachte, während ihr das Wasser in die Augen schoss und sie fast an einem Hustenanfall erstickte. Dieser einfache Mann, der so aussah, als wäre er auch durch noch so gründliches Waschen nie richtig sauber zu kriegen, schien sie zum ersten Mal wirklich wahrzunehmen; als die Mutter des Burschen, der dem Dorf in einer Notsituation beigesprungen war.

«Bienvenu», sagte er plötzlich, und sie wusste, was das bedeutete, obwohl sie es hier noch nie gehört hatte. Willkommen.

In einer Art hypnotischer Starre sah Shona zu, wie die Grundlagen ihrer Karriere den Bach hinuntergingen. Gegen Ende des Verfahrens ahnte sie schon, dass sie verlieren würde: Und doch traf sie das Urteil in seiner kalten Endgültigkeit mit voller Wucht.

«Es tut mir furchtbar Leid», sagte Emily, als sie wie betäubt aus dem Gerichtssaal traten, von Shonas aufgebrachten Eltern begleitet, die schon von ‹Berufung› redeten. Shona selbst war sprachlos. Ihre Zukunft kam ihr wie ein einziges, endloses Horrorszenario vor. Eine weitere Zusammenarbeit mit Terry O'Hagan – der gerade mit widerlichem Siegeslächeln aus dem Saal gefegt kam – wäre unerträglich. Man würde sie zwar nicht entlassen, aber auch niemals befördern. Niemals würde sie Hotels auf dem Markt vertreten, niemals irgendeine Gehaltserhöhung bekommen und auf der Karriereleiter der Fremdenverkehrsbranche nie auch nur die winzigste Stufe höher steigen. Obwohl sie im Recht war, hatte Terry O'Hagan den Prozess gewonnen, und das würde er sie nie und nimmer vergessen lassen.

«Nein», erklärte sie plötzlich ihren Eltern. «Ich lege keine Berufung ein. Es ist zwecklos.»

«Aber warum denn nicht? Shona, du musst doch …»

«Nein», erwiderte sie so kurz angebunden, dass ihre Mutter die Stirn runzelte.

«Aber was willst du denn sonst tun? Du kannst doch unmöglich unter diesen Umständen im selben Büro mit diesem Mann weiterarbeiten.»

«Nein, kann ich nicht. Und werde ich auch nicht.»

Alle blickten sie an, aber irgendetwas in Shonas Miene hinderte sie daran zu fragen, was sie denn stattdessen tun wollte.

«Weißt du was», meinte ihr Vater mit gezwungener

Fröhlichkeit, «warum gehen wir nicht alle zusammen essen? Dann reden wir noch einmal darüber und sehen, was uns dazu einfällt.»

Ihm zuliebe kam Shona mit, doch im Restaurant steuerte sie das Gespräch eisern von dem Gerichtsverfahren weg, das endgültig erledigt war, und ebenso von ihrer Zukunft, die ihr nicht weniger erledigt vorkam. Stattdessen plauderte sie fest entschlossen über alles und jeden und sehnte sich dabei die ganze Zeit nur nach dem Moment, in dem sie endlich heimgehen, sich im Bad einschließen und alles rauskotzen konnte, den Schwindel endlich loswurde, der ihren Kopf und ihr Herz erfasst hatte.

So plötzlich, wie das Unwetter heraufgezogen war, klärte sich der Himmel wieder. In der Luft lag nun ein solches Frühlingsversprechen, dass Aileen den Sturm als reine Einbildung hätte abtun können, wäre durch ihn nicht ein Problem entstanden: Wo bekam man ein Notstromaggregat her, und wie installierte man es?

«Ich frage Raoul», bot Finn an, «der hat ja schon eines.»

Zu Aileens Verblüffung ließ er seinen Worten Taten folgen und marschierte los. Das notwendige Vokabular hatte er sich aus einem Wörterbuch zusammengesucht und auf einen Zettel gekritzelt. Er blieb eine Stunde weg, und Aileen freute sich darüber. Auch wenn sie selbst hier immer noch niemanden kannte, schien wenigstens Finn in Frankreich einen Fuß in die Tür zu bekommen. Während er weg war, erhielt Le Mas ohne jegliche Vorankündigung Besuch von Aude Villandry, der Kontrolleurin des Fremdenverkehrsbüros. Aileen, die ihr entgegeneilte, fragte sich, ob sie diese energische und überraschend junge Frau, die einem schicken VW Beetle entstieg, wohl mit Wangenküssen empfangen sollte. Die französische Etikette war so undurchschaubar wie Treibsand, in dem man spurlos versinken konnte.

Aber nein. Die dunkle, zierliche Aude reichte ihr die Hand so spröde, dass Küssen definitiv ausgeschlossen war. Mit hartem Griff hielt sie ihr Klemmbrett, auf dem Aileen eine unendlich lange Liste mit Kästchen zum Ankreuzen entdeckte. Fast hätte sie ihr einen Tee angeboten, entschied sich dann aber doch dagegen: Aude erschien ihr als der Typ, der darin sofort einen Bestechungsversuch wittern könnte. Sie war hübsch, leuchtete geradezu vor jugendlicher Frische, doch ihre Ausstrahlung war von stählerner Entschlossenheit, ihr glänzendes Haar schimmerte wie ein Kriegshelm, und ihre nussbraunen Augen glühten vor Eifer.

Zähneknirschend führte Aileen die mit Bluse und Kostüm bekleidete junge Frau ins Haus und dachte sofort, wie sehr sich Aude Villandry doch von Shona Fitzpatrick unterschied, die sich gleich bei ihrer ersten Begegnung an den Küchentisch gesetzt und geschlagene zwanzig Minuten mit ihr geplaudert hatte, bevor sie mit einem freundlichen Lächeln darum bat, doch das Haus sehen zu dürfen. Shona hatte sich dabei Notizen gemacht, aber niemals ihr Papier mit dem ungeduldigen Getrommel ihres Kugelschreibers durchlöchert, wie Aude das jetzt tat, als sie stirnrunzelnd den lose vor dem Küchenfenster hängenden Fensterladen betrachtete.

«Der Sturm», erklärte Aileen, «und ich. Ich bin nicht an Fensterläden gewöhnt. Mein Sohn bringt das heute Nachmittag in Ordnung.»

Zumindest wollte sie das sagen, verzweifelt nach Worten suchend, ohne zu wissen, ob die teilnahmslos blickende Aude sie nun verstand oder nicht. Eines der Kästchen bekam ein Kreuz, und Aileen zuckte zusammen: Shona würde sie vierteilen, wenn sie diese Prüfung nicht bestand. Shona, die jetzt schon seit ein paar Tagen nicht mehr angerufen hatte, um sie über ihr Gerichtsverfahren auf dem Laufenden zu halten, mit dem es scheinbar ziemlich schlecht stand – so schlecht, dass Aileen gar nicht nachzufragen wagte.

Aude tippte mit ihrem Stift auf das Clipboard und sprach in abgehacktem Englisch: «Haarföhne? Hosenpressen? Teetabletts? Stehen diese Dinge in jedem Gästezimmer zur Verfügung?»

«Ja», antwortete Aileen mit einem Nicken und fühlte sich wie ein Schulmädchen, das seine Hausaufgaben zeigt. «Ich meine, jetzt noch nicht, aber demnächst.»

Ein weiteres Kästchen wurde angekreuzt. Mit einem Gesichtsausdruck, als erwarte sie Le Mas komplett eingerichtet vorzufinden, obwohl die Eröffnung doch erst in sechs Wochen vorgesehen war, marschierte Aude ins Wohnzimmer und ließ den Blick wie einen Suchscheinwerfer durch den Raum gleiten.

«Kein Fernseher? Sie haben keinen Fernseher für Ihre Gäste?»

Aileen war gekränkt. «Nein – und nicht einmal für mich und meinen Sohn – bis jetzt. Aber wenn die ersten Gäste kommen, steht der Fernseher da, keine Sorge.»

Mit skeptischem Blick kreuzte Aude ein weiteres Kästchen an, und plötzlich hätte Aileen dieser hübschen, zierlichen Beißzange, die halb so alt war wie sie selbst und offensichtlich keine Ahnung hatte, wie lange es dauerte, sich im Ausland etwas aufzubauen und ein Haus zum Zuhause zu machen, am liebsten eine geknallt. Ich hasse diese Hexe, dachte sie, noch immer eisern lächelnd, wie Shona es ihr aufgetragen hatte, und ging ihr zu den Badezimmern voran, wo leider noch keine Handtücher bereitlagen und übrigens noch nicht einmal Seife.

«Sie kommen ein bisschen früh», meinte sie so entschuldigend sie nur konnte. «Ich hatte Sie erst in ein oder zwei Wochen erwartet.»

Aude blickte nicht von ihrem Prüfbogen auf. «Ich hab Sie heute einschieben können. In dieser Saison machen im Umland von Mézalas sieben neue Pensionen auf. Die muss ich diese Woche alle noch inspizieren, und dann noch einmal nächsten Monat.»

Nächsten Monat? O Gott. «Ach, nächsten Monat ist hier alles in bester Ordnung. Bis zum Schokotäfelchen auf dem Kopfkissen!»

Sie lachte. Aude nicht. «Schokoladentäfelchen? Die sind nicht nötig. Das ist Hotelstandard. Viersternehotel.»

Ja, natürlich. Das weiß ich selbst, du Korinthenkackerin. Das war nur ein winziger Scherz, um auch wirklich sicherzugehen, dass du nicht einmal einen Funken von Humor hast. Und jetzt, wo das geklärt ist, nimm doch dein verdammtes Clipboard und ...»

«Hey, Ma. Ich weiß jetzt alles über das Aggregat. Was ist denn das für ein komischer Vogel?»

Herumwirbelnd erblickte Aileen Finn, der vom Fuß der Treppe zu ihr heraufsah, und gleichzeitig merkte sie, dass Aude ihrerseits zu ihm hinunterstarrte, entgeistert.

«Das ist ... das ist Ihr Sohn?» Sie zeigte mit dem Kuli auf ihn und sah dabei aus wie eine Warentesterin im Großhandel, die ein ganz besonders ungenießbares Erzeugnis ablehnt.

Jawohl. Genau, Mlle. Villandry, das hier ist mein Sohn. Ich bin so an ihn gewöhnt, dass mir das violette Haar gar nicht mehr auffällt – dieser Rest von Haarkamm, den er noch hat – und auch nicht die pickelige Haut oder die Motorradstiefel, und nicht einmal dieses unglückselige T-Shirt, das er ausgerechnet heute Morgen anziehen musste, mit diesem Spruch darauf. *‹Scheiß Saddam›*, wahrhaftig. Und Scheiß Mlle. Villandry.

«Ja, das ist mein Sohn Finn. Finn, das ist Aude Villandry vom Fremdenverkehrsbüro. Sie spricht ausgezeichnet Englisch.» Was bedeutet, du Blödmann, sie hat wahrscheinlich mitbekommen, dass du sie für einen ‹komischen Vogel› hältst, und damit können wir die Registrierung von Le Mas jetzt wohl abschreiben.

Finn lächelte wortkarg die Treppe hinauf. «Wie steht's?»

Aude starrte zu ihm hinunter. «Und wie geht es Ihnen?» Doch Finn, der sich offensichtlich nicht für das Gesundheitsbulletin interessierte, verschwand schon in die Küche, und eine sichtlich erschütterte Aude wandte sich mit weit aufgerissenen Augen seiner Mutter zu.

«Er wohnt hier?»

«Ja. Natürlich. Er ist mein Sohn. Ohne ihn wäre ich hier verloren.»

Erst als sie es sagte, merkte Aileen plötzlich, dass das stimmte, dass sie ohne Finn hier geliefert wäre, wie abstoßend er auch auf Fremde wirken mochte. Offensichtlich war Aude der Meinung, dass er in deren Augen extrem abstoßend wirken würde, denn sie kritzelte in einer winzigen Schrift, die an Geheimzeichen erinnerte, hastig Anmerkungen in ihr Notizbuch.

Na ja, dachte Aileen mit einem innerlichen Seufzer, das war's dann wohl. Sie jetzt noch im Garten herumzuführen, ihr zu zeigen, wo wir den Jasmin oder den Kräutergarten oder das Biogemüse pflanzen wollen, bringt auch nichts mehr. Sie hat Le Mas schon abgeschrieben, Shona wird einen Anfall kriegen, und ich kann mich in einem Einmachglas nach Irland zurückfliegen lassen.

Es war spät am Abend, Aileen saß am Küchentisch und kämpfte mit Zahlenkolonnen auf Notizzetteln. Sie suchte irgendeine Möglichkeit, das Notstromaggregat zu finanzieren, das Finn zufolge sowohl in der Anschaffung als auch bei der Installation extrem teuer kommen würde. Selbst wenn Shona die Hälfte der Kosten übernahm – vorausgesetzt, Aude Villandry sorgte nicht für die Schließung der Pension, bevor sie überhaupt geöffnet hatte –, handelte es sich doch um eine größere unvorhergesehene Ausgabe. Und vermutlich würde Joe sich ihr als noch größeres Hindernis in den Weg stellen. Er würde in die Luft gehen, wenn er diese Zahlen hörte.

Als das Telefon läutete, ging sie nervös in Deckung. «Finn, nimm mal ab, und falls es dein Vater ist, sag ihm, dass ich … dass ich ihn später zurückrufe.»

Finn nahm ab. «Oh, hi. Ja, sie ist da, bleib dran, ich hol sie.»

Es war Shona. Geringfügig weniger schrecklich als Joe, aber auch ihr würden diese Zahlen nicht gefallen. Und der Bericht über den Besuch der Kontrolleurin würde sie ebenfalls nicht glücklich machen. Zögernd nahm Aileen den Hörer in die Hand.

«Sho, wie geht's? Wie läuft das Verfahren, gibt es irgendeine …»

Shonas Stimme durchschnitt ihre Rede wie eine scharfe Klinge. «Es ist vorbei. Kannst du mich morgen um zwei Uhr mittags abholen?»

«Was?»

«Flughafen Carcassone. Mein Flug trifft um zwei Uhr ein.»

«Aber …»

«Betrachte mich als deinen ersten Gast. Eine am Boden zerstörte Besucherin, die dringend einen Urlaub braucht und ein Zimmer im Mas bucht.»

«Ach du liebes bisschen. Du hast verloren?»

«Ja. Das Verfahren verloren und alles, was zum Verlieren dazugehört. Bitte, Aileen – holst du mich ab?»

Nie zuvor hatte Aileen diesen Tonfall bei Shona gehört, ein Beben vor Anspannung – oder sogar Tränen? Hier sprach nicht ihre Geschäftspartnerin, sondern ihre Freundin, die von ihrem Chef sexuell belästigt und nun offensichtlich auch noch vergewaltigt worden war. Eine Vergewaltigung musste ja nicht unbedingt körperlich sein, wenn sie Shonas Stimme das antat, was jetzt aus ihr herauszuhören war.

«Ich bin da. Um zwei. Und bis dahin … hör mal, mach dir keine Sorgen, reiß dich zusammen und versuch, ein bisschen zu schlafen …»

«Also, Schlaf ist eigentlich nicht vorgesehen, Aileen. Crys hat mich eingeladen, bei ihr zu Hause in Deckung zu gehen, und die Nacht werde ich mit einer hoffentlich riesigen Flasche Branntwein verbringen. Oder Whisky. Oder beidem.»

Bisher war Shona immer die tüchtigste, lebhafteste Frau gewesen, die Aileen kannte; fröhlich und vernünftig, überhaupt nicht der Typ, der rumjammert. Aber als Shona aus dem Flugzeug kam, sah Aileen auf den ersten Blick, wie entmutigt sie durch ihre Niederlage vor Gericht war. Ihre Reisetasche wirkte schwer, als sie mit einem matten, angestrengten Lächeln näher kam, und Aileen stürzte nach vorn, um sie kräftig zu umarmen, voll Mitgefühl und einem Anflug von beinahe mütterlicher Sorge. Zwar betrug der Altersunterschied nur sechs Jahre, aber heute schien Shona jedes Selbstvertrauen abhanden gekommen. Ohne Make-up und mit Jeans und einer Jacke, die auch einem Teenager gestanden hätte, wirkte sie beinahe kindlich, und ihre Augen strahlten Verletzlichkeit aus.

«Auf geht's. Bringen wir dich erst mal nach Hause.»

Gehorsam folgte Shona ihr zum Auto, und sie fuhren

durch Carcassonne los, dessen Straßen Shona aber heute kaum eines Blickes würdigte. Da Aileen nicht recht wusste, was sie sagen sollte, redeten sie wenig, bis sie schon eine ganze Weile durch die sonnenhellen Ebenen des Languedoc-Roussillon fuhren.

Schließlich ließ sich die Frage nicht länger hinauszögern: «Hat man dich rausgeschmissen? Bist du arbeitslos?»

«Nein. Ich bin nicht rausgeschmissen worden. Ich habe auf die Stelle verzichtet.»

«Was?! Aber … ach, Shona …, du hättest hoch erhobenen Hauptes ins Büro zurückkehren sollen, es durchstehen, deine Kollegen werden diese Episode doch in null Komma nichts vergessen …»

«Ja. Wahrscheinlich schon. Aber ich nicht.»

Aileen sah sie an. «War es so schlimm?»

«Es war grotesk. Es ist völlig undenkbar, dass ich je – *jemals* – wieder mit diesem unsäglichen Affen zusammenarbeite. Der hätte sich doch von hier bis in alle Ewigkeit daran geweidet.»

Ja. Tja. Shonas Standpunkt schien Aileen durchaus verständlich. «Aber wie konnte er denn gewinnen? Ich meine, okay, du hast ihn geschlagen, aber davor wollte er sich auf dich stürzen …»

«Ich habe den Schlag zugegeben, und er hat den Übergriff geleugnet. Eigentlich eine ganz einfache Strategie. Und erfolgreich.»

Aileen fühlte sich elend. Persönlich kannte sie zwar niemanden wie Terry O'Hagan, aber sie wusste, dass es solche Typen gab. Skrupellose Mistkerle ohne alle moralischen Grundsätze, denen es egal war, wer durch sie zu Schaden kam oder welchen Preis ihr Handeln forderte, die sich für nichts und niemanden interessierten als für ihr eigenes kostbares, verlogenes, betrügerisches, verkommenes Ich. Ohne die Augen von der Straße zu nehmen, berührte sie Shona an der Schulter.

«Ach, Sho, das tut mir furchtbar Leid. Und es macht mich richtig wütend.»

Shona lächelte schief. «Danke, Aileen. Das weiß ich zu schätzen. Aber im Moment habe ich selbst genug Wut in mir, um Le Mas bis unter die Dachsparren zu füllen! In meiner kleinen Wohnung konnte ich es einfach nicht aushalten, ich war ständig kurz vorm Explodieren. Ich bin die ganze Nacht bei Crys geblieben, und heute Morgen hab ich als Allerersterstes im Büro angerufen und gekündigt. Der Chef der ‹Personalverwaltung›, wie das lächerlicherweise heißt, wollte es schriftlich. Ich sagte ihm, dass mir das scheißegal ist, und hab das nächste Flugzeug genommen.»

«Ich freu mich darüber. Ich … ich bin ganz egoistisch glücklich, dich wieder zu sehen! Geschockt über das, was dir passiert ist, aber total froh, dich wieder hier zu haben.»

Shona schaute ein wenig besorgt drein. «Warum denn? Läuft es nicht so, wie es soll?»

«Ach … doch, sicher. Eigentlich ist alles in Ordnung. Es ist nur so … na ja, vielleicht fehlen mir meine Freunde ein bisschen. Und mein Mann, meine Schwester und meine Mutter. Mir war nicht klar, dass man in den ersten ein, zwei Monaten im Ausland so … so isoliert sein könnte.» Sie versuchte, möglichst unbekümmert zu klingen.

«Hmm. Das sagt jeder von Frankreich. Die ersten zehn Jahre sind die schlimmsten.»

«Zehn *Jahre*?», keuchte Aileen auf, und Shona lächelte grimmig.

«Ja. Die Franzosen sind so reserviert, dass man zehn Jahre braucht, um sie kennen zu lernen. Da kannst du lange warten, bis man dich mal auf eine Tasse Tee oder auf einen Happen einlädt. Oder auch nur mal auf ein Schwätzchen – aber es wird leichter, wenn dein Französisch einmal besser ist. Dann müsste das Eis ein bisschen schmelzen. Tatsächlich mögen sie die Iren sogar – solltest du zum Beispiel am St. Patricks Day mal eine Irische Party schmeißen, sind sie garantiert wie der Blitz da und stehen an deiner Tür Schlange.»

Aileen dachte darüber nach. «Na ja, das würde ich schon tun, wenn ich jemanden kennen würde, den ich einladen könnte! Der einzige Mensch, den wir bisher kennen gelernt haben, ist Raoul, unser Nachbar. Oder, genauer gesagt, Finn hat ihn kennen gelernt. Ich bin froh, dass zumindest einer von uns mit irgendjemandem hier klarkommt.»

«Finn? Wie hat Finn ihn denn kennen gelernt?

Also erzählte Aileen ihr die Geschichte, und Shona tat ihr Bestes, ihre Überraschung zu verbergen.

«Na, ein toller Kerl, dein Finn, das war sehr tapfer von ihm! Und wie steht es mit diesem Raoul, hat der vielleicht eine Frau, mit der du dich anfreunden könntest?»

«Er hat eine Frau, ja. Eine, mit der ich mich anfreunden könnte? Nein.»

«Oh. Na ja. Ich verstehe. Und was ist mit dem Unwetter, hat das in Le Mas irgendwelchen Schaden angerichtet?»

Aileen zögerte. In der Verfassung, in der Shona heute war, wollte sie sie nicht gleich mit Problemen bombardieren. Aber plötzlich trat ein Lächeln in Shonas Gesicht, als erwachten ihre Lebensgeister wieder. «Komm schon, spuck's aus! Was ist passiert?»

«Nichts Ernstes – nur eine zerbrochene Scheibe und ein bisschen Wasser in der Küche, das sich irgendwann auch wieder dahin zurückzog, wo es herkam. Aber der Strom fiel aus – Sho, das kann auch passieren, wenn wir Gäste dahaben. Wir müssen ein Notstromaggregat anschaffen, und das ist enorm teuer.»

«Wie teuer ungefähr?»

«Ungefähr ein paar Tausend. Ich habe wirklich keine Ahnung, wo wir das Geld hernehmen sollen. Außerdem sind uns Rechnungen ins Haus geflattert, fürs Trinkwasser, denke ich, und für die Müllabfuhr, obwohl du die doch schon im Voraus bezahlt hast – ich hab irgendwie jetzt schon das Gefühl, dass man in Frankreich geschröpft wird! Gebühren für alles und jedes, ein Wunder, dass man nicht auch noch die Luft zum Atmen bezahlen muss.»

«Ja, und das ist wahrscheinlich auch schon in der Mache.»

«Wahrscheinlich. Irgendwie nimmt einem das ein bisschen die Lust. Ich hatte keine Ahnung, dass alles so teuer sein würde.»

Shona lächelte. «Wie man hört, verlassen massenhaft Ausländer Frankreich nach ein oder zwei Jahren, schlagen die Hände über dem Kopf zusammen und ziehen wieder nach Hause. Meistens, weil sie sich vor ihrer Ankunft nicht ausreichend informiert haben.»

Es klang überhaupt nicht vorwurfsvoll, und es war wohl auch nicht als Vorwurf gemeint, aber Aileen fühlte sich durchaus angesprochen. In all ihren Vorstellungen von Frankreich war es nur um Sonne, Wiesen, Wein und hübsche Häuser gegangen, um einen wunderbaren, entspannten Lebensstil, der sich mit Tatsachen wie Rechnungen oder Unwettern, unterkühlten Einheimischen oder Bergen von Papierkram absolut nicht vertrug.

«Ja, wahrscheinlich habe ich meine Hausaufgaben wirklich nicht gemacht. Dabei fällt mir ein … die Kontrolleurin des Fremdenverkehrsbüros war da.»

«Ach ja, Aude. Ich hoffe, sie war nett?»

«Sie war die reinste Dampfwalze. Eine grauenhafte kleine Paragraphenreiterin, nichts als Prüfbogen und Arroganz. Halb so alt wie ich und doppelt so überheblich.»

Shona schloss stöhnend die Augen. «Oh, nein … Aileen, wir müssen mit ihr klarkommen, wenn sie uns irgendwelche Kundschaft schicken soll.»

«Ich weiß. Deshalb habe ich auch die Zähne zusammengebissen und war nichts als eiskalte Höflichkeit. Aber du hättest einmal sehen sollen, wie sie Finn angeschaut hat – als wäre er ein völlig verflohter Straßenköter. Am liebsten hätte ich ihr eine gescheuert.»

«Oje. Das hast du doch hoffentlich nicht gemacht?»

Plötzlich musste Aileen lachen. «Nein, habe ich nicht. Aber sie kommt nächsten Monat wieder.»

«Na ja, dann müssen wir sie eben einfach irgendwie rumkriegen. Aber keine Sorge, ich kenne dieses Geschäft, das schaffe ich schon – schließlich habe ich bis gestern genau ihren Job gemacht!»

Es entstand eine Pause, doch schließlich biss Aileen sich auf die Lippen. «Aber, Sho … bist du denn nächsten Monat noch hier? Wenn du deine Stelle gekündigt hast, musst du dir eine neue suchen, du kannst ja schließlich nicht in der Ecke sitzen und schmollen – oder hast du vielleicht im Lotto gewonnen?»

«Nein. Im Moment könnte ich wohl noch nicht einmal die erste Runde einer Gameshow im Fernsehen gewinnen. Erst lässt Brendan mich sitzen, jetzt hat sich meine Karriere in Nichts aufgelöst … was mache ich nur falsch, hm? Falls du es weißt, Aileen, würdest du es mir dann bitte sagen – was zum Teufel mache ich falsch?»

Aileen antwortete nicht sofort, sondern dachte erst einmal über die Frage nach. Doch sie fand keine Antwort. Shona schien einfach eine verdammte Pechsträhne zu haben. Sie hatte Talent und war attraktiv, aber sie kam nicht weiter. Es war ein Elend. So was musste bei ihr einfach an die Substanz gehen. Ganz zu schweigen davon, dass es eine schreckliche Verschwendung war, wenn jemand, der so klug und fleißig war wie sie und so viel zu bieten hatte, keine Chance bekam.

«Ganz ehrlich, ich weiß es nicht, Sho. Wo ich dir helfen kann, will ich dir helfen, du hast mein volles Mitgefühl und … o Gott!»

Mit einem Schreckenslaut bremste sie ab, als der Wagen eine Kurve umrundete und die Brücke in Sicht kam, das riesige römische Viadukt, das ihr wie jedes Mal enorme Angst machte. Wann immer sie zum Flughafen musste, hatte sie in der Nacht davor oder danach oder sogar in beiden Albträume, aus denen sie schweißgebadet erwachte. Shona sah sie erstaunt an.

«Fahr weiter. Schau doch, wie viele Autos gerade drüberfahren. Es ist völlig ungefährlich.»

«Ich weiß. Aber ich hasse das. Ich finde diese Brücke absolut und zutiefst grässlich, und das kann ich weder erklären noch irgendwie ändern. Hör mal … wollen wir nicht die Plätze tauschen, und du fährst rüber?»

«Nein, Aileen, das gehört nun mal zum Leben in Frankreich dazu. Du musst diese Brücke erobern. Und jetzt fahr einfach auf die innere Fahrspur, und nichts wie rüber.»

Mit verzogenem Gesicht und beinahe wimmernd nickte Aileen und ließ den Wagen ganz, ganz langsam über die Brücke rollen. Natürlich hatte Shona Recht, sie musste die Brücke irgendwie in ihre persönliche Landschaft einfügen, aber trotzdem – o Gott. Am liebsten hätte sie die Augen geschlossen, doch sie hielt das Steuerrad fest umklammert und biss sich die Lippen blutig, während das Auto wie eine verschreckte Schildkröte weiterkroch.

«Fahr einfach weiter … schau geradeaus … denk an was anderes.»

Dymps. Daran dachte Aileen jetzt, ohne erkennbaren

Grund: Ihre Schwester Dymps, die nächsten Monat zu Besuch kommen würde. Plötzlich von einer unerklärlichen Sehnsucht nach ihr erfasst, behielt sie ihr Bild vor Augen, bis … ufff … das Viadukt endlich hinter ihnen lag. Sie steuerte sofort eine Haltebucht an.

«Sorry. Ich muss immer hier halten, um mich wieder abzuregen.»

Sie schwitzte sogar, und Shona hatte keinen Zweifel, dass ihr Schwindelanfall ebenso echt wie heftig gewesen war. «Gut gemacht», lobte sie. «Und vergiss nicht, mit jedem Mal wird es leichter.»

«Nein», entgegnete Aileen ruhig. «Im Gegenteil. Mit jedem Mal wird es schlimmer. Ach, warum bin ich nur hierher gekommen und nicht nach Holland gezogen!»

Entschlossen, nicht zu viel Aufhebens von diesem Problem zu machen, obwohl es für Aileen ein echter Brocken war, meinte Shona lachend: «Na ja, jetzt musst du halt mit Frankreich klarkommen, und Frankreich muss mit dir klarkommen!»

«Ja. Und ich weiß nicht, wer von uns beiden damit besser bedient ist. Aber jetzt nichts wie heim. Ich brauche dringend eine Tasse Tee.»

Tee. Na ja, dachte Shona, manche Leute ließen ihre Landessitten zu Hause zurück, und manche brachten sie mit. Tee gehört nicht unbedingt zu Frankreich, aber definitiv zu Aileen. Und für diesen verdammten Kater, der gerade Mus aus meinem Schädel macht, ist er genau das Richtige.

Shona stürzte sich praktisch auf Le Mas, sobald sie ankamen, nahm einen Schlüssel aus ihrer Tasche, rannte zu ihrer kleinen *gîte*, schloss die Tür auf und stürmte hinein.

«Oh, *ja!* Mein wunderschöner *Mas* … Wie schön, wieder hier zu sein.» Aileen, die hinter ihr hereinkam, sah zu, wie sie die Wände berührte, die Luft einsog und mit einem entzückten Aufschrei draußen vor dem Fenster etwas entdeckte. «Schau doch! Narzissen! So früh schon!»

Aileen drehte sich um und sah, dass sie Recht hatte. Ihr selbst waren die Blumen noch nicht aufgefallen, es schoben sich ja auch gerade erst die grünen Spitzen heraus, doch sie waren unübersehbar da, wie sie die vorwitzigen Nasen aus der roten Erde streckten. Ein ermutigender Anblick, und für Shona genau das Richtige. Aber …

«Du wirst doch nicht hier draußen bleiben wollen, oder? Ich meine, in der *gîte* schlafen?»

Shona dachte einen Moment lang darüber nach. «Doch. Das werde ich wohl tun. Ich möchte dir nicht immer in die Quere kommen, besonders nicht in der Stimmung, in der ich zurzeit bin. Wenn Gedanken töten könnten, wäre Terry O'Hagan inzwischen längst eine Leiche.»

Aileen spürte einen Hauch von Enttäuschung. «Aber im Haus ist es doch viel gemütlicher, hier drinnen hast du ja kaum Möbel.»

«Ach, das reicht schon. Vor allen Dingen brauche ich im Moment Platz für mich selbst – nur so lange, bis ich mich wieder beruhigt habe und darüber nachdenken kann, was ich als Nächstes tun will. Was ich mit dem Rest meines verfluchten Lebens anfangen will, das ständig schief läuft, egal was ich anstelle.»

«Ach, Shona! Werd bloß nicht depressiv. Von jetzt an kann es nur noch aufwärts gehen. Bald läuft der Laden wieder, du wirst schon sehen.»

«Ja. Oder vielleicht erschieße ich mich auch.»

Bei diesen Worten lachte sie zwar, aber Aileen sah, dass sie wirklich völlig fertig war, und das konnte auch niemanden wundern. «Nix da. Du musst dir nämlich den Kopf darüber zerbrechen, wie wir unser neues Notstromaggregat finanzieren. Komm jetzt rein, dann machen wir uns erst mal einen schönen Tee.»

Sie gingen also ins Haus, wo Finn sie schon mit kochend heißem Teewasser erwartete. Aileen wäre fast in Ohnmacht gefallen. «Tee? Für uns?»

«Ja. Ich hab das Auto gehört. Wusste, dass du welchen trinkst, wie immer – hi, Shona, was gibt's Neues im guten alten Irland?»

Shona musste lachen. «Scheiß auf Irland. Im Moment bin ich einfach froh, dass ich dieses ganze verdammte Chaos hinter mir lassen kann. Hey … hier sieht's aber gut aus!»

Es sah wirklich gut aus, musste Aileen zugeben; Finn war mit dem Anstreichen und allen sonstigen Renovierungsarbeiten fertig, und sie selbst hatte die Möbel umgestellt, Bilder aufgehängt und Kissen und Decken verteilt, damit die Räume gemütlich wurden. Wie Finn so an der Küchentheke stand, Teebeutel in der Hand, wirkte der Raum tatsächlich gemütlich. Sie knöpfte ihre Jacke auf, warf sie über die Stuhllehne und setzte sich.

«Also, ich muss sagen, es ist wunderbar, wenn man heimkommt und schon Tee bereitsteht – alles in Ordnung, Finn, irgendwas Besonderes, während ich weg war?», fragte Aileen.

Keine Antwort. Stattdessen zuckte er verlegen die Schultern und wurde rot, während er sich mit dem Tee zu schaffen machte. Aileen spürte sofort, dass irgendwas nicht stimmte. Deswegen hatte er wohl den Tee zubereitet. Um den Schlag zu dämpfen, der sie nun gleich treffen würde. Ach, Gott. Er ist inzwischen zwanzig, kann ich ihn da nicht mal einen einzigen Nachmittag allein zu Hause lassen?

Die Glucke in ihr regte sich, und sie sah ihn scharf an: «Los … was ist es? Besser, du sagst es mir gleich, dann hast du es hinter dir.»

Noch immer zögernd, stellte er Milch und Becher auf den Tisch, ganz langsam und sorgfältig. «Na ja … okay», seufzte er schließlich, «es ist ein bisschen peinlich, aber ihr würdet es wahrscheinlich sowieso herausfinden.» Er schenkte den Tee ein, stellte den Kessel dann weg, ging zur Eckbank und nahm, während Aileen schon mit dem Schlimmsten rechnete, eine Zeitung zur Hand.

«Das örtliche Käseblatt», murmelte er. «Es kommt scheinbar einmal die Woche heraus. Raoul hat es vorbeigebracht, während du weg warst.» Verblüfft nahm Aileen die Zeitung wie ein obszönes Machwerk in die Hand – und schon leuchtete ihr das Titelbild entgegen, das Gesicht ihres Sohnes als Farbfoto. ‹*Finn Egarty*›, las sie seinen Namen falsch geschrieben, ‹*le jeune irlandais qui a sauvé la famille Louvel de leur maison inondée. Voir p. 5.*›

Sprachlos sah Aileen ihn an. «Aber … wieso ist dein Bild da drin … was hat das zu bedeuten …?»

«Äh … ich weiß nicht … irgendwas mit der Überschwemmung … Shona kann es wahrscheinlich übersetzen.» Mit hochrotem Kopf kratzte er sich am Handgelenk und schaute Shona schüchtern fragend an, und so reichte Aileen ihr die Zeitung. Erstaunt las Shona laut vor. «Finn Egarty, der junge Ire, der Familie Louvel aus ihrem überfluteten Haus rettete. Lesen Sie weiter auf Seite 5.» Dort sah sie plötzlich ein weiteres Foto von Finn, der diesmal den Arm um die Schulter eines älteren Mannes namens Raoul Lascaux gelegt hatte. Sie standen von Kopf bis Fuß in Wetterkleidung gehüllt vor einer riesigen Leiter, knietief im Wasser, und lächelten in die Kamera. Einen Moment lang betrachteten alle das Bild, und Shona übersetzte weiter.

«In der Katastrophennacht vom Dienstag rekrutierte Feuerwehrhauptmann Lascaux in Abwesenheit seines Sohnes Paul, der sonst während der Unwetter, die unsere Region zunehmend heimsuchen, in der freiwilligen Feuerwehr Dienst tut, seinen neuen Nachbarn Finn Egarty. Der junge Ire (20) erwies sich als eine unschätzbare Hilfe bei der Rettung der Familie Louvel, die auf dem Dach ihres Hauses festsaß, als der Wasserstand auf sechs Meter stieg. Trotz der heftigen Sturmböen und des peitschenden Regens ließ Monsieur Egarty sich ohne Zögern mit einer Winde zum Dach hochziehen, wo er zunächst Jean-Claude (4) und seine kleine Schwester Isabelle (2) mit einem Seil sicherte, bevor er beide Kinder nach unten brachte. Danach kehrte er auf das Dach zurück und holte erst die Mutter Françoise und anschließend den Vater Philippe herunter. Dieser sprach dem mutigen Neuankömmling in Mézalas später seinen Dank und seine Bewunderung aus. Familie Louvel wurde, zusammen mit neun weiteren Familien, die durch die Überschwemmung ihr Zuhause verloren, über Nacht im Gemeindezentrum untergebracht.

M. Egarty, der wenig Französisch spricht, teilte mit, dass er keine Erfahrung in der Rettungsarbeit hat, aber sehr glücklich war, dem Dorf in seiner Notlage beistehen zu können.»

Shona verstummte fast ehrfürchtig und reichte die Zeitung an Aileen zurück, die dasaß, die Augen erst auf die Zeitung gerichtet und dann auf ihren Sohn, als sähe sie einen absolut Fremden, der irgendwie in ihre Küche geraten war.

«Du … du bist auf dieses *Dach* gestiegen … du hast einen ausgewachsenen Mann eine *Leiter* hinuntergetragen …?»

Er winkte verlegen ab. «Ja, aber so eine große Sache war es gar nicht, das Dach war nicht besonders hoch, und der Mann nicht besonders schwer …»

«Finn. Ich habe diesen Mr. Louvel noch nie gesehen, daher kann ich nicht wissen, wie schwer er ist, aber ich kenne die Dächer in Mézalas, und ich weiß, wie hoch die sind …

o Gott, hätte ich das gewusst, ich hätte dich damals nachts nie und nimmer weggehen lassen!»

«Ma, jetzt entspann dich mal. Ich bin doch kein Kind mehr. Ich kann doch wohl zwei Kleinkinder eine Leiter runtertragen. Die waren wie zwei kleine Püppchen, ich war in null Komma nichts mit ihnen unten.»

«Aber du hättest fallen können – ausrutschen – du hättest dich verletzen können …!»

«Das ist aber nicht passiert, Ma, oder? Also vergessen wir die Sache, ich hab dir das sowieso nur gezeigt, damit du es nicht irgendwo in einem Geschäft oder so siehst und an die Decke gehst.»

Sie war zu keiner Antwort fähig. Sie konnte einfach nur dasitzen, die Zeitung schlaff in der Hand, während ihr die Tränen in die Augen stiegen und sie dachte, was alles hätte passieren können. Dass sie dann nicht nur ein Kind verloren hätte, sondern zwei. Plötzlich stand sie wortlos auf, ging um den Tisch herum zu Finn, nahm ihn in die Arme und drückte ihn an sich, so fest, als wollte sie ihn nie wieder loslassen.

Rot vor Verlegenheit, entwand er sich ihren Armen und drehte sich flehend zu Shona um, als ob sie ihn retten sollte. «Um Himmels willen, Ma, jetzt lass doch mal – Shona, sag ihr, sie soll sich mal wieder einkriegen.»

Aber Shona sagte nichts dergleichen. Unendlich beschämt, weil sie so gemein über Finn gedacht, ihn für einen schrecklichen Penner und Stümper gehalten hatte, sah sie ihn jetzt an und dachte, da hast du's, das kommt davon, wenn man den Inhalt nach seiner Verpackung beurteilt. Ich habe ihn verurteilt, dabei habe ich das reinste Chaos aus meinem Leben gemacht, während er losgegangen ist und Leben gerettet hat. Und nicht nur ein Menschenleben, sondern gleich vier, unter eigener Lebensgefahr.

«Finn», sagte sie. «Ich muss dir auf Knien Abbitte tun.

Ich war nicht sonderlich nett zu dir, und jetzt kann ich mich nur dafür entschuldigen, dir von Herzen gratulieren und dir sagen, was für ein Teufelskerl du bist. Deine Mutter hat ein Riesenglück, einen Sohn zu haben, auf den sie so stolz sein kann.»

«Oh, das gibt's doch nicht, jetzt hört doch mal mit diesem Theater auf.» Plötzlich fiel ihm ein Ausweg ein, und er sah wieder Shona an. «Ähm ... Ich weiß, du bist gerade erst angekommen, aber würde es dir vielleicht etwas ausmachen ... ich brauche da ein bisschen Hilfe ...?»

«Was du willst. Mit dem größten Vergnügen. Worum geht es denn?»

«Um Raoul. Als er mit der Zeitung herkam, hat er von irgendwas geredet, aber ich habe ihn nicht richtig verstanden. Meinst du, wir könnten zu ihm rübergehen und ihn nochmal danach fragen?»

«Natürlich. Wir gehen sofort. Hast du irgendeine Ahnung, worum es sich handeln könnte?»

«Ähm ... na ja, ich bin mir nicht sicher ... aber ich glaube, jemand hat vielleicht eine Stelle für mich.»

Kapitel zehn

Wer hätte das gedacht? Aileen konnte es immer noch nicht recht fassen, als sie drei Wochen später in der Küche stand und Finn belegte Brote für die Mittagspause machte. Genau wie sie selbst hatte er sich noch immer nicht an das Baguette gewöhnt und bevorzugte eine ordentliche Scheibe Brot, aber ein weit wichtigerer Schritt war ihm gelungen: Gegen jede Wahrscheinlichkeit hatte er einen Job gefunden. Na ja, es war noch keine feste Stelle, erst musste er diese Ausbildung hinter sich bringen, doch sogar die gefiel ihm weit besser, als man je hätte erwarten können. Nicht nur handelte es sich um eine staatlich geförderte Maßnahme für Jugendliche, die mit einem gewissen Taschengeld verbunden war, sondern irgendwie schaffte er es sogar, mit den anderen Jungs in seinem Kurs Kontakt aufzunehmen, und – das Allerunglaublichste an der Sache – die Arbeit machte ihm Spaß. Als sie Joe diese Neuigkeit am Telefon erzählte, fiel er fast in Ohnmacht.

In tausend Jahren hätte Finn sich nicht von sich aus um diese Ausbildung beworben oder auch nur herausgefunden, dass es so was überhaupt gab. Raoul war derjenige, der darüber Bescheid wusste, der ihm mit Shonas Hilfe alles erklärte, der die Formulare besorgte und ihn für die Ausbildung einschrieb. Es war ein Dachdeckerkurs, und angesichts der Gefahren dieser Arbeit konnte Aileen nur den Atem anhalten, aber Shona überzeugte sie, dass Finn diese Gelegenheit unbedingt wahrnehmen musste.

«Unbedingt! Aus hundert Gründen. Dann verdient er

was, dann lernt er was, dann kommt er aus dem Haus, dann trifft er Gleichaltrige, dann lernt er ein bisschen Französisch – Aileen, das ist ein Geschenk des Himmels!»

Aileen sah ein, dass sie Recht hatte, und verkniff sich alle Einwände. Sie unterdrückte ihre Angst, dass Finn vom Dach stürzen und tödlich verunglücken könnte, setzte ein Lächeln auf und erklärte, ja, das sei doch wirklich großartig, und es sei wunderbar von Raoul, dass er daran gedacht habe! War es ja auch. Anscheinend hatte ihn ein paar Stunden nachdem Finns Bild in der Zeitung erschienen war, ein Bekannter angerufen, ein Bauunternehmer namens Gautier, der Dachdecker suchte und den Eindruck hatte, dass Finn Egarty genau der richtige Mann für ihn war. Also war man übereingekommen: Wenn Finn die einmonatige Ausbildung absolvierte, würde M. Gautier ihn zu einem Lohn übernehmen, bei dem Aileen fast das Herz stehen blieb – das klang buchstäblich nach Gefahrenzulage. Finn versicherte lässig, Höhenangst sei ihm völlig unbekannt und er fände das Angebot ziemlich cool, wenn er nur wüsste, wie er hinkommen sollte. Woraufhin Raoul ihm anbot, vorläufig das Motorrad seines abwesenden Sohnes zu benutzen, was Finn mit Begeisterung akzeptierte.

Jetzt, nach den ersten zwei Wochen der Ausbildung, sah er immer noch aus wie zuvor, derselbe knallbunte Irokesenschnitt, dieselbe provozierende Kleidung, doch gleichzeitig veränderte er sich, und Aileen war glücklich darüber. Nicht nur stand er jeden Morgen um sieben Uhr auf – ein erstaunliches Phänomen –, er kam auch jeden Abend mit guter Laune zurück und erzählte sogar mit einem Lächeln, was es Neues gab. Ihr war es zwar schleierhaft, wie er bei der Ausbildung, die ja auf Französisch lief, überhaupt etwas verstehen konnte, aber er zuckte nur die Schultern und meinte, es sei mehr Praxis als Theorie, und er beobachte einfach den

Ausbilder und die anderen Jungs. Sie arbeiteten paarweise, der eine warf die Ziegel zum Dach hinauf, und der andere fing sie, was kein Problem war, wenn man den richtigen Dreh mit dem Handgelenk kannte. Ein gutes Dachdeckerteam konnte ein Dach in zwei Tagen komplett decken. Aileen hoffte inständig, dass ihr Sohn der Werfer auf dem Boden war, doch tatsächlich arbeitete er lieber auf dem Dach, und sie sah ein, dass sie lernen musste, damit zu leben. Diese Sorge konnte wohl kaum schlimmer sein als die zwei Jahre, als er die Schule geschmissen hatte und sie nicht wusste, ob er überhaupt jemals irgendeinen Job haben würde. Jetzt war er endlich auf dem richtigen Weg. Hin und wieder kam er nicht zum Abendessen, sondern rief an, er gehe noch auf ein Bier mit den ‹Jungs› weg. Sie wusste kaum, ob sie lachen oder weinen sollte, entschied sich aber vernünftigerweise für Ersteres.

«Paradox, oder?», witzelte Shona bitter. «Eine erfahrene Fachkraft von sechsunddreißig Jahren ist arbeitslos, und um einen Zwanzigjährigen reißt man sich. Manchmal denke ich, dass John Cleese Recht hat und die Welt im Grunde verrückt ist.»

Doch sie sagte das ohne Groll und half Finn bei Papierkram und beim Französischlernen, worin er jetzt viel mehr Eifer zeigte. Aileen bemerkte, dass Shona sich gerne von ihrem eigenen Karriereknick ablenken ließ. Nachdem sie ihre schriftliche Kündigung abgeschickt hatte, ging sie in Deckung, leckte ihre Wunden und war äußerst sparsam mit Geld. Aileen wirbelte wie elektrisiert durchs Haus und brachte alles in Ordnung, was Aude Villandry in Ordnung haben wollte, fest entschlossen, Le Mas so schnell wie irgend möglich zu eröffnen und in die Gewinnzone zu bringen. Bald würde Joe kommen. Außerdem Dymps und Tessie als ihre ersten Versuchskaninchen. Die beiden hatten außerdem den Auftrag, soviel ‹richtigen irischen Speck› wie nur möglich mitzubringen.

«Um Himmels willen», rief Shona aus. «Kauf doch französischen Speck!» Doch Aileen wollte, dass ihr Frühstück so irisch war, wie es ging, weil ihr diese Besonderheit Kundschaft ins Haus bringen würde. Die Leute hätten das Gefühl, im Mas mehr für ihr Geld zu kriegen als bei der französischen Konkurrenz mit ihren kümmerlichen Croissants. Doch was immer Shona sagte, Aileen war glücklich, sie dazuhaben. Das Leben war soviel einfacher, wenn jemand da war, der verstand, was vorging, und außerdem viel fröhlicher, wenn man die Arbeit mit einer Freundin teilte. Schon wenige Tage nach ihrem Eintreffen hatte Shona alle verwaltungstechnischen Aufgaben übernommen und sogar Aude Villandry ‹auf einen kleinen Schwatz› besucht. Was da besprochen worden war, wagte Aileen nicht zu fragen, sondern verließ sich völlig auf Shona, die in dieser Hinsicht soviel mehr Erfahrung besaß. Eines Abends gingen sie in ein kleines Konzert in Mézalas – nur eine unbedeutende Veranstaltung im Gemeindezentrum, aber es machte Spaß, sie ‹gingen aus›, wie Tessie das genannt hätte, und dahinter schimmerte die Hoffnung, dass sie vielleicht doch noch Leute kennen lernen würden. Als Joe anrief, kam ihr die eigene Stimme am Telefon weniger angespannt vor – während er seinerseits jetzt so klang, als freue er sich allmählich darauf, zu ihr nach Frankreich zu kommen. Woher diese Veränderung kam, wusste sie nicht, aber die neue Festigkeit in seinem Tonfall ermutigte sie: «Ja, am dritten April bin ich definitiv da – mit Speck und allem.»

Jetzt packte sie Finns belegte Brote ein und reichte sie ihm mit einem Lächeln. Er küsste sie tatsächlich auf die Wange, bevor er losrannte, und ihm fiel gar nicht auf, dass sie ihm nach draußen folgte, während er auf das von Paul

Lascaux geliehene Motorrad sprang und in einer Staubwolke davonschoss. Etwas lächerlich stand sie in der Tür und winkte ihm nach, sah seinem immer kleiner werdenden Rücken mit einer ganz neuen Zuneigung nach – da, schau an, mein Sohn brauchte also einfach nur eine Chance! Vielleicht ist er nicht besser als andere Söhne, aber auch nicht schlechter, Raoul Lascaux hält ihn jedenfalls für einen Mordskerl. Ich muss Raoul eine Flasche Whisky oder so rüberbringen, um mich bei ihm zu bedanken, dass er …

O Gott! Was um Himmels willen …? Einen Schrei unterdrückend, schlug Aileen die Hand vor den Mund, flitzte wie von der Tarantel gestochen zu Shonas *gîte* hinüber und schrie die Treppe hinauf: «Shona! Wo bist du denn …? Komm schnell … Mein Gott, der Garten …!»

Shona kam heruntergestürmt, beim Laufen noch mit der einen Hand ihr Haar abtrocknend, während sie mit der anderen die Bluse in den Rock stopfte. «Was? Was ist denn los?»

Aileen packte sie am Ärmel, mit einem Gesicht, als hätte sie gerade eine Ohrfeige bekommen. «Komm raus … schau … *schau doch nur!* Das Gemüsebeet, die Kräuter, der Rasen, alles … es ist überall … o Gott, was ist das denn?»

Entsetzt ließ Shona ihren Blick über den Garten gleiten: Die komplette, beinahe einen Hektar große Fläche war verwüstet. Mit Hunderten von nahezu kniehohen Erdhügeln übersät, als wäre jemand mit dem Bagger darüber gegangen. Sprachlos vor Schreck hielten sie sich aneinander fest, beide aschfahl. Schließlich fand Shona ihre Stimme wieder.

«Maulwürfe. Wir haben verdammt nochmal Maulwürfe. Hunderte davon, so wie das hier aussieht.»

«Maulwürfe?» Aileen hatte schon von den Tierchen gehört, in Irland aber noch nie eines zu Gesicht bekommen.

«Ja. In Frankreich wimmelt es nur so davon. Die richten

im Garten so viel Schaden an wie eine Termitenkolonie im Haus … Ach, Aileen, schau doch nur unseren schönen Kräutergarten und die Gemüsepflänzchen, die wir erst letzten Sonntag gesetzt haben …»

Es klang, als wollte sie gleich losheulen, und Aileen fühlte sich genauso, als sie langsam den Anblick in sich aufnahm und registrierte, wie vollständig die Verwüstung war. Diese Maulwürfe, die anscheinend über Nacht in Massen aufgetaucht waren, hatten buchstäblich keinen Stein auf dem anderen gelassen; selbst die Gartenmöbel, die Shona ihr zum Einzug geschenkt hatte, standen schief, die Beine ins aufgewühlte Erdreich eingesunken. Der hübsche Garten war in einer Nacht zur Mondlandschaft geworden.

«Aber … aber was sollen wir denn *tun?* Ruft man den Kammerjäger, oder vergiftet man sie, oder sollen wir sie erschießen oder was?»

Shona stieß einen tiefen, grimmigen Seufzer aus. «Ja. Manche Leute erschießen die Biester tatsächlich. In dem Schloss, wo ich mal als Au-pair-Mädchen gearbeitet habe, stellten sie immer Stahlfallen auf. Andere Leute schwören darauf, Paraffin in die Löcher zu gießen, Knoblauch zu pflanzen oder alles mit Mottenkugeln voll zu stopfen … aber Maulwürfe sind eine solche Plage, ich weiß nicht, ob irgendwas davon wirklich hilft.»

«Aber Sho, wir können den Garten nicht einfach so lassen, man meint ja, da hätte ein Rockfestival stattgefunden oder ein Truppenmanöver … und unser Nutzgarten …»

«Ich weiß. Ich gehe zu Raoul und frage ihn, was er vorschlägt, und dann fahre ich zum Gartencenter … rufe bei der Landwirtschaftsbehörde an … ach, diese verdammte kleine Teufelsbrut!»

Wütend schoss sie davon, und Aileen blieb wie erstarrt und schrecklich ernüchtert zurück. Jetzt also das! Gerade, als alles sich zum Besseren zu wenden schien. Ein Schritt nach vorn, einer zurück. Muss das denn immer so sein? Welcher Teufel hat mich eigentlich geritten, dass ich ausgerechnet in ein Land wollte, wo ständig die schlimmsten Überraschungen lauern?

In den nächsten Wochen versuchten sie alles, aber nichts wirkte; es fehlte nur, dass die Maulwürfe ihnen feixend zugewinkt hätten. «Das bricht einem das Herz», jammerte Aileen, «wenn man sieht, wie schön das Haus dasteht, der Garten aber so aussieht, als wäre gerade ein Panzerverband durchgerollt!»

Schlimmer noch, jetzt im Frühjahr begann das Gras zu wachsen, doch sie konnten es nicht mähen, weil sie mit ihrem teuren neuen Aufsitzmäher nicht zwischen den Erdhügeln durchkamen. Als man ihnen im Gartencenter Stahlfallen empfahl, fiel die unangenehme Aufgabe, die Fallen regelmäßig zu leeren und wieder aufzustellen, Finn zu, dem diese allmorgendliche Pflicht bald lästig wurde. Langfristig konnte es so ganz offensichtlich nicht weitergehen.

«Mir reicht's», wetterte Shona eines Tages. «Ich folge jetzt Raouls Rat und kaufe ein Gewehr. Eine andere Möglichkeit gibt es nicht.»

Bei der Aussicht, eine solche Waffe im Haus zu haben, keuchte Aileen vor Entsetzen, doch Shona blieb eisern. Nachdem sie die Lizenz erworben, das Gewehr gekauft und sich von Raoul das Schießen hatte zeigen lassen, gewöhnte sie sich an, mitten in der Nacht in den Garten zu gehen, wo dann eine Folge von Schüssen zu hören war. Aileen blieb jedes Mal fast das Herz stehen, und morgens war der Garten mit schlaffen, samtschwarzen Leichen übersät, die alle eingesammelt und verbrannt werden mussten. Pfui Teufel! Aileen, die plötzlich nicht mehr in den Ausblick aus dem Küchenfenster verliebt war, beschloss, dass sie nun doch für alle Fenster Rollos brauchten. Eine weitere Geldausgabe.

«Ich fühle mich fast, als lebten wir irgendwo in Afghanistan oder im Amazonasgebiet», gestand sie eines Morgens. «Irgendwo in der Wildnis.»

«Und wenn ich monatelang jede Nacht mit dem Gewehr auf die Pirsch gehen muss», entgegnete Shona, «ich werde diesen Kampf gewinnen. Basta.»

Ihre Augen glühten vor Entschlossenheit, und Aileen erkannte ihr enormes Durchhaltevermögen: Shona konnte man wahrhaftig nicht vorwerfen, dass sie schnell klein beigab. Und trotzdem hatte sie merkwürdigerweise ihre Stelle aufgegeben und hielt sich praktisch hier in Frankreich versteckt, ohne irgendein Ziel vor Augen. Es musste wohl schlimm sein, gleichzeitig in der Liebe und mit der Karriere zu scheitern. Shona brauchte Zeit zum Nachdenken. Unterdessen schloss Finn seinen Ausbildungskurs ab und bekam eine Ganztagsstelle. Zu Aileens Verblüffung kam er am Abend seiner ersten Lohnzahlung mit einem kleinen, schwarzen Kästchen nach Hause.

«Was ist denn das?»

«Das ist ein Digital-Receiver. Wenn du den an deinen Fernseher anschließt, kriegst du unheimlich viele freie, unverschlüsselte Programme rein. BBC World, ITN und …», sein Lächeln wurde breiter, «RTE-Radio.»

Sie war wie elektrisiert. «RTE? Meinen liebsten irischen Radiosender? Du meinst, Gerry Ryan, Marian Finucane, Joe Duffy, Pat Kenny …?»

«Ja. Ich hab das Teil hier einem Kollegen billig abgekauft, der seine eigene Anlage aufrüstet. Jetzt brauchen wir nur noch einen Fernseher. Der Radioempfang ist dann gleich mit dabei.»

Mit einem Entzücken, als hätte er sie mit Diamanten überschüttet, ging sie am nächsten Tag los und leistete sich ohne alle Skrupel einen Fernseher. Wir hätten ohnehin einen gebraucht, rief sie sich in Erinnerung, als sie ihre Kreditkarte in den Schlitz schob. Es ist eine Investition. Joe wird einverstanden sein, er hat bestimmt nichts dagegen … oder? Ach Gott. Aber das ist mir jetzt alles egal. Für RTE würde ich meine Seele verkaufen, ich werde mich damit fast wie daheim fühlen, wo doch Mam und Tessie und alle anderen genau dieselben Sendungen zur selben Zeit hören. Dann weiß ich endlich wieder, was läuft und worüber alle reden. Wie wunderbar von Finn, dass er das alles mir zuliebe herausgefunden hat. Und auch noch von seinem allerersten selbst verdienten Geld dieses kleine Wunderding gekauft hat.

Zumindest das erste Geld, von dem ich weiß und das er mit ehrlicher Arbeit verdient hat. Ach, was für eine Erleichterung, dass er endlich arbeitet! Und sich hier so gut einlebt, schneller als ich selbst, um ehrlich zu sein … Inzwischen sieht er um Welten gesünder und glücklicher aus. Vielleicht ist das die Anpassungsfähigkeit der Jugend. Vielleicht brauche ich einfach in meinem Alter ein bisschen länger, um auf Touren zu kommen. Aber schließlich bin ich ja auch nicht nur um meiner selbst willen hierher gezogen, oder? In erster Linie ging es mir um meine Familie, und ich bin wirklich glücklich, Finn so viel ausgeglichener zu sehen. In dieser Hinsicht scheint mein Plan ja aufzugehen, alle anderen Probleme hin oder her.

Shona ging senkrecht in die Luft, als sie den Receiver sah. «RTE? Wozu? Man kommt doch nicht nach Frankreich, um hier irisches Radio zu hören! Da hättest du auch in Galway bleiben können.»

Aileen grub sich ein wie die Maulwürfe im Garten und

hielt die Stellung: «Na ja, heutzutage leben wir doch alle in einer Art globalem Dorf, oder? Das heißt, dass wir auch in Frankreich irisches Radio hören oder übrigens auch irischen Speck braten können, wenn uns danach ist – außerdem, sollte irgendein irischer Gast einmal den Weg zum Mas finden, wird er begeistert sein, hier RTE hören zu können.»

«Dann sollte der auch am besten zu Hause bleiben.» Ihr Tonfall war barsch, was Aileen der Nachtwache bei den Maulwürfen zuschrieb, die ihren Tag-Nacht-Rhythmus durcheinander brachten.

Und außerdem nagte es vielleicht an ihr, dass Finn inzwischen mehr zum Budget des Mas beitrug als sie selbst, die sechzehn Jahre älter und Besitzerin des Hauses war?

Schließlich ließ die Maulwurfplage etwas nach, doch der Schaden war riesig. Der Garten war praktisch umgepflügt und alles frisch Gepflanzte völlig hinüber. Aude Villandry, die in ihrem schicken Beetle zum zweiten Besuch eintraf, stieg aus und starrte die Kraterlandschaft wie vom Donner gerührt an.

Na großartig, dachte Aileen. Jetzt schreibt sie Le Mas endgültig ab. Niemals wird sie einen Gast zu dieser … Baustelle hier schicken! Düster stapfte sie der Besucherin entgegen. «*Bonjour*, Aude.»

«*Bon Dieu*», gab Aude zurück, die kaum die Augen von der Verwüstung losreißen konnte. «Sind etwa *les taupes* bei Ihnen eingefallen?»

«Ja. Wir sind mit unserer Weisheit am Ende. Sie haben den Rasen ruiniert, die Blumenbeete, den Kräuter- und den Gemüsegarten – einfach alles. Gerade jetzt, wo ich das Haus in Schuss habe, drinnen ist alles in bester Ordnung.»

Aude stieß eine Art Pfiff aus. «Vielleicht sollte ich Ihnen

ja meinen Onkel schicken … der ist ein Spezialist für Schädlingsbekämpfung.»

«Also, vielen Dank für das Angebot, aber wir haben uns schon erkundigt. Professionelle Hilfe ist viel zu teuer.»

«Ich verstehe. Aber, Madame Hegarty, das kann unmöglich so bleiben. Unter diesen Umständen könnte ich niemanden zu Ihnen schicken … Ich mache Ihnen einen Vorschlag. Ich will einmal meinen Onkel darauf ansprechen und sehen, was sich machen lässt. Vielleicht lässt er ja über sein … hm … Honorar mit sich reden oder ist sogar mit Ratenzahlung einverstanden, gestreckt über ein paar Monate bis zum Ende der Saison …?»

Sie zog die eine Augenbraue hoch, und Aileen antwortete mit derselben Mimik. Heute klang Aude viel netter und hilfsbereiter als damals vor einem Monat. Wie hatte Shona das nur angestellt?

«Also … wenn Sie meinen, dass er … reden würden wir bestimmt gerne mit ihm.»

«Dann werde ich ihn fragen. Er ruft Sie heute Abend an. Können wir jetzt ins Haus gehen?»

Sie marschierten nach drinnen, und wieder ging Aude von Zimmer zu Zimmer, kreuzte die Kästchen in ihrem Prüfbogen an und nickte wie ein kleiner Mandarin. «O ja, diesmal ist es wesentlich besser. Le Mas ist nun äußerst attraktiv. Wenn Sie die Maulwürfe erst einmal los sind, wird die Touristeninformation in Mézalas Ihnen mit dem größten Vergnügen Gäste schicken. Ihre Pension bekommt drei Sterne.»

Sie sagte das so gelassen, dass Aileen es gar nicht auf Anhieb begriff. Dann musste sie sich fast am Türrahmen festhalten, bis sie die freudige Nachricht verdaut hatte. Sie rief Shona, die in taktvoller Entfernung die Fensterläden ihrer *gîte* strich: «Sho! Komm rüber, ich mache eine Flasche Sekt für Mlle. Villandry auf!»

Erst als sie zu dritt mit Gläsern in der Hand dastanden und auf ihren Erfolg anstießen, dämmerte es Aileen, dass die Verbesserung, die Aude nach all den Mühen am meisten beeindruckte, vielleicht nur die Tatsache war, dass Finn sich nicht mehr blicken ließ.

Aude setzte ihren Onkel in Bewegung, einen netten, hilfsbereiten und sehr gut aussehenden Mann namens Léo, der seinerseits die Maulwürfe in Bewegung setzte und mit Ratenzahlung einverstanden war, denn: «Ich verstehe, *Mesdames*, es ist Ihre erste Saison hier. Am Anfang braucht jeder mal ein bisschen Hilfe, *non?* Ich muss Sie allerdings warnen, möglicherweise kommen die Maulwürfe zurück, sie sind hier eine Dauerplage. Ich denke, Sie sollten Ihren Garten erst mal wieder in Schuss bringen lassen, einen Gärtner beauftragen …» Er hatte zwar Recht, aber Aileen wurde es allmählich angst und bange. Joe war zwar schließlich bereit gewesen, einen Teil von Finns College-Geld freizugeben, aber damit ging nun auch der letzte Penny drauf. Gott sei Dank hatte Finn inzwischen Arbeit und brauchte das Geld nicht mehr! Sosehr sie Le Mas auch liebte, fragte sie sich doch manchmal, ob das Haus sie nicht irgendwann mit Haut und Haar verschlingen würde.

Positiv war andererseits, dass sie sich Irland viel näher fühlte, seit sie Gerry Ryan und seine Kollegen hören konnte, und lächelnd dachte sie darüber nach, was ihr früher alles selbstverständlich erschienen war: Radio und Frühstücksspeck! Plötzlich musste sie ohne besonderen Grund an Joe denken. Abgesehen von seinem grauenhaften Geschnarche freute auch sie sich darauf, bald wieder mit ihm zusammen zu sein … die Zuneigung wuchs anscheinend, wenn man eine Weile getrennt war. Wenn sie im Dorf einkaufen ging, wurde sie seit neuestem in den Geschäften freundlich willkommen geheißen, die Ladenbesitzer tauten richtig auf, was sie noch zusätzlich ermutigte. Anscheinend hatte inzwischen jeder von der Tat ihres Sohnes gehört, und man erkannte und begrüßte sie als die Mutter des Helden. Sie kam außerdem dahinter, dass die Rettung der Familie Louvel weit schwieriger gewesen war, als Finn damals zugegeben hatte. In den heftigen Windböen hatte zuerst ein erfahrener Feuerwehrmann sein Glück versucht und war gescheitert; es hatte die ernsthafte Gefahr bestanden, dass der Sturm die Familie vom Dach wehte. Sosehr sich Aileen auch entsetzte, als sie nachträglich erfuhr, wie gefährlich die Aktion wirklich gewesen war, so stolz war sie, als der Lebensmittelhändler ihr die Hand schüttelte und der Bäcker ihr einen wunderschönen Kuchen schenkte, um «Sie und Ihren Sohn in Mézalas willkommen zu heißen, Madame».

Kurz vor Ostern schlug Shona vor, Le Mas einen Tag lang zu verlassen und ein Picknick zu machen. «Auch wenn ich nur zu gern in einem hübschen Restaurant essen gehen würde, können wir uns das im Moment nicht leisten. Nehmen wir doch einfach das Auto, blättern den Reiseführer durch und suchen uns eine schöne Wiese oder einen Fluss oder so was. Für dich ist das die letzte Atempause, bevor deine Familie eintrifft, und danach kommt hoffentlich ein steter Strom von zahlenden Gästen.»

Am Ende war es dann zu heiß, um sehr weit zu fahren, und so besuchten sie nur die alte römische Stadt Elne, wobei sie sich in ihren leichten Röcken und Sandalen richtig sommerlich fühlten. Bei Elne fanden sie eine Wiese voll blühender Aprikosenbäume, wo sie sich auf eine Decke setzten und ein Tischtuch ausbreiteten. Als Aileen dann noch ihren strohgeflochtenen Sonnenhut aufsetzte, empfand sie endlich einmal etwas von der Romantik, die angeblich Frankreich ausmacht. Der Himmel war strahlend blau, ihr Weidenkorb mit lauter Köstlichkeiten gefüllt, duftende Blütenblätter trudelten durch die Luft, und sie beschloss, aus den kostbaren Mußestunden dieses Tages, an dem sie Shonas ungeteilte Aufmerksamkeit hatte, das Maximum herauszuholen.

Während sie den Korb auspackten und im berauschenden Duft der Aprikosenblüten schwelgten, redeten sie wenig und beschäftigten sich danach vor allem mit dem Picknick: Kalter Spargel, den sie einfach mit den Fingern aßen, eisgekühltes Mineralwasser und eine Art Zopfbrot, mit Oliven-Tarpenade bestrichen, das sie beide noch nicht kannten. Es war sehr friedlich, sie hörten nichts als das ferne Tuckern eines Traktors und das leise Summen der Bienen zwischen den Bäumen.

«Und?», wagte Shona sich schließlich vor. «Wie sieht dein Urteil bisher aus, Aileen? Gefällt es dir hier? Ist alles – oder zumindest das meiste – so, wie du es dir erhofft hast?»

Aileen biss in eine aromatische Cocktailtomate und dachte nach. Eigentlich wollte sie gar nicht über sich selbst reden, sondern über Shona. Aber Shona war ihr natürlich zuvorgekommen.

«Jjaaa ... na ja ... sagen wir mal, so weit so gut? Es war härter, als ich dachte, und da frage ich mich natürlich, welche Überraschungen Frankreich vielleicht noch auf Lager hat. Es hat uns ein Vermögen gekostet, aber wir werden ja hoffentlich bald das erste Geld reinbekommen. Man ist nicht besonders freundlich zu Fremden, aber Raoul Lascaux und Audes Onkel Léo waren uns eine ungeheure Hilfe ... das Wetter ist wunderschön, aber wenn einmal ein Unwetter kommt, ist es fürchterlich ... man kämpft mit einem Wust von Bürokratie, aber der Lebensrhythmus ist angenehm lässig ... die Landschaft ist eine Augenweide, aber bisher hatte ich noch kaum Zeit, sie zu erkunden. Sagen wir einmal, dass die Bilanz alles in allem positiv ist – insbesondere für Finn. Ich bin so glücklich, ihn fröhlich zu sehen, zu sehen, dass er Freunde findet und endlich etwas mit seinem Leben anfängt.»

«Mhm. Er scheint sich wirklich aufzurappeln. Nur um dich mache ich mir manchmal Sorgen.» Shona sagte das so beiläufig, dass Aileen gar nicht verstand, warum es sie bei diesen Worten irgendwie heiß überlief. Was war das?

«Um mich? Ach, mir geht es gut. Und es wird mir sogar noch besser gehen, wenn Joe erst mit Dymps und Mam hier ist.»

Nachdenklich kramte Shona im Korb nach einem Pfirsich, fand einen und biss tief hinein, sodass ihr der Saft übers Kinn troff. «Ja. Darauf lebst du schon seit Wochen hin, nicht wahr? Du kannst es gar nicht erwarten, deine Familie zu sehen.»

Was sollte das nun bedeuten? «Also – ja, sicher, das stimmt! Das ist doch nur natürlich, oder?»

Shona lächelte. «Aber ja doch. Du brauchst dich gar nicht zu verteidigen. Ich denke halt nur darüber nach, das ist alles … deine Mutter und deine Schwester kommen nur für eine Woche, Aileen. Und bald sind sie wieder in Irland. Wirst du sie dann nicht mehr denn je vermissen?»

«Aber Joe bleibt da. Den habe ich dann immer noch. Und meine ersten Gäste. Ich werde zu viel zu tun haben, um groß ins Grübeln zu kommen.»

Shona erwiderte nichts, hatte aber ihre Zweifel, ob das wirklich stimmte. Außerdem blieb da die Frage, ob Joe das unbekannte, neue Leben in diesem fremden Land gefallen würde. Wenn nicht – was dann? Der bevorstehende Sommer würde in mehr als einer Hinsicht entscheidend werden.

Als könnte Aileen Shonas Gedanken lesen, lenkte sie nun, wie um den Spieß umzukehren, ihrerseits das Gespräch auf die Freundin. «Ich weiß jedenfalls genau, was mich in absehbarer Zukunft erwartet, Sho. Die Frage ist eher, was *dich* erwartet. Was wirst du tun, hm? Es mag ja sehr verführerisch sein, den ganzen Sommer in deiner kleinen *gîte* zu vertrödeln, aber leisten kannst du dir das wohl kaum – oder erbst du zufällig ein Riesenvermögen und hast das nur noch nicht erwähnt?»

«Ha! Schön wär's! Ich stecke bis über beide Ohren in Hypotheken, wie du sehr wohl weißt – aber, Aileen, ich konnte einfach nicht in mein altes Büro zurückkehren. Nicht nach dem, was passiert ist. Es ging einfach nicht. Ich hätte da für den Rest meines Lebens festgesessen und Bleistifte gespitzt, ohne irgendeine Aussicht – außer der, irgendwann vollkommen verrückt zu werden. Ich habe noch keine Alternative, aber ich habe in letzter Zeit sehr viel nachgedacht … Am liebsten würde ich hier bleiben, wenn ich nur eine Möglichkeit fände.»

Hier bleiben? «Aber Sho, das wäre doch bestimmt kein Problem! Du sprichst Französisch, du hättest in null Komma nichts einen Job.» Shonas Wahl überraschte Aileen nicht; sie fühlte sich in Frankreich so wohl, das Land war für sie fast wie eine zweite Haut.

«Ja. Falls ich einen Job möchte, und vielleicht komme ich ja zu genau diesem Schluss. Aber in Wirklichkeit möchte ich nicht nur einen Job, sondern eine Karriere. Ich möchte da anfangen, wo ich aufgehört habe, möchte etwas, das echte Chancen bietet – ich weiß, dass das für jemanden in meiner Lage ein bisschen anspruchsvoll klingt. Aber ich *brauche* einfach etwas, was mich fordert, wo ich mich wirklich einbringen kann … eine Arbeit, die ich in gewisser Weise liebe. Du vergisst, dass ich kein Kind und keinen Mann habe, niemanden, der mich am Abend erwartet. Ich kann meiner Arbeit kübelweise ungeteilte Aufmerksamkeit schenken, aber darum möchte ich auch, dass es sich lohnt.»

Aileen ließ sich das durch den Kopf gehen. Sie verstand schon, was Shona damit meinte. Aber trotzdem … «Was ist mit Aude? Vielleicht kennt sie ja hier jemanden in der Fremdenverkehrsbranche.»

«Aude ist zu jung. Ich muss auf einer höheren Ebene anknüpfen. In ein paar Jahren werde ich … ähm … vierzig, weißt du.»

Vierzig. Hmm. Das hatte etwas Ernüchterndes, und sie schwiegen beide eine Weile. Aileen schälte sich eine Orange, in Erinnerungen versunken: Als ich vierzig wurde, fing das bei mir an, dass ich ins Ausland wollte, dachte sie. Es war, wie wenn etwas juckt, und man muss einfach kratzen. Aber Shona hat immer so … so stabil gewirkt, so zuverlässig!

«Also, ich hoffe, du findest, was du brauchst, Sho, wirklich. Wer weiß – vielleicht taucht ja ein absolut umwerfender Franzose auf und reißt dich in seine Arme!»

«Sehe ich aus wie der Typ, den man einfach so in seine Arme reißt? Dafür stehe ich viel zu sehr mit beiden Beinen auf dem Boden.» Shona lächelte, fast, als täte es ihr Leid, dass sie so war, wie sie nun mal war, und Aileen musste zurücklächeln.

«Wie du meinst. Aber sei dir da nicht zu sicher. Mein eigenes Leben prickelt zwar nicht gerade vor Romantik, aber bei irgendjemandem muss doch was laufen.»

Shona schaute zu Boden, zupfte einen Halm aus der Wiese und spielte damit herum. «Bist du glücklich mit Joe, Aileen? Freust du dich eigentlich darauf, ihn zu sehen?»

Und ob. Darauf konnte sie völlig ehrlich antworten. «Ja. In letzter Zeit habe ich viel über ihn nachgedacht. Er ist nicht gerade ein Herzensbrecher, und das Leben mit ihm bietet keine Überraschungen, aber er ist mein Mann, und ich möchte, dass er hier ist, bei mir. Ich bin anders als du, Sho. Ich könnte nicht allein leben, möchte gar nicht unabhängig sein … ich bin das, was man den geselligen Typ nennt. Familie und Freunde, je mehr, desto besser. Sicher, das eine oder andere würde ich an Joe gerne ändern, aber vielleicht sieht er das umgekehrt genauso.»

Plötzlich musste Shona an Crys und Gavin denken. «Na ja, vielleicht. Aber lass dich nicht zu sehr verändern, Aileen. Ich finde dich großartig, so wie du bist, und du hältst dich weit besser, als du vielleicht denkst.»

Ein Kompliment? Aileen konnte sich gar nicht erinnern, wann sie so was zum letzten Mal gehört hatte. Mit einem lautlosen Dank an Shona räumte sie ihren Worten einen kleinen Platz in ihrer Erinnerung frei, wie wenn man eine Blume zwischen den Seiten eines Buches presst. Etwas Bleibendes, um sich an diesen Frühlingstag auf einer französischen Wiese voller Aprikosenblüten zu erinnern, die durch die Luft schwebten, von Sonnenschein und Freundschaft getragen.

Jetzt, dachte Aileen. Jetzt ist die letzte Gelegenheit, mich allein mit Finn zu unterhalten, bevor Joe, Mam und Dymps hier ankommen. Ich habe eine Höllenangst vor diesem Gespräch, aber wir müssen es einfach führen. Ich muss Bescheid wissen, muss es herausfinden … wir müssen zurückgehen, damit ein Vorwärts möglich wird. Es ist der richtige Zeitpunkt; ich werde ihn heute Abend nach dem Essen bitten, sich zu mir zu setzen, eine Flasche Wein für uns beide aufmachen, ihn wie einen Erwachsenen behandeln – und versuchen, die Wahrheit aus ihm herauszubekommen.

Bitte, mach, dass er mit mir redet. In letzter Zeit war er viel offener mir gegenüber, man konnte richtig an ihn herankommen … aber er könnte mir immer noch die Tür vor der Nase zuschlagen und sich wieder in seinem Panzer verkriechen, wenn ich ihn zu sehr bedränge. Das wird eine schwierige Unterhaltung, und ich muss mir jedes Wort genau überlegen. Ich muss mich fest im Griff haben, darf nicht zu emotional werden, denn dass dieser Anlauf in einem Heulanfall endet, können wir nun wirklich nicht gebrauchen. Manchmal ist es dermaßen schwer, Mutter zu sein. Aber das hier gehört zu meinen elterlichen Pflichten, es ist die letzte und vielleicht auch die schwerste. Ach, wie gern ich mich davor drücken würde. Es ist wie eine schwierige Operation … wie schneidet man mit dem Skalpell in jemandes Seele, ohne dass er den Schmerz spürt?

Ich weiß es nicht. Ich weiß nur, dass ich es versuchen muss.

Sie nahm all ihren Mut zusammen, kochte abends Finns Lieblingsgericht, Lasagne, und ließ ein paar Euro für eine gute Flasche Wein springen. Wenigstens Wein bekam man hier, ohne gleich sein Konto leer räumen zu müssen. Dann redete sie mit Shona, die einverstanden war, an diesem Abend nicht mit den Hegartys zu Abend zu essen.

«Wenn du wirklich meinst … aber es ist so riskant, Aileen, alte Wunden aufzureißen.»

«Ich weiß. Aber ich muss einfach herausfinden, ob die Wunde bei Finn noch schmerzt oder heilt. Vielleicht kann er sich gar nicht mehr erinnern und hat nicht einmal eine Narbe davongetragen. Aber ich ertrage es nicht länger, nicht Bescheid zu wissen. Er ist mein einziges Kind, und wenn ihm irgendwas wehtut, möchte ich ihm helfen.»

Shona nickte taktvoll und erwiderte nichts mehr. Nachdem sie sich in ihre *gîte* zurückgezogen hatte, setzte Aileen sich allein hin und wartete auf Finn. Sie ließ sich durch den Kopf gehen, was sie sagen wollte, und dachte an den Tag vor sechzehn Jahren zurück, als Hazel gestorben war. In ihrer Erinnerung trat jedes Detail grausam deutlich hervor; aber sie war ja auch erwachsen gewesen. Finn dagegen war damals erst vier.

Als Finn schließlich hereinkam, war sie so in Gedanken versunken, dass sie ihn gar nicht kommen hörte und beim Klang seiner Stimme erschreckt hochfuhr: «Hi, Ma! Ich bin kurz vorm Verhungern, was gibt's zum Essen?»

«Lasagne.»

«Super. Ich verschwinde nur noch ganz kurz unter der Dusche, fünf Minuten.»

Er raste die Treppe hoch, und auch ihr Herz raste. Sie musste sich an einem Stuhl festhalten, um nicht zu schwanken, und rang nach Luft. Ach, hoffentlich hat er es vergessen, dachte sie. Hoffentlich schaut er mich einfach verständnislos an, weil er sich an gar nichts erinnert. Hoffentlich habe ich mir all diese Jahre einfach überflüssige Sorgen gemacht.

Als er zurückkam, stellte sie die heiße Schüssel auf den Tisch, und er schaute sich suchend um. «Wo ist denn Shona?»

«Sie … sie hat heute Abend zu tun. Setz dich hin und lass es dir schmecken, erzähl mir, wie's heute war.»

Er stürzte sich auf sein Essen, noch immer in seiner ungelenken Art mit weit ausgefahrenen Ellbogen, und erzählte ihr, was es Neues gab. M. Gautier, sein Chef, hatte den Zuschlag für eine weitere Wohnsiedlung bekommen, im Sommer würde es also mehr als genug Arbeit geben, und wenn Paul einverstanden war, würde er ihm das Motorrad bar auf die Hand abkaufen. Zwei der Jungs wollten Ostern zelten gehen und hatten ihn eingeladen, doch mitzukommen …

«Und, fährst du mit?»

«Klar doch, warum denn nicht? Wird Zeit, dass ich ein bisschen mehr von Frankreich zu sehen bekomme. Sie fahren zur Küste, irgendwo in die Nähe von Perpignan – hey,

Ma, die Lasagne ist Spitze. Falls ich jemals ’ne Freundin kriege, muss sie unbedingt so gut kochen können wie du!»

Er lächelte aufrichtig, und sie füllte sein Glas nach, versuchte Zeit zu gewinnen, bis ihr plötzlich klar wurde, dass genau jetzt der richtige Zeitpunkt war, dass er jetzt entspannt und aufgeschlossen war, der perfekte Moment also.

«Na ja, dafür sind Mütter nun mal da … und Mütter hoffen natürlich auch immer, dass ihr Sohn ein nettes Mädchen findet. Ich … ich stelle mir gerne vor, dass deine Schwester, wenn sie heute noch lebte, so ein Mädchen wäre, das … das ihrem Freund mal was Gutes zu essen kocht.»

Seine Gabel blieb auf halbem Wege zum Mund stehen, und er blickte zu ihr hoch – wie? Mit reiner Neugier, oder war da mehr?

«Meine Schwester? Hazel, meinst du? Guter Gott, Ma, das kommt wie ein Blitz aus heiterem Himmel. Ich hab dich noch nie über Hazel reden hören.»

Verzweifelt bemühte sie sich darum, ungezwungen dreinzuschauen. «Nein, na ja … vielleicht hätte ich schon längst von ihr reden sollen. Manchmal frage ich mich, ob es richtig ist, dass wir sie uns einfach so … so entgleiten lassen. Sie war damals noch ganz klein, aber sie hat trotzdem zu uns gehört. Kannst du … kannst du dich eigentlich noch an sie erinnern?»

Sein Gesichtsausdruck veränderte sich, und er antwortete nicht, doch sie erkannte an seinen Augen, dass er sich sehr wohl erinnerte. Nicht, ermahnte sie sich, überstürze nichts, bedränge ihn nicht und zwinge ihn zu nichts. Lass ihn nachdenken und reden, wenn er so weit ist. Falls er überhaupt reden möchte.

Er führte plötzlich die Gabel zum Mund und aß weiter, wobei er mit vollem Mund nickte. «Ja. Ich erinnere mich an sie.»

O Gott. «Wirklich, Finn? Woran erinnerst du dich denn?»

Er kaute langsam und schluckte dann mit gesenktem Kopf, ohne sie anzusehen. «Ich erinnere mich, dass sie gut roch und so ein … ein gurrendes Lachen hatte. Sie hatte rötliches Haar, grüne Augen und Patschhändchen.»

«Ja, sie war ein hübsches kleines Ding.» Sie fragte sich verzweifelt, wie sie weitermachen sollte, doch da blickte Finn plötzlich ohne Vorwarnung auf und sah sie direkt an.

«Ma – erklärst du mir mal was?»

«Was denn?»

«Also – wie kommt es, dass wir keine Fotos oder so von ihr im Haus hatten? Überhaupt nichts, was an sie erinnert hätte? Wart ihr beide, Dad und du, so am Boden zerstört, dass ihr einfach vergessen wolltet, dass es sie je gegeben hat?»

Sie fühlte sich, als stünde sie auf dem römischen Viadukt, über das Wasser gebeugt, das weit unten gegen die schwarzen Felsen brandete.

«Ich … nein … wir … wir wollten sie nicht vergessen, Finn. Natürlich nicht. Und wir werden sie auch niemals vergessen. Aber wir dachten, vielleicht wäre es besser, wenn du sie vergessen würdest … du warst noch so klein … wir wollten nicht, dass du ihretwegen leidest …»

Jedes Wort fühlte sich an, als würde es ihr mit einer glühenden Zange aus dem Hals gerissen. Er ließ sein Essen stehen, setzte sich auf, nahm sein Weinglas in die Hand, trank aber nicht daraus, sondern sah hinein, das Gesicht so konzentriert und aufmerksam, wie sie es noch nie erlebt hatte. Plötzlich hatte sie einen Erwachsenen vor sich, einen Mann.

«Du meinst … ihr wolltet nicht, dass ich mich daran … erinnere, dass ich sie umgebracht habe? Ist es das, was du mir sagen willst?»

Seine Stimme war so leise, dass sie ihn nur mit Mühe verstand. Aber sie hatte es gehört.

«Finn! Nein … so hatte ich das nicht …»

«Doch. Genau das wolltest du sagen. Und es ist richtig.»

Der ganze Raum wirkte, als griffe eine eisige Faust nach ihnen. Sie starrten sich stumm an, und Aileen wusste, dass jeder die Qual des anderen spürte, das Entsetzen, als der Deckel langsam von der Büchse der Pandora glitt.

«Finn, es war ein Unfall …»

«Stimmt. Ich habe es nicht absichtlich getan. Ich wusste nicht, dass meine kleine Schwester an einem Bonbon ersticken könnte.»

Sie versuchte, ruhig zu bleiben, und irgendwie schaffte sie es auch. «Ach, Finn. Natürlich wusstest du das nicht … wir haben dir nie die Schuld gegeben, nicht einen Moment lang … du wolltest doch nur lieb zu ihr sein … ich war es, die euch allein gelassen hat …»

«Ja.» Seine Stimme war rau, und er schaute noch immer in das Weinglas. «Ich erinnere mich. Du gingst an die Tür und hast dort mit jemandem geredet … vielleicht denkst du ja, es war deine Schuld, und deswegen gab es keine Fotos … aber ich …»

Sie sehnte sich schmerzlich danach, die Hand nach ihm auszustrecken, ihn über den Tisch hinweg zu berühren. Aber sie war wie erstarrt. «Was denn, Finn?»

Sie hatte es ganz freundlich gesagt, und so keuchte sie geschockt auf, als sein Weinglas quer durch den Raum flog, gegen die Wand krachte und zersplitterte. Gleichzeitig sprang er auf die Beine.

«Ich habe sie umgebracht! Ich hab's getan. Ich war's!»

Sie schoss hoch; als sie bei ihm war, war sein Gesicht völlig verzerrt, zerfloss in einem so schneidenden Schmerz, dass es ihr Angst machte. «Finn … nein …»

«Doch!» Als er losschluchzte, wurde ihr plötzlich klar, dass sie ihn noch nie hatte weinen sehen. Niemals seit Hazels Tod: Er war immer ein stiller, stoischer kleiner Junge gewesen, eigentümlich gleichgültig sowohl gegenüber Bestrafung als auch Belohnung. Jetzt weinte er die Tränen eines ganzen Lebens, Tränen, die sich offensichtlich seit sechzehn Jahren in ihm aufgestaut hatten. Aber es war nicht seine Schuld, *nein.*

Es schüttelte ihn am ganzen Körper, und die Fäuste geballt stand er wie von Krämpfen gekrümmt mitten im Raum, das tränenüberströmte Gesicht vor Qual verzerrt. Erschüttert stand sie bei ihm, die Hand fest auf seiner Schulter, bis er sich mit einem Ruck freiriss.

«Lass mich …, lass mich …»

Er bekam die Worte nicht heraus, und sie wartete ab. So lange habe ich gewartet, dachte sie, habe so lange auf das hier gewartet. Zu lange? Hätte ich es früher machen sollen … oder besser gar nicht? Er ist in einer Art von Hölle. Die ganze Zeit war mein Sohn eingesperrt. Von Schuldgefühlen gefesselt und tief in seiner Trauer eingeschlossen.

«Lass es mich *sagen!* Lass es *raus*, lass mich *raus*!» Er ließ sich auf seinen Stuhl fallen, legte, über dem Tisch zusammensackend, das Gesicht in die Arme und japste wie ein Ertrinkender. Er ließ geschehen, was so dringend geschehen musste, und sie sah als stumme Zeugin zu, wie der Damm brach und die Qual in Strömen herausflutete. Lange Zeit weinte und weinte er, und erst als alle Tränen vergossen waren, hob er ihr das tropfnasse Gesicht entgegen.

«Es tut mir so Leid … Es tut mir Leid, seit ich vier bin, jeden einzelnen Tag meines Lebens … Ich wollte es euch sagen, aber ihr wolltet es niemals wissen …, ihr habt die Tür hinter ihr zugemacht und den Schlüssel umgedreht …»

«Ja. Das stimmt. Wir wussten nicht, ob es dir bewusst

geworden war, Finn. Wagten nicht, dich danach zu fragen – du warst ja nur ein kleiner Junge, und der Tod deiner Schwester war schon Trauma genug. Da wäre es zu grausam gewesen, dich zu fragen, ob du verstanden hattest, was passiert war, oder ob du dich überhaupt daran erinnern konntest. Darum haben wir unsere Erinnerungen an Hazel weggesperrt und niemals über sie geredet.»

Langsam hob er das Gesicht noch ein bisschen weiter und nahm es in die Hände. «Und darum trinkt Dad.»

Das war keine Frage. Sondern eine Feststellung. Und sie stimmte. Wie sein Sohn war auch Joe ein Gefangener, eingeschlossen in die ewige Qual, niemals den Mut zu finden, den Namen seiner toten Tochter in den Mund zu nehmen. Darum saß er jeden Abend mit Dave Doherty in der Kneipe, darum war die Ehe der Hegartys immer substanzloser geworden und der Sex unter verdrängten Emotionen verkümmert – denn Gefühle kann man nicht einzeln befreien, oder? Wenn man das eine Gefühl herauslässt, drängeln die anderen vielleicht einfach nach, aufs Geratewohl und unkontrollierbar. So deutlich, wie sie ihren eigenen Sohn vor sich sah, meinte Aileen plötzlich, auch Joe vor sich zu sehen, und ihr fiel auf, was sie, von ihren eigenen Schuldgefühlen und ihrem eigenen Leid geblendet, bisher übersehen hatte.

«Ja, Finn. Ich glaube, das ist der Grund, warum dein Vater trinkt. Warum er praktisch jeden Abend seines Lebens in diesen Pub geht, ohne sich dort wirklich voll laufen zu lassen.»

Schwer atmend rang er um Haltung und wischte sich die Tränen aus dem Gesicht. Ihre eigenen Tränen stachen sie wie Nadeln in den Augen.

Ich wünschte, es wäre niemals geschehen. Ich wünschte, ich wäre gar nicht geboren. Das wird er jetzt gleich sagen.

«Ich wünschte, du hättest schon vor Jahren mit mir geredet. Ich weiß nicht, wie viele Male ich schon von Hazel anfangen wollte, euch sagen wollte, dass ich es weiß, dass ich die Schuld auf mich nehme. Aber du und Dad, ihr wart so … so …»

So blind? So verängstigt? So überbesorgt, Finn? Wo haben wir den Fehler gemacht; sag mir, wo?

«So dumm! Ich verstehe, warum ihr es so gemacht habt, aber ich wünschte, es wäre anders gewesen. Als Kind war ich ja vielleicht noch zu klein, um darüber zu reden, aber als Jugendlicher hätte ich damit umgehen können, es hätte mich befreit, ich *wollte* die Verantwortung …»

Plötzlich sah sie es glasklar vor sich.

«O Gott! Darum hast du es getan, nicht wahr? Darum bist du aufs Dach gestiegen und hast diese Kinder gerettet, und die ganze Familie …?»

Er nickte heftig. «Ja. Ich hatte keine Angst, weil mir nichts Schlimmeres passieren konnte als das, was Hazel schon zugestoßen war. Ich sah nur noch meine Chance, zwei Kinder in Sicherheit zu bringen, als könnte ich die Sache mit ihr dadurch irgendwie wieder gutmachen … jemand sagte mir, die Kleine, Isabelle, sei erst zwei, genauso alt wie Hazel damals. Darum stieg ich hoch und holte die Kinder runter, und … dann war es so …, als könnte ich endlich wieder richtig atmen. Als hätte ich mein ganzes Leben lang den Atem angehalten, und auf einmal würde ich durchatmen.»

«Deshalb hast du dich also seitdem so stark verändert. Deshalb hatte ich heute Abend endlich das Gefühl, mit dir darüber reden zu können …, obwohl ich die Verbindung gar nicht bewusst hergestellt habe, wusste ich irgendwie einfach, dass jetzt der richtige Zeitpunkt gekommen war.»

Wieder nickte er, atmete tief und langsam ein, das Gesicht noch immer flammend rot, aber nicht länger von Qual verzerrt. «Ja. Vielleicht stimmt's ja, dass Frauen Intuition haben, dass sie so was spüren. Echt, ich bin total froh, dass du endlich den Mut hattest, offen darüber zu reden … jetzt kann ich meinen Anteil der Schuld selbst tragen, ihn auf meine Schultern laden, wo er hingehört.»

Sie stand ganz still hinter ihm und strich ihm über das violette Stoppelhaar, so leicht, dass er wahrscheinlich noch nicht einmal ihre Finger spürte. «Finn, was für Schuldgefühle du auch immer gehabt haben magst, und die waren anscheinend beträchtlich: An dem Tag, als du die Leiter hochstiegst, bist du meiner Meinung nach davon erlöst worden.»

Er drehte sich aufgeregt um und sah sie an: «Meinst du? Meinst du wirklich, Ma? Habe ich meine Buße geleistet, was meinst du, kann ich jetzt mit meinem Leben weitermachen?»

Und wieder stand ihr etwas glasklar vor Augen. *Darum ist er also beim Schulabschluss durchgefallen. Zweimal. Absichtlich.*

Sie ging um den Tisch herum, setzte sich ihm gegenüber und ergriff seine Hand. Er entzog sie ihr nicht. «Bitte, Finn. Bitte, pack dein Leben an. Du bist mein Sohn, ich liebe dich, und ich möchte, dass du glücklich bist. Hazel hat keine Gelegenheit dazu bekommen, aber ich möchte, dass du an ihrer Stelle nach deinen Chancen greifst. Dass du diesen schrecklichen Unfall vergisst, der passiert ist, als du noch ein ahnungsloses, kleines Kind warst. Ein Unfall, den wir uns nicht länger vorwerfen dürfen, weil uns das alle voll ständig lähmt. Wir müssen loslassen. Wir *müssen*.»

Er setzte sich aufrecht hin, zog seine Hand zurück und dachte über das nach, was sie ihm da sagte. Dachte schweigend nach, bis er mit seinen Gedanken fertig war.

«Nun gut. Ich halte mich daran, wenn du dich daran hältst. Wichtig ist, dass es jetzt heraus ist – wichtig ist, dass du weißt, dass ich mich an das erinnere, was damals passiert ist. Ich weiß, was ich gemacht habe, ich akzeptiere es, und ich werde es niemals vergessen. Ich will nicht mehr, dass du mich beschützt oder so tust, als hätte es Hazel niemals gegeben. Ich möchte, dass du sie als Teil unserer Familie siehst, ich möchte, dass du mich erwachsen werden lässt, und ...»

Er zögerte. «Und was, Finn?»

«Und dass du mich mit Dad reden lässt. Er soll wissen, dass dieses Gespräch zwischen uns stattgefunden hat, dass das Tabu gebrochen ist und auch er versuchen kann, sein Leben neu anzupacken.»

Nun zögerte sie ihrerseits. «Meinst du nicht, dass das eigentlich meine Aufgabe wäre?»

Er schüttelte nachdrücklich den Kopf. «Nein, meine. Überlass das mir. Von dir möchte ich nur ... möchte ich nur, dass du um Himmels willen hier im Haus ein Foto von Hazel aufstellst, wie jede normale Mutter das tun würde. Falls du eines hast.»

Sie hatte nicht nur eines. Sie hatte Dutzende, die in einem Schuhkarton unter ihrem Bett lagen. «Einverstanden. Sobald du mit Joe gesprochen hast. Ich weiß, dass er manchmal ein bisschen schroff und ungeduldig mit dir war, aber das ... das hat nichts mit Hazel zu tun. Sondern mehr mit ihm selbst, denke ich.»

Als sie ihn forschend ansah, überraschte er sie mit einem schmerzlichen Lächeln. «Ja. Man könnte sagen, dass Dad ziemlich viel in sich hineingefressen hat.»

Auch sie lächelte nun. «Also, als ich ihm von der Familie erzählte, die du gerettet hast, da hat er aber gar nichts in sich hineingefressen. Er war maßlos stolz auf dich – und das hat er dir am Telefon auch gesagt, oder?»

«Ja. Na ja. Sozusagen. Joe Hegarty ist nicht gerade ein Weltmeister in Kommunikation, oder?»

Nein, dachte sie, das kann man nicht behaupten. Aber ich bin unheimlich glücklich, dass ich es geschafft habe, heute Abend mit dir zu reden, Finn Hegarty. Es hat höllisch wehgetan und sitzt uns beiden noch ganz schön in den Knochen, aber das ist es wert. Du wirkst so erleichtert, so befreit … Ob ich dir wohl noch eine einzige weitere Frage stellen kann? Du wirkst völlig erschöpft, vielleicht reicht es dir jetzt. Aber ich mache noch einen allerletzten Vorstoß, weil ich es unbedingt wissen muss.

«Nein, dein Vater ist nicht gerade ein Meister im Reden, Finn …, aber er hat sich Sorgen um dich gemacht. Er hat sich Sorgen gemacht und dich beobachtet.»

Er wirkte eher neugierig als verblüfft und begegnete ihrem Blick, ohne auszuweichen. «Du meinst, als du vor ein paar Monaten auf Haussuche warst? Es kam mir so vor, als schnüffelte er auf Schritt und Tritt hinter mir her, dabei hatte ich keine Ahnung, warum er plötzlich auf Amateurdetektiv machte. Worum ging es denn damals?»

«Ich hatte ihn darum gebeten. Weil – na ja, du hast so viel Zeit vor deinem Computer verbracht und dich mit Leuten getroffen, die wir nie sahen, nie kennen lernten. Es gab niemals irgendwelche Beweise, aber wir haben uns einfach gefragt, ob du vielleicht … vielleicht irgendwie mit Drogen zu tun hattest.»

Mit den letzten Worten platzte sie einfach so heraus, doch er sah sie nur verständnislos an, als hätte er keine Ahnung, wie sie zu einer so lächerlichen Schlussfolgerung hatte kommen können.

«Warum denn? Wie seid ihr nur auf Drogen gekommen?»

«Ich weiß nicht. Vielleicht ist das etwas, worüber alle Eltern sich Sorgen machen. Insbesondere, wenn ein Sohn so verschlossen ist – ich meine, was *hast* du denn eigentlich die ganze Zeit an diesem Computer getrieben? Und mit wem hast du dich immer in Galway getroffen?»

Er lehnte sich im Stuhl zurück, das tränenverschmierte, erschöpfte Gesicht bleich, aber gesammelt, und dachte nach, bevor er antwortete.

«Ich war im Netz, wo es – vielleicht zu deiner Überraschung – eine Menge Websites gibt, die für Leute meines Alters von Interesse sind. Völlig normale, legale Sites, und mehr brauchst du darüber nicht zu wissen. Und meine Kumpels – die hab ich nie mit nach Hause gebracht, weil sie alle Penner waren, so wie ich, schmuddelig, tätowiert, arbeitslos, lauter Jungs, wie Eltern sie hassen. Es waren nicht gerade vorbildliche Bürger, aber kriminell waren sie auch nicht. Keiner von uns hat je was mit Drogen zu tun gehabt, es sei denn, du nennst ein paar Red Bulls mit Schuss Drogen.»

Sein Gesicht war aufrichtig. Welche Fehler er auch immer haben mochte, angelogen hatte er sie noch nie. Im Grunde sagte er nur, dass er ein ganz normaler junger Mann war, mit seinen eigenen Interessen und persönlichen Freunden, die sie nichts angingen. Ihre Angst war also ausschließlich ihrer Einbildung entsprungen, die Überbesorgtheit einer Mutter, die ihr allein übrig gebliebenes Kind behütet.

Jetzt konnte sie ihm nur noch eine Umarmung anbieten, und sie breitete einladend die Arme aus. Er drückte sie kurz, aber fest an sich, auf eine Art, die das Gleichgewicht zwischen ihnen verschob. Mit einem Schlag war ihr Junge verschwunden, und ihr erwachsener Sohn machte seiner Mutter, die sich so lange vollkommen in ihm getäuscht hatte, gerne diese kleine Freude.

Irgendwo im Hinterkopf flüsterte ihr Instinkt: Er braucht eine Freundin. Wird er jetzt, wo ich ihn freigegeben habe, genug Selbstvertrauen haben, sich eine zu suchen?

Als Shona am nächsten Vormittag vom Markt zurückkam, bemerkte sie Aileens blasses Gesicht, fragte aber nicht weiter nach. Was auch immer sich zwischen Mutter und Sohn ereignet hatte, ging ausschließlich die beiden etwas an; sollte Aileen ihr etwas davon mitteilen wollen, würde sie das tun, sobald ihr danach war. Im Moment war ihr ganz offensichtlich nicht danach: Sie wirkte erschöpft, und Shona freute sich, dass sie ein bisschen Klatsch mitbrachte, der sie vielleicht aufheitern würde.

«Zum Glück kommt Joe bald, denn anscheinend hast du da unten in Mézalas allmählich einen gewissen Ruf weg.»

Aileen wirbelte herum, verblüfft. «Einen gewissen Ruf?»

«Mhm. Ich hab's beim Fischhändler aufgeschnappt. Mme. 'Egarty, die irische Dame, über die man im ganzen Städtchen spricht. Mutter des großartigen Finn – der übrigens seinerseits inzwischen einen gewissen Ruhm genießt. Jedenfalls, Mme. 'Egarty, bei der ja weit und breit von einem Ehemann nichts zu sehen ist, soll sich angeblich mit Aude Villandrys Onkel Léo angefreundet haben. Was ja schön und gut wäre, wenn Léo nicht unglückseligerweise mit einer Frau verheiratet wäre, die anscheinend diese – ähm – Konkurrenz um Léos Reize überhaupt nicht zu schätzen weiß.»

Einen Moment lang sagte Aileen gar nichts, sondern schaute einfach nur verblüfft drein. Doch dann lachte sie zu Shonas Überraschung nicht los, sondern runzelte verärgert die Stirn. «Was? Was ist denn das für ein Quatsch? Sind die von allen guten Geistern verlassen?»

Shona grinste. «Wusstest du das denn nicht? Die Französinnen sind unglaublich eifersüchtig. Jede Frau, die keinen Partner vorweisen kann, gilt als Bedrohung.»

«Aber … du meine Güte … Ich habe einen Sohn, ich trage einen Ehering …»

«Man hält dich hier für eine Witwe. Eine attraktive Witwe, wie ich hinzufügen sollte, die hier alles durcheinander bringen könnte, wenn nicht … wenn nicht Joe Hegarty nächste Woche käme und den Köchen in der Gerüchteküche die Suppe gründlich versalzen würde!»

Shona lachte laut; Aileen dagegen marschierte empört durch die Küche und räumte in gerechtem Zorn die Einkäufe weg. «So einen Schwachsinn habe ich noch nie gehört. Die sind entweder alle paranoid, oder aber hier herrscht die Langeweile pur. Oder beides. Mit diesem Léo habe ich mich allenfalls zwanzig Minuten unterhalten, und auch nur über den Garten, ich war einfach nur höflich.»

«Dann reicht das wohl, um zur Femme fatale des Monats zu werden.» Shona lachte erneut, und Aileen schloss sich widerstrebend an. «Hier muss aber verdammt wenig los sein. Eine Frau in meinem Alter …»

«Das man in Frankreich gern als die besten Jahre betrachtet.»

Aileen antwortete nicht und hob nur skeptisch die Augenbrauen, doch Shona sah, wie diese beiläufige Bemerkung allmählich in ihr Bewusstsein einsickerte. Vielleicht war das ja gar nicht schlecht so. Selbst Joe Hegarty musste so was wie Stolz haben. Shona würde jedenfalls dafür sorgen, dass ihm dieses Gerücht zu Ohren kam.

Doch in diesem Moment war es das Klingeln des Telefons, das ihr zu Ohren kam. Als sie den Hörer abnahm, war der Anruf, wie sich herausstellte, für Aileen, deren Schwester Dymps sofort in einem enormen Tempo loslegte, sodass Shona den Hörer eilig weitergab.

Nachdem Aileen eine Weile bestürzt zugehört hatte und vor lauter Schreck nur gestikulierend nach Luft schnappte, war ihr Gesicht plötzlich ganz zerknautscht, und ihre Stimme klang wie ein Gewehrschuss:

«Oh, *nein!* Ach Dymps – unmöglich –, ich hatte mich so gefreut – ach, das ist einfach schrecklich!»

Aufs Schlimmste gefasst, fragte sich Shona, was nur los sein mochte, doch es dauerte weitere zehn Minuten, bevor Aileen auflegte, mit einem so geschockten Gesichtsausdruck, als hätte sich eine fürchterliche Katastrophe ereignet. Shona wartete voller Bangen.

«Jilian hat die Windpocken!»

Ach so. Uff. War das schon alles? Shona hatte Dympnas Tochter, Aileens Nichte Jilian, erst einmal gesehen, letztes Jahr zu Weihnachten. Ein nettes kleines Mädel, aber … «Ja und?»

«Darum können sie nicht kommen! Sie steht unter Quarantäne, es ist einfach nichts zu machen, sagt Dymps … ach, Shona! Ich hab mich unglaublich darauf gefreut, sie zu sehen, und jetzt kann ich einfach nicht glauben, dass sie nicht kommen!» Sie sackte am Küchentisch auf einem Stuhl zusammen, stützte die Ellbogen auf und legte das Gesicht in die Hände. «Ach, nein! Das ist einfach unfair! Meine Schwester, ihre Familie, ich hab sie seit Monaten nicht mehr gesehen!»

Shona, die weder Schwester noch Nichte besaß, gab sich alle Mühe, mitfühlend dreinzuschauen. «Ach, wie schade. Aber mach dir nichts draus, vielleicht kommen sie dafür ja im Sommer …»

Aileen starrte sie an, als wäre sie völlig vernagelt. «Aber dann können sie unmöglich kommen, dann ist Le Mas doch belegt! Oder zumindest hoffen wir das – schließlich muss diesen Sommer Geld reinkommen, Shona, das weißt du genau, wir können es uns nicht leisten, unsere Verwandten oder Freunde in die Zimmer einzuquartieren! Und das heißt – ach, ich kann es einfach nicht glauben! *Wann* werde ich sie denn jemals wieder sehen?»

Diese Frage war wohl berechtigt, dachte Shona, und für Aileen offensichtlich enorm wichtig. Beim nächsten Gedanken, der sich dann in ihrem Kopf einnistete, bekam Shona solche Schuldgefühle, dass sie beschloss, ihn erst einmal gar nicht zu erwähnen. Später, wenn Aileen ihre Enttäuschung überwunden hatte ... na ja, in ein oder zwei Tagen würde Shona darauf zu sprechen kommen, wenn die Gelegenheit sich bot. Aber jetzt noch nicht, weil das unloyal gewirkt hätte, als hätte sie Hintergedanken. Nein, jetzt war der Zeitpunkt, wo sie die Freundin mit ihrem Mitgefühl unterstützen musste, und genau das würde sie auch tun. Sie unterdrückte einen Seufzer, versteckte ein Lächeln, ging zum Schrank und holte die Teebeutel heraus. Irgendetwas in Aileens geistesabwesendem Gesicht legte den Gedanken nahe, das heute Trauer angesagt war, und da war Stärke nötig, um diese schreckliche Tragödie durchzustehen.

Trotzdem ... Es machte eigentlich keinen Sinn, drei absolut tadellose Betten einfach unbelegt zu lassen, oder? Die Zimmer, die auf Dymps, ihren Mann und ihre Kinder gewartet hatten, konnte man sehr gut anderweitig nutzen. Meine Eltern, dachte Shona, würden bestimmt liebend gern zu Besuch kommen. Emily O'Brien ebenso, ein Urlaub würde ihr enorm gut tun. Und Crys wäre wie der Blitz hier, falls der Arzt ihr das Fliegen erlaubt ... wie schade, dass dann leider gar kein Platz mehr für Gavin ist.

Als Aileen am Morgen von Joes und Tessies Ankunft aufwachte, lag sie vollkommen still da, sah an die Decke und fragte sich, warum ihr Mund so trocken war und ihr Herz so hämmerte. Dann fügte es sich allmählich in ihrem Bewusstsein zusammen: Mam, endlich, und Joe! Allein schon beim Gedanken daran, ihre Mutter wieder zu sehen, wurde sie ganz schwach, und Joe … würde er wirklich mit im Flieger sitzen, wachte er vielleicht auch gerade auf und dachte an sie? Eine ganz schreckliche Befürchtung kroch ihr unter die Haut, und bei ihrer dummen, geheimen Angst, dass Mam vielleicht allein kommen und von Joe nur eine Entschuldigung ausrichten würde, zog es ihr den Magen zusammen. *Nein. Tut mir Leid, Liebling. Ich konnte mich nicht freimachen. Leider noch nicht. Aber ich komme, sobald ich kann. Versprochen …*

Sie setzte sich auf, schlang die Arme um die Knie und schob den Gedanken beiseite. Natürlich würde er kommen, andernfalls hätte er ihr schon längst Bescheid gesagt, und jetzt musste sie nur noch aufstehen und sich fertig machen. Am besten nahm sie ein langes Bad mit Duftöl – oder, genauer gesagt, eine kurze Dusche mit Duftöl, da Wasser in Frankreich ja ein derart teurer Luxus war. Dann blieb ihr der ganze Morgen, um sich in die richtige Stimmung zu versetzen, während Shona zum Flughafen fuhr. So hatten sie es vereinbart, weil sie nicht wollte, dass Finn mit seinem halsbrecherischen Tempo über die Autobahn raste. Shona machte die Überquerung dieses verdammten Viadukts nichts aus, und jemand musste ja daheim bleiben und das Essen kochen. Zum Willkommen ein richtig tolles, französisches Luxusmenü … Für Shona war das nichts, denn sie konnte ja kaum einen Kochtopf von einem Schneebesen unterscheiden. Es musste ein richtig gutes Essen werden, das Joe und Tessie auf der Stelle überzeugte, was für ein wunderbares Land Frankreich war.

Es ist ein wunderbares Land. Es ist großartig, und ich liebe es. Na ja, vielleicht nicht ganz so sehr wie Shona, noch nicht – aber es hat seine Reize. Wie ich selbst anscheinend auch. Ich kann ihr diese Geschichte noch immer kaum abnehmen, dass die Frauen im Ort tatsächlich eifersüchtig auf mich sind, mich für so attraktiv halten, dass sie glauben, Audes Onkel habe ein Auge auf mich geworfen ... die spinnen ja wohl. Aber wie dem auch sei, jedenfalls ist das Wetter wunderschön. Ist es so warm, dass ich mein rosa Leinenkleid tragen kann?

Ja, ich glaube schon. Joe kennt es noch gar nicht, und vielleicht kann ich mir das jetzt, wo ich ein paar Pfund abgenommen habe, ja erlauben. Wie ich bei all diesen kulinarischen Versuchungen hier nur abnehmen konnte, ist mir ein Rätsel, aber ich hatte ja auch enorm viel damit zu tun, Le Mas zum Laufen zu bringen und Finn auf die Reihe zu kriegen ... aber beides ist inzwischen auf dem besten Weg. Da kann ich mich doch mal für diesen einen Tag entspannen, oder?

Ich muss mich entspannen. Ich muss strahlen, wenn Mam und Joe eintreffen, und außerdem *möchte* ich das auch. Es ist zwar eine Enttäuschung, dass Dymps und ihre Familie nicht mitkommen. Aber Mam kommt ganz bestimmt, und Joe hat es mir auch fest versprochen.

Natürlich kommt er! Was ist denn nur mit dir los, Aileen Hegarty? Steh auf, geh unter die Dusche und hör auf, dir Sorgen zu machen, sonst verdirbst du nur noch allen diesen wunderschönen Tag.

Der strahlende Morgen ging in einen schönen, heißen Tag über, und beim Aufbruch zum Flughafen meinte Shona entzückt: «Joe und Tess werden begeistert sein. Das ist ja geradezu hochsommerlich. Willst du es dir nicht doch noch einmal überlegen und mich begleiten?»

«Nein. Schließlich muss auch noch das Gepäck in das kleine Auto passen, es geht über den Viadukt, und außerdem muss ich kochen ...»

Aileen merkte, dass das leeres Gerede war, und stockte

mitten im Satz. Shona war wahrscheinlich klug genug, um die Angst zu erraten, die sie zu überspielen versuchte: Aileen sah geradezu vor sich, wie Tessie allein aus dem Flugzeug stieg und was dann folgen würde. Der Anfang vom Ende ihrer Ehe.

«Okay. Dann fahr ich jetzt mal los. Wenn alles gut läuft, sollten wir so gegen zwei zurück sein.»

«Ja», Aileen schluckte und setzte gleichzeitig ein wild entschlossenes Lächeln auf. «Falls alles gut geht.»

Shona überrumpelte sie mit einem Wangenkuss – meine Güte, sie wurde immer französischer –, umarmte sie kurz und fuhr los. Sie war kaum weg, da kam Finn in die Küche getappt, völlig zerstrubbelt und in ein paar Lumpen, die er Schlafanzug nannte. Er hatte sich heute freigenommen, um seinen Vater begrüßen zu können, und den Vormittag offensichtlich zum Ausschlafen genutzt. Aileen fiel aufgeregt über ihn her.

«Finn, es ist schon nach zehn! Zieh dich an!»

«Warum denn», meinte er müde und kratzte sich am Ohr. «Wozu die Eile?»

«Dein Vater und deine Großmutter kommen heute!»

«Ja, weiß ich doch. Ja und?» Er schüttete träge Cornflakes in eine Schale und latschte barfuß zum Kühlschrank, um Milch zu holen. «Die kommen doch erst in ein paar Stunden, oder?»

«Sicher, aber … ich brauche deine Hilfe …, du musst noch …»

«Was denn?»

Ihr fiel eigentlich gar nichts ein. «Den Tisch auf der Veranda abwaschen», schloss sie lahm. «Und den Sonnenschirm aufstellen. Wir essen draußen.»

Er gähnte. «Okay. Entspann dich, Ma.»

Doch sosehr sie es auch versuchte, es war unmöglich. Sie

hatte dasselbe Gefühl im Magen wie vor ihrem ersten Rendezvous mit Joe, damals vor vielen Jahren. Ihr Bauch rumorte vor Aufregung. Während sie um den entnervend langsam kauenden Finn herumstrich und dabei geistesabwesend registrierte, dass er sich schon ein paar Tage nicht mehr den Schädel rasiert hatte, überlegte sie, was er wohl sagen würde, wenn sie ihren Mut zusammennahm und die Frage stellte, die ihr pausenlos durch den Kopf ging: Wird es deinem Vater hier gefallen, was meinst du? Gefällt es *dir* eigentlich hier, Finn? Hast du dich gut eingelebt, und bist du hier so glücklich, dass du Joe dabei helfen kannst? Ich wünschte, ich könnte dich das fragen – aber das ist unmöglich, denn wenn du jetzt nein sagst, wenn du in Wirklichkeit lieber in Irland wärst, könnte ich nicht damit umgehen. Nicht jetzt, wo Joe schon im Flieger sitzt. Ich wage es nicht, dich zu fragen. Ich kann nur hoffen.

Schließlich machte sie sich ans Kochen, wusch und schnibbelte die Zutaten, bereitete alles soweit vor und rannte dann nach oben, um ihr rosa Leinenkleid anzuziehen. Eigentlich könnte sie auch noch einmal duschen, nach all diesem Zwiebelgehacke – mein Gott, wie konnte Finn nur so *ruhig* bleiben, wo doch sein Vater kam?!

Nach der zweiten Dusche musterte sie sich prüfend im Badezimmerspiegel und fragte sich, ob Joe sie wohl so wahrnehmen würde, wie sie selbst sich sah, oder vielleicht ganz anders. Ich bin seine Frau, ermahnte sie sich, ich muss ihm überhaupt nichts beweisen, ich muss hier keine Show abziehen, es ist ja nicht so, als würde gleich unser erster Kunde über die Schwelle treten. Es ist doch einfach nur Joe. Mein Mann, mit dem ich seit zweiundzwanzig Jahren verheiratet bin. Mehr nicht.

Ob dieses Leinenkleid …? Ja, Gott sei Dank, es passt, und nein, meine Arme wirken darin überhaupt nicht dick.

Wo sind denn nochmal diese Silberohrringe, die Dymps mir letztes Jahr zum Geburtstag geschenkt hat? Bin ich schon zu alt für fliederfarbenen Lidschatten, oder …? Ach, zum Teufel. Jetzt auch noch Mascara und Lippenstift, wenn schon, denn schon. Na ja, ein Reh bin ich ja nicht gerade. Aber ich muss sagen, ich fühle mich so besser, es ist schon Jahre her, seit ich mich zum letzten Mal richtig schick gemacht habe. Es macht sogar irgendwie Spaß.

Menschenskind, Joe. Mach ja keine Faxen. Nicht, dass du jetzt noch eine Überraschung in petto hast. Du steigst einfach aus dem Flieger und kommst her und …

«Ma!», drang Finns Stimme aus der Diele zu ihr hoch. «Hier sind zwei Typen, die mit dir reden wollen!»

Die Polizei. Joe war tot. Mam auch und Shona ebenso, alle auf der Autobahn dahingemetzelt – ihre Gedanken rasten, und sie flog geradezu nach unten, fast atemlos vor Angst: Sonst konnte doch niemand etwas von ihr wollen, warum denn auch?

«Bonjour Madame», ertönte eine ruhige Stimme, und da stand Audes Onkel: Léo Sowieso, sie hatte bei ihrer letzten Begegnung seinen Nachnamen nicht richtig verstanden. Damals war er wegen der Maulwürfe gekommen, und diesmal hatte er einen Begleiter dabei, den sie nicht kannte.

«B … Bonjour. Excusez-moi …» Sie strich sich das Haar zurück, legte das Armband an, das sie noch in der Hand hielt, und reichte den beiden die Hand, wie es in Frankreich erwartet wurde. Léo, der saubere Jeans und ein Karohemd trug, lächelte entspannt, ergriff ihre Hand, hielt sie fest und stellte sie seinem Begleiter vor.

Mit Mühe verstand sie schließlich, dass die beiden gekommen waren – zum Teufel, gerade jetzt, wo sie wirklich niemanden gebrauchen konnte –, um mit ihr über den Garten zu sprechen. Léo wollte die Maulwurfsfallen überprüfen, und der andere Mann, Jacques, war der versprochene Gärtner. Jacques war klein, dunkel, lebhaft und mit einem Stapel Papier bewaffnet.

«Oh …, *oui* …» Sie war noch immer atemlos und ihr Gesicht garantiert knallrot. Also zeigte sie in den Garten hinaus und versuchte ihnen mit Gesten klar zu machen, dass sie einfach loslegen sollten. Aber, gab Léo seinerseits in einer Gestensprache zurück, sie solle doch bitte mitkommen. Jacques müsse einiges wissen: Welche Blumen und Büsche, und wo genau sie gepflanzt werden sollten? Wenn sie so nett wäre, Jacques eine Vorstellung von ihren Wünschen zu geben, würde er alles auf dem mitgebrachten Millimeterpapier notieren, und hinterher könnten sie sich zusammen hinsetzen, während Jacques den Plan zeichnete. Ob ihr das recht sei?

Verdammt! Sie bemühte sich, ihre Ungeduld zu verbergen, und nickte zustimmend. Schließlich musste der Garten wirklich dringend neu gestaltet werden, und es war gut, dass Léo diesen Gärtner mitgebracht hatte. Sie wandte sich zu Finn um, zischte ihm zu, er solle sich endlich anziehen, und ging dann mit den beiden Männern in den Sonnenschein hinaus, wo Jacques ihr einen Bildband mit Blumen zeigte, unter denen sie wählen konnte. Ohne es zu wollen, ließ sie sich davon fesseln und überließ Léo der Inspektion seiner Maulwurfsfallen, die noch immer zu Dutzenden auf dem Gelände standen. Was sollte man anpflanzen, wenn die verdammten Maulwürfe einmal besiegt waren, was würde der Hitze, den Unwettern und all den anderen im Languedoc lauernden Gefahren widerstehen? Vielleicht sollte sie sich dieser Frage doch ernsthaft widmen und Jacques und Léo ihre volle Aufmerksamkeit schenken, denn wenn sie das hier versiebte, würde Shona ihr die Freundschaft kündigen.

Und so kam es, dass Joe Hegarty, als er zwei Stunden später eintraf, seine Frau mitten im strahlenden Sonnenschein auf einer höllisch heißen Terrasse vorfand, superschick angezogen und Make-up im Gesicht, wo sie sich, an einem *apéritif* nippend, lachend mit zwei Franzosen unterhielt, die links und rechts von ihr saßen und mit den Augen an ihren Lippen zu hängen schienen. Sie kicherte über ihr eigenes Kauderwelsch und erblickte weder ihn noch Tessie und Shona, die stehen blieben und staunten, wie reizend sie aussah.

Joe stellte seinen Koffer ab, räusperte sich, sah sie scharf an und wartete darauf, dass sie ihn endlich bemerkte.

Kapitel elf

Dann drückte Finn ohne Vorwarnung auf den Auslöser und knipste seine Eltern, ein Erinnerungsfoto, das ein Leben lang halten würde. Joe, links und rechts von Tess und Shona flankiert, wie er starr vor Entsetzen seine braun gebrannte, elegante Frau ansah, die von zwei lachenden Franzosen angehimmelt wurde. Und Aileen, wie sie zwischen Léo und Jacques saß und zu Joe hochblickte, mit der verblüfften Frage in den Augen, wer denn dieser Fremde war, der plötzlich vor ihr stand.

Joe? Joe Hegarty? Nein. Da musste es irgendwie zu einer Verwechslung gekommen sein. Joe Hegarty trug einen Schnauzbart, schlabbrige Pullover, ausgebeulte Jeans, abgelatschte Turnschuhe und hatte einen Bierbauch. Seine Nase war rot geädert und die Hände nach einem langen Arbeitstag schmierig von Fett. Er hatte immer irgendwelche Knöpfe offen stehen, und seine Schultern hingen resigniert nach unten. Dieser Mann jedoch, der da aufrecht vor ihr stand, trug Lederschuhe, eine frisch gebügelte Freizeithose, ein leichtes Sportjackett und ein blassgelbes Polo-Shirt. Sein Gesicht war sauber und glatt rasiert, und er wirkte mindestens zehn Jahre jünger als Joe Hegarty. Völlig durcheinander konnte Aileen ihn nur anstarren und auf irgendeine Erklärung warten.

Doch der Mann schob sich zwischen die Franzosen, ohne die beiden im Geringsten zu beachten, beugte sich über Aileen, packte sie bei den Schultern und küsste sie mitten auf den Mund. Aileen zuckte entsetzt zurück. Und erst jetzt, als sie gezwungen war, ihm in die Augen zu sehen, erkannte sie den Mann, mit dem sie seit mehr als zwanzig Jahren verheiratet war.

«Aileen.» Sein Lächeln war unverkennbar. «Willst du denn nicht endlich aufstehen und deinen Mann begrüßen?»

Sie versuchte es. Versuchte es zweimal, doch die Beine gaben unter ihr nach, und erst beim dritten Anlauf kam sie schließlich hoch. Doch begrüßen konnte sie ihn immer noch nicht: Ihre Stimme versagte vor Bestürzung. Wer … wie … was war denn passiert? Wo war der Joe, den sie in Galway zurückgelassen hatte, immerhin unter der Obhut ihrer Mutter, wer hatte da an ihm herumgepfuscht? Wie sah er denn aus? Joe wirkte größer und war definitiv dünner geworden, und außerdem fasste er Léo und Jacques mit einem Blick ins Auge, der unverkennbar sagte: ‹Macht euch vom Acker, Jungs, jetzt ist ihr Mann wieder da, also zieht Leine.› Noch nie im Leben hatte Aileen einen solchen Blick bei Joe gesehen; nicht direkt aggressiv, aber eindeutig besitzergreifend.

Léo kapierte sofort und zerrte Jacques auf die Beine. Mit einem gelassenen Lächeln zeigte er auf das Blumenbuch. «Wir waren dabei, den Garten zu planen …, aber es ist schon Mittag …, da wollen wir nicht länger stören.»

Zu spät fiel Aileen ein, dass sie eine Vorstellungsrunde hätte starten sollen, doch als sie ihre Stimme wieder fand, waren schon alle Gläser geleert, alle Bücher zugeklappt, und man hatte sich verabschiedet. Wie ein erschrecktes Kaninchen hüpfte Jacques hinter Léo her, und Joe stand da und sah ihnen nach, die Arme über der Brust verschränkt, als wollte er sich vergewissern, dass sie auch wirklich verschwanden. Als das Auto losfuhr, blieb eine schneidende Stille zurück.

Einen Moment lang standen alle da und sahen einander an. Dann brach Finn in ein halb ersticktes Gelächter aus. «Also, das war bühnenreif, Dad!»

Ohne ihn zu beachten, sah Joe seine Frau an, mit einem Blick wie bei einem Verhör: «Wer zum Teufel waren die beiden?»

Aileens erster Impuls war es, eine Erklärung zu stammeln, doch dann überraschte sie sich selbst damit, dass sie zurückstarrte, und zwar mit einer Gelassenheit, die sie sich niemals zugetraut hätte. «Das waren», sagte sie mit einer gewissen kühlen Herablassung, «Freunde.»

«Freunde.» Er sah sie skeptisch an, als prickelte das Wort auf seiner Zunge. «Ich verstehe.»

Irgendetwas in seiner Stimme irritierte sie. *Was* verstand er eigentlich, was sollte dieser anzügliche Tonfall bedeuten? Nun, sollte er doch verstehen, was er wollte. Was für eine Frechheit von ihm. Er sah aus wie ein Fremder, platzte hier einfach herein und unterbrach eine absolut harmlose Unterhaltung so vorwurfsvoll, als hätte sie Gott weiß was getan. Absichtlich marschierte sie um ihn herum und umarmte ihre Mutter.

«Mam … ich freu mich so, dich zu sehen!»

Sie umarmten sich lange und liebevoll, und Joe stand wie bestellt und nicht abgeholt daneben, bis ihm der Gedanke kam, Finn zu begrüßen. Er boxte ihn in die Schulter, eine Herzlichkeit unter Männern. «Also, ich muss sagen, Junge, du siehst gut aus!»

Finn sah tatsächlich gut aus, oder zumindest wesentlich besser als zuvor. Nach der wochenlangen Arbeit im Freien und der gesunden Ernährung war seine ehemals teigige Haut gebräunt, seine Augen glänzten, und seine Pickel waren verschwunden. Auch sein Schritt war irgendwie leichter geworden, wobei Joe nicht recht sagen konnte, warum.

«Du auch, Dad – was sind denn das für feine Klamotten? Und wo ist der Bierbauch geblieben?»

Joe setzte sich und gab eine Art Brummen von sich. «Na ja, ich hab ein bisschen Gewicht verloren. Und deine Großmutter hier hat mir das eine oder andere neue Teil gekauft, sie meinte, ich könnte nicht mit meinen alten Jeans nach Frankreich reisen.»

Finn grinste. «Warum denn nicht? Hier trägt doch jeder so Zeugs. Raoul Lascaux sieht aus wie ein Neandertaler.»

Joe verzog misstrauisch die Augen zu Schlitzen. «Wer?»

«Unser Nachbar. Und seine Frau kommt definitiv aus der Urzeit.»

Seine Frau. Also hatten wenigstens ein paar von diesen Kerls hier Frauen. Er sah seine eigene an, und jetzt reichte es ihm allmählich. Es musste doch mal gut sein mit ihrer Mutter. Würde Aileen ihm denn niemals einen Kuss geben, ihn überhaupt nicht mehr umarmen, bekam er denn gar nichts von der Aufmerksamkeit ab, mit der sie Tess überschüttete? Hatte sie jetzt, wo diese verdammten französischen Schleimer um sie herumscharwenzelten, denn völlig das Interesse an ihm verloren?

Endlich drehte sie sich um, betrachtete ihn aber noch immer mit einem recht kühlen Blick. «Und wer hat an dir herumgepfuscht?»

Er gab ein verlegenes Grunzen von sich. Tess war übers Ziel hinausgeschossen und hatte es völlig übertrieben. «Deine Mutter, sonst niemand. Neue Kleider, sagte sie, ein neuer Look und so.»

«Hmm, auch eine neue Figur?»

«Ähm …» Er merkte, wie er rot wurde. «Hab einfach beschlossen, mit dem Trinken aufzuhören. Eine Zeit lang. Während der Fastenzeit.»

Aileen musste sich an der Stuhllehne festhalten. Joe

Hegarty hatte das *Trinken* aufgegeben? Er fing ihren Blick auf und wehrte ihre unausgesprochene Verwunderung mit einem Nicken ab: «Du hast dich auch ein bisschen verändert.»

Ja, dachte sie, das stimmt. Ich habe hier zwei Monate ohne dich durchgestanden. Ich habe unsere neue Pension auf die Beine gestellt. Ich habe das Geschwür aufgestochen, das seit sechzehn Jahren in deinem Sohn eitert. Und ich hab dieses Kleid, dieses Make-up und diesen Schmuck heute Morgen für *dich* angelegt, du Dummkopf, und nicht für Léo und seinen Kumpel, die hier völlig unerwartet aufgekreuzt sind!

«Ja», erwiderte sie gelassen. «Also, setzen wir uns doch und genehmigen uns vor dem Essen einen kleinen *apéro*.»

Joe sah sie groß ein. «Einen kleinen was?»

Sie blickte unschuldig zurück. «Einen Drink, mein Lieber. Wir wollten gerade einen nehmen, als du kamst. Mam hätte sicher gern einen Sherry – und was trinkst du? Mineralwasser?»

Er hörte die Ironie in ihrer Stimme und krümmte sich innerlich. Er hatte erwartet, dass sie begeistert sein würde, ihn zu sehen. Aber dem war offensichtlich nicht so. Ganz im Gegenteil. Sie war sauer, weil er das Plauderstündchen mit ihren französischen Busenfreunden unterbrochen hatte. Plötzlich wurde ihm ganz schwach beim Gedanken an ein Bier. Aber in diese Falle, die sie ihm so gemein gestellt hatte, würde er nicht tappen.

«Ja, kaltes Wasser wäre genau richtig … danke.»

Shona, die ein wenig am Rand stand und die Szene auf sich wirken ließ, fing Finns Blick ein, und beide zogen eine Augenbraue hoch. Irgendwie verlief diese glückliche Familienwiedervereinigung nicht ganz nach Plan, eine gewisse Schärfe war zu spüren, als ob Joe und Aileen miteinander kämpften. Eines war aber jedenfalls glasklar: Beide wirkten verjüngt. Shona hatte Aileen bisher noch nie so schick erlebt, überhaupt nicht geahnt, dass sie so elegant sein konnte. Und was Joe anbelangte – nun ja. Man soll nie sagen, Wunder gibt es nicht.

«Ich hole die Getränke», erklärte Finn und verschwand nach drinnen. Joe sah ihm verblüfft nach. Er musste sich wohl verhört haben. Finn bot freiwillig seine Hilfe an?

«Also», ertönte Tessies Stimme im Plauderton. Offensichtlich hatte sie mal wieder nicht das Geringste mitbekommen. «Es ist wirklich wunderschön hier. Ich kann es gar nicht erwarten, das Haus von innen zu sehen … aber es ist so wunderbar warm hier draußen, da möchte ich mich gar nicht vom Fleck rühren! Ist das Wetter immer so herrlich?» Bei diesen Worten zog sie ihre ‹gute› cremefarbene Strickjacke aus und lehnte sich im Stuhl zurück wie eine Katze, die sich zufrieden auf dem Kachelofen räkelt.

Aileen lachte bedauernd. «Nicht immer – wir sind fast von einem Unwetter weggeblasen worden. Dein Enkelsohn war der Held des Tages …, ich wollte euch am Telefon nichts davon sagen, damit ihr euch keine Sorgen macht, aber jetzt, wo ihr hier seid, wird er euch selbst davon erzählen.»

«Er sieht gut aus», meinte Tessie glücklich.

«Es geht ihm auch gut», antwortete Aileen fest.

Das Gespräch steckte fest. Doch dann kam Finn mit einem Tablett voll Flaschen und Gläser, Shona setzte sich zu ihnen, und sie stießen zur Feier des Tages an.

«Cheers», sagte Joe und hob tapfer sein Glas Perrier.

«Cheers», erwiderte Aileen gleichmütig, «und *vive la France*.»

O ja, dachte Joe. *Vive la France*, verdammt. Dann hat Dave Doherty also vielleicht doch Recht gehabt, und meine

Frau hat mich tatsächlich verlassen? Das werden wir ja sehen. Das werden wir aber verdammt nochmal noch sehen.

Nach ihrem Drink, dem Mittagessen und einem Besichtigungsgang durch Le Mas gab Tessie mit einem etwas erschöpften Lächeln zu, ‹ein kleines bisschen müde› zu sein. Ob ein Nickerchen nicht vielleicht eine gute Idee wäre?

Aileen hielt das für eine ausgezeichnete Idee und bat Finn, Tessie die Reisetaschen ins Zimmer hochzutragen. Mit einem letzten, abwägenden Blick auf Joe verzog sich dann auch Shona, denn man sah ihm unverkennbar an, dass er endlich mit seiner Frau allein sein wollte.

Als er dann aber tatsächlich mit ihr allein war, stellte er fest, dass er beim besten Willen nicht wusste, was er sagen sollte. Aileen schien dasselbe Problem zu haben, und eine Weile saßen sie einander auf der Veranda gegenüber, zwischen sich den abgegessenen Mittagstisch, pickten verlegen an den Resten herum und murmelten Belanglosigkeiten wie zwei Fremde bei einem Blind Date. Was sagte man sich, wenn sich herausstellte, dass der andere sich inzwischen vollkommen verändert hatte? Schließlich stand Aileen auf, einfach weil ihr nichts anderes einfiel.

«Hast du vielleicht Lust auf einen Spaziergang? Sollen wir uns mal das Dorf anschauen?»

Erleichtert erhob sich nun auch Joe. Alles war besser als das hier. «Sicher, gerne. Zeig mir den Weg.»

Also gingen sie los, langsam in der Hitze, durchquerten den verwüsteten Garten und folgten der Einfahrt zu dem schläfrigen kleinen Nebensträßchen, das zur Straße nach Mézalas führte. Aus irgendeinem unerfindlichen Grund wollte Joe unbedingt nach der Hand seiner Frau greifen, und aus irgendeinem noch unerfindlicheren Grund ließ er es sein. Sie wies ihn unterwegs auf die Häuser der Nachbarn hin und erzählte von Raoul Lascaux und Finns Heldentat beim Hochwassereinsatz.

«Ich habe erst viel später herausbekommen, dass er tatsächlich die ganze Familie gerettet hat ... es war schrecklich gefährlich. Hätte ich das vorher gewusst, hätte ich ihn niemals gehen lassen.»

«Na ja», meinte Joe, der froh war, dass es wenigstens noch ein gemeinsames Thema gab. «Es hat ihn anscheinend zum Mann gemacht. Er ist ein ganz anderer Kerl geworden.»

«Ja, wirklich. Ich glaube, er wird endlich erwachsen. Er kommt aus seinem Schutzpanzer raus, hat Freunde ...» Sie wollte ihm von ihrem Gespräch mit Finn erzählen, brachte es aber irgendwie nicht fertig: Das Thema war zu schwierig, um es ausgerechnet jetzt anzuschneiden, wo sie sich ihm gegenüber so unerklärlich befangen fühlte. Außerdem wollte Finn ihm ja selbst davon erzählen. Sie hob die Hand und deutete mit einer weit ausholenden Geste auf den Horizont.

«Ist das nicht eine wunderbare Aussicht?»

«Ja. Gehen wir ins Dorf runter?» Er blieb stehen und wischte sich den Schweiß von der Stirn; wenn es im April schon so heiß war, wie mochte es dann erst im Juli sein?

«Wenn du möchtest – das ist Mézalas. Es liegt näher, als man meint, nur zehn Minuten.»

Ja, dachte er: Zehn Minuten für den Hinweg und zwanzig für den Rückweg den Berg hoch. Oder dreißig. Ich hätte was Leichteres anziehen sollen. Ihr ärmelloses Kleid wirkt so wunderbar sommerlich ... Bei diesem Klima hier kann sie eben Sachen tragen, die zu Hause nicht drin waren. Ich muss mir jedenfalls verdammt nochmal Shorts kaufen. Und Sandalen.

Langsam schlenderten sie nach Mézalas hinunter, das in

der Hitze flimmerte und gerade aus seiner nachmittäglichen Siesta erwachte. Joe, der in der Mitte des Dorfplatzes einen plätschernden Brunnen entdeckte, von Bäumen beschattet, ließ sich auf dem kühlen, bemoosten Brunnenrand nieder.

«Puh. Heiß und staubig ist es hier, oder?»

«Na ja, wohl schon – aber ist es nicht auch wunderschön? Hier ist die Bäckerei, wo sie geradezu paradiesischen Kuchen verkaufen, dort ist der Friseur, wo ich mich zum Narren gemacht habe, jeden Samstagvormittag findet auf diesem Platz hier ein Markt statt … und wir könnten im Café etwas Kühles trinken, wenn du möchtest.»

Er folgte ihr dankbar, wählte einen Tisch unter einem großen, weißen Sonnenschirm und ließ sich in einen Korbstuhl sinken, obwohl er befürchtete, dass man ihn wohl später mit einer Winde würde raushieven müssen. Seine Füße pochten in den heißen Socken und Lederschuhen. Selbst wenn ihm jetzt etwas einfallen würde, hätte er nicht mehr genug Energie, um irgendwas zu sagen. Als der Kellner kam, bestellte er mit Gesten eisgekühltes Wasser, so begierig, dass sie lächeln musste.

«Du hast also wirklich das Bier drangegeben?»

Er dachte darüber nach. «Nein, nicht das Bier an sich. Aber ich gehe nicht mehr mit Dave Doherty in den Pub.»

Sie legte die Arme mit gefalteten Händen auf den Tisch und sah ihn neugierig an. «Warum denn nicht?»

«Weil … weil es schlecht für meine Gesundheit war. Hat deine Mutter gesagt.» Er fügte nicht hinzu, dass Tessie seine körperliche Gesundheit gemeint, er sich aber allmählich um seine seelische Gesundheit Sorgen gemacht hatte. Redete denn inzwischen wirklich jeder in diesem Pub über die schwierige Phase, die seine Ehe durchmachte?

«Na, also deinem Aussehen hat das gut getan.»

«Wirklich?»

«Ja, und wie. Ich musste zweimal hinschauen, bis ich dich erkannt habe.»

Ich auch bei dir. «Was ist mit dem Schnauzbart? Ich kann ihn wieder wachsen lassen, wenn du denkst …»

«Nein. Nur nicht. Ohne wirkst du viel jünger.»

«Okay. Wenn du meinst.»

Die Getränke kamen, und Aileen, die eine Gesprächslücke fürchtete, erzählte ihm alles, was inzwischen passiert war, berichtete von all den Kleinigkeiten ihres Alltagslebens, den unendlich vielen Details, über die er Bescheid wissen musste. Obwohl es nur wenige Monate waren, hatte er eine Menge versäumt. Er nippte an seinem eiskalten Evian, hörte schweigend und immer mal wieder nickend zu und hätte sie doch am liebsten mit der einzigen Frage unterbrochen, auf die er wirklich eine Antwort wollte:

Was war das für eine Sache mit diesem Léo, der so schnell verduftet ist, als ich kam?

«… der Klempner hat also das Leck repariert, Finn hat eine neue Scheibe eingesetzt, und … Shona hat gekündigt … Le Mas bekommt drei Sterne …»

Du siehst wunderschön aus. Weißt du das, Aileen Hegarty? Du siehst wunderschön aus, wie du da sitzt und erzählst, mit diesen neuen Sommersprossen auf der Nase, und dann die Sonne, die sich in deinem Armband spiegelt …, sind deine Augen eigentlich dunkler geworden, oder kommt mir das nur so vor?

«… habe schrecklich viel ausgegeben, aber da war nichts zu machen, es waren so viele …»

Was? Warum klingst du denn so entschuldigend? Du musst dich für gar nichts entschuldigen, soweit ich weiß. Ich wünschte, ich wäre stark genug, dich diesen Berg hoch nach Hause zu tragen, und … Ich wünschte, wir könnten über uns reden. Warum können wir denn niemals über uns reden?

«Am besten gehen wir langsam mal heim, Mam wird sich schon wundern ...»

Sein Glas war leer, aber irgendwie konnte er sich nicht vom Fleck rühren. Er kam sich vor wie in diese frühe Abendstunde hineingraviert, ein Teil der Straßendekoration. Hätte jemand ihm gesagt, er solle für den Rest seines Lebens an Ort und Stelle sitzen bleiben, tja ... also dann, einverstanden.

«Joe? Alles in Ordnung mit dir?»

Irgendwie stemmte er sich hoch und nickte ihr lässig zu. «Ja. Bestens. Danke.»

«Soll ich ein paar Tomaten besorgen, für ein bisschen Salat zum Abendessen?»

Ich weiß nicht! Mir egal! Ich will nur eines, nämlich dich!

«Na ja, ich kaufe jedenfalls ein paar. Falls irgendjemand Hunger hat.»

Und so stand er auf dem Bürgersteig herum, sah zu, wie sie beim Lebensmittelhändler Tomaten aussuchte, und hätte vor Enttäuschung beinahe laut gebrüllt. *Ich muss endlich was sagen. Muss was tun, bevor ich noch explodiere. Ich bin doch nicht tausend Meilen bis hierher gereist, um mich über Tomaten zu unterhalten.*

Ihm einen ziemlich eigenartigen Blick zuwerfend, reichte sie ihm die Tüte mit den Tomaten und marschierte eilig los, oder zumindest mit einem Schritt, der seiner Meinung nach bei diesem Wetter und angesichts dieses höllisch steilen Bergs viel zu schnell war. Schon bald blieb er keuchend hinter ihr zurück. Er hatte zwar fünf Kilo abgenommen, aber offensichtlich war das nicht genug. Warum lief sie denn nur so schnell, als wollte sie gar nicht, dass er sie einholte und neben ihr herging?

«Aileen», keuchte er schließlich, als sie schon ein paar hundert Meter bergauf gegangen waren und die Ebene sich unter ihnen ausbreitete. «Stopp. Bleib doch um Himmels willen mal einen Moment lang stehen.»

Sie schaute über die Schulter zurück und schob die Sonnenbrille hoch, um ihm forschend ins Gesicht zu sehen. «Warum denn? Was ist denn los?»

«Nichts.» Er holte sie schnaufend ein und stand dann tief Luft holend neben ihr. Dann aber streckte er die Hand nach ihr aus und wagte den Schritt ins Ungewisse.

«Ich wollte einfach nur deine Hand nehmen, das ist alles.»

Mit diesen Worten griff er zu und verblüffte sie nicht nur mit der Geste, sondern auch mit dem heftigen Druck. Lieber Himmel. Bekam er gleich einen Herzanfall oder was? Er war puterrot im Gesicht. Geduldig wartete sie ab, bis sein Atem ruhiger wurde, und dann gingen sie schweigend weiter, Seite an Seite.

Das war neu. Es war schön. Es hätte sogar ein bisschen romantisch sein können, in Erinnerung daran, wie sie vor langer Zeit als Teenager miteinander gegangen waren, wäre ihr nicht plötzlich eine ernüchternde Realität zu Bewusstsein gekommen: O Gott, er schnauft so schrecklich, er wird doch hoffentlich heute Nacht nicht schnarchen.

Joe schnarchte nicht. Aber er hielt Aileen trotzdem wach. Oder war das ein anderer Mann, der sein Jackett abwarf, als sie zu Hause ankamen, und sie ansah, als hätte er sie noch nie zu Gesicht bekommen? Ein Mann, den sie gar nicht kannte – oder längst vergessen hatte –, der einen Schritt auf sie zutrat, die Augen schloss, die Fäuste ballte, sie erneut ansah und dann ohne Vorwarnung umarmte und hochhob? Als er sie die Treppe hinauftrug, fühlte sie sich wie bei einer Entführung, und sie hätte vielleicht um Hilfe gerufen, hätte ihr Gehirn das noch hergegeben, wären ihre Glieder nicht plötzlich watteweich gewesen und ihr Mund nicht nur noch stumm auf- und zugeklappt. Das musste die Hitze sein, dachte sie, es ist einfach die Hitze. Die hat Rührei aus seinem Verstand gemacht *und … guter Gott, ist das denn die Möglichkeit?*

Doch in der Nacht ging es sogar noch heißer zu. Brodelnd. Glühend.

Als Tessie mitten in der Nacht völlig verschlafen von ihrem ‹Nickerchen› erwachte und auf der Suche nach einem Glas Wasser nach unten tappte, stieß sie zu ihrer Verwirrung auf ein Chaos von Tomaten, die wild verstreut in der Diele lagen.

«Frag einfach nicht, Gran», meinte Finn, als sie ihn am nächsten Morgen darauf ansprach. «Stell ihnen einfach keine Fragen, dann erzählen sie dir auch keine Lügen.»

Er blinzelte ihr liebenswürdig zu, während sie verdattert zurückschaute: Was sollte denn das bedeuten? Seit wann konnten Tomaten denn lügen? Frankreich hatte Finn anscheinend den Verstand geraubt.

Als Shona später an diesem strahlenden Vormittag von ihrer *gîte* zum Haupthaus ging, blieb sie stehen, um den Anblick auch richtig genießen zu können. Joe hatte sich draußen auf der Terrasse auf einem Liegestuhl ausgestreckt, einen Kaffee in der Hand, und wirkte nach der gestrigen Reise bemerkenswert erholt. Neben ihm saß Aileen am Tisch, den Kaffee unangetastet vor sich und ein verträumtes Lächeln im Gesicht.

Aha. Oho. Das könnte genau der richtige Moment sein. Nutz ihn aus, Shona.

Sie kam zur Terrasse und winkte fröhlich. *«Bonjour!»*

Aileen wedelte müde mit ein paar Fingern. «Hi … wie geht's?»

«Bestens, danke.» Dir brauche ich diese Frage ja wohl nicht zu stellen, oder? Ich sehe genau, wie es dir geht, Mrs. Hegarty, an diesem wunderschönen Vormittag.

«Hier ist Saft, wenn du möchtest ..., und ich glaube, Mam macht gerade Rührei ...»

Shona unterdrückte ein Lächeln. Oh, nein danke, ich esse einfach dasselbe wie ihr ..., das heißt, würde ich, wenn ihr etwas essen würdet. Joe Hegarty, hm? Also, wer hätte das gedacht. Aileen, du siehst aus wie eine Frau, der heute Nacht Hören und Sehen vergangen ist.

Shona setzte sich hin, nickte Joe zu, und Joe nickte zurück – ganz schön selbstgefällig, hm? Ich verstehe. Und ich dachte doch glatt, es könnte ganz anders ausgehen.

Sie schenkte sich träge Saft ein und zögerte, die Stimmung zu stören, die süß wie Sirup in der Luft hing. Aber der Moment konnte nicht günstiger sein.

«Aileen, ich hab mir was überlegt.»

«Hmm?»

Sie hörte gar nicht richtig hin, wie Shona erkannte. Heute Vormittag könnte ich sie darum bitten, mir eine Million zu leihen, und sie würde einfach sagen, ja klar, kein Problem ... «Also, die Sache ist die, da deine Schwester und ihre Familie nicht kommen können ... was hältst du davon, wenn ich stattdessen ein paar andere Leute einlade?»

Aileen trank einen Schluck Kaffee und blickte auf. «Wen denn?»

«Meine Eltern. Und meine Freundinnen Crys und Emily – du kennst beide, oder? Ich würde Crys vor der Geburt ihres Kindes liebend gern einen kleinen Urlaub ermöglichen, und Emily ist ungefähr im gleichen Alter wie deine Mutter, die beiden würden sich bestimmt prima verstehen.»

Aileen dachte überhaupt nicht darüber nach. «Ja, bestimmt. Gute Idee. Lad sie alle ein. Schließlich gehört Le Mas ja dir!»

«Stimmt. Aber du führst das Haus. Ich möchte mich da nicht aufdrängen …»

«Ach, Quatsch. Das macht doch gar keine Arbeit. Ruf sie am besten gleich heute Vormittag an.»

«Das mache ich, wenn es dir wirklich recht ist.» Froh über Aileens vorbehaltlose Zustimmung, trank Shona ihren Saft und prostete dann Joe zu, der gerade wieder zum Tisch geschlendert kam. «*Bonjour*, Joe! Na, wie gefällt Frankreich dir bis jetzt, gut?»

Er wollte gerade bejahen, da begegnete Shona Aileens Blick, und plötzlich krümmten die beiden sich vor Lachen, prusteten und kicherten ohne jede Erklärung auf diese entnervend alberne Art los, die Frauen so an sich hatten.

Oho, dachte er und warf ihnen einen finsteren Blick zu, hoppla. Sehr komisch, meine Damen, amüsiert euch nur gut auf meine Kosten. Ich scher mich da nämlich keinen Deut drum. Ich hab wenigstens heute Morgen meine Frau hier, komplett mit Leib und Seele, und das kann man von dir und deinem verflossenen Freund ja nun nicht gerade sagen, Miss Shona Fitzpatrick.

Er schenkte sich heißen Kaffee nach, grinste Shona an, beugte sich zu einem demonstrativen Kuss über Aileen, und schon war er wieder in seinem Liegestuhl.

Noch lange nach Shonas Aufbruch saß Aileen einfach so da, die Kaffeetasse geistesabwesend in der Hand, und blickte auf das Tal hinunter. Diese Hitze war einfach lähmend …, aber gestern Nacht hatte die Hitze Joe Hegarty nicht im Geringsten gelähmt. Ganz im Gegenteil.

Wie lange ist das nun schon her, dachte sie. Ich kann

mich wirklich nicht mehr daran erinnern, wann wir uns zum letzten Mal so heftig geliebt haben. Es ist schon so lange her, dass ich gar nicht mehr wusste, dass so was überhaupt möglich ist, und diesen ganzen Vorrat an Leidenschaft, der wie eine Oase auf mich wartete, völlig vergessen hatte. Solche Nächte hatten wir früher oft, damals vor langer Zeit, als wir gerade frisch verheiratet waren … wohin sind die nur verschwunden, wie sind sie uns verloren gegangen?

Als wir erwachsen wurden, nehme ich an. Als wir zuverlässige, vernünftige Erwachsene wurden, die ihre Arbeit taten, Verantwortung und Pflichten übernahmen und mit ihrer knappen Zeit jonglierten. Wir mussten ein Kind erziehen – einige Zeit zwei –, Joe hatte seine Arbeit und ich meine Pension. Man kann eben nicht ständig nachts im Bett eine tolle Nummer abziehen, wenn man um sechs Uhr morgens aufstehen muss, um den Pensionsgästen das Frühstück zu richten. Wie sehr es einen außerdem hemmt, wenn Fremde im selben Haus schlafen und einen ständig zur Rücksichtnahme zwingen, ist mir wahrscheinlich niemals klar geworden. Aber hier ist das kein Problem, hier sind die Wände gut einen halben Meter dick … nicht, dass wir uns letzte Nacht um so was überhaupt Gedanken gemacht hätten! Nach der verkorksten Ankunft haben wir jedenfalls die verlorene Zeit mehr als wettgemacht.

Was ist nur in Joe gefahren? Es lag nicht nur daran, dass er mich ein paar Monate lang nicht gesehen hat. Es hatte … es hatte etwas mit Léo zu tun. Die Situation hätte nicht unschuldiger sein können, und doch hat Joe fast so reagiert, als verdächtigte er uns, eine Affäre zu haben oder es zumindest darauf anzulegen. Dann muss es wohl stimmen, dass alle irischen Männer grundsätzlich eifersüchtig auf Franzosen sind. Na ja … wenn ihn das dermaßen scharf macht, sollte ich Léo vielleicht öfter mal einladen! Plötzlich tut sich wieder was beim Sex, und es wäre wunderbar, wenn es so bleibt. Ob das überhaupt möglich ist? Oder ist es bald wieder vorbei damit, und Joe dreht sich auf die Seite und schnarcht los wie früher immer? Gestern Nacht hat er nicht geschnarcht – nicht, dass er viel Schlaf bekommen hätte. Ob das was damit zu tun hat, dass er abgenommen hat? So muss es wohl sein.

Oh, halleluja! Kein Pub mehr, kein Dave Doherty, Schluss mit den Strömen von Bier, und mit dem Schnarchen ist es auch vorbei?! Ich dachte, es würde Jahrhunderte dauern, ihn von diesen ganzen schlechten Gewohnheiten abzubringen, und jetzt kommt er und hat schon von allein damit aufgehört – und zwar freiwillig. Ich weiß nicht, was Mam mit ihm angestellt hat, aber anscheinend hat es Wunder gewirkt. Also, wenn ich ihn jetzt nur noch dazu bringen kann, sich hier einzuleben und irgendwie an Frankreich und der französischen Lebensart Gefallen zu finden … tja. Das wird nochmal ein ordentliches Stück Arbeit werden. Ich selbst fühle mich hier ehrlich gesagt auch noch nicht sonderlich integriert, wahrhaftig nicht. Aber jetzt, wo Joe da ist, können wir die Sache ja vielleicht gemeinsam anpacken. Und auch an unserer Ehe arbeiten, denn sonst hat er hier ja nichts zu tun. Er hat Zeit, mir zu helfen, wir sehen mehr voneinander … Vielleicht war unsere Ehe nicht kaputt, aber bestimmt ganz schön ramponiert. Und jetzt, wer weiß? Vielleicht ist es noch nicht zu spät, vielleicht können wir mit unserer Beziehung nochmal neu anfangen und die Bruchstellen so gut kitten, dass man nicht einmal mehr die Risse sieht? Eines Tages bekomme ich ihn vielleicht sogar so weit, mit mir über Hazel zu reden, darüber, was er eigentlich wirklich denkt und empfindet. Ich habe es bei Finn geschafft, und es hat ihm enorm gut getan, da lohnt sich der Versuch auch bei Joe.

Warum haben wir eigentlich so gut wie nie über Hazel gesprochen? Weil er denkt, das Thema könnte mich aus der Fassung bringen? Weil er immer noch der ‹Beschützer› ist, der als echter Mann seine Familie durch eine Krise steuert, die vor sechzehn Jahren passiert ist? Er ist ein lieber Kerl, und ich weiß, dass er es immer gut meint, aber er hat so viel in sich reingefressen. Er hat nicht kapiert, dass man irgendwann loslassen muss … Loslassen und weitergehen, wenn man kann.

Am liebsten würde ich einfach den ganzen Tag hier sitzen und vor mich hinträumen, während Joe da liegt und Schlaf nachholt, aber allmählich kriegt er einen Sonnenbrand. Außerdem würde ich ihm gerne ein bisschen was vom Languedoc zeigen und einen Tag ganz allein mit ihm verbringen, bevor Shonas Besuch hier eintrudelt. Ob es Mam wohl etwas ausmachen würde, heute mit Shona hier zu bleiben? Am besten frage ich sie mal.

«Mam! Was machst du eigentlich – schlägst du noch immer Eier?»

Auf dem Weg in die Küche erkannte Aileen kaum etwas, da ihre Augen sich nach dem grellen Sonnenlicht nicht so schnell umstellen konnten.

Tessie schaute verärgert drein. «Ich versuche es, aber sie werden nicht richtig, irgendwas stimmt mit der Milch nicht.»

«Ach ja. Die ist anders als zu Hause, Mam. Es ist H-Milch – irgendwie künstlich haltbar gemacht.»

«Na ja, ich mag sie nicht.» Tessie blickte finster drein, als wäre sie dabei, ihr Herz gegen Frankreich zu verhärten, oder zumindest gegen den Milchmann. Aileen lächelte. «Mam, es ist sehr warm heute, da hatte ich mich gefragt, ob du vielleicht …»

«Ich bleibe hier. Im Haus, wo es kühler ist. Draußen ist es

mir viel zu heiß. Du hast das Haus so schön eingerichtet, da kann ich es mir mit einem Buch oder ein paar Zeitschriften wunderbar gemütlich machen.»

«Es macht dir nichts aus, wenn … wenn ich eine Weile mit Joe weg bin? Ich kann uns ein Picknick machen und dir einen Teil davon als Mittagessen dalassen. Shona ist hier, falls du gerne Gesellschaft hättest …»

«Ich komme bestens zurecht. Fahr du nur mit Joe weg, schließlich ist er dein Mann, und ihr habt euch lange nicht mehr gesehen.»

Sie schien das völlig selbstverständlich zu finden. Plötzlich fiel Aileen die Porzellanschale auf dem Tisch auf, in der ganz ordentlich die Tomaten lagen, die … Oh.

Ähm. Oh. Danke, Mam. Du bist wirklich sehr … Wie bitte? Was hast du gesagt?

«Mam, hast du eigentlich alles verstanden, was ich gerade gesagt habe?»

Tessie sah sie an und antwortete trocken: «Ja, Liebling. Habe ich. Ich hab mir ein neues Hörgerät geleistet. Das wirkt Wunder.»

Joe und Aileen fuhren ins Fischerdorf Collioure, wo der Tag eine für beide überraschende Wende nahm. Joe bestand darauf, selbst zu fahren, und meisterte nicht nur die französische Autobahn, sondern erklärte auch noch, sie sei ‹Klasse›, und angesichts der Gluthitze meinte er nur, besser braten als frieren, denn das habe er den ganzen Winter über in Irland getan. Als sie in Collioure geparkt hatten, ergriff er Aileens Hand, drückte sie begeistert und überraschte sie dann noch zusätzlich durch den Kauf eines Reiseführers.

«Na ja, besser wenn ich mal nachschaue, wo wir eigentlich sind, oder?»

Also setzten sie sich an den Strand und lasen den Führer,

wobei sie erfuhren, dass das hübsche kleine Collioure im Laufe der Jahre immer wieder ein Lieblingsort der Maler gewesen war, darunter Matisse und «so eine Hand voll Typen, die sich Fauves nannten, wie es hier heißt. Was zum Teufel sind eigentlich Fauves?»

Aileen wusste es nicht, sah Joes Interesse aber mit Vergnügen und freute sich, dass er ganz entspannt war, mit der leicht besitzergreifenden Ausstrahlung eines Mannes, der gerade seine Frau zurückerobert hat. Er dachte gar nicht daran, Frankreich zu kritisieren oder sich irgendwie gegen das Land zu sperren, sondern schien sich nur zu gern unter die anderen Touristen zu mischen und die Gegend nach Lust und Laune zu erkunden.

«Ein hübsches kleines Örtchen, nicht wahr?»

Aileen hatte plötzlich ein ganz merkwürdiges *Déjà-vu*-Gefühl, nämlich dass sie vor vielen Jahren einmal mit demselben Mann in den Flitterwochen gewesen war und in der Sonne seine Hand gehalten hatte. «Mhm … komm, holen wir uns ein Eis. Johannisbeere, Honig … oh, Lavendel, sollen wir nicht das mal versuchen?»

Joe probierte bereitwillig und nickte. «Hm … ungewöhnlich. Aber nicht schlecht. Die Franzosen sollen ja die eigenartigsten Dinge essen.» Doch das sagte er mit einem Lächeln, als gönne er dem Land diese Kapriolen. Als sie dann das schmelzende Eis schleckte, sah er sie freimütig an.

«Und … gefällt es dir hier, Aileen? Frankreich, meine ich? Du hast dich so nach hier gesehnt … Bist du jetzt glücklich?»

Sie wusste, was er meinte. So eine Frage hätte er ihr am Telefon unmöglich stellen können. Sie hatten diesen gemeinsamen Tag dringend gebraucht. Sie sah in seinen Augen, wie sehr er wünschte, dass sie glücklich war. Sie sah, dass er sich vielleicht Sorgen um sie gemacht hatte, dass ihm unausgesprochene Gedanken durch den Kopf gegangen waren, die Art von Gedanken, die so viele Männer wie Joe Hegarty bedrückten.

«Ja … ich bin glücklich, jetzt wo du hier bist, mit Mam, und Shona will anscheinend auch bleiben. Du hast mir gefehlt … Ein-, zweimal habe ich mich sogar gefragt, ob du … ob du wirklich kommen würdest, oder ob du zum Schluss vielleicht doch deinen Arbeitsplatz und deine Kumpels in Galway vorziehst.»

Was? Was brachte sie nur dazu, so was zu sagen, wo kam denn dieser plötzliche Mut her? Überraschenderweise widersprach er ihr nicht und wich ihr auch nicht aus, sondern fand die Frage, die sie da stellte, anscheinend ganz normal. Er senkte den Kopf und gab damit schweigend zu, dass seit Monaten, wenn nicht länger, etwas zwischen ihnen geschwelt hatte: Die unausgesprochene Angst, dass ihre Ehe vielleicht in Gefahr schwebte, dass sie zwar nicht zerbrechen, sich aber vielleicht einfach totlaufen würde. Das war lange Zeit das große Problem gewesen: Dass man einfach nicht den Finger auf die Wunde legen konnte. Wenn man einen wilden Streit hatte, wusste man wenigstens, wo man stand. Doch die Hegartys hatten schon seit Jahren keinen wilden Streit mehr gehabt, und auch sonst nichts Wildes mehr. Bis zur vergangenen Nacht.

«Ja. Na ja. Ich habe ein bisschen darüber nachgedacht. Über dich und mich und Finn und … Also, ich will es lieber gleich zugeben, Aileen. Ich hatte mich tatsächlich gefragt, wohin es eigentlich ging mit uns, warum du unbedingt wegwolltest … Und da dachte ich, vielleicht bin ja ich derjenige, vor dem du weglaufen willst.»

In seiner Stimme lag etwas Unsicheres, etwas fast Demütiges, und das rüttelte etwas in ihr auf. Hatte er das wirklich befürchtet? Dass der Umzug nach Frankreich ihre Art war, ihn zu verlassen? Hatte er deswegen so lange gezögert, ihr zu folgen, es so lange aufgeschoben? Als sie ihm forschend ins Gesicht sah, wusste sie plötzlich, dass sie Recht hatte. Er hatte geglaubt, sie hätte ihn verlassen. Ohne auch nur den Mut zu finden, es ihm zu sagen.

«Ach, Joe …» Sie streckte die Hand aus und berührte sein Gesicht. «Ich glaube … ich glaube, wir müssen uns von jetzt an viel mehr Mühe geben. Wir haben uns aus den Augen verloren, haben einfach alles treiben lassen … Das ist wohl gemeint, wenn man sagt, dass ein Paar sich auseinander gelebt hat. Also, wenn das so ist, wenn wir uns auseinander gelebt haben, dann … na ja, dann waren wir das gemeinsam. Zur Hälfte muss es meine Schuld sein.»

Er wandte das Gesicht ab, steckte die Hände in die Hosentaschen und blickte übers Meer hinaus auf den tiefblauen Horizont. Er dachte nach.

«Was meinst du damit? Du hast doch gar nichts gemacht.»

«Nein. Und das ist ja vielleicht gerade das Problem. Vielleicht war ich zu beschäftigt, habe mir Sorgen um Finn gemacht, um Geld und alles und jedes, nur nicht um dich. Habe dich nicht genug beachtet, nicht richtig hingeschaut … du warst nicht glücklich, oder?»

«Ich … ich war nicht glücklich darüber, dass du nicht glücklich warst. Ich dachte, vielleicht ist es einfach nur … ähm … dieses ganz bestimmte Alter. Oder das Kind, dessen Tod du nie überwunden hast.»

Hazel?! Joe redete über *Hazel*? Praktisch zum ersten Mal seit ihrem Tod hatte er sie freiwillig erwähnt? Und jetzt hatte sie Mühe damit, ihm auf halbem Wege entgegenzukommen und das Thema aufzugreifen? Unwillkürlich führte sie die Hand zur Kehle.

«Wie kommst du darauf, Joe? Ich dachte, ich hätte die Sache – recht gut überwunden.»

«Allerdings. Zu gut. Ich wusste, da konnte was nicht stimmen, so wie du dieses Kind einfach in deinem Kopf weggepackt hast, als wäre es nie auf der Welt gewesen. Aber da du nun mal auf diese Weise damit umgehen wolltest, dachte ich, am besten spiele ich mit und lasse dich einfach in Ruhe.»

Völlig durcheinander sah sie ihn an und bemerkte plötzlich alles Mögliche, was ihr nie zuvor aufgefallen war. Plötzlich gab es massenhaft Dinge, über die sie sprechen müssten, erst aus seinem Blickwinkel und dann aus ihrem und schließlich aus ihrer gemeinsamen Sicht. Großes und Kleines, das in seiner Summe ihre Ehe ausmachte und entschied, in welche Richtung ihre Beziehung von nun an steuern würde. Erst jetzt, wo sie allein miteinander in diesem fremden Land waren, in einem völlig neuen Kontext, und sich unerwarteterweise tatsächlich offen austauschen konnten, ging ihr auf, wie nah sie der Katastrophe schon gekommen waren. Vor ihrem inneren Auge tauchte das römische Viadukt auf, und ihr Schwindelgefühl war stärker denn je.

Gestern hatte er nach ihrer Hand gegriffen. Jetzt nahm sie seine, berührte seine warme, schwielige Haut und schob die beiden Hände in seine Hosentasche. «Joe, es tut mir Leid. Wenn du nicht geredet hast, lag das vielleicht daran, dass ich nicht gefragt habe. Plötzlich gibt es hundert Fragen, die ich dir gerne stellen würde.»

Einen Moment lang zögerte er, dann drehte er sich langsam um und sah ihr vollkommen offen in die Augen. «Also, ich möchte dir eigentlich nur eine einzige Frage stellen.»

«Welche?» Sie hörte sich selbst krächzen.

«Liebst du mich noch?»

Ihre Antwort kam nicht automatisch. Sie stürzte sich nicht mit der Versicherung auf ihn, dass sie ihn selbstverständlich noch liebe. Vielmehr stand sie still da, wohl wissend, wie viel es ihn gekostet hatte, diese Frage zu stellen, die ihn so verwundbar machte. Sie nahm sich die Zeit, die sie brauchte, ließ ihn damit wissen, dass sie darüber nachdenken musste, und wägte ihre Antwort sehr sorgfältig ab. Seine Ehrlichkeit und sein Mut verdienten Respekt; und ihre Antwort würde sie beide unwiderruflich binden.

«Ja», flüsterte sie schließlich. «Ich liebe dich, Joe. Genug, um weitermachen zu wollen, um an unserer Ehe arbeiten zu wollen – wenn du das auch willst.»

Er antwortete nicht. Er stand einfach neben ihr und nahm ihre Worte und die Aussicht in sich auf. Dann zog er ihre Hand aus seiner Tasche, verflocht seine Finger mit ihren und zog seine Frau fest an sich, den Blick noch immer aufs Meer gerichtet.

«Es ist schön hier, Aileen. Ich glaube, es wird mir hier gefallen.»

Sie legte ihm den Arm um die Taille, nickte und lehnte sich an seine Brust.

An diesem Nachmittag in Collioure sprachen sie nicht mehr über das Thema, doch bei der Heimfahrt war ihnen klar, dass sie noch viel miteinander würden reden müssen. Heute Abend, morgen, nächste Woche oder nächsten Monat – früher oder später würden sie darüber reden. Und sich Schritt um Schritt und Wort um Wort von dem gefährlichen, Schwindel erregenden Abgrund zurückarbeiten, an dessen Rand sie gestanden hatten. Sie wussten beide nicht, wie sie überhaupt dorthin geraten waren, und ebenso wenig, wer von ihnen dem anderen das rettende Seil zugeworfen hatte. Sie wussten nur, dass sie sich beide daran festklammerten. Auf der Rückfahrt saß Aileen einfach da, die Hand leicht auf sein Bein gelegt, und er behielt die Straße im Auge.

Shona unterbrach ihre verträumte Stimmung, als sie ihnen gut gelaunt aus dem Haus entgegenkam. «Also, ich hab alle in Irland angerufen! Meine Eltern können nicht kommen, weil ihre eigene Saison gerade anfängt – die Boutique und die Boote –, aber Crys und Emily fliegen Dienstag.»

«Wunderbar», antwortete Aileen mit einem abwesenden Lächeln und fragte sich, wie lange sie und Joe wohl anstandshalber beim Abendessen *en famille* durchhalten mussten, bevor sie sich vom Rest abkoppeln und zusammen ins Bett gehen konnten, wo sie schon dafür sorgen würde, dass ihrem Mann keine Zweifel mehr an ihren Gefühlen für ihn blieben.

Ich wusste das nicht, dachte sie. Ich wusste nicht, dass er so sehr gelitten hat. Und ich *selber* auch?

Wie gut, dass Crys und Emily kommen, überlegte Shona bei ihrer erneuten Fahrt zum Flughafen, diesem Fixpunkt im Leben der ‹Exilanten›. Ich habe keine Ahnung, was eigentlich genau bei den Hegartys abläuft, aber auf jeden Fall bin ich dabei außen vor. Im Moment bauen sie Wagenburgen wie die amerikanischen Pioniere, hocken ganz dicht beieinander, damit nur ja keiner an sie herankommt. Ich möchte ja nicht nachfragen, aber es sieht aus wie so eine Art Umgruppierung … Selbst Tessie scheint im Moment ein bisschen am Rand zu stehen. Aber mit ein bisschen Glück freundet sie sich ja mit Emily an.

Was mich anbelangt – tja, sieht so aus, als steckte ich wirklich in der Klemme. Ich kann ja nicht ewig hier rumtrödeln, irgendeine Entscheidung muss ich jetzt bald treffen. Aber erst will ich mich mal ausführlich mit Crys unterhalten und herausfinden, wie es inzwischen mit Gavin läuft. Komisch … Gavin fand ich immer so phantastisch, und Joe habe ich für einen schrecklichen Langweiler gehalten, aber wenn mich jetzt einer fragt, wen von den beiden ich heiraten möchte, bin ich mir meiner Wahl nicht mehr so sicher! Also, darum geht es natürlich nicht. Aber Joe scheint sich irgendwie zu öffnen, während Gavin … na ja, ich schätze, das wird Crys mir alles erzählen, wenn sie erst mal da ist. Ich meine, an Gavin ist eigentlich überhaupt nichts auszusetzen, nur … also, mir war einfach nicht klar, dass er so anspruchsvoll ist, dass man ihn ständig bei Laune halten muss. Also, ich könnte niemals so nach jemandes Pfeife tanzen wie Crys. Ein paar Tage mit Gavin, und wir wären geschieden, und grün und blau geprügelt hätten wir uns wahrscheinlich auch noch.

Was aber im Moment wichtiger ist, von was um Himmels willen will ich eigentlich leben? Ich möchte Aileen nicht beunruhigen – wobei sie allerdings nicht so aussieht, als könnte sie derzeit überhaupt irgendwas beunruhigen –, aber ich kann unmöglich den ganzen Sommer durchstehen, bis Le Mas irgendwie Gewinn abwirft. Was ja noch nicht einmal sicher ist. Ich bin arbeitslos, ich verdiene nichts, und ich muss da nochmal sehr gründlich drüber nachdenken.

Ob Crys vielleicht irgendeine Idee hat? Ach Gott, wie ich mich darauf freue, sie zu sehen!

Doch es vergingen mehrere Tage, bevor Shona Gelegenheit fand, sich unter vier Augen mit ihrer Freundin zu unterhalten. Plötzlich wimmelte es im Mas geradezu von Leuten. Sieben Personen, die sich eingewöhnten, untereinander mischten, kennen lernten und Gespräche begannen, die ständig unterbrochen wurden. Zum ersten Mal bekamen Shona und Aileen einen Vorgeschmack, wie es sein würde, wenn in der Pension Hochbetrieb herrschte und es nur so von Leben summte, wenn hier lauter Gäste sein würden, die ständig Aufmerksamkeit verlangten. Natürlich waren alle rücksichtsvoll und halfen mit, aber dennoch war ständig Essen zu kochen, Wäsche zu waschen, ein Einkauf zu erledigen oder eine Fahrt zu organisieren. Natürlich wollten alle die Gegend kennen lernen, was viele Ausflüge und Besichtigungstouren bedeutete, und alle hatten einen unterschiedlichen Rhythmus: Finn arbeitete, Joe arbeitete nicht, Emily wollte bei ihrem Besuch so viel wie möglich sehen, die schwangere Crys dagegen ruhte sich lieber im Schatten aus und brauchte viel Schlaf. Mit einer Art heiterer Gelassenheit machte Tessie sich daran, den Gemüsegarten neu zu bepflanzen, und Aileen sah mit liebevoller Belustigung zu, wie ihre Mutter mit einem Schäufelchen auf dem Boden hockte, einen verbeulten Sonnenhut schief auf dem Kopf, und sich auf ihre eigene Art und in ihrem eigenen Tempo ins französische Landleben vergrub.

Außerdem kam immer wieder Besuch. Raoul Lascaux schaute vorbei, Finn brachte zwei Arbeitskollegen zum Abendessen mit, Aude Villandry traf unerwartet ein und fragte, ob irgendjemand das Schultertuch gefunden habe, das ihr beim letzten Besuch abhanden gekommen sei. Keiner hatte es gesehen, aber da gerade alle beim Essen auf der Terrasse saßen, lud Aileen sie höflich ein, und Aude nahm an, wobei sie immer wieder einen Blick zu Finn hinüberschoss, der sich am anderen Tischende mit seinen neuen Freunden unterhielt.

Ach Aude, dachte Aileen, lass das doch! Okay, er sieht ein bisschen komisch aus, aber er ist nicht komisch, er ist mein Sohn, und unter diesen schäbigen Klamotten ist er ein richtig netter Kerl. Und ich verstehe gar nicht, warum du selber dich bei dieser Hitze so herausgeputzt hast, mit Jackett, Rock, Strumpfhosen und einer gestreiften Krawatte. In einem leichten Baumwollkleid und Sandalen würdest du viel hübscher aussehen – aber jedenfalls, mein Sohn ist nicht irgend so ein Spinner, und wenn du nicht bald aufhörst, ihn so anzustarren, sage oder tue ich noch was, was uns beiden hinterher Leid tut.

«Hübsche Kleine», bemerkte Joe, der sein Brot gerade mit Brie belegte; irgendwie schmeckte französischer Käse in Frankreich besser als in Irland. «Wer ist sie denn?»

«Sie ist mein Kreuz», meinte Aileen seufzend. «Sie kommt vom Fremdenverkehrsbüro, und ich muss nett zu ihr sein. Aber ich kann es nicht ausstehen, wie sie Finn immer anstarrt, als käme er direkt aus der Gosse.»

Nachdenklich betrachtete Joe seinen Sohn. «Na ja, Pierce Brosnan ist er ja nicht gerade, oder?»

Nein. Er ließ sich gerade das Haar wachsen, eine sprießende Mischung aus sandblonden Büscheln und Irokesenschnitt-Lila, und dazu trug er auch noch ein zerrissenes T-Shirt, Armeehosen und schrecklich aggressive Springerstiefel mit Stahlkappen. Nicht gerade eine Augenweide. Aber als Aileen sah, wie er sich gestikulierend und lachend mit seinen neuen Freunden unterhielt, ganz entspannt, wie er sich so bereitwillig in diesem neuen Land einlebte, das er vielleicht tatsächlich ganz gern mochte, wurde ihr warm ums Herz. Sein Französisch entwickelte sich viel besser als ihres, und sie überlegte, wie viel leichter es vermutlich war, mit zwanzig etwas Neues zu lernen als in ihrem Alter. Auch mit den Leuten kam er viel besser zurecht: Im Gegensatz zu ihm hatte sie bis jetzt noch keine neuen Freunde.

Sie überlegte, ob das Gespräch mit Joe wohl schon stattgefunden, ob sich für Vater und Sohn die Gelegenheit für eine Unterhaltung unter vier Augen ergeben hatte. Danach fragen wollte sie nicht, weil die beiden Männer zunächst wohl genug unter sich zu klären hatten. Ob Finn ihr überhaupt etwas davon erzählen würde, wusste sie nicht, aber bei Joe hoffte sie darauf – wenn nicht sofort, dann eben, wenn der richtige Zeitpunkt gekommen war. Bisher hatte Joe nichts mehr über ihre Ehe gesagt, weder über ihre Vergangenheit noch über ihre Zukunft; es war, als fehlten ihm die Worte und stattdessen ließe er seinen Körper sprechen. Plötzlich war der Sex ihre Sprache geworden, und im Moment reichte das völlig. Einmal hatten sie sich sogar nach dem Mittagessen für ein ‹Nickerchen› davongestohlen, was zu Hause, wo er täglich zur Arbeit ging, unmöglich gewesen wäre.

Eines kann man jedenfalls zu Gunsten eines Umzugs ins Ausland sagen, dachte sie: Er bricht alte Muster auf. Er verändert die Kommunikation. Er eröffnet neue Chancen und bringt manchmal sogar alte Erinnerungen zurück.

Jetzt erinnere ich mich wieder an den Mann, den ich damals geheiratet habe. Ich erinnere mich an die Nacht, als wir Finn zeugten, an die Nacht, als wir Hazel zeugten ... Ich erinnere mich daran, wie es war, jung zu sein und so auszusehen, wie Crys jetzt aussieht, mit diesem verträumten, erwartungsvollen Lächeln im Gesicht.

An einem schönen, warmen Vormittag machte Joe mit seiner Schwiegermutter, ihrer neuen Freundin Emily O'Brien und seiner Frau einen Ausflug. Obgleich er kein Wort Französisch sprach, hatte er irgendwie von Raoul Lascaux erfahren, dass es in einem Dorf in der Nähe einen Winzer gab, der ganz ausgezeichneten Wein machte und auch direkt verkaufte, und Aileen hatte Interesse signalisiert. Sie würde einen gewissen Vorrat für ihre Pension brauchen, die dank Audes Vermittlung im Mai die ersten Kunden erwartete.

Also fuhren sie los. Shona fand Joe in Shorts ein bisschen komisch, weil seine Beine so kalkweiß waren. Aber sein Gesicht war voller Eifer, und sie war ihm dankbar, dass er Emily mitnahm, die schon immer einmal einen Winzer hatte besuchen wollen. Anscheinend gab es eine ganze Menge, was Emily schon immer mal hatte machen wollen. «Weißt du, Shona, das ist mein erster Urlaub seit Jahren, und ich muss sagen, dass ich jeden Moment genieße.»

Shona winkte ihnen zum Abschied, machte kehrt und schlenderte barfuß über den nachgesäten Rasen zu Crys hinüber, die im Liegestuhl lag und die Hände recht majestätisch über ihrem schon leicht gewölbten Bauch gefaltet hatte. Die Fingernägel schimmerten blau, farblich passend zum Himmel, die schwarzen Locken hingen ihr lose über die Schulter, und sie trug ein gazeartiges, apfelgrünes Kleid. Froh, dass sie endlich einmal Zeit für einander fanden, setzte Shona sich neben sie.

«Also, heute bin wohl ich die Schlossherrin! Kann ich dir irgendwas bringen?»

Crys hob den einen Arm ein winziges Stück. «O nein, danke, ich bin vollkommen glücklich.»

War sie das wirklich? War das nach allem, was sie über ihre Ablehnung dieser Schwangerschaft gesagt hatte, überhaupt möglich? Oder war dieses neue, unbestimmte Lächeln einfach nur eine Maske, hinter der sich ihre Qual verbarg? Ich muss es wissen, dachte Shona. Ich muss diese Gelegenheit zum Reden nutzen.

Sie legte den Kopf schief und sah sie mit unverhohlener Neugierde aufmerksam an. «Wirklich, Crys? Du und ... Gavin ... kommt ihr zurecht?»

Crys schob ihren Sonnenhut aus dem Gesicht, setzte sich ein bisschen auf und erlaubte Shona einen völlig unverstellten Blick auf ihr Gesicht. Was für ein schönes Gesicht, und wie heiter es an diesem friedlichen Morgen war. Zunächst antwortete sie nicht, doch dann akzeptierte sie dieses Gespräch anscheinend als das, was es war. Shona hatte ein Recht, diese Frage zu stellen.

«Ja, Sho. Alles in Ordnung.»

In Ordnung? Reichte das? Reichte ‹in Ordnung›, um Schwangerschaft und Mutterschaft durchzustehen, wenn man sie nicht wollte? Shona blickte aufmerksam in die braunen, lang bewimperten Augen, die sie so gut kannte.

«Erzähl mir mehr, Crys. Sag mir, was sich zwischen euch geändert hat, dass du plötzlich so … so gelassen bist?»

Crys runzelte einen Moment lang angespannt die Stirn, dann aber ließ sie sich in ihren Liegestuhl zurückfallen, mit einem Lächeln, das sich wie schmelzende Schokolade auf ihrem Gesicht ausbreitete.

«Ich selbst habe mich verändert.»

Sie sagte das so beiläufig, dass Shona sich einen Augenblick lang fast entwaffnet fühlte, nur für den Moment eines Schauders, der ihr den Rücken hinunterlief.

«Du hast dich verändert?»

«Ja.»

«Oder bist du verändert worden?»

«Ach, Sho, was soll das!» Crys drehte sich im Liegestuhl träge nach einem Glas Milch um, das sie dann in der Hand hielt, ohne zu trinken. «Ich werde Mutter. Das verändert einen.»

«Wahrhaftig. Deswegen bist du letztes Mal auch wie eine Rakete in die Luft gegangen. Du wolltest das Kind nicht, Crys, das weißt du selbst! Du wolltest dich einem Hilfskonvoi nach Afrika als Lastwagenfahrerin zur Verfügung stellen, und allein schon der Gedanke an eine Schwangerschaft hat dich zur Weißglut gebracht.»

«Ja, na ja … Ich habe nachgedacht. Darüber, dass die Nächstenliebe vielleicht in der eigenen Familie beginnt.»

Was? Wer redete da eigentlich, Crys oder Gavin? «Vielleicht solltest du das mal genauer erklären.»

Crys' Gesichtsausdruck schien ihr unterschwellig mitzuteilen, dass jede Erklärung überflüssig war. Dann jedoch fing sie Shonas Blick ein und hielt ihm trotzig stand. «Schau mal, Sho. Ich habe bisher schon verdammt viel fürs Rote Kreuz gearbeitet, bei mir zu Hause, und damit will ich auch weitermachen, okay? Mit einem Säugling oder Kleinkind kann man unmöglich nach Afrika fahren, in diesen Dürreregionen herrscht eine Gluthitze, von den vielen Krankheiten ganz zu schweigen. Ich bin jetzt beinahe dreißig, da sollte ich ein bisschen Vernunft zeigen. Außerdem, wer weiß? Vielleicht wird mein Kind ja das Modell für eine völlig neue Welt. Eine bessere Welt.»

«Aber … aber du wolltest diesen Ländern doch helfen! Und deshalb wolltest du kein Kind!»

«Also, inzwischen bin ich zu dem Schluss gekommen, dass ich jetzt eines will. Wenn es einmal größer ist, kann ich vielleicht noch einmal über alles nachdenken. Jetzt aber bekomme ich mein erstes Kind, ich gründe eine Familie und habe die Absicht, sie ohne alle Vorbehalte zu lieben. Meine Familie hat Vorrang vor …»

«Vor deinem Leben? Vorrang vor deiner eigenen Berufung, und du weißt verdammt genau, dass die …»

«Shona!» Crys richtete sich unvermittelt auf und knallte ihr Glas auf den Tisch. «Hör auf! *Schluss* jetzt, hörst du? Kein Wort mehr, sonst … sonst passiert noch was zwischen uns.»

Shona verstummte kurz, während sie Crys' Worte verdaute und sich fragte, wie weit man gehen durfte, wenn man eine Freundin nicht verlieren wollte. Wollte Crys wirklich nicht über dieses so entscheidende Thema reden? Sie war fast nicht wieder zu erkennen, ihre Stimme hatte einen schneidenden Klang, den Shona noch nie zuvor gehört hatte.

Dann aber hörte sie in der eisigen Stille das Flüstern der

Wahrheit, sah sie in Crys' Augen aufblinken. Sie streckte die Hand aus und berührte ihren Arm.

«Das ist Gavin, oder? Gavin hat dir eingeredet, dass ...»

Unter ihrer Hand fühlte Crys' Haut sich kühl an. Erstaunlich kühl in dieser drückenden Hitze. Auch ihr Blick war kühl. «Shona, Gavin ist der Vater meines Kindes. Und mein Mann. Wenn du einmal einen Mann hast, wirst du vielleicht verstehen, was das bedeutet, dann findest du heraus, was Ehe heißt und wie die Partner ihre Persönlichkeit entwickeln, um neben ihren eigenen Wünschen auch anderer Menschen Bedürfnisse zu berücksichtigen.»

Shona zuckte zurück, als hätte sie eine Ohrfeige erhalten, jedes Wort tat weh. Erst war sie wie betäubt vor Schmerz, Tränen stachen ihr in den Augen, und sie konnte kaum glauben, dass Crys tatsächlich so mit ihr sprach; als dann der Schock nachließ, verstand sie, dass hier überhaupt nicht mehr Crys redete. Sondern Gavin. Gavin, der Ehemann, der wichtiger war als die Freundin.

War das richtig so? Vielleicht musste es ja so sein? Was auch immer zwischen Gavin und Crys vorgefallen war, Gavin hatte Crys auf seine Seite gezogen. Wie Joe Hegarty war er seiner Frau anscheinend wesentlich wichtiger, als sie, Shona, das sich je hätte vorstellen können. Und genau deshalb hatte Brendan Wright sich gegen eine Ehe mit Shona Fitzpatrick entschieden, dieser merkwürdigen Person, der es nicht möglich war, einem Mann in ihrem absichtlich selbstsüchtigen und darum einsamen Leben den Vorrang einzuräumen.

Sie ließ die Hände in den Schoß fallen und dachte darüber nach. Versuchte angestrengt, Crys zumindest auf halbem Wege entgegenzukommen. Wie wichtig ist mir Crys, fragte sie sich. Wie viel bedeute ich ihr? Können wir je wieder dahin zurückkehren, wo wir waren, bevor sie das eben gesagt hat, und wollen wir das überhaupt?

Ich bin wie betäubt. Ich bin geschockt. Es kommt mir so vor, als wäre sie entführt worden und wollte gar nicht befreit werden … sie ist wie diese Millionenerbin Patty Hearst, die vor Jahren von Revolutionären entführt wurde, dann aber deren Truppe beigetreten ist. Soll ich Crys jetzt einfach Gavin überlassen, im Gleichschritt, marsch? Mir andere Freunde suchen?

Vielleicht schon. So wie bisher können wir nicht weitermachen. Sondern nur, wenn ich bereit bin, sie so zu nehmen, wie sie jetzt ist. Mrs. Gavin Sheehan … O Gott, es würde mich nicht wundern, wenn sie diesem Kind tatsächlich ein Spitzenkleidchen anzieht und es in der Kirche taufen lässt. Und alles für den wunderbaren Gavin, der sie anbetet, solange sie nach seiner Pfeife tanzt.

Tja. Weißt du was, Gavin? So leicht überlasse ich sie dir nicht. Eines Tages wacht Crys vielleicht auf, reißt sich aus deiner Hypnose los und ist wieder sie selbst. Und dann braucht sie ihre Freunde, denn du hältst in so einem Fall bestimmt nicht zu ihr, oder? Das kannst du dir wahrscheinlich nicht einmal vorstellen, trotzdem zu jemandem zu halten, auch wenn er sich nicht so benimmt, wie du dir das denkst.

Aus meiner Sicht benimmt Crys sich in ihrer jetzigen Lebensphase überhaupt nicht so, wie ich mir das wünsche. Aber ich halte die Stellung, wenn sie es möchte, weil sie schon seit Jahren meine Freundin ist, weil ich sie liebe und, ja, weil ich bereit bin, ihre Wandlung zuzulassen, wenn sie sich wirklich verändern will oder muss. Vielleicht haut es nicht hin, vielleicht verlieren wir uns am Ende doch, aber versuchen wollen wir es. Schaun wir doch mal, ob Crys und Shona in ihrer Freundschaft keinen Sturm überstehen können. Was sie tut, könnte ich nie und nimmer so machen, aber bedeutet das, dass wir nur Freunde sein können, wenn sie sich genauso verhält wie ich?

Dann wäre ich ja genauso schlimm wie Gavin. Ich würde auch nur einen Zustand der Schwäche ausnutzen, um sie zu manipulieren. Wenn alle in verschiedenen Richtungen an ihr rumzerren, geht sie zum Schluss noch ganz kaputt.

Wie in Zeitlupe stand Shona auf, ging zu Crys, beugte sich über sie und umarmte sie wortlos. Zuerst reagierte Crys nicht, dann aber spürte Shona, wie etwas in Bewegung geriet und sich irgendwo tief in ihr löste. In einer wortlosen Umarmung legte Shona ihre Wange an Crys' Wange. So verharrten sie eine Zeit lang stumm, bis Crys ihre Stimme wieder fand und fast unhörbar murmelte:

«Sho … tut mir Leid, aber ich …»

Shona legte den Finger an die Lippen. «Schsch. Schon gut. Ich weiß. Du stehst unter Druck … Schließlich bekommst du ein Kind. Schwangere dürfen sich sonderbar benehmen.»

Crys senkte den Kopf, zu spät, um die einzelne Träne zu verbergen, die ihr über die Wange rollte. Sie wischte sie verstohlen weg und sah wieder auf.

«Danke, Sho. Danke, dass du die Sache von meinem Standpunkt aus betrachtest und zu mir hältst.»

Der Winzer war rotwangig und ausladend und trug eine marineblaue Baskenmütze, mit der er, fand Aileen, wie ein Pilz aussah. Tessie und Emily, die nicht weniger als fünf seiner Weine probiert hatten, wie die Schulmädchen kicherten und mit dem Französisch plötzlich nicht mehr die geringsten Hemmungen hatten, ermutigten Joe, nicht eine, sondern gleich ein halbes Dutzend Korbflaschen für Le Mas abzufüllen. Was Joe dann auch tat, obgleich er selbst kaum einen Schluck getrunken hatte, da er ja noch die fünfzig Kilometer nach Hause fahren musste. Also hielt er in der weinduftgeschwängerten Abfüllhalle die Krüge unter die

Strahlen von Weißwein und später Rotwein, die aus riesigen Fässern gepumpt wurden, und grinste dabei vergnügt über all das Neue.

«Genau wie an der Tankstelle! Schade, dass Guinness einem das Leben nicht genauso leicht macht, hm?» Damit griff er eine schwere Krugflasche an einem Henkel, der Winzer nahm hilfsbereit den anderen, und gemeinsam hievten sie eine Flasche nach der anderen in den Kofferraum.

«So», sagte er, nachdem alles gut verstaut war. «Was schulden wir Ihnen denn jetzt, wird das unser Bankrott?»

Er zog Geldscheine aus dem Portemonnaie und sah den Winzer fragend an, der verblüfft zurückstarrte. «O nein, das ist viel zu viel, M'sieu, lassen Sie mal sehen …» Er nahm ein Notizbuch von einem unaufgeräumten, improvisierten Schreibtisch, fuhr mit der Zunge über einen Bleistift, schrieb Zahlen untereinander und hielt Joe das Ergebnis unter die Nase.

«Guter Gott. Ist das alles?»

Der Winzer nickte nachdrücklich und verschwand dann rätselhafterweise ohne ein Wort. Zwei Minuten später tauchte er wieder auf, in jeder Hand eine Flasche, die er Joe hinhielt. Joe blinzelte verblüfft, doch sein Gegenüber machte sich durch Gesten verständlich: Dies hier war ein ausgezeichneter Wein, mehr als nur ein Tafelwein, und er schenkte ihn seinen neuen Kunden, die er in Zukunft mit dem größten Vergnügen wieder bei sich begrüßen würde.

Joe betrachtete ihn mit einer gewissen Zurückhaltung, lachte dann aber plötzlich los. Ein lautes Gelächter aus ganzem Herzen, das Aileen seit Jahren nicht mehr gehört hatte. «Also, das ist die richtige Art, Geschäfte zu machen! Vielen Dank, Sir!» Damit hielt er ihm die Hand hin, die der Baskenmützenträger herzlich schüttelte, und beide Männer klopften sich den Rücken.

Auf dem Rückweg zum Auto begann er zu pfeifen, worauf Emily ihn anschmunzelte und Tessie Aileen ein rätselhaftes Lächeln zuwarf. Aileen erschienen die anderen plötzlich wie Figuren auf einem Gemälde, von der Sonne angestrahlt, und plötzlich verstand sie das Bild. Es war ein völlig anderes Bild, in neuem Licht aus einer neuen Perspektive betrachtet, als wäre sie in einer Kunstgalerie ein paar Schritte zur Seite getreten, um besser sehen zu können.

Sie finden es hier wunderbar. Sie fühlen sich in Frankreich wie die Fische im Wasser, es geht ihnen großartig, und ich bin diejenige, die am Rand steht und von außen zuschaut.

Kapitel zwölf

Für Emily war es wunderbar. Einfach wunderbar. Zum ersten Mal seit Séans Tod vor einem Jahr spürte sie, wie ein Sonnenstrahl den Weg zu ihrer Seele fand, hatte das Gefühl, aus dem Winterschlaf zu erwachen und von der Welt geliebt zu werden. Mein letzter Frankreichaufenthalt war schon viel zu lange her, dachte sie. Ich hatte diese einfachen Freuden ganz vergessen, frisches warmes Brot essen, über eine Dorfstraße schlendern, das Geplätscher eines Brunnens hören oder einfach ganz ruhig unter einer Platane sitzen, während die Sonne einem die Schultern streichelt. Selbst diese Kinder, die in den Gassen spielen … sie klingen wie Zikaden, wie sie da so hell und munter miteinander zwitschern. In meiner Ecke von Connemara gibt es keine Kinder, oder zumindest keine, die die Eltern unbeaufsichtigt spielen lassen, aus Angst vor einer Entführung oder Schlimmerem. In Frankreich scheinen Kinder noch eine Kindheit zu haben.

Es war nur ein kurzer Urlaub, aber enorm wohltuend. Wie nett von Shona, mich einzuladen. Ich werde sie zum Essen ausführen, bevor ich heimfahre. Ich geh mit ihr in ein nettes Restaurant, die Sorte, die sie inzwischen nicht mehr besucht. Sie spricht nicht mit mir darüber, aber ich weiß, dass sie seit ihrer Kündigung ziemlich knapp bei Kasse ist. Ich werde sie fragen, ob sie ein gutes Lokal kennt, und hoffentlich können wir allein gehen. So gerne ich auch alle anderen einladen würde, aber es sind eben zu viele. Eingeschlossen Aileens Mutter, mit der ich mich so gut verstanden habe. Je besser ich Tessie kennen lerne, desto mehr mag ich sie … aber diesmal möchte ich Shona für mich alleine, nur diesen einen Abend.

«Irgendwas richtig *Französisches*, Shona! Nicht übertrieben, nicht Schickimicki, ohne Eintrag im Führer. Einfach so ein Dorfgasthaus mit leckerem Essen, großen, weißen Tischtüchern und Wein vom hauseigenen Weinberg, kennst du so was?»

Shona lachte. «Ja. Ich denke schon. Ich war zwar noch nie drin, bin aber schon daran vorbeigefahren, und das Essen soll großartig sein. Ich kann mich nicht an den Namen erinnern, aber es liegt auf der anderen Seite des Dorfes, ein oder zwei Kilometer außerhalb an einer staubigen, kleinen Straße mitten im Nirgendwo.

«Prima. Dann mach dich mal richtig hübsch, und wir gehen schön zusammen aus.»

Das mit dem Hübschmachen nahmen sie ernst, denn beide wussten, dass es in solchen unscheinbaren, abgelegenen Restaurants manchmal erstaunlich schick zuging. Sie schlüpften in hochhackige Schuhe und kniefreie Kleider, legten Schmuck an und Lippenstift auf. Shona schaute in den Spiegel: Na, Madame, ist eine Weile her, seit Sie das letzte Mal so aufgedreht haben, stimmt's? Aber heute Abend ist es ein gutes Gefühl, mich mal schön zu machen, und sei es auch nur zur Abwechslung. Es wäre zu einfach, tagein, tagaus immer in Shorts rumzulaufen und die alte Shona, die so oft ausging, völlig aus den Augen zu verlieren.

Wie es sich für Frankreich gehört, war das Restaurant schon beinahe voll, als sie kurz nach sieben eintrafen, und der Oberkellner blickte stirnrunzelnd in seine Reservierungsliste. «Sind Sie sich auch sicher? O'Brien, ein Tisch für zwei Personen?»

«Ja. Absolut sicher.»

Nachdenklich an seinem Ohrring zupfend, kam er schließlich zu einem Entschluss und führte sie zu einem kleinen Tisch in einer dunklen Ecke zwischen Kamin und Küche. Emily und Shona lächelten sich an: Genau in solchen Winkeln landeten zwei Frauen immer, außer Sichtweite, damit sie nicht etwa den richtigen Paaren das Essen verdarben.

Als Shona sich gesetzt hatte, sah sie zum Oberkellner auf: «Würden Sie uns bitte Bescheid geben, falls ein Tisch irgendwo am Fenster frei wird? Dann würden wir nach der Vorspeise umziehen.»

Oh, hm, ja, natürlich. Er glitt davon, und die beiden tauschten einen Blick und fanden sich mit ihrem Platz ab. Tische am Fenster waren den Paaren vorbehalten. Sie klappten die Speisekarte auf und trösteten sich mit deren handschriftlichem Charme und den verlockenden Gerichten mit Zutaten wie Spargel, Auberginen, Ente, Tomaten und Anschovis.

«Und als Einstieg ein Glas Champagner», meinte Emily begeistert.

«Champagner? O nein …»

«O doch. Ich hatte wunderschöne Ferien, Shona, und ich möchte mich bei dir dafür bedanken.»

«Emily, ich möchte mich bei *dir* bedanken, für deinen Beistand während dieser schrecklichen Verhandlung.»

Mit einer winzigen Geste machte Emily den Kellner auf sich aufmerksam und bestellte eine halbe Flasche Veuve Clicquot. Leicht überrascht eilte er davon. Als der Champagner dann kam und eingeschenkt wurde, meinte Shona lachend: «Also, auf unsere fröhliche Witwe! Es ist eine Freude, dich in so guter Verfassung zu sehen, Emily.»

Emily betrachtete mit genießerischem Blick die aufperlenden Bläschen und nahm dann einen Schluck. «Wahrhaftig. Ich will nicht behaupten, dass das kein hartes Jahr war, Shona, aber ich muss dir sagen, dass ich mich jetzt viel besser fühle. Was ich dir zu verdanken habe.»

«Ach was! Du magst Frankreich, nicht wahr? Nach deinem Französisch zu urteilen, musst du schon früher hier gewesen sein.»

Emily lächelte. «Ja. Vor tausend Jahren, bevor ich Séan heiratete, bevor … na, dies und das. Mit neunzehn habe ich ein Jahr an der Sorbonne studiert.»

«Nein! Wirklich? Was denn?»

«Französisch, und ich hatte eine glühende Liebesgeschichte mit einem Jungen namens Gustave. Wie man so sagt: Memories are made of this.»

Shona hatte plötzlich den Song im Ohr und nickte. «Wirklich, aus so was bestehen die Erinnerungen. Jeder sollte eine Liebesgeschichte haben, bevor die harte Realität ihn erwischt. Was ist mit Gustave passiert?»

«Ach, er ging als Wissenschaftler nach Lyon und heiratete dort die Tochter eines Grafen. Dann lernte ich Séan kennen und dachte nicht mehr an ihn, aber Frankreich habe ich niemals vergessen. Das Land ist einfach wunderschön, findest du nicht?»

«Ja. Ich liebe es. Und darum werde ich dich jetzt in ein kleines Geheimnis einweihen, Emily.»

Der erste Gang kam, und Emily lächelte ihren Butterspargel an, als begegne sie einem alten Freund. «Lass mich mal raten. Du bleibst hier. Du verkaufst deine Wohnung in Galway und zahlst mit dem Erlös Le Mas ab?»

Perplex starrte Shona sie an, Lachs auf der Gabelspitze. «Wie hast du denn das erraten?»

«Ach, Shona – das sieht man doch, dass du hierher gehörst. Das liegt dir einfach im Blut. Du denkst französisch, du atmest französisch … du gehörst hierher. Ich habe da nur eine Frage – was wirst du tun? Le Mas gehört dir dann zwar, aber viel zum Leben wird dir nicht mehr bleiben, oder?»

«Es reicht noch etwa für ein halbes Jahr. Eine Atempause. Ich weiß, dass das ein drastischer Schritt ist, aber alles andere kommt nicht infrage. Ich finde es hier unglaublich schön, ich möchte hier bleiben, dafür muss ich einen Preis bezahlen, und ich bin zu dem Schluss gekommen, dass es die Sache wert ist. Emily, meinst du, Le Mas wird gut laufen?»

Sie fragte es mit besorgtem Tonfall, und Emily dachte nach. «Ja. Meiner Meinung nach könnte die Pension ausgesprochen erfolgreich sein. Wenn Aileen es richtig anstellt.»

«Was meinst du damit?»

«Ich meine, dass … Also, wie man eine Pension führt, das weiß sie. Sie kocht gut, sie führt das Haus gut, sie ist ein geselliger Mensch, der gerne viele Leute um sich hat. Meine einzige Sorge ist … ob … ob sie sich hier wohl fühlt?»

«Glaubst du das denn nicht?»

Nachdenklich betupfte Emily sich die Lippen mit der Serviette und wägte ab. «Nein. Wenn du meine ehrliche Meinung hören willst, Shona, ich glaube nicht. Sicher … jetzt, wo ihre Mutter und ihr Mann da sind, ist sie nicht *unglücklich*! Aber Tessie fährt wieder nach Irland zurück … Aileen sagt selbst, dass sie hier noch keine Freunde gefunden hat, ihre Schwester fehlt ihr, ihre Nachbarn fehlen ihr, und sie hat bisher noch kaum ein Wort Französisch gelernt. Sie lebt sich hier eigentlich nicht sonderlich gut ein, wenn du meine Meinung wissen willst. Sie hatte ihre Gründe, Irland zu verlassen, aber ich schätze, dass sie früher oder später wieder ‹heim› will, wie sie das bezeichnenderweise nennt.»

«Ach Gott. Sag das nicht, Emily. Ich brauche sie hier! Ich wäre niemals in der Lage, Le Mas selbst zu führen.»

«Nein, das könntest du wahrscheinlich nicht! Aber du

musst dir Arbeit suchen, Shona, du bist verunsichert und ziellos, und ich habe dich bisher noch nie so desorientiert erlebt. Ich wünschte, es hätte mit Brendan geklappt ... Inzwischen ist mir klar, dass ihr nicht zueinander passt, aber schade ist es trotzdem. Ich habe euch miteinander bekannt gemacht, und es tut mir so Leid ...»

«Ach was! Du hast dein Bestes getan, und es war ja nicht dein Fehler, dass zwei erwachsene Menschen dann doch nicht miteinander auskamen.»

«Und dann deine Stelle ...»

«Ja, ich habe wirklich viel Pech gehabt. Aber schau doch einmal dich an, wie du ohne Séan zurechtkommst, ganz allein mitten im einsamsten Connemara – ist es schwierig, Emily? Findest du es dort schrecklich ohne ihn?»

«Nein. Schrecklich kann man nicht sagen. Aber ich finde es nicht mehr wunderbar. Das Alleinsein ist in meinem Alter nicht einfach, und noch weniger jetzt, wo es in Irland auf dem Land so gefährlich geworden ist und alle ihre Türen verriegeln ... Das ist nicht das Irland, das ich gekannt und geliebt habe. Aber, Shona, versuche nicht abzulenken, denn die Frage war eigentlich, was wir mit *dir* anstellen sollen. Hmm?»

«Ich weiß es nicht! Ich habe Aileen erklärt, dass ich keinen Job möchte, in den man sich nicht einbringen kann, aber vielleicht muss ich mich doch mit so was zufrieden geben – oder sogar dafür dankbar sein. Ich habe meine Karriereaussichten sozusagen voll gegen die Wand gefahren.»

Emily fixierte sie über ihre gerade servierte Ente hinweg. «Tut es dir Leid, dass du das Verfahren angestrengt hast, Shona? Dass du Terry O'Hagans Dreistigkeit nicht einfach ignoriert und mit ihm weitergearbeitet hast?»

«Auf gar keinen Fall! Lieber würde ich in der letzten Hütte verhungern.» Sie löffelte trotzig etwas Orangensauce auf ihren Teller, lächelnd, als ihr auffiel, dass von Verhungern wohl kaum die Rede sein konnte, und sah sich im Raum um, um damit das Gesprächsthema zu wechseln, das ihr allmählich ganz schön unter die Haut ging. Eine Sechsunddreißigjährige ohne Beruf und Mann – auch wenn sie froh war, dass sie keine Kompromisse gemacht und das Spiel nur nach ihren eigenen Regeln gespielt hatte, so musste sie doch für ihre Unabhängigkeit einen gewaltigen Preis bezahlen. Vielleicht hielt Emily – und wer weiß, wer sonst noch? – sie für vollkommen bescheuert. Die meisten Leute werden es wohl so sehen, dachte sie.

Ich hätte Brendan haben können, wenn ich mich nach ihm gerichtet, und meine Karriere behalten können, wenn ich vor Terry O'Hagan gekuscht hätte. Nur wäre ich dann heute Abend nicht hier und würde nicht mitten im Languedoc dieses wunderbare Menü verspeisen, oder? Ich wäre in Galway und würde mich selber hassen.

«Schmeckt dir das Essen, Emily? Gefällt dir das Restaurant?»

«Ja, es schmeckt mir, und es gefällt mir. Was hältst du davon?»

«Das Essen finde ich absolut phantastisch. Ich wünschte nur, der Service wäre ein bisschen freundlicher und man hätte uns einen anständigen Tisch gegeben. Und wenn ich hier was zu sagen hätte, würde ich nicht um einundzwanzig Uhr schließen. Zu dieser Jahreszeit wäre bei mir bis um elf Uhr abends auf. Die Franzosen verstehen einfach nicht, dass Touristen feiern und Spaß haben wollen!»

«Mhm. Man muss zugeben, dass das ländliche Frankreich nicht gerade berühmt für sein Nachtleben ist. Aber für mein Alter ist es genau das Richtige, ich hatte einen wundervollen Urlaub, und wehe, du lädst mich nicht bald wieder ein!»

«Natürlich lade ich dich ein. Im Herbst, wenn Zimmer frei sind – wer weiß, vielleicht habe ich bis dahin auch einen tollen neuen Beruf. Shona Fitzpatrick, beste Regalpackerin im SPAR von nebenan!»

«Ach was, Shona. Lass dich nicht unterkriegen. Du findest schon was … Etwas, das deinem dominanten Naturell entspricht! In leitender Stellung.»

«Wie zum Beispiel?»

«Lass mich darüber nachdenken.»

«In Ordnung.» Das war eines der Dinge, die Shona an Emily schätzte: Dass sie nachdachte, sich bemühte, einem zu helfen, und dabei manchmal recht viel Einblick bewies. Mit sechzig sollte man ja auch ein bisschen Erfahrung haben, dachte Shona.

Und so aßen sie weiter, genossen den Käse mit einem milden Rotwein, gefolgt von einer Crème brûlée, für die ein Engel in die Chefkochrolle geschlüpft sein musste. Dann Kaffee, und schließlich bat Emily widerstrebend um die Rechnung, während Shona zur Toilette ging. Meine Güte, die französischen Toiletten! Ein bisschen Farbe würde hier bestimmt nicht schaden, ein paar zusätzliche Handtücher und eine Beleuchtung, die nicht schon nach zwei Minuten wieder ausging. Außerdem ein paar frische Blümchen, mit denen der Raum nicht ganz so nüchtern wirken würde. So würde ich es zumindest machen, dachte sie, wenn das Lokal meines wäre.

Als sie zurückkam, wirkte Emily verstört. Der Geschäftsführer des Restaurants hatte ihr mitgeteilt, dass das Lokal keine Kreditkarten akzeptierte, und jetzt wühlte Emily so aufgeregt in ihrer Handtasche herum, dass Shona wütend wurde. Sie marschierte zur Kasse und nahm sich den Herrn zur Brust.

«Wenn Sie keine Kreditkarten akzeptieren, sollte es an

der Tür einen Hinweis geben, damit man gleich beim Hereinkommen Bescheid weiß.»

Mit einem Seufzer warf er die Hände in die Luft. Anscheinend hatte keiner daran gedacht.

«Und warum nehmen Sie eigentlich keine Karte?»

Weil die Bank … Madame verstehen doch gewiss?

«Nein», gab sie zurück. «Das verstehe ich nicht. Das ist keine Art, ein Restaurant zu führen. Andere Lokale akzeptieren doch auch Kreditkarten, wo ist also Ihr Problem?»

Mit nervösem Blick machte er ihr ein Zeichen, doch die Stimme zu senken; man drehte sich schon nach ihnen um. Doch das Mitgefühl mit Emily brachte sie in Rage. «Meine Freundin bietet Ihnen eine einwandfreie Karte an. Wenn Sie die nicht nehmen wollen, ist das leider Ihr eigenes Problem, nicht das meiner Freundin.»

Jetzt hatte jeder die Ohren gespitzt, und der Blick des Restaurantchefs wurde versöhnlich. «Aber wenn sie nicht genug Bargeld dahat, könnten Sie, Madame, doch bestimmt … Zu zweit …?»

«Nein. Ich bin ihr Gast. Und meine Freundin ist bei Ihnen Gast. Sie ist Touristin, und Touristen sollten sich in einem Restaurant willkommen fühlen. Darum sage ich Ihnen jetzt was. Sie stellt Ihnen einen Scheck aus. Und zwar einen irischen Scheck. Wie klingt das?»

«Aber … Aber …» Das, was ihm eigentlich durch den Kopf ging, konnte er natürlich nicht sagen: Aber verdammt nochmal, wenn ich einen Auslandsscheck einlöse, kostet mich das bei meiner Bank ein Heidengeld. Wie festgewachsen hielt Shona die Stellung und wartete auf eine Antwort, ohne zu merken, dass die Gäste an den anderen Tischen genauso gespannt auf die Antwort waren wie sie.

Nach langem, gequältem Nachdenken gab er schließlich nach, allerdings äußerst verstimmt. «Na schön. Wenn Ihre

Freundin mir einen Ausweis zeigt, nehme ich ihren irischen Scheck an. Aber nur ausnahmsweise.»

«Das würde ich Ihnen auch raten, wenn Sie Ihr Geld wollen. Wissen Sie, es ist wirklich schade, dass Sie dieses Restaurant nicht ein bisschen besser führen, denn das Essen und der Wein sind großartig. Ich würde dieses Lokal jedem empfehlen, wenn Sie nicht so überheblich wären.»

Mit diesen Worten und einem unschuldigen Lächeln drehte sie sich zu Emily um, um die Aufgeregte zu beschwichtigen. Also ehrlich! Nehmen die keine Kreditkarten, und das heutzutage?! «Reg dich nicht auf. Es ist alles geklärt. Du kannst ihm einfach einen Scheck ausstellen.»

«Guter Gott, was für ein Theater. Es tut mir schrecklich Leid, Shona.»

«Aber warum denn? Was denn? Du kannst doch nichts dafür, du hast mich doch nur zu einem köstlichen Essen eingeladen.»

In aller Eile brachte man ihre Mäntel. Finn, der sie netterweise zum Restaurant gebracht hatte, kam mit Aileens Auto, um sie abzuholen. Shona fasste den Restaurantchef, der den Scheck murrend betrachtete, als wäre er der Geheimplan für eine atomare Katastrophe, kühl ins Auge: «Können wir bitte hier warten, bis wir abgeholt werden?»

Widerwillig gestand man ihnen zwei Stühle zu, und Shona versuchte immer noch, Emily ihre Verlegenheit auszureden, als sie bemerkte, wie ein lockiger, bebrillter Mann in mittleren Jahren auf der anderen Seite des Restaurants seine Serviette weglegte, aufstand und energisch auf sie zukam.

Oho. Der Besitzer, der in seinem eigenen Restaurant zu Abend speiste, kam jetzt, um ihr den Marsch zu blasen? Na, der brauchte sich aber nicht einzubilden, dass … Der Mann machte vor ihr Halt, verbeugte sich leicht vor beiden Damen, lächelte höflich und zog eine Visitenkarte aus der Tasche.

«*Bonsoir*, *Mesdames*. Bitte entschuldigen Sie. Ich heiße Olivier Dessanges. Ich habe zwangsläufig ihr kleines ... ähm ...»

«Sie haben meinen Streit mit dem Geschäftsführer mitbekommen? Na ja, das ist ein kleines Restaurant, da wird das wohl jeder gehört haben! Tut mir Leid, dass ich Sie beim Essen gestört habe, aber ich war dermaßen aufgebracht ...» Shona lachte, und der Mann lächelte. «Ja, gewiss, aber diese Störung hat uns gefallen. Und unser Interesse geweckt. Es kommt selten vor, dass ein Kunde sich so deutlich ausdrückt.»

«Ich habe früher in der Fremdenverkehrsbranche gearbeitet», antwortete Shona trocken. «Den Standard infrage zu stellen, um das Niveau zu heben, war einmal mein Beruf. Warum geben Sie mir denn Ihre Karte?»

Sie warf einen forschenden Blick darauf, doch er hob die Hand, wie um zu sagen, dies sei weder die richtige Zeit noch der richtige Ort für eine Erklärung. «Weil ich Sie bitten möchte, bei nächster Gelegenheit diese Nummer hier anzurufen.»

Damit verbeugte er sich erneut und war verschwunden.

Die Karte steckte danach eine ganze Weile in Shonas Handtasche. Die Neugier verbot ihr zwar, sie wegzuwerfen, aber sie konnte sich auch nicht dazu durchringen, die Telefonnummer zu wählen. Dieser Mann hat einfach versucht, mich anzubaggern, dachte sie. In meinem Alter kann ich eine Anmache erkennen, und inzwischen habe ich auch etwas aus meinen diversen gescheiterten Beziehungen gelernt. Ich komme mit Männern einfach nicht klar. Hoffnungsloser Fall. Es geht sowieso immer schief, also muss ich mich wohl damit abfinden, dass ich für den Rest meines Lebens zum Singledasein verurteilt bin. Für alle bisher Beteiligten war es schmerzlich genug, und jetzt gehe ich kein Risiko mehr ein. So stehen die Dinge, Mr. Dessanges, tut mir Leid, aber *voilà*. Außerdem habe ich zu tun. Ich muss Werbung für Le Mas organisieren, mir eigene Visitenkarten drucken lassen und mich mit massenhaft Papierkram herumschlagen, also mehr als genug Ablenkung.

Unterdessen nahte Emilys, Tessies und Crys' Heimfahrt. Sie reisten mit drei verschiedenen Flügen an drei verschiedenen Tagen ab, was drei weitere Fahrten zum Flughafen bedeutete. «Shona, du fährst Crys», schlug Joe vor, «ich bringe Emily hin, und Aileen nimmt Tessie.»

Damit waren alle einverstanden. Shona freute sich auf ein letztes Gespräch mit Crys, bei dem sie vielleicht doch noch auf etwas stoßen würden, das ihrer Freundschaft Hoffnung auf eine neue Chance gab. Im Moment musste Crys Kompromisse schließen, das sah Shona ein. Aber vielleicht ja nicht für alle Ewigkeit. Sie ist gerade mal dreißig. Wer weiß, wie sich da noch alles entwickelt? Wenn mir jemand vor einem Jahr gesagt hätte, dass ich meine Eigentumswohnung in Galway verkaufen und alles in Frankreich investieren würde, hätte ich ihn für verrückt erklärt. Jetzt bin ich wahrscheinlich selbst verrückt geworden. Hätte jemand Aileen gesagt, dass ihr Wunsch in Erfüllung geht und ihr Traum von einem Leben im Ausland wahr wird, hätte sie es nicht geglaubt. Trotzdem ist sie hier. Ich hoffe nur, dass Emily sich irrt und Aileen es zu guter Letzt doch genießt und kein Heimweh hat. Oder dass sie ihr Heimweh bald überwindet. Man muss sich doch irgendwann mal definitiv entscheiden, was man im Leben will. Früher oder später muss man zu einem Entschluss kommen, ihn umsetzen und sich langfristig einsetzen. Wirklich, ich hoffe bloß, dass Aileen Le Mas treu bleibt, zumindest bis es erfolgreich ist. Seit Joe da ist, ist sie glücklicher, aber Tessies Abflug ist ihr trotzdem ein Gräuel.

Aileen, die sich keinen Moment früher als unbedingt nötig von ihrer Mutter trennen wollte, war dafür sogar bereit, über den Viadukt zu fahren. Am Tag vor Tessies Abreise war sie sehr still.

«Kopf hoch», meinte Finn lakonisch. «Bald sind zahlende Gäste in Grandmas Zimmer, und du bist dann eine reiche Kapitalistin.»

«Die Kapitalistin ist Shona», gab Aileen zurück, «denn ihr gehört ‹Le Mas›, und wenn hier überhaupt jemand reich wird, dann sie. Am besten verschwindest du jetzt zum Handballfeld und kümmerst dich um deine Freunde, wie wär's?»

Finn hatte nicht nur ein Handballfeld entdeckt, sondern auch ein Schwimmbad, eine Skaterbahn, Tennisplätze, ein Kino und alle möglichen anderen Annehmlichkeiten, von deren Existenz keiner etwas geahnt hatte. «Frankreich», verkündete er begeistert, «hat unheimlich viel zu bieten. Also, mir wird es hier garantiert gefallen.»

Das Gleiche galt für Joe, der immer brauner wurde, während er in Haus und Garten herumwerkelte oder ins Dorf ging, um den Leuten beim *Boule*-Spiel zuzuschauen, wobei er sich irgendwie weit müheloser verständigte als Aileen. Ist das nicht ein Ding, dachte sie: Der Mann, dem es so schwer fällt, mit seiner Frau zu reden, unterhält sich mühelos mit allen und jedem. In Kauderwelsch oder Zeichensprache oder weiß der Kuckuck wie. Mein Sohn und mein Mann, von denen ich so sehr befürchtet hatte, dass sie Frankreich nicht ausstehen können, leben sich wunderbar ein, während ich selbst … ach Gott. Ich muss meine Sache wirklich besser machen. Ich *muss* einfach damit aufhören, ständig RTE zu hören oder Dymps anzurufen, um an die Neuigkeiten von zu Hause ranzukommen. Ich werde es wie eine Diät betrachten. Irland ist eine Schachtel Pralinen, die ich nicht mehr jeden Tag aufmachen darf. Das ist Shona gegenüber einfach unfair. Wenn die ersten Gäste ankommen, braucht Le Mas meine ganze Aufmerksamkeit, und mehr ist dazu nicht zu sagen. Ich muss endlich richtig Französisch lernen und aus diesem Projekt verdammt nochmal einen Erfolg machen.

Ich wünschte nur, Mam würde nicht heimfliegen, das ist alles. Wie schrecklich, dass ich sie zum Flughafen bringen und ins Flugzeug setzen muss. Sie war so gerne hier, und ich hatte sie so gerne da, sie ist so angenehm zu haben und auch eine große Hilfe beim Kochen und der Hausarbeit … Ich fühle mich immer viel ruhiger und gelassener, wenn sie da ist. Emily meint, sie habe ‹eine beruhigende Ausstrahlung›, und das trifft es genau.

Verdammt, Mam, geh nicht weg. Ich wünschte, du könntest bleiben. Jetzt hab ich niemanden mehr zum Schwatzen, denn mit Shona ist es einfach nicht dasselbe, die hält mein Interesse an ‹Banalitäten›, wie sie das nennt, für reine Blödheit. Aber es interessiert mich eben, ich rede gerne über andere Leute – okay, das kann man Klatsch nennen, wenn man möchte, aber so bin ich eben. Jetzt ist Mam bald weg, und vorbei ist es mit Klatsch und Tratsch, denn die einzige andere Frau, die ich hier kenne, ist Aude Villandry, die sich eher in einen Eiszapfen verwandeln würde, als sich zu so was herzugeben. Oder sonst irgendwas zu tun, damit wir miteinander warm würden. Joe findet sie hübsch, klar, das sehen wahrscheinlich alle Männer so, aber sie ist vollkommen unterkühlt.

Eigentlich kommen mir die meisten französischen Frauen ziemlich unterkühlt vor, wenn ich es mir recht überlege. Sie wirken immer so missbilligend mit ihren kleinen Schmollmündchen, ich kann mir überhaupt nicht vorstellen, dass sie auch nur mal ein Häppchen zu viel essen oder sich ein Bier hinter die Binde kippen oder mal richtig auf den Putz hauen. Sie scheinen so – so distanziert und diszipliniert. Ganz anders als meine Mutter und meine Schwester, die richtige Ulknudeln sind.

Du fehlst mir, Dymps. Und jetzt wird mir auch noch Mam fehlen, mehr als je zuvor. Ganz abgesehen von meinen Schuldgefühlen, weil ich ihr ja auch fehle.

Und dann war Tess trotz aller Tränenströme weg, Crys umarmte Shona zum Abschied mit feuchten Augen, und Emily bestieg ihr Flugzeug mit einem letzten wehmütigen Blick auf Frankreich. Joe kam spät vom Flughafen zurück, so spät, dass Aileen sich schon besorgt fragte, ob ihm etwas passiert war.

«Also», sagte sie, als er endlich kam, und die Anspannung ließ ihre Stimme scharf klingen, «was hat dich aufgehalten?»

«Ach», meinte er lässig. «Ich wollte nur die Gelegenheit nutzen, mich einmal in Carcassonne umzusehen. Ich war heute Nachmittag ein bisschen bummeln.»

«Bummeln?» Sie konnte sich absolut nicht vorstellen, dass er in Kunstgalerien ging, und Einkaufen war auch nicht sein Ding, außer vielleicht in einem Laden mit Hämmern und Bohrmaschinen.

Er warf ihr einen ganz merkwürdigen Blick zu, halb trotzig und halb schalkhaft, und holte eine Plastiktüte hervor. «Ich habe einen Laden gefunden», meinte er, «wo man nur so was verkauft. Sie sind auf Französisch, aber das spielt eigentlich keine Rolle.»

Er reichte ihr die Tüte und sah zu, wie sie sie aufmachte, den Inhalt herausholte und dann bestürzt anstarrte. Videos. Fünf eingeschweißte, skandalöse Pornos, auf deren Verpackungen Paare in aufreizenden Stellungen posierten?!

«Joe Hegarty», stieß sie hervor, «hast du den Verstand verloren? Was ist denn in dich gefahren? Angeblich hab doch ich hier die Midlife-Crisis, nicht du!»

«Ach», erwiderte er verlegen. «Ich dachte halt … ein bisschen harmloser Spaß … wir könnten was lernen …»

Wir? Wir sollen die anschauen, gemeinsam? Ist es das? Den Sex noch ein bisschen schärfer machen – oder sind das Notrationen für den Fall, dass es wieder ganz bescheiden zugeht? Also. Ich … er … nein, wirklich!

Sich das Lachen verbeißend, packte sie die Videos zimperlich in ihre Tüte und reichte sie ihm zurück. «Wenn dein Sohn die findet, dann sind das aber deine, und du kannst ihm das selbst erklären.»

Er lehnte sich gegen die Tür und schien darüber nachzudenken. «Eigentlich», meinte er schließlich nachdenklich, «würde ich fast sagen, dass Finn sie sich vielleicht mal ausleihen möchte.»

«Wie bitte?»

«Na ja, also ehrlich, Aileen, das muss dir doch aufgefallen sein! Er wird doch nicht wie ein ahnungsloser Idiot dastehen wollen, wenn es darauf ankommt.»

«Worauf ankommt? Du meinst … eine Freundin? Na ja, ich hoffe, dass er eine findet, aber ich hoffe auch, dass sie die Sorte ist, die …»

«Aileen», er seufzte geduldig. «Du willst doch nicht allen Ernstes behaupten, dass dir das nicht aufgefallen ist? Denn wenn sogar ich es merke, muss es wirklich unübersehbar sein.»

«Was muss unübersehbar sein? Ich habe keine Ahnung, wovon du überhaupt redest.»

«Ich rede von deinem Sohn Finn und von dieser Kleinen, die ihn offensichtlich unbedingt vernaschen möchte!»

Sie sah ihn völlig verwirrt an. «Eine Kleine? Ich hab hier

keine Kleine gesehen, wie du das nennst, er bringt doch immer nur Jungs mit nach Hause …»

Joe verdrehte die Augen und richtete die nächste Bemerkung an die Zimmerdecke. «Sagt sie doch glatt, sie hat hier kein junges Ding gesehen. Das kann nur Verleugnung sein, oder? Meine Frau möchte nicht zugeben, dass ihr Sohn in unmittelbarer Gefahr steht, von einem intriganten kleinen französischen Luder vernascht zu werden, denn dann wäre er nicht mehr ihr kleiner Junge, oder?»

Völlig verblüfft hörte sie sich selbst wie einen Papagei wiederholen: «Französisches Luder? Wer denn, wo denn? Was denn für ein Luder?»

«Direkt unter deiner Nase! Dieses junge Ding mit dem glänzenden Haar und den kastanienbraunen Augen, die hier immer wieder auftaucht, insbesondere zur Abendessenszeit, wenn Finn von der Arbeit kommt! Wie heißt sie nochmal – Ode?»

Einen Moment lang kapierte sie es immer noch nicht. Dann kam es ganz allmählich an. «Aude Villandry? Aber – du spinnst wohl – Aude kann Finn nicht ausstehen! Sie schaut ihn an, als ob …»

«Aileen», redete Joe in dem übertrieben vernünftigen Tonfall weiter, in dem man mit einem Dorftrottel spricht, «sie ist in ihn verliebt – oder zumindest scharf auf ihn. Das sieht doch ein Blinder mit Krückstock. Sie lässt ihn keinen Moment aus den Augen! Was meinst du denn, warum sie sonst ständig hier aufkreuzt? Wohl kaum wegen deiner schönen Augen, oder?»

«Nein, aber …» Aileen suchte eine Erklärung, fand aber keine. Irgendwie hatte Aude sich so unauffällig in den Alltag von Le Mas eingeschmuggelt, dass ihre Besuche keinem mehr auffielen. «Aber Joe, Finn … Finn ist ihr doch gar nicht gewachsen! Sie ist viel zu kultiviert für ihn, viel reifer, sie …»

«Sie ist absolut scharf auf ihn. Sie schindet Zeit, und sobald sie ihn einmal allein zu fassen kriegt, wird sie sich auf ihn stürzen. Ich sag dir, Aileen, er wird ihr wohl kaum entgehen.»

Tja. Die Bestürzung über die Pornovideos verblasste vor dieser viel größeren Überraschung, und Aileen ließ sich am Tisch nieder, um die Sache zu verdauen. Aude *Villandry*, diese kühle kleine Miss in ihren feinen Kostümen, die Punkt für Punkt auf ihrem Klemmbrett abhakte und so aussah, als könnte sie kein Wässerchen trüben? Aber das war einfach lächerlich – so lächerlich, dass sie plötzlich losprustete.

«Ach, Joe! Meinst du das ernst? Bist du dir sicher?»

«Absolut. Wenn dein Sohn sich nicht vorsieht, hat sie ihn bald mit Haut und Haar verschlungen.»

Aileen schüttelte sich vor Lachen, so absurd fand sie die Vorstellung. «Ach, Joe. Finn ist so ungepflegt, so schmuddelig, für den kann ein Mädel wie Aude sich doch unmöglich interessieren! Ich meine, auf die Art von Partys, zu denen sie garantiert geht, kann sie ihn doch gar nicht mitnehmen. Wie sollte sie ihn ihren Eltern erklären, und was soll sie … was soll sie mit ihm *anfangen*?»

«Na ja, das kann ich auch nicht sagen, aber ich denke mir, dass sie erst mal gar nicht genug von ihm kriegen wird. Ob es dann hält, ist eine ganz andere Frage, aber losgehen wird es ziemlich sicher – sie ist nicht die Sorte Frau, die lockerlässt, wenn sie sich mal was in den Kopf gesetzt hat.»

Nein. Nein, das war sie nicht. Aude wirkte absolut unbeirrbar, kein Zweifel. Ihre kühle Zielstrebigkeit war ja gerade eine der Eigenschaften, die Aileen an ihr nicht mochte. Sie konnte sich wirklich keine weniger erfreuliche … *Schwiegertochter?!* vorstellen. Guter Gott!

«Ach, Joe. Ich hoffe nur, dass du dich irrst. Bestimmt irrst du dich. Ich mag diese Frau nicht, und ich möchte nicht, dass Finn …»

«Hmm. Also, von mir selbst kann ich auch nicht behaupten, dass ich sie warmherzig finde oder reizvoll oder süß oder irgendwas dergleichen. Aber, Aileen, vielleicht ist sie genau das, was Finn braucht? Egal, ob er das nun weiß oder nicht. Sie würde ihn auf Zack bringen, ihn auf die richtige Spur setzen, ihn mit tickender Stoppuhr auf Erfolg trimmen.»

«Aber garantiert. Nur hatte ich in letzter Zeit das Gefühl, dass er schon ganz von allein wunderbar in die Gänge gekommen ist. Er hat Arbeit, er hat Freunde, man hält hier viel von ihm, wie ich höre, betrachten die Kinder im Dorf ihn sogar als einen richtig coolen Helden … Was braucht er denn sonst noch?»

«Er braucht eine Frau, die sich um ihn kümmert und dafür sorgt, dass er … dass er niemals von der Leiter fällt, um das mal so auszudrücken! Sie sind beide jung, und von Heirat wird wahrscheinlich nicht die Rede sein, aber wenn du mich fragst, eine gewisse Zeit mit diesem Mädel würde Finn absolut nicht schaden. Ob wir sie nun mögen oder nicht, sie würde ihm garantiert gut tun.»

Stimmte das? Na ja Also: ja. Noch während Joe sprach, musste Aileen ihm Recht geben. Eine so schicke junge Frau wie Aude würde Finn Schliff verleihen. An ihrer Seite würde er besser aussehen, seine ungehobelten Manieren und seine Ungeschicklichkeit würden präsentableren Formen weichen … und wer weiß? Vielleicht würde er ja seinerseits ein bisschen Leben in die Eisjungfrau bringen und ihr kühles kleines Herzchen auftauen. Vielleicht würde dieses unmögliche Paar sich ja gut tun. Falls dieses Szenario nicht einfach Joe Hegartys Phantasie entsprungen war – ein Mann, der seine Schwiegermutter zum Flughafen brachte und mit fünf Pornovideos zurückkam, musste schließlich eine lebhafte Einbildungskraft haben. Lebhafter, als ihr klar gewesen war.

«Dann ... dann denkst du also, dass ich in den sauren Apfel beißen und Finn ein bisschen in Richtung Aude lenken sollte?»

«Richtig. Lad sie doch einfach mal abends ein, und nach dem Essen können wir beide uns ... na, du weißt schon ... davonmachen.»

Er grinste sie lüstern an, und sie sah auf die Tüte mit Videos, dann auf ihn und stellte sich schließlich Finn vor, wie er mit dieser zielstrebigen Raubkatze allein zurückblieb.

Na, dachte sie, scheinbar habe ich ein ziemlich dickes Brett vor dem Kopf gehabt. Mir wäre nie auch nur der Gedanke gekommen, dass Finn von einer genäschigen Tigerin verfolgt wird. Aber ich habe ja auch nicht geahnt, mit was für einem Sexbesessenen ich selbst verheiratet bin. Anscheinend hatte ich mich so tief im Wald verirrt, dass ich die Bäume nicht mehr gesehen habe. Aber wann habe ich mich eigentlich verirrt?

Vielleicht damals, als Hazel starb? Dann wären wir allerdings alle sehr weit gereist, um dahin zurückzukehren, wo wir immer hätten sein sollen. Wir haben so viel Zeit verschwendet, zugelassen, dass unsere Familie sich fast auflöst ... wären wir nicht hierher gekommen, wäre sie vielleicht tatsächlich zerbrochen. Ob ich Frankreich nun mag oder nicht, wenigstens hat es uns noch eine Chance verschafft.

Ohne Aileen etwas davon zu erzählen, kontaktierte Shona einen Immobilienmakler in Galway, um ihre Wohnung zu verkaufen. Schon der Gedanke daran war furchtbar, aber wie Emily sagte, als sie die Neuigkeit hörte: Man kann den

Kuchen nicht aufessen und gleichzeitig behalten. Als Nächstes rief sie Crys an, die Schlüssel zu ihrer Wohnung hatte. Ob es ihr wohl recht wäre, sie dem Makler zu geben?

«Ach, Shona, nein! Das kann doch nicht dein Ernst sein – wir werden uns nie wieder sehen!»

«Crys, Frankreich ist doch nicht Australien. Natürlich sehen wir uns wieder.»

«Aber ich kann dich nicht mehr besuchen, nicht mit einem Baby ...»

«Crys, es ist doch nur ein Baby und keine Bombe!»

«Und ob es eine Bombe ist. Mein ganzes Leben wird in die Luft gehen.»

«Crys, du wirst die Babyzeit schon überstehen. Und wir werden unsere Trennung überstehen. Wir kriegen das schon hin, du wirst sehen.»

Widerstrebend erklärte Crys sich bereit, ihr beim Verkauf zu helfen. Der würde zunächst einmal Geld kosten, bevor er welches einbrachte, denn als Nächstes musste Shona einen irischen und einen französischen Wirtschaftsberater finden, um sie durch das entstehende finanzielle Labyrinth zu führen. Und außerdem einen Steuerberater für Le Mas, bevor die Pension auch nur den ersten Cent einbrachte ... Plötzlich wollten alle Geld von ihr haben, und sie verbrachte Stunden an ihrem improvisierten Schreibtisch in der *gîte*, so in ihren Papierkram vertieft, dass Aileen argwöhnisch wurde.

«Aber Sho, was kann denn nur so wichtig sein? Es ist so wunderschön draußen, komm doch wenigstens mal zum Luftschnappen raus.»

«Keine Zeit! Weil ich in zwei Ländern geschäftlich tätig bin, in zwei Sprachen, alles ist doppelt, und jede Bestimmung widerspricht der anderen!» Aileen zog sich bestürzt zurück; so hatte Shona sie noch nie angeblafft. Konnte das französische ‹System› tatsächlich nette Leute in brüllende Wilde verwandeln? Offensichtlich.

Und doch lebte Joe sich hier so überraschend gut ein. Er hatte sich angewöhnt, abends auf einer Bank des Dorfplatzes zu sitzen und den Leuten beim *Boule* zuzuschauen, bis sich eines Abends einer der Spieler zu ihm setzte, ihm ein Glas Pastis anbot und ihn fragte, ob er das Spiel gerne einmal versuchen würde. Ja, antwortete Joe, warum eigentlich nicht … Am Ende der Woche wurde er dann Mitglied des *Boule*-Clubs von Mézalas, auch diesmal kommunizierte er wortlos, und bald lernte er alle möglichen Leute kennen. Während er bisher nur ein wenig in Haus und Garten herumgewerkelt hatte, bekam er nun allmählich mehr zu tun, da sich herumsprach, dass er Regale aufstellen oder tropfende Leitungen und kaputte Rasenmäher reparieren konnte. «Na ja», meinte er bescheiden, «wenn mein Sohn hier Arbeit findet, gibt es eigentlich keinen Grund, warum mir das nicht auch gelingen sollte.» Mit diesen Worten leerte er eines Abends unter Aileens faszinierten Blicken seine Taschen und ließ zerknautschte Geldscheine auf den Küchentisch flattern. Joe hatte hier Geld verdient und das sogar noch, bevor sie selbst auch nur einen Cent hatte einnehmen können.

Doch dann trafen eines schönen Abends Ende April die ersten Gäste ein. Sie kniete gerade im mittlerweile maulwurfsfreien Gemüsebeet, als sie ein Auto in der Auffahrt hörte, und als sie sich, dreckig, wie sie war, aufrichtete, entstieg gerade ein frappierend blondes, ungemein wohl gepflegtes Paar einem glänzenden Volvo. Aileen wischte sich die Hände an der Schürze ab und ging ihnen entgegen, um sie zu begrüßen, doch die beiden zuckten vor ihrer erdigen Hand zurück. «Entschuldigung», sagte sie auf Englisch. «Ich war gerade mit meinem Salat beschäftigt. Kann ich Ihnen helfen?»

Die beiden ließen den Blick von ihr zum Haus schweifen,

das sie schon wesentlich wohlgefälliger musterten. «Ja», antwortete die Frau in stark akzentgefärbtem Englisch. «Haben Sie vielleicht heute Nacht ein Doppelzimmer für uns frei?»

Ja! O ja, hier lang, ich zeige es Ihnen. Beim Hineingehen erklärte das Paar, dass sie im Lokalblatt eine von Shonas Anzeigen gesehen und das Foto der Pension sehr attraktiv gefunden hatten. «Le Mas ist auch wunderschön», antwortete Aileen stolz. «Wir haben es erst letzten Winter gekauft, aber es ist ein sehr altes, gemütliches Haus, und Sie sind unsere ersten Gäste – wo kommen Sie her?»

Aus Österreich, antwortete das Paar im Chor. Beide inspizierten das Zimmer gründlich und nickten erst sich und dann Aileen zu. «Das Zimmer ist sehr schön. Haben Sie jemanden, der uns mit dem Gepäck helfen könnte?»

Vielleicht einen Portier in Goldlivree? Hören Sie mal, das hier ist eine Pension und nicht das Ritz! «Ja sicher, mein Sohn kommt bald nach Hause. Der wird Ihnen das Gepäck hochbringen.»

Damit war das Eis gebrochen, und zur allgemeinen Überraschung ging es danach ganz schnell so richtig los; Shonas Marketing war so erfolgreich, dass sich Le Mas innerhalb weniger Wochen füllte; das Haus war fast jeden Abend komplett belegt, und an einem Wochenende musste Aileen sogar Leute abweisen. «Ich habe sie zu Aude ins Fremdenverkehrsbüro geschickt», meinte sie lächelnd zu Shona. «Entweder das oder ein Anbau.»

«Nur über meine Leiche! Ein Anbau ist immer scheußlich, und keiner fühlt sich da wohl. Man kann nicht einfach Neu an Alt dranklatschen. Außerdem besteht der Trick ja gerade darin, das richtige Maß zu wahren. Niemals mehr abbeißen, als man kauen kann. Apropos Kauen, wie läuft das irische Frühstück?»

«Phantastisch. Es wird geradezu unser Markenzeichen. Es scheint sich herumzusprechen, dass man nur hier heiße Würstchen, gebratenen Speck und anständigen Tee bekommt – ich muss einen größeren Gefrierschrank kaufen und Joe nach Irland schicken, um Nachschub zu holen.»

«Ich muss sowieso nach Irland. Ich hab da was Geschäftliches zu erledigen.» Gesagt, getan, und schon war Shona auf dem Weg zum Flughafen, froh über die Gelegenheit, ihrer alten Wohnung noch einmal Lebwohl sagen zu können. Die hatte ihr gut gedient und war ihr ans Herz gewachsen, doch nun war es an der Zeit, sie zu Geld zu machen. Schließlich, rief sie sich in Erinnerung, sind es ja nur vier Wände. Sie hat keinen unverwechselbaren Charakter wie Le Mas, sie ist in null Komma nichts verkauft, und in einer Woche habe ich sie vergessen. Bis dahin besuche ich Crys, meine Eltern und Emily, da bleibt mir gar keine Zeit zum Trübsal blasen.

Ich tue das Richtige, murmelte sie beim Besteigen des Flugzeugs, wie eine Prophezeiung für ihr eigenes Leben, ich setze alles auf die französische Karte, und am Ende haut alles wunderbar hin.

Das wär schließlich mal eine Abwechslung.

«Nein, tut mir Leid, Aude», sprach Aileen in den Hörer. «Ich habe kein Doppelzimmer fürs Wochenende, alles ist belegt. Doch wo wir jetzt schon miteinander reden – ich wollte Sie fragen ... hätten Sie nicht Lust, einmal abends zum Essen vorbeizukommen? Als kleines Dankeschön für die viele Kundschaft, die Sie uns schon geschickt haben?»

Es fehlte nicht viel, und Aude am anderen Ende der Leitung hätte geschnurrt. O ja, danke, Aileen, das wäre wunderbar. Nachdem sie sich auf Freitagabend geeinigt hatten, legten sie auf, und Aileen lächelte grimmig. Jetzt sollte sie wohl noch kurz mit Finn reden, damit er sich für diesen Abend nicht noch irgendwas anderes vornahm.

«Aber wir hatten eine Kanutour geplant», erwiderte er, «auf dem See. Henri, Romain und ich.»

«Könnt ihr das nicht Samstag machen?»

«Na ja, wahrscheinlich schon … aber warum denn? Was soll den Freitag sein?»

«Ich veranstalte ein kleines Abendessen, zum Dank für all die Leute, die uns hier geholfen haben. Raoul Lascaux, Aude Villandry und ihr Onkel Léo – und ich hätte gerne, dass du auch dabei bist, Finn. Wir müssen uns bedanken, als Familie.»

Früher einmal hätte er gesagt: «Kommt nicht infrage, vergiss es, Ma.» Jetzt dagegen stieß er nur einen Seufzer aus. «Ja. Okay. Wenn ich noch jemanden mitbringen kann.»

«Na ja, warum denn nicht? Henri oder Romain?»

«Nein – weder noch. Ein Mädchen. Sie heißt Martine. Sie ist im Handball-Verein, und sie ist irgendwie … na, du weißt schon, cool!»

Oh, verdammt! In Irland hatte Finn niemals Freunde oder Freundinnen mit nach Hause gebracht – und jetzt also ein Mädchen, genau zu dem Abendessen, bei dem Aileen es nicht gebrauchen konnte. Eine Konkurrentin für Aude? Sie zerbrach sich den Kopf nach einem Vorwand, diese Martine abzuwimmeln … Tja. Da musste Aude es eben darauf ankommen lassen.

«In Ordnung. Spricht sie Englisch?»

«Nein.» Plötzlich prustete er los vor Lachen. «Das ist nicht nötig!»

Hm? Was sollte denn das nun bedeuten? Sie beschloss, nicht weiter darüber nachzudenken, und bat ihn, einen Wäscheberg zu sortieren, was er auch widerspruchslos tat, während sie selbst sich ans Bügeln machte. Eine Zeit lang unterhielten sie sich friedlich, bis es dunkel wurde und Joe vom *Boule* zurückkehrte. Schau ihn dir an, dachte Aileen glücklich; um neun Uhr ist er zu Hause und denkt nicht einmal daran, in die Kneipe zu gehen. Wer immer gesagt hat, dass in Lourdes Wunder geschehen, lag gar nicht so weit daneben. Nicht, dass hier im ländlichen Frankreich zu so ungeheuer später Stunde noch irgendeine Kneipe aufhätte.

Joe machte sich ein Sandwich und aß im Stehen, während er mit halbem Ohr dem Kommentar eines Fußballspiels zuhörte, das einige Gäste im Fernsehzimmer schauten. Dann blickte er fast beiläufig auf ein Foto, das Aileen zaghaft und kommentarlos auf ein Wandbord gestellt hatte.

«Auf diesem Bild hat Hazel schon eine ganze Menge Zähne, da muss sie wohl … hm? So um die zwei gewesen sein? Also kurz bevor sie uns genommen wurde.»

«Ja», antwortete Aileen, ohne von ihrer Bügelwäsche aufzuschauen. «Es war kurz vor ihrem zweiten Geburtstag.»

In der hallenden Stille, die darauf folgte, fragte Aileen sich, ob jetzt vielleicht die ganze Familie einfach implodieren würde. Seit sechzehn Jahren war nicht mehr so von Hazel gesprochen worden, ganz offen im Beisein aller Familienmitglieder.

«Sie hat deine Augen, Ma», merkte Finn gelassen an, und Joe stimmte freundlich zu.

«Ja, unbedingt. Jetzt frage ich mich aber gerade, würde es diesen Leuten wohl was ausmachen, wenn ich mich einfach dazusetze, um die zweite Halbzeit zu sehen?»

Mit diesen Worten ging er aus dem Zimmer, doch Aileen sah, dass er davor einen ganz kurzen Blick mit Finn wechselte. Da war ihr plötzlich klar, dass Vater und Sohn miteinander geredet haben mussten, dass sie sich irgendwie abgesprochen hatten. Welche Worte sie für dieses Thema gefunden hatten, konnte sie sich nur schwer vorstellen, aber wie hatte Finn gemeint? Vielleicht waren Worte nicht immer das Entscheidende.

«Léo? Willst du etwa sagen, dass er auch zum Abendessen kommt?»

«Ach, Joe, jetzt sei mal vernünftig! Ich konnte doch nicht nur Aude allein einladen, das wäre wirklich zu offensichtlich gewesen. Also kommt Léo auch – samt Frau, nur zu deiner Information.»

«Hmpf.»

«Und Raoul Lascaux, ohne seine Frau, die hat wahrscheinlich sowieso schon seit Jahrzehnten kein Sonnenlicht mehr gesehen.»

«Aileen, das wird doch nicht etwa …, also du weißt schon, was Offizielles?»

«Joe, erinnerst du dich noch daran, dass es deine Idee war? Finns und Audes wegen? Nur hat sich jetzt herausgestellt, dass Finn noch ein anderes Mädel mitbringt, was heißt, dass Aude sich auf Konkurrenz einstellen muss. Und ansonsten, nein, es wird nichts Förmliches, einfach nur Abendessen auf der Terrasse, und wir werden das trotz der Sprachprobleme schon irgendwie hinkriegen.»

Laut Aileens Frankreichratgeber war eine Einladung in Frankreich ganz simpel. Vor allem im Sommer. Man musste nur ein paar einfache, aber hochwertige Lebensmittel kaufen und sie mit einem Lächeln servieren. Mehr war nicht dabei. Man brauchte nicht einmal zwischen den Gängen die Teller zu wechseln, die wurden einfach zwischendurch mit Brot sauber gewischt … Solange der Wein gut und der Käse reif war, konnte man eigentlich nichts verkehrt machen.

Also los. Auf dem Markt Bayonne-Schinken, rosa Garnelen, Friséesalat und fünf intensiv riechende, weiche Käse einkaufen. Körbeweise Brot und eine Schachtel mit winzigen, aber exquisiten Desserts. Frische Blumen für den Tisch, und schon ist alles fertig. Mehr Aufwand ist gar nicht nötig. Heute Abend will ich ja nur meinem Sohn die Gelegenheit verschaffen, eine Freundin zu finden – falls er nicht schon eine hat! Wer immer diese Martine sein mag, ich kann nur hoffen, dass Aude sie nicht zu Kleinholz verarbeitet.

Es war ein schwülheißer Abend, und Aileen entzündete gerade kleine Windlichter auf dem Terrassentisch, als ihre Gäste innerhalb von fünf Minuten eintrafen; im Gegensatz zu den Iren waren die Franzosen anscheinend der Meinung, dass neunzehn Uhr tatsächlich neunzehn Uhr bedeutete. Zuerst Raoul Lascaux, der verlegen einen Blumenstrauß vor sich hertrug und so aussah, als wäre er desinfiziert worden; ohne den ganzen Dreck und Staub war er ein recht gut aussehender Mann. Dann Léo, der Maulwurfsjäger, der eine winzige Frau und eine Flasche Branntwein mitschleppte, und schließlich Aude, die in ihrem kurzen Hemdkleid wirklich makellos aussah, das Haar gestylt, ein Schultertuch übergeworfen und mit einer Brosche befestigt, *nur so.* Man muss zugeben, dachte Aileen versöhnlich, dass sie eine attraktive junge Frau ist.

«Haileen!», rief Aude überschwenglich und reichte ihr ein wunderbar verpacktes Geschenk. «Wie geht es dir?» Schmatz. Sie begrüßte Aileen mit Luftküsschen, drehte sich dann um und strahlte jederman an. «*Bonsoir*, M. 'Egarty …» Sie reichte ihm die manikürte Hand und lächelte dabei so albern, dass Aileen sich innerlich vor Vergnügen ausschüttete: Es sah aus, als erwarte Aude kein Händeschütteln, sondern einen Handkuss.

«*Bonsoir*», antwortete Joe und nahm die Herausforderung zu Aileens Überraschung tapfer an; Aileen kippte fast um, als sie sah, wie er die Hand ergriff, an den Mund führte und – meine Güte! – die zierlichen Fingerknöchel küsste. Einen frappierenden Moment lang verwandelte sich Joe Hegarty vor Aileens Augen in Sean Connery.

Vollkommen cool ließ Aude den Blick unauffällig über die ganze Versammlung schweifen, fragte aber nicht nach Finn, was Aileen mit Anerkennung feststellte, denn wenn Joe Recht hatte, kam sie gerade um vor Neugier. Finn war mit dem Motorrad ins Dorf gefahren, um Martine abzuholen – die gegen dieses parfümierte Kampfgeschoss garantiert einen schweren Stand haben würde.

Léos Frau Clementine wollte das Haus sehen, und so ließ Aileen Joe mit den anderen auf der Terrasse zurück, ging mit ihr hinein und war gerade mittendrin in der Besichtigungstour – ‹oh, exquisite!› –, als sie hörte, wie das Motorrad über den Kies herantuckerte. Gespannt scheuchte sie Clementine in aller Eile durch die übrigen Räume und führte sie wieder nach draußen. Konnte Martine Aude das Wasser reichen?

Nein. Du liebe Güte, nein. Martine nahm den Helm vom zerzausten, schwarzen Stachelhaar, sprang vom Beifahrersitz, ließ den Helm fallen und stapfte in schwarzen Motorradstiefeln, Latzhosen und einem verlotterten T-Shirt über den Kies auf die Versammlung zu. Bei näherer Betrachtung entdeckte Aileen eine Tätowierung an jedem Arm, ein Nasen- und ein Augenbrauenpiercing und – als sie den Mund zur Begrüßung öffnete – auch noch einen Zungenstecker. Aileen blieb wie angenagelt stehen und musste erst einmal tief Luft holen, bevor sie ein Lächeln auf ihre Lippen legte, das, wie sie hoffte, warm und vollkommen gelassen wirkte.

Martine grüßte auf Französisch, marschierte zu Joe, streckte energisch die Hand vor und schüttelte seine herzlich. «Du bist bestimmt Finns Papa?»

Ähm – äh – ja. Als Nächste kam Aileen dran und wurde abgeküsst wie eine alte Freundin, anschließend bedachte sie alle anderen mit einem festen Händedruck, einschließlich Aude, die Martine so entgeistert anstarrte, als wäre gerade eine Vogelscheuche zum Leben erwacht. Na ja, dachte Aileen und riss sich zusammen, schüchtern ist diese Martine jedenfalls nicht … sie wirkt sogar nett, und diese mandelgrünen Augen sind eigentlich attraktiv. Wenn jemand sie ein kleines bisschen zurechtmachte, könnte sie aussehen wie eine etwas rauere Audrey Hepburn. Aber, meine Güte – Latzhosen zum Dinner bei Finns Eltern? Offensichtlich hat sie nicht vor, bei uns irgendwie Eindruck zu schinden. Es sieht so aus, als wäre sie einfach, wie Finn es ja auch genannt hat, ‹eine Freundin› … vielleicht gibt es also doch gar keinen Zusammenstoß mit Aude.

Wohin soll ich die beiden denn setzen? Aude Finn gegenüber, und Martine neben Finn, oder andersherum? Hm, lieber andersherum, denke ich, Aude an Finns Seite und ihr gegenüber Joe? Ja. So mache ich es. Raoul kommt neben mich, sein Gegenüber wird Clémentine, und ich sitze Léo gegenüber.

«Also», sagte Joe und hob spontan sein Glas. «Wir freuen uns sehr, dass Sie alle da sind. Am besten setzen wir uns jetzt und kosten die phantastische französische Küche meiner Frau!»

Alle lachten, das Eis war gebrochen, und Finn flüsterte Martine eine Art Übersetzung ins Ohr. Sie kicherte auf eine Art, der man ansah, wie jung sie noch war – achtzehn, neunzehn? –, und Aude nahm sofort ihre Chance wahr. «Sprechen Sie denn gar kein Englisch?», fragte sie lang gezogen, und wieder kicherte Martine.

«*Non!* Nix!» Worauf Finn Aude mit einem recht eisigen Blick bedachte.

«Martine», erklärte er mit einer gewissen Überheblichkeit, die Aileen gar nicht bei ihm kannte, «ist Bildhauerin. Man braucht kein Englisch, um Statuen zu hauen.»

Eine Bildhauerin? Alle starrten die zarte junge Frau verwundert an. Sie sah nicht so aus, als könnte sie auch nur einen Koffer heben, von einer Skulptur ganz zu schweigen. Dann erklärte Martine in schnellem Französisch, ohne Rücksicht darauf, wer sie verstand und wer nicht: Ja, sie sei Bildhauerin, beende gerade bei einem Meister nahe Toulouse ihr erstes Lehrjahr und sei vollkommen begeistert.

«Aber», fragte Joe verblüfft, nachdem ihre Erklärung übersetzt war, «wie kann denn so ein zierliches Ding wie Sie einen schweren Steinblock heben? Ich meine, da braucht man doch Hammer und Meißel und …?»

Aude war die Einzige, die das übersetzen konnte, und das tat sie auch, direkt an Finn gewandt, als wäre Martine unsichtbar. Doch Martine nickte mit eifrig glänzenden Augen. O ja, Schlägel und Meißel, Flaschenzüge, Gewichte und … je heller ihr Gesicht strahlte, desto mehr Wolken zogen sich auf Audes Stirn zusammen, und Aileen verstand auch, weshalb: Aude hatte erwartet, der Star des Abends zu werden, und fand sich nun in der Rolle der Übersetzerin wieder, die nicht über sich selbst redete, sondern über diese Gammlerin. Schlimmer noch, Martines Munterkeit färbte auf Finn ab, wenn er in ihre glänzenden Augen schaute, die in der zunehmenden Dämmerung beinahe Funken zu sprühen schienen.

Verflixt, dachte Aileen, ich hab's vergurkt. Ich hätte ihn Aude gegenübersetzen sollen. Sie griff nach einer Platte mit Krustentieren, stand auf und reichte sie mit einem Gefühl stiller, aber unüberwindbarer Verzweiflung den Tisch hinunter: «Ich hoffe, hier mögen alle Garnelen?»

O ja, antworteten sie im Chor, und ob. Alle waren ganz

scharf auf Garnelen … außer Finn, der Aileen anscheinend gar nicht gehört hatte. Und Joe, der sie anscheinend auch nicht gehört hatte. Als ihr Blick auf ihren Sohn und ihren Mann fiel, sah Aileen ihre Gesichter im Kerzenlicht schimmern und entdeckte plötzlich mit einer brennenden, schockierenden Klarheit, dass Finn vollkommen in Martines Bann stand und völlig vernarrt in ihre Augen starrte, während Joe nicht weniger hypnotisiert gerade in den Augen von Aude ertrank.

«Lüg mich nicht an, du Mistkerl!»

«Aileen, um Himmels willen, sprich leiser, die Gäste hören dich …»

«Scheiß auf die Gäste! Gib es zu! Du warst den ganzen Abend nur hinter Aude Villandry her!»

Aileen stand bleich vor Zorn mit geballten Fäusten neben der Schlafzimmerkommode und konnte sich nur mit Mühe beherrschen, keine Blumenvase nach Joe zu werfen. Joe saß mit Unschuldsmiene auf der Bettkante, als gehörte dieser Ausbruch einfach zu ihrer Midlife-Crisis.

«Ich war einfach nur nett zu ihr, weil es so peinlich war, dass Finn nicht das geringste Interesse an ihr hatte. Das Mädchen sah aus wie … na ja, ich dachte einfach, ich sollte sie ein bisschen aufmuntern.»

«Aufmuntern? Du warst fast in ihrem Ausschnitt drin, du eklige kleine Ratte, du hast sie umschmeichelt, geplaudert … und … ich weiß nicht, was mit dir los ist, Joe Hegarty! In letzter Zeit scheinst du nur noch an Sex zu denken, an nichts anderes als Sex, Sex, Sex …»

«Na ja», meinte er freundlich, «vielleicht stimmt das ja. Vielleicht ist es die Hitze oder so, vielleicht sind es die hübschen französischen Mädels, aber an Sex zu denken ist doch kein Verbrechen. Oder?»

«Für einen verheirateten Mann schon! Du bist mit *mir* verheiratet, und da geilst du dich an einem Mädel auf, das deine Tochter sein könnte! Mein Gott, ich hätte heute Abend beinahe gekotzt! Was ist eigentlich *los* mit dir?»

Er holte tief Luft und schien tatsächlich darüber nachzudenken, bevor er etwas erwiderte. Dann antwortete er ihr ganz freimütig.

«Mit mir ist alles in Ordnung. Wirklich, ich habe mich noch nie besser gefühlt. Mit fünfundvierzig bin ich zum ersten Mal in meinem ganzen Leben als Erwachsener aus dieser ewigen Tretmühle raus. Ich muss nicht mehr bei Tagesanbruch aufstehen und tagaus, tagein für jemand anderen schuften. Ich bin unglaublich glücklich, dass ich hier bin und dir helfen kann, dieses wunderschöne Haus an diesem wunderschönen Ort zu führen, dass ich zur Abwechslung mal ein bisschen Sonne abkriege, mich mit neuen Menschen anfreunde und abends draußen meinen Spaß an einer Partie *Boule* habe, statt mit dem Langweiler Doherty meinen Kummer im Bier zu ersäufen. Ich sehe, dass mein Sohn Arbeit und eine nette Freundin gefunden hat und dass er sich mit seinen Freunden amüsiert, und da sage ich mir – hey, Joe, es ist auch für dich nicht zu spät, ein bisschen Spaß am Leben zu haben! Frankreich ist großartig, hol das Maximum raus! Schließlich möchte deine Frau, dass du in Frankreich bist! Und, außerdem, wenn sie mit ihrem guten Freund Léo rumflirten kann, dann kann ich doch bestimmt auch ein bisschen mit meiner guten Freundin Aude rumflirten. Es ist nur ein ganz harmloses Vergnügen, was zum Teufel kann daran schon falsch sein, hm?»

Was falsch daran sein sollte? So, wie er es darstellte, klang alles ganz vernünftig. Doch das brachte Aileen nur noch mehr auf. «Harmloses Vergnügen?! Du hast dich absolut zum Narren gemacht …»

«Wirklich? Meinst du das ehrlich? Oder bist du vielleicht zufällig *eifersüchtig*, Mrs. Hegarty?»

«Eifersüchtig? Was? Ich? Ach, mach dich doch nicht lächerlich!»

«Also, ich kann mir keinen anderen Grund dafür vorstellen, dass du aus einer so winzigen Mücke einen solchen Elefanten machst. Ich meine, wir sind jetzt seit mehr als zwanzig Jahren verheiratet, und ich habe immer gedacht, wenn wir Hazels Tod gemeinsam durchstehen konnten, dann können wir alles durchstehen, weil das wirklich und wahrhaftig ein langer, dunkler Tunnel war … Aileen, hast du eigentlich eine Ahnung, was für eine Partnerin du all diese Jahre hindurch warst?»

Er sagte das ganz ruhig. Wie kam es nur, dass es so laut krachte, als schlüge eine Gewehrkugel in ihrem Gehirn ein? Es war, als wiche ihr alles Blut aus den Adern, und sie musste sich an die Wand lehnen.

«Ich … ich … was meinst du damit?»

Sie fühlte sich schwach und konnte nur mit Mühe sprechen, doch er rührte sich nicht, um sie zu halten oder zu trösten. Er saß einfach auf dem Bett und sah sie unnachgiebig an. «Ich meine …, ich weiß ja, dass du nichts dafür konntest, aber Menschenskind, es war, als würde man auf Eierschalen gehen. Du warst so in Trauer versunken, dass ich kaum zu atmen wagte aus Angst, dich aufzuregen.»

«Aber … ich … Joe, *du* warst so … du warst derjenige, der …»

«Alles runtergeschluckt hat? Natürlich habe ich alles runtergeschluckt. Mir blieb gar nichts anderes übrig. Das ist nun mal die Rolle des Mannes, stark zu sein, wenn seine Frau schwach ist. Wo wären wir denn hingekommen, wenn ich getan hätte, was ich wollte, nämlich mich auf den Boden werfen und heulen? Wo wärst du denn dann gelandet, oder

Finn? Es stimmt, ich hab es runtergeschluckt, ich konnte nicht an dich herankommen, ich sah zu, wie du immer mehr ausgetrocknet bist, und es hat mich beinahe umgebracht …, dann sagtest du, du willst nach Frankreich, und ich dachte, also, das war's, wir haben uns verloren, jetzt verlässt sie mich also doch. Und jetzt sehe ich, dass du Fotos von Hazel aufgestellt hast, wie jede normale Mutter es tun würde, und Finn erzählt mir, dass du endlich fähig bist, über sie zu reden …»

«*Ich* bin fähig? Aber *er* konnte es doch nicht!»

«Nein. Er hat es nicht *getan*, Aileen, weil du es nicht *konntest.* Er hat es mir erzählt. Wir haben uns sehr lange darüber unterhalten. Und am Ende waren wir uns einig, dass Frankreich irgendeine Wirkung auf dich hatte, dir den Kopf frei gemacht hat, Türen in dir geöffnet hat, fast als … na ja …, jedenfalls, er fühlt sich gestärkt, und ich fühle mich verjüngt. Und deswegen entschuldige ich mich auch nicht, falls ich heute Abend wirklich mit Aude geflirtet habe. Sex ist gesund, Sex macht Spaß, und – ich möchte noch eine Chance! Ich möchte diesen ganzen Kummer abschütteln, möchte leben und lachen und … dich endlich wieder richtig lieben dürfen. Es war keine Absicht, aber vielleicht habe ich mich ja deswegen heute Abend auf Aude eingeschossen. Um zu sehen, wie du reagierst? Wie sie reagiert? Um zu testen, ob ich noch attraktiv bin für meine Frau oder irgendeine andere?»

Sie starrte ihn an und konnte sich nicht erinnern, wann Joe das letzte Mal so lang oder so eindringlich gesprochen hatte. Sie war völlig durcheinander, als hätte jemand sie wie eine Schachfigur hochgehoben und auf einem Feld abgesetzt, wo sie absolut nicht hinwollte und wo sie auch nicht hingehörte. Wütend wehrte sie sich dagegen.

«Jetzt fang nicht mit so was an, versuch bloß nicht, dich

hier rauszureden! Und versuch es nicht so darzustellen, als wäre ich in unserer Familie die Gefährdete gewesen und nicht Finn! Seit er vier ist, war die Erinnerung an Hazel immer eine Folter für ihn – *er* war angeknackst und du auch, nicht ich! Ihr beide, ihr kamt mit der Situation nicht zurecht!»

Hätte er ihr nur widersprochen. Hätte er nur überhaupt irgendetwas gesagt, irgendetwas Greifbares, in das sie die Zähne schlagen, gegen das sie hätte angehen und kämpfen können. Aber nein. Er ließ ihre Worte einfach wie Regentropfen, die sich in einem Spinnennetz verfangen haben, in der Luft hängen, und nun schwebten sie zitternd zwischen ihnen. Beinahe konnte Aileen sie einzeln erkennen, als ob sie sich augenzwinkernd über sie lustig machten.

Es folgte ein langes Schweigen, das gar nicht mehr zu enden schien. Schließlich aber hob er ganz ruhig das Gesicht und sagte: «Aileen … ist dir jemals der Gedanke gekommen, dass du die Sache vielleicht von der falschen Seite betrachtest?»

Noch im selben Moment sah sie es. Sah, wie er ihr sechzehn Jahre gespielter Normalität aus den Händen riss; all die Jahre einer sorgfältig inszenierten Selbsttäuschung. Eine Selbsttäuschung, die sie wie eine zweite Haut getragen hatte, auf die aber, außer ihr selbst, anscheinend keiner hereingefallen war. Sie war nicht unverletzt geblieben, sie hatte Hazels Tod nicht überwunden, sie war überhaupt nicht diejenige gewesen, die den Rest der Familie zusammengehalten hatte. Sie war genauso mitgenommen gewesen wie Joe und Finn, der Schmerz hatte genauso in ihr gewütet, und die beiden hatten das gewusst oder gespürt … all die Jahre?

Sie konnte nicht sprechen. Konnte gar nichts tun, als langsam an der Wand hinunterzugleiten, bis sie auf dem Boden saß, und die geballte Faust vor den Mund zu pressen, um Schluchzer zu unterdrücken, die sich nicht unterdrücken ließen. Mit der anderen Hand umklammerte sie Joe, sobald er so dicht bei ihr war, dass sie ihn durch ihren Tränenschleier erkennen konnte. Er setzte sich neben sie auf den Boden, legte ihr den Arm um die Schultern, zog sie an sich, sodass sie das Gesicht an seiner Brust bergen konnte, und wiegte sie wie ein kleines Kind.

«So ist es richtig», sagte er wieder und wieder. «Lass es raus. Lass alles raus, alle Tränen, die da sind …, weine so viel du nur willst, Liebling, und so lange du willst …, und dann können wir vielleicht endlich aufhören, nur zurückzuschauen, und können uns wieder aufs Leben einlassen. Hazel kann nie wieder lebendig werden, aber du und ich schon. Wir kriegen noch eine Chance.»

Kapitel dreizehn

Welche Freiheit, welche Euphorie! Noch Wochen danach schwebte Aileen wie auf Wolken, ganz ähnlich wie wohl Frankreich beinahe sechzig Jahre früher, als es von der Besatzung befreit worden war. Im Rückblick erschien es ihr unglaublich, dass sie nie bemerkt hatte, wie tief sie mit Herz und Verstand im Trauma von Hazels Tod verstrickt war; unglaublich, dass sie sich eingeredet hatte, Joe und Finn seien die Leidenden. Natürlich litten sie – aber nicht als Einzige. Es war eine riesige Erleichterung für sie, ihren eigenen Schmerz einzugestehen, ihn herauszulassen und loszulassen, bis sie beinahe optisch zu sehen meinte, wie Hazels Geist sich zurückzog und sich im Dunst der Vergangenheit auflöste. Nicht, dass sie ihre kleine Tochter jemals vergessen würde; doch jetzt konnte sie das Leid abschütteln und sogar bei der Erinnerung an ein kleines Mädchen lächeln, das ein so kurzes, aber wunderschönes Gastspiel in ihrer Familie gegeben und ihnen Freude geschenkt hatte, etwas Schönes, solange es da war. Zum ersten Mal seit Jahren schlief Aileen jede Nacht tief und fest durch, so tief, dass sie weder wusste noch sich darum scherte, ob Joe an ihrer Seite nun schnarchte oder nicht. Nur eines wusste sie sicher: dass der Halt seiner warmen, kräftigen Arme ihr gleichzeitig Freiheit und Sicherheit gab.

Frankreich, so gestand sie sich an einem strahlenden Sommermorgen ein, ist wunderschön. Aber nicht in das Land habe ich mich verliebt. Sondern in meinen Mann, und zwar so sehr, wie ich es niemals für möglich gehalten hätte, nicht als wir uns kennen lernten und auch nicht bei unserer Heirat. Damals war er nicht der Mann, der er heute ist, und ich bin heute nicht mehr die Frau, die ich damals war, wir waren so jung, und es gab noch gar keine Grundlage. Jetzt haben wir etwas viel Beständigeres und Stärkeres – etwas, was das Bewahren wert ist und die Arbeit daran. Nach Hazels Tod mussten wir um Finns willen zusammenbleiben; jetzt aber haben wir die Wahl, und jetzt möchte ich von mir aus, dass wir zusammenbleiben.

Es ist unglaublich, aber ich wusste gar nicht, wie viel er gedacht hat und wie viel gefühlt! Hat er es nie gesagt, oder habe ich es nie gehört? Hatten wir uns wirklich schon so gründlich auseinander gelebt? So muss es wohl sein ... ganz langsam und unmerklich, jedes Jahr ein bisschen weiter. Noch so ein kleines Stück, und wir wären in den Abgrund gestürzt. Jetzt weiß ich, wie diese Familie sich gefühlt hat, als Finn sie vom Dach rettete – benommen vor Erleichterung, außer sich vor Glück. Die Louvels sind nicht die einzige Familie, die gerettet wurde.

Und jetzt, wo Joe und ich uns auf sicheres Terrain zurückarbeiten, kommt auch Finn auf die Beine. Ich kann es kaum glauben – er hat eine Freundin! Zum Glück ist es schließlich doch nicht Aude geworden – auch wenn sie aus völlig unerklärlichen Gründen immer noch ein Auge auf ihn wirft. Aber sie wird garantiert nicht bei ihm landen, denn er ist ganz vernarrt in Martine. Die kleine Martine, die davon bis jetzt selbst noch nichts bemerkt hat ... sie wird ihn gewiss niemals so aufpolieren, wie Aude es getan hätte, aber sie kann ihm etwas Wunderbares geben: Sie kann ihn glücklich machen. Sie macht ihn sogar jetzt schon glücklich, jedes Mal, wenn sie ihn mit diesem schalkhaften Lächeln ansieht. Er wird noch eine ganze Weile brauchen, um sie einzufangen, aber es ist klar, dass er sie will. Jetzt hat er ein Ziel. Sie liebt ihn noch nicht, aber sie mag ihn. Zum ersten Mal in seinem Leben hat er den richtigen Ort für sich gefunden, er hat die Art von Freunden, die er nach Hause bringen kann, und er bringt sie gerne mit. So unwahrscheinlich das auch war, Frankreich ist heilsam für Finn.

Auch für Joe. Meine beiden Männer blühen hier auf, sind mit Begeisterung hier. Nur mir fehlt Irland, nur mir fehlen Mam, Dymps, meine Freundinnen und all dieser alberne Kleinkram, der einem plötzlich so viel bedeutet, wenn man ihn nicht mehr hat. Aber das sage ich niemandem, weil ich hier in jeder anderen Hinsicht so viel glücklicher bin. In meiner Ehe, bei meiner Arbeit ... Le Mas ist ein Erfolg, kein Zweifel. Shona wird begeistert sein, wenn sie zurückkommt ... falls sie das überhaupt jemals tut ... Na ja, natürlich kommt sie wieder, aber was um Himmels willen hält sie nur so lange auf? Ich brauche meinen Speck und meine Würste, Sho, leg mal einen Zahn zu!

Doch Shona kehrte erst zurück, als der Sommer schon fast seinen Höhepunkt erreicht hatte, als die Tage heiß und lang waren, es im Mas nur so von Leben wimmelte und am Frühstückstisch plötzlich Sprachen gesprochen wurden, die Aileen dort noch nie vernommen hatte. Das Frühstück war auf die Terrasse verlegt worden, wo Niederländer, Dänen, Russen, Kroaten und Vertreter aller möglichen anderen Nationalitäten träumerisch ins Tal hinunterblickten, wie hypnotisiert vom Klang der Kirchenglocken, der von Mézalas heraufwehte. Manchmal ließen die Touristen sogar Landkarten und Reiseführer zu Boden gleiten, vergaßen ihre Besuchspläne in Toulouse oder Montpellier oder wo auch immer und schauten einfach friedlich vor sich hin, überließen sich der Hitze und einem alles durchdringenden Gefühl der Trägheit. Wenn Le Mas doch nur ein Schwimmbecken hätte, sagten sie, dann könnten sie den ganzen Tag dableiben … Doch ein Schwimmbecken gab es zum Glück nicht, und so machte Aileen Picknickkörbe zurecht und schickte die Gäste auf lange Wanderungen in die Berge, von denen sie oft völlig erschöpft zurückkehrten. Nachmittags, wenn die Gäste unterwegs waren, machten Aileen und Joe inzwischen genau das Gleiche wie die Einheimischen: Sie öffneten die Fenster, schlossen die Fensterläden und machten ein wunderbar erfrischendes Nickerchen, umgeben vom Duft des Lavendels, der nun überall blühte.

So war es auch, als Shona eines Nachmittags in der allergrößten Hitze zurückkam. Aileen hörte, wie die Tür der *gîte* geöffnet wurde, raffte eine dünne Decke um sich und setzte sich auf. «Joe! Shona ist da!»

«Ach, wirklich?», murmelte er und zog sie wieder zu sich hinunter. «Na ja, sie braucht wahrscheinlich selbst ein kleines Schläfchen. Ich muss sagen, das hier ist bei weitem besser, als jeden Tag Farbe anrühren und Nägel abwiegen.»

Lachend ließ sie sich in die Kissen zurückplumpsen, wo er sie ebenfalls lachend empfing, und sie beschlossen, dass Shonas Neuigkeiten wohl noch bis zum Abend warten konnten.

«O nein! Unmöglich!»

«O doch! Ich hab's gemacht», beharrte Shona. «Ich wollte es dir erst hinterher sagen, damit du nicht versuchst, es mir auszureden.»

«Aber … deine Wohnung verkaufen, das ist eine so drastische Entscheidung!»

«Entschuldige mal, aber … noch letztes Jahr hattest du genau dasselbe vor! Jedenfalls, es ist passiert. Innerhalb einer Woche habe ich einen Käufer gefunden. Anders konnte ich auf die Schnelle nicht an Geld kommen. Jetzt bin ich ohne jedes Wenn und Aber die stolze Besitzerin von Le

Mas. Ich habe alle Brücken abgebrochen, eine Rückkehr nach Irland kommt jetzt nicht mehr infrage. Zumindest nicht für mich.»

Völlig überrascht saß Aileen ihrer Freundin in der winzigen *gîte* gegenüber. Mit einem Weinglas in der Hand versuchte sie, die Neuigkeit zu verdauen, und stellte dabei entmutigt fest, dass sie selbst diesen endgültigen Schritt auch in tausend Jahren nicht hätte tun können. Ganz im Gegenteil, es beruhigte sie, an ihr Haus in Galway zu denken und daran, dass sie es jederzeit wieder in Besitz nehmen konnte. Was trotz der Schönheit von Le Mas nicht gänzlich ausgeschlossen war.

Nur, wie kann ich denn jetzt jemals heimkehren, dachte sie verzweifelt, wenn Shona alles in mich, in das hier und in uns investiert? O Gott, ich sitze in der Falle! Allen gefällt es hier so gut, und wahrscheinlich haben sie Irland bald vollkommen vergessen, nur ich nicht. Ich werde Mam oder Dymps oder Galway nie wieder sehen!

Plötzlich fühlte sie sich von der schwülen Hitze wie erstickt, der süße Lavendelduft ließ sie fast schwindeln, und ihr fiel ein, dass es seit beinahe zehn Wochen nicht mehr geregnet hatte. Alles war knochentrocken, ausgedörrt, von der schrecklichen Hitze wie platt gedrückt, und mit einem Mal war ihr klar, dass sie sich nach Regen sehnte. Sich ganz entsetzlich nach der kühlen Frische von Regentropfen auf ihrer Haut sehnte.

«Das heißt also ...», sie räusperte sich, bemüht, ihre aufsteigende Panik zu verbergen, «Le Mas ist nicht mehr nur so eine Art Hobby oder Experiment? Du – du wirst hier *Wurzeln* schlagen?»

«Ja. Hoffentlich. Ich möchte das ganze Chaos, alles, worin ich versagt habe, hinter mir zurücklassen, Aileen, und versuchen, mir eine glücklichere Zukunft aufzubauen.»

Und das ist auch ihr gutes Recht. So was steht schließlich nicht nur Joe, Finn und mir zu. «Ich verstehe ... also, die gute Nachricht ist, dass Le Mas richtig eingeschlagen hat. Ich habe zwar noch nicht Buch geführt, aber ich kann dir sagen, dass wir seit sechs Wochen jeden Abend voll belegt sind, und es wartet massenhaft Geld auf dich, das du ...»

«Ach, Aileen, gut gemacht! Und vielen Dank! Du bringst dieses Haus hier richtig zum Laufen.»

Verlegen nahm Aileen einen großen Schluck Wein. «Ach nein, an mir liegt das nicht – dein Marketing war das Entscheidende! Du hast die Anzeigen geschaltet, du hast uns auf alle Listen setzen lassen, du hast die Kunden hergebracht ...»

«Und du hast dich dann um sie gekümmert. Da waren zwei beteiligt, Aileen, stell dein Licht nicht so unter den Scheffel. Du führst das Haus hier ganz phantastisch, unsere Gäste fühlen sich wohl, das spricht sich herum ... Ich bin dir ungeheuer dankbar.»

Shona sah sie mit solcher Bewunderung und Dankbarkeit an, dass Aileen fast schon Schuldgefühle bekam. Wie konnte sich jemand angesichts eines solchen Erfolges zu etwas so Absurdem und Kläglichem wie Heimweh bekennen? Das hätte kindisch geklungen, und wenn Shona irgendetwas überhaupt nicht leiden konnte, dann kindisches Verhalten. Und selbst Joe und Finn wären alles andere als begeistert.

In gewisser Weise, dachte sie, habe ich hier beinahe alles erreicht, was ich wollte. Ich werde langsam mein Trauma los, meine Familie findet wieder zusammen, die Pension läuft viel besser als in Irland, alles entwickelt sich wirklich großartig. Aber das Schreckliche ist, dass ich jetzt eigentlich am liebsten wieder dahin zurückkehren würde, wo ich hingehöre, nämlich nach Irland. Ich werde hier nie so reinpassen wie Shona. Werde mich niemals an die Hitze, die Sprache oder die französische Mentalität gewöhnen, werde hier niemals richtig Wurzeln schlagen oder ein echtes Gefühl der Zugehörigkeit entwickeln. Aber ... was soll ich bloß tun? Joe und Finn sind hier glücklich, ich kann sie doch nicht jetzt schon wieder ausgraben, nachdem ich sie gerade erst frisch verpflanzt habe. Ich kann doch diese blühende Pension nicht einfach im Stich lassen; und selbst wenn das Geschäft sich in Irland wieder beleben sollte, braucht Shona mich einfach hier. Den Verwaltungskram regelt sie phantastisch, aber sie hat keine Ahnung, wie man eine ...»

«Shona!»

«Mhm?»

«Ich hab's! Ich weiß, was du machen solltest!»

«Lass mich mal raten. Mich als Präsidentschaftskandidatin aufstellen lassen?» Sie lachte gequält, doch Aileen hörte es kaum, denn schon sprudelte sie los: «Du solltest einen ... einen Niederlassungsdienst aufmachen! Es muss doch Woche für Woche Hunderte von Leuten geben, die nach Frankreich umziehen, Leute, die jemanden wie dich mit Gold aufwiegen würden! Jemanden, der Frankreich kennt, Französisch spricht, sich mit den Immobilienmaklern rumschlagen kann, der die Telefoninstallation regelt, den Klempner oder Elektriker kommen lässt, der ein Konto für sie eröffnet und all so was! Leute, die jemanden brauchen, der sich um sie kümmert, der sie hier an die Hand nimmt! Und das kannst du einfach großartig!»

Shona zog nachdenklich eine Augenbraue hoch. Da sie sich ganz auf Le Mas konzentriert hatte, war ihr dieser Gedanke niemals gekommen – doch jetzt, wenn sie es sich recht überlegte, war das überhaupt keine schlechte Idee. Eine solche Arbeit würde ihr Spaß machen, sie wäre ihr eigener Chef, würde massenhaft Leute kennen lernen ...

Aileens Vorschlag hatte möglicherweise eine ganze Menge für sich.

«Weißt du was, Aileen, das könnte tatsächlich klappen. Es gibt bestimmt schon den einen oder anderen britischen Service, der sich um die Engländer kümmert, die hierher ziehen, aber bisher weiß ich von keinem Iren, der so was macht …, und zur Zeit kaufen verdammt viele Iren Häuser in Frankreich, nachdem sie jetzt wissen, was man hier für sein Geld kriegen kann. Ob es nun Ferienhäuser sind oder feste Wohnsitze, massenhaft Papierkrieg gibt es immer – und ich habe hier schon Erfahrung gesammelt, habe Le Mas gekauft und alles geregelt, da könnte ich das sicherlich auch für andere Leute erledigen. Vielleicht bist du da auf eine echte Goldgrube gestoßen!»

Aileen war ganz außer sich vor Begeisterung. «Ja! Ich weiß, dass du in der Fremdenverkehrsbranche arbeiten wolltest, in der Hotelsparte, aber damit könntest du erst einmal ins Geschäft kommen. Du könntest in einigen irischen Zeitungen Anzeigen schalten, hier vor Ort Flugblätter auf Englisch verteilen …»

«Und nach Umzugswagen Ausschau halten! Das ist eine großartige Idee, Aileen, ich werde einmal darüber schlafen, und wenn sie mir morgen immer noch so großartig vorkommt, dann … dann packe ich die Sache sofort an. Wie bist du nur darauf gekommen?»

Ja, wie eigentlich? Aileen versuchte stirnrunzelnd, sich zu erinnern. Die Idee war einfach plötzlich da gewesen, als sie über ihre …, ja tatsächlich, über ihre eigene Zukunft nachgedacht hatte und gar nicht über Shona. Vielleicht war die Idee ja gerade deshalb so gut – sie war einfach von allein in ihr Bewusstsein vorgedrungen und hatte alles andere beiseite geschoben.

«Ich weiß es nicht», räumte sie ein. «Aber du hast mir so

viel geholfen, Sho, da wäre ich überglücklich, wenn ich damit jetzt auch dir geholfen hätte. Ich sehe ja, dass du unbedingt hier bleiben möchtest.»

«Ja. Komisch, was? Hierher kommen wolltest ursprünglich du, aber bleiben möchte jetzt ich.»

Shona lächelte, und Aileen krümmte sich innerlich. O nein, sie weiß Bescheid. Sie durchschaut mich. Sie weiß, dass ich daran denke, sie … im Stich zu lassen?

Aude Villandry sammelte sich wieder und verdoppelte ihre Bemühungen um Finn Hegarty. Weit davon entfernt, ihn einfach Martine zu überlassen, besuchte sie Le Mas nun häufiger denn je, lud Finn zu allen möglichen Veranstaltungen ein, plante Schachzüge und Überrumpelungstaktiken wie ein kleiner Napoleon und brachte Aileen damit zum Lachen. Noch vor einem halben Jahr hatte Finn praktisch nichts vom Leben gehabt, und jetzt hatte er Arbeit, zwei Mädchen, zwischen denen er wählen konnte, und Eltern, mit denen er tatsächlich redete und die er sogar zu schätzen schien. Sein Äußeres änderte sich zunehmend, erinnerte schon längst nicht mehr an einen Serienkiller, und oft hörte man ihn abends irgendwo auf dem Gelände von Le Mas lachen, wo Martine versuchte, ihm das Gitarrespielen beizubringen, noch immer koboldhaft und anscheinend völlig ahnungslos, dass er vor Begehren nach ihr brannte. Entweder, sie bricht ihm das Herz, dachte Aileen, oder es schlägt richtig ein bei den beiden und geht so leidenschaftlich los, wie Joe und ich es niemals erlebt haben.

Aber Joe und ich holen so einiges nach, was wir niemals hatten. Wir werden nicht mehr zwanzig, wir würden uns lächerlich machen, wenn wir jetzt wie wild rumknutschten, aber ich fühle mich zehn Jahre jünger, und er wirkt auch so. Wir haben eine Flamme neu entzündet, die beinahe schon verloschen war, wir sind erst in den Vierzigern und haben noch Jahrzehnte vor uns … die einzige Frage ist nur, wo verbringen wir sie? Ich kann ihn jetzt nicht nach Hause schleppen, wo er hier so glücklich ist – neu erstanden, wie Finn sagt. Oje, Le Mas verschlingt mich noch!

Aber ich muss irgendwie dagegen ankämpfen. Nur sollte ich damit vielleicht bis zum Herbst warten, wenn hier alles ein bisschen ruhiger wird. Oder bis Shona beruflich wieder Fuß gefasst hat? Ich weiß, dass ihr Herz noch immer am Fremdenverkehr hängt; sie sehnt sich danach, Hotels zu vermarkten, aber ich denke, im Moment sollte sie einfach mit dem anfangen, was sich bietet. Es bietet sich nämlich eine gute Idee, und Ideen verwirklichen ist genau ihre Stärke.

Das muss ich schließlich am besten wissen, oder? Sie hat meine große Idee umgesetzt. In gewisser Weise ist sie diejenige, die meinen Sohn gerettet und mir meinen Mann zurückgegeben hat. Und doch ist sie selbst ganz allein und hat niemanden.

Manchmal, wenn ich sie so ansehe, denke ich, was für eine Verschwendung. Da haben wir diese hübsche, talentierte, lebhafte junge Frau, und ich kann einfach nicht verstehen, warum anscheinend keiner sie will.

Eigentlich hat sie hier in Frankreich nur mich. Mich und Le Mas. Sie jammert nie, aber für eine aktive, junge Frau von sechsunddreißig Jahren kann das unmöglich genug sein, oder?

Ich werfe keinen Blick zurück, sagte Shona sich eines Abends in nachdenklicher Stimmung. Ich denke nicht mehr über meinen alten Beruf, mein altes Zuhause oder meine alte Beziehung nach. Passiert ist passiert, und verloren ist eben weg. Ich bin weder Brendans Frau noch Chefin der Marketingabteilung, aber andererseits stehe ich auch nicht ganz oben auf der Liste für eine Bypassoperation. Ich bin nicht auf Sozialhilfe angewiesen, ich bin weder behindert noch bankrott, noch verwitwet. Wenn Emily O'Brien mit sechzig Jahren ganz allein zurechtkommt, dann kann ich das ja wohl auch. Ich rufe Emily jetzt einfach an und frage sie, was sie von meinem neuen Auswanderungsservice hält. Oder sollte ich ihn besser Einwanderungsservice nennen? Mal sehen, was sie dazu meint.

«Ich finde die Idee großartig», erklärte Emily voller Begeisterung. «Nenn ihn doch: ‹Die Flucht nach vorn›. Oder: ‹Der Amtsschimmel wiehert›.»

Shona lachte in den Hörer. «Der wiehert wie wild, das stimmt! Aber wenn ich meinen eigenen Kram regeln konnte, schaffe ich das bei anderen Leuten auch – das ist dann zwar nicht im Fremdenverkehr, Emily, aber mein Brot verdienen kann ich damit schon. Als Bettler darf man nicht wählerisch sein, oder?»

«Sagen wir einfach, du hast Steak bestellt, und der Kellner hat dir Seezunge gebracht. Wobei mir einfällt, Shona, hast du diesen Mann eigentlich angerufen?»

«Was denn für einen Mann?»

«Den im Restaurant. Der dir seine Karte gegeben hat.»

«Nein. Ich will nichts mehr mit Männern zu tun haben, Emily. Das Ganze ist ein Minenfeld, und ich habe es satt, ständig verletzt zu werden.»

«Shona. Tust du mir bitte einen Gefallen? Ruf ihn an, okay?»

«Aber warum denn? Warum liegt dir so viel daran? Er ist einfach jemand, der aufgetaucht und wieder verschwunden ist, Emily!»

«Das weißt du doch gar nicht. Und ich weiß jedenfalls, dass du nichts zu verlieren hast.»

«Außer meiner Zeit, meiner Selbstachtung und …»
«Shona, mach es einfach, okay?»

Also, wo war die verdammte Karte, was hatte sie damit gemacht? Unter Gefluche auf Emilys ewige Versuche, sie zu ‹verkuppeln›, durchwühlte Shona zahlreiche Schubladen, Kisten, Kleidertaschen und Handtaschen, bevor sie das verdammte krumplige Ding ausgrub. Olivier Dessanges stand darauf, und die Telefonnummer hatte die Vorwahl von Toulouse. Olivier Dessanges, der wahrscheinlich eine Frau und drei Kinder hatte und sich gern außer Haus ein wenig amüsieren wollte. Und auch noch Toulouse. Ich fahre doch nicht für eine Cola und eine Tüte Chips bis ganz da rüber.

Emily hat 'nen Knall. Ich weiß gar nicht, wozu ich … «Hallo? M. Dessanges?»

«Oui?»

«Mein Name ist Shona Fitzpatrick, Sie haben mir an einem Abend vor etwa sechs Wochen in einem Restaurant bei Mézalas Ihre Karte …»

«*Ah, oui!* Die Dame, die sich neulich den Geschäftsführer des Restaurants zur Brust genommen hat! Entschuldigen Sie, ich hatte Ihren Nachnamen nicht ganz verstanden?»

«Fitzpatrick. Shona Fitzpatrick.»

«Nun, Mme. Fitzpatrick, ich weiß nicht, wieso Sie mich erst jetzt anrufen, freue mich aber sehr. Ich hatte mich gefragt … Am Telefon ist das ein wenig schwierig zu erklären … hätten Sie vielleicht irgendwann im Laufe dieser Woche Zeit für einen Kaffee?»

Na? Nicht, wenn es ihm um ein Techtelmechtel ging. Nicht, wenn er als nächste Kerbe an ihrem Bettpfosten verewigt werden wollte. Sorry, Kumpel. Ich hab was anderes zu tun. «Das hängt davon ab, was Sie wollen, M. Dessanges. Geschäft oder Vergnügen?»

Ein Moment geschockten Schweigens. Als er dann wieder sprach, klang er entsetzt. «Aber Mme. Fitzpatrick, haben Sie denn meine Karte nicht richtig gelesen?»

Was? Sie sah die Karte neugierig an, und tatsächlich, unter seinem Namen stand in kleineren Buchstaben: «Gestion de la Groupe Entrime.»

Guter Gott. Groupe Entrime sagte ihr zwar nichts, doch er war offensichtlich ein Geschäftsmann. Und sie hatte gerade wie eine billige Hure geklungen. Ihr Gesicht brannte wie Feuer, als sie krampfhaft versuchte, ihren grässlichen Schnitzer auszubügeln. «Oh – ähm –, ich wollte eigentlich fragen, was macht denn die Groupe Entrime? In welchem Feld sind Sie tätig?» O Gott, wie grauenhaft peinlich.

«Man könnte uns einen Firmenrettungsdienst nennen. Wir kommen, wenn die Dinge finanziell im Argen liegen. Wir durchleuchten Betriebe, die in Schwierigkeiten geraten sind. Was heißt, dass wir nach den Fehlern suchen. Im Moment sind wir mit einer Hotelgruppe befasst, die, ähm … kurz vor dem Zusammenbruch steht. Deswegen habe ich Ihnen meine Karte gegeben. Sie klangen wie eine Dame, die sich in der Fremdenverkehrsbranche auskennt – Sie sagten ja tatsächlich, Sie hätten in diesem Bereich gearbeitet –, und Sie haben sich nicht gescheut, klipp und klar Ihre Meinung zu sagen. Genau so jemanden brauchen wir, um eine Gruppe kleiner Landhotels einzuschätzen. Um einen offenen, schonungslosen Bericht zu erstellen, den wir als Arbeitsgrundlage verwenden können.»

Unglaublich! Sollte das ein Scherz sein? Genau so etwas würde sie liebend gerne tun! Aber es war Wochen her, seit er ihr die Karte gegeben hatte. «Ich verstehe. Und, ähm, haben Sie schon jemanden gefunden?»

«Wir haben Gespräche geführt und haben eine Person in der engeren Auswahl. Es sei denn, Sie wären interessiert?»

Einen Moment lang dachte sie an ihren neuen Einwanderungsservice. Dann merkte sie, dass sich beides verbinden ließ. Anscheinend ging es ihr genau wie Finn: Erst gar keine Optionen, und plötzlich mehr als genug davon.

«Ja, M. Dessanges. Ich bin interessiert. Wie wäre es mit einem Kaffee morgen um zehn in Carcassonne?»

«Also, ich bin ohnehin in Pézanas. Wie wäre es mit dem Café Molière?»

Ja! Sogar noch besser. Nur eine halbe Stunde Fahrt – was ziehe ich an, was sage ich, wie mache ich ihm klar, dass er mir diesen Job einfach geben *muss*? O Gott, Hotels beurteilen, das würde ich sogar umsonst machen! Er sagt, sie stünden kurz davor, den Job an jemand anderen zu vergeben, aber dazu wird es nicht kommen, denn morgen früh nimmt Shona Fitzpatrick das Marketing für Shona Fitzpatrick in die Hand!

Das heißt, falls sie Olivier Dessanges überhaupt in die Augen schauen konnte. Sie hatte sein Verhalten für Anmache gehalten, obwohl er nur an ihrem Know-how interessiert war. Das sage ich Emily besser nicht, wenn ich sie morgen anrufe, um ihr von meinem absolut wunderbaren neuen Job zu erzählen.

«Es ist natürlich», erklärte Olivier Dessanges, der bei der Platzwahl auf einen überaus korrekten Abstand zu Shona geachtet hatte, «keine richtige Stelle. Sondern nur ein einmaliger Auftrag. Es handelt sich um acht Hotels in verschiedenen Bezirken des Languedoc, und in sechs Wochen sollten Sie eigentlich alle besucht haben und Ihren Bericht abliefern können.»

Nur sechs Wochen. Einmalig. Und sie musste sich ein Auto zulegen. Aber es war immerhin ein Anfang. Ein Fuß in der Tür der Hotelbranche, und daraus konnte sich schließlich alles Mögliche entwickeln. Shona nickte eifrig. «Sechs Wochen reichen absolut. Ich werde Ihnen eine komplette Beurteilung jedes Hotels anfertigen, vom Salzstreuer bis zum Service.»

«Alles. Lage, Zufahrt, Freizeitangebot, Essen, Hygiene, Ausstattung, Personal ... Ihre Berufserfahrung spricht für sich, und so lege ich die Sache einfach in Ihre kompetenten Hände.»

Mit einem höflichen Nicken nahm er seine Aktentasche und ging, während Shona, die ihm hinterherschaute, sich überlegte, ob ihre beruflichen Aussichten vielleicht doch nicht völlig ruiniert waren. Wenn dieses unerwartete Projekt erfolgreich verlief, konnte sie vielleicht eine Art Beratungsagentur daraus machen, freiberuflich ..., jedenfalls war es eine Chance. Vielleicht nicht die Art von Chance, die Emily im Kopf gehabt hatte, aber sie würde trotzdem von dieser unerwarteten Entwicklung des Kontakts mit Olivier Dessanges begeistert sein.

Shona stieg in den Ford Ka, den sie von Aileen geliehen hatte, und fuhr bei einem Gebrauchtwagenhändler am Stadtrand von Pézanas vorbei, wo sie einen drei Jahre alten, spritzigen kleinen Clio erstand, den man ihr gleich am nächsten Vormittag zum Mas bringen würde. Der kostete zwar fast so viel wie das Honorar, das M. Dessanges ihr anbot, doch wie ihr Vater gerne sagte, ohne Einsatz kein Gewinn. Der Wagen würde sich hoffentlich im Verlauf des Jahres amortisieren.

Als Aileen die Nachricht erfuhr, war sie entzückt. «Großartig! Doppelt genäht hält besser. Wenn du die beiden Projekte verbindest, wirst du bestimmt genug verdienen und kannst dir eine berufliche Zukunft aufbauen – und du bist dein eigener Chef! Nie wieder so ein Typ wie Terry O'Hagan!»

Nein. Welche Herausforderungen auch immer kommen mochten, wenigstens war sie vor Bürointrigen, Sexismus, Mobbing und all diesen Gemeinheiten sicher, die Leute um ihren Job und halb um den Verstand bringen konnten. Shona, die spürte, wie ihre Kräfte zurückkehrten, verbrachte den Rest des Tages damit, ihre Garderobe durchzugehen und aus den Jacketts und Röcken, die sie monatelang nicht mehr getragen hatte, schicke Outfits zusammenzustellen.

Diese Beschäftigung hatte etwas Therapeutisches, gab ihr das Gefühl, plötzlich gesund zu werden, als hätte man einem Kranken ein Wundermittel eingeflößt. Olivier Desanges, dachte sie, Sie werden vollkommen baff sein, wenn Sie meine Leistung sehen, Sie werden überall erzählen, wie gut ich arbeite, und so wird mir dieser Auftrag noch viele Aufträge bringen.

Vom Ansturm der Gäste überwältigt und von der Hitze ermattet, fragte Aileen sich, wie sie es früher nur geschafft hatte, ihre Pension allein zu führen. Es war eine enorme Hilfe, dass Joe jetzt hier war und sie unterstützte. Er hatte nicht nur Zeit, sondern war auch gerne bereit, sich die Haus- und Gartenarbeit und anfallende Reparaturen mit ihr zu teilen: Je schwieriger oder dreckiger die Arbeit war, desto besser schien sie ihm zu gefallen. Er ging alle Aufgaben pfeifend und mit fröhlicher Gelassenheit an, die ihr zusätzlich zur Arbeitsentlastung das Herz leicht machte. Er störte sie nie, sondern war immer eine vergnügte und fröhliche Gesellschaft. Auf irgendeine unsichtbare Weise war die geteilte Arbeit auch ein Band, das Nähe zwischen ihnen schuf und ihnen ein gemeinsames Gefühl der Zufriedenheit schenkte, wenn sie spätabends endlich die Beine ausstrecken konnten. Dann gab es nur etwas Kühles zu trinken und ein ganz leichtes Abendessen, denn bei Temperaturen von um die vierzig

Grad konnte man höchstens noch Salat herunterkriegen, und so verloren beide Gewicht. Gewicht, um das es wirklich nicht schade war; Aileen weinte beinahe vor Freude, als sie eines Tages in ein altes Lieblingskleid schlüpfen konnte, das ihr seit Jahren nicht mehr passte.

«Das sieht gut aus», meinte Joe, und sie strahlte, nicht nur weil es stimmte, sondern auch, weil er es bemerkt hatte.

«Danke», gab sie zurück, und sie lächelten sich an; ganz kleine Dinge konnten ihnen zurzeit enorm viel Freude bereiten. All diese Kleinigkeiten, die irgendwie vernachlässigt worden waren, vergessen und in einen Winkel ihrer Ehe gekehrt … Jetzt aber hatten sie zu zweit für Luft und Licht gesorgt und würden so etwas nie wieder einreißen lassen. Als ihr Geburtstag sich näherte und er sie nach einem Wunsch fragte, dachte sie einen Moment lang nach und antwortete dann:

«Parfüm. Ich hätte gerne ein wunderbares, extravagantes, romantisches französisches Parfüm.»

Grinsend kitzelte er sie mit dem Finger hinter dem Ohr. «Also, das ist ja mal was ganz Neues, Mrs. ’egarty! Du wolltest doch immer was Praktisches – ich erinnere mich da irgendwie an eine Heckenschere oder an ein Töpfeset …»

«Da hatte ich wohl den Verstand verloren», antwortete sie. «War total vertrottelt, nur noch schuften und gar nicht mehr sehen, dass … na ja, jedenfalls dieses Jahr wünsche ich mir Parfüm. Sexy. Teuer. Bezaubernd. Kapiert?»

Er besorgte es, und außer dem Fläschchen Bulgari bekam sie an diesem Tag auch noch einen prachtvollen Lilienstrauß und einen Kuss von ihm.

«Alles Gute zum Geburtstag, Liebling.»

Zugegebenermaßen hatte er das jedes Jahr gesagt. Doch dieses Jahr wirkte es echt, und das ‹Liebling› hatte einen ganz neuen Klang … Auch Finn überraschte sie mit einem wunderschönen Geschenk.

«Die hab ich vom Markt», meinte er errötend und mit verlegenem Schulterzucken, als sie beim Anblick einer weichen, kastanienbraunen Lederhandtasche einen Jauchzer ausstieß. «Martine meinte, die würde dir vielleicht gefallen.»

Aha, Martine … Martine suchte also dieses Jahr Mums Geburtstagsgeschenk aus. Mit einem heimlichen Lächeln stellte Aileen fest, dass Finn dann wohl allmählich seinen Kampf um das Mädchen gewann, während Aude ihrerseits bei Finn den Kürzeren zog. Aber Aileen konnte nichts für Aude tun; Finn wurde zunehmend unabhängig und entfernte sich jeden Tag mehr aus dem Einflussbereich seiner Eltern. Außerdem hätte Aude Finns Äußeres zwar etwas aufpolieren können, aber sie hätte ihm niemals so ein Lächeln ins Gesicht gezaubert, wie es Martine schaffte, ohne sich überhaupt darum zu bemühen.

«Sag ihr ein Dankeschön von mir. Und hast du nicht vielleicht Lust, sie nächsten Samstag zum Essen mitzubringen?»

«Geht nicht», antwortete er leichthin. «Wir gehen am Wochenende zelten.»

Zelten? Zusammen? In einem einzigen Zelt? Verblüfft warf Aileen Joe einen Blick zu und sah, dass auch er darum kämpfte, sich das Lachen zu verbeißen. Außerdem waren da Neugierde und eine Erkenntnis: Ihr kleiner Junge war kein kleiner Junge mehr. Natürlich erwartete man von Eltern, dass sie sich in so einer Lage cool verhielten und sich nichts anmerken ließen, auch wenn es noch so sehr in ihnen rumorte. Doch Joe konnte sich nicht völlig zurückhalten.

«Wie viele von euch gehen denn mit?», fragte er betont beiläufig.

«Ach, nur wir beide», erwiderte Finn lässig. «Martine und ich, und vielleicht noch eine Flasche Champagner.»

Damit war er weg, während im Raum geradezu eine Wolke von Testosteron in der Luft hängen blieb.

«Hoffnungslos», kritzelte Shona in ihr Notizbuch. «Schmuddelig, schäbig und verwahrlost, möglicherweise weil das Ehepaar, das dieses schreckliche Hotel leitet, seine ganze Energie auf Streitereien verwendet. Eine Rettung würde größere Investitionen und die Einstellung einer neuen, engagierten Geschäftsleitung erfordern.»

Das war das erste Hotel in Béziers. Das zweite in der Nähe von Nîmes kam geringfügig besser weg. «Schlecht beleuchtet, schlecht belüftet, schlecht beschildert. Entnervend langsamer Service, aber eine wunderschöne Lage und ein ausgezeichneter Koch. Nach Teilrenovierung und einer Nachschulung des Personals könnte das Objekt Gewinn abwerfen.»

Die Beurteilung jedes Hotels nahm etwa vier Tage in Anspruch, und sie genoss die Arbeit sehr, auch wenn die Lokalitäten selbst entsetzlich düster waren und sie sich fragte, warum so viele französische Hoteliers anscheinend ihre Arbeit so hassten. Würde sie ein Lächeln denn wirklich so viel kosten? Oder eine neue Glühbirne? Frische Blumen oder frischer Salat, was man schließlich beides im eigenen Garten ziehen konnte? Schaute denn niemals jemand in einen Heimdeko-Ratgeber? Unterzog sich die Kellnerin wirklich gerade einer Zahnwurzelbehandlung, oder war das ihr normaler Gesichtsausdruck? Was hatte man eigentlich von einem traumhaften Ausblick, wenn das verstaubte Fenster sich nicht öffnen ließ? War schon einmal jemandem aufgefallen, dass die Bettfedern quietschten und der Hahn tropfte?

Von Zeit zu Zeit kam sie nach Le Mas, um ihre Notizen

zu verarbeiten; dabei unterhielt sie Aileen und Joe mit ihren komischen Erlebnissen, die aus einer Fernsehkomödie hätten stammen können. «Ihr hättet den Geschäftsführer in Lodève sehen sollen. Als ich ihn darauf aufmerksam machte, dass der Wein nach Kork schmeckte, nahm er ihn, marschierte zum Fenster und kippte die ganze Flasche in den Garten.»

«Ha! Und hat er dann eine neue gebracht?»

«Allerdings. Und die dann krachend auf den Tisch gestellt. Und anschließend beide Flaschen auf die Rechnung gesetzt.»

«Wunderbar. Du hast doch hoffentlich nicht beide bezahlt?»

«Natürlich nicht. Ich machte ihm klar, dass er ein richtiger Abzocker ist.»

«Wie viele Hotels sind es denn noch?»

«Nur noch drei. Warum?»

«Weil zurzeit ein irisches Paar bei uns logiert, das hier auf Haussuche ist. Ich sagte ihnen, dass ich jemanden kenne, der ihnen behilflich sein könnte. Da meinten sie, für jemanden, der sie durch den französischen Verwaltungsdschungel führt, würden sie ohne weiteres fünf Tausender springen lassen.»

«Fünftausend? Wirklich? Sag ihnen, dass ich Ihnen gerne behilflich bin, wenn sie zwei Wochen warten können!»

Na, das schien ja ein arbeitsreicher Sommer zu werden. Arbeitsreich und interessant. Mit dem geruhsamen Leben, wie jeder es ihr unterstellte, war es vorbei, kein Faulenzen mehr, keine langen Mußestunden in der Hängematte, ein Glas in der einen Hand und einen Roman in der anderen, während sie sich in der Sonne aalte … Aber Shona genoss ihre Arbeit und gewann den alten Stolz auf ihre Leistungen zurück. Sie lernte auch nette Leute kennen – bis zu jenem grässlichen Tag, als sie ihren Clio in die Zufahrt des letzten Hotels auf ihrer Liste lenkte und erschreckt nach Luft schnappte.

Die Auberge Rose, wie sie so reizend hieß, war abscheulich. Auf der mit Schlaglöchern übersäten Zufahrt rumpelte Shona mit dem Auto heran, bis sie vor einem schmuddeligen, heruntergekommenen Bauernhaus stehen blieb. Es war von Dorngestrüpp umwuchert, das früher einmal eine Rosenhecke gewesen sein musste. Der Rasen sah aus, als wäre er seit Wochen nicht mehr gemäht worden, in den Fensterläden klafften Lücken und als sie nach drinnen ging, war die Rezeption unbesetzt. Zumindest, wenn man den schnarchenden Hund nicht zählte, der zum Leben erwachte und ein höllisches Gebell anstimmte.

Auf dem Rückzug stieß sie mit einem dunkelhaarigen, schlaksigen Mann zusammen, der sich, ohne sie zu beachten, direkt an den Hund wandte: «Rupert! Ruhe!»

Weiterhin knurrend zog sich Rupert zurück, und der Mann sah sie entschuldigend an. «Lassen Sie sich von dem Hund nicht stören. Er ist harmlos. Und was kann ich jetzt für Sie tun?» Er wühlte in dem Durcheinander auf seinem Tisch herum, entdeckte eine Brille, setzte sie auf und musterte sie prüfend, als wäre sie eine Vertreterin, die ihm eine zehnbändige Enzyklopädie aufschwatzen wollte.

«Ich hatte mich gefragt», begann sie entschlossen, «ob sie vielleicht ein Zimmer mit Bad für drei Nächte frei haben?» Oder ob das hier überhaupt ein Hotel sein kann? Falls ja, pfeift es auf dem letzten Loch. Wenn ich eine normale Touristin wäre, würde ich auf der Stelle davonlaufen.

«Oh … ja … ich denke schon.»

«Sie denken? Heißt das nun ja oder nein?»

«Na ja …» Mit einem Seufzer setzte der Mann die Brille ab, fuhr sich mit der Hand durch das kastanienbraun glänzende Haar und schaute ihr offen ins Gesicht. «Hier sind massenhaft Zimmer frei. Es ist nur so … ähm … im Moment fehlt es an Personal. Das Zimmer wäre frühestens in ein bis zwei Stunden fertig.»

«In Ordnung. Ich schau mir den Ort an und komme später zurück.» Junge, Junge, das hier wird aber sauer verdientes Geld.

Der Mann betrachtete sie neugierig, offensichtlich beeindruckt von ihrer Entschlossenheit. «In Ordnung. Kommen Sie um achtzehn Uhr wieder, dann ist das Zimmer fertig.»

Er lächelte traurig, mit einer Art müdem Seufzer, als wollte er sagen: ‹Tut mir Leid, aber Sie sehen ja, dass ich hier auf dem völlig falschen Posten bin und keine Ahnung habe, wie man ein Hotel führt.› Er wirkte zwar geringfügig älter als Shona, hatte aber etwas Chaotisches an sich und strahlte eine solche Erschöpfung aus, dass Shona sich fragte, was sein Hotel nur so zugrunde gerichtet haben mochte.

Das Gebäude selbst, wenn man die Backsteinwände sandstrahlte und neu verfugte, besaß durchaus Potenzial, einen gewissen nostalgischen Charme. Sobald der Laden hier endgültig dicht war, würde irgendjemand das Haus wahrscheinlich für einen warmen Händedruck kaufen, renovieren, ein Schwimmbad einbauen und sich eine schöne Zuflucht auf dem Lande schaffen.

«Gut. Bis später dann.»

Ihm kurz zuwinkend, ließ sie ihn stehen, und er winkte seinerseits resigniert zurück, als hätte er sich schon damit abgefunden, sie niemals wieder zu sehen.

Als Shona zwei Stunden später zur Auberge Rose zurückkehrte, blieb sie einen Moment lang im Auto sitzen, betrachtete das lang gestreckte, niedrige Gebäude und bemerkte dabei einen völlig überwucherten Teich, einen Stapel vor sich hinrostender Gartengeräte an der Wand und eine Terrasse, die dringend einmal gereinigt werden sollte. Wenn das Hotel unter den Hammer kam, würde ein optimistischer Käufer, der bereit war, sich den Rücken kaputtzumachen, nach ein oder zwei Jahren Schinderei das Haus seiner Träume besitzen. Mit einem Gefühl der Sympathie für den Helden, der sich diese Aufgabe einmal vornehmen würde, stieg sie aus dem Auto und betrat das Haus.

Der Hund war weg. An seiner Stelle stand eine kleine Glocke auf dem unbesetzten Rezeptionstisch. Warum war die nicht von Anfang an da gewesen? Sie schlug sie an, wartete, und kurz darauf erschien der dunkelhaarige Mann mit den müden Gesichtszügen, der diesmal sogar ein Lächeln zustande brachte.

«Und, haben Sie Ihren Ausflug ins Dorf genossen?» Er bemühte sich offensichtlich darum, sich einer für ihn gigantischen Herausforderung gewachsen zu zeigen und als guter Gastgeber aufzutreten.

«Ja», antwortete sie und lächelte ihm ermutigend zu, «es ist ein schönes Dorf, nicht wahr?» Gott steh ihm bei, dachte sie, was würde er tun, wenn gleich ein ganzer Bus voller Gäste hier einträfe?

«Ja, wirklich. Meine Mutter ist im Haus neben der *mairie* zur Welt gekommen.»

«Oh, dann sind Sie also ein Einheimischer? Sind Sie hier aufgewachsen?»

Er nickte traurig. «Ja. Meine Eltern waren die Besitzer dieses Hotels. Ich habe es vor fünf Jahren geerbt.» Er klang, als hätte er einen riesigen, völlig unleitbaren weißen Elefanten geerbt. Er nahm einen Schlüssel vom Bord hinter ihm und blickte mit fragend gehobenen Augenbrauen zu ihrem Koffer. «Darf ich Ihnen beim Tragen helfen?»

Der Koffer war zwar nicht schwer, aber sie ließ zu, dass er ihn nahm, und folgte ihm aus der kühlen, schmuddeligen Rezeption durch einen Korridor und dann eine gewundene Eichenholztreppe hinauf, die gewiss hübsch gewesen wäre, wenn jemand sie einmal geputzt hätte ... Wurde hier überhaupt je irgendwas geputzt? Personal war nicht zu sehen.

«Haben Sie im Moment viele Gäste?» Sie hoffte, ihm irgendwelche Informationen entlocken zu können, musste sich aber mit einem Kopfschütteln zufrieden geben.

«Nur ein älteres britisches Ehepaar ... gestern Abend war noch eine Schweizerin da, aber die ist heute Vormittag abgereist.»

Das kann ich mir denken, dachte Shona. Die ist kreischend und im Höchsttempo zum nächsten Hotel Mercure geflohen, um endlich wieder in einem quietschsauberen, pingelig gepflegten, vernünftig geführten Hotel zu wohnen, und dort hat sie sofort einen empörten Brief an die Hotelkette abgeschickt, der dieses Hotel hier gehört. Den Zustand der Tapeten musste man sich mal ansehen und die ganze abgeblätterte Farbe! Ende der Saison schließt die Auberge Rose ihre Pforten, das ist schon mal sicher.

Als sie das für sie bestimmte Zimmer erreicht hatten, stellte der Mann den Koffer ab, schloss auf und brachte sie in einen Raum, der wirklich einmal schön gewesen sein musste. Durch das große Rundbogenfenster strömte Licht herein und beleuchtete überdeutlich den zerschlissenen Teppich, die verblichenen Rosengardinen, die Tagesdecke aus Chenille und einen riesigen, uralten Kleiderschrank. Zu ihrer Linken befand sich ein weiß gekacheltes Badezimmer mit einer tiefen, alten Wanne, und der ganze Raum roch frisch geputzt – in der Luft hing fast sichtbar eine Geruchswolke von Reinigungsmitteln und Möbelpolitur. Sie konnte nur hoffen, dass die Bettwäsche nicht feucht und stockfleckig sein würde.

«Danke. Haben Sie zufällig einen Föhn hier oder einen Fernseher?» Laut Hotelführer sollte beides vorhanden sein. Unsicher öffnete der Mann die Schranktür, und beide blinzelten überrascht, als ein kleiner Fernseher zum Vorschein kam.

«Ähm – ich weiß nicht, wie viele Programme er empfängt, aber lassen Sie mal sehen.» Er tastete nach einer nicht vorhandenen Fernbedienung, zuckte entschuldigend die Schultern und bediente dann den Schalter am Gerät selbst. Zur allgemeinen Überraschung war ein Bild zu sehen. «Also, das Erste Programm ist jedenfalls da! Und ... ein Föhn ...?»

Schließlich fand er einen in einer Schublade, ein derartig historisches Modell, dass Shona sich fragte, ob er wohl zum letzten Mal von Marie Antoinette benutzt worden war. «Voilà», sagte er mit einer Art von kläglichem Stolz und einem traurigen Lächeln, als wollte er damit ausdrücken: ‹Na sehen Sie, ganz so schlimm, wie es aussieht, ist es doch gar nicht, oder?›

Er wandte sich gerade zum Gehen, da kam beiden gleichzeitig derselbe Gedanke. «Wollen Sie zu Abend essen?»

Sie war völlig ausgehungert. Nichts wäre ihr jetzt lieber, als auszugehen und ein gemütliches Bistro mit gutem Essen zu finden, wo sie nach einem langen, arbeitsreichen Tag neue Kraft tanken könnte. Aber ihre Aufgabe hier fing ja gerade erst an. «Ja, bitte. Haben Sie einen guten Koch?»

«Der Koch bin ich.» Er ging so trübselig zur Tür, als hätte er ihr gerade gesagt, er sei der Schuhputzer vom Dienst. Die Abendsonne vergoldete die Haare auf seinen Unterarmen, über die er die Ärmel aufgekrempelt hatte. Wenigstens das Hemd war frisch, wie Shona feststellte. «Was würden Sie denn gerne essen?»

«Ich weiß nicht. Was steht denn auf der Karte?»

«Was Sie wollen. Heute Abend sind nur Sie da. Ich könnte Ihnen ein Steak braten oder Hähnchen ...» Er warf einen Blick auf die Uhr und hob fragend die Augenbraue, und sie verstand, dass er sofort losstürmen würde, um entsprechend ihren Wünschen einzukaufen, bevor die Läden schlossen. Na gut. Dann gab es also wenigstens nichts aus der Gefriertruhe.

«Dann also Hähnchen? Mit einem Salat und etwas Käse vielleicht?»

«Gern. Ich bin etwa in einer Stunde fertig.»

Schon war er davon. Shona kitzelte die Nase vom Dunst der Möbelpolitur, und sie setzte sich auf das Bett, das zur altmodisch weichen Sorte gehörte. Es tut mir Leid, dachte sie, denn du scheinst ja wirklich ein netter Mensch zu sein, aber du bist, ehrlich gesagt, viel besser dran, wenn die Gesellschaft dein Hotel schließt und du dir in irgendeinem Büro einen Job besorgst. Deine Mutter würde sich im Grabe umdrehen, wenn sie wüsste, was unter deiner Führung aus ihrem Hotel geworden ist, das einmal ein reines Schmuckstück gewesen sein muss.

«Na so was!» Shona blieb vor Verblüffung stehen, als sie eine Stunde später gerade den Speiseraum betreten wollte. Der Saal mit der niedrigen Holzbalkendecke war völlig verlassen. Nicht einmal das britische Paar war zu sehen, mit dem sie immerhin gerechnet hatte. Die runden Tische mit den blassgelben Tischtüchern standen leer und trostlos da, doch der für sie bestimmte Tisch war komplett gedeckt, beladen mit Gläsern, Besteck und einer Schale rosafarbener Blumen, die er wohl in aller Eile im Blumenladen vor Ort gekauft haben musste. Besser noch, der Tisch stand gemütlich dicht bei einem riesigen offenen Kamin, das Feuer war angezündet, und ein Stapel Holzscheite glomm sanft, wie um ihr Gesellschaft zu leisten. Während sie noch völlig perplex dastand, tauchte der Hotelchef auf, der diesmal eine gestreifte Schürze umgebunden hatte.

«Bitte – Setzen Sie sich doch.» Mit diesen Worten zog er einen Stuhl vor und hielt ihn bereit, womit ihr klar wurde, dass er sowohl Kellner als auch Koch sein würde. Aus der Richtung, aus der er gekommen war, roch sie Küchendüfte. Leckeres heißes, nach Knoblauch duftendes Essen, frisches Brot und …

«Ich habe etwas Suppe als Vorspeise gemacht», meinte er fast entschuldigend. «Ich hoffe, Sie mögen Tomaten?»

Ja, sie mochte Tomaten. Sie saß da und wartete ab, während er eine uralte, riesige, dampfende Silberterrine herbeirollte, daneben ein Schöpflöffel und eine tiefe, weiße Suppenschale. Der Hotelchef-Koch-Kellner nahm ihre Serviette vom Tisch und entfaltete sie zu einem riesigen Damasttuch, das er ihr auf den Schoß legte, bevor er ihre Schale mit einer Suppe füllte, in der Shona frische Tomatenstücke und kleine, grüne Schnittlauchröllchen erkannte. In einem Korb brachten warme Brötchen die winzigen Butterportionen zum Schmelzen.

«*Bon appétit*», sagte der Mann, und als er ging, sah sie ihm erstaunt nach. An Suppe hatte sie im Traum nicht gedacht, geschweige denn an diese richtige kleine Création, die mit so viel Sorgfalt zubereitet war, dass Shona direkt Schuldgefühle bekam, sie ganz alleine zu essen. Eine riesige Terrine selbst gekochter Suppe, ganz für mich allein, pour moi?

Sie war köstlich, und Shona hatte noch den raffinierten Geschmack auf der Zunge, als der Koch wieder auftauchte, diesmal mit einer Flasche Wein im Eiskübel. «Mögen Sie vielleicht einen Chablis, ich dachte, der würde am besten zum Essen passen … Aber hier ist auch ein Sancerre, falls Sie lieber …?»

«O nein, ein Chablis wäre genau richtig. Aber – wo ist eigentlich das Paar aus England? Speist das heute Abend nicht hier?» Sie wünschte das Gegenteil, wünschte, irgendjemand würde ihr beim Essen Gesellschaft leisten.

«Gestern haben die beiden hier gegessen. Aber heute sind sie wohl bei Freunden im Ort eingeladen.»

Verflixt. Selbst wenn sie nicht mit ihnen ins Gespräch gekommen wäre, hätte allein schon ihre Anwesenheit genügt, damit sie sich nicht ganz so auffällig fühlte. Vielleicht kamen ja noch andere Gäste aus der Umgebung? Nur, dass die Auberge Rose einen Kilometer außerhalb des Dorfes und abseits der Straße lag. Sie war nicht weniger abgelegen als ‹Le Mas de Cigales›, und durch Zufall würde hier kaum einer herfinden.

Der Mann schenkte ihr Wein ein, und sie kostete: Kühl und spritzig, perfekt. Auch das Glas funkelte vor Sauberkeit, und wider Erwarten konnte sie weder Staub noch Schlieren entdecken.

«Danke», antwortete sie. «Er ist ausgezeichnet.» Mit einem Nicken entfernte er sich, und sie musterte beim Essen den Saal. Der Raum mit seinen Deckenbalken und der Täfelung musste wohl im Winter am schönsten sein. Sie konnte geradezu vor sich sehen, wie er sich mit Trüffelsammlern füllte, die nach einem Tag in den Bergen Rotwein tranken und sich die großen Leinenservietten in den Kragen steckten, bevor sie sich über ein Menü aus vier oder vielleicht auch fünf oder sechs herzhaften Gängen hermachten, während sie sich lachend unterhielten und den Hunden zu ihren Füßen Knochen zuschoben. Wirklich … Könnte man nicht eigentlich …?

«Mit Pilzsauce?», fragte der Hotelchef-Kellner, der jetzt

wieder schräg hinter ihr stand; sie schrak aus ihren Träumereien auf. «Ist das in Ordnung?»

Warum klang er noch immer so entschuldigend? Die Hähnchenbrust, die er ihr vorsetzte, sah lecker und saftig aus, und in dem kleinen Saucentümpel schwammen frische, in feine Scheiben geschnittene Pilze, während in einer weiteren Schüssel wilder Reis ein verlockendes Aroma verströmte. Was das Essen anbelangte, war hier alles wunderbar. «Ja», antwortete sie mit einem Nicken, und er entschwebte, als könnte seine Anwesenheit ihr irgendwie den Appetit verderben.

Doch um den stand es bestens. Die einfache Mahlzeit war heiß, frisch und von einem ausgezeichneten Koch zubereitet, der gleichzeitig als aufmerksamer Kellner fungierte. Sie konnte keinerlei Fehler entdecken. Ganz im Gegenteil, der Gedanke, dass er das ganze Essen nur für sie allein kochte, machte sie traurig – oder würde er selbst hinterher davon essen? Aber ein solches Menü war dazu gedacht, gemeinsam verzehrt zu werden, der ganze Saal sollte voller Menschen sein, die es genossen, und jemand sollte auf dem Klavier spielen, das in der Ecke stand. Warum war hier nur alles so grauenhaft falsch gelaufen? Hatte dieser Mann irgendwo in einem Dachgeschoss eine Ehefrau versteckt, oder war er so allein stehend, wie er wirkte?

Sie grübelte darüber nach, kam beim Essen schließlich zu einer Entscheidung und schaute den Mann freimütig an, als er zurückkam, um ihr Glas nachzufüllen.

«Darf ich Ihnen vielleicht eine Frage stellen?»

«Gewiss, Madame.» Stoisch wartete er ab.

«Könnten Sie mir vielleicht sagen – wo die Leute sind? Warum isst hier denn niemand, wo das Essen doch so köstlich ist? Wo ist das Personal? Essen Sie selbst draußen in der Küche ganz allein zu Abend?»

«Ich esse später», antwortete er einfach. «Wenn ich Ihnen Ihr Essen serviert habe. Was das Hotelpersonal und die anderen Gäste angeht … das ist eine lange Geschichte. Ich werde Sie nicht damit langweilen.»

«Es interessiert mich aber. Ich wüsste gerne, warum dieses Hotel, das so viel Potenzial besitzt, leer steht. Warum Sie ganz alleine hier sind – und die Gesellschaft, für die ich arbeite, wüsste das auch gerne. Die Groupe Entrime. Ich bin in ihrem Auftrag hier und beurteile, ob dieses Hotel zu retten ist oder besser verkauft werden sollte.»

Sie hatte Verblüffung oder sogar eine feindselige Reaktion erwartet, erntete aber nur ein Schulterzucken. «Ach, ja. Meine hoch geschätzten Eigentümer. Für die arbeiten Sie also?»

«Derzeit ja. Bringen Sie doch einfach Ihr Essen hier raus, setzen Sie sich zu mir und erzählen Sie mir, wie es zu diesem» – sie umfasste den geisterhaft leeren Saal mit einer unbestimmten Armbewegung – «Desaster hier gekommen ist.»

Er dachte eine ganze Weile ernsthaft über ihre Bitte nach, bevor er darauf antwortete: «Also gut, wenn Sie es so wollen. Aber ich habe nicht vor, meine Lage in irgendeiner Weise zu rechtfertigen und werde auch nicht um Gnade flehen. Falls die Gesellschaft die Auberge Rose schließen möchte, dann … dann ist das eben ihre Entscheidung.»

Diese Antwort war ihr ungemein sympathisch. Andere Hoteliers hätten entsetzt nach Luft geschnappt und alles versucht, um für ihren daniederliegenden Betrieb einen Aufschub herauszuschlagen. Dieser Bursche hatte wenigstens so viel Realitätssinn, dass er seinem Unglück ins Auge sah.

Er verschwand und ließ sie die paar Minuten allein, die er brauchte, um sich das gleiche Hauptgericht zusammenzustellen. Er brachte es auf dem altmodischen Rollwagen heraus, zusammen mit ihrer Käseplatte – vier oder fünf unangeschnittene, reife Käsesorten, und als sie die kleine Beilage aus Trauben und Crackern sah, musste sie lächeln. Offensichtlich hielt er sie für eine Engländerin. Es stand auch eine geöffnete Flasche Médoc-Wein da, die er wohl in der Küche angewärmt hatte.

Er schenkte ihr höflich ein und reichte ihr die Käseplatte, bevor er sich ihr gegenüber niederließ und sein Besteck zur Hand nahm. Keine Suppe, wie ihr auffiel, als wollte er seine Mahlzeit nicht unnötig herauszögern, da sie ihm ja schon so weit voraus war. Sie lehnte sich abwartend zurück und nahm sich etwas Cantal und Ziegenkäse, während er sein Hähnchen in Angriff nahm.

«Na ja», meinte er nach einer Weile und sah sie offen mit seinen marineblauen Augen an, «wie Sie schon sagten, mein Hotel ist tatsächlich ein Desaster.»

«Also», fuhr Shona einige Tage später in Aileens Küche fort, Oliven naschend, während sie die traurige Geschichte von Edouard Savary erzählte, «seine Mutter hat ihm das Hotel hinterlassen, aber als Hoteldirektor war er ein hoffnungsloser Fall. Er ist ein umwerfender Koch, aber in Geschäftsdingen, sagt er, einfach unfähig. Nach einem Jahr hat seine Frau ihn überredet, das Hotel an eine Hotelkette zu verkaufen, für die sie die Geschäftsleitung übernehmen wollte, um das Image des ‹Familienbetriebs› zu wahren, während er sich aufs Kochen konzentrierte. Für ein paar Jahre klappte das auch ganz gut … bis seine Frau Ghislaine einen anderen kennen lernte. Worauf sie nicht nur den armen Edouard verließ, sondern ihm auch noch das Baby in die Arme drückte.»

«Das Baby? Sie hat ihr Kind verlassen?»

«Nein, ich meine das Hotel! Sie hatten keine Kinder – woran sie ihm die Schuld gab, anscheinend kommt es in seiner Familiengeschichte öfter vor, dass sich nur spärlich oder gar kein Nachwuchs einstellt.»

«Und was ist dann passiert?»

«Er ist zusammengebrochen. Er gab ihr Recht, empfand sich in jeder Hinsicht als Versager und erhob keinen Einspruch gegen die Scheidung. Seitdem ist er allein, beinahe zwei Jahre schon, und kämpft darum, das Hotel zu erhalten, denn ansonsten wird er das als weiteres Versagen empfinden … Der arme Kerl steht enorm unter Druck, er weiß, dass die Gesellschaft ihm bald den Hahn zudreht. Was er wiederum für eine Beleidigung des Andenkens seiner Mutter hält, weil das Haus zu ihren Lebzeiten florierte. Aber er sieht keine Alternative. Er hat einen Kurs in Betriebswirtschaft gemacht, aber so was ist ihm anscheinend ein Buch mit sieben Siegeln. Er ist einfach nicht für solchen Papierkram geschaffen.»

Aileen, die gerade Obstsalat machte, hielt nachdenklich in ihrer Arbeit inne. «Klingt für mich, als wäre er der richtige Mann am falschen Ort. Er sollte sich besser irgendwo als Chefkoch bewerben. Ist das die Empfehlung in deinem Bericht?»

«Na ja …» Shona lutschte nachdenklich an einer Olive, als könnte sie ein Körnchen Weisheit enthalten. «Ja, diese Empfehlung würde auf der Hand liegen: die Verluste begrenzen und den Laden sofort dichtmachen. In gewisser Weise denke ich sogar, dass Edouard dankbar wäre, wenn man ihm die Entscheidung aus der Hand nimmt. Aber … Aileen, du wirst mich für übergeschnappt halten.»

«Ach was! Wirklich? Warum denn?»

«Weil ich denke … ich hätte gerne … das Hotel hat einmal seiner Mutter gehört, es war ihr ganzer Stolz, ein wunderschönes altes Haus, und ich frage mich, ob es nicht eine Möglichkeit geben könnte, es zu … ähm … retten.»

«Shona! Bist du verrückt geworden?» Aileen wischte sich erstaunt die Hände an der Schürze ab und konnte ihren Ohren kaum trauen; noch nie hatte Shona Fitzpatrick in geschäftlichen Dingen auch nur den Hauch von Sentimentalität erkennen lassen. «Warum solltest du das denn tun wollen? Und was hätte er davon? Wozu sollte das irgendjemandem nützen? Dieser Mann – Edouard? – besitzt ganz offensichtlich nicht die Fähigkeiten, die man bei der Leitung eines erfolgreichen Hotels braucht. Es klingt in meinen Ohren so, als würde er bei sich und bei anderen nur Unheil anrichten. Selbst seine Frau ist von Bord gegangen, bevor das Schiff unterging. Du sagst doch selbst, das Haus pfeift auf dem letzten Loch – und für so was wirst du schließlich bezahlt. Für eine offene, ehrliche Beurteilung.»

«Ja, aber ... Aileen, du solltest diesen armen Kerl mal sehen. Er wirkt so verloren. Als liefe sein Leben schon seit langer Zeit völlig verkehrt – und doch hat er mir einfach nur die Wahrheit gesagt, nicht gejammert oder so, er hat etwas ... etwas Würdevolles an sich. Ich hatte das Gefühl, dass ein wenig Hilfe hier vielleicht Wunder wirken könnte. Es könnte ihn sogar gesundheitlich retten, denn ich würde kein Gift darauf nehmen, dass er derzeit noch sehr weit von einem Nervenzusammenbruch entfernt ist. Zumindest aber ist er sehr entmutigt und deprimiert.»

«Was?» Alieen zuckte verblüfft zurück. «Shona, reiß dich zusammen! Du brauchst dich nicht auf so jemanden einzulassen – auf eine Niete, die nicht mal fähig wäre, in einer Brauerei das Bier zu zapfen! Was ist denn um Himmels willen in dich gefahren, was soll dieser Unfug?»

Shona, die in die nächste Olive biss und dabei über Aileens Worte nachdachte, musste ihr Recht geben. Wie Aileen sagte, konnte sie so ein Chaos wirklich nicht gebrauchen und war überhaupt nicht objektiv. Es fiel ihr sogar schwer, wenigstens so zu tun, als wäre sie unvoreingenommen – denn aus irgendeinem ihr völlig unverständlichen Grund hatte sie sich für Edouard Savary erwärmt. Sie achtete seine Aufrichtigkeit und rechnete ihm hoch an, dass er sich so tapfer bemüht hatte. Die Blumen auf ihrem Tisch waren ihr noch immer in Erinnerung. Ja, er war ein Desaster, aber wenigstens hatte er den Mut, es zuzugeben. Abgesehen von ihrem Vater war er der erste Mann in ihrem Leben, der nicht automatisch davon ausging, einfach umwerfend zu sein. Stärker als ein Edouard Savary konnte sich keiner von Terry O'Hagan unterscheiden oder von Gavin Sheehan – oder sogar von Brendan Wright, der sein Leben so vollkommen im Griff gehabt hatte.

Was würde Edouard Savary wohl tun, wenn ihm jemand eine helfende Hand entgegenstreckte? Was immer er tun würde, dachte sie, abbeißen würde er sie jedenfalls nicht. Er machte eine schwierige Phase durch, und Shona wusste inzwischen, wie man sich dabei fühlte. Wusste, dass so was jedem passieren konnte – wenn es aber passierte, dann verdiente jeder auch noch eine Chance. Eine einzige Chance reichte, wenn derjenige klug genug war, die Hilfe anzunehmen und das Beste daraus zu machen.

Würde Edouard Savary sich dieser Herausforderung gewachsen zeigen? Oder war er einfach ein hoffnungsloser Fall, und sie sollte sich ihr Mitgefühl sparen? Allmählich wurde ihr klar, was für eine wichtige Entscheidung das war und dass man sie verantwortlich machen würde, falls die Sache schief ging. Wenn sie der Besitzergesellschaft der Auberge empfahl, ihm Aufschub zu gewähren, musste sie sich auch wirklich sicher sein, dass das gerechtfertigt war. Sie dachte gründlich darüber nach und spürte, wie Aileen sie dabei beobachtete.

«Aileen. Kann ich dich was Persönliches fragen?»

Aileen zögerte, vorsichtig. «Also – ja, aber ich kann dir nicht versprechen, dass ich darauf antworte!»

«Bist du froh, dass du den Absprung gewagt hast und nach Frankreich gekommen bist? Bist du froh, dass wir Le Mas gekauft haben? Bist du jetzt in deiner … in deiner Ehe glücklicher?»

Also wirklich. Das war allerdings persönlich. Aber so, wie Aileen Shona kannte, würde sie so eine Frage nicht stellen, wenn sie die Antwort nicht aus irgendeinem besonderen Grund unbedingt wissen musste. Außerdem konnte sie Shona ansehen, dass sie gerade irgendeinem ziemlich verwickelten Gedankengang folgte.

«Ja. Ja, ich bin froh darüber. Ich kann zwar nicht behaupten, dass ich mich völlig vorbehaltlos in Frankreich verliebt hätte oder Frankreich sich in mich, aber ich kann aufrichtig sagen, dass der Umzug mir gut getan hat. Uns allen. Der Abschied hat sehr wehgetan, und mein Zuhause fehlt mir immer noch, aber als Familie haben wir es gebraucht. Ich bereue nichts, falls deine Frage darauf abzielt – ganz im Gegenteil, ich bin dir dankbar, dass du mir geholfen und mich ermutigt hast. Und ich bin glücklich, dass Le Mas so gut läuft. Wir werden diese Saison noch keinen Gewinn erwirtschaften, aber wir kommen aus den roten Zahlen, können unsere Schulden bezahlen – und nächste Saison dann tatsächlich Gewinn machen.»

Nächste Saison. Bisher hatte sie niemand auch nur erwähnt. Plötzlich lag das Thema in der Luft …, aber jetzt war nicht der richtige Moment, um sich damit auseinander zu setzen. Zunächst einmal stand eine andere Entscheidung an. Langsam breitete sich ein Lächeln über Shonas Gesicht aus.

«Ja. Le Mas war eine Herausforderung, aber bisher haben wir uns bewährt, oder?»

«Ja, haben wir.»

«Also. Soll ich herausfinden, ob Edouard Savary sich auch bewähren kann? Oder sollte ich ihn einfach wie eine heiße Kartoffel fallen lassen?»

Lass ihn fallen! Nichts wie weg von ihm! Das hätte Aileen ihr am liebsten zugeschrien. Doch als sie die Worte schon auf den Lippen hatte, sah sie, dass Shona etwas ganz anderes hören wollte. Aber hatte sie auch etwas ganz anderes nötig? Aileen war sich nicht sicher. Sie sah allerdings einen Ausdruck in Shonas Gesicht, an dem sie gerade noch rechtzeitig erkannte, dass dieser Edouard vielleicht nicht der einzige Mensch auf Erden war, der entgegen aller Wahrscheinlichkeit seine Kräfte noch einmal zusammenraffte, um wieder in die Schlacht zu ziehen.

Geschieden? Ohne Kinder? Steckt in einer chaotischen Lage, ist aber ehrlich und liebenswert?

«Na ja», meinte sie vorsichtig, «erzähl mir doch am besten, was du vorhast.»

«Also», schloss Shona an diesem Abend nach einem sehr langen Telefongespräch, «so sieht die Lage aus, Emily. Nicht gerade schön, aber jetzt weißt du Bescheid. Jetzt lass ich dich erst mal darüber schlafen. Ich muss meinen Bericht bis Freitag abliefern, kannst du mir also noch vorher Bescheid geben?»

«Ja. Einverstanden, Shona, und – danke. Wie auch immer meine Entscheidung ausfällt, es ist sehr nett, dass du an mich gedacht hast.»

«Zur Abwechslung einmal», erwiderte Shona schlicht, «damit nicht immer nur du an mich denkst! Falls du zusagst, wäre ich begeistert, aber andernfalls verstehe ich es auch. Im Moment lasse ich mir nur den Gedanken durch den Kopf gehen, mehr nicht.»

Sie legten auf, und Shona blieb sitzen, wo sie war, das Kinn in die Hand gestützt, und dachte nach. Es war eine bedeutende Frage und eine tief greifende Entscheidung. Aber eines war gewiss: Sollte Emily wie durch ein Wunder Lust haben, nach Frankreich zu kommen, um die Auberge Rose wieder auf die Beine zu bringen, wäre sie genau die richtige Person dafür. Falls Edouard Savary damit einverstanden war. Denn das war noch einmal eine ganz andere Frage; der arme Mann hatte bisher noch nicht die geringste Ahnung davon, was da alles besprochen wurde. Wenn er davon erfuhr, würde er vielleicht einfach sagen: «Was nehmen Sie sich eigentlich raus, was für eine unverschämte Frechheit, mischen Sie sich nicht in meine Angelegenheiten und lassen Sie mich auf meine eigene Art zum Teufel gehen, danke vielmals.»

In diesem Fall würde sie genau das tun. Doch wer nicht wagt, der nicht gewinnt. Lächelnd genoss Shona das Gefühl der Befriedigung, das sie so lange vermisst hatte, diese wunderbare Erregung, wenn man ein Projekt ausbrütet, wenn man ein Puzzle aus der Schachtel schüttelt und die Teile zusammenfügt. Falls das Wunder wirklich geschah und Emily und Edouard miteinander klarkamen, würden sie ein großartiges Team abgeben … und ich, überlegte Shona genussvoll, könnte dieses kleine Hotel phantastisch vermarkten.

Ich könnte genau *das* Haus daraus machen, in dem man im Languedoc absteigt, wenn man mehr als eine Pension möchte, wenn einem der ‹Mas de Cigales› nicht reicht. Das wäre dann die nächste Frage …, aber immer eins nach dem anderen.

«Und das heißt», schloss Dymps traurig, «dass es Weihnachten wird, bevor wir euch besuchen können …, aber komm du doch einfach vorher mal rüber, Aileen. Nur für ein paar Tage, vielleicht ja sogar allein? Ich würde dich so gerne sehen.»

«Ich dich auch», gab Aileen zurück. «Dich, Mam, Marion und alle …, im Herbst ist es hier ruhiger, da könnte ich schon ein paar Tage freimachen, aber ich … ich habe Angst, dass ich vielleicht überhaupt nicht mehr hierher zurückwill, wenn ich erst einmal in Irland bin!»

«Ach, Aileen – hast du denn so großes Heimweh? Wirklich?»

«Wirklich und wahrhaftig. Nur dass ich nicht wage, es irgendjemandem zu erzählen, weil es Joe und Finn hier so gut gefällt. Ach, Dymps, was soll ich nur *tun*? Beide haben inzwischen Arbeit, Finn hat eine Freundin, Joe blüht auf, Shona ist so glücklich, weil die Pension gut läuft … Ich kann das doch nicht einfach alles im Stich lassen! Ich – ich hab mich da wirklich in eine ausweglose Lage manövriert!»

Dymps lachte mitfühlend. «Ha! Man soll eben immer vorsichtig mit seinen Wünschen sein, oder? Du hast genau das bekommen, was du dir gewünscht hast. Auch Mam sagt, es wäre wunderschön. Seit sie wieder hier ist, redet sie nur vom Mas.»

«Mhm, es hat ihr hier unheimlich gut gefallen, sie hat die Sonne genossen und war mir eine enorme Hilfe. Ganz ehrlich, ich habe gestaunt, wie gut sie hier reinpasst.»

«Also, Aileen, du weißt ja, dass sie in ein paar Wochen Geburtstag hat?»

«Ach Gott, stimmt ja! Ich hatte geschworen, dass ich dann da sein würde, nicht wahr?» Vor Aileens innerem Auge blitzte einen Moment lang eine weiße Stretchlimousine auf, und voller Schuldgefühle dachte sie daran, dass sie Tessie gemeinsam eine Fahrt hatten schenken wollen.

«Ja, das stimmt. Aber – also, wenn das einfacher wäre, könnte ich sie ja vielleicht stattdessen zu dir schicken? Ich würde ihr den Flug zum Geburtstag schenken. Wie fändest du das?»

«Ach – das wäre wunderbar! Sie wäre begeistert und ich auch, wir könnten hier ein kleines Fest feiern, Emily O'Brien käme vielleicht auch mit, die beiden verstehen sich so gut …»

«Das habe ich gehört. Anscheinend haben sie zurzeit regelmäßig Kontakt.»

«Dann lass uns das so machen, Dymps. Du schickst mir Mam hierher, und ich sorge dafür, dass sie bei uns einen wunderschönen Geburtstag feiert.»

«Einverstanden. Komisch, nicht wahr? Jetzt ist es genau umgekehrt wie am Anfang, sie möchte jetzt in Frankreich sein, und du wärst am liebsten wieder hier. Ehrlich, manchmal bezweifle ich, ob man es überhaupt irgendjemandem recht machen kann.»

Da könntest du Recht haben, dachte Aileen, als sie den Hörer auflegte. Damit könntest du wirklich Recht haben, Dymps. Wer immer diesen Ausdruck ‹Ich will alles› geprägt hat, hatte keine Ahnung, wovon er überhaupt redet. Wenn ich in den letzten Monaten überhaupt irgendwas gelernt habe, dann eben, dass es gar nicht möglich ist, alles zu haben. Wenn wir die Hälfte kriegen, können wir schon von Glück reden, und drei Viertel sind ein echter Segen. Noch mehr zu wollen ist einfach nur dumm. Nichts als kindische Unersättlichkeit.

Aber welche Viertel möchte ich jetzt, welche hätte Joe gerne, und welche will Finn?

Kapitel vierzehn

Die gute Nachricht war, dass Emily kommen würde. Die schlechte, dass sie noch ein paar Wochen brauchte, bis ihre eigene Hauptsaison zu Ende war und sie sich freimachen konnte. Shona, die vor Ungeduld nur so vibrierte, übergab Olivier Dessanges ihren Bericht, in dem sie für vier Hotels die Schließung und für drei weitere eine Generalüberholung empfahl, und schloss mit der Bitte: «Die Auberge Rose befindet sich mitten in einer Umstrukturierung, Olivier, könnten wir ihr vielleicht vor der Entscheidung noch ein wenig Zeit geben?»

Olivier antwortete skeptisch, dass er bei seinem Kunden anfragen werde. «Meinen Sie denn, das Warten lohnt sich, Shona?»

«Unbedingt», gab sie ohne mit der Wimper zu zucken zurück. «Drei Wochen höchstens, einverstanden?»

«Gut. Allerhöchstens. Sie wissen ja, Zeit ist Geld.»

Allerdings. Mit dem Gefühl, gute Arbeit geleistet zu haben, kassierte Shona ihr Honorar und wandte ihre Aufmerksamkeit dem irischen Paar zu, das in Le Mas abgestiegen war und in der Gegend ein Haus suchte. Das nette Paar namens Des und Ciara Baker wünschte sich: «Ein altes Haus mit viel Charakter, aber in gutem Zustand, falls sich das nicht gegenseitig ausschließt!» Er war Antiquitätenhändler, sie war Weberin, und sie hatten schon einige Erfahrungen gesammelt: «Also ehrlich, einige von diesen Immobilienmaklern sind die reinsten Haie, die würden einem die letzte Bruchbude andrehen ..., und dann das Theater, um ein Konto bei der Bank zu eröffnen ..., Antiquitäten importieren ..., wir hatten keine Ahnung, dass das alles so kompliziert sein würde. Wir sprechen etwas Französisch, aber dafür reicht es nicht.»

In Ordnung, antwortete Shona, sie würde ihnen einen ehrlichen Immobilienmakler und einen zuverlässigen Anwalt besorgen, ein Konto für sie eröffnen, alle Formulare für sie ausfüllen und ihnen während der ganzen Zeit zur Seite stehen, und zwar für ein festes Honorar, unabhängig vom Zeitaufwand oder eventuellen Komplikationen. Die Hälfte des Honorars sei jetzt zu zahlen, die andere Hälfte in sechs Monaten. Ob die beiden damit einverstanden seien?

Ciara Baker sah aus, als würde sie gleich vor Erleichterung weinen. «Ach, das klingt ja wunderbar! Sie befreien uns von dieser Last, bringen die Dinge ins Rollen, führen die Verhandlungen, kümmern sich um alles, diese albtraumhaften Formulare und ...?»

«Alles. Wenn Sie ein Haus gefunden haben, prüfe ich nach, ob das Grundstück überhaupt erschlossen ist, melde Wasser und Strom für Sie an, lasse Telefon und auf Wunsch auch Kabelfernsehen installieren, beaufsichtige die Möbelpacker, suche Ihnen gegebenenfalls die richtigen Handwerker – und am Tag Ihres Einzugs stehen sogar Blumen für Sie da, mit einer Flasche Wein und einem Korkenzieher!»

Wunderbar, riefen die Bakers im Chor, absolut wunderbar. An diesem Abend kam Shona mit einer Flasche Champagner zum Essen. «Aileen, ich hab's geschafft! Die Bakers haben mich engagiert!»

«Juhu! Stoßen wir auf die Vorboten einer großen Kundenschar an!»

Das Abendessen war äußerst lebhaft. Joe, Finn und Martine waren da, außerdem Tessie, die gerade aus Irland eingetroffen war und für eine Dame, die auf die fünfundsechzig zusteuerte, bemerkenswert frisch aussah. «Ich freue mich, wieder hier zu sein», sagte sie, «und ich werde mich auch bestimmt gut benehmen, dann darf ich diesmal ja vielleicht länger bleiben!»

Aileen lächelte wehmütig. «Wir hätten gerne, dass du so lang wie möglich bleibst, Mam, jetzt, wo hier nicht mehr ganz so viel los ist … Emily O'Brien kommt auch bald, da hast du Gesellschaft. Nur – unsere anderen Zimmer sind alle ausgebucht, wo sollen wir da Emily unterbringen, Shona?»

«In der Auberge Rose. Darum geht es ja gerade, deshalb kommt sie doch überhaupt …»

Tessie beugte sich interessiert vor. «*Deshalb*? Weshalb denn?»

Also erzählte Shona es ihr, und Tessie nickte immer wieder fasziniert. «Aber das ist eine großartige Idee! Emily könnte den ganzen Winter hier bleiben und das Hotel von diesem armen Kerl führen – wie groß ist es denn?»

«Nicht groß. Nicht mehr als zehn Zimmer.»

«Perfekt. In Galway hat sie sechs. Sie hat so viel Erfahrung … und sie liebt Frankreich …, ich wünschte, ich könnte auch so was machen.»

Am Tisch herrschte verblüfftes Schweigen. Tessie sah Finn herausfordernd an, der sich bemühte, nicht zu grinsen. «Doch, wirklich. Es wäre wunderbar, den Winter hier zu verbringen.»

«Grandma», bemerkte er. «Letzten Winter hatten wir einen fürchterlichen Sturm. Schlimme Überschwemmungen. Das Wetter ist nicht immer so schön wie jetzt.»

«Das weiß ich. Aber dieses Haus hier liegt auf dem Berg, dahin kommt keine Überschwemmung, oder? Außerdem, jetzt, wo Le Mas richtig läuft, wären immer ein paar Gäste da, bestimmt wäre es hier im Winter viel schöner als in Irland mit seinem ewigen grauen Himmel ... Das Essen hier ist so lecker, und ich mag dieses Dorf am Fuß des Berges. Wir können hier sogar RTE hören. Ich finde es hier wunderbar, und wenn ich Emily wäre ... Aber Shona, *will* dieser Mann sie denn überhaupt dahaben? Ich meine, er kennt sie doch gar nicht, oder?»

«Nein. Bis jetzt noch nicht. Aber falls Edouard weiß, was gut für ihn ist ... Ich besuche ihn dieses Wochenende und teile ihm mit, dass die neue Hotelchefin unterwegs ist. Wenn er auch nur ein bisschen Verstand hat, küsst er mir vor Dankbarkeit die Füße.»

«Entweder das», warf Joe ein, «oder aber, er hält Emily und dich für zwei total aufdringliche Weiber und schickt euch zum Teufel.»

«Vielleicht», räumte Shona mit entschlossenem Lächeln ein. «In diesem Fall werde ich ihn seinem Schicksal überlassen, das Hotel seiner Mutter wird geschlossen, und das war's dann.»

«Meine Güte», erklärte Joe voll Mitgefühl. «Ich beneide den armen Kerl nicht. Ständig Miss Shona Fitzpatrick auf den Fersen. Mir persönlich wäre ein Dobermann lieber.»

«Also», sagte Shona und beugte sich verschwörerisch über den Tisch, auf dem ihr Notizblock lag, «diese Freundin von mir trifft Montag hier ein, Edouard. In Irland hat sie eine eigene wunderschöne, sehr gut gehende Pension, sie hat jahrelange Erfahrung, spricht Französisch ... Wenn Sie beide miteinander auskommen, überrede ich die Besitzergesellschaft der Auberge Rose, Ihnen eine halbjährige Frist einzuräumen, um den Laden hier wieder in Schwung zu bringen. Emily führt das Hotel, ich mache das Marketing, und Sie kochen, was das Zeug hält. Den Rest der Zeit streichen Sie die Korridore, säubern den Teich, reparieren die

Fensterläden und erledigen all die tausend Dinge, die gemacht werden müssen. Wie klingt das?»

Edouard Savary starrte diese Frau ungläubig an, diesen Wirbelwind, der aus dem Nichts in sein Leben gestürmt war und jetzt alles in seine Bahnen zu lenken und ihn vor sich herzutreiben schien wie ein loses Blatt.

«Das klingt wunderbar», stieß er hervor. «Aber – was, wenn wir nicht miteinander auskommen? Und was ist, wenn sie dann wieder nach Irland zurückkehrt?»

Mit einem leisen Seufzer drehte Shona ihren Stift zwischen den Fingern. «Darum kümmern wir uns, wenn es so weit ist. Ich meine, jetzt mal ehrlich, Sie haben hier nichts zu verlieren, oder? Also versuchen wir's doch mal und schauen, was passiert, einverstanden?»

Tja, da hatte sie Recht. Viel zu verlieren hatte er wirklich nicht. Aber noch nie in seinem Leben war er einer Person begegnet, die so viel mitreißende Energie versprühte wie diese Frau, deren Lächeln schimmerte wie rostfreier Stahl. «Aber warum ich, Shona? Warum interessiert mein Schicksal Sie so?»

«Weil Sie eine Herausforderung sind, Edouard. Ich möchte sehen, dass Ihr Hotel nicht nur wieder in Schwung kommt, sondern sich sogar in ein kleines Schmuckstück verwandelt. Ich werde für die Werbung sorgen … Bald werden dann andere Hotelbesitzer mich bitten, ihre Häuser zu vermarkten und … dann mache ich das, was ich immer schon tun wollte. Ganz aus eigener Kraft, ohne irgendeinen Passierschein von Mr. Terry O'Hagan oder sonst wem. Ich bin dann mein eigener Chef.»

«Terry O'Hagan? Wer ist denn das?»

«Er ist das widerlichste Scheusal, das man sich nur vorstellen kann. Ich hatte mal das Pech, für ihn zu arbeiten. Bis er versucht hat, über mich herzufallen.»

«Was!» Völlig erschüttert fuhr Eduard hoch. Dass irgendjemand es wagen konnte, dieser Dame so etwas anzutun, kam ihm ebenso tollkühn wie verwerflich vor. «Aber … Shona, er hat Ihnen doch nichts angetan, oder …?»

«Er hat meiner Karriere etwas angetan. Im Moment versuche ich, mir etwas Neues aufzubauen. Und da kommt die Auberge Rose ins Spiel. Wenn ich Ihnen helfe, Edouard, helfen Sie damit auch mir.»

Plötzlich war ihr Lächeln weicher und wärmer, und in diesem Moment erkannte Edouard Savary etwas in Shona, was ihm zuvor nicht aufgefallen war: Eine Art von Bitte, als streckte sie ihm lautlos die Hand entgegen, damit er sie ergreifen und ihr aufhelfen konnte. Der Gedanke, dass er nicht der Einzige war, dem hier geholfen wurde, hatte etwas Ehrenrettendes; vielleicht konnte er zum ersten Mal seit Jahren jemandem etwas zurückgeben? Es war so lange her, seit er zum letzten Mal das Gefühl gehabt hatte, jemandem etwas bieten zu können. So lange, seit jemand an ihm Anteil genommen oder seine Anteilnahme geweckt hatte. Ganz unerwartet durchfuhr ihn ein Energiestoß, und am liebsten hätte er Shona an sich gerissen und laut schallend auf ihr entschlossenes kleines Gesicht geküsst – das recht betrachtet eigentlich gar nicht klein war, sondern ein schimmerndes Oval, in dem tiefblaue Augen wie Glyzinien leuchteten.

Ich mag diese Frau, dachte er. Ich mag sie, ich habe Achtung vor ihr und – ich bewundere sie. Wenn ich nicht völlig bankrott wäre, würde ich sie am liebsten zu etwas ganz Großartigem einladen, zum Dank für … für ihr Vertrauen in mich. Vertrauen, das ich rechtfertigen muss, denn so charmant sie auch ist, ich bin mir ziemlich sicher, dass diese Frau mich bei lebendigem Leib auffrisst, sollte ich sie jemals enttäuschen.

Ob sie wohl mal von irgendjemandem enttäuscht worden

ist? Ob jemand sie mal so richtig hat fallen lassen wie Ghislaine mich? Sie ist schließlich Irin, was also macht sie im Languedoc, wie kommt es, dass sie so plötzlich hier hereinschneit und die Führung übernimmt? Ich wünschte, ich würde sie so gut kennen, dass ich sie danach fragen könnte …

«Also, Edouard, ich möchte, dass Sie sich vornehmen, gut mit Emily auszukommen, wenn sie eintrifft. Einverstanden?»

«Einverstanden.»

«Falls Sie es dann mit Ihnen versuchen will, weiß ich noch jemand anderen, der Ihnen helfen kann.»

«O nein, Shona, Sie tun schon so viel für mich. Es würde mir nicht im Traum einfallen, Sie …»

«Es geht nicht um mich selbst, Edouard. Ich habe eine Freundin namens Aileen, und sie hat einen Mann namens Joe. Joe ist der geborene Heimwerker. Er hat früher in einem Eisenwarengeschäft gearbeitet und kennt sich mit allen möglichen Reparaturarbeiten aus. Ich werde ihn überreden, für drei Tage zu Ihnen zu kommen, um Ihnen auf die Sprünge zu helfen. Einverstanden?»

Einverstanden? Diese Frau, dachte er aufgeregt, ist einfach unglaublich. Fabelhaft. Ein Rettungsboot mitten im tobenden Ozean. Ich wünschte nur, ich könnte auch etwas für sie tun, etwas anderes, als ihr nur mein Hotel als Sprungbrett für ihre zukünftige Karriere zu überlassen.

Aber was nur? Sie sieht aus wie eine Frau, die überhaupt nichts braucht. Sie trägt keinen Ehering, aber garantiert gibt es irgendeinen Glückspilz, mit dem sie zusammen ist, jemanden, der ganz vernarrt in sie ist und mir die Nase platt schlägt, wenn ich ihr auch nur einen Drink anbiete.

Oder nicht? Oder doch? Aber was bedeutet eigentlich eine gebrochene Nase für einen Mann, der gerade eben noch meinte, sein gesamtes Leben sei demnächst bloß noch ein einziger Trümmerhaufen?

«Shona?»

Er stand auf und blickte auf sie hinunter, und sie schaute zu ihm hinauf, wobei sie mit dem Ende ihres Kulis ein Grübchen in ihre Wange drückte. «Ja, Edouard?»

«Hätten Sie gerne einen – einen Martini?»

Sie überlegte. «Mit drei Oliven und einem Spritzer Zitrone?»

«Wenn Sie wollen», antwortete er ernst, «kriegen Sie eine ganze Olivenplantage, einen Zitronenbaum, und für das Glas schicke ich einen Boten nach Baccarat.»

Sie lachte lauthals los, er lachte mit, und plötzlich war das Hotel von Leben und guter Laune erfüllt und erwachte aus seinem Dornröschenschlaf.

Emily schleppte bei ihrer Ankunft so viel Gepäck mit, dass Shona sie verwundert ansah. «Das ist ja das reinste Gebirge. Was hast du denn da alles drin?»

«Hoffnung», erklärte Emily. «Ich hoffe, den ganzen Winter hier zu verbringen, während ich diesem Edouard helfe, sein kleines Hotel wieder in Schwung zu bringen. Es wird Spaß machen, endlich mal etwas Neues zu tun – was ist er denn für ein Typ? Und wo ist er?»

«Wir treffen ihn gleich in seinem Hotel. Er ist nett, Emily … ganz anders als alle Männer, die ich bisher so kennen gelernt habe, aber nett. Er ist bankrott, geschieden und steckt in der Klemme, aber er ist auch ungemein sympathisch, sehr bescheiden, er nimmt sich selbst nicht so schrecklich wichtig und schiebt die Schuld an seiner Misere auch nicht anderen Leuten in die Schuhe. Ich mag ihn.»

«Also, wenn du ihn magst, dann ist der Kampf für mich schon halb gewonnen.»

Mit diesen Worten stieg Emily ins Auto und ließ sich zur Auberge Rose chauffieren, spähte bei der Ankunft allerdings entgeistert durch die Windschutzscheibe. «Allmächtiger. Das ist ja die reinste Bruchbude.»

«Die Bausubstanz ist in Ordnung … Das Haus muss nur renoviert werden. Joe hat versprochen, dass er hilft. Im Moment bearbeite ich noch Finn. Drinnen muss es nur ein bisschen aufgemöbelt werden – und ein bisschen gute Laune muss her! Ich halte das Haus für ein ideales Winterhotel, in der Trüffel- und Jagdsaison sollte es massenhaft Gäste anziehen. Wir müssen ihnen einfach nur das Richtige bieten –, du weißt schon, Kaminfeuer, Gemütlichkeit und eine herzhafte Küche. Edouard ist ein großartiger Koch.»

Fasziniert folgte Emily Shona in die erbärmlich heruntergekommene Auberge, wo ihnen ein schwarzhaariger Mann von mediterranem Typ, aber mit leuchtend blauen Augen, entgegeneilte, die Hand schon zum Gruß ausgestreckt. «Hello! Mme. O'Brien! Darf ich Ihnen Ihr Gepäck abnehmen … Ich bin Edouard Savary …»

Abgesehen von der intensiven Farbe seiner Augen war an seinem Äußeren nichts Ungewöhnliches; die beigen Kordhosen und das weiße Hemd hätte jeder tragen können. Sein Lächeln und seine Stimme waren warm, sein Händedruck herzlich, doch … erst als sein Blick zu Shona hinüberglitt, fiel Emily plötzlich etwas auf, was Shona anscheinend völlig entging.

Absolute Bewunderung, die an Anbetung grenzte, der Blick eines Mannes, der nicht nur verliebt ist, sondern vollkommen dahinschmilzt. Sein ganzes Gesicht glühte vor Hoffnung und jener Art von Scheu, die wohl daher kam, dass er nichts als sich selbst zu bieten hatte, aber das mit Leib und Seele. Merkte Shona deshalb nichts davon, war sie deshalb so unbefangen und bot ihm ohne weiteres die Wange zum Kuss und ließ ihn ihren Arm berühren? Guter Gott, dachte Emily, sie nimmt diesen Mann ja kaum als *Mann* wahr. Materiell gesehen hat er ihr nicht das Geringste zu bieten, und so betrachtet sie ihn einfach als ein Projekt, während sie für ihn … Jeanne d'Arc persönlich ist! Nicht nur seine Retterin, sondern auch eine Frau, die er aus ganzem Herzen begehrt. Aber das wagt er nicht auszusprechen, damit nicht alles schief geht; wenn er nur wüsste, wie oft bei ihr schon alles schief gegangen ist, würde er eine Ritterrüstung anlegen. Der arme Kerl tut sich da wirklich was an.

«Mme. O'Brien», sagte Edouard strahlend, «erlauben Sie mir, Ihnen das Haus zu zeigen, und anschließend trinken wir dann Kaffee im Salon.»

«Bringen Sie ihr Gepäck in Zimmer sieben, Edouard», sagte Shona im besten Kommandoton, «und achten Sie darauf, dass auch alle Geräte eingesteckt und betriebsbereit sind.»

«Ja, natürlich, Shona.» Sein Lächeln wurde noch strahlender, als könne er gar nicht genug Aufträge von ihr kriegen, und dann folgte Emily ihm die Treppe hinauf, fast benebelt von der Wolke des Entzückens, die ihn umschwebte und sich wie eine Art unsichtbarer Decke über Shona legte. Ob diese Decke schließlich auch ihr Herz erwärmen würde?

Voll Bangen wurde Aileen klar, dass es an der Zeit war, eine Familienkonferenz einzuberufen. Sie hatte keine andere Wahl: Sie musste ihren Sohn und ihren Mann fragen, ob sie in Frankreich bleiben wollten. Die Antwort würde ein lautes ‹Ja› sein, und sie saß dann für den Rest ihres Lebens in diesem wunderschönen, reizvollen Gefängnis fest. Ich komme nie wieder nach Galway, dachte sie verzweifelt, meine Freunde werden mich vergessen, Dymps wird mich nicht mehr erkennen, und – ach, ich habe so schreckliches Heimweh, dass ich schreien könnte! Ich will Klatsch und Tratsch und Regen und eine Packung Tayto-Chips, und ich will im Dunnes Store einkaufen und … Was werden die beiden nur sagen, wenn sie das hören? Sie werden sagen, ich sei nicht mehr ganz bei Trost. Aber ich muss nach Hause. Ich muss einfach. Ich fühle mich wie ein Idiot, und so werde ich auch dastehen. Und was Shona angeht – wie soll ich ihr das nur beibringen? Wer wird Le Mas führen, wenn ich gehe?

Vielleicht kennt Aude ja jemanden? Oder vielleicht sagt Joe auch: ‹Kommt nicht infrage, wir bleiben jetzt hier.› Wo sollen wir denn wohnen, wenn wir wieder heimfahren? Wir haben kein Haus mehr, das ist vermietet.

Ich weiß es nicht. Ich weiß nur, dass ich es ihnen einfach sagen muss. Dass ich zugeben muss, dass ich mich übernommen habe. Frankreich war wundervoll, aber jetzt hat es seinen Zweck erfüllt und ich … ach, Gott. Ich muss es einfach hinter mich bringen und abwarten, wie sie reagieren. Sie werden mir bitterböse sein und mir vorwerfen, ich wisse mein Glück nicht zu schätzen, hätte keine Ahnung, was ich will, und sorge immer nur für totales Chaos und endlose Zerreißproben.

Aber egal, was sie sagen, ich werde nicht bleiben. Ich brauche mein Land, meine Freunde, meine Sprache, meine Wurzeln. Mein *Zuhause*.

Ja, stimmte Emily nach einer langen und gründlichen Inspektion zu, die Auberge Rose sei übel heruntergekommen. Aber sie habe tatsächlich Potenzial. Und für Emily wäre es eine anregende Herausforderung, den Winter hier zu verbringen und Shona und Edouard dabei zu helfen, das Hotel wieder in Schwung zu bringen. Aber nur ein halbes Jahr lang. Im April werde sie nach Irland zurückkehren, wo sie schließlich ihre eigene erfolgreiche Pension führe. Bis dahin solle Edouard sich ranhalten und all das erledigen, was er jetzt so glühend verspreche, und Shona solle schon einmal Kundschaft werben. Das Essen in Frankreich sei zwar phantastisch, aber keineswegs kostenlos, und «gelegentlich brauchen wir ja auch mal was zwischen den Zähnen».

«Aber natürlich», stimmte Shona munter zu. «Bald kriege ich etwas Geld von den Bakers, damit kommen wir durch – und es wird Spaß machen!»

Emily sah, dass sie jetzt schon ihren Spaß hatte, wie sie Edouard herumkommandierte, eine rosige Zukunft für die Auberge plante und gleichzeitig noch Le Mas und ihren «Einwandererservice» jonglierte. Manche Leute wären von so viel Aktivität vielleicht überfordert gewesen, doch je mehr Shona zu tun hatte, desto glücklicher wirkte sie. Ihr Gesicht glühte vor Vergnügen, wenn sie Edouard in hohen Gummistiefeln losschickte, um den Teich zu säubern, oder Joe den Auftrag gab, die Fensterläden zu reparieren, die Finn schließlich nach einigem Überreden auch noch rosa anstrich. «Das cremigste, hellste Rosa, das du finden kannst, aber nicht mehr als ein Zehner pro Dose.» Ganz freundlich kleidete sie jeden Befehl in die Form einer Bitte, und alle rannten los, um ihr zu gehorchen; sie war eine sehr hübsche und äußerst charmante Tyrannin. Emily, die das alles lächelnd beobachtete, war auch nicht faul, brachte die Ausstattung in Schuss, wusch, putzte, organisierte und schlug schließlich vor: «Vielleicht könnten wir ja ein Mädchen kriegen, irgendeine Praktikantin, Shona, um uns ein bisschen zu helfen?»

Sie bekamen eine Praktikantin. Shona eroberte das französische Verwaltungssystem im Sturm, ackerte sich durch Formularstapel, besuchte Bürgermeister, Fremdenverkehrsbüros und Rathäuser, suchte überall Hilfe, wo sie sich nur finden ließ, und bald schaffte sie alle möglichen Unterstützungsgelder und öffentliche Finanzhilfen heran. Edouard wirbelte atemlos durch die Auberge, als wäre er in einen Zyklon geraten, und Emily beobachtete ihn genau, lernte ihn immer besser kennen und fragte sich, ob er bei der Flut der Anweisungen, die Shona ihm erteilte, nicht irgendwann rebellieren würde. Doch falls überhaupt, wirkte er nur jeden Tag stärker von ihr geblendet, betrachtete Shona Fitzpatrick als schimmernden Hoffnungsstrahl und konnte gar nicht glauben, dass es endlich wieder aufwärts ging.

Er ist so anders, dachte Emily. Genau das Gegenteil all der anderen Männer in ihrem Leben, die so energisch waren und in ihrem Beruf so angesehen und gut bezahlt, so *passend*. Nur, dass niemals einer von ihnen, nicht einmal Brendan Wright, sie so angesehen hat, wie dieser Edouard sie immer ansieht. Kein Einziger von ihnen hat ihr jemals die Freiheit zugestanden, ihr Leben auf ihre eigene Art zu führen und sie selbst zu sein. Sie kamen mit ihrem Selbstvertrauen nicht zurecht: Edouard dagegen sieht aus, als wäre er ganz begeistert davon.

Merkt sie es überhaupt? Ich glaube nicht. Aber ich will nichts dazu sagen, jetzt noch nicht … Ich warte ab, wie sich alles entwickelt und ob es ihm vielleicht gelingt, sie ohne meine Hilfe auf sich aufmerksam zu machen. Ich wäre begeistert, wenn daraus etwas würde und sie endlich einmal glücklich wäre – aber ich habe sie schon einmal in die Arme eines Mannes geschoben, und wir wissen ja, was dabei herausgekommen ist. Vielleicht sollte Emily O'Brien einmal nicht die Nase in anderer Leute Angelegenheiten stecken, sondern sich auf einen schönen, sonnigen Winter einstellen und die Abwechslung genießen. Was für ein Luxus, ein halbes Jahr in Frankreich zu verbringen!

Edouard ist ein netter Mann. Sehr nett. Je besser ich ihn kennen lerne, desto lieber mag ich ihn. Wie Shona es sagt, er ist eine Katastrophe, aber er ist eine anständige, ehrliche Katastrophe. Offen, überhaupt nicht verbittert, hoffnungslos schlecht organisiert, aber bereit, hart zu arbeiten – und ohne die Arroganz, die so viele Männer ungenießbar macht. Brendan war auch ein guter Junge, aber am Ende wollte er eben doch, dass Shona seine Kinder zur Welt bringt, seine Familie versorgt und ihr Leben nach ihm ausrichtet. Er wollte der Chef sein. Das hätte mit ihr niemals funktioniert. Obwohl Edouard gar nicht ihr üblicher Typ ist, habe ich das Gefühl, dass seine Chancen viel besser stehen.

Wenn sie ihm nur eine Chance gibt!

Hör auf, Emily. Du bist hier, du behältst sie im Auge, hilfst ihr – das genügt. Misch dich nicht ein. Spiel nicht einmal mit dem Gedanken an eine Hochzeit, denk überhaupt nicht darüber nach, dass der Empfang dann hier in der Auberge stattfinden könnte.

Ob sie bis Weihnachten wohl verlobt sind? Dann könnten wir Ostern Hochzeit feiern … auf dem Rasen … in einem großen Zelt … mit einem Streichquartett … und einem blauen Hut …

Also Himmel nochmal, Edouard, *beeil dich*! Ich bin schon sechzig und kann nicht ewig darauf warten, dass du endlich mal deinen Hintern in Bewegung setzt!

Der September ging in den Oktober über, und die Weinlese begann. Hunderte von Helfern ernteten in den rostroten Feldern die Trauben, Landwirtschaftsmaschinen tuckerten durch die schmalen Straßen. Shona, die im Schneckentempo hinter einem Traktor herfahren musste, stellte zu ihrer Überraschung fest, dass sie überhaupt nicht genervt war. An diesem mildwarmen Morgen machte ihr eine kleine Verzögerung nicht das Geringste aus, denn alles andere klappte reibungslos und verlief jetzt erstaunlich viel besser als je zuvor. Zum ersten Mal hatte sie das berauschende Gefühl, ihr Leben nach ihren Wünschen zu führen und selbst die Kontrolle zu haben, ohne dass es irgendjemanden gab, der ihr übel mitspielen konnte.

Die Sonne stand schon ein bisschen tiefer, in der Luft hing ein erster Hauch von herbstlicher Frische, ein früher Hinweis, dass sich das Jahr seinem Ende entgegenneigte. Das Jahr, dachte sie, in dem ich meinen Job und meinen Lebenspartner verloren habe und dachte, ich würde auch noch den Verstand verlieren.

Doch stattdessen bin ich mit Aileen Hegarty nach Frankreich gekommen, habe ein Haus gekauft, habe mich selbständig gemacht, neue Freunde gefunden – und war glücklich. Ich kann kaum glauben, wie glücklich ich bin, wie frei ich mich fühle und wie wunderbar dieses Jahr schließlich doch noch geworden ist. Ich habe nicht das bekommen, was ich wollte, aber was ich wirklich bekommen habe, ist viel besser. Ich genieße jeden Moment, ich fühle mich befreit und quicklebendig. Ich gehöre hierher und werde hier bleiben – ganz im Gegensatz zu Aileen, die leider überhaupt nicht da ist, wo sie hingehört.

Sie gehört nach Irland und vergeht fast vor Sehnsucht nach zu Hause. Wann wird sie den Mut finden, es zuzugeben? Ich weiß, dass sie heimwill, ich spüre es und sehe es, aber noch hat sie kein Wort davon gesagt. Ich wünschte, sie würde es offen aussprechen. Sie denkt, ich reiß ihr den Kopf ab, aber das habe ich gar nicht vor. Es wird mir Leid tun, wenn sie geht, aber ich werde schon jemanden finden, der Le Mas führt, denn inzwischen weiß ich, wie man hier an die richtigen Leute kommt. Sie wird mir fehlen, aber es macht keinen Sinn, sie zurückzuhalten, wenn sie so eindeutig schreckliches Heimweh hat. Wenn sie es nicht bald zugibt, muss ich die Sache in die Wege leiten, mit ihr reden … Ach, verdammt, warum klingeln diese Handys immer ausgerechnet dann, wenn man die Hand an der Gangschaltung hat!

«Hallo?»

«Shona! Shona, ich bin's, Crys!»

«Crys?! Oh, ich wollte dich heute auch anrufen, wie geht's dir ...?»

«Shona, es ist ein Junge! Ein wunderbarer, allerliebster Junge!»

Selbst am Handy, über all die Entfernung hinweg, die sie von Irland trennte, konnte Shona es hören: Den bebenden Überschwang in Crys' Tonfall, die fast schon von Tränen zitternde Stimme, die ihr sofort sagte, dass ihr Wunsch in Erfüllung gegangen war. Crys war ganz hingerissen davon, nun Mutter zu sein.

«Ach du lieber Himmel, Moment, ich halte gerade mal an ... Oh, Crys! Ich kann es kaum glauben ... wann denn ...?»

«Gestern Nacht. Ganz kurz vor Mitternacht. Zehn Tage zu früh. Dreitausenddreihundert Gramm – ach, Shona, du musst einfach kommen und ihn dir anschauen, er ist ein solcher *Schatz*!»

«Mach ich, bestimmt. Ist er gesund, und du ... ist Gavin ...?»

«Gavin ist im siebten Himmel, und – ach, Sho, ich auch! Ich hatte keine Ahnung, erst als er auf der Welt war, als ich ihn sehen konnte, halten konnte, ich hätte nie gedacht, dass er so ... wunderschön ... ich kann kaum ...»

Als Crys die Stimme versagte, fühlte auch Shona einen Kloß im Hals, und fast kamen ihr die Tränen, als sie sich darüber klar wurde, was für eine ungeheure Veränderung buchstäblich über Nacht eingetreten war: Crys war jetzt Mutter, ein Zurück gab es nicht mehr, nichts würde je wieder so werden, wie es gewesen war. Für den Rest ihres Lebens würde sie hinter ihrem Sohn den zweiten Platz einnehmen, ihre eigenen Bedürfnisse den seinen unterordnen und nie wieder als die alte, sorgenfreie Crys zu Felde ziehen.

Das Wunder aber war, dass sie sich gar nicht so anhörte, als würde sie das vermissen. Gegen alle Wahrscheinlichkeit klang sie außer sich vor Freude, die Stimme bebend von einem Glück, das ebenso rührend wie erstaunlich war. Ihre langjährige Freundschaft würde jetzt flexibel sein und sich verändern müssen, denn das hier war nicht mehr Crys, es war die Mutter von …»

«Wie heißt er? Wie wollt ihr ihn nennen?»

«Ha! Halt dich fest, Bridget!»

«Ach, Crys! Du wirst doch nichts tun, wofür er dich sein Leben lang hassen wird, oder?!»

Halb lachend, halb weinend hielt Shona den Atem an, doch die Antwort war dann gar nicht so schrecklich.

«Luther. Wie in Martin Luther King: ‹I have a dream …› Ich werde dafür sorgen, Shona, dass mein Sohn massenhaft Träume hat. Ich erziehe ihn zu einem Aktivisten und Visionär.»

«Aber garantiert! Und ich mag seinen Namen. Luther Sheehan, dafür müssen seine Eltern sich nun doch nicht scheiden lassen – ach, Crys, ich kann es gar nicht abwarten, ihn zu sehen, und dich!»

Plötzlich war Shonas Kehle wie zugeschnürt, und Tränen standen ihr in den Augen. Sehnsucht überschwemmte sie unvermittelt, einer jener Anfälle, die immer Teil ihres Lebens im Ausland sein würden, so weit weg von Freunden und Familie … Crys hat jetzt eine Familie, wurde ihr plötzlich klar. Vielleicht keine perfekte Familie, da Gavin so anspruchsvoll ist, aber trotzdem eine Familie. Einen Mann und einen Sohn, Menschen, um die sie sich kümmert und

Sorgen macht, eine Einheit. Sie fühlt sich ihnen zugehörig, und von jetzt an müssen wir um unsere Freundschaft kämpfen, müssen härter daran arbeiten, Kontakt zu halten, uns nahe zu bleiben. Ich würde sie gerne umarmen, aber sie ist nicht da – besser gesagt, ich bin nicht da. Aber wir werden uns trotzdem nahe bleiben. Das können wir schaffen, und das werden wir schaffen.

«Sho? Bist du noch dran?»

«Ja, ich stehe hier direkt gegenüber von einem Blumenladen, und ich schicke dir einen ganzen *Lastwagen* voll Blumen – und ich komme dich und Luther Samstag besuchen.»

«Was? Du meinst *diesen* Samstag?»

«Ja. Übermorgen. Ich muss dich sehen, Crys, und dein Kind muss ich auch sehen. Dass ich in Frankreich bin, ist keine Entschuldigung. Ich bin unterwegs und besuche meine beste Freundin und ihr Neugeborenes.»

Eine lange Pause. Shona konnte fast hören, als was für ein bedeutsames Versprechen Crys ihre Worte aufnahm. Dann aber vernahm sie Crys' Stimme, die sich vor Begeisterung überschlug: «O ja! Oh, wunderbar! Dann bin ich schon wieder zu Hause, Gavin holt dich am Flughafen ab …»

Shona meinte geradezu, ihn vor sich zu sehen, wie er mit stolzgeschwellter Brust heranstolziert kam, und lächelte – was spielte das schon für eine Rolle? Crys war glücklich, und allein das zählte. «Kann Luther schon was Festes vertragen? Soll ich ihm ein paar Froschschenkel mitbringen?»

«Untersteh dich! Aber bring sie *mir* mit!» Crys' Lachen war euphorisch, und plötzlich fühlte Shona sich ihr so lebhaft nahe, dass sie fast meinte, sie sehen und berühren zu können.

«Crys? Sag mal – konntest du dir seit Luthers Geburt schon die Nägel lackieren?»

«Aber ja. Gleich heute Morgen. Blau, weil es ein Junge ist.»

Beide lachten laut, und beide brachen beim Auflegen in Tränen aus, von Gedanken und Gefühlen überwältigt, die nur ihnen beiden gehörten und die andere Leute niemals verstehen würden. Es dauerte lange, bevor Shona aussteigen und in den Blumenladen gehen konnte, und trotzdem hatte sie vor lauter Erleichterung weiche Knie. Crys kämpfte keineswegs gegen ihr Schicksal an, sondern umarmte und liebte es.

Ohne die geringste Ahnung, warum, dachte Shona im selben Moment, in dem sie nach einer Rose griff, an Edouard.

Etwas verblüfft von Shonas überraschender Abreise – «Ich muss Crys besuchen, Emily, ich muss einfach» –, winkte Emily ihr nach und beobachtete interessiert, wie Edouard die Gelegenheit beim Schopf griff, sie nicht nur einmal, sondern gleich viermal zu küssen. Die Franzosen standen auf Küsse, aber vier war wirklich das absolute Maximum, und in diesem Moment dämmerte es Emily, dass sich nun genau die Chance bot, die sie brauchte. Da Shona jetzt mehrere Tage weg war, hatte sie Edouard ganz für sich allein und konnte ihn nach Belieben aushorchen. Sie würde herausfinden, ob diese vier Küsse etwas ernst zu Nehmendes zu bedeuten hatten.

Und so arbeiteten sie einen äußerst befriedigenden Tag lang eifrig Seite an Seite, besprachen mögliche Menüfolgen, polsterten ein Sofa neu und spekulierten, was für Gäste Shona wohl in die Auberge Rose locken würde. Shona hatte schon Anzeigen in verschiedenen Jagd- und Anglerzeitschriften geschaltet, und für das verlängerte Oktoberwochenende lagen fünf Buchungen vor. Aber Emily hielt sich zurück: Sie würde bis nach dem Abendessen warten, um

Edouards Privatleben auszukundschaften – Familie, Freunde, Ex-Frau, Interessen und Hobbys, alles, was sie aus ihm herausholen konnte.

An diesem warmen, bewölkten Abend roch es würzig nach Holzrauch, und obwohl sie nur zu zweit waren, kochte Edouard ein komplettes Vier-Gänge-Menü, und zwar mit solcher Sorgfalt, dass Emily sich fragte, ob er sie damit beeindrucken wollte. Ahnte er vielleicht, dass sie seine Gefühle für Shona erraten hatte, und hoffte er, dass sie ein gutes Wort für ihn einlegen würde? Oder bildete sie sich nur etwas ein, war es ihm eben einfach unmöglich, ein Essen gedankenlos zuzubereiten, und er war gar nicht in Shona verliebt?

Sei vorsichtig, ermahnte sie sich. Lass ihn selbst reden. Nur ein paar Fragen, ganz beiläufig, um ihn nicht zu erschrecken. Ehrlich, ich wünschte, ich könnte mich mal aus anderer Leute Angelegenheiten raushalten! Aber ich muss feststellen, ob er ein Mann ist, der wirklich für Shona geeignet sein könnte. Wenn sie schon unbedingt in Frankreich bleiben will, wäre es mir lieb, wenn sie jemanden hätte, der sich um sie kümmert – auch wenn sie denkt, dass sie sich um ihn kümmert.

Beim Essen unterhielten sie sich über alles Mögliche, und Emily entlockte Edouard die unterschiedlichsten Informationen über sich selbst: Seine Leidenschaft für Klettersport, seine eher progressiven politischen Ansichten, sein ‹weit erfolgreicherer Bruder›, seine unerwartete Vorliebe für die amerikanischen Schriftsteller Bill Bryson, Anne Tyler und Michael Moore und für die Musik von Nina Simone, Michel Sardou und Giuseppe Verdi. Doch Edouard selbst brachte beim Nachtisch das Gespräch auf Shona, wollte alles über Crys und ihre anderen irischen Freunde und Freundinnen wissen, über ihre Interessen und Hobbys in Irland und über ihre Karriere, die anscheinend von einem gewissen Terry O'Hagan ruiniert worden sei?

Ja, bestätigte Emily, aber vielleicht sei das am Ende sogar gut gewesen, denn nun könne Shona sich frei entfalten und habe sich für die Selbständigkeit entschieden, um das Beste aus ihrer Intelligenz und ihrem Geschäftssinn zu machen.

«Intelligent ist sie, nicht wahr?», fragte Edouard lächelnd. «Sie ist einfach eines Tages aus heiterem Himmel hier hereingeschneit, hat mir mitgeteilt, dass ich eine Katastrophe bin, und die Führung übernommen. Es ist ein Gefühl, als wäre ich in die Armee eingezogen worden.»

Emily biss in ein sündhaft cremiges Blätterteigteilchen und dachte über diese Worte nach. «So wirkt sie manchmal. Das mag durchaus der Grund sein, warum Terry O'Hagan sie aus dem Weg haben wollte – sie ließ ihn als den Faulpelz dastehen, der er war. Ich persönlich habe sie immer für ihren Schwung bewundert – aber vielleicht findet manch anderer das ja ein bisschen Furcht einflößend.»

«Ha – wie ich, meinen Sie?» Edouard lächelte milde, und plötzlich sah Emily, dass er als Hotelchef komplett versagt haben mochte, aber keineswegs dumm war. Ganz im Gegenteil: Er verstand genau, worauf sie hinauswollte.

«Ja», antwortete sie freimütig, «wie Sie. Wie viele Leute, die es übel nehmen könnten, dass man sie verplant, sie rumkommandiert, ihnen zeigt, wo's langgeht oder wie auch immer Sie das nennen möchten. Shona ist eine reizende junge Frau, aber für viele Männer ist sie wahrscheinlich ein ganz schöner Brocken und ein bisschen zu willensstark.»

Nachdenklich schenkte Edouard Emily Kaffee nach. «Und, war sie das für andere Männer?»

Emily, die sich überrumpelt fühlte, setzte sich aufrecht hin. Eine so direkte Frage hatte sie nicht erwartet. Shona würde ihr den Hals umdrehen, wenn sie irgendwelche persönlichen Details über sie weitergab – falls sie es herausfand. Aber Shona war ja nicht da, oder? Irgendetwas in Edouards aufrichtigem Blick schien zu sagen, dass man ihm vertrauen konnte, und so blieb sie bei der Wahrheit.

«Ja. Allerdings. Tatsächlich für Dutzende von Männern. Es gibt inzwischen eine ganze Sammlung von Männern, die sie körperlich anziehend fanden, klug und schön, aber – aber eben keine Frau zum Heiraten! Sie ist nicht mütterlich, sie kann anspruchsvoll sein, sie geht aufs Ganze – für einen Mann, der drei Kinder, anständige warme Mahlzeiten und regelmäßig ein sauberes Hemd erwartet, kann das nur eine Enttäuschung werden. Und so war es auch in mehreren Fällen.»

Hmm. Edouard dachte darüber nach, und Emily war überrascht, als er plötzlich aufstand, zum Kaminsims hinüberschlenderte, von dort eine Schachtel kleiner Zigarren holte und ihr eine anbot. Sie hatte noch nie im Leben Zigarre geraucht und lehnte lachend ab, forderte aber ihn auf: «Sie können ruhig rauchen. Ich mag den Duft.»

Er zündete sich eine an, betrachtete die Zigarre prüfend und drehte sie langsam in der Hand, so wie er anscheinend auch Gedanken im Kopf umwendete, und setzte schließlich wieder zum Sprechen an: «Ich verstehe. Das klingt so, als ob Shona verletzt worden sei.»

Emily verzog das Gesicht und nickte. «Ja. Allerdings – wie auch einige der Männer. Es war die reinste Katastrophen-Serie, und ich komme allmählich zu der Überzeugung, dass Shona niemals eine normale, konventionelle Beziehung zu einem Mann eingehen wird. Sie … sie ist ein hartes Stück Arbeit!»

So. Jetzt sind die Karten auf dem Tisch, Mr. Savary. Sagen Sie nicht, keiner hätte Sie gewarnt. Ergreifen Sie jetzt die Flucht, oder steckt unter dem sanften Äußeren doch ein bisschen Kraft? Gehe ich völlig falsch in der Annahme, dass Ihre gegenwärtigen Schwierigkeiten weder auf Dummheit noch auf einen schlechten Charakter hindeuten, sondern einfach nur auf verdammtes Pech? Sie waren zumindest klug genug, Hilfe anzunehmen, als sie sich bot, was den Gedanken nahe legt, dass Sie vielleicht intelligenter sind, als die Umstände vermuten lassen.

«Hmm. Harte Arbeit ist genau das, wobei Shona aufblüht.»

«Das stimmt. Sie versprüht so viel Energie, dass es ansteckt ... nur ziehen manche Männer es vor, dass die Frau in ihrem Leben beruhigend auf sie wirkt.»

«Allerdings. Aber, Emily, die Entscheidung für einen anspruchsvollen Menschen kann auch sehr lohnend sein, *non*?»

«Ja. Ich kann mir nicht vorstellen, dass irgendjemand den Eindruck haben könnte, er bekäme von Shona zu wenig zurück. Sie verlangt eine Menge, aber sie gibt auch eine Menge, wenn sie jemanden mag oder achtet ... sie hat mir viel geholfen, ebenso Aileen Hegarty und ...»

«Und jetzt hilft sie mir. Meinen Sie, Emily, das könnte vielleicht bedeuten, dass sie mich mag? Darf ich es wagen, mir vorzustellen, dass sie mich sogar achtet, trotz meiner ... meiner Probleme?»

Edouard zog an seiner Zigarre und sah sie plötzlich sehr aufmerksam an. Emily lehnte sich zurück und wägte ihre Worte sorgfältig ab. Sie sollte eigentlich nicht ausplaudern, was Shona so dachte, aber ... «Ja. Sie mag Sie, Edouard. Das hat sie mir gesagt. Ob sie Sie auch achtet, ist eine ganz andere Frage, die ich nicht beantworten kann, aber ich will Ihnen Folgendes sagen: Shona gehört zu den Frauen, deren Achtung man sich verdienen muss.»

«Ja. Das dachte ich mir. Und genau das versuche ich ja

auch, wenn ich so hart arbeite, wie ich nur kann, zugebe, dass sie besser qualifiziert ist als ich, und die Hilfe annehme, mit der sie mich beehrt. Sie ... sie ist unglaublich.»

«Ja! Mögen Sie sie, Edouard, oder finden Sie sie ... zu überwältigend?»

Er stand wieder auf, holte eine Karaffe und zwei Gläschen, stellte beides auf den Tisch und hob viel sagend die Augenbraue. *«Un petit Cointreau, Madame?»*

«Den mag ich am liebsten. Danke. *Vive la France.*»

Mit einem ernsten, selbstironischen Lächeln nickte er und hob sein Glas. «*Vive la France. Vive* Shona Fitzpatrick, die in mein elendes Leben gefallen ist wie Manna vom Himmel. Ich mag sie sehr, Emily, und ... und ich wünschte nur, ich steckte nicht gerade jetzt so schrecklich in der Klemme. Denn das macht es mir unmöglich, ihr ... ihr zu sagen, wie sehr ich sie mag.»

«Aber Edouard, da beißt sich doch die Katze in den Schwanz. Wenn Sie nicht in der Klemme steckten, wäre Shona gar nicht da.»

«Ja, da haben Sie natürlich Recht. Ich weiß, dass nicht ich der Grund für ihre Anwesenheit bin, sondern die Auberge, die sie anscheinend als Sprungbrett für eine neue Karriere betrachtet. Wenn ich ihr also meinerseits helfen kann, rettet das meinen Stolz ein wenig. Aber es löst nicht mein Problem.»

«Welches Problem denn?» O Gott, dachte Emily, hoffentlich hat er keine grauenhafte Krankheit oder riesige Unterhaltsverpflichtungen oder ein ellenlanges Vorstrafenregister oder ...

«Das Geldproblem! Missverstehen Sie mich nicht, Emily, ich mag Shona wirklich, und wahrscheinlich ahnen Sie, wie sehr ... wie sehr ich mich von ihr angezogen fühle. Aber das Materielle ist für sie wichtig, *non?* Mit meiner Art von

Armut würde sie sich nicht lange abfinden können, falls überhaupt.»

Nein. Da haben Sie Recht, stellte Emily für sich fest, und es fiel ihr ein, wie oft Shona schon erklärt hatte, sie wolle irgendwann ‹ein schönes Einfamilienhaus mit Garten und dreimal Urlaub im Jahr›. Auf Dauer würde Shona alles, was sie wollte, auch bekommen, ob nun mit oder ohne Edouard Savary. Aber … « Mir scheint, Edouard, dass Shona im Moment nicht in erster Linie Geld braucht, sondern … ein bisschen Zuneigung im Leben. Wärme, Gesellschaft, jemanden, der Dinge mit ihr teilt und sie so akzeptiert, wie sie ist. Das Geld kommt vielleicht später, aber sie ist absolut in der Lage, es selbst zu verdienen. Wenn Sie meine Meinung hören wollen: Das Wichtigste, was ein Mann ihr bieten könnte, wäre … Rückhalt. Unterstützung, Ermutigung und die Freiheit, ihr Potenzial auszuschöpfen. Bisher hat ihr das noch kein Mann gegeben.»

«Meinen Sie denn, sie könnte es annehmen, falls man es ihr anbieten würde? Sie wirkt so ausgesprochen unabhängig.»

«Das ist sie auch. Aber kein Mann und keine Frau ist eine Insel, oder? Jeder braucht Liebe, jeder braucht mal eine Umarmung, ein Lächeln und einen besonderen Menschen, der ihn am Ende des Tages erwartet – jemanden, der einem das Gefühl gibt, etwas Besonderes zu sein! Bis jetzt hat noch kein Mann Shona das Gefühl gegeben, etwas Besonderes zu sein. Sondern nur, dass sie nicht seinen Vorstellungen entspricht, nicht in die Schablone passt.»

Ein langes Schweigen. Emily machte keinen Versuch, es zu unterbrechen, sondern saß einfach da, spielte im flackernden Feuerlicht mit ihrem Glas und ließ Edouard nachdenken und ihre Worte verarbeiten, während sie die Veränderungen in seinem Gesicht beobachtete. Es waren widersprüchliche Gesichtszüge, einerseits von dem demütigen Eingeständnis gezeichnet, dass er ganz unten war, andererseits aber lag auch ein Zug von Entschlossenheit darin, der deutlich machte, dass er noch lange nicht am Ende war. Die Ehe gescheitert, als Hotelchef bankrott – aber hocherhobenen Hauptes sah er vertrauensvoll in die Zukunft und ließ kein Selbstmitleid erkennen. Sogar eine Spur von Lächeln lag um seine Mundwinkel und belebte seine Augen, nahm Emily für ihn ein und bestätigte ihre Vermutung, dass er sich der Herausforderung, die Shona darstellte, gewachsen zeigen würde. Wenn man ihn ermutigte und ihm Anlass zur Hoffnung gab.

Als er schließlich aufblickte, war sein Gesicht aufrichtig. «Habe ich Sie recht verstanden, Emily? Wollen Sie damit sagen, dass ich, wenn ich ausgesprochen hart arbeite und die Auberge wieder in Schuss bringe, Shonas Achtung gewinnen kann?»

«Da bin ich mir sicher.»

«Und falls … falls ich Shona gestünde, dass ich nicht direkt ein konventioneller Mann bin und auch keine konventionelle Frau suche, würde sie das vielleicht akzeptieren?»

Hm? «Was genau meinen Sie damit?»

«Ich meine … ach, das kommt jetzt bestimmt falsch bei Ihnen an! Aber es ist nun mal so, das Einzige, was ich im Leben wirklich tun möchte, ist kochen. Ich liebe es, ich bin glücklich dabei, und ich kann mir nichts Wunderbareres vorstellen als eine Frau, die das versteht und nicht von mir erwartet, dass … dass ich den ganzen Laden schmeiße! Ich will nicht der Chef sein, und deshalb hat Ghislaine mich verlassen, sie wollte viel mehr als nur einen Hausmann. Aber vielleicht wäre ein Hausmann ja genau das Richtige für Shona?»

«Ich wage zu behaupten, Edouard, dass ihr nichts lieber

wäre. Ein Mann, der sein eigenes Feld beackert und ihr nicht in die Quere kommt. Wenn Sie klug sind und richtig an die Sache herangehen, könnten Sie beide einander vielleicht sehr glücklich machen.»

Seine Augen leuchteten auf, und plötzlich wirkte er zehn Jahre jünger, so als wäre ihm eine drückende Last von den Schultern gefallen. «Wirklich? Jetzt habe ich eine Bitte an Sie, weil Sie sie so gut kennen ... vielleicht würden Sie ja sogar in Erwägung ziehen ...?»

«Ein gutes Wort für Sie einzulegen?! Ja, Edouard, durchaus ... vorausgesetzt, Sie denken noch einmal lang und gründlich über alles nach, was ich Ihnen jetzt sage. Es macht Spaß, mit Shona zusammen zu sein, aber es ist kein Honigschlecken ... Eine Partnerschaft mit ihr müssten Sie sich schwer verdienen. Sie müssten ihren hohen Erwartungen genügen. Und Sie müssten sich manchmal auf die Zunge beißen. Sie müssten ihr ihre Karriere als Geschäftsfrau lassen, während Sie selbst Koch bleiben – und Sie dürften ihr niemals Vorwürfe machen, wenn sie eine falsche Entscheidung trifft, denn Vorwürfe macht sie sich dann schon selbst mehr als genug. Es könnte durchaus sein, dass einige Leute dann sagen: ‹Oho, sie hat die Hosen an›, aber meiner Meinung nach kann nur ein starker Mann einer Frau all das zugestehen, ohne sich um die Meinung der Leute zu scheren. Sind Sie so stark, was meinen Sie?»

Das war eine sehr persönliche und ziemlich unhöfliche Frage, doch Emily zögerte nicht, sie zu stellen, weil sie Klarheit wollte – wie gut, dass ich schon sechzig bin, dachte sie, denn in diesem Alter hat man Narrenfreiheit, und keiner nimmt einem mehr etwas übel! Er antwortete nicht, doch sie sah, dass er nachdachte und nicht etwa beleidigt war.

«Ja», meinte er schließlich, und sie fand seinen nachdenklichen Tonfall beruhigend. «Ich glaube schon. Das hoffe ich zumindest. Aber ich halte mich an Ihren Vorschlag und lasse es mir noch einmal durch den Kopf gehen, bevor ich etwas überstürze! Wenn Shona früher schon verletzt worden ist, möchte ich so was auf keinen Fall wiederholen. Ich werde mich auf nichts einlassen, wenn ich nicht das Gefühl habe, dass ich es auch durchhalten kann.»

Emily gab sich alle Mühe, ihre Begeisterung zu verbergen, und nickte so würdevoll wie möglich. «Gut. Das ist eine so vernünftige Antwort, dass mir nur noch eine einzige Frage bleibt.»

«Welche denn?»

«Sind Sie … hat es Sie … waren Sie … lieben Sie sie, Edouard?»

Schließlich kannte er Shona noch nicht sehr lange. Doch er starrte Emily so verblüfft an, als hätte sie gerade den Verstand verloren. «Ob ich sie *liebe*? Aber, Emily, ist das denn nicht überdeutlich? Ich *bete* sie an. Ich *verehre* sprichwörtlich den Boden, auf dem sie geht. Sie hat wie ein *Blitz* bei mir eingeschlagen! Sollte sie sich jemals dazu herablassen, sich anzuhören, wie ich ihr gegenüber empfinde, pilgere ich aus Dankbarkeit barfuß nach Lourdes und werfe mich der wunderwirkenden Madonna zu Füßen.»

Er machte bei diesen Worten ein Komikergesicht, doch seine Stimme war leidenschaftlich, und Emily lächelte verschmitzt: «Heißt das ja?»

«*Oui, Madame*, das heißt ja. Ich bin ein Lamm auf der Schlachtbank. Ein Opfertier auf dem Altar der Shona Fitzpatrick.»

«Dagegen habe ich nichts einzuwenden. Dann haben Sie also meine Erlaubnis, Edouard, Ihren tragischen Fall von Masochismus weiterzutreiben.»

Sie lachten, doch sie nahm Entschlossenheit in seinem Gesicht wahr, und die Art, wie er die Schultern straffte, stimmte sie hoffnungsvoll. Dieser Mann, überlegte sie, gehört absolut nicht zu dem, was Shona sich schon immer gewünscht hat, und genau deshalb ist er der Richtige für sie. Ich kehre auf gar keinen Fall nach Irland zurück, bevor ich nicht den blauen Hut getragen und dieses Streichquartett gehört habe.

Kapitel fünfzehn

Joe lehnte sich in seinem Stuhl zurück, faltete die Hände auf dem Bauch und hatte den zufriedenen Ausdruck eines Mannes im Gesicht, dem seine wunderbare Frau gerade ein wunderbares Mahl vorgesetzt hat. Gab es vielleicht noch etwas Leckeres zum Nachtisch? Er betrachtete sie forschend, während sie den Tisch abräumte und die Teller an Finn weiterreichte, der sie – nahmen die Wunder denn nie ein Ende? – pfeifend in den Geschirrspüler räumte. Dieser Junge, dachte Joe, ist wie verwandelt. Frankreich, Martine und das Ansehen, das er sich durch die Rettung dieser Familie verschafft hat, haben Wunder gewirkt. Ich kann ihn heute tatsächlich mit Stolz anschauen, von Mann zu Mann mit ihm reden und muss mir endlich keine Sorgen mehr um ihn machen. Er weiß, was Hazel zugestoßen ist, aber er hat es bewältigt. Er wird gut durchs Leben kommen … und dafür habe ich Aileen zu danken. Dass sie ihn und uns alle hierher geschleppt hat, war das Beste, was sie je getan hat. Sie hat unsere Familie wieder zusammengebracht.

Er strahlte sie an, und in diesem Moment reichte sie Finn den letzten Teller, setzte sich an den Tisch und blickte nacheinander ihrer Mutter, ihrem Sohn und ihrem Mann ins Gesicht. Der Ausdruck in ihren Augen ließ eine erwartungsvolle Stille entstehen; sie sah aus, als hätte sie etwas anzukündigen.

«Tja», sagte sie schließlich, «da wären wir also, und es geht auf den Winter zu.»

Ja. Das stimmte. Da konnte keiner widersprechen.

«Und darum … wird es Zeit, dass wir uns unterhalten.»

«Gestalten?» Trotz ihres neuen Hörgeräts schaute Tessie verblüfft: Manchmal entging ihr immer noch das eine oder andere Wort.

«Nein, Mam – *unterhalten*. Über uns. Über Le Mas. Über Frankreich.»

«Also, ich finde Frankreich wundervoll.» Tessie schaute sich in Erwartung von Zustimmung glücklich um, und Joe nickte nachdrücklich.

«Ich auch.»

«Und ich auch», erklärte Finn. «Mir tut es nur Leid, dass wir nicht schon vor Jahren hierher gezogen sind.»

Alle lächelten; keiner sah die Bombe fallen. Oder erst im allerletzten Augenblick, als Joe plötzlich mit einem erschreckten Atemzug irgendetwas Merkwürdiges spürte … aber was? O Gott … Aileen … o nein!

«Also», sagte sie langsam. «Ich freue mich, dass ihr alle glücklich seid. Aber … da ist etwas …, was ich euch sagen muss. Ich bin nicht glücklich. Ich bin entwurzelt … ein Fisch auf dem Trockenen, und ich … ich … will heim.»

Hätte sie eine Handgranate hervorgeholt, den Zünder mit den Zähnen abgerissen und das Wurfgeschoss in hohem Bogen über den Tisch geschleudert, hätte das Entsetzen nicht größer sein können. Alle waren wie gelähmt und starrten sie in überraschtem Schweigen an.

Sie wurde rot und starrte herausfordernd zurück. «Es tut mir Leid», sagte sie, «aber so ist es einfach. Ich habe Heimweh, und es wird jeden Tag schlimmer … Frankreich war schön, aber ich kann nicht für den Rest meines Lebens hier bleiben. Ich will zu Dymps, ich will nach Galway, und ich will *nach Hause*.»

Keine Antwort. Um den Tisch verbreitete sich nur noch mehr Fassungslosigkeit, und die Blicke wurden immer entgeisterter. Die Fäuste herausfordernd geballt, sah sie so wild entschlossen aus wie ein Zahnarzt mit dem Bohrer in der Hand.

«Aber … aber …» Joe suchte fassungslos nach Worten. «Aber Aileen … Liebling … warum … was *ist* das? Warum hast du mir nichts davon gesagt? Ich dachte … wir alle dachten …»

«Ich weiß», antwortete sie kläglich, «alle dachten, ich sei hier vollkommen glücklich. Und das war ich auch … am Anfang … aber je länger es dauert, desto schlimmer wird es. Ich weiß, dass ihr alle es hier großartig findet, aber mir fehlt mein Zuhause, es ist, als hätte man mir einen Arm amputiert. Ich kann es nicht erklären, es ist nicht logisch, aber es *ist* einfach so.»

Joe saß ganz aufrecht da, versuchte Haltung zu bewahren und fragte sich, ob die Launen seiner schrecklich unbeständigen Frau denn niemals ein Ende nahmen, merkte aber plötzlich, dass sie hinter ihrer gespielten Tapferkeit kurz vor den Tränen stand. Zu seiner Verblüffung war ihre Sehnsucht nach zu Hause vollkommen echt, und er spürte geradezu, wie sie eine stumme Bitte an ihn richtete. Warum hatte sie ihm das denn nicht schon früher gesagt? Warum hatte sie sich ihm nicht anvertraut, ihm nicht vertraut … er streckte die Hand über den Tisch, ergriff ihre und drückte sie fest.

«Dann gehen wir nach Hause. Mehr ist dazu nicht zu sagen. Gleich morgen buche ich einen Flug, und dann geht es nach Galway zurück … wie lange? Vielleicht ein paar Wochen? Einen ganzen Monat, wenn wir es einrichten können – Aileen, du hättest mir früher Bescheid sagen sollen, ich hatte ja keine Ahnung!»

«Nein», entgegnete sie kopfschüttelnd, «du hast es nicht richtig verstanden, Joe. Ich brauche nicht einfach nur einen Urlaub, ich muss … ich muss endgültig heim.»

Jetzt war es heraus, die Bestätigung dessen, was sie inzwischen alle befürchtet hatten, auch wenn sie das Gegenteil hofften. Tessie sah ihre Tochter mit runden Augen an. «Aber … aber Aileen, du musst Le Mas führen, dein Haus in Galway ist vermietet, du musst Rücksicht auf Shona nehmen, auf deine Familie … Ich meine, schließlich hast du sie doch alle hergebracht! Inzwischen hat Finn Arbeit und eine Freundin, Joe hat seine Kunden und spielt im *Boule*-Club des Dorfes mit … Du kannst doch nicht ständig alle hin- und herzerren, das ist einfach unfair! Verantwortungslos!»

Ja. Es war unfair, und es war verantwortungslos. Aileen sprach den Gedanken nicht aus, der ihr in den Sinn kam, nämlich dass sie ihrer Familie die Chance verschafft hatte, die sie brauchte. Nun wünschte sie einfach von ganzem Herzen, dass die Familie auch ihr das gab, was sie brauchte: Die Chance heimzukehren, ohne sich Anschuldigungen und Klagen anhören zu müssen. Ohne den Streit, der sich schon zusammenbraute, wie die Bestürzung und Rebellion in allen drei Gesichtern erkennen ließ. Selbst in Joes Gesicht, wie sehr er es auch zu verbergen suchte.

«Na ja …» Finn setzte sich rittlings auf einen Stuhl, dachte einen Moment lang nach und sah dann über Aileens Kopf hinweg, als könne er ihr nicht in die Augen schauen. «Ich muss sagen, Ma, das kommt ein bisschen plötzlich. Ich meine, deine Pension läuft großartig, Shona ist begeistert, Gran genießt es hier, Dad und ich haben mehr als genug zu tun, ich habe Martine … ich muss dir ganz ehrlich sagen, dass ich hier bleiben möchte.»

Ja, das konnte sie gut verstehen. «Aber», fuhr er fort. «Wo? Ich kann ja nicht hier bleiben, wenn du Le Mas nicht mehr führst. Vielleicht könnte ich mir eine Wohnung nehmen, oder vielleicht könnten Martine und ich ja auch zusammenziehen – na ja, eben in wilder Ehe leben.»

Sein Gesicht hellte sich auf; Joes Miene dagegen wurde immer düsterer. Ja, natürlich würde er hier weggehen, wenn Aileen das wirklich unbedingt und von Herzen wünschte … aber was war mit all seinen neuen Kunden und seiner aufblühenden Karriere als Allround-Handwerker und Reparaturservice von Mézalas? Tatsächlich verdiente er derzeit mehr als früher, dazu war er auch noch sein eigener Chef, und Shona brachte ihm durch ihre vielen Kontakte immer wieder neue Kundschaft.

Und was war mit seinen neuen Freunden und dem *Boule*-Club, dem er sich inzwischen verpflichtet fühlte? Was war mit dem großartigen Wetter und dem leckeren Essen? Mit der friedlichen, ländlichen Umgebung, die ihm nun, wo er sich daran gewöhnt hatte, von Herzen entsprach? All das sollte er also aufgeben, weil Aileen Hegarty mal wieder eine ihrer fixen Ideen hatte? O nein. Also, jetzt reicht's aber wirklich. Ich habe überhaupt nichts dagegen, mit ihr zu Hause Urlaub zu machen, dachte er, aber das lass ich nicht zu, nicht, wenn es sich irgendwie vermeiden lässt. Ich liebe sie zutiefst, aber … gibt es denn keinen Ausweg? Fällt mir denn gar nichts ein, womit ich sie zum Umdenken bringen könnte?»

«Aber, Aileen, unser Zuhause ist doch gar nicht frei – da sind noch bis Februar Mieter drin.»

Sie nickte. «Ich weiß. Aber, Joe, so lange halte ich es einfach nicht mehr aus. Ich will heim, und zwar *jetzt*. Schnell. Sobald ich jemanden gefunden habe, der Le Mas weiterführt. Shona macht mich bestimmt fertig, aber … na ja, ich kann nur hoffen, dass sie mich versteht, das ist alles. Wir wussten, dass so was vielleicht passieren könnte, und sie sagte, sie würde notfalls damit klarkommen – vielleicht holt sie ja sogar jemanden aus Irland rüber.»

«Wie Emily O'Brien», meldete Tessie sich unerwartet zu Wort. «Wenn die nicht schon genug mit der Auberge Rose zu tun hätte! Ich muss sagen, ich beneide sie, dass sie den Winter über hier bleiben kann …»

Plötzlich lag eine knisternde Spannung in der Luft, als flösse zwischen allen Beteiligten etwas wie eine elektrische Ladung. Dann sah Finn seine Großmutter aufmerksam und forschend an.

«Ja … Emily bleibt über den Winter hier, nicht wahr, Gran?»

Alle schauten ihn an. Was hatte Emily O'Brien damit zu tun.

«Und du magst sie, oder?»

«Ja», stimmte Tessie zu, die keine Ahnung hatte, worauf er hinauswollte, aber unbeirrbar war. «Ich mag sie. Wir verstehen uns prima.»

Finn antwortete nicht sofort, sondern saß nachdenklich da, legte sich die Sache im Kopf zurecht und merkte gar nicht, dass sein Vater ihn beobachtete. Joe sah plötzlich einen Hoffnungsschimmer aufleuchten, und statt Finn wie früher als Problemsohn wahrzunehmen, betrachtete er ihn jetzt als einen jungen Mann, der vielleicht unglaublicherweise einen Ausweg wusste. Früher hätte Finn vielleicht herumgebrüllt, geschmollt oder seine Mutter beschimpft, wie sie nur sein Leben so durcheinander bringen könne; jetzt dagegen wirkte er wie ein erwachsener Mensch, der die Lage aus den unterschiedlichen Blickwinkeln betrachtete, bevor er seinen eigenen Standpunkt äußerte.

«Also … wenn du sie magst, Gran, was würdest du dann davon halten, dich ihr anzuschließen?»

Tessie sah ihn angestrengt an und gab sich alle Mühe, so zu tun, als könne sie ihm folgen. «Was denn … wo denn … in der Auberge Rose, meinst du?»

«Nein. Ich meine hier. Im Mas. Wenn Mam wirklich heimwill, könntest du ja vielleicht hier übernehmen – für den Winter, nur ein paar Monate lang? Die Auberge Rose liegt nur dreißig Kilometer entfernt, und du hättest Emily zur Gesellschaft. Und mich, denn wenn du hier bleibst, könnte ich auch weiter hier wohnen. Ma und Dad könnten dann in dein Haus in Galway ziehen, bis im Februar ihr eigenes frei wird … damit hätte Mam vier Monate in Irland.» Er wandte sich Aileen zu. «Meinst du, vier Monate würden reichen, Ma? Du könntest dich ordentlich bei deinen Freundinnen und deiner Schwester auftanken und hättest dann vielleicht wieder Lust, den nächsten Sommer hier in Angriff zu nehmen.»

Würde das reichen? Aileen wusste es nicht. Aber es war eine Überlegung wert. Konnten vier Monate in Irland ihre Sehnsucht stillen und sie wieder fit machen, einsatzbereit für … eine Rückkehr, um die Pension wieder zu übernehmen? Wenigstens würde sie erst einmal durchatmen können. Sie hätte Zeit nachzudenken, zu entscheiden und alles mit Joe durchzusprechen, dessen Gesichtsausdruck ihr jetzt schon sagte, dass er sich an Finns Vorschlag klammerte wie ein Ertrinkender an einen Rettungsring.

Seine Körpersprache war ein einziges Flehen, diesen Kompromiss nicht ungeprüft zu lassen und wenn möglich zu akzeptieren – und schließlich war er ihr Mann. Sein Glück zählte ebenfalls. Sie schaute sich am Tisch um und merkte, dass alle den Atem anhielten und inständig hofften, sie möge ja sagen.

Aileen wandte sich ihrer Mutter zu und suchte in deren Gesicht nach Zweifeln, doch Tessie sah viel selbstsicherer aus, als Aileen selbst sich fühlte. «Nun … das ist eine Idee. Ich muss zugeben, Finn, dass das eine sehr gute Idee ist. Aber Mam, wie siehst du die Sache? Wärst du in der Lage, die Pension den Winter über zu führen, was meinst du?»

Tessie straffte fast schon empört die Schultern. «Natürlich! Denkst du etwa, ich wäre zu alt, wolltest du das damit andeuten? Also ehrlich, Aileen! Fünfundsechzig, das ist doch heutzutage kein Alter. Ich bin fit wie ein Turnschuh. Ich hab dir bei der Arbeit zugesehen, außerdem wird im Winter ja nicht so viel los sein. Ich würde das sehr gut hinkriegen, besonders weil Finn mir zur Hand gehen kann, Emily nur ein paar Kilometer weiter wohnt und Shona gleich nebenan in ihrer *gîte* ist – es wäre phantastisch! Ich wäre begeistert!»

In diesem Moment erkannte Aileen etwas, was sie vorher nie bemerkt hatte: Ihre Mutter blühte auf, und ihre Augen öffneten sich erwartungsvoll, als hätte man ihr etwas angeboten, was sie wirklich wollte. Sie wollte Frankreich, wollte die Wintersonne und wollte insbesondere beweisen, dass sie noch nicht zum alten Eisen gehörte. In ihrem Gesicht, das plötzlich viel jünger wirkte, stand die Begeisterung einer Frau, die nach einem neuen Lebensziel griff, neue Interessen und Anregungen ersehnte. Da Finn, Shona und Emily in Reichweite waren, konnte eigentlich nichts passieren, und wahrscheinlich würde Tessie sogar glücklich sein. Der Gedanke war anrührend, und Aileen entspannte sich mit einem Lächeln; warum sollte Tessie, die so lange schon Witwe war, nicht wie sie alle eine neue Chance bekommen?

«Bist du dir sicher? Wird dir das nicht zu viel werden?»

«Aileen, Liebling, es geht doch nur um Abstauben, Würstchen braten und Bettwäsche wechseln! Natürlich will ich deine Arbeit in keiner Weise herabwürdigen, aber ich hatte Mann und Kinder, weißt zu, und kann das wirklich so viel anders sein, als sich um Gäste zu kümmern? Der einzige Unterschied, der mir dabei auffällt, besteht darin, dass die Gäste hin und wieder einmal dankbar sein können und sich nicht ständig zanken wie verwöhnte Kinder.»

Sie sprach in einem energischen, scherzhaften Tonfall,

der alle zum Lachen brachte und die Spannung löste. «Also gut», willigte Aileen ein, «ich denke, wir könnten es einmal versuchen! Aber ich muss dich warnen, Mam, Shona ist eine Sklaventreiberin, hat hohe Ansprüche ...»

«Und hohe Ansprüche», unterbrach Tessie sie, «werde ich erfüllen.»

Joe grinste. «Das kann ich nur bestätigen! Letzten Winter hast du dich prima um mich gekümmert, warmes Essen, saubere Hemden, gemachtes Bett ... Aileen, Liebling, ich glaube, deine Mutter ist genau die Richtige, um Le Mas zu führen.»

Sie sah Joe und ihrer Mutter prüfend ins Gesicht. «Ja. Ich denke, darauf können wir uns jedenfalls einigen. Bleibst also nur noch du – es tut mir wirklich Leid, Joe, ich weiß, dass du lieber hier bleiben würdest und ich dir damit einen Knüppel zwischen die Beine werfe, aber ... fändest du es wirklich schrecklich, den Winter mit mir in Irland zu verbringen?»

Ihr wurde fast schwindlig vor Erleichterung, als er das nicht sofort bestätigte. Vielmehr dachte er wie Finn erst einmal nach. «Ob ich es schrecklich fände? Also, ich kann nicht behaupten, dass es mich bei dem Gedanken vor Begeisterung umhaut. Aber ich bin dein Mann, und es gehört nun mal zu den Aufgaben eines Mannes, seine Frau glücklich zu machen. Allerdings hat mir bei der Hochzeit keiner gesagt, dass ich mit dir durch die halbe Weltgeschichte dackeln muss ... aber, einverstanden, wenn du es dir so wünschst, dann lass es uns machen. Auf nach Irland.»

«Was ist mit deiner Stelle?» Ihr Gesicht war besorgt. «Meinst du, du könntest wieder im Eisenwarenladen arbeiten?»

«Nein. Ich werde ihnen sagen, dass ich nicht zurückkomme, freiwillig ausscheiden und eine Abfindung bekommen. Und dann – na ja, eigentlich ist es ziemlich egal, ob man nun ein Regal für Madame in Mézalas baut oder eines für Missus in Galway. Ein Handwerker ist überall gefragt.»

Aileen honorierte diese Unterstützung mit einem dankbaren Blick, für den sich all das lohnte: Ein Blick, der ihm sagte, dass sie sein Opfer verstand und anerkannte und dass sie als liebende Ehepartner einen Kompromiss schlossen. Beinahe unmerklich berührte ihre Hand die seine, ihre Finger streiften über seine Knöchel, und er spürte, wie seine Brust sich durch etwas weitete, das ein Jahr zuvor noch nicht da gewesen war. Oder vielleicht war es auch da gewesen und hatte geschlafen: Jetzt aber war es hellwach.

Am Tisch herrschte beschauliches Schweigen, und Aileen betrachtete ihre Familie und stellte zufrieden fest, dass jeder ein Stück vom unsichtbaren Kuchen bekam, der gerade zwischen ihnen geteilt wurde.

Und Irland! Sie würde ein riesiges Stück Irland bekommen, volle vier Monate und vielleicht sogar mehr, ohne Streit, ohne Tränen oder inständiges Bitten und ohne dass irgendjemandem alles kaputtgemacht wurde! Sie konnte ohne Schuldgefühle heimgehen, wochenlang nonstop mit Dymps plaudern, den ganzen Nachbarschaftsklatsch nachholen – und musste nicht einmal arbeiten. Wenn sie in Tessies Haus wohnten und ihr eigenes weiter vermietet blieb, wenn Joe eine Abfindung bekam … plötzlich war sie überwältigt. Sie hatte so lange so hart gearbeitet, nicht nur in ihrer Pension, sondern auch an ihrer jämmerlichen, unglücklichen Familie, die jetzt gar nicht mehr jämmerlich und unglücklich war. Sie spürte, dass sie zu viert eine Gemeinschaft bildeten, spürte eine Zufriedenheit und Wärme in ihrem Zusammenhalt, die sie nie zuvor empfunden hatte.

Dafür hatten sie Finn zu danken. Dem hoffnungslosen Fall Finn, der jetzt bei ihnen saß und strahlte, als hätte er gerade den Vereinten Nationen die Lösung für einen völlig festgefahrenen Konflikt unterbreitet. Er saß bei ihnen und dachte wie ein *Erwachsener*. Plötzlich spürte sie einen Kloß im Hals.

«Finn», flüsterte sie, «danke.»

Hätte sie ihm einen Orden an die Brust geheftet, hätte er kaum stolzer dreinschauen können. Dann schloss auch Joe sich an und sah seinen Sohn voll Dankbarkeit und Achtung an, ein Blick voller Emotionen, die nie zuvor da gewesen waren.

«Ja. Das gilt auch für mich, Finn – du hast mich gerade gerettet! Du hast die Quadratur des Kreises geschafft: Deine Mutter ist glücklich, ich kann hoffen, dass wir bald wieder hier sind, du kannst bleiben, wo du sein möchtest, und – und deine Granny hat auch was zu tun!»

Alle lachten. Dann aber kam Aileen ein Gedanke: «Wollen wir nur hoffen, dass Shona mit allem einverstanden ist! Wir müssen mit ihr reden und ihre Meinung einholen – falls wir sie überhaupt nochmal wiedersehen, heißt das. Wo zum Teufel steckt sie eigentlich immer?»

Bei diesen Worten drehten sich vier Köpfe zum Fenster, und vier Augenpaare spähten zu der kleinen *gîte* hinaus, in der Shona immer weniger Zeit verbrachte, je ausgefüllter ihr Leben wurde. Jetzt habe ich beinahe eine ganze Woche nichts von ihr gehört, dachte Aileen. Hat sie uns vollkommen vergessen, ist die Auberge Rose vielleicht ihr neues Baby, so wie Luther Crys Sheehans Baby ist?

Vielleicht ist es so. Vielleicht sollte ich mal Emily anrufen und mich erkundigen, was in dieser Auberge eigentlich so läuft.

Und dann buche ich den Flug!

Während des ganzen Rückflugs nach Frankreich sah Shona aus dem Fenster und ließ ihren Besuch bei Crys noch einmal vor ihrem inneren Auge Revue passieren. Wie wunderschön Crys ausgesehen hatte, eine neu erstandene Madonna, wie rosig und niedlich der kleine Luther gewesen war und wie zufrieden Gavin; sie waren das perfekte Bild einer glücklichen Familie.

Und doch ... irgendetwas ganz leicht Klaustrophobisches, fast ein bisschen Erstickendes hatte in der Luft gelegen. Vielleicht hatte es nur daran gelegen, dass man die Heizung wegen des Babys fast auf tropische Temperaturen gestellt hatte, oder vielleicht hatte es etwas mit dem Knüpfen und Verfestigen der Familienbande zu tun, das eindeutig im Gange war, der Entwicklung einer neuen, fast hermetisch abgeschlossenen Einheit. Wie sie da zusammen auf dem Sofa gesessen hatten, das Baby zwischen sich, hatten die drei wie ein Ganzes gewirkt, und Shona hatte gespürt, dass ihr Besuch zwar sehr willkommen war, aber keineswegs *notwendig*. Die drei Sheehans genügten sich selbst und ließen Shona irgendwie außen vor, machten sie überflüssig.

Die meisten Frauen, dachte sie, würden sonst was darum geben, mit dabei zu sein. Selbst ein so niedliches Kind wie Luther zur Welt zu bringen ..., aber in mir hat er keinerlei Sehnsucht nach Mutterschaft geweckt. Bestimmt wird es Spaß machen, den Jungen aufwachsen zu sehen, aber im Moment ist mir das alles ein bisschen zu viel des Guten, zu süß für meinen Geschmack. Insbesondere wenn ich an all die Gesinnungsumschwünge denke, die Crys durchgemacht hat, bis sie da war, wo sie jetzt ist. Schließlich musste sie sich auf eine Rolle einstellen, die sie anfangs überhaupt nicht annehmen wollte. Man kann eindeutig erkennen, dass sie ihre Sache als Mutter großartig machen wird – aber ich weiß auch, was für großartige Dinge sie sonst hätte leisten können. Ich kenne den Preis, den sie für dieses Kind zahlt. Er ist hinreißend, aber ich selbst könnte diesen Preis unmöglich zahlen. Was mich zu der Schlussfolgerung zwingt, dass ich keine – definitiv keine – Kinder möchte. Also, jetzt habe ich es deutlich und ehrlich ausgesprochen. In gewisser Weise ist es eine Erleichterung. Gott sei Dank habe ich Brendan nicht geheiratet, denn der hätte mindestens zwei oder sogar drei haben wollen. Aber ich arbeite gerne und mag es, wenn ich richtig was um die Ohren habe – ich wäre eine schreckliche Mutter geworden, ein hoffnungsloser Fall. Diese paar Tage mit Crys haben mir glasklar demonstriert, dass ich einfach nicht als Mutter geeignet bin. Ich sehe, dass es so ist, und bedaure es nicht. Die Menschheit wird sich halt irgendwie ohne mich fortpflanzen müssen.

Wie es wohl mit Emily und Edouard steht? Und mit Aileen? Am besten fahre ich direkt zum Mas, ich habe sie ja schon eine Ewigkeit nicht mehr gesehen, weil die Auberge mich so beansprucht hat. Aber die Mühe hat sich gelohnt, wenn wir erst einmal ein umwerfendes kleines Hotel haben, das den ganzen Winter über komplett belegt ist und überall begeistertes Lob erntet – ich hoffe nur, Emily hat Edouard unter Kontrolle, hält ihn von Zimmerbuchungen, Geld, Computer und allem fern, was er sonst doch nur durcheinander bringt. Ehrlich, was für ein Mann, noch nie ist mir ein so weltfremder Mensch begegnet! Natürlich hat er seine arme Frau halb in den Wahnsinn getrieben, kein Wunder, dass sie ihm mit einem anderen weggelaufen ist, man bräuchte ja Nerven wie Drahtseile, um mit so jemandem zusammenzuleben. Es wäre fast, als hätte man ein Kind, so einen kleinen Jungen, der sich ständig in Schwierigkeiten bringt, wenn man ihn nicht pausenlos beaufsichtigt.

«Also», schloss Aileen, einerseits eisern entschlossen, doch andererseits angstschlotternd, «das ist die Lösung, die Finn gefunden hat. Er und Mam bleiben hier, Joe und ich gehen heim … zumindest lange genug, um einmal gründlich nachzudenken. Es tut mir wirklich Leid, Sho. Wenn du nicht damit einverstanden bist, dass Tessie Le Mas führt, werde ich dir bei der Suche nach jemand anderem behilflich sein.»

Aileen war erleichtert, dass Shona ihr nicht den Kopf abriss, sondern ganz gelassen antwortete: «Nein. Keine Sorge, Aileen. Ich wusste ja, dass du vielleicht wieder gehen würdest, das Risiko war einkalkuliert, und ich möchte nicht, dass du hier bleibst, wenn du nicht glücklich bist. Ich werde mich einmal mit Tessie unterhalten, und falls sie Le Mas nur halb so gut führen kann wie du, ist sie goldrichtig. Auch Emily wird sich freuen, zusammen können die beiden im Winter so einiges unternehmen. Aber – was ist mit Joe? Was sagt denn er zu eurer Heimkehr?»

Zu ihrer Überraschung strahlte Aileen sie an, so selbstzufrieden, dass es fast schon ein bisschen selbstgefällig wirkte. «Er hat da … gemischte Gefühle. Ich glaube, er arbeitet darauf hin, dass wir zurückkommen und jedes Jahr sechs Monate hier verbringen. Er möchte hier eigentlich nicht weg, aber … weißt du, was er mir gestern Nacht im Bett gesagt hat?»

Shona schauderte. «Ich wage kaum, danach zu fragen.»

«Na ja, ich hab ihn gefragt, ob es ihm etwas ausmacht, und er sagte, ja, aber er würde trotzdem mitkommen, weil – du weißt schon, so wie Andie McDowell das in der L'Oreal-Werbung sagt – weil ich es wert bin!»

Aileens Augen glänzten fast so hell wie die der Schauspielerin, die sie zitiert hatte. Shona musste laut lachen, überzeugt, dass Aileen in ihrer Selbstzufriedenheit im Moment allenfalls von Crys zu übertreffen war. Wirklich, was waren das für zwei turtelnde, trunkene …, aber sie waren glücklich. Sie waren ihre Freundinnen, und Shona freute sich für die beiden, auch wenn sie niemals ihre Wahl getroffen hätte.

Aileen strahlte so, dass Shona ganz gerührt war, als sie sie ansah und daran dachte, wie bald sie nun weg sein würde.

«Ich werde dich vermissen, Aileen Hegarty.»

«Ich dich auch, Shona Fitzpatrick. Pass du nur gut auf meine Mutter auf, ich bring dich um, wenn du sie mir ruinierst.»

Beide lächelten traurig, Freundinnen, deren Wege sich trennten, und Shona versprach, sich vorbildlich um Tessie zu kümmern. Ebenso um Finn und Martine – aber wer, dachte Aileen im Stillen, kümmert sich um dich, Sho? Hmm? Du denkst vielleicht, um dich braucht sich keiner zu kümmern, aber auf die eine oder andere Weise brauchen wir alle jemanden, der für uns da ist. Ich rufe demnächst mal Emily an und erkundige mich, ob es für Edouard irgendeine Hoffnung gibt.

Als Shona aus dem Auto gestiegen war, blieb sie wie vom Donner gerührt stehen und starrte die Auberge Rose an, die sich während ihrer nicht einmal einwöchigen Abwesenheit so verwandelt hatte, als wäre eine gute Fee mit ihrem Zauberstab vorbeigekommen. Weg waren die Haufen von rostigem Schrott, die kaputten Fensterläden, das Unkraut und – vor allen Dingen – dieses allgemeine Gefühl von Vernachlässigung. Verschwunden, als wäre all das niemals da gewesen; stattdessen sauber angelegte Blumenbeete, pastellrosa Fensterläden, ein samtiger Rasen und ein so klarer Teich, dass sie sich wie Narziss persönlich darin spiegeln konnte. Mein Gott, dachte sie, Joe, Finn – und Edouard? – müssen wie die Brunnenputzer geschuftet haben. Es ist fast wie in einem dieser Fernsehfilme mit Dermot Gavin oder Laurence Sowieso … nur, dass ich Joe, Finn und Edouard immer für Faulenzer gehalten habe, nicht für Zauberer. Irrtum, Shona! Sie müssen pausenlos geackert haben, um das hier zu bewältigen.

Drinnen erwarteten sie weitere Überraschungen: Joe Hegarty stand auf einer Leiter und hantierte an einer Lampenfassung; Edouard kniete oben auf der Treppe, die er eifrig wachste, und Emily stand an der Rezeption, den Telefonhörer in der Hand, und notierte anscheinend gerade eine Reservierung fürs Abendessen. Shona war erstaunt.

«Hey, Jungs, ihr wart aber fleißig!»

Joe lächelte breit zu ihr hinunter. «Hallo Shona, endlich zurück! Wie war die Reise?»

«Prima – aber das hier ist das Beste! Ich kann kaum glauben, dass ihr das alles geschafft habt.»

Joe nickte. «Na ja, wir haben ein bisschen Druck …, hat Aileen es dir schon erzählt …»

«Ja. Ihr geht weg. Ich muss sagen, Joe, es tut mir sehr Leid, euch zu verlieren.»

«Ach, na ja … sag niemals nie. Ich hoffe, dass wir im Frühjahr wieder hier sind.»

Emily legte den Hörer auf, warf Shona ein kurzes, geradezu königliches Lächeln zu und rief zu Edouard die Treppe hinauf: «Vier Personen zum Essen, zwanzig Uhr!» Worauf Edouard sich umdrehte, Shona erblickte und aufsprang. Er stürmte die Treppe hinunter, ergriff sie bei den Schultern und küsste sie mehrmals so herzlich, dass sie es als echtes Willkommen empfand, und so schnell hintereinander, dass sie ganz verwirrt war. Dann verschwand er, etwas über Steinbutt und Gemüse vor sich hinmurmelnd. Emily sah ihm mit einem fast mütterlichen Lächeln nach.

«Er führt zurzeit ein Doppelleben – tagsüber als Handwerker und nachts als Koch. Er schuftet sich kaputt.»

Shona lachte. «Wird aber auch Zeit! Du hast ihn ja geradezu elektrisiert, Emily.»

«Sagen wir einfach mal, dass wir einen guten Draht zueinander haben.» Mit einem weiteren, ziemlich rätselhaften

Lächeln kritzelte sie etwas in ihr Notizbuch, und Shona sah sie neugierig an, verblüfft, dass sie auf einmal etwas Verschwörerisches hatte, so als wären Edouard und sie seit neuestem Verbündete.

«Ich verstehe. Du hast dir wohl einen Verehrer zugelegt, hm?»

Emily nahm die Lesebrille von der Nase, ließ sie an ihrem Band baumeln und betrachtete Shona, als wäre sie leicht beschränkt. «So ein Quatsch. Auf Edouard wird garantiert bald eine Frau seines eigenen Alters aufmerksam und schnappt sich ihn. Das dauert bestimmt nicht mehr lange, denn ich schätze, in Frankreich ist es wie in Irland, und attraktive Männer sind schnell vergriffen.»

Was? Shona starrte sie entgeistert an. Der Gedanke, dass irgendeine Frau sich Edouard ‹schnappen› könnte, war ihr nie in den Sinn gekommen. Also wirklich! Emily sollte nicht so viele schwachsinnige Frauenzeitschriften lesen und wieder zur Vernunft kommen. Welche Frau, die auch nur halbwegs bei Trost war, konnte es denn auf Edouard Savary absehen, diese geschiedene, zerstreute Katastrophe von einem Mann?

«Übrigens», fügte Emily etwas säuerlich hinzu, «das am Telefon war deine Freundin Ciara Baker. Die Bakers haben ihren Immobilienmakler und ihren Anwalt zum Essen eingeladen. Ciara sagt, in ihrer eigenen Küche kann man im Moment noch nicht kochen.»

Shona riss sich zusammen – war sie gerade in Gedanken irgendwie abgeschweift? – und nickte. «Das stimmt. Die Maurer sind da, die Wände müssen neu verfugt werden … Gut, dass Ciara an uns denkt. Besser noch, ihre Küche wird erst in sechs Wochen fertig, da sage ich Edouard gleich mal Bescheid, dass er sich richtig ins Zeug legen soll! Wenn es den Bakers schmeckt, können wir noch eine Menge an ihnen verdienen.»

«Shona», gab Emily so entnervt zurück, als wäre ihr Geduldsfaden kurz vorm Zerreißen: «Das kann Edouard sich bestimmt selber denken. Außerdem ist er beim Kochen ohnehin immer mit ganzem Herzen bei der Sache. Du brauchst kein solches Theater zu machen, als wäre er geistig zurückgeblieben.»

Aude Villandry, die ungewöhnlich düster dreinschaute, gar nicht ihr übliches forsches Selbst, saß Aileen am Tisch gegenüber und spielte mit einem Glas Pineau, von dem sie tatsächlich noch keinen Schluck getrunken hatte. Einen Moment lang schwiegen beide, und dann gab Aude mit einem Seufzer zu erkennen, dass sie ihre Niederlage allmählich einsah.

«Es führt einfach zu nichts, Haileen, oder? Es klappt und klappt nicht. Finn nimmt mich nicht einmal wahr. Er hat nur Augen für … für diese Martine.»

Aileen unterdrückte ein Lächeln und verzog mitfühlend das Gesicht. Wenn man so jung, hübsch, schick und tüchtig wie Aude war und dann im Vergleich mit einer abgerissenen Existenz wie Martine den Kürzeren zog, musste das schon ganz schön bitter sein. Einen winzigen Moment lang huschte fast so etwas wie Verletzlichkeit über das Gesicht der jungen Frau, und sekundenlang fühlte Aileen sich für ihre Traurigkeit verantwortlich.

«Vielleicht», sagte sie so sanft sie nur konnte, «sollten Sie sich lieber einen anderen suchen, Aude. Es gibt doch bestimmt massenhaft …»

«Andere! Ha, genau das sollte ich machen, mir einen anderen Typ suchen und an dessen Seite hier aufkreuzen! Finn eifersüchtig machen!»

Es lag etwas fast Wütendes in ihrem Tonfall, und wieder unterdrückte Aileen ein Lächeln. Sie hatte noch immer keine Ahnung, was Aude an Finn eigentlich so anziehend fand; sie wusste nur, dass ihre Vogelscheuche von Sohn aus irgendeinem unerklärlichen Grund bei beiden Geschlechtern ungemein beliebt war. Doch er hatte nur Augen für Martine. Aude könnte splitternackt mit Brad Pitt einen Tango auf dem Tisch tanzen, ohne bei Finn auch nur einen Hauch von Eifersucht zu wecken.

«Und was machen Sie jetzt mit den Karten?» Aude war mit Karten für das Fußballspiel Toulouse-Montpellier nach Le Mas gekommen und hatte gehofft, Finn würde die Einladung begeistert annehmen. Doch er hatte sich entschuldigt, er habe Freitagabend schon etwas vor.

Noch ein unglücklicher Seufzer. «Sie zerreißen und mir dann die Pulsadern aufschneiden.»

«Aber nein, bloß nicht!» Beide schauten auf, als Shona hereinkam, die den letzten Satz anscheinend mitbekommen hatte und darüber lächelte. «Was ist denn los, Aude?»

Aude schob niedergeschlagen die Karten über den Tisch. «Schauen Sie, Shona, zwei Karten für das Spiel Toulouse-Montpellier. Die meisten Männer würden dafür jemanden umbringen. Aber Finn will mich nicht begleiten.»

«Wirklich? Na, in diesem Fall würde ich liebend gerne mitkommen! Ich meine, wenn Sie die Karten nicht verfallen lassen wollen … Natürlich bin ich nicht Finn, dafür aber ein richtiger Fußballfan. Seit einer Ewigkeit habe ich kein Spiel mehr gesehen. Und wer weiß, vielleicht lernen Sie da ja irgendeinen anderen jungen Mann kennen! Meine Güte, bei einem Fußballspiel sollte es wohl genug Auswahl geben.»

Aileen nickte erleichtert. «Genau das wollte ich Aude gerade vorschlagen. Suchen Sie sich einfach einen anderen jungen Mann. Vergessen Sie Finn, gehen Sie aus und machen Sie sich einen schönen Tag mit jemand anderem.»

Aude wirkte nicht gerade begeistert, entschied sich aber

schließlich. «Na ja … wenn Sie Fußball mögen, Shona, können wir meinetwegen hingehen. Mir persönlich sagt es nicht das Geringste, aber wer weiß – vielleicht finde ich einen anderen Mann, und dann wird es Finn Leid tun.»

Aileen hob strahlend ihr Glas. «So ist es recht! Machen Sie ihn fertig! Cheers!»

Doch in der Hektik der nächsten Tage dachte Shona gar nicht mehr an das Fußballspiel. Nun würde Aileen bald abreisen, und Shona folgte ihr aus einem Zimmer ins andere, während Aileen ihre Schränke leer räumte, Koffer und Taschen packte und alles Persönliche aus dem Haus entfernte, wo nun schreckliche, leere Stellen zurückblieben. Überrascht, dass Aileens bevorstehende Abreise sie so mitnahm, lehnte Shona sich niedergeschlagen gegen eine Kommode, die Hände in die Hosentaschen gesteckt, und sah zu, wie ein rosa Leinenkleid gefaltet und eingepackt wurde.

«Ach Gott, Aileen, das ist einfach schrecklich. Ich fühle mich wie ausgesetzt.»

Aileen hielt im Packen inne und schaute von ihrem übervollen Koffer auf. «Jetzt hör mal, Sho, jammer nicht rum. Du hast Tessie, du hast Emily und Finn und …»

«Und Edouard», hätte sie beinahe gesagt, aber etwas hielt sie zurück. Noch immer schien Shona Edouard nicht als Mann oder auch nur als Freund wahrzunehmen, sondern nur als Teil eines Projekts, als Bauern auf dem Schachbrett ihrer neuen Karriere. Es sei eine Schande, hatte Emily berichtet, doch bisher habe sie nicht den geringsten Fortschritt verzeichnen können. Emily war der Meinung, dass Shona entnervend begriffsstutzig war und gar nicht wahrnahm, was für einen Schatz sie da direkt vor der Nase hatte. Eigentlich sollte man ihr eine Ohrfeige verpassen. Und Edouard ebenfalls, wenn sie es sich recht überlegte, denn seit seinem Geständnis neulich hatte er überhaupt nichts mehr unternommen.

«Vermutlich ist er von Natur aus schüchtern», räumte Emily ein, «und nach seiner Scheidung auch vorsichtig, außerdem macht es ihm bestimmt zu schaffen, dass er nicht zu der erfolgreichen Sorte Mann gehört, die bisher immer Shonas Typ war – aber trotzdem wird er *irgendwas* tun müssen, Aileen. Ihr Blumen schenken, sie zum Ausgehen einladen, was ein Mann heutzutage eben so macht. Ich meine, sie beißt ja nicht, oder?»

«Nein», stimmte Aileen lachend zu, «aber wenn sie ihn abweist, wird ihn das ziemlich vernichten. Er hat ja schon so einige Niederlagen hinter sich, das könnte dann der letzte Tropfen sein.»

«Unsinn», gab Emily knapp zurück. «Wenn er ein richtiger Mann ist, wird es allmählich Zeit, dass er sich auch so verhält. Ich bin jetzt sechzig und habe allmählich genug von diesem Quatsch, ich will Shona in guten Händen wissen, bevor ich meine sterbliche Hülle von mir werfe … und außerdem möchte ich ein Streichquartett bei der Hochzeit, zu der ich einen sehr großen, blauen Hut tragen werde.»

Aileen hatte gelacht und Emily den Rat gegeben, sich nicht zu sehr darauf festzulegen. Es sei durchaus möglich, dass Shona nach all ihren schlechten Erfahrungen übervorsichtig oder eben einfach ein geborener Single sei. Wie Crys Sheehan es einmal ausgedrückt hatte, vielleicht war sie einfach nicht für die Ehe geschaffen.

Als Aileen Shona jetzt ansah, fragte sie sich, ob das stimmte. Es gab massenhaft gute Gründe, aus denen Shona und Edouard ‹einfach nur gute Freunde› bleiben würden, falls überhaupt. Bisher hatte nichts darauf hingedeutet, dass die Chemie zwischen den beiden stimmte. Keine glänzenden Augen, keine neue Munterkeit … Normalerweise kam

Shona nach einem Tag harter Arbeit in der Auberge oder bei den Bakers einfach nur todmüde nach Hause, aß im Mas zu Abend und ging dann sofort in ihrer *gîte* schlafen. Manchmal sah Aileen dort auch spätnachts noch Licht brennen, was hieß, dass Shona noch an ihrem Schreibtisch saß und Werbe- und Marketingstrategien für Le Mas und die Auberge ausbrütete.

Das ist nicht richtig, dachte sie. Sie ist nicht im Gleichgewicht. Für Shona gibt es nur Arbeit und niemals Vergnügen. Wenn ich erst weg bin, wird das bestimmt noch schlimmer. Inzwischen freue ich mich ja schon darüber, dass sie wenigstens nächste Woche zu diesem Fußballspiel geht, und sei es auch nur mit Aude Villandry.

Ach, meine Güte nochmal, Sho, wach doch auf, riech die Rosen.

Und dann kam unerbittlich der Tag, an dem sie zum Flughafen von Carcassonne fuhren: Aileen, Joe, Finn und Shona, die am Steuer saß und sehr nachdenklich und schweigsam war. So schweigsam, dass Aileen ein schlechtes Gewissen hatte, sie allein zu lassen, und sich Sorgen machte: Jetzt trug Shona ganz allein die Verantwortung für alles. Natürlich konnte sie die mühelos schultern, aber … Da blieb eben ein großes Aber. Tessie würde sich mit Emily zusammenschließen, Finn hatte genug mit Martine zu tun, alle hatten jemanden, nur Shona nicht. Was für den kommenden Winter ziemlich trübe Aussichten eröffnete. Plötzlich hatte Aileen die schreckliche Vision vor Augen, dass Shona allein in ihrer kleinen *gîte* Solitaire spielte, während draußen in der Dunkelheit eiskalter Regen niederprasselte.

Als Joe und Finn den hoch beladenen Kofferkuli ins Flughafengebäude schoben, war dort viel los, doch die beiden stellten sich mannhaft in die Schlange vor dem Check-in-Schalter und schickten die ‹Mädels› auf eine Tasse Kaffee weg. Die beiden gingen gehorsam los, doch als sie dann eine Treppe höher im Restaurant saßen, versuchte Aileen sich gar nicht erst an der Bestellung eines *café crème*, die vor langer Zeit einmal eine solche Herausforderung für sie dargestellt hatte, sondern sagte einfach in sicherem, fließendem Englisch: «Champagner.»

«Ich habe so einiges gemeistert, Sho, aber die französische Sprache gehört nun mal nicht dazu! Und jetzt stoßen wir an.»

Nachdenklich hob Shona ihr Glas. «Worauf denn – auf deine schnelle Rückkehr in den Languedoc?»

«Nein. Die steht wohl schon irgendwann an, aber eher nicht so bald. Bestimmt nicht vor Ostern nächsten Jahres. Aber ich möchte mit dir auf dein Glück im Languedoc anstoßen. Ich möchte, dass du einen wunderschönen Winter genießt, und ich möchte, dass du glücklicher bist, als du je in deinem Leben warst.»

«Aber ich bin glücklich. Ich hab viel zu tun, ich arbeite, ich verdiene Geld, die Kunden stehen Schlange!»

Meine Güte, dachte Aileen mit einem heimlichen Seufzer, wie kann jemand, der so intelligent ist, nur so dumm sein? Wenn es um sie selbst geht, hat sie einfach überhaupt keine Ahnung. Sie denkt schon, sie sei glücklich, wenn sie nur … wenn sie nur im Gleichschritt marschiert, wie ich selbst mit Joe noch letztes Jahr um diese Zeit. Ich möchte nicht, dass sie glaubt, reines Überleben wäre schon genug. Ich möchte, dass sie sich so fühlt, wie ich mich jetzt fühle – lebendig, Sho, *lebendig*!

«Also, trink jetzt einfach, okay? Wir stoßen auf dich an, Sho – nicht auf deine Arbeit oder eine deiner vielen phantastischen Leistungen, sondern ganz einfach auf dich. Ich möchte, dass du einen wunderschönen Winter erlebst und nächstes Frühjahr daraus hervorkommst wie ein Schmetterling aus seiner Puppe.»

Schmetterlingspuppe? Was? Aileen klang, als fliege sie schon über den Wolken, euphorisch vor Freude auf zu Hause. Shona hob zweifelnd ihr Glas, ließ es gegen Aileens klirren und trank. «*Vive la France*, auf alle, die hier die Stellung halten!»

Beide lachten, und beide hofften inständig, dass Joe und Finn zurückkommen würden, bevor ihre nur mühsam beherrschten Gefühle die Dämme durchbrachen und Tränenströme alles wegschwemmten. Aileen musste sich verstohlen die Augen trocken tupfen, doch Shona blieb tapfer, bis sie zwanzig Minuten später nur noch mit Finn zusammen beobachtete, wie das Flugzeug abhob. In diesem Moment erwischte es sie.

Finn sah sie neugierig an, als sie eine Art erstickten Schluchzer von sich gab und sich dabei mit der Hand so schnell übers Gesicht wischte, dass er sich fragte, ob er wirklich einen feuchten Glanz darauf gesehen hatte. Die stählerne Shona weinte? Unmöglich. «Hey», sagte er und legte ihr zu beider Überraschung einen Arm um die Schultern, «nimm's nicht so schwer, Sho, Ma fliegt doch nicht zum Mond. Sie hat versprochen, dass sie uns heute Abend anruft. Du kannst immer noch jederzeit mit ihr reden, wenn dir danach ist.»

Shona nickte unbestimmt, versuchte, sich zu fassen, und scheiterte kläglich. Stattdessen lehnte sie den Kopf an Finns Brust, wo wie immer ein Spruch auf dem T-Shirt prangte, und heulte zu ihrem Entsetzen hemmungslos, bis er sie, Gipfel des Absurden, umarmte und tröstete, als wäre sie das verlorene Kind, das er selbst gewesen war, bis … bis er Martine fand.

Die Zuschauertribüne des Fußballstadions war gerammelt voll, und Aude entdeckte zu ihrem Entsetzen, dass sie nur Stehplätze hatten, was mit fünf Zentimeter hohen Absätzen nicht gerade reizvoll war. Außerdem wurde ihr naturfarbenes Leinenjackett bei diesem Gedränge zerknautscht. Zweifelnd betrachtete sie Shona, die ganz bequem mit einem apricotfarbenen Pullover, halb langen Hosen und einem rosa Wollschal ausstaffiert war. Außerdem trug sie angenehm flache Schuhe. Vielleicht nicht gerade schick, aber dem Anlass zweifellos angemessen. Na ja, überlegte Aude schulterzuckend, wenn man sechsunddreißig war und ohnehin bei den Männern keine Chancen mehr hatte, konnte man sich solche Kleidung wohl leisten.

Mit dreiundzwanzig dagegen war man dazu geschaffen, zu verführen, zu umgarnen … und Finn Hegarty zu zeigen, dass noch ganz andere Fische im Meer schwammen.

«Also», sagte sie, sich zu Shona umwendend, «welche Mannschaft ist welche?»

Shona lachte verblüfft auf. «Aber Aude! Die Malvenfarbenen kommen aus Toulouse, die in Orange spielen für Montpellier. Bist du denn hier die Französin oder ich? Wer ist denn dein Favorit?»

«Immer der Sieger», antwortete Aude, ohne mit der Wimper zu zucken, und in diesem Moment bemerkte Shona etwas an ihr, etwas Eisenhartes, das den Gedanken nahe legte, dass heute nicht nur die Fußballspieler um ein Tor kämpfen würden. Persönlich interessierte Shona sich allerdings weit mehr für die Tore auf dem Spielfeld, denn sie war schon seit einer Ewigkeit bei keinem Spiel mehr dabei gewesen, und die laute, begeisterte Stimmung war einfach ansteckend. Das lenkte sie von ihrer Arbeit und Aileens Abreise ab, denn die gutmütige Prahlerei der Sprechgesänge machte gute Laune. Hier gab es offensichtlich keine Hooligans, und es lag keinerlei Gewalt in der Luft.

Eine Münze wurde geworfen, das Spiel angepfiffen, und Jubelgeschrei stieg in die Luft. Shona beugte sich eifrig vor, genau wie die anderen Fans, sie folgte dem Spiel erst interessiert, bald aber völlig in Anspruch genommen, genoss die schnellen, sauberen Ballwechsel, den Schwung der Spieler, die sich bei aller ausgefeilten Technik manchmal fast tänzerisch bewegten, bemerkenswert anmutig in Anbetracht ihrer muskulösen ... Shona vergaß Aude vollständig, war jetzt ganz vom Spiel gefangen und unterstützte Toulouse, einfach nur um Partei zu ergreifen. Sie applaudierte, lachte oder jubelte, war bald vollkommen in das Spiel versunken und überließ Aude sich selbst, die männliche Fans ins Auge fasste, insgeheim Aussehen und Stil taxierte und nach Eheringen suchte.

«Mensch!», meinte Shona nach der Halbzeit grinsend, noch ganz rot vor Aufregung. «Das ist super!»

«Ja», stimmte Aude zu, die kaum einen Blick auf den Ball geworfen hatte. «Und jetzt, Shona, lass uns zur Theke gehen und ein Bier holen.»

«Bier?» Shona konnte ihre Belustigung nicht verhehlen. «Wäre ein Cocktail denn nicht eher dein Stil? Oder ein Wasser in der Designer-Flasche?» Doch noch während sie es aussprach, erkannte sie Audes Motiv: Sie wollte Männer kennen lernen.

«Na ja», rechtfertigte Aude ihren Wunsch, «ich möchte mich einmal ein paar Minuten hinsetzen, meine Füße tun höllisch weh.» Also bewegten sie sich Richtung Ausschank, wo auch würzig duftende Mergucz-Würstchen auf Holzkohle gegrillt wurden, und trotz ihrer hohen Absätze tauchte Aude in das Gewimmel der Fußballfans ein und bahnte sich mit einem reizenden Lächeln den Weg zur Theke. Shona, die ihr fasziniert zusah, kam es vor, als beobachte sie die

Teilung des Roten Meeres, so wie die Männer dem hübschen kleinen Ding galant den Weg freimachten. Aude reservierte einen zweiten Platz für Shona und setzte sich.

Anschließend schlängelte sich Aude mit zwei Plastikbechern voll Bier vorsichtig von der Theke zurück, sehr darauf bedacht, auf keinen Fall ihr Kostüm zu bekleckern. Darum war es auch wirklich eine Schande, dass sie, schon in der Nähe von Shona angekommen, mit einem hoch gewachsenen, allzu lebhaften Mann zusammenstieß und das Bier in alle Richtungen spritzte.

«Ach! Ach, Mademoiselle, ich bitte tausendmal um Verzeihung, es tut mir schrecklich Leid – lassen Sie mich –» Mit einer Papierserviette wischte und tupfte der Mann an ihr herum, doch plötzlich runzelte Shona die Stirn. Im Gedränge konnte sie den Mann fast nicht erkennen, es war nur seine Stirn und eine eifrig wischende Hand zu sehen, aber … aber kannte sie diese Stimme nicht?

Doch, allerdings. Es war Edouard, und er tätschelte an Aude herum, als wäre sie ein seidenhaariger kleiner Pekinese, ließ einen Schwall von Entschuldigungen los und wirkte gleichzeitig ein bisschen eilig, als wolle er den Rest des Spiels nicht versäumen. Neben ihm schaute ein anderer Mann auf seine Uhr und zupfte ihn ungeduldig am Ärmel. Dann drehte sich Edouard, der möglicherweise Audes Blick gefolgt war, um und erblickte Shona. Er strahlte.

«*Mais* – Shona! Ich wusste gar nicht, dass Sie sich für Fußball interessieren!»

«Ich bin Fan», erklärte sie und stand auf, wobei sie sich fragte, ob er Aude wohl kannte. Waren die beiden sich schon einmal begegnet? Ihres Wissens nicht, also sollte sie sie einander wohl vorstellen. «Aude, das ist Edouard Savary – Edouard, Aude Villandry.»

Man gab sich die Hand, und Edouard stellte nun seinerseits seinen Begleiter vor, einen dunkelhaarigen, etwas kleineren Mann, der ihm ansonsten sehr ähnlich sah und, wie sich herausstellte, sein Bruder Frédéric war. Dann nahmen alle Audes verflecktes Kostüm in Augenschein.

«Es tut mir wirklich schrecklich Leid», meinte Edouard noch immer ganz bestürzt. «Darf ich Sie vielleicht nach dem Spiel auf einen Drink einladen, zur Entschuldigung?»

Shona wollte gerade mit einer Handbewegung abwinken, doch daraus wurde nichts, denn Aude sah zu ihm auf und lächelte ihr reizendstes, freundlichstes, allercharmantestes Lächeln. «Aber gerne», gurrte sie.

Was? Verblüfft registrierte Shona, wie Edouards Bruder sie zu den Zuschauerrängen zurückbugsierte, während Edouard selbst Aude aufmerksam durchs Gedränge geleitete, die Hand beschützend auf ihre Schulter gelegt, damit nicht etwa ein großer, rücksichtsloser Fan diese zarte, duftende kleine Blüte anrempelte. Na, dachte Shona, als sie wieder auf ihren Stehplätzen waren, die Savary-Brüder noch immer an ihrer Seite, ich glaub, mich tritt ein Pferd. Aude Villandry macht Edouard Savary *schöne Augen* – und er, der schließlich dreizehn Jahre älter ist, nimmt sie unter seine Fittiche, als wäre sie ein niedlicher kleiner Pudel. Also ehrlich – *Männer*!

Aber Männer will sie ja, *n'est-ce pas*? Nur aus diesem Grund ist sie schließlich hier. Um einen Mann kennen zu lernen. Meine Güte, hätte sie sich nicht den Bruder aussuchen können? Diesen Frédéric? Nein, natürlich nicht, denn ihr ist sofort aufgefallen, was ich erst jetzt sehe, nämlich sein Ehering. Frédéric ist *hors de combat*, Edouard dagegen ist … Single. Frei. Attraktiv, wie Emily das nennt. Und er sieht so aus, als wäre er vom Geflirte der Schleimerin Aude Villandry völlig bezaubert.

Der Anpfiff, das Spiel begann von neuem, doch Shonas

Interesse daran war so plötzlich verflogen, als hätte jemand das Licht ausgeknipst. Sie beobachtete ständig aus dem Augenwinkel, wie Edouard für seine Mannschaft jubelte und Aude bei jedem Tor für Toulouse anstrahlte, während Aude sich geradezu an ihn kuschelte, als wolle sie deutlich machen, wie sehr sie es genoss, das Spiel in Gesellschaft dieses neu gefundenen Begleiters zu verfolgen. Während sie, Shona Fitzpatrick, den Trostpreis abbekommen hatte, den verheirateten Bruder.

Ha, wütete sie innerlich, das ist mir doch scheißegal. Ich bin doch nicht hier, um Männer aufzureißen, sondern wegen des Spiels! Sie riss sich zusammen, holte tief Luft und jubelte laut, als Toulouse den Ball wieder eroberte, wobei ihr bewusst war, dass Edouard sie von der Seite neugierig ansah.

Jawohl, Edouard, genau – Fußball! Ich bin schon seit Jahren ein Fan, und in Irland habe ich Frauenfußball gespielt, jetzt weißt du's. Aude Villandry dagegen kann einen Fußball nicht von einem Pfannkuchen unterscheiden ... Sie ist viel zu jung für dich, und wenn du so blöd bist, auf sie hereinzufallen, wirst du dich bald mit ihr zu Tode langweilen. Falls es überhaupt sein kann, dass du dich für sie interessierst – sie ist nur Verpackung, weißt du, und du bist doch gewiss nicht so oberflächlich, dass du dich von einem dämlichen Kostüm und einem Hauch Chanel verführen lässt? Wirklich, ich hätte einen besseren Geschmack von dir erwartet. Nicht einmal Finn Hegarty ist darauf hereingefallen, Chiffon und Lippenstift hin oder her.

Toulouse schoss ein Tor, die Menge brüllte, und Shona brüllte mit, das Gesicht flammend rot, die Fäuste geballt und die Augen unverwandt auf das Spielfeld geheftet.

Hinterher gingen sie noch in eine Kneipe, Edouard gab tatsächlich einen aus, und Shona merkte verblüfft, dass Audes schamlose Flirterei mit Edouard allmählich ein wahres Gebirge von Ärger in ihr emporwachsen ließ. Nicht, dass dieses Geflirte sie irgendwie tangierte, natürlich nicht, aber sie konnte eben einfach nicht glauben, dass Aude sich so Hals über Kopf an einen beträchtlich älteren Mann ranschmiss, das war alles. Und sie konnte auch kaum glauben, wie Edouard auf sie reagierte, wie er ihre Hand streifte, als er ihr ein Glas reichte, wie er sich auf die Bank neben sie quetschte und tatsächlich über irgendeinen dämlichen Witz lachte, den sie erzählte – ha! Aude hatte nicht mehr als drei Witze auf Lager, und die erzählte sie immer. Wie du vielleicht irgendwann auf eigene Kosten herausfinden wirst, Edouard, ist Humor nicht gerade Mlle. Villandrys starke Seite. Sag aber hinterher nicht, ich hätte dich nicht gewarnt.

Was? Frédéric machte eine Bemerkung, und sie musste sich zwingen, ihm zuzuhören, musste Zuflucht zu ihrem alten ‹Willkommen in Galway›-Lächeln nehmen, während ihre Gedanken wie wild hin- und herschossen – war es denn möglich, dass Edouard diesen kleinen Stalagmiten wirklich attraktiv fand? – und ein Gefühl in ihr aufstieg, das sie partout nicht als Gekränktheit anerkennen wollte. Unmöglich, dass sie ganz schlicht und altmodisch beleidigt war. Doch es wurde noch viel schlimmer, als Edouard am Ende eines offenbar äußerst angenehmen Abends aufstand, Aude die Hand auf die Schulter legte und ihre Wange küsste. Nicht viermal, nicht zweimal … nein, nur ein einziges Mal, sanft und taktvoll.

«Ich hoffe, Mademoiselle», schnurrte er geradezu, mit einer Stimme, die Shona kaum wiedererkannte, «wir werden das Vergnügen noch öfter haben.»

Aude nickte zurückhaltend, und Edouard wandte sich höflich Shona zu, ergriff ihre Hand und – schüttelte sie, als hätten sie gerade ein Geschäftstreffen beendet. «Gute

Nacht, Shona. Hat mich sehr gefreut, Sie zu sehen. Schön, dass Ihnen das Spiel gefallen hat.»

Damit schnappte er sich Frédéric und war weg, verschwand eilenden Schrittes mit flatterndem Toulouse-Fanschal. Shona sah ihm verdattert nach, sprachlos.

Es hatte ihn gefreut, sie zu sehen? *Hat mich sehr gefreut*?!?

«Also», meinte Aude zufrieden, ein affektiertes Lächeln im Gesicht. «Ich muss sagen, für mich war es ein sehr schöner Abend. Und für Sie?»

Shona rang sich mit großer Mühe und äußerst frostig etwas Zustimmendes ab. Der Abend wäre sogar noch ein bisschen schöner, wenn sie jetzt einfach Aude Villandry gegen ihre zierlichen Schienbeine treten könnte, bis sie grün und blau wären.

Als Tessie die ganze Geschichte hörte, war sie weder mitfühlend noch aufmunternd. «Aber Shona, ich hatte keine Ahnung, dass du dich für diesen Mann interessierst.»

«Ich interessiere mich nicht im Geringsten für ihn», knurrte Shona, «ich bin einfach nur empört, das ist alles … du hättest sehen sollen, wie die beiden sich benahmen. Sie haben völlig schamlos geflirtet.»

«Na ja», meinte Tessie vernünftig, «was ist denn falsch daran? Sie sind doch beide frei, oder? Dieser Vereinigung zweier Seelen, wie der gute alte Father McDouagh immer sagte, steht nichts entgegen. Ich verstehe gar nicht, warum du dich so aufregst.»

Ha! Da sah man's wieder mal, Tessie war wirklich zu gar nichts zu gebrauchen. Und wie sollte Shona eigentlich Emilys Meinung einholen, ohne zur Auberge Rose zu fahren, um die sie inzwischen einen großen Bogen machte? Am nächsten Tag rief Shona Emily an und erzählte ihr die Einzelheiten ganz beiläufig, in einem gleichgültigen Tonfall, der klar machte, dass ihr Edouards schockierende Geschmacksverirrung völlig egal war.

«Ich verstehe», flüsterte Emily verschwörerisch, damit Edouard auch ja nichts mitbekam, «du hast es dir also versaut, stimmt's?»

«*Was* hab ich mir versaut?», zeterte Shona los, voll Erbitterung über diese beiden alten Klatschweiber, die ihr ein persönliches Interesse andichten wollten.

«Ach, gar nichts», meinte Emily beruhigend, «nur die Chance, dir einen gescheiterten, geschiedenen, finanziell in Bedrängnis geratenen Mann zu angeln, der einen klapprigen Citroën fährt und meines Wissens nicht einmal einen Armani-Anzug besitzt. So einen Mann würdest du nicht einmal mit einer Zange anfassen.»

«Emily», antwortete Shona knapp, «ich habe eine Verabredung mit der Baufirma von Bakers. Ich muss jetzt los. Zieh dir ruhig noch mehr Prozac oder Pernod rein oder was auch immer sonst dir den Kopf verwirrt.»

Mehrere Nächte lang wälzte sich Shona stundenlang herum, ohne Schlaf zu finden, gab den Versuch dann auf, setzte sich zum Arbeiten an ihren Schreibtisch, ließ es aber wieder bleiben und hockte eines Morgens um drei Uhr im Schlafanzug am Schreibtisch und starrte die mit Merkzetteln übersäte Wand an. Zwischen diesen Merkzetteln tauchte immer wieder das verschwommene Bild von Edouard auf, der Aude anlächelte, Aude auf die Wange küsste – warum um Himmels willen zerbrach sie sich eigentlich den Kopf darüber? Warum störte sie das? Was spielte es für eine Rolle, wen Edouard küsste?

Tessie war verrückt. Vollkommen übergeschnappt, und zwar seit eh und je. Was Emily anbelangte – die verlor offensichtlich auch den Verstand. Mussten wohl beide Alzheimer haben, oder was auch immer das bei Menschen über sechzig sein mochte, wenn sie sich lauter Blödsinn einbildeten. Sie, Shona Fitzpatrick, fühlte sich nicht im Entferntesten von Edouard Savary angezogen und hatte weder Tessie noch Emily jemals irgendeinen Anlass für derart bizarre Kommentare gegeben.

Wirklich nicht? Nein. Na gut – im Fußballstadion war er lebhaft und munter gewesen, unbeschwert und gar nicht mehr ihr tragisches ‹Projekt›, er hatte durchaus nicht mehr wie ein Mann gewirkt, der gerettet werden muss. Und es stimmte, seine Aufmerksamkeit für Aude hatte sie gewurmt. Er konnte also den charmanten Gallier rausholen. Sein Gesicht war von der frischen Nachtluft gerötet gewesen, und seine Augen hatten geglänzt. Na und?

Das heißt, dass du dich mal besser in Bewegung setzen solltest, Shona Fitzpatrick, bevor Aude dich als Fußabtreter benutzt.

Er hat keinen müden Cent. Aber er arbeitet hart, er ist ein großartiger Koch, und er ist ein warmherziger, freundlicher Mann. Seine blauen Augen sind zugegebenermaßen irgendwie attraktiv. Und wer über Audes jämmerliche Witzchen lachen kann, der muss einen gewissen Sinn für Humor besitzen und auch ein gutes Herz. Aber er ist einfach nicht mein Typ.

Wer ist denn dann dein Typ? Wartest du vielleicht darauf, dass sich Matt Damon persönlich vor dir niederkniet und um deine Hand anhält?

Die anderen, die waren mein Typ. Brendan Wright und sein Dutzend Vorgänger. Die hatten alle eine gute Stelle, ein festes Einkommen, Status, teure Autos, elegante Anzüge und rosige Aussichten. Die waren alle perfekt, und es ist ja nicht meine Schuld, dass …

Shona, für eine intelligente Frau stellst du dich ganz schön dämlich an. Edouard Savary ist ein richtig netter Kerl, plötzlich ist Konkurrenz aufgetaucht, und wenn du diesen letzten Zug nicht auch noch verpassen willst, musst du eben hinterherrennen. So schnell dich deine Füße tragen.

Aber ich war doch früher schon hinter den Männern her, oder? Ohne es allzu offensichtlich zu betreiben, habe ich schließlich mein Bestes gegeben, aber ich bin immer nur verletzt worden. Ich will nicht wieder verletzt werden, nochmal das alles, Schmerz, Enttäuschung und Ablehnung, das ertrage ich einfach nicht.

Na schön. Dann sieh eben völlig schmerzfrei zu, wie Aude Villandry sich mit Edouard Savary aus dem Staub macht. Schau doch vom Spielfeldrand aus zu, wie sie die Tore schießt.

Shona. Jetzt hör mal zu. Du bist jetzt sechsunddreißig und hast es mit einer sehr attraktiven und sehr entschlossenen jungen Dame von dreiundzwanzig zu tun. Sie wird ihn hypnotisieren und dich anschließend zu ihrer Hochzeit einladen. Wo du dann als Single hingehen kannst.

Willst du das vielleicht? Oder willst du doch lieber Edouard Savary?

Die Abende wurden jetzt rasch kürzer und waren auch schon recht frisch. In der Luft lag allmählich der erdige Geruch von Trüffeln und Holzfeuern. Pullover über die Schultern gelegt, saßen ein Dutzend Gäste nach dem abendlichen Menü beim *Digestif* und schwenkten ihre Cognacgläser vor den Augen, damit der Schein des Feuers den bernsteinfarbenen Ton des Weinbrands noch schöner zum Leuchten brachte. Sie hatten, fand Edouard, den glückselig satten Gesichtsausdruck von Schlemmern, die noch den Nachgeschmack der leckeren Mahlzeit genießen, diesmal ein reichhaltiges Wintermenü mit Foie Gras, Pilzen und Schweinebraten mit würzigen Zwiebeln. Als er Emilys Blick auffing, nickte er lächelnd, denn er spürte, wie zufrieden sie mit seiner Leistung war. Mit dem Hotel ging es inzwischen rasant aufwärts. Von einer plötzlichen Freude über das Erreichte beseelt, machte er noch einmal die Runde an den Tischen, nahm dann Kochmütze und Schürze ab, setzte sich zu seiner eigenen Überraschung an das Klavier in der Ecke und klimperte müßig ein paar Noten.

«Spielen Sie Klavier?», fragte Ciara Baker von ihrem Tisch her, an dem sie inzwischen zusammen mit ihrem Mann und manchmal auch einigen ihrer neuen französischen Freunde mindestens zweimal wöchentlich speiste.

«Ja. Ich spiele gerne. Aber nur, wenn man mich auch hören möchte.» Er wollte die Gäste nicht stören. Doch alle schauten sich eifrig um und waren offensichtlich dafür. Darunter auch Aude Villandry, die zusammen mit einer Freundin an einem Ecktisch saß.

«Kennen Sie irgendwas Fröhliches?», fragte eine muntere englische Stimme. «‹My Old Man's a Dustman› oder ‹Singing in the Rain› oder so?»

«Nein», räumte Edouard lachend ein, «aber ‹Crocodile Rock›?»

«Das ist gut!»

Und so begann er zu spielen, zunächst nur zaghaft, bis er feststellte, dass alle den Song kannten, sogar die vier Jäger aus Pézanas, die den Refrain mit rauer Stimme mitsangen und dabei über ihr eigenes Kauderwelsch lachten. Schon mit mehr Selbstvertrauen spielte er nun lauter und energischer, und Emily schlich sich von der Rezeption herein, um auch etwas davon zu haben, da nun ein Stück in das nächste überging und alle klatschten und stampften und sich bei dieser Stegreifeinlage phantastisch unterhielten. Auch Aude, die Edouard keine fünf Meter entfernt im Profil vor sich hatte und unverwandt bewundernd ansah.

Na ja, dachte Emily, der Sieger soll die Beute haben.

Aude ist bereit, um Edouard zu kämpfen, und es sieht fast so aus, als würde sie ihn bekommen. Es ist wirklich eine Schande, aber Shona hat es nicht besser verdient. Sie hat sich wirklich nicht die geringste Mühe um ihn gegeben.

Als sie mitten in Neil Diamonds ‹Sweet Caroline› waren und die Stimmung immer höher stieg, flog plötzlich die Haustür auf, und Emily sprang auf; so spät hatte sie niemanden mehr erwartet. Doch bevor sie noch den Empfang erreicht hatte, stürmte eine einzelne Gestalt wie ein Wirbelwind durch den Vorraum ins Restaurant, direkt auf den Klavier spielenden Edouard zu. Bei diesem Tempo konnte Emily kaum etwas erkennen, doch die dahinschießende Gestalt sah aus wie Shona oder trug zumindest Shonas rosenfarbenen Schal, und Shonas kastanienbraunes Haar flog hinter ihr her.

Verblüfft beobachtete Emily, wie die Gestalt keuchend bei Edouard Halt machte und ihm die Hand in die Schulter krallte, worauf der Überraschte herumwirbelte und zu ihr hinaufstarrte.

«Shona!»

«Sorry», sagte sie und schloss mit einer Handbewegung alle im Raum Versammelten in diese Entschuldigung ein. «Es tut mir Leid, dass ich die kleine Feier unterbreche. Aber – Edouard – ich muss mit dir sprechen.»

«Ach», stöhnte jemand, «lassen Sie ihn doch in Ruhe, werte Dame. Wir haben gerade den größten Spaß.»

«Das sehe ich», räumte sie ein, «aber es ist dringend. Es ... Edouard ... Ich ...»

Plötzlich fehlten ihr die Worte, und der anklagende Blick all dieser Leute, mit denen sie gar nicht gerechnet hatte, und schon gar nicht in dieser lebhaften Stimmung, brachte sie aus der Fassung. Als Edouard aufstand, überfiel sie der Gedanke, dass sie ihn noch nie so hatte Klavier spielen und auch noch nie so hatte singen hören. Er hatte einen kraftvollen Tenor, und nach seinem geröteten Gesicht und breiten Lächeln zu urteilen genoss er das Singen ungemein. Auch Aude Villandry schien es sehr genossen zu haben.

«Was ist denn los, Shona?»

Seine Stimme klang besorgt, denn natürlich ging er davon aus, dass es irgendein Problem gab. Normalerweise waren in Frankreich um dreiundzwanzig Uhr die Bürgersteige hochgeklappt, da war nicht einmal mehr ein Mäuschen unterwegs, geschweige denn Damen, die wie ein Wirbelwind in Restaurants gestürmt kamen, um den Koch zu entführen. Sie lief vor Ärger rot an und merkte, dass vierzehn Augenpaare sie anstarrten und eine Entschuldigung erwarteten.

«Alles in Ordnung», zischte sie ihm zu, ohne Aude auch nur eines Blickes zu würdigen, «nur … es ist nur so … ach, Edouard! Ich muss mit dir reden – unter vier Augen, jetzt gleich! Es ist *wichtig*!»

Abschätzend betrachtete er sie einen Moment lang. Dann hob er entschuldigend beide Hände. «*Mesdames, messieurs*, bitte entschuldigen Sie mich. Hier hat eine Dame Sorgen, und ich muss mich darum kümmern!» Unter enttäuschtem Gemurmel sahen ihm alle nach, wie er Shona zwischen den Tischen hindurch aus dem Saal folgte. Doch anscheinend ging es ihr nicht schnell genug, denn sie drehte sich um, ergriff seine Hand und zerrte ihn so eilig hinter sich her, dass seine Beine kaum mehr den Boden berührten.

Nur Emily konnte Audes Miene und zugleich die von Edouard deuten. Während sich Audes Gesicht mit dem Ausdruck wachsender Bestürzung füllte, glühte seines vor Vergnügen; dem Vergnügen eines Strategen, dessen Pläne gerade lückenlos aufgehen.

Epilog

Sechs Monate später, kurz vor Ostern, trafen sich Emily und Tessie zum Lunch in einem schicken kleinen Bistro in Galway. Das modische Lokal war zwar auf ein jüngeres Publikum zugeschnitten, doch so ungemein verjüngt, wie die beiden sich fühlten, schreckte sie das nicht im Geringsten ab.

«Also», schnaufte Emily, während der Kellner ihr eine Speisekarte reichte, die kaum kleiner als der Tisch war, «ich muss sagen, Tess, dass ich ungemein erleichtert bin. Ich dachte schon, dass überhaupt nichts mehr aus dem Streichquartett und meinem großen blauen Hut wird.»

«Nein, eine Weile schien es auf ganz schön wackeligen Beinen zu stehen. Aber wie heißt es heutzutage? Sag niemals nie? Ich hatte auch nicht mehr mit meiner Fahrt in der Limousine gerechnet. Aber jetzt hab ich sie gemacht. Letzten Sonntag. Aileen hat vor ihrem Aufbruch nach Frankreich eine riesige weiße Stretchlimousine für uns beide gemietet, und damit sind wir für einen Beauty-Tag nach Ashford Castle gefahren. Nur wir beide – das war ihr Dank, weil ich Le Mas den Winter über geführt habe. Dabei war das eine Kleinigkeit. Ich weiß gar nicht mehr, wann mir zum letzten Mal irgendetwas so viel Spaß gemacht hat. Und jetzt können wir uns also als Nächstes auf diese Hochzeit freuen. Dazu auch noch in Weiß, eine richtig große, traditionelle Feier – wer hätte das gedacht?»

Emily schwieg und studierte die Weinkarte. O Sehnsucht! Es trieb ihr fast die Tränen in die Augen, als sie einen Rotwein aus dem Languedoc vorschlug, und auch Tessies

Augen wurden feucht, als sie den Namen sah: Domaine du Mariage. Sie kannte dieses Weingut, hatten es letzten Sommer an einem glühend heißen Tag zusammen mit Joe und Aileen besucht. Als die Flasche kam, hoben sie ihre Gläser und stießen feierlich an.

«*Sláinte*», sagte Emily.

«Auf das Wohl des glücklichen Paars», fügte Tessie hinzu, und sie genossen den ersten Schluck in einträchtigem Schweigen, bevor sie zur Sache kamen. Wie zum Beispiel zu Braut und Bräutigam.

«Was sie wohl tragen wird?», überlegte Tessie laut.

«Wie ich höre, ist es hauteng», vertraute Emily ihr an, «mit einem Schlitz im Rücken und noch einem Schlitz am Bein, sehr gewagt. Aber sie hat natürlich die Figur dafür. Und es hat lange Ärmel. Im Herbst wird sie die brauchen können. Anscheinend kein Schleier, nur ein Silberkamm im Haar, und auch kein Strauß, sondern eine einzige, langstielige, taufrische Blume.»

Verträumt hingen die beiden dem Bild eine Weile nach, bevor ihnen die ganzen anderen Details wieder in den Sinn kamen. Flitterwochen in Italien, Sektempfang und ein sechsgängiges Menü für beinahe hundert Gäste … «Aber ihre Eltern sind eben äußerst wohlhabend», räumte Tessie ein. «Überleg doch mal, diese riesige Hochzeit, *und* dann noch eine Eigentumswohnung für den Anfang.»

«Es ist aber offensichtlich nur eine kleine Wohnung», vertraute Emily ihr an, «eine Dreizimmerwohnung oben in einem alten Haus in Pézanas. Aber das sollte ihnen eigentlich genügen, denn für Kinder brauchen sie nicht mitzuplanen. Zumindest die nächsten Jahre nicht.»

«Das will ich doch hoffen», erklärte Tessie fest. «Martine ist bei der Hochzeit gerade mal zwanzig und Finn noch keine zweiundzwanzig. Bestimmt würden sie jetzt noch gar nicht heiraten, wenn sie nicht ein Einzelkind wäre und ihre Eltern nicht unbedingt diese umwerfende Hochzeit für sie ausrichten wollten. Aber ich muss sagen, dass ich froh darüber bin, denn bei dem Gedanken, dass Finn in wilder Ehe lebt, war mir nie so ganz wohl. Schließlich ist er mein Enkelsohn.»

Richtig, stimmte Emily zu, und was für eine erstaunliche Entwicklung er durchgemacht hat! Er hatte keine Ahnung, dass Martines Familie finanziell so ungemein gut gepolstert ist, und als er es herausfand, hatte er sich krumm und schief gelacht. Wieder ernst geworden, erklärte er dann allerdings, das bedeute keineswegs, dass er seinen Dachdeckerjob aufgeben werde, den er sehr liebe, und auch Martine würde nicht wegen eines Kindes auf die Bildhauerei verzichten.

«Das steht noch jahrelang nicht an, Grandma. Wir könnten auch einfach so zusammenleben, aber Martines Eltern sind so wild darauf, uns diese Hochzeit auszurichten, dass wir nicht gut ablehnen konnten – und außerdem brauche ich einen Ehering. Einen großen, deutlich sichtbaren, um mir Aude Villandry vom Leib zu halten!» Tessie lächelte liebevoll bei der Erinnerung an Finns verlegene Erklärung für seine ‹Verwicklung›, wie er das nannte, in diese traditionelle, luxuriöse, ungemein bürgerliche Hochzeit. Aber *Maman* und *Papa* wollten nun mal, dass ihre Martine ihren ‹reizenden und so uuuungemein viel versprechenden› Freund heiratete, Martine wollte ihre Eltern glücklich machen, Finn wollte Martine glücklich machen, und so waren nun Priester, Florist, Lieferant und Musiker in Hochspannung versetzt. Ganz zu schweigen von Joe und Aileen, die so geschockt waren, dass Joe den Mund fast nicht mehr zubekam. Aileen behauptete, sie gewöhne sich allmählich an den Gedanken, doch Joe war immer noch sprachlos bei der Vorstellung, dass Finn nun zum französischen Geldadel überwechseln würde.

«Es ist nur schade», lamentierte Tessie über ihrem Steinbutt – der sich mit Edouards kulinarischen Leistungen keineswegs messen konnte –, «dass Shona Fitzpatrick sich kein Beispiel an Finn Hegarty nimmt und auch heiratet. Dann könnten sie eine Doppelhochzeit feiern.»

«Nein.» Emily schüttelte den Kopf. «Da besteht wohl nicht die geringste Hoffnung, Tess. Eine Hochzeit kommt nicht infrage, hat sie gesagt.»

«Na ja. Irgendwie komisch, oder? Ich verstehe diese jungen Frauen von heute einfach nicht mehr. Ein Wunder, dass Finn sich eine der letzten Vernünftigen an Land gezogen hat – eine, die den Mann, den sie liebt, auch heiraten möchte. Während Shona … ich meine … sie sind *zusammengezogen*! Was soll dieses Theater eigentlich?»

Emily wurde nachdenklich. Wirklich, der Koch hier hatte noch so einiges zu lernen. Wäre da nicht der Wein … Sie trank einen Schluck und dachte nach. «Na ja … am Anfang war ich richtig sauer. Sie wollen keine Kinder, und er ist schon geschieden, da sehen sie keinen Sinn in einer Hochzeit. Aber inzwischen muss ich zugeben, Tess, dass sie auch ohne Trauschein wunderbar miteinander auskommen! Sie wirken so glücklich, so harmonisch, dass man einfach den Eindruck hat, da, wo es zählt, sind sie trotzdem mit Leib und Seele verheiratet. Sie ist richtig aufgeblüht, und er sieht aus, als hätte er im Lotto gewonnen.»

Tessie ließ sich das durch den Kopf gehen. «Mhm. Man muss zugeben, Emily, dass er die Sache sehr schlau eingefädelt hat. Als Shona mich damals völlig panisch wegen Aude Villandry anrief, dachte ich, Edouard hätte wirklich was an dem Mädel gefunden. Schließlich ist Aude ja jung und hübsch – Shona war ganz verzweifelt!»

«Ich auch», gab Emily zu. «Mir ist nie der Gedanke gekommen, dass es Edouards Strategie sein könnte, Shona eifersüchtig zu machen. Angesichts dieser Raffinesse denke ich fast, dass er sie sehr gut durchschaut und auf eine Art versteht, die wahrscheinlich dauerhaft sein wird. Seit sie zusammen sind, hat er sie immer im Mittelpunkt stehen lassen und lässt ihr immer das Verdienst an allem – wie du weißt, stand die Auberge bei meiner Abreise sehr gut da und ist jetzt mit Shona am Steuer noch weiter aufgeblüht. Er lächelt einfach nur, kümmert sich weiter ums Kochen, nimmt sie ins Fußballstadion mit und spielt manchmal Klavier, während sie den ganzen Verwaltungskram erledigt; und ihn herumkommandiert, was ihn übrigens ganz schön in Atem hält. Ich glaube nicht, dass es mit der Auberge Rose nochmal abwärts geht, und mit Edouard gewiss auch nicht.»

«Trotzdem», meinte Tessie sehnsüchtig, «ist es schade, dass sie uns diesen Tag nicht gönnt. Selbst wenn es nur eine kleine Hochzeit wäre, nur der Form halber?»

«Tessie», mahnte Emily, «sie ist überglücklich. Und Edouard ist im siebten Himmel. Sollten wir uns nicht einfach für die beiden freuen? Ich meine, man kann eben nicht alles haben, oder?»

Tessie dachte darüber nach. Dann strahlte sie Emily an, verschwörerisch. «Da hast du Recht, Emily. Wirklich alles haben wollen ist gierig. Jeder Einzelne von uns hat noch einmal eine Chance bekommen, und das sollte uns reichen. Außer Aude, die wohl wieder in den Kampf ziehen muss. Aber du, ich, Finn, Shona, Edouard, Aileen und Joe … wie ich höre, ist sogar Crys Sheehan eine begeisterte Mutter. Wir haben enorm viel Glück gehabt und sollten dankbar dafür sein.»

Einen Moment lang sah Emily Edouards funkelnde Augen vor sich, als Shona ihn in sein ‹Verhängnis› schleppte, wie sie das später unter Gelächter nannte. «Ja. Da hast du wirklich Recht, Tess. Wir wollen dankbar sein – und noch ein Glas Wein trinken?»

«Oui», antwortete Tessie ohne Zögern. «Dieser nette Winzer sagte, er sei besonders gut fürs Herz.»